WARRIOR OF ROME
罗马战士

FIRE IN THE EAST
东方战火

[英] 哈里·西德博特姆 著，万洁 译

時代文藝出版社

图书在版编目（CIP）数据

罗马战士.东方战火 / （英）西德博特姆 著；万洁 译. —长春：时代文艺出版社，2015.
书名原文：Warrior of Rome

ISBN 978-7-5387-4737-9

Ⅰ.①罗… Ⅱ.①西… ②万… Ⅲ.①长篇小说—英国—现代 Ⅳ.①I561.45

中国版本图书馆CIP数据核字（2014）第305940号

出品人 陈 琛 杨海峰
产品总监 郭力家
选题策划 路佳瑄 张 雁
责任编辑 付 娜
装帧设计 孙 利
排版制作 李玉龙

吉林省版权局著作权合同登记 图字：07-2014-4443号

罗马战士：东方战火

[英] 哈里·西德博特姆 著 万洁 译

出版发行 / 时代文艺出版社
地址 / 长春市泰来街1825号 时代文艺出版社 邮编 / 130011
总编办 / 0431-86012927 发行部 / 0431-86012957 北京开发部 / 010-63108163
网址 / www.shidaicn.com 印刷 / 北京同文印刷有限责任公司
开本 / 880mm × 1230mm 1 / 32 字数 / 360千字 印张 / 14.5
版次 / 2015年3月第1版 印次 / 2015年3月第1次印刷 定价 / 39.00元

图书如有印装错误 请寄回印厂调换

献给弗朗西丝、丽萨、汤姆和杰克·西德博特姆

目　录

序　幕

（公元238年夏）

阿奎莱亚

战争如同地狱，内战则更为残酷艰辛。这场内战进行得并不顺利，一切都未能按计划进行，攻陷意大利的计划也暂时搁置下来。

军队在春日的阳光尚未消融路上的冰雪之前，就艰难地翻过了阿尔卑斯山。他们原本以为自己是意大利的解放者，定会受到热烈的欢迎。有人告诉他们，只要他们一踏上意大利的国土，民众们就会飞奔而出，手执橄榄枝夹道相迎，携幼子匍匐在他们脚下，请求宽恕与怜悯。

可现实与他们的期望相差甚远。他们来到山下时，只见到眼前一片空空的城镇。人们已经带着能搬动的全部家当逃走了，就连房屋和神庙的大门也被拆下来带走了。往日熙熙攘攘的平原地带如今被遗弃，变得冷冷清清。士兵们穿过艾摩那城时，发现的唯一活物是一群狼。

现如今，这支军队已经在位于意大利北部的阿奎莱亚城外驻扎了一个多月了。各罗马军团和协防部队都是饥渴交加，疲惫不堪。匆忙建起的临时补给线已经断了，他们在当地也找不到什么能凑合着吃的。至于城中百姓没来得及收入城内的一些食物，早已经在士兵们到达此地的第一时间就被消耗一空。无处可以落脚，空地上连个遮风避雨的地方都没有。城郊的所有建筑都被拆毁，以便为围城工事提供材料。就连河水也被交战双方士兵的尸体污染了。

攻城毫无进展。城墙难以攻破，攻城车也不够用，守城士兵又非常顽强善战。每次尝试用攻城云梯和移动攻城塔攻城，最后都会以血淋淋的惨败告终。

但这一切都没能打击到大人物的勇气。每天，罗马帝国的皇帝马克西米努斯·色雷克斯都会骑着马环城奔走，大声激励攻城阵列中的部队，以鼓舞军心，而他所处的位置就在敌军的弓箭射程之内。当他穿过队列时，向士兵们承诺：一旦破城，这座城市和城中的每一个人都将任凭大家处置，他们就能为所欲为。尽管他的勇气可嘉，但他的判断力却一直难以让人信任。现在，他每遭遇一次新的失败，就会变得更加残暴。他就像一只受伤的野兽，或者就像大家所说的，就像一个野性未脱的半开化蛮人，经常对他周围的人发怒。他对身边的将领也毫不留情，指挥登城却劳而无功的军官们，被他以各种别出心裁的方式处决。而对于那些贵族出身的将领，他准备了尤其特别的精巧刑具。

巴利斯塔从未如此饥渴难耐，肮脏不堪。他是个高个子的年轻人，才十六岁身高就已经超过六英尺了，而且他还在发育。没有人比他对缺乏食物的煎熬体会更强烈。他的一头金色长发一直披散到后背。残留的一丝体面让他克制住，没有在河边梳洗。从昨天开始，他身上的异味又新混入了一种臭味——尸体被烧焦了的臭味。

尽管他年轻没有经验，而且从身份上来说，他还是他们部落交出来的外交人质，但大家都认为，他生为沃登神①的后裔，以其出身，便理当领导一支蛮人的非正规军②。罗马人已经计算好了城墙的高度，建造了长度适

---

① 沃登：古代盎格鲁－撒克逊人信奉的日耳曼神话中的主神，日后演变为古斯堪的纳维亚神话中的主神奥丁。——译者注

② 罗马人把居住在罗马帝国北方的外族部落称为“蛮族”，即本书中的蛮人。这些外族部落中人数最多、最著名的就是日耳曼人。——译者注

合的云梯，便派巴利斯塔率领五百人左右的蛮人战士充当先头部队，运送攻城梯子。他们以较慢的速度跑步前进，俯着身子在暴风雨般的投掷物中穿行。日耳曼人身形高大，又没有穿铠甲，这让他们成了一个个活靶子。投射武器一次又一次挟着令人厌恶的风声发射过来，击中他们。他们成群倒下，而幸存者仍然继续奋勇向前。很快，他们就来到了陡峭光滑的城墙下。他们将盾牌放在一边，开始架起云梯时，死伤的战士更多。

巴利斯塔是首批冲上去攀爬城墙的战士之一。开始的时候，他一手将盾牌举过头顶，一手抓着云梯向上攀爬，剑仍留在剑鞘里。一块礌石落下来击中了他的盾牌，差点儿让他栽下云梯。身边人们掉下去的惨叫声不绝于耳。他抬头看见一根长杆探出城墙外，一直伸到旁边那架云梯的上方。杆头绑着一个巨大的双耳罐，杆子慢慢转动，罐子跟着倒翻，燃烧着的树脂、热油、硫黄和柏油混合液如雨点般落在下方的战士身上和梯子上。云梯上的兵士们尖声惨叫起来，他们的衣服被烧着了，皱缩起来，紧紧地贴在他们身上，衣服底下的皮肉也被炙烤得发出嗞嗞声。于是，他们一个接一个地从云梯上栽倒下去。那些燃烧着的液体四处飞溅，有些溅到了城墙下的战士身上，他们赶忙用双手扑打身上的火苗，或者干脆躺在地上打滚，但却无法扑灭这火焰。

巴利斯塔抬头一望，自己头顶上也悬着一个大罐子，而且支着罐子的杆子正在缓缓转动。巴利斯塔毫不犹豫地从梯子上跳了下去，重重地摔在地上。有那么一会儿，他觉得脚踝骨摔断了，要不就是扭伤了，他以为自己要被活活烫死了。但是自卫的本能让他克服了伤痛，最后他一边招呼着身边的战士跟上他，一边飞快地逃开了。

战士们早晚会谋反的，巴利斯塔这么想已经有一段时间了。因为他已经见识了罗马人的军纪，没有哪个战士的身体能经受得住这么长时间的攻城。这天的惨剧上演后，策划谋反的人找到他，他一点儿都没感到惊讶。

现在，当他等待着轮到自己去做的时候，他才意识到自己有多么恐惧。他并不想当什么大英雄，不过，这由不得他。如果他什么也不做，要么会被马克西米努斯·色雷克斯处决，要么会被叛变的战士杀掉。

那几个叛变士兵判断得没错。皇帝的帐篷附近没有几个守卫，守在帐篷前的卫兵多数也是在睡觉。这时刚过中午，正是人们昏昏欲睡的时候，是攻城暂告一段落的时候，也是皇帝和他的儿子午休的时候。

其中一个叛变者点了点头，巴利斯塔动身向那座巨大的紫色帐篷走去。帐篷外侧立着大旗，他突然意识到，今天的天气可真好。这在意大利是多么完美的六月初的一天，暖洋洋的，时不时刮过一阵微风，有只蜜蜂在他前方嗡嗡地飞过，几只燕子在头顶的空中盘旋着。

一个禁卫军守卫把长矛一横，挡在巴利斯塔前面。"蛮人，你以为这是什么地方，岂容你乱闯？"

"我有事儿禀报皇帝陛下。"如果拉丁语口音再重一些，那么巴利斯塔讲得就更像回事了。

"有事儿禀报的不是你一个。"守卫一副不屑一顾的样子，"赶快滚开吧，臭小子。"

"我得到一个消息，有人在策划叛乱，想推翻他。"巴利斯塔声音放低了些，"叛乱的有军官和贵族，他们想杀了他。"他发现守卫脸上浮现出犹豫不决的样子。最后，比起担心叫醒那个因为局势糟糕越来越易怒、越来越暴力的皇帝，守卫更担心没有把可能会发生叛乱的消息通报给皇帝会给自己带来杀身之祸，因为这位皇帝不仅多疑，报复心也重。

"在这儿等着。"守卫把另一个卫兵叫过来看着这个蛮人，然后转身进了帐篷。

他马上又出来了，让卫兵解下这个年轻的蛮人的武器并进行搜身。

巴利斯塔不得不交出了剑和匕首，跟着守卫进入了帐篷。他们先是穿过前厅，然后来到了内室。

起初，巴利斯塔几乎看不清帐内的情形。刚刚从外面明晃晃的阳光下进到帐中深处，他眼前只看到一团暗沉的紫色。眼睛慢慢适应了光线，他才看见皇帝总是不离身的那团圣火，正在出行带的小巧祭台上半死不活地烧着。接着，他又看见一张宽大的行军床。然后看见皇帝盖乌斯·尤利乌斯·维鲁斯·马克西米努斯（通常被称为马克西米努斯·色雷克斯）从床上坐起身来，面色苍白。他脖子上名贵的金项圈熠熠闪光，那是他还是个小兵的时候凭借自己的勇猛无畏从皇帝塞普蒂米乌斯·塞维鲁那里赢得的。

从帐篷另一端传来一个严厉的声音命令道：“跪下，向陛下行礼。”巴利斯塔被身旁的守卫往前一推，双膝跪在了地上，他看见马克西米努斯·色雷克斯那英俊的儿子从黑暗中走了出来。巴利斯塔不情愿地俯下身子，马克西米努斯·色雷克斯伸出一只手，手上戴着一枚沉甸甸的金戒指，戒指上镶着一颗雕刻成老鹰形状的宝石。巴利斯塔吻了吻那枚戒指。

马克西米努斯·色雷克斯坐在行军床的边儿上，他只穿着一件简单的白色长袍。他的儿子站在他身旁，穿着他喜欢的精致胸甲，还佩带着装饰性的银剑，剑柄铸成了鹰头的形状。巴利斯塔依旧跪在地上。

“天啊，他可真臭。”皇帝的儿子说，边说边用熏过香的衣服掩住鼻子。他的父王挥挥手，示意他安静。

“你说有人想取我性命。”马克西米努斯·色雷克斯那双灰色的大眼睛盯着巴利斯塔的脸，“告诉我是谁想造反？”

“回禀陛下，是第二帕提亚军团的几个军官，大多是军团的指挥官，还有几个百夫长。”

“把名字告诉我。”

巴利斯塔似乎有些不情愿。

“父皇问你话呢，快说名字。”皇帝的儿子说。

“他们都是位高权重的人。而且他们朋党众多，极有影响力。要是他们听说我揭发了他们的阴谋，那在下将会有性命之忧。”

皇帝笑了笑，笑声可怕而刺耳。“如果你说的是真的，那他们就伤不了你，伤不了任何人；要是你说的是假的，你也就用不着担心他们想怎么收拾你了。”

巴利斯塔慢吞吞地说了一串名字。“弗拉维乌斯·沃庇斯库斯、朱利叶斯·卡庇托林努斯、埃利乌斯·朗普里狄斯……”他一共说了十二个名字。这些都是参与叛乱的人员的真名，但是现在说出来并不要紧。

“你怎么知道这些人要杀我？你有什么证据？”

“他们想让我加入他们。”巴利斯塔大声地说，想以此分散皇帝的注意力，以免他注意到帐篷外面的动静，“我要求他们写书面的指示，我都带来了。”

“外面是怎么回事？”马克西米努斯·色雷克斯像往常一样脸部肌肉抽搐了两下，面露愠色，“卫兵，让外面安静点。”他伸出大手向巴利斯塔呈上的文件抓了过去。

“您看……”巴利斯塔继续说道。

“安静！”皇帝下令道。

结果外面的动静非但没有减弱，反倒更吵了。马克西米努斯·色雷克斯大怒，脸也跟着变得狰狞起来。他转头吩咐他儿子说：“出去看看，告诉他们，都他妈的给我闭嘴。”

马克西米努斯·色雷克斯继续看文件。又是一阵吵闹声让他抬起苍白的脸。巴利斯塔看到他眼中闪过一丝怀疑。

巴利斯塔一跃而起，抓起燃着圣火的小巧祭台，冲着皇帝的脑袋就砸了过去。马克西米努斯·色雷克斯一把抓住巴利斯塔的手腕，他的握力大得出奇，另一只手则攥成拳头向巴利斯塔的脸挥了过去。巴利斯塔的头被打得猛地向后一仰，马克西米努斯对准他的肚子又是一拳。皇帝将他那张岩石般棱角分明的脸凑到巴利斯塔跟前，气喘吁吁地呼着带有大蒜恶臭的粗气。

“我会让你生不如死的，你这个小崽子。”

马克西米努斯·色雷克斯几乎是轻轻松松地将巴利斯塔随手扔了出去。年轻人撞倒了好几把椅子，还撞翻了一张桌子。

皇帝拿起佩剑向门口走去，巴利斯塔绝望地大口喘着气，挣扎着站起来。他环顾四周，想找件武器，可没找到，只得从书桌上抄起一根铁笔，跌跌撞撞地尾随皇帝往外走。

从前厅向外望去，整个场景仿佛是镶嵌在画框里的一幅画，色调明亮，就好像是在光线充足的神庙里或者门廊上画的。远处，大多数是四散逃跑的禁卫军，其中也有些人加入了第二帕提亚军团，正在将皇帝的画像从帐篷支柱上往下扯。较近的地方，有一群人闹哄哄地挤作一团。帐篷门口则是马克西米努斯·色雷克斯结实宽大的后背，他手里握着剑，硕大的脑袋左顾右盼。

骚乱停了下来，那群人中竖起一支长矛，长矛上插的正是马克西米努斯·色雷克斯的儿子的头颅。尽管头颅上蹭上了泥土和血污，但那张脸还是无比俊俏。

皇帝发出一声嘶号，那简直不是人类能发出的声音。趁着这个大块头还没来得及有所动作，巴利斯塔赶忙脚步踉跄地从他背后发起了攻击。就好像一个猎人在角斗场上往公牛身上插剑一样，巴利斯塔将铁笔刺进了马克西米努斯·色雷克斯的脖子。马克西米努斯的胳膊大力一挥，将巴利斯塔推到了前厅那边。皇帝转过身盯着巴利斯塔，拔出铁笔，狠狠地扔到地上，鲜血淋漓。他举起剑，往前走了两步。

年轻的巴利斯塔踉跄着往后退了几步，抓起一把椅子挡在胸前，算是临时的挡箭牌。

“你这个阴险奸诈的小杂种，你可是宣过誓的——发过军人的誓言！”血顺着皇帝的脖子淌下来，但这好像并没有妨碍他的行动，他挥了两下剑，椅子就被劈成了几块。

巴利斯塔扭转着身子，避开刺来的一剑又一剑，可剑还是贴着他的肋骨划了过去，他感到一阵火辣辣的疼。现在巴利斯塔坐在地上，抬起胳膊护着伤口，想往后挪动。马克西米努斯·色雷克斯死死地盯着他，随时准备刺出致命的一剑。

结果皇帝背后飞过来一支矛，刺入了他毫无防备的后背，他趔趄着往前迈了一步。又一支矛猛地插进了他的后背，他又向前迈了一步，然后一头栽倒，正巧倒在巴利斯塔身上。他庞大的身躯沉沉地压在年轻人的身上。他热腾腾、臭烘烘的鼻息呼在巴利斯塔的脸颊上，还抬起手想要抠出这年轻小伙子的眼珠。

不知怎么的，那根铁笔又回到了巴利斯塔的右手里。因为心中的惊恐和绝望，他体内反倒生出一股力量，将铁笔刺进了皇帝的喉咙，鲜血喷涌而出。皇帝的手指抽搐了几下，缩了回去。鲜血蜇疼了巴利斯塔的双眼。

“我做鬼也不会放过你。”这个大块头露出一抹可怕的笑容，留下了最后的威胁，鲜血和白沫顺着他歪斜的嘴角冒了出来。

巴利斯塔看着外面的人拖走一具具尸体，就像一群猎狗将猎物大卸八块一样。他们把皇帝的头颅砍了下来，就像他儿子的一样，戳在一支长矛上。而皇帝壮硕的身躯则被遗弃在一边，任由众人踩踏和羞辱，任由鸟儿啄食、野狗撕咬。

再后来，马克西米努斯·色雷克斯父子的头颅被送回罗马示众。他们的尸体则被扔进河里，因为大家根本不愿意让他们入土为安。

第一部

出　海

（公元255年秋）

第一章

战船驶出布林迪西海港的防波堤之后，船上的几个探子聚到了一起。他们坐在甲板上，在河岸指挥官部下的这群人中看起来毫不起眼。从他们的位置回头看去，沿着狭窄的船体，大概一百英尺远的地方，他们这次任务的目标就站在靠近船头的地方。

“见鬼的蛮人。咱们三个的任务竟然就是盯住这一个该死的蛮人。真是可笑。”一个探子低声抱怨道，他似乎连嘴唇都没动一动。

说话者带有苏布拉贫民窟的口音，这是位于罗马七山之中的两山之间拥挤峡谷的一个贫民窟。他的出身也许不好，但是作为一个军队密探，他和他的另外两个同僚都来自罗马帝国最令人敬畏的组织——弗鲁曼塔里伊[①]。

从组织的名字看起来，这几个人的工作似乎与粮食派发或军队给养有关。不过，众人皆知，这就好像把荒凉死寂的黑海称为“宜居之海”或者把给人恶报的魔鬼称为“仁慈之神”一样大错特错。从罗马城的达官显贵到边远省份（如不列颠尼亚的岛屿）的低等奴隶，大家都知道弗

---

① 弗鲁曼塔里伊：最初指负责筹集粮食的士兵。皇帝图拉真从禁卫军中抽取部分精英建立了这个特务机构，将这类士兵改造为统属于中央的信息情报与监察人员，承担传递中央与地方的公文、刺探情报与监督行省等职能。——译者注

鲁曼塔里伊其实就是皇帝的秘密警察——他们刺探情报、搞暗杀、帮助皇帝除去异己，至少大家都是这么认为的，因此对他们这种人唯恐避之不及。这是一个特殊的军队分支，成员是从各军团精选抽调而来，大本营就建在西里欧山上。其位置独立隐秘，鲜为人知。而这个组织中单个的成员则更少有人知。据说，如果你认出来有谁是弗鲁曼塔里伊的一员，那只能是因为他想让你认出来，而到那个时候，一切都太晚了，你被盯上了。

“我也不知道为什么要让咱们干这个，”另一个人说，“不过，也许这是个好主意。蛮人都是天生的骗子，大家都可以想象他们有多狡猾。”他的声音让人想起了遥远西方那阳光普照的山野与平原，他应该是来自遥远的西班牙行省甚至是卢西塔尼亚的某个罗马外省，那个大西洋的海浪日复一日拍击岸边的地方。

“胡说，”第三个人开口了，“好吧，我承认他们都是不值得信任的浑蛋。他们从会爬开始就知道怎么扯谎了。可是像这小子一样的北方人都蠢得很，而且干什么都慢吞吞的。北方人都长得人高马大、凶猛强壮，但是脑子不好使；而东部人身形矮小、诡计多端，却胆小如鼠。”他说得断断续续的，有些含混不清，这说明他的母语不是拉丁语，而是北非地区的古迦太基语。这是半个世纪前罗马人的劲敌、迦太基名将汉尼拔所用的语言。

这时甲板上和船上的所有人都安静了下来，因为罗马帝国骑士、河岸指挥官马库斯·克洛迪乌斯·巴利斯塔举起双臂，直指天空，开始了每次远航起程都要举行的仪式。战船位于布林迪西港口防波堤遮蔽的水域和亚得里亚海交汇的地方，此时水面分外平静。成排向外伸出的船桨静静地躺在水面上，使这艘大船活像停在水面上的一只巨形昆虫。巴利斯塔虽然仍带着满是遥远北方的莽林和沼泽地气息的鼻音，但还是以非常流利的拉丁语开始吟诵传统仪式上的主持词开场：

“众神之王朱庇特，请您用双手庇佑这艘船儿和船上的人们。海神尼普顿，请您用双手庇佑这艘船儿和船上的人们。船之精魂命运女神堤喀，请您用双手庇佑我们大家。”他从身边侍从手中拿起一个巨大的做工精细的金碗，缓慢且隆重地分三次向大海祭酒。

这时有人打了个喷嚏。巴利斯塔伸出去的胳膊悬在空中，半晌没动。没错，确实有人打了个喷嚏。所有人都僵住了，没有人敢动也没有人说话。大家都知道，如果在起航的仪式上有人打喷嚏，那将是海上航行最糟糕的预兆，代表着众神不悦，这一点再清楚不过了。巴利斯塔还是保持着同一个姿势。仪式到此应该是已经完成了。船上众人似乎都在观望，一种紧张的气氛在船上弥漫开来。突然，巴利斯塔用力一翻手腕，金碗被他抛到空中。金碗落入水中时与水面碰撞发出有力的闷响，金光在海水下闪烁，一瞬间就消失不见了。

“该死的，这是典型的蛮人做派，”那个带有苏布拉口音的探子说，“他们总是这么自大愚蠢，老是做出这种蠢到家的举动。扔了金碗也不能带走征兆，没什么可以带走它。”

“那个碗要是带回家能买一块好地呢。”北非口音的探子说。

“那东西可能是他从哪个地方偷来的。”西班牙口音的探子冒出来一句，接着他又回到了他们之前讨论的话题上，“毫无疑问，北方蛮人虽然又笨又蠢，但是他们也和东部人一样，天生就容易背叛通敌。”

说到背叛，弗鲁曼塔里伊的存在就是为了对付皇帝部下的谋逆。罗马皇帝图密善曾经说过，在皇帝真的遭到刺杀之前，没人会相信会有人谋反的。当然，这句话对他们并不适用。他们满脑子想的都是谋逆和造反、阴谋和反阴谋；他们这个组织保密严格、行动效率奇高、成员个个痴迷于执行任务，这让人又怕又恨。

战船的船长在征得巴利斯塔的许可后，在起程前要求大家都保持安静，于是这三个弗鲁曼塔里伊的探子没法交流了，都开始陷入了沉思。他们每个人脑子里都有很多疑惑：他们中有没有哪个负责向上级报告其他两人的情况？或者，河岸指挥官手下的人里是不是还有皇帝的第四个密探？是不是隐藏得太深以至于他们还没有发现他？

德米特里厄斯坐在巴利斯塔的脚边，在他的母语希腊语中，他应该称巴利斯塔为“基利耶”，意思是“主人”。他在心中再次感谢他的守护神为他指引近来的道路，很难想象有谁能比他眼前这位基利耶更好的了。俗话说：“奴隶不该坐等自己的主人动手惩罚。”自从四年前，作为嫁妆物品之一，主人的新婚妻子买了德米特里厄斯做他的新书记官，巴利斯塔就从来也没有动手打过他。德米特里厄斯的上一任主人总是毫无顾忌地用拳头说话，有时候会非常暴力，却丝毫没有内疚之心。

基利耶刚刚庄重地主持仪式宣读誓言并把沉重的金碗扔进海里的举动，在他看来是如此高大。在这个希腊男孩眼中，刚才巴利斯塔的行为完全可以媲美他心目中的英雄——亚历山大大帝。这种姿态代表着基利耶的慷慨、对神的虔诚和对物质财富的轻视。基利耶为了全船人员的安危舍弃了自己的财物，把他自己的财富献给了神，以便抵消那个喷嚏预示的凶险。

德米特里厄斯觉得巴利斯塔身上有很多和亚历山大大帝相似的特质：胡子刮得很干净；一头金发向后梳着，像雄狮的鬃毛一样，在宽阔的额头两边聚成一个个小卷；肩膀宽阔厚实，脊梁挺拔，四肢修长。当然，巴利斯塔个子要高些，亚历山大大帝可是出了名的矮个子。再就是那双眸子了，亚历山大大帝的双眼颜色不同，这令人稍有些不安，不过巴利斯塔却有一双深邃的幽蓝色眼眸。

德米特里厄斯突然想起巴利斯塔应该也就三十二岁左右，而在这个年纪的时候，亚历山大大帝却已经与世长辞了。想到这儿他不由得心中一动，赶紧攥紧拳头，把拇指深埋在食指和中指之间，免得被“恶魔之眼”①盯上了招来什么厄运。

帆船起航，他茫然地看着船上忙碌的人们。军官们大声吼着各种命令，一个笛手吹出一串刺耳的音符，水手们开始拉拽那些乱作一团的绳索，甲板下面则传来桨手的咕哝声。随着船桨起落，水花飞溅，船体在海中先是缓缓前行，之后便逐渐加快。不朽的希腊曾经的伟大历史学家们，比如希罗多德、修昔底德和色诺芬，都没有告诉这个好读书的年轻奴隶怎样才能做好准备，以迎接这艘大帆船起航时扑面而来的各种震耳欲聋的声响。

德米特里厄斯抬头看看他的基利耶。巴利斯塔的双手纹丝不动，似乎是紧握着象征着罗马高官的宝座的象牙扶手末端。在罗马，只有身居要职的官员才能坐这种规格的象牙椅。他面无表情，一直凝视着前方，就好像他是画中的人物一般。德米特里厄斯想，是不是基利耶不习惯乘船呢？他是不是晕船了？他有没有经历过比从意大利一角到西西里岛还远的航行呢？思索了片刻，德米特里厄斯打消了关于基利耶身体不适的念头。他知道是什么让他的基利耶郁郁寡欢，是爱之女神阿佛洛狄忒和她那顽皮淘气的儿子厄洛斯，换言之，巴利斯塔一定是想念妻子了。

巴利斯塔和基里娅（希腊语中意为“女主人”）朱莉娅的婚姻并不是始于一场自由恋爱，而是家族的安排，和所有贵族阶层的婚姻一样。朱莉娅的父亲是元老院议员，位居社会金字塔的顶端，但是家庭并不富

---

① 恶魔之眼：传说中一种因他人的妒忌或厌恶而生，可带来噩运或者伤病的神秘力量，握拳时将大拇指放在食指和中指之间便可消灾辟邪。——译者注

裕，也缺少影响力，所以将女儿嫁给了一个冉冉升起的军界新星。诚然，巴利斯塔是蛮人的后代。但是，他也是个罗马公民，是罗马骑士阶层的一员，社会地位仅在元老院议员之下。而且他也证明了自己的能力，他在多瑙河战役中，以及在远洋岛屿上和北非地区的众多战役中表现出众，还因为攻城时第一个登上了敌人的城墙而赢得了金城冠。更重要的是，他曾经在宫廷中受过教育，深得当时的执政皇帝加卢斯的喜爱。就算他是个蛮人，那至少也是国王的儿子了，是作为外交人质来到罗马的。

因为这场婚姻，朱莉娅的家族才在朝堂之上赢得了今时今日的影响力，要是幸运的话，将来还能捞到大笔财富。巴利斯塔也相应地得到了体面和尊重。虽然这场婚姻有一个如此传统的开始，德米特里厄斯还是从中看出了主人爱情的萌芽在潜滋暗长。厄洛斯的箭深深地射中了主人，以至于即便是在他妻子怀有身孕而无法与他行房的时候，他也没有与任何女仆发生过关系；仆人们经常在自己的住处讨论这件事儿，特别是主人还出身于蛮族，这个在他们看来就是一个充满欲望以及缺乏自制力的野蛮民族。

德米特里厄斯想他一定会竭尽全力陪伴在他的基利耶左右，陪伴他完成任务——一想到那个任务，他的胃里就一阵翻江倒海。这一路上，他们要穿越波涛汹涌的大海，要踏上荒凉的大地，不知道他们要向着日出的方向航行多久，也不知道在航行的尽头会有怎样的艰险在等着他们。这个年轻的奴隶在心中感谢着希腊的主神宙斯，感谢他赐予自己像巴利斯塔这样的罗马战士的保护。

真可笑，巴利斯塔想，真是太他妈可笑了。是啊，有人打了个喷嚏。船上有三百多号人，有人患上了感冒，是不足为奇的，如果众神真想给他一个预兆，一定会有一个更明显的方式来预示的。

巴利斯塔曾经听说过的希腊哲学家们认为，对于不同的种族来说，庇佑他们的其实都是同样的神祇，只不过不同的种族对神有不同的尊称而已，但巴利斯塔很是怀疑这一点。因为罗马神话中的众神之王朱庇特，看起来和他童年与青年时期在自己的部族信仰的神——盎格鲁人传说中的众神之王——沃登完全不同。当然，还是有一些相似之处的：他们都喜欢化身装扮，都喜欢奸淫凡间女子；要是遇见了，就会发现他们还都暴躁易怒。但是最大的不同之处在于，朱庇特也喜欢奸掠凡人男孩，这种事儿沃登可从没做过。朱庇特看起来没有沃登那么冷酷恶毒，罗马人相信，如果选用正确的供奉之物，以合适的方式呼唤神祇，朱庇特就真的有可能赶来伸出援手庇佑你。但沃登却根本不可能有这种善举。就算你是他的子民，就像巴利斯塔一样，他也不会帮你，恐怕你能指望的也仅是这个上帝能在你最后一场战役的时候陪在你身边。如果你表现英勇，像个英雄一样，他也许就会派他身披盔甲、骑着骏马的执盾女神将你带到瓦尔哈拉殿堂[①]去。想到这些，巴利斯塔自己也不太明白为什么要把那个金碗“献祭”出去。他重重地叹了一口气，决定还是想点别的吧，神学可真不是他该研究的。

他想起了他这次的航行任务，这个任务相当简单明了。按照罗马帝国官僚机构的标准，任务确实很简单。他被任命为新的河岸指挥官，负责统率幼发拉底河和底格里斯河沿岸以及两河之间陆地上所有行省的罗马军队。写在公文里，这个头衔看起来非常显赫，可现实情况并非如此。三年前，波斯人建立的萨珊王朝成为威胁东方国家的新帝国，率先侵犯了罗马帝国东部的疆域。怀着满腔的宗教热忱，成群结队的波斯骑

① 瓦尔哈拉殿堂：又称英灵殿，是日耳曼神话中的众神之父沃登款待阵亡将士英灵的殿堂。——译者注

兵横扫了两河流域的河岸地区，从美索不达米亚长驱直入叙利亚。他们先是在地中海岸边饮马，然后才驱赶着俘虏、满载着掠夺的宝藏凯旋。因此，实际上这些地方归河岸指挥官统领的罗马军队已经寥寥无几了。

巴利斯塔得到的训令中透露了罗马帝国在东部地区势力微弱的情况。他接到命令，要率部队前进至位于“叙利亚山谷”行省（柯里叙利亚）的阿瑞忒城，即帝国王域的极东边界。他要在那座城中为抵抗萨珊王朝军队的围城做好准备，因为预计明年围城就会降临到阿瑞忒头上。而他能调遣的只有两支罗马常规部队：一支是隶属于第四西徐亚军团的分遣队和临时旗队，总共约一千人，均为重步兵；另外还有一支协防军团的弓箭手大队，其中既有骑兵，又有步兵，也是大概一千人左右。他已经接到指示，可以在阿瑞忒当地征兵，还可以向附近的埃美萨城和帕米拉城的藩属国王借兵，当然，前提是不会有损于他们本城的防御。他奉命要一直坚守在阿瑞忒城，直到由瓦勒良皇帝亲自指挥的帝国野战军团来增援。为了方便野战军的到来，他受命防御叙利亚的主要港口——皮埃里亚的塞琉西亚，还要负责守卫省会安条克。在柯里叙利亚的总督缺席的情况下，他这个河岸指挥官将全权代理行使该地的所有管辖权力；而总督在场的情况下，则河岸指挥官须要服从总督的安排。

巴利斯塔一想到他接到的命令如此荒唐，想到这简直就是一个由政客制定军事任务的荒谬的典型，脸上不由得浮现出一抹冷酷的微笑。对于这些命令，他和柯里叙利亚的总督都心存巨大的疑虑，因为两人的职责会混淆不清，会有冲突。指派给他的两支部队完全不具备作战能力，到达阿瑞忒城之后所能征召的只有当地农民，军事力量远远不够，相差悬殊，在庞大的波斯军团的围城攻势之下又如何能同时防御保卫另外两个城市呢？

他曾有幸得到瓦勒良和加里恩努斯这两位罗马皇帝的传召觐见，这对父子皇帝[①]与他进行了亲切的交谈。他非常敬慕这两位皇帝。瓦勒良皇帝亲笔签授了给巴利斯塔的训令委任书并亲自授予他河岸指挥官的头衔。但这次任务并没有因此变成美差，他也不能不说这个任务实在是计划拙劣，而且缺乏资源：需要保卫的地区太广阔，准备的时间不够，而且人手也太少，说得夸张些，这个任务看起来更像是个死刑宣判。

最后，巴利斯塔率部队赶了三周的路才出了意大利，在这期间，他尽他所能地摸清了这个遥远的阿瑞忒城的情况。这座城市坐落在幼发拉底河的西岸，在幼发拉底河与查波拉斯河交汇处下游约五十英里开外。据说这座城池的城墙都十分坚固，其中三面都是悬崖峭壁，使得它固若金汤。除了那几座微不足道的瞭望台以外，阿瑞忒城的重要战略意义在于，它是罗马帝国的最后一个前哨阵地，也将是萨珊王朝的波斯大军沿幼发拉底河进犯罗马疆域的第一站。这个城市将首当其冲，承受进军的全部火力。

虽然巴利斯塔掌握了这座城市的历史情况，但这并没让他增添多少信心。这座城市最初是由亚历山大大帝的继任者建造的，先是被帕提亚人攻陷，然后又落在了罗马人的手中，就在两年前，又到了推翻帕提亚人的萨珊王朝波斯人手里。后来，当波斯大军撤回他们国土东南方的心脏地带后，阿瑞忒城的当地人旋即在罗马军队的帮助下发动起义，将萨珊帝国留下守城的一支卫戍部队屠杀殆尽。尽管阿瑞忒有坚固的城墙和陡峭的悬崖这两个优势，但也一定有它薄弱的地方。巴利斯塔想，等他到了叙利亚，实地考察一番，一定能找到这些薄弱处。驻守在阿瑞忒的协防军团的指挥官已经得到命令，将在皮埃里亚的塞琉西亚迎接他。

① 瓦勒良皇帝（公元 253—260 年在位）是加里恩努斯皇帝（公元 253—268 年在位）的父亲，二人于公元 253—260 年共同治理罗马。——译者注

在罗马人眼里，没有什么东西像表面上看上去那么简单。巴利斯塔的脑海中盘旋着好多个问号：两位皇帝怎么能预先知道萨珊帝国会在明年春天入侵罗马？他们怎么知道波斯大军会选择走幼发拉底河这条进攻路线，而不是选择向北的那些路线中的任意一条呢？如果这个军事情报可靠的话，为什么没有迹象表明帝国的野战军团在调动集结？重点是为什么要选他巴利斯塔做河岸指挥官？他的确是个有一定知名度的攻城指挥官——五年前，他跟随加卢斯皇帝在北方抵御哥特人对诺瓦埃城的攻城战中取得了辉煌的成功；在那之前，他也曾在遥远的西部地区和阿特拉斯山脉一带攻下了数个原住民聚居点，但他从未去过东部边疆。为什么皇帝不委任对东部情况最熟悉、最有攻城经验的指挥官去？据他所知，博尼图斯和塞尔苏斯都是非常了解东部的。

要是他能被允许把妻子朱莉娅带在身边就好了。因为她出生于一个颇为古老的元老议员的家庭，那些对于巴利斯塔来说难以参透的罗马宫廷政治的错综复杂，对于他妻子来说则是轻而易举的。她能一眼看穿恩惠与阴谋交织而成的变幻莫测的局势，也能吹散环绕着她丈夫的重重迷雾。

一想起朱莉娅，就有一阵阵强烈的思念以及身体的渴望袭来——她一头黑檀色的波浪长发，双眸幽深，近乎黛色，胸部丰满，还有她浑圆翘挺的臀部。巴利斯塔感觉十分孤独。他觉得自己对她的思念不仅来源于身体的需要，更是精神上渴望有她的陪伴，还想念他们尚在襁褓中的儿子那暖人心扉的咿咿呀呀声。

出发之前，巴利斯塔曾请求皇帝准许他的妻儿随军，但瓦勒良皇帝推说这次的军事任务十分危险，拒绝了他的请求。但其实大家都知道还有另一个原因：他的妻儿其实就是皇帝持有的人质，以确保他这个军队指挥官的忠心。上一个朝代里，有太多的将领造反的例子了。

巴利斯塔深感孤独，尽管他总会有人陪伴左右。他身边有十五个的参谋班子：四个簿记官、六个信使、两个传令官、两名以动物内脏占卜的占卜师，还有一位工程官马穆拉。按照罗马的律法，他是从官方批准认可的各职业人选名单中选择了负责相应事宜的人员，所以这些人他一个也不认识，甚至连那个工程官此前都和他没有私交。因此，其中混有弗鲁曼塔里伊的人也不足为奇。

除了这些官方的随行人员，他还从家里带了一些随从：贴身男仆卡尔加库斯、侍从护卫马克西姆斯，还有他的书记官德米特里厄斯。他已经任命现在坐在他下座的这个年轻的希腊人德米特里厄斯接管安排指挥部的诸多事宜，作为他的亲信，他知道这样做会招致那些正式官员的憎恨不满，但是他需要身边有个能信任的人。按照罗马人的说法，这些贴身随从可以算是他的家人了，但是，对于巴利斯塔来说，他们无非是他真正家人的替代品而已。

船的一些不寻常的晃动引起了巴利斯塔的注意。密封船体的松脂、涂在船桨皮套上用来防水的羊脂油和不同人们的汗液，这些味道混杂在一起，让巴利斯塔觉得格外亲切，令他想起了自己年轻时候在荒凉的北部海岸的生活。这艘“协和女神号”战船，配有三层桨手共一百八十人、两根船桅、两个巨大的转舵桨、二十个甲板船员、约七十个海军，比起他年轻时候的任何一艘大战船都更加复杂精致。然而就像一匹赛马一样，培育它就是为了合心适用，船也是，是为了在海上的速度和适航性。但巴利斯塔知道，这匹“赛马”仅在微波荡漾的海上有着速度性和机动性的优势，要是遇上了大风大浪，还是他熟悉的古老的北方大战船更为安全稳妥。

风向转南，风势越来越强。海面逐渐变暗，开始起浪，汹涌的波涛不断地拍打着船舷，这让桨手们很难控制手中的船桨，战船刚刚起航就开始了让人不安的剧烈颠簸。在南方的天海交际处，暗沉的乌云正逐渐汇聚。巴利斯塔发觉船长和舵手已经讨论了有一阵儿了，他望向他们，这时他们已经拿定了主意。他们俩最后简单地交流了几句，彼此点了点头，船长走了几步到巴利斯塔身边，站定后说道："大人，变天了。"

"你有什么建议吗？"巴利斯塔问道。

"因为我们的航线是沿正东方向航行到阿克罗采劳尼亚海岬，然后沿着海岸向南到达克基拉岛，而我们目前大致是处于意大利和希腊的中间。鉴于我们现在找不到可停靠的港湾，暴风雨来了我们可没地方躲，必须在暴风雨之前找到个避风地。"

"就照你们想的做吧。"

"是的，大人。那请您下令让您的部下不要在船桅附近逗留以避免危险。"

德米特里厄斯在甲板上跑来跑去，传达命令；船长则又简短地和舵手商量了一下，然后下达了一连串的指令。甲板水手和海军们已经组织全员在船舷两侧的护栏处集合，然后迅速地将主帆桁从桅杆上降下来四五英尺。巴利斯塔同意了，战船得在足够的风力下才能达到转向所需的舵效航速，但如果风力太大，也会难以操舵。

这艘战船现在颠簸摇晃得厉害，船长下令掉转方向转而向北行驶。舵手向主桨手和头桨手喊话，然后按照他的信号，这三个人一起向各位桨手传令，笛手吹出尖厉短促的笛声，舵手则开始拉动舵桨。船身颇为吓人地倾斜了一下，然后这艘大船掉转航向，向着新的航线驶去。随着又一连串的号令之后，主帆被卷帆索牢牢卷起，收拢到只露出一小片帆布大小，最下面两层的船桨都被收回了船舱内。

现在，整条船的动向比刚才好控制多了。船匠站在舷梯上急忙向船长进行汇报。

“右舷的三根桨断了。船舱内已经进了好多水，右舷的干木柴都被水泡了，不过抽水泵正在抽水，船的木壳板被泡得膨胀了，但是挡住了海水。”

“我们手头要有足够的可替代的新船桨。咱们可能要颠簸一会儿了。”那个船匠匆匆地行了个礼，然后又下到甲板下面去了。

当暴风雨来袭时，已经是傍晚了。天空此时已经变得如地狱一般黑暗，蓝黑色的苍穹乌云滚滚，还夹杂了一丝怪异的土黄色。狂风呼啸，空气中到处都是飞溅的水花。帆船摇摇晃晃地奋力向前，船尾翘起，离开海面。巴利斯塔看见他的两个部下在甲板上跌跌撞撞地直打滑，其中有一个被一名水手拽住了胳膊，另一个则猛地撞到了护栏上。在这狂风怒吼、风雨交加的夜里，他能听见有人在痛苦地尖叫。他预想到，现在会有两大危险。或许会有一个大浪打在船上彻底吞没战船，抑或是抽水泵出了故障，最后船舱将会积满了水，到时将无法掌舵，那么船迟早会翻进海里，被暴风雨湮没。也或许，船身剧烈颠簸，会被一个巨浪掀起船尾，以至于船头下沉太多，向前翻到浪头下或者沉到海里都是有可能的。至少照目前的情形看，也许很快就会发生因颠簸沉船的可能。巴利斯塔希望自己能站住，能稳稳地站在甲板上，让自己的身体随着船身摇晃。但是，就像在战斗中必须做好表率一样，他也不得不留在指挥室里，坐在他的指挥椅上。现在，他才明白为什么这把椅子会被牢牢地固定在甲板上了。他低头看了一眼，发现德米特里厄斯正以一贯的恳请的姿势抱着他的腿，就好像在害怕什么一样。于是，他拍了拍这小伙子的肩膀，以示安慰。

船长踉跄着艰难地挪到船尾，紧紧抓着船尾柱，大声喊出求庇佑的话：“亚历山大大帝君临四方，威风八面……”仿佛是对他的话很不赞同，一道锯齿形状的闪电划过天际，落进船左侧的海里，紧接着传来轰隆隆的雷声。瞅准一个时机，趁甲板向下沉的时候，船长跌跌撞撞地跑向巴利斯塔，顾不上尊卑有序的等级之分了，冲到他跟前就赶忙抓住了指挥官的宝座和他的一只胳膊。“只有保持一定速度才能转向，我们必须得想办法掌舵。最怕的就是舵桨给弄折了，那才是真的非常危险。只要这场暴风雨没有变得更糟糕，我们就该谢天谢地了，现在我们更应该祈祷神的保佑。”

巴利斯塔想起了古老的斯堪的纳维亚神话中冷酷的海之女神兰，想到她那张令人溺水而亡的大网，感到一切都糟糕透了。

“北边有没有什么岛屿可以让我们避一避的？”他喊道。

“要是风浪驱使我们航行到更北方的地方去，而且我们那时还没有去见海神尼普顿的话，那我们可能会漂到狄俄墨得斯群岛去。但是……看眼前的情形，咱们最好还是别去那儿。”

德米特里厄斯突然叫喊起来。他幽深的黑色眼眸中充满了恐惧，他的话几乎完全被暴风雨湮没，叫喊了些什么大家几乎听不见。

“有个挺无聊的故事。一个希腊人……被吹进了海里……之前无人发现的那些岛上，上面全是半人半马的森林之神萨梯，他们屁股后面都长着马尾巴，巨大的生殖器……扔给他们一个奴隶女孩……都强暴了她……他们这才逃出来……我发誓这事儿是真的。”

“谁知道那是不是真的……”船长喊道，然后迅速消失在船头那边了。

黎明时分，恐怖的暴风雨过去后的第三天，这艘帝国战船——“协和女神号”绕行到了海岬附近，然后又被浪推着来到了克基拉岛半圆形的卡西俄珀小海港。海面倒映出地中海湛蓝的美丽天空，预示着漫漫长夜刚刚结束的几丝离岸风，轻轻地吹拂过他们的脸庞。

“大人，这次航行出师不利啊。”船长说。

“要不是你的海上经验丰富，船员训练有素，情况可能会更糟糕呢。”巴利斯塔回应道。

船长点点头，算是谢过指挥官的夸奖。船长想，尽管这位指挥官出身蛮族，但还是挺谦和有礼的，而且他也不胆小，在海上的暴风雨中沉稳冷静，不曾做错一件事。甚至，他有时候看上去还挺享受的，咧嘴大笑得像个疯子。

“这艘船承受了太多次海浪拍击，恐怕我们至少还得在港口待四天才能重新起程。”

“这也是无可奈何的事。”巴利斯塔说，“船修好后，我们还需要多久才能到叙利亚？”

“沿着希腊的西海岸行驶，经由提洛岛，穿过爱琴海，从罗德岛驶过一片远海到塞浦路斯，再从塞浦路斯穿过一片开阔的海域到达叙利亚……”船长皱着眉头思索着，“……在现在的这个季节嘛……”他的脸上有了喜色，“要是天气晴朗、船的运行情况良好、船上的人员身体健康，而且我们在任何地方停留的时间都不超过一晚的话，我敢说我们应该在二十天内就能抵达叙利亚，也就是十月中旬的时候。”

“那像这样一帆风顺的航行情况多吗？”巴利斯塔问。

“我已经沿着泰纳伦角走过不下五十次了，迄今为止，像这么顺利的情况嘛，从没有过……”

巴利斯塔笑着转身吩咐马穆拉说：“工程官，召集所有的人集合，让他们驻扎到邮驿国道旁的驿站去，驿站就在左边的那座山上。另外，你得带上你的证件和官方通行的公文。和我的贴身男仆一起去吧。”

“是，主人。”

“德米特里厄斯，跟我来。”

虽然并没有下命令，他的贴身护卫马克西姆斯也跟在了巴利斯塔身后。他们一言未发，只是互相苦笑了一下。“咱们先去探望伤员吧。”

值得庆幸的是，没人因为这场暴风雨丢掉性命，也没人被大浪卷下船去。一共有八个伤员，他们都躺在朝向船头的甲板上：五个桨手、两个甲板水手和巴利斯塔的一个信使。这些人都骨折了。已经派人去请医生了，巴利斯塔只是礼节性地前来探访问候他们的伤势。他与伤员挨个儿简单地聊了两句，还给他们发了些小额硬币，就这样结束了慰问。因为巴利斯塔还要和这些船员们一起共赴叙利亚，所以这样做是必要的。

巴利斯塔伸了个懒腰，打了个哈欠。自从那个暴风雨之夜后，大家就都没睡过安稳觉。他环顾四周，在清晨的明亮阳光下眯着眼睛。他将目光投向几英里之外，爱奥尼亚海峡对面，伊庇鲁斯王国那黄褐色的冷峻群山的每一个细微之处都能被看清。他用一只手摸了摸四天没刮的胡子，拢了拢头发，他的头发硬邦邦地几乎是直立在头上，里面全是海盐。他知道，他这会儿看起来一定像每个人记忆里曾经见过的那些北方蛮人雕像的样子——尽管在绝大多数雕像中，北方蛮人不是带着镣铐，就是快要死了。但在他洗澡刮胡子之前，还有件事儿等着他去办。

“那上面想必一定是宙斯神庙吧。”

宙斯神庙的祭司们正在神庙前的石阶上静候巴利斯塔一行人的到来。他们已经看到了那艘伤痕累累的战船被拉进了港口，他们衷心欢迎它的到来。巴利斯塔赏了他们不少钱币，而祭司们也献出了焚香和一只祭祀的羊，为巴利斯塔所乘的战船历经海上暴风雨仍能安然进港感谢宙斯保佑，而巴利斯塔也需要去还他在风暴最猛烈的时候当众许下的安全着陆的愿望。其中一位祭司查看了羊的内脏[①]，宣告是个吉兆。想必众神一定美美地享用了包裹在肥油中的骨头烧烤的香气，而那些祭司稍后将实实在在地享用一顿烤肉大餐。巴利斯塔还慷慨地让出了享用自己那一份引得人神垂涎的烤肉的权力。

当他们离开神庙之后，一个旅行中常会遇到的、有些愚蠢的小问题出现了。他们三人落了单，而且谁也不知道驿站的具体位置。

“我可不想把这大好的晨光都浪费在这山野间晃荡。”巴利斯塔说，“马克西姆斯，你能不能下山回到‘协和女神号’上去问问方向啊？”

侍从护卫刚一走远，巴利斯塔就转身向德米特里厄斯问道：“我想等只有我们两人的时候再问你。暴风雨来的时候你叫嚷的关于什么神话传说和全是强奸犯的岛屿之类的，到底都是些什么啊？”

“我……不记得了，基利耶。”这个年轻人黑黑的眼睛始终不愿和巴利斯塔对视。巴利斯塔也沉默了，然后这个年轻人突然语速极快地嘟囔了一大堆话，他说：“我当时吓坏了，就开始胡言乱语，这一切都是因为我当时太害怕了。又是狂风大作，又是巨浪滔天的，我真以为我们会死的。”

巴利斯塔注视着他问道：“你开始讲故事的时候，船长正在讲一个什么狄俄墨得斯群岛，他说的这个是什么？”

“我不知道，基利耶。”

“德米特里厄斯，要记住，你是我的奴隶，是属于我的财产。你钟爱的那些古代作家们都没有人把奴隶形容成‘一件会说话的工具’吗？快告诉我，你和船长说的都是些什么。”

---

① 古罗马的祭司或占卜师等，每每在宰杀所祭祀的牲畜后，查看其内脏、肠胃的情形，以此推断吉凶祸福。——译者注

“船长是想给你讲狄俄墨得斯岛的神话。我想阻止他，所以我打断了他，讲了那个萨梯之岛的故事。这是保萨尼亚斯所著的《希腊志》里的传说故事。我有意要说这些，因为这类故事很有吸引力——就算是像作家保萨尼亚斯那样受过高等教育的人，也一样乐得听这些——但这些故事通常都不可能是真的。”年轻人停止了说话，有些局促不安。

“那么狄俄墨得斯岛的神话是什么？”

年轻人的脸一下子变得通红。“那只是个无聊的故事而已。”

“告诉我。”巴利斯塔下令道。

“传说，在特洛伊战争之后，希腊英雄狄俄墨得斯并没有返回家乡，而是定居在亚得里亚海上的两座偏远的小岛上。岛上有一个专属于他的避世圣所。在那个地方周围到处都是一种大鸟，长着大而锋利的喙。据传说，如果是希腊人登岛，鸟儿们会保持安静；但如果蛮人想要登岛，这些鸟就会倾巢而出，在空中俯冲而下试图攻击杀死蛮人。据说，这些鸟都是狄俄墨得斯的伙伴，因为他已经化身变成了鸟。”

“你是在顾及我的感受吗？”巴利斯塔往后一仰头，大笑了起来，“显然，没人告诉过你。在我们蛮族部落，我们的确并不关注感受方面的问题，或者说，只有在醉得一塌糊涂的时候才会谈到感受。”

第二章

到了卡西俄珀之后，老天才对他们仁慈起来。令人感到惊喜的是，南风之神诺特斯渐渐偃旗息鼓，让位给了北风之神玻瑞阿斯。于是，在和缓轻柔的北风中，“协和女神号”沿着希腊西部继续顺水航行，左侧是伊庇鲁斯、阿卡纳尼亚和伯罗奔尼撒半岛上连绵不绝的青山。这艘三层桨座战船绕过了泰纳伦角，驶入马里阿角和基西拉岛之间。然后桨手们划着桨，沿东北方向驶入了爱琴海，战船的撞角则直指基克拉泽斯群岛：米洛斯岛、塞里福斯岛、锡罗斯岛。经过七天的航行，现在只需绕过瑞尼亚岛，几小时后便能到达提洛岛。

在基克拉泽斯群岛的怀抱正中是一块几乎可以说是光秃秃的巨岩，那就是与众不同的提洛岛。据希腊神话传说，这座岛屿起初是海上浮岛。暗夜女神勒托受众神之王宙斯勾引而怀孕，宙斯的妻子赫拉大怒，便对她施以迫害，使得她无法在世界上的任何一个地方落脚，但是提洛岛收留了她。于是勒托在提洛岛上诞下了太阳神阿波罗和月亮与狩猎女神阿耳忒弥斯。而提洛岛得到的回报便是在该地永远地固定了下来。凡是病人和即将临盆的妇女都会摆渡到对面的瑞尼亚岛上暂住，因为提洛岛上不允许有出生和死亡。长久以来，提洛岛和岛上的神庙都很繁盛，岛上并没有筑起高墙，这是个有诸神庇佑的福泽之地。在希腊的黄金时代，雅典为了对付波斯，联合了一些小城邦成立了联盟，而提洛岛就是该联盟总部的所在地。

罗马人的到来仿佛是西方飞来的乌云，改变了一切。罗马人宣布提洛岛从此以后成为自由港，他们这样做并不是因为敬神之心有多虔诚，而是想通过此地做些肮脏的生意。罗马人的财富和贪婪让这座岛变成了世界上最大的奴隶市场。据说在奴隶贸易的鼎盛时期，提洛岛上每天会有超过一万名可怜的男人、女人和儿童被贩卖。但罗马人最后还是没有保住提洛岛。二十年里，这座神圣的小岛被洗劫了两次。讽刺的是，那些靠贩卖奴隶为生的人最后被海盗劫掳了去，竟然也做了奴隶。现在，该岛的诸多神庙和有利的地理位置（来往于欧洲和小亚细亚之间的船只的中途停靠港）依然吸引着一些水手、商人和朝圣者，但这座岛毕竟背负着历史的阴影。

德米特里厄斯还在注视着提洛岛。他右侧的远方是铿托斯山灰蒙蒙的轮廓，山顶上就是宙斯和雅典娜的神庙，往下便是其他各部族神祇的庙宇：埃及人的神、叙利亚人的神，当然也有希腊人的神。山脚下直至海边那片区域则是个古老的小镇，镇上杂乱地建有一幢幢白漆红瓦顶的房子，在阳光下闪着一片光芒。太阳神阿波罗巨大的雕像引起了德米特里厄斯的关注。那雕像头上编着长辫子，不知在这里矗立了多少年，扭转着身子，向左方圣湖的方向望着，脸上凝固着笑意。而圣湖旁边，就是德米特里厄斯的“协和女神号”要去的地方，自从他知道要去那儿之后就一直惶惶不安。

他只去过那个地方一次，那是五年前了，但他永远都忘不了。为了让作为“货物”的他看起来卖相好一点，奴隶贩子让他脱光了洗了个澡，然后就带着他来到了集市上。一直以来，他都是个温驯的奴隶，堪称模范，但仍然整日饱受奴隶贩子污言秽语的辱骂，动辄就会受到暴打的威胁。在地中海的艳阳下，他能闻见周围人群散发出的阵阵呛鼻的体味。奴隶拍卖商刚刚卖力地吆喝了一番“这家伙受过良好的教育……能当个不错的书记官，也能管管财务什么的”，台下就传来那些粗鲁汉子们粗俗的只言片语——“我看是受过教育的娈童吧”……“图皮里乌斯要是买了他就可以好好享受一番了”。不一会儿，拍卖就完成了。德米特里厄斯现在还记得，当时的他脸颊绯红，在眼眶里打转的愤怒的泪水刺得他双眼生疼。

德米特里厄斯再也不想回忆起意大利人的那个奴隶市场了。对他来说，那是屈辱而黑暗的三年，而他以前的生活犹如春日的阳光一样舒适。但他从不提起这些事儿，他想让人们以为他生来就是个奴隶。

提洛岛古老的小镇剧场所在的地区有一团乱麻般的小巷子，狭窄而蜿蜒，两侧是简陋民房微斜的墙壁。即便是一年中最好的时节，阳光也很难照到深巷中。现在，太阳已经从瑞尼亚岛上空落了下去，周遭一片漆黑。那几个弗鲁曼塔里伊的探子既没有想到要带火炬，也没有带上个为他们照亮的人。

“该死。”那个带有西班牙口音的探子说。

“怎么了？”

“屎，我刚才踩到了一大坨屎上。”他这么一说，其他人才注意到这条小巷子臭烘烘的。

“看那儿，那里有个指引水手回港口的标志。”北非口音的探子说。他们眼前是一个木头雕刻的大大的男性生殖器，系着铃铛的一端有个笑脸的符号。这三个探子向着那路牌指示的方向继续走去，西班牙口音的探子时不时地停下脚步刮刮他的鞋底。

在浓重的黑暗中走了一小会儿，他们就到了一扇门前，门口两侧是两个男性生殖器木雕。一个大块头的看门人把他们领了进去，然后一个面目丑陋的干瘪老太太把他们带到了饭桌旁，让他们在长凳上坐下。她先开口要钱，才给他们端来了两份酒、三杯水。除他们之外，客人只有两个正激烈交谈着的当地老头儿。

“咱们太走运了，真是走了八辈子的运！”苏布拉口音的探子说道。如果说这儿有什么特别的地方，那就是比外边儿还臭。走了味儿的酒、酸臭的汗味儿，再加上经久不散的湿气与烂木头的味儿、屎尿的味儿，简直让人无法忍受。“你们俩可是待遇优厚、受人尊敬的河岸指挥官的簿记官，而我则是罗慕路斯的后裔，一个真真正正的罗马人，竟然成了跑腿送信的信使！”

“你笔杆子太差难道是我们的错儿不成？”西班牙探子说。

“净他妈胡说，塞多留①。”这个外号源于一位驻守在西班牙的著名的罗马反叛将领，“对你和汉尼拔②来说，罗马就是你们的后娘。”

“嗯，对，你说得没错，生在罗马那个大粪坑里肯定很美妙吧？”北非探子也帮腔了。

这时，一个上了年纪的妓女走过来服侍他们，他们才停止了互相挖苦。那妓女脸上涂了厚厚的粉儿，穿着件特别短的束腰外衣，手镯上挂着不少零零碎碎的护身符：男性生殖器、大力神赫拉克勒斯的大棒、斧子、锤子和三颗头的冥界女神赫卡忒。

“要是连她这种货色都得戴上这么多护身符，才能挡住别人的妒忌，可见别的娘们儿得长得多难看。”

---

① 塞多留（公元前 122—公元前 72 年）：罗马共和国后期的一位著名将领，西班牙地区的执政官。公元前 72 年，庞培在西班牙平定了塞多留的反罗马运动。这里用作来自西班牙的探子的外号。——译者注

② 汉尼拔是北非古国迦太基著名军事家，这里用作来自北非的探子的外号。——译者注

他们都喝起了酒。“港口还有另外一艘帝国三层桨座战船。”西班牙探子说，“船上是利西亚行省的帝国检察官，正要去罗马。没准儿河岸指挥官早就安排好了要和他在这儿会面呢？”

“不过到现在为止，他俩还没见过面。”那个为自己出生于罗马城而感到无比自豪的探子说。

“那就更可疑了。”

“你们都是胡说。咱们的野蛮人上司能来这儿，那是因为他听说这儿有波斯奴隶卖，他想买个来玩玩。波斯人的屁股嫩得能掐出水儿来，他想买了之后换下那个被他玩烂了的希腊小子。”

“我跟那个书记官德米特里厄斯聊过，他觉得这就是一种政治上的表示。显然，很久以前，希腊人利用这座可怜的小岛作为对波斯人发起宗教战争的总部。咱们要做的不就是捍卫文明、避免它受到波斯人的侵略吗？看来，咱们这个野蛮人指挥官是要把自己塑造为文明的先行者啊。”

听罢北非探子的这个论断，另外两人频频点头表示赞同，尽管他们其实并不相信这些话。

门开了，又走进来三位客人。就像其他士兵会做的那样，那三个弗鲁曼塔里伊的探子忙不迭地站起身来向工程官马穆拉问好；随后，他们也和侍从护卫马克西姆斯、指挥官的贴身男仆卡尔加库斯交谈了几句。后来的这三位也和他们打了招呼，然后便在另外一张桌子旁边坐下了。三个弗鲁曼塔里伊互相交换了一下眼色，无疑，他们在为自己选对了歇脚的酒馆而感到窃喜。

开酒馆的两兄弟看见刚进来的这些人，眼神中透着惶恐。那个长相丑陋、头部形状怪异的老奴隶，也就是被叫作卡尔加库斯的客人看起来似乎不会惹是生非，可谁又说得准呢？至于工程官马穆拉，他和其他所有士兵一样，有可能会是个刺头。他身着部队的服装——绣着卐字图案的白色长袍、深色裤子，脚蹬一双皮靴；腰上系着扣带，这是一条精致的军用腰带；别在腰带里的是一条装饰性的肩带，这条肩带另一头搭在他的右肩膀上；扣带上精致的垂饰都向里塞在腰带中，另一边从扣箍的右侧穿过，围成一圈；扣带末端缀着常见的金属装饰物，叮当作响。无论是腰带还是肩带，都表明了他在部队服役的年份不短，而且地位不低。这两条饰带上满是军功章、护身符和来自各部队与战役的各种各样的纪念品。他左侧佩带着一把罗马长剑，右侧则是部队里用的罗马短匕首。在以前没有什么战事的好日子里，他只带匕首出行，可现在时局如此动荡，什么习惯都得变变了。马穆拉的大脑袋方方正正的，活像一块大理石砖，头发斑白，头发、下巴上和上唇的胡子都修剪得十分短。他的嘴就像个捕鼠夹一样，表情严肃，不苟言笑，眼神犀利，似乎连眼睛都不眨，这一切都表明他不是个善茬儿。

进来的第三个客人，就是那个被叫作马克西姆斯的健谈的家伙，他看起来更难伺候。马克西姆斯所穿的衣服和军官的制服类似，但他其实连个士兵都算不上。他带着一把老式的罗马短剑、一把西班牙短剑、一把装饰性的匕首，还有一堆廉价的镀金小玩意儿。他蓄着一头长长的黑发，比其他人都要长，但络腮胡子却修得相当短。他鼻尖上有一道白色的疤痕，和他那像鸟一样的脸上晒成棕褐色的皮肤形成了鲜明的对比。酒馆的几个男酒保觉得他那张脸看起来活像猫屁股，不过，他们可不敢让他知道这个想法。总之，通过他的外貌，基本可以推断出他曾经混过竞技场，现在则充当一个打手的角色。但是，真正让人感到不安的还是他那双浅蓝色的圆睁的双目，他的眼神甚至可以说有些空洞。有这样一双眼睛的男人可能刹那间突然变脸，变得极端暴力。

“这顿算我的。”马穆拉扬起他平展展的脸，和开酒馆的两兄弟之一对上了眼。于是，后者点点头，招手让一个女孩去给这三位客人端喝的东西。

“朱庇特啊，那个男酒保真是个够丑的杂种。”卡尔加库斯操着难听的北方口音说。

“大人，您不知道，”马克西姆斯跟马穆拉说，“卡尔加库斯论起美貌来算是个专家呢。他年轻的时候，您可能都不敢相信，但那时候他年轻的面容美得像灿烂的阳光。那些男人、男孩甚至是女人、女孩，没有不想拥有他的。他做奴隶那会儿，无论国王、王子还是各行省的总督都争相讨他欢心。在雅典有个说法，大家都说他活脱脱是个‘红颜祸水’。您知道的，雅典人最好男色了。”

这些话似乎并非全然不可信。于是，马穆拉凑近卡尔加库斯，认真打量了一番：他下巴挺小的，上面覆盖着一层胡碴儿；嘴里有股酸腐味儿；前额上满着细细的皱纹；头发短不说，发际线还有渐渐后移的趋势；最明显的外形特征就是他那浑圆的大脑袋，从双耳到头顶形成了一个圆弧。马穆拉过了一会儿才反应过来，马克西姆斯是在开玩笑。真是鬼扯，这真是太难分辨的玩笑话了，他想。他是个对任何幽默讽刺、玩笑反语都绝缘的人。

一个瘦骨嶙峋的近乎平胸的女孩把酒端了过来。她将大大的酒罐放在桌上时，马克西姆斯伸出了手，沿着她包在束腰短外衣里的大腿一路摸到她的屁股上，她傻笑起来。这一切都是自然而然会发生的，没什么新鲜的。

要在往常，工程官马穆拉才不会和几个野蛮人出身的奴隶凑在一起，更不用说请他们喝酒了。可只要狄俄尼索斯一声令下，哪有不跳起舞来的？在罗马帝国，一个人手中的权力总是来自比他更高一级的统帅。河岸指挥官之所以手握大权，那是因为他直接听命于罗马皇帝。这两个奴隶有权力，那是因为他们都是河岸指挥官身边儿的人，他们已经跟随巴利斯塔好多年了。马克西姆斯是河岸指挥官十四年前买来的，卡尔加库斯则是当初跟随河岸指挥官一起到罗马的。如果说马穆拉想成功地坐稳官位，那就得想方设法了解这位新上任的河岸指挥官的一切。不管怎么说，鉴于他目前的状况，他不得不承认，要是这个时候讲究尊卑礼仪、自恃清高，那就太矫情了。他不得不把自己生就的高贵身份先抛到一边去。

他开始仔细观察他的这两个同伴。卡尔加库斯喝酒慢慢悠悠的，不急不缓，一口接着另一口，就像一台阿基米德式螺旋抽水泵抽取船上的海水一样，他杯中的酒渐渐少了。马克西姆斯也正喝着他那杯酒，只是他一边喝一边手舞足蹈、没完没了地说着话，有时候是小抿一口，有时候则咕嘟一声灌下去一大口。马穆拉静静等待着轮到自己说话的时候。

“真奇怪，那希腊男孩德米特里厄斯竟然不愿跟咱们来喝酒。你们觉得他是不是为了今天巴利斯塔要买个漂亮的波斯男孩的事儿正发愁呢？担心屋檐下又多出一个跟他争宠的男孩？要知道，在一个家里面，没什么比失宠的人地位更低的了。”马穆拉静静地注视着马克西姆斯比比画画的样子，脸上的表情沉了下来。

“主人的偏好可不是那个路数。在他们部落里，这样的人是要杀掉的，就像……在罗马军队里一样。”马克西姆斯扭过头，正好与马穆拉面面相觑。

工程官与这个侍从护卫对视了一两秒，然后将目光移开了。“我相信就是这么回事。”马穆拉注意到酒馆男酒保和那个丑得足以做他亲哥哥的看门人互相交换了一下眼神。

马穆拉决定换个策略。他的酒杯上画着一幅人们纵酒狂欢的图，这图是对老式的彩绘花瓶图案的简单模仿，现在有钱人常常会收集那类花瓶，当作古董，也当作是风俗画作品。这酒馆从大门到楼梯的廊道两侧立着两根大得可笑的多立克式柱子，就像整个屋子里的装修风格一样，桌上酒杯的风格也十分恶俗，这是为了给来这儿喝酒的穷困潦倒的主顾们留下一种正在享受贵族生活的虚假印象。马穆拉知道这些是因为他经常出入富豪的宅院，有时候甚至是合法出入。

“我想叫个姑娘过夜。”他说，“你们要是谁想要就说一声，我请客。”

“您真是太客气了，我亲爱的工程官大人。我们在海上漂了那么长时间，像您这样博学的人一定知道，在海上可尝不到性爱的滋味。水手们说那会带来最糟糕的厄运。我不知道是不是手淫也算在其内。如果连自己动手都是禁忌的话，那咱们能平安到达港口还真是个奇迹，因为卡尔加库斯总是在船上女人的住处像普里阿普斯神一样淫乐。”然后，马克西姆斯环视了一下房间，突然喊道：“那儿！看那儿！不错！真漂亮！”

“谁啊？那个胖姑娘吗？”卡尔加库斯问道，他顺着马克西姆斯所看的方向望过去。

“这姑娘简直就是冬日暖炉、夏日浓荫啊！”马克西姆斯满脸堆笑地站起身来，去商量价格。

马穆拉心想：现在，来看看是不是能从这个可鄙的喀里多尼亚老杂种嘴里套出点什么吧。

“他说话这么粗鲁，你怎么容忍得了？”他问。

“他就是那样的人。”

“我发现，有时候他甚至跟指挥官也这么说话。他怎么敢这么干？”

卡尔加库斯沉吟片刻，又喝了一口酒，才说：“那是因为主人和他有过命之交。”

“马克西姆斯是什么时候救了指挥官？”

过了一会儿卡尔加库斯才回答说：“正相反，是主人救了马克西姆斯的命，所以他们之间才有了感情联系。”

马穆拉觉得有点沮丧，他重新为卡尔加库斯斟满了酒。“指挥官为什么要给自己起个攻城器械的名字[①]？”

“也许是因为他一直都对攻城器械感兴趣吧。”

马穆拉心想，这些信息真他妈的毫无用处。“他一定是个好主人吧？”

这个上了年纪的奴隶又喝了口酒，似乎在好好思考这个问题。“也许是吧。”

“他看起来是个好伺候的主人，不会提什么特殊的要求。”马穆拉想继续深挖。

“煮鸡蛋。”卡尔加库斯说。

“什么？”

“半熟的水煮蛋。他对这个挺挑剔的，必须火候刚刚好才行。”

巴利斯塔坐在石阶上，那几层石阶一直延伸到码头的海水中。从布林迪西起航后，他还是头一回感到开心。他刚给朱莉娅写了封家书，还在信中叮嘱她要念给他们的儿子听。卡尔加库斯看起来好像吃撑了，所以他派他去港口的另外一艘帝国战船上送信，问问船上的检察官是否能做个顺水人情，帮他把这封信捎带回去。就算他们已经离开罗马，正在去西西里别墅的途中（这种情况不大可能），他们也能很快收到这封信。秋日的阳光暖洋洋地照在他的脸上，照在碧蓝的大海上，星星点点，煞是好看。

他捧起一卷战术家埃涅阿斯写的《论要塞的防护》，翻动纸莎草书卷，想找到他要读的地方。“悬赏奖励告发叛城行为的人……奖励内容应公开张贴在集市市场、祭坛或神庙中。”巴利斯塔曾经读过这卷书稿，书中主要内容之一就是需要不断警惕城内的叛徒。埃涅阿斯写这卷书的时候，地中海地区诸国的战事频发，每个国家都有潜在的造反起义者。因

① 巴利斯塔的原文名字即“Ballista”，是投石机、攻城弩炮的意思。——译者注

此，千万不能低估叛乱的可能性，不过现在时局已经变了。现在的问题很简单，除非发生内战，否则就只是罗马帝国与其他国家的战争。巴利斯塔将要在阿瑞忒城面对的最大危险就是波斯人的常规攻城手段——弩炮、撞槌、攻城梯和地道，这些就是这个高大的北方人所了解到的那类实用的攻城技术。

他的侍从护卫来了，还带着那个新买的波斯奴隶，他们正沿着码头向他走过来。巴利斯塔向马克西姆斯表示了感谢，然后就吩咐他退下。在侍从护卫古铜色的脸庞上，泛着一种不健康的灰白色，现在的阳光并不强烈，可他却出了很多汗，而且眼皮耷拉着，好像就要闭上了。马克西姆斯听到命令便微微点了下头，然后离开了。就好像大变活人的魔术一样，德米特里厄斯突然出现在他面前，还带着他的铁笔和蜡板。

巴利斯塔仔细端详着面前这个波斯小伙子。他长得也挺高的，几乎和他这个北方汉子一样高，卷曲的黑发、卷曲的黑胡子。他黑色的眼眸中满是疑虑，而且带着明显的抵触情绪。“坐。”他用希腊语说，“巴戈阿斯是你做奴隶时用的名字吗？”波斯小伙子点点头。

“放尊重点！说‘是的，基利耶！’”德米特里厄斯有点生气。

“是的，基利耶。”波斯奴隶用很重的希腊口音说。

“你当奴隶之前叫什么？”

他愣了一下。

“霍尔米兹德。”

巴利斯塔怀疑他在撒谎，便试探道：“你想不想我继续叫你霍尔米兹德？”

这个问题让波斯小伙子有点不知所措。“呃……不想……基利耶。”

“为什么不呢？”

“那会给我的家族带来耻辱。”

“你是怎么成了奴隶的？”

波斯小伙子面对这个问题再次迟疑起来，片刻后回答道：“我被……几个阿拉伯……强盗捉住了，基利耶。”

又是在闪烁其词，巴利斯塔想，他的目光跟随着空中飞翔的一只海鸥望向了北边。

波斯小伙子看起来稍稍放松了些。

“我告诉你我为什么把你买下吧。”小伙子立即紧张起来，他害怕等待他的是最残酷的命运。他看起来已经做好了逃跑甚至打架的准备。“我想让你教我波斯语，我想学习波斯的语言和风俗习惯。”

“大多数上层社会的波斯人都能讲一点儿希腊语，基利耶。”小伙子说，听上去是松了一口气。

巴利斯塔没接这个话茬儿。“好好教，我也就好好待你。要想跑，我就杀了你！”他稍稍挪了挪身子，“波斯人是怎么在萨珊王室的带领下推翻了帕提亚帝国的？为什么他们如此频繁地派骑兵进犯我们罗马帝国的疆土？他们为什么能如此频繁地打败我们罗马人？”

“这是我们的拜火教神话中的至高之神阿胡拉·马兹达的旨意。”小伙子脱口而出。

如果攻下城楼的第一个计谋失败了，那就再想他法，继续尝试。于是，巴利斯塔接着说：“给我讲讲萨珊王室的故事吧。我想知道沙普尔的先辈都是什么人，做了哪些事儿。”

“关于王室的故事那可就太多了。”

“那就给我讲讲你觉得可信的故事吧。”这小伙子说话十分谨慎，但是巴利斯塔希望他那份自尊和骄傲能让他开口。

小伙子略略想了一下，理顺了思路。“很久以前，萨珊大人远道而来，到了帕佩克国王的宫殿前。帕佩克是一个先知，他说萨珊的后代将在神祇马兹达的指引下带领波斯人立下丰功伟业。帕佩克没有女儿，也没有女性亲属可许配给萨珊，因此他把自己的妻子给了他。他不在乎自己的名誉有损，因为他更在意萨珊王朝波斯万民的辉煌永续。萨珊大人的嫡子是诸王之王——阿尔达希尔，三十年前，就是他率部队推翻了帕提亚帝国。阿尔达希尔的嫡子是诸王之王沙普尔，即一切雅利安人和非雅利安人的王上。他们在神祇马兹达的指引下重创了罗马人。”这小伙子挑衅地瞪着巴利斯塔。

“沙普尔是想收复所有亚历山大大帝占领的、古时候属于波斯人的失地吗？也就是说他要一一夺回罗马人的埃及、叙利亚、小亚细亚和希腊吗？”

“不……嗯，是的。”

“你回答的是什么？到底是不是？”

“这些地方都是波斯人以前的领地，应该收回，这没错；但是，沙普尔王上并没有想着把它们全都从罗马人那里夺回来。”小伙子眼神中透着一股狂热。

“那他还要夺取其他哪些地方？”巴利斯塔心中做好了听到最坏消息的准备。

“诸王之王沙普尔十分谦恭，他认为自己仅仅是神祇马兹达在人间的代言人。他知道，他的家族命运就是要将马兹达的圣火传遍全世界，让所有人都敬马兹达为神，让全世界都归属于雅利安人！”

听到这儿，巴利斯塔短暂的幸福感立刻蒸发了。波斯人压根儿不需要诸如正义理由之类的美好借口，想要和他们达成和解或者推迟他们的进攻已然无望。看起来结束这场战争是不可能的了，因为这是宗教战争。有那么一瞬间，巴利斯塔似乎看到了这个波斯小伙子眼中的世界：正义凛然的大部队，战士多如天上繁星，横扫西方，净化世界。挡在他们前进道路上的就只有巴利斯塔自己，还有那座孤零零的阿瑞忒城。

第三章

马克西姆斯过了好一会儿才把杯里的酒喝完。巴利斯塔让他退下后，他就立即去大市场买了面包、乳酪、橄榄、淡水和一小片蜂巢，想找个安静的地方坐下吃饭。他发现了一座废弃的花园，便走进去挑了个能看见所有两个入口的地点。他先是检查了一下灌木丛，看看里面有没有蛇，那是他最害怕的东西；然后才坐下来，一边看他手中仅有的一本书——佩特罗尼乌斯的《萨蒂利孔》，一边吃东西。自从巴利斯塔几年前在非洲教他认识拉丁文之后，马克西姆斯还读过其他书，但是没有哪一本能像这本书一样与他心灵契合。书中展现了一个真实的罗马：人们淫乱放纵，纸醉金迷，贪婪成性，奸诈狡猾，崇尚暴力，就和他自己一样。

第二天，马克西姆斯感觉自己精力十分充沛。黎明时分，船长望见了远处的提诺斯山的山峰，于是他宣布天气晴好，适合航行。巴利斯塔主持了起航的仪式，“协和女神号”也离开了系泊处。现在，马克西姆斯正站在军舰撞角后方的船舷处，欣赏着眼前一望无际的碧蓝大海。这场景真是绝妙的讽刺：他，一个奴隶，站在船上最佳的位置，享受着清晨的阳光和海上的浪花飞沫；而同样在这艘巨船上，他身后下方则是一百八十个自由民，严格地说是一百八十名罗马战士（其中大多数是志愿者）却坐在光线昏暗且不通风的桨手位置的硬长椅上。让那些穷杂种的屁股碎成好几瓣才好呢，他想。

马克西姆斯似乎对奴隶身份并不介怀，可其他人却并不能坦然接受这一现实，年轻的德米特里厄斯就是其中之一。这个希腊男孩自从知道军舰要在提洛岛停靠后，就郁郁寡欢，愁眉苦脸。也许这和他是如何成为奴隶的有关。有些人是生而为奴，有些则是因为尚在襁褓之中就被抛弃在污秽之地，不幸被奴隶贩子捡到了。有人是生活窘迫，迫不得已卖身为奴，有的则是犯罪被捕后罚为奴隶，还有的是被海盗或土匪劫掠卖给了奴隶贩子。在罗马城之外，许多人都沦为了所向披靡的罗马大军的奴隶，不过现在，这些奴隶的人数少了些，因为罗马军队似乎略显颓势了，吃败仗的次数越来越多。再有就是和马克西姆斯本人遭遇相同情况的人了。

当他还是自由人的时候，名叫穆尔塔夫。他对自由人岁月的最后的记忆就是和其他几个战士开怀大笑的场景。他们将一个农民绑在一棵树上，想碰碰运气，看他身上是不是藏着一罐金子。他们还将手中装着啤酒的皮袋子互相让来让去。他成为奴隶后最初的记忆则是自己躺在一辆马车后面，双手被紧紧捆在背后，随着马车的每一下颠簸，他的头疼得愈发厉害起来。至于这两段记忆之间发生的事情，他一点儿印象都没有。就好像有人把《萨蒂利孔》的纸莎草书卷拆成了零散的几片，然后又将扯开的地方粘连在一起，又或者像是从新的精装书中撕掉了好几页。这故事就是这样，从一个场景直接跳到了另一个场景。

还有一个战士是自愿当奴隶的——科马克，他当时也在那辆马车上。显然，他们当时是袭击了一个附近的部落，结果那部落的战士撵上了他们。于是两方起了冲突，混战中穆尔塔夫被弹弓打中了脑袋，于是像块石头一样当场栽倒在地。他记得，他们当时是在被送往海边港口的路上，到达目的地后会有罗马奴隶贩子来挑选奴隶。

科马克没能被卖掉，因为他腿上的伤开始恶化了，他最后死了。但穆尔塔夫被卖出去了。第一个主人觉得他是个去竞技场打擂的好苗子，所以给他另取了个名字——马克西姆斯，于是，再也没人叫他穆尔塔夫了。马克西姆斯被运到高卢，转卖给一个角斗士老板，准确地说是一个巡回表演的角斗士团队的教练。一开始，他带着有金属刺的拳击手套和他人打斗。但是有一次，马克西姆斯和团队里一名持网和三叉戟的角斗士因为钱的事儿动了手，最后他把那个人打得受了重伤。为了弥补这个损失，主人将马克西姆斯卖给了另外一家角斗士表演团。在这个团里，他使用的是椭圆形的盾牌和莫米罗角斗士的短剑。

马克西姆斯曾经在阿莱拉特巨大的石砌圆形剧场演出，巴利斯塔第一次看见他就是在那儿。相对于马克西姆斯当时的身价来说，这个盎格鲁人可以算是为他花了大价钱，当然，这一切都是有原因的。当时的巴利斯塔要去遥远的西方，他需要两个人：一个做他的贴身护卫保护他的安全，另一个教他说凯尔特语。

和其他奴隶不一样，马克西姆斯对于赢得人身自由这事儿并不怎么热衷。罗马人在解放奴隶方面其实并不慷慨，但是有时候他们会借此使用“胡萝卜加大棒”的手段，以免奴隶们过于绝望，从而滋生事端，比如说集体逃跑或者举行起义。释放众多奴隶就是“胡萝卜”，而对奴隶施加刑罚就是“大棒”。从单个个体的角度来看，这其实是罗马人表现自己慷慨大度的方法。同时，释放大批奴隶也能为奴隶市场带来新的活力。对于马克西姆斯来说，自由总是意味着期望和债务。因此，他对于自己能有片瓦遮身并不感到大惊小怪，当然也更不会为了住的地方到底属不属于自己这种事儿纠结。他希望能填饱肚子，每天有饭吃，有酒喝；他希望有一堆女人心甘情愿地伺候他，当然，有时候女人不情愿的样子更让他欲罢不能；而且，他很是享受搏斗的过程，他对于打架很在行，而且十分了解自己的这份能力。要是他还在家乡，为了生计，为了吃喝与女人，他会去做希伯尼安国王的随从。不过，现在当了巴利斯塔的贴身护卫，这些福利他一个都不少，既有葡萄酒喝，又有啤酒喝，身边还围着一大群女人。等他还清了巴利斯塔的债，他就是个自由人了，这一点可以肯定。他脑中总是浮现出这样一幅画面：他那钉着鞋钉的鞋子在大理石地板上一滑（他发誓再也不穿那种烂鞋了），跌倒的时候身上的佩剑也飞了出去，怎么也够不着（剑柄上的圆头总带着一个可以套在手腕上的皮圈），眼前是一张面露凶光的褐色脸庞，那人持剑的一只胳膊抬起，正要给他致命的一下，巴利斯塔突然冲出来将那条胳膊斩断了。

他年轻的时候，没怎么出过远门，但他喋喋不休的性格让他有了个新外号“漫漫长路上的穆尔塔夫”。现在这名字倒是很合乎现实，只不过巴利斯塔从未叫过他那个外号，或者说只偶尔叫叫。

他对于自己现在的境况很满意。当然，他想要有一天能回到家乡，不过，只回去一次就好，也不用待多长时间，只要够把那些把他卖作奴隶的男人杀光就好，他还要享用他们的女人，烧毁他们的房子。

“协和女神号”这一路风平浪静。十月初的天气温暖，阳光和煦，微风阵阵。只用了两天的时间，他们就从提洛岛航行到了尼多斯。他们先是向东行驶直到伊卡洛斯岛，然后转东南向，一直到斯波拉泽斯群岛。这座群岛分布的形状像长链一样，可以说是科斯岛上的圣洁的信徒们与小亚细亚大陆上的堕落颓废者们之间的一座桥梁。他们到达尼多斯半岛后，休整了一天。于是，有的下海游泳消遣，有的则上岸一睹尼多斯的阿佛洛狄忒雕塑的风采，只不过阿佛洛狄忒的大腿处已经精迹斑斑了。

清晨，海上弥漫着浓重的雾气，他们从尼多斯的港口起航了。船长说，这样的天气在爱琴海南部海域并不少见，但像这么大的雾还真是不常见，不过这片海域一年里面至少有一半的时间都是这副德行。现在的能见度不到两英里，于是他决定走另一条航线，沿着尼多斯南岸往奥农纳奥斯海角走，再沿着东南向往锡米岛北岸走。人们隐约能看到有条抛锚的商船停在远处，这说明附近应该就是锡米岛。“协和女神号”静悄悄地向商船靠了过去，向罗德岛快速前进。

“正前方发现两条船。是海盗，哥特人！”

“协和女神号”甲板上顿时乱作一团，直到船长大吼一声，人们才安静下来。喧哗平息后，巴利斯塔让大家都坐好，然后在船长的陪同下来到了船头的位置。前面约两英里远的地方，雾气中渐渐出现了两艘船。从它们的外形和轮廓看，船的两头都像船头，单凭这一点，就足以断定它们是海盗船。船的右舷船尾有一根中央桅杆和一个舵桨，船身两侧挂着许多盾牌。这是两艘哥特人造的船，每艘都有“协和女神号”的三分之二那么大，只有一排桨手，他们所处的位置相当贴近海面。

“看长度，每艘船上应该差不多也就五十个杂种浑蛋。”船长说，“当然啦，他们的情况您肯定比我更了解。”

船长的话中暗含讥诮，讽刺他野蛮人的出身，但巴利斯塔并没有理会。他对那帮人并不了解。他们是博拉尼部落的，那是一个组织松散的日耳曼人部落联盟，人们都管他们叫哥特人。在这片海域的所有哥特海盗都来自博拉尼部落。近几年，越来越多的哥特人乘船从数不清的港口和黑海的海湾出发，穿过博斯普鲁斯海峡，将爱琴海沿岸和海中的小岛挨个儿搜刮掠夺一遍。这两艘船正位于迪亚比泰岛和锡米岛之间人们常走的航道上。

“大人，是不是准备开战？”

“你看着办。不用每道命令都得通过我，你是这艘船的船长。我的贴身护卫和我都相当于船上战士的一员，我们都听你的大副的命令行事。”

“谢谢您，大人。”船长转身离去，不多时又回来了，“请您下令让您的随从尽可能地到甲板下面您的舱室去避一避，然后让剩下的人去船尾的遮篷下躲着吧。”

德米特里厄斯不知道从哪儿冒了出来。巴利斯塔正复述着这些命令，他发现这男孩看起来吓坏了。“德米特里厄斯，你能不能帮我个忙，让船上的人都保持冷静？”这男孩顿时感到肩负重任，马上又恢复了劲头。

“主甲板船员，把主帆降下来，然后再把桅杆取下来，这两样东西都给我安全地捆好了。船头的甲板船员，对船头的斜桅也照此处理。”船长喊道。对于战船来说，作战时这些东西都应该留在岸上，但是船长不愿把这些好木料白白地留给随时可能出现的海盗。

巴利斯塔赶到船尾的时候，马克西姆斯也拿着打仗的武器跟了上来，一路上逆着那些涌往甲板下面的人流，每走一步都很艰难。巴利斯塔将他佩剑用的腰带绕过头顶取了下来，还把军用腰带的扣子解开了，把它们统统搭在自己的宝座上。他双膝跪地，双臂平伸在身体两侧，以便让马克西姆斯帮他穿上盔甲。他重新站起来后，感觉自己肩膀上添了不少重量。然后，他将军用腰带重新系紧，把身上的锁子甲往上拉了拉，从腰带中拉出来一部分，以减轻肩膀承受的重量。接着，他又重新系上了自己的佩剑腰带，在锁子甲的颈部系上了一条厚围巾。戴好头盔后，他又开始笨手笨脚地鼓捣下巴处的系带。开战之前，巴利斯塔总是一副手忙脚乱的样子，不过他清楚，真打起来的时候，自己的恐惧就立刻消失得无影无踪了。他举起盾牌，那是一件有三个支脚的圆形盾牌，由紧紧连接在一起的三条木板组成，外面覆着一层皮革，上面还有一枚金属纹章作为装饰。握着那盾牌的中央手柄，他感觉有些沉重。这时，他瞧见马克西姆斯差不多也扭着身子，按照这个希伯尼安人自己的话来说，就好像“大马哈鱼奋力地逆流而上”一样，穿上了他自己那身锁子甲。

“海军士兵们，武装起来，拿起你们的斧子和水战长矛来！”船长又发出了好几道命令，“轮机部的船员，你们掀开盖子检查一下弹簧和垫圈，来一次试射。”

现在，巴利斯塔和马克西姆斯都全副武装了起来。“看来，穆尔塔夫的漫漫人生路又要上个新台阶了。”巴利斯塔说。

“但愿诸神都站在咱们这一边儿。”

听到马克西姆斯的话，他们二人相视而笑，互相捶了捶对方的左肩。和往常一样，马克西姆斯站在巴利斯塔的右侧。巴利斯塔在战前有自己的一系列习惯动作：他一声不吭，右手伸向右臂上佩的匕首，将其从刀鞘中拔出来一英寸左右，然后再迅速将其按回去；然后左手按在剑鞘上，又用右手将剑锋拔出寸许，复又插回去；最后，右手摸着系在剑鞘上的健康之石。

“该死，又他妈的碰上这种事儿。至少这次不是我的责任。”

突然，传来弩炮第一次试射的声音——“砰”，将他的话打断了。然后是弩箭划过天际，落入敌船左侧海中的“扑通”声。紧接着，又是三支弩箭，两支落在右边，一支落在左边。左舷后侧引擎处的船员一番忙乱，调整好弹簧的松紧度，扭在一起的一束束毛发展现出了奇好的扭力。

船长又下达了好几条命令：“桨手们都各就各位，往甲板上铺沙土。都别吵，保持绝对的安静。听命行事。只准将官讲话。”

“协和女神号”上的三排桨手就像大鸟的双翼一样，将它带往猎物那边。现在两船之间的距离不到半英里了。

“他们怎么还待在那儿不动？这些杂种怎么不逃跑呢？”马克西姆斯低声道。

“也许他们是这么想的，尽管‘协和女神号’在高度上有优势，但是他们要是能避开撞击，可以稍后登船，以一百比七十的兵力干掉咱们的士兵。”

“那他们就是一群傻蛋，一会儿被打得屁滚尿流也是活该！”

“向前推进，距离一百五十码时开弓！”

船体急速地划过海面，发出“咝咝”声，他们和敌船的距离越来越近了。右舷的弓弩手继续发射，一支弩箭划过天际，“扑通扑通”地钻入海中。“协和女神号”的发箭速度惊人。有好几次，弩箭差点儿就要射中敌船船头了，但最后还是从那些哥特海盗的头顶上飞掠了过去。船员们已经用绞盘又上好了弦，准备下一轮发射。海上激荡起一波波的“巴利图斯”①，也就是日耳曼战士们迎战的呐喊声，那声音此起彼伏，连绵不绝。一个蛮人将一个鲜红的盾牌举过头顶，疯狂地挥舞着。

“该死，该死！这下坏了！”船头有人大喊。原来，从迪亚比泰岛一座座低矮的石山后面，又冒出了两艘哥特人的船。

“我想我们现在终于知道他们为什么不跑了。”马克西姆斯嘟囔了一句。

“准备迅速左转！”“协和女神号”和最初那两艘哥特人战船之间仅有不到一百码的距离了，“听我指挥，右舵全速前进，左舵赶紧往回，舵手满舵！”现在只能听见大船劈开水面的动静，“现在！”

“协和女神号”船身倾向右侧。右侧最下面一排的桨手都贴到了水面上，甚至泡到了海里。成百上千个木头零件“吱吱嘎嘎”地响起来，仿佛在抱怨什么。主桅杆紧紧贴着上面的系留索。整条船像鳗鱼一样扭着身子，侧对着敌船，向相反的方向全速驶去，而此时距离哥特人仅有二十码左右了。“协和女神号”很快恢复了平衡，开始逃跑，它在不超过

---

①“巴利图斯”是指日耳曼士兵们集体发出的一种战吼声。它起初是祭司们创作的雷神托尔的颂歌，后来作为鼓舞士气的手段，逐渐在日耳曼蛮族军队中通行。——译者注

自身长度三倍的距离内转了个一百八十度的大弯。

“嗖嗖”几声响，有什么东西呼啸着砰地打进了巴利斯塔前面几码处的甲板。

“是箭！快举起盾牌！”巴利斯塔一边咒骂着自己的大意，一边连忙蹲下来，伏在他那个椴木制作的沉重盾牌后面。瞬间，满耳朵都是弩箭射中木头或金属的“笃笃”声或“叮当”声。某处传来了一个男人的惨叫，好像是被射中了。紧接着，又是两声弓弩发射的声音，原来是船尾的两个弩手向哥特人的同行回敬的。巴利斯塔躲在盾牌后面偷偷向外看，然后又急忙弯下身子，又一阵箭雨射了过来。这次，更多人发出了惨叫声。船长就站在巴利斯塔身旁，这个北方汉子看到船长的冷静，顿时自惭形秽。

“咱们肯定能逃过这一劫，但是我们可能得——”话还没说完，一截箭头就穿过了他的喉咙。令人吃惊的是，竟然没有什么血流出。船长似乎是惊恐地向下看着，然后向前一头栽倒了。箭头触到甲板的那一刻，箭杆就断在了他的脖子里，将伤口撕裂开来，热血喷溅得到处都是。

巴利斯塔举着盾牌，防备着船尾方向射来的箭，马克西姆斯也努力地帮他挡着箭雨，他们一起向舵手挪过去。他前进的时候始终弯着腰、驼着背，就好像在暴风雨里穿行一样。尽管有向上弯翘的船尾保护，还有两个海军士兵用盾牌为他挡箭，舵手还是一副惊慌失措的样子，他一直盯着倒在甲板上的船长尸体看。要是现在不采取点什么措施的话，“协和女神号”的士气恐怕会像被刺穿的羊皮酒袋一样，漏个精光。有几十名弓箭手都直往船舱内躲，现在还在回击敌船的仅有两个弩手。

“现在由我来指挥。”巴利斯塔对舵手说，“你怎么样？没受伤吧？”

“没有，大人！”舵手脸上一副犹疑的表情。巴利斯塔知道，他是在怀疑面前这个北方人有没有指挥过三层桨座的战船。他的确有理由这样怀疑。

为了盖过船上的嘈杂和这场不公平的弩箭遭遇战，巴利斯塔扯着嗓子喊道："大家都听我指挥！大副过来！桨手指挥官，你受伤了没有？还有船头指挥官，你受伤了吗？"

这两位指挥官都举起胳膊，伸直了敬了个礼，以标准的军人语言回答："时刻准备，听命行事。"

"大副他妈的到底在哪儿？"

"在受伤的那堆人里，大人。"有人回答。

"好吧。战士们，你们现在直接听我命令。舵手，负责指挥桨手划船，赶紧让咱们的船驶出这片箭雨，快！但不要把他们落得太远。我知道咱们能甩开他们，但是可能他们不知道。除非亲眼见到，否则这些北方蛮人一定不会相信军用三层桨座战船可以这么快。我敢肯定！"他冷笑了一下，"把船控制在敌船前方一百码或一百五十码左右，保持在弓弩有效射程的临界距离上，让他们感觉到有追上的可能。要是敌船没有聚在一起追赶，咱们可以将它们一艘接一艘地解决掉。"就在这个时候，巴利斯塔想起了停在锡米岛码头的商船，于是他像是下了什么决心一样，微微一笑，说道："我有个主意。"

商船逐渐映入眼帘的时候，"协和女神号"的船尾已经被敌船射成了刺猬，不过这回受伤的人倒是没几个。巴利斯塔如愿以偿，现在最大的那艘哥特人大战船独自行驶在前方，原本和它并驾齐驱的其他小船现在已被它甩出了七八个船身的距离。巴利斯塔估计身后的大船上至少有一百名士兵，他们目标明确地划着船，似乎是在一个执红盾的人的命令下行动着，"红盾"显然就是他们的头儿。敌方原本领头的是两艘大战船，在相当长的一段距离开外，也就是迪亚比泰岛后面，隐隐地跟着他们的另外两艘船。后者现在与第二艘船之间还有约半英里的距离，被远远地甩在了后面。巴利斯塔吩咐舵手将船开到商船右侧，尽可能地与之船侧贴近。马上就到了他实施计划的时候了。

就在“协和女神号”的撞角靠近那艘停泊的商船船头的时候，巴利斯塔喊出了一连串的命令：“准备快速左转！听我命令，左桨停下，右桨使劲向前划，舵手舵桨满舵！”于是，这艘大船浑圆的船舷被“协和女神号”撞上了。

诸神之父啊，保佑我不要出差错，巴利斯塔在心中默默祈祷。他脑海中浮现出这样的情形：下令太早了，然后“协和女神号”的舷侧桨手直接撞在商船的船尾上，粉身碎骨；或者下令太晚了，整个计划从一开始就失败了。

“现在转弯！”

这艘长长的战船再次倾斜，右舷最低一排的桨手的身子浸到了海水中。成千上万个部件组成的巨大木结构船体发出吱吱嘎嘎的声音，高高的主桅杆上的系固索拉得紧紧的。“协和女神号”加速驶过来的时候，商船船尾的栏杆处站着两个蓄着络腮胡子的人，看到这一幕他们满脸讶异。只一会儿，巴利斯塔又吼出命令，让舵手将舵打直，左舷桨手重新开始划桨。现在，“协和女神号”沿着商船的另一侧绕了回去，朝着来的方向快速行驶过去。

正如巴利斯塔盼望的那样，他们从商船的阴影处驶出来的时候，刚才跟在他们后面的哥特人战船还在追随他们的尾迹，盲目地沿着“协和女神号”原本的航线前进。现在哥特人的战船船舷毫不设防地摆在“协和女神号”的撞角前。

“舵手，转向，朝敌船的桨手位置进发！桨手听好了，全速出击！”于是，桨手们飞速划桨，战船敏捷地转身撞向敌方的大战船，“左舷桨手，准备进船舱。”也就几秒钟的时间，说时迟那时快，巴利斯塔又下令道:“现在！桨手进船舱！”

桨手们迅速听命进入船舱，避开了即将到来的撞击。舵手将手中的舵桨打向右边，铁铸的撞角斜斜地穿透了哥特人大战船的船体。撞角撞上敌船侧翼的时候，传来了金属物撞烂木头的可怕声音。船上的哥特人都吃了一惊，根本来不及将他们的桨手叫回来，只能眼睁睁地看着他们好像被火烧着了一样，四下散开。“协和女神号”经过的时候，船上有的战士开始自发地从高高的甲板上向敌船投掷标枪。顿时，那边船上传来了愤怒和痛苦的哭号，此起彼伏。

该死！我早该想到让战士们这么干的，巴利斯塔这样想着，此时三层桨座战船的船尾已经没有敌船跟着了。不过，他的计谋确实生效了。哥特人被打了个措手不及，而且桨手损失过半，他们只能在海上打转转了。

“目标，第二艘大战船，用船头撞角撞过去。”巴利斯塔冲舵手喊道。

第二艘哥特船上的人和先前那艘一样，起初也是吃了一惊，然后他们试图掉头躲避。通过他们不协调的划桨动作和大战船迟缓的行动，很容易就能看出此时船上正在迅速蔓延的恐惧情绪。

“提高到冲撞速度！”舵手吼道，“协和女神号”飞快地冲向敌船，“准备撞击！”于是，撞角撞入了敌船的船舷，传来了木材被劈裂的巨大声音。撞击力让巴利斯塔摔倒在甲板上，马克西姆斯将其拉了起来。巴利斯塔俯着身，费力地大口喘着气，他听见舵手在喊:“倒划，倒划！全速！”

看起来，“协和女神号”卡住了，它的撞角深深地楔在另一艘船的残骸中。这些船员比第一艘船上的要机灵得多，他们已经开始冲着三层桨座战船的船头抛出系着粗绳的爪钩了。

“倒划！推啊，笨蛋！推！”舵手的吼声听上去似乎有点绝望。

巴利斯塔挺直了腰，忍着疼跑向船头。要是他们没法摆脱现在的状况，那么过会儿另两艘哥特船开过来的话，他们就只能坐以待毙了。他将一根水战矛抓在手中，往船舷走去。到了船舷的栏杆边，他看到对面船上走出来一个大胡子。马克西姆斯从他右侧冒出来，举起盾牌，打在那哥特人的脸上，把他打得满地找牙。巴利斯塔将水战矛刺进船身，然后用尽全身力气开始推。然后，有一个战士加入了他们。马克西姆斯则举着盾牌保护他们。情况却没有改观，两艘船纹丝不动，依然连在一起。巴利斯塔瞥见有个战士跳到了栏杆上。那人不知怎的在栏杆上保持住了平衡，举起斧子冲着连接"协和女神号"和哥特人大战船的一条条绳索砍去。砍了三下，他大腿就中了一箭。于是，他大叫一声，翻了下来。一眨眼的工夫，又一个战士爬上了栏杆，他将斧子大力一挥，绳索断成两截。紧接着，战士跳回到甲板上。

"一、二、三，推！"尽管巴利斯塔胸口疼得要命，他还是努力大声地喊着口令，想在这场嘈杂的战斗中能让大家都听到，"推！"

最后，"吱呀"一声，"协和女神号"动了。一开始还很慢，借着力越来越快，最后从哥特人的船中退了出来。接着，弩箭声一响，"砰"的一声，原来是前方两个弓弩手决意趁这个时候给哥特人再火上浇点油。一支三足弩炮发出的弩箭射穿了一个哥特人的锁子甲，将他钉在了桅杆上。

蛮族人的战船不像是马上会沉到海底的样子，不过，这几艘船会逐渐进水，慢慢沉入水中，最后被风浪打成碎片。至于浮在水里和抓着漂浮的木板残骸的哥特人，最后则会孤零零地溺死在海中，这都是他们自找的。如果一会儿有时间的话，他们还可以把海里的哥特人当靶子，练习射击。不管怎么样，这些哥特人都在这场战斗中惨败了。

巴利斯塔得弄清楚另外两艘哥特人的船意欲何为。他从盾牌后面看过去，发现两艘还未曾与他们交战的船都掉转船头，撤退了。他们之间仍有差不多半英里的距离，而“协和女神号”上的船员都已经筋疲力尽，所以没必要乘胜追击了。巴利斯塔跑到船尾查看情况。他们早先撞击的那艘船已经重新部署了剩余的桨手，试图让船靠岸。

“舵手，开过去，在距离他们一百五十码的地方停下。咱们等着他们投降，要不就再打一场。”舵手执行了这个命令，巴利斯塔和总是站在他右边的马克西姆斯一边沿着甲板走，一边和周围的士兵、水手们交谈，有的夸赞几句，有的问问伤势。

之前受伤的大副前来报告。包括船长在内，共阵亡三人，受伤十人，包括大副本人。除一人外，所有其他伤亡人员均为战士。报告完后，大副局促不安地站在一旁，摆弄着他胳膊上缠着的绷带。然后，巴利斯塔终于说出了他梦寐以求的那句话:“既然船长牺牲了，那么在返回拉韦纳之前，就由你来做战船代司令官，负责指挥这艘三层桨座战船。”

“协和女神号”上的人员都各就各位后，巴利斯塔想起来一件事儿，据说很多罗马人都将海军与陆军区别开来衡量，他们认为三层桨座战船的船长相当于罗马军团中的百夫长，然而这种三层桨座的大船上的司令官船长可调遣的有近三百名士兵，而陆军中的百夫长手下的士兵通常不会超过八十个。

“投降吧！”巴利斯塔用日耳曼语喊话。

“去你妈的！”对方的博拉尼口音很重，但还不至于让人听错。

“我叫德海姆，是盎格鲁人的领袖伊桑格瑞姆之子。我以沃登子民的身份向你起誓，如果投降，我不仅可以免你们一死，还保证不会把你们送进竞技场。”

“去死吧！你们这些出卖灵魂的雇佣兵！狗奴才！奴隶！”

“你得为你手下人想想。”

“他们对我发过誓，我们就算站着人头落地，也比跪着一世为奴好。

像你一样！”

于是，“协和女神号”上的弓弩手开始向哥特人的大战船射击，射击持续了两个小时。由于他们不在哥特人的有效射程内，哥特人只能干瞪眼。两个小时后，弓弩的强大威力将对方船体的一侧射穿了，船体的皮革和金属都无法保护里面的血肉之躯。有的弩箭一下子射穿了两个人，将他们钉在了一起。

因为对方无法抵抗，巴利斯塔又下令让“协和女神号”撞击哥特人的船腹。

“都是活生生的人啊。他们这么多人，都是勇敢的战士，就这么死了真是太可惜了。”巴利斯塔说，此时三层桨座战船刚刚完成撞击，正在往回退。

“是啊，”马克西姆斯表示同意，“本来能卖个好价钱的。”

巴利斯塔对他的贴身护卫笑了笑，说：“你可真是个冷酷无情的浑蛋啊。”

第四章

说起来真是令人有些沮丧。德米特里厄斯看到，船左侧半英里远的地方就是塞浦路斯了，那是爱与美之女神——阿佛洛狄忒之岛。现在那座岛近在咫尺，他已经有些迫不及待了。直到现在，这个年轻的希腊小伙子始终怀揣着一个梦想，就是去阿佛洛狄忒的神庙敬拜，现在错过，可能就很难再有机会了。自从刚才与哥特人进行遭遇战时，他们的船就停在这个位置。至于巴利斯塔，他好像打了鸡血一般，似乎是与北方蛮人的战斗以某种奇怪的方式激起了他的血性，让他越来越渴望去征服东方的敌人。为了维修“协和女神号”（这艘三层桨座战船上的各个部件都需要检查和上紧），他已经在锡米岛停留了四天。在这四天当中，他无时无刻不处在焦虑和烦恼中。与此同时，那几十个俘虏也被从第一艘被击穿的战船残骸中押了出来，刚刚卖给了奴隶贩子。他们的前途命运尚不可知，未来似乎并不乐观。基利耶在甲板上踱来踱去，他们还有一天的航程就会经过罗德岛了。就在三天后，塞浦路斯出现在大家视野中时，他不耐烦的情绪也传染给了马克西姆斯、马穆拉和战船代司令官普里斯库斯，他们也开始在甲板上不停踱步。

经罗德岛驶往塞浦路斯的路程中，“协和女神号”是第一次在远海区域航行，甚至连书生气十足的德米特里厄斯也意识到，他们这艘三层桨座战船有多么拥挤，桨手们都没地方操练或者洗澡。他们都不得不睡在各自划桨时坐的长椅上，而且还吃不到热喷喷的食物。按照常规，如果有可能的话，三层桨座战船一天应该靠岸两次：船员需要中午上岸吃午餐，晚上上岸吃晚餐和睡觉。人们现在才明白，这个规矩是多么有必要。

出于实际需要和社交礼节方面的考虑，他们决定在新帕福斯——塞浦路斯岛罗马总督的所在地停留两天。总督的官位比巴利斯塔大，因此不容轻视。总督在一幢宽敞的宅邸中接待了他们，这座建筑位置绝佳，面朝海岬尽头，可以尽享海边吹来的微风。登岛的第一天，两方比较正式的会面就占去了大部分时间。

第二天，这些身在异乡的人里有任务在身的各司其职，一身清闲的则自由活动。德米特里厄斯走了约半英里的路去集市上购买物资；基利耶则在卡尔加库斯的伴随下返回总督的宅邸，继续与他探讨罗马城的政务。普里斯库斯和马穆拉则在操心“协和女神号”的事情，出现的新问题是舷外桨架，这和亚麻绳的问题都成了他们的麻烦。马克西姆斯去逛妓院了，回来的时候一副醉醺醺的样子。

第二天天一亮，“协和女神号”就将登船悬梯收了起来，慢慢驶离了停泊处。桨手们用力地划着，船渐渐驶出了港口。北风将船帆吹得鼓了起来，于是船转向东南方向驶离了塞浦路斯岛。德米特里厄斯倚在船尾的栏杆上。就这样，他们距离这个希腊世界中最神圣的地方之一越来越远。就是在这样一个黎明，泰坦神克洛诺斯阉割了其父天神乌拉诺斯，还将他的男性生殖器扔进了海里；阿佛洛狄忒从泛着泡沫的海浪中诞生。德米特里厄斯的左侧有一处岩石，标记着赤裸的阿佛洛狄忒从扇贝壳中走出来首次踏上陆地的位置。

德米特里厄斯以为，他能在距离岸边一英里左右的岛上看见阿佛洛狄忒神庙的外墙，那是她诞生后的第一处居所。因为年代久远，神庙中接受供奉的并非是人力雕琢而成的神像，而是一块圆锥状的黑石。这里也是阿佛洛狄忒被发现通奸之后逃亡的地方。在这里，她远离了丈夫和其他神祇的女儿对她的狂怒，接受了美惠三女神为她沐浴、涂油和打扮。

巴利斯塔开口说话了，于是德米特里厄斯的注意力又被拉回了船上。“这么说，是伟大的希腊历史学家希罗多德搞错了。”基利耶怎么能闲坐着听这种蠢话呢？想当年，创建波斯国教拜火教的琐罗亚斯德也被人们视为是一位圣人，可现在流传在民间的教义却不过是些迷信鬼话和庸医之术。

巴利斯塔继续说：“不过有件事儿他确实说对了，波斯小伙子接受的教育就是如何骑射和不能撒谎，对后者他有点误会。接受‘不能撒谎’的教育并不意味着波斯人永远不会隐瞒事实，永远不会歪曲事实，哪怕一丝一毫都不会。那是一种宗教教育，要求人们应该对‘谎言’，即邪恶和黑暗，感到厌恶。”

巴戈阿斯一上一下地使劲点着头，德米特里厄斯的心又往下一沉。

“‘谎言’就是拜火教中的恶神阿里曼，他和善神马兹达之间存在着一场永恒的斗争。这个马兹达也就是你们的巴赫拉姆圣火，代表着光明。在最后一场斗争中，马兹达将取得胜利，从那以后，许许多多的人都会成为快乐的……不过，话说这辈子这些事怎么能有结束的时候呢？”

“我们必须竭尽心力与恶神阿里曼做斗争才行。”

“这也包括波斯王沙普尔？”

“首当其冲的就是沙普尔。诸王之王知道这是马兹达的旨意，就像正义的马兹达要与恶神阿里曼做斗争一样，在现实世界中，正义的沙普尔也必须和所有非正义的、不信仰拜火教的统治者做斗争。”巴戈阿斯脸上闪过一丝坚定和蔑视的神情。

“那么战士们都是追随马兹达的？”马克西姆斯本来静悄悄地坐在一边，双眼紧闭，就好像还没从宿醉中清醒过来，这时竟然接过了话茬儿，开始发问了。

“要知道，雅利安人是一体的。祭司就是头，战士则是双手，农民是肚子，工匠是双脚。不信神的人威胁到巴赫拉姆圣火的时候，没有迎战而是逃跑的战士就会被诅咒，而那些与敌人作战并牺牲的战士就会得到神的祝福。”

“被诅咒？”

“就是被归为罪人，将付出死亡的代价。”

“得到祝福又会怎样？”

“直接升上第一重天堂。”

过了五个晚上，在航行的最后一个深夜，貌似是在卫兵第三轮巡视的时候，巴利斯塔平躺在床上，一动不动。他心脏跳得极快，出了一身汗。门外再次传来一阵声音，虽然他早知道自己会看见什么，他还是强迫自己去看。小小的黏土灯笼中的光渐渐熄了，但小小的船舱中还有一些微光，足以看清事物。

这男人身形高大，肩宽背阔。他穿着一件深红色的破烂衣服，斗篷兜帽盖在头上，头顶几乎触到了屋顶。他一言不发地站在床尾。他的脸即便隐藏在兜帽下，还是能看得出他苍白的面色。他长着一双灰眼睛，眼神中透着恶意和轻蔑。

“说话。”巴利斯塔命令道，尽管他知道那人会说什么。

来人操着一口多瑙河的地方口音说了句拉丁语，意思是“我们在阿奎莱亚再会”。

像以前很多次一样，巴利斯塔鼓起勇气，说道：“到时见。”

男人转身离开，又过了很长很长时间，巴利斯塔才又睡着了。

在一阵晃动中，巴利斯塔醒了过来，他闻到一种木材、动物油脂和树脂混合在一起的味道。此时，他安全地待在“协和女神号”小小的船舱中。这艘三层桨座战船越过无边的远海，马上就要到达最终的目的地——皮埃里亚的塞琉西亚了。这是整个航程的最后一天。即便没有好好考察一番，他也知道，风是向西吹的，因为“协和女神号”正在正确的航向上，也就是沿着叙利亚行省的海岸向北行驶。他稍稍清醒了一些，开始想普里斯库斯是不是让船保持着与岸边足够远的距离，因为那样才能留出足够的余地，绕过卡西欧士山的海岬。

突然间，他不再感到舒适，而是从心底浮出一种隐隐约约的不安，继而这种感觉汇聚成一段可怕的记忆。他妈的，我以为我不会再见到他了。他顿时感到身下的床单潮乎乎的，被汗液浸得湿冷。他开始祈祷：“诸神之父啊，独眼的神，魔鬼的使者，恶神，遮面的神，圆梦的神，力大无比的掷矛神，四处漫游的神啊，祈求您的保佑啊。”他其实很怀疑这么祈祷是否能带来好的结果。

过了一会儿，他从床上坐起来。他顾不上裸着的身子，就打开门走了出去，迈过睡着的卡尔加库斯，走上甲板，站在栏杆旁往海里撒了泡尿。清晨的海风吹在他身上，有些冷。他回到船舱的时候，卡尔加库斯正在摆放早餐，马克西姆斯则在大吃特吃。

虽然问了也没用，巴利斯塔还是不得不问道：“卡尔加库斯，昨晚你有没有看到什么或者听到什么？”喀里多尼亚人转过身来，这个丑得令人心生不悦的男人摇了摇头。

“马克西姆斯，你呢？”

这位侍从护卫的嘴里满是面包和奶酪，也摇了摇头，喝了一口巴利斯塔递过来的兑了水的酒，他才把口中的食物咽下去，然后说：“你看起来脸色不好，是不是又梦见那个大个子了？”

巴利斯塔点点头说：“你们不许向任何人提起此事，谁都不行。自从我们起航时那个浑蛋打了个喷嚏之后，船上的人都战战兢兢的。想想吧，要是他们知道他们的指挥官、他们的蛮人指挥官夜里总是梦到心魔会有何反应……”

两人都郑重其事地点头表示同意。

“不过也许是因为他们知道咱们要去哪儿，所以才战战兢兢的。”马克西姆斯脸上挂着一丝浅笑，“您是知道的，咱们很有可能都是去送死的。”

“我感觉不太好。”巴利斯塔说，“马克西姆斯，去把咱的装备都拿出来，咱们得练练。”

“练习用的木剑？”

“不，铁的。”

一切准备就绪，现在还有不到一个小时就是中午了。尽管已是十月末，天还是那么热。巴利斯塔选择在临近中午的时候练习，练习和诸多烦心事作战。为了表示礼貌，他经过三层桨座战船的代司令官的允许后，才开始在甲板上进行练习。他推迟到这个时间也是想让战士们好好吃个早餐，再把其他重要的事都处理清楚。最重要的是，这段时间可以让人们的期望越来越高，没准儿他们还会就此设个赌局什么的。

巴利斯塔将头盔系好，环视一周。所有的战士、水手和巴利斯塔的手下，以及那些可能是得到许可观战的桨手们，都沿着船栏杆坐在甲板上，这些观众都是见过世面的人。只有战士们经过训练，懂得如何用剑，不过船上的所有人都是军事人员。有战士的地方，就有角斗士；而有角斗士的地方，就有认为自己懂得如何执剑搏杀的人。巴利斯塔上前几步，走入了清空的场地。场地里的光线似乎更加明亮，他周围的空间似乎也更加宽敞，至于甲板，以前看起来一点儿也不歪不晃，现在却倾斜晃动得厉害。太阳热辣辣地直射下来，他眯着眼睛瞧了瞧观众，大家脸上都露出一副期待的表情。人群中传来一阵低低的议论声。

巴利斯塔像往常一样，按顺序握了握他的匕首、剑鞘和绑在上面的健康之石。他也不知道自己为什么要比试一场。是为了用心良苦地让他的部下们都对他心服口服，还是只是为了驱散对昨晚的梦魇——那个死了将近二十年的男人的记忆？

马克西姆斯现在也踏入了这个临时的练武场中。这个希伯尼安人穿着和巴利斯塔一样的装备——头戴头盔，身披锁子甲，手执护盾，只不过两人的武器不同。马克西姆斯更喜欢短匕首，主要是用来刺，这种武器早就不在罗马军团中流行了，不过还是常常被一些角斗士（包括莫米罗角斗士）使用。巴利斯塔使用的则是较长的罗马长剑，更适合做切砍动作。

马克西姆斯从内圈到外圈，用他的匕首施展了精彩的几招，在面前划出八字形等等，然后屈膝伏低身子，做出典型的佩带刺剑的身材矮小的角斗士的样子。巴利斯塔则在手中快速地耍着剑，他迅速地戴上了皮质腕环，摆出准备战斗的样子：脊背挺直，双脚分开，让身体的重量平均分布在双脚上；侧着身子，盾牌稳稳地举在身体前侧；双眼炯炯有神，从左侧肩膀望过去，看向对方；一只手执剑背在右后方。

马克西姆斯小跑几步，发动了袭击。巴利斯塔知道他这个希伯尼安手下性急，好冲动，所以多少猜到了他会先发制人。两人的盾牌撞在了一起。巴利斯塔顺势往右后方退了几步，依然保持一脚在前一脚在后，只不过原来在前的左脚撤回到了右脚后面，身子转了一百八十度。他的对手并没有刹住势头，而是欺身上前，做了一个完美的色萨利人式的佯攻。就在马克西姆斯与他擦身而过的瞬间，巴利斯塔挥起剑来，手心向下，最大限度地利用了这一击的力量，刺向希伯尼安人的肩膀。接着，他的长剑“叮”的一声被锁子甲卡住了。不妙的是，他接着便听到了马克西姆斯的匕首刺在他背后的“噹啷”声，立马感到了威胁。

他们二人在场地中兜着圈子，谨慎起来，伺机而动。马克西姆斯变换着脚步，忙着声东击西，他出击的次数比巴利斯塔要多得多。

知道关于那个高大男人的梦魇之事的还有一个人，那就是巴利斯塔的妻子——朱莉娅。她从小就养成了伊壁鸠鲁派的享乐主义脾性，根本不在意什么梦魇，只把那当作是脑子里的想法在作怪。这些怪想法会在你身体疲惫的时候冒出来，也就是在你身体或精神压力大的时候乘虚而入。自从和博拉尼族的人遭遇之后，巴利斯塔就感觉不太对劲。从某种程度上来说，他们的首领所说的话正戳中了他的痛处。他在罗马帝王的御前侍奉了半辈子，已经彻彻底底地变了一个人。有些事情他虽然不愿做，却又不得不做——其中第一件就是杀死那个大块头。也许朱莉娅是对的：那不是什么邪灵，只是罪恶感。但是，他还是……

马克西姆斯操着匕首刺了过来，巴利斯塔的脑袋往后一缩，闪开了，但是情势极险。该死的，他心中暗骂。集中注意力，你个傻瓜。看着点刀锋，看着点刀锋。当他决意靠着往日的训练、练习和直觉迎战，让身体凭借肌肉记忆去对付对手的袭击时，就进入了最好的状态。不过，他仍需将注意力集中在眼前的三招两式上，而不是总想着十七年前他杀死的那个人。

巴利斯塔动起来，想抢占先机。他将重心移到左脚上，然后右脚向前迈出一步，向着对手的头部劈砍过去。然后，在马克西姆斯抬起盾牌抵挡的时候，巴利斯塔换了个攻击角度，转而朝着他的腿挥剑过去。马克西姆斯的反应也很快，盾牌也往下一放，及时地挡住了这一击。

马克西姆斯举着盾牌向巴利斯塔的面部猛地顶过去。巴利斯塔则右膝一屈，将长剑冲着对方盾牌下面露出的脚踝挥舞过去。这回，马克西姆斯灵活的反应又让他逃过一劫。

巴利斯塔接下来的一砍瞄准了对方的头的一侧。这回马克西姆斯反而欺身向前，同样躲过了这一击，而且抓着匕首向巴利斯塔的前臂削去。巴利斯塔这个盎格鲁人胳膊闪避得不够快，马克西姆斯不得已地将剑翻了过去，可剑背的一击还是让巴利斯塔着实疼得不轻。

巴利斯塔怒从心头起，他感到胳膊剧烈的疼痛。要是他在自己部下的面前被这个骄傲的希伯尼安浑蛋打败了，那他颜面何存？此时此刻，他心中不仅有对昨夜梦魇的恐惧，还有因胳膊的剧痛导致的狂怒，他能感到自己正在失去自控力。于是，他展开了一系列野蛮的劈砍，直奔马克西姆斯的头、双腿以及他觉得自己能劈中的对手身上的任何一个部位。一次又一次，他的剑刃几乎就要触到目标的时候，马克西姆斯不是成功地阻截了攻击，就是扭身躲了过去。最后，巴利斯塔终于看到了一个机会，于是他阴险地反手挥剑向马克西姆斯的头砍去。那个希伯尼安人面部门户大开，巴利斯塔的长剑一定不会砍空。桨手指挥官吹出的尖锐声音盖过了他们急促的呼吸声和沉重的脚步声，那声音划过了巴利斯塔的意识，至少在他发起袭击前的最后一秒清醒了。

“是港口。船头右舷方向，是皮埃里亚的塞琉西亚。”船头指挥官报告说。

巴利斯塔和马克西姆斯这才分开，武器也放了下来。人们欢呼起来的时候，巴利斯塔真惊得跳了起来。他过了一会儿才意识到，他们的欢呼并不是因为“协和女神号”此行的目的地近在眼前，而是为了他和马克西姆斯的比试。他抬起一只手示意安静，然后走到他的侍从护卫旁边。

“谢谢。”

“没什么，为了活下来拼一场是一件愉快的事。”马克西姆斯回答说，“要不然得有多少训练成绩不如我的人死在你的剑下啊。”

“我刚才被怒气冲昏了头脑，多少次在你这个优秀武士的杀招下门户大开，要是你想让我死，我早就身首异处了。所以，谢谢你。”

“哦，我知道你不是真的想要我的命。要是我死了，你还得找人代替我的位置，到时候得花多少心思啊。”

“我就是这么想的。”

不脱掉盔甲真是个巨大的错误。甲板上，他的每个部下都穿着干净的衣服，看起来清清爽爽、凉凉快快的样子，巴利斯塔在心中暗暗咒骂自己真是个傻瓜，竟然也没问问战船代司令官还有多久才能到塞琉西亚的码头。他要了些兑水的酒。刚才的比武让他又累又热，在叙利亚的烈日下，他汗流浃背。

现在，又遇到了一个使得他们延迟进入码头的情况。在清新的西海风中，一艘巨大且吃水极深的商船不知为何撞上了一艘帝国的战船，结果弄得一团乱。二者的船头斜桅彻底地绞在了一起，导致那两艘船堵住了前往这个重要海港的水道口。

巴利斯塔站在船头，观察了一下“协和女神号”的位置。右舷横对的正南方是卡西欧士山的青峰，右舷船尾的东南方向则是奥龙特斯河沿岸平原，地形平坦，植被茂盛。正前方就是塞琉西亚了，港口就在皮埃里亚山的山脚下。绵延了相当长一段的山脊与港口相接，而后又形成了一系列的之字形小丘，最后逐渐与地平线合为一体。

那艘战船是一艘较小的利布尔尼安式的单层甲板帆船，它已经从与商船的纠葛中脱出身来，在原地打着旋。而甲板上的人正做着各种各样下流的手势，帆船载着他们沿西北方向朝伊苏斯湾漂过去。也许是一种惩罚，那商船只得费力地来回调整着位置，逆风而行，直到有足够的海上空间供其回到原来的沿岸航道上。

塞琉西亚是叙利亚的重要港口，共有两个海湾：其中一个小得有些可怜，比半圆弧长出一些的样子，与盛行风的方向相对，大家普遍认为该海湾不安全，只适合停泊在当地沿岸作业的渔船；另一个则大得多，是一座人工打造的、宏伟的多边形港湾，有一条长长的之字形水道护着，因此偏西风吹不到停泊的船只。

巴利斯塔满脑子想的都是皇帝交给他的任务，保卫塞琉西亚的安全。在距离阿瑞忒城几百英里的时候，他还对此毫无头绪，现在正是着手思考这个问题的好机会。他仔细研究了接近该城的途径。因为河道的宽窄仅够两艘战船并行，所以要设置拦江索或拦河木栅封锁河道很简单，但现在看来还没有采取这样的防护措施。

海湾的情况不算糟糕，这多少让人感到欣慰。海湾虽大，也停泊着几艘商船，但整体来看还是疏于维护。防波堤已然坍塌，水上浮着不少垃圾。巴利斯塔更关心的是，水面上只有三艘战船，另外六艘战船停在水棚中，棚屋中探出来的是它们的撞角。这里是叙利亚舰队的母港，而一共才只有九艘战船。巴利斯塔看着那棚屋的状态，他有些怀疑里面的那些大帆船是否具备迎战的能力。

此时，“协和女神号”撞角下的水面上有一艘小艇，艇上站着个鲁莽的年轻人，他差点儿被迎面而来的这个庞然大物撞到。“协和女神号”在海湾中转了一个小圈，停了一下，然后整齐利落地倒着划进了主军用码头。巴利斯塔站在其中一架登船梯的顶端，他看见了一场华丽的欢迎仪式：六十个士兵和几个官员站在下面等待，领头的是一个旗手。当然，他们有的是时间准备这一切，一方面是因为“协和女神号”在途中多耽搁了几天；另一方面，船缓缓地通过河道也为他们留足了时间。

“奉命迎接您的官员名叫盖乌斯 · 斯克里波尼乌斯 · 穆基亚努斯，他是统帅协防军团的指挥官。”德米特里厄斯在巴利斯塔的耳边轻声提醒道。一些罗马的大家族会有奴隶专门应对类似的情况，但是对于巴利斯塔这种小门小户出身的军官来说，他的书记官不得不肩负起这样一个职责。

于是，新上任的河岸指挥官开始下船登岸了。他很清楚，现在所有人的目光都注视着他，有他自己的部下，有三层桨座战船的船员，还有协防军团的普通士兵们。当人知道自己在万众瞩目之下的时候，是很难走得稳当的。巴利斯塔从梯子上走下来的时候，就摔了一跤。他脚下的船坞似乎动了一下，结果让他一个趔趄跪在了地上。他得赶紧想个主意才行，此时不仅仅是尴尬，还可能被有些人视为是一个不祥的预兆。当然，这只不过是在海上连着待了三天腿脚不适应陆地的正常表现，没什么奇怪的。不管是亚历山大大帝还是恺撒大帝，他们都无一例外。遇到这样的情况，他们都得想一个维护自己形象的说法。巴利斯塔重新站起来，装出一副淡定的样子，掸了掸膝盖上的灰，他此时真希望自己记得他们那时都说了什么妙语。

“我刚才可是狠狠地给了亚细亚一下。”他张开双臂，转身冲着他刚走下来的三层桨座战船咧嘴一笑。

船员和他的部下们也都笑了起来。他又转向协防军，士兵们也纷纷笑了起来，但他们的指挥官严厉地瞪了他们一眼。

“罗马帝国骑士，河岸指挥官，马库斯 · 克洛迪乌斯 · 巴利斯塔。”

自从传令官声音洪亮地喊了这一嗓子之后，四下里安静得有些不自然。协防军的军官似乎犹豫了一下，然后向前跨了一步。

“提图斯·弗拉维乌斯·图皮奥，帕米拉王国[①]第二十步兵大队的第一百人队的百夫长。时刻准备，听命行事。”那个军官干净利落地行了一个军礼。

又是一片静默。巴利斯塔刚才热情的笑脸忽然变了颜色。

他勃然大怒道：“你们的指挥官呢？为什么军团的指挥官不奉命前来？”巴利斯塔太生气了，结果指挥官的名字被他忘在了脑后。

“我不知道，大人！”百夫长神色不快，但这是个很聪明的回答。

巴利斯塔知道，这对于他在亚细亚完成使命来说是个很糟糕的开端。跟这种冷遇相比，大庭广众之下摔一跤根本算不上什么了。这个浑蛋指挥官竟敢不遵守军令，他为什么要故意在公众场合藐视上级长官呢？就因为巴利斯塔只是个骑士，而不是元老院的议员吗？还是因为——这个原因可能性更高——他的蛮人血统？这种公然违抗命令的行为只会让新上任的河岸指挥官在部队中失去威信。但是巴利斯塔知道，他越是拿这个当回事，结果就会越糟糕。他强迫自己以彬彬有礼的口气和百夫长讲话。

“我们来检阅一下你的队伍吧。”

“请允许我向您介绍一下骑兵队队长，他是我们第二十步兵大队的骑兵中队指挥官。”百夫长指了指一个比他更年轻些的人，后者应声出列。

“提图斯·科齐乌斯·马尔齐阿纳，时刻准备，听命行事。”

他们三人一起走过宽阔的码头平台，百夫长图皮奥赶忙向巴利斯塔介绍道：“相信您一定知道，帕米拉王国第二十步兵大队由超过一千名弓兵组成，战斗力是其他同类队伍的两倍。这是一支混合型队伍，其中有

① 帕米拉王国：或称帕米拉帝国，是罗马帝国的军人皇帝时代短暂地从帝国分裂出去的国家，以通商都市帕米拉为首都，统治着叙利亚、阿拉比亚、埃及与大部分的小亚细亚地区。——译者注

九百六十名步兵和三百名骑兵。而我们的独一无二之处就是组织结构。大队中仅有六个百人队、五个骑兵中队，都有着双倍的战斗力。也就是说，我们一个百人队中有一百六十名战士，而不是八十名；我们一个骑兵中队中有六十人，而不是三十人。我们还有二十人是骑骆驼的，主要是执行送信之类的任务。不过，未经训练过的马很容易被骆驼惊到，您不知道马有多讨厌骆驼身上的味道，哈哈。”巴利斯塔听到这番掺杂着明显的骄傲和极度的紧张的介绍，感到些惊奇。百夫长的语速飞快，他们走到战士队伍面前的时候他才住了口。

科齐乌斯的骑兵中队中确实有六十人，但他们都没有骑马来，因此无法检阅军马。士兵们排成两排，一排三十人。他们头戴骑士头盔，身穿擦得发亮的齐腰鱼鳞铠甲，左侧佩剑整整齐齐地收在鞘中，箭袋和弓匣一齐挎在左肩上。他们右手握着长矛，左前臂上捆缚着圆盾，盾牌上还画有战神的图案。他们头上是骑兵中队的旗帜，上面画着绿色的矩形图案，在西风中飘动着。

巴利斯塔从容不迫地穿行于队伍之中，看得很仔细。这些战士确实穿戴整齐，无可挑剔。只不过，他们准备的时间特别充足，把自己收拾成这个样子也并非难事。要知道，检阅是一回事，打仗又是另外一回事。他不确定是否在大家脸上看到了愠怒或者装聋作哑似的傲慢神情，不过，可能是因为他刚下船就摔了一跤，而且斯克里波尼乌斯·穆基亚努斯没有现身迎接，这两件事儿让他变得过于敏感。

“很好，百夫长。战士们都吃过午饭了吗？”现在已经是下午三点左右了，“还没有？那就解散吧，可以让他们回营房了。现在动身前往安条克已经晚了，我们明天再行军。如果我们黎明出发，那么应该至少在黄昏前赶到，对不对？”

巴利斯塔确认了自己的判断是正确的，然后宣布他要去山上的卫城，为他们的战船安全抵达目的海港献祭。

巴利斯塔说去祭拜神祇其实只是借口，他是想借此机会考察一下皮埃里亚的塞琉西亚的防御工事，而结果则令人喜忧参半。这座城市的地理位置极具防御优势，三面是峡谷沟壑，一面临近大海。城中守卫森严，城墙是由琢石精工雕砌而成，每隔一段距离就是一座高高的半圆形城楼。在通往安条克的路上，有一个市集城门，这扇门本身就几乎可以算得上是座堡垒。去卫城唯一的路就是沿着岩石凿出的台阶往上走，这段路弯弯曲曲的，而且陡峭难行。显然，守城并非难事，但就算是这样，三年前，它还是陷入了波斯人之手。

安条克新建的帝国堡垒连着一座浴池，内部装修得富丽堂皇。图皮奥认为那是罗马帝国目前的典型特征。堡垒还未完成的时候，浴池就已经启用了。他在更衣室外面的过道里等待着，他脚下是罗马帝国的所有浴池都有的标准搭配：一个黑人侍者，他一手托一个水罐，头上还带着桂冠。

新上任的河岸指挥官马库斯·克洛迪乌斯·巴利斯塔，他可能会为了象征着罗马公民的这种姓名形式感到十分欣喜，但他其实是个彻彻底底的野蛮人。在他们乘车前往安条克的路上，图皮奥一直盯着他看，就好像他是个土包子一样。图皮奥带领他穿过一道桥门，走在城中两旁有列柱的道路上，然后往奥龙特斯河中的那座岛屿走去，岛上刚刚建起了新城堡。他们相信当今的罗马皇帝会派他的爱将——而且是个蛮人出身的爱将来这里守城，当一个投身军队多年、一步一个脚印往上升的罗马人的上司。

图皮奥又看了看浴场的镶嵌画。在画中，侍者的束腰外衣下露出一截巨大的男性生殖器，作画人还仔细地将前端部分涂成了紫色。图皮奥不由得笑出声来，那作画的人想必也正是这个用意。在这样的地方，笑笑总是好的。浴场可能会是个危险的场所，人人都知道，欢笑能驱走恶魔。

最后，他们走出更衣室。和图皮奥一样，他们都赤裸着身体，只是脚上蹬了一双木屐，这是为了避免脚被热腾腾的地板烫伤。只有巴利斯塔随身带着一小瓶油、刮板和毛巾。

“他妈的！卡尔加库斯，这肯定是照着你的什么亲戚画的，”那个鼻子长得像猫屁股的家伙一边说，一边指着地板上的镶嵌画，“看那玩意儿大得多可怕啊。”

希腊小伙子顿时脸红了。巴利斯塔和卡尔加库斯则对这些充耳不闻。至于图皮奥，他还不习惯从一个奴隶口中听到如此大胆刺耳的话。巴利斯塔走在最前面，他们进了高温浴室，一路上身旁男仆的生殖器都高高昂起，指着前进的方向。

“我亲爱的卡尔加库斯，多少年了，罗马人都把你看作是‘巨根男’巴提考萨斯，不是吗？”侍从护卫说得更起劲了。

图皮奥注意到，那个叫卡尔加库斯的确实长了个巨大的生殖器。不过，据说野蛮人都长这样，他们硕大的男性生殖器意味着他们在性方面缺少自控能力，就和他们在很多事儿上一样。小点儿的男性生殖器才是文明人的标志。

“听说，之所以卡尔加库斯没有被弗鲁曼塔里伊从公共浴池中押走，没有被迫用他那硕大的宝贝为帝国之尊服务，全是因为骄奢淫逸的埃拉加巴卢斯皇帝早早地被杀了。”

在有罗马公民中的自由民的陪同下，这个河岸指挥官竟然允许他的一个奴隶这样不分尊卑地喋喋不休，真是让人诧异。这样的行为象征着软弱、愚蠢，象征着他野蛮人的本性未尽。这样很好，非常好，因为这样的巴利斯塔就可能什么都发现不了了。

天气冷得很，又下了雾。在安条克住的这一个星期，白昼越来越短了。巴利斯塔将打了蜡的斗篷提了提，护住双耳。天马上就亮了，此时一丝风都没有。他骑在他的新坐骑——一匹灰马上，沿着前往庇亚门的路走着。到现在为止，他身上还算暖和，肚子也饱得很。卡尔加库斯不知用什么方法做了一碗热腾腾的燕麦粥，里面还加了蜂蜜和奶油。巴利斯塔抬头瞧了瞧大门外的风景：砖砌的建筑，两座昂立的巨大方塔，里面还有两重门，是个理想的杀敌之地。带有装饰的砖墙之间还有弩炮的射口，这些射口现在都用遮板掩盖着。

当他看到弩炮射口周围的烧灼痕迹时，巴利斯塔刚才的好心情就开始烟消云散了。这七天来，他们购买物资装备，组织起一个篷车队伍，时间证明了他最初印象的正确，即安条克是个相当强大的都城。东面，安条克连着西尔皮乌斯山，绵延至山上的卫城，另外三面则环绕着奥龙特斯河，这条河便成了都城的天然护城河。都城北部边界处有一个牛轭湖，湖中央是一座面积较大的小岛。都城的外墙看起来修整得不错。除了卫城和岛上的城堡之外，此处还有好几座大型建筑（圆形剧场、戏院和竞技场），都可以作为强有力的临时据点，宽敞的主干道为城内通信和援军调度提供了便利。而且，奥龙特斯河和山上的另外两条小河都可以提供很好的水源。但尽管有这么多优势，这座都城还是曾经落到了波斯人的手中。

这是一个典型的关于背叛的希腊故事。安条克的一名贵族——玛利亚德斯被发现挪用了一个车队的资金。他为了逃避刑罚，便干脆彻底成了法外之徒。当了强盗后，他一度收获颇丰，但没过多久他就不得不跨过幼发拉底河，逃离安条克。三年前，沙普尔攻打叙利亚的时候，玛利亚德斯担任了他攻城的参谋。当波斯人在安条克不远处安营扎寨的时候，城里的那些富人们就举家逃走了。剩下的穷人，也许是因为对于时局变迁准备得更充分，也许是实在没什么逃生的路可选，都留在了城里。玛利亚德斯的同党们打开了城门。如果说侵略者曾经给这些叛徒许下什么承诺的话，似乎最后这些承诺都成了空。这座城市被入侵者洗劫一空，而且大部分建筑都被烧毁了。玛利亚德斯后来跟随沙普尔回到了波斯。

作为一个肩负守卫任务的将领，作为一个攻城战的专家，巴利斯塔觉得安条克和塞琉西亚一样，都那么令人沮丧。现在可以得出两个结论：其一，萨珊王朝的波斯人十分擅长攻打牢不可破、守备森严的城池；其二，当地人不善于守城。巴利斯塔不知道有多少当地人最后会成为玛利亚德斯那样的叛徒，有多少人会选择投靠波斯人，或者说有多少人会选择束手就擒。他越研究叙利亚的情况，越觉得他的任务难以完成。他想知道玛利亚德斯当时到底出了什么事。

接着，他的思绪转移到了图皮奥身上。他为什么要让骑兵中队的行军队形拉得这么长？他和那个骑兵队队长科齐乌斯骑着马，时而走在队伍前面，时而又绕到队尾，在火炬的光影中进进出出地喊着话。

在巴利斯塔眼中，这支骑兵所骑的马匹都十分矫健，头盔和甲胄样样齐备，而且兵刃在手，看起来很是强悍威武。他们都有能力很好地驾驭各自的坐骑。但是，有一点不对劲——他们的行事并不像一个团队。他们相互间碍手碍脚的，脸上都一副闷闷不乐的样子，而且巴利斯塔从没听到过他们有一支快乐的部队里应有的那些无伤大雅的俏皮话。

最后，图皮奥出现在他面前。他头上什么也没戴，头盔挂在马鞍上。他的短发和短胡子被雾气弄得湿漉漉的。

“队伍准备好进发了。”听他说话，巴利斯塔总觉得图皮奥在质疑他刚才下的命令，同时又怀着一种惶恐的心情。他没有称呼巴利斯塔为“大人”。

“很好。马克西姆斯，把我个人的旗帜竖起来，咱们来检阅一下。”

于是，侍从护卫将白龙旗帜上的保护罩掀开来。此时此刻，一丝风都没有，举起来的旗帜就像一条软趴趴的龙一样。

巴利斯塔用双腿一夹，胯下的灰马就走了起来。他们先检阅了后备军——科齐乌斯领导的三十个骑兵组成的骑兵中队，然后是马穆拉负责的人员和行李搬运车，最后是另外三十个骑兵组成的先头部队，他们应该是直接听命于图皮奥的。除了为驾驶行李搬运车雇来的平民百姓常常会出现问题，其他一切看上去都很妥善。

“很好。我和你并肩走吧，百夫长。派两个侦察兵到队伍前面去。”

“没这个必要，几百英里之内都不会有敌军的。”

巴利斯塔知道，自己需要的是树立自己的威信。“派他们到队伍前面半英里左右的地方，负责侦察。”

“我们只不过是在行省都城大门外而已，幼发拉底河这一侧一个波斯人都没有，况且也没有哪队强盗敢打我们这么多人的主意。”

“我们得养成战时状态的习惯。下令吧。”

图皮奥只得下了命令，于是两个骑兵咔嗒咔嗒地骑着马消失在了前方浓重的雾气中。然后，巴利斯塔下达了行军的命令，他们要走很长的一段路，才能到达埃美萨和帕米拉这两个附庸国，然后才能到达阿瑞忒城，那是罗马帝国孑然独立的前哨城邦。

“仅在三年前，这儿就有好些个波斯人。”他说。

“是的，大人。”

尽管对方的态度不冷不热，巴利斯塔还是决定小心地探问一番。“你加入第二十步兵大队有多长时间了？”

“两年。”

“你是怎么找到这支队伍的？”

“好心人帮忙。”

“你加入的时候斯克里波尼乌斯·穆基亚努斯就已经是指挥官了吗？”

“是的。”听巴利斯塔提到缺席的指挥官的名字，图皮奥脸上再次出现了戒备的神情。

“你觉得他怎么样？”

“他是我的指挥官，所以我不该跟您讨论他的事儿，就好比我不该和您讨论叙利亚的总督一样。”图皮奥并不掩饰他话语中的咄咄逼人。

“你和萨珊王朝的士兵打过仗吗？”

“曾经在巴巴利索和他们打过。”

巴利斯塔开始引导图皮奥给他讲那次驻守叙利亚的罗马军队惨败的故事，就是那次失败直接导致了安条克、塞琉西亚和很多其他城邦的沦陷，导致了三年前的硝烟与不幸。萨珊王朝派出了大批弓骑兵进击，罗马部队面对当时的情形进退维谷。如果他们散开队形驱逐弓骑兵，那么他们就会被重骑兵（人与马都身披铠甲的兵种）杀个片甲不留；如果他们选择保持比较密集的队形，用来抵御重骑兵，那他们就会成为弓骑兵的重点理想攻击对象。在叙利亚的烈日下，罗马部队煎熬了数个小时。在这几小时里，他们一边担心着一侧巴巴利索城墙的安全，一边望着另一侧波光粼粼的幼发拉底河河水，忍受着干渴的折磨，接着就是不可避免的恐慌、溃退和被屠戮。

巴利斯塔以前没听说过这场战役，也没太注意听图皮奥讲的，但他留下了一个印象，那就是图皮奥是个非常老到在行的军官。那么，究竟为什么他带的这支第二十步兵大队的骑兵中队的气氛这么压抑呢？

“波斯部队的人数如何？”

图皮奥沉吟了片刻，答道：“很难讲。当时尘土飞扬的，看不清，可能比大多数人预想的人数要少。弓骑兵一直左冲右突的，让人看起来觉得他们比实际的人数多，没准儿总共还不到一万或一万五千人呢。”

“弓骑兵与重骑兵的比例如何？”

图皮奥抬眼看了看巴利斯塔，回答说：“同样，也很难讲。不过轻骑兵比重骑兵多得多，二者比例大概在五比一和十比一之间。相当多的重骑兵都带着弓箭，这很容易混淆视听。”

“敌军都是骑兵？”

“不，骑兵队伍都是贵族组成的，他们是萨珊王朝的精锐部队。也有步兵的，他们雇佣的投石兵和弓兵是最具杀伤力的，其余都是出身农民的长矛兵。”

雾气渐渐消散。巴利斯塔能清楚地看到图皮奥的脸，他的表情稍稍和缓了些，显得不再那么警惕了。“他们是怎么攻城的？”

“有什么用什么：地雷、撞槌、塔楼车、弩炮。据说他们是跟咱们学的这些招儿，也许是大约十五年前老国王阿尔达希尔拿下哈特拉城的时候学的。”

他们现在正在翻越西尔皮乌斯山的山麓。路两旁的树上耷拉着黑魆魆的树叶，丝丝雾气在树根附近盘绕着，有的飘到上面，穿过树的枝丫。他们就要骑到山坡的顶端时，巴利斯塔注意到有一片叶子动了动。前方，一轮太阳开始渐渐从云层中升出来。巴利斯塔意识到，那不是什么叶子，他看见的是一只鸟——一只大乌鸦。他又近距离看了看，原来树上停满了乌鸦，所有的树上都停满了乌鸦。

此时此刻，巴利斯塔清楚地知道：没有什么词语或手势能扭转这不祥的征兆了。那个喷嚏可以解释为人不小心，他摔了一跤也情有可原。

但是乌鸦是沃登神之鸟。在神话中，沃登神的肩头上站着福金（“思想”）和雾尼（“记忆”）这两只乌鸦。他派它们俯察人间，报告人间的消息。巴利斯塔是日耳曼人，沃登神的子民，他的盾牌上画着乌鸦，头盔的顶饰也是乌鸦，他头顶上的就相当于诸神之父沃登神的双眼。一场战役之后，战场上就布满了黑压压的一片乌鸦。而现在，树上则站满了乌鸦。

巴利斯塔继续往前骑，几句很早以前读过的诗句冒了出来：

黑鸦不逊，当有一席之地。
宴席之后，必有鹰隼享残羹。
好比野狼，啃噬尸身，只留白骨森森然。

第五章

巴利斯塔看了看左边的路标，得知再走几英里就是埃美萨城了。这片田野的外观发生了天翻地覆的变化，奥龙特斯河的河谷原本都是常见的草甸，一望无际，绵延不绝，而且那些植物人们基本上都叫不出名字来。但是现在，取而代之的是网格状分布的小块矩形农田，田与田之间以壕沟和石标为界，划分得十分清楚。这种划分体系称为百户区，是罗马土地测量员的杰作，原本是用来为在殖民地居住的老兵划分他们从敌人手中夺取的土地的。后来，和这里——埃美萨一样，罗马的很多附属国都采用了这种措施，一来是实用便利，二来则是彰显它们与罗马帝国的接近程度，表明它们向往成为像罗马一样的伟大帝国。很长时间以来，百户区在帝国统治的大地上处处开花，以至于现在看上去倒更像是原本如此了。但是，对于那些在罗马帝国统治之外的地方出生长大的人来说，也包括巴利斯塔自己，这种景观看起来仍然是那么突兀，仍然透着满满的征服与丧失特征的意味。

巴利斯塔拉了拉缰绳，让马走在路的一边，挥手示意队伍继续前进，然后向图皮奥喊话，告诉他自己一会儿赶上队伍。战士们从容地从他身边走过。登陆已有九天，船上的人员已经渐渐适应了陆地上的行动感觉。他们看起来更加遵守军纪，也更加快乐了。即便是拉着民用行李搬运车的三十匹驮马和驾车的人、他的十五个随从也不再像刚刚从安条克出发的时候那样怒气冲冲的了。

这次行军并不累人，一天走的路程从来不曾超过二十英里，几乎每次都选在城镇或村庄休息，只有一次是在野外扎营。这次轻松的行军让他们都感觉不错。

巴利斯塔看着经过自己身边的这些战士们，他们究竟对罗马有多忠诚呢？这支骑兵大队是罗马军团的一支正规部队，但其中的战士都是从帕米拉招募的，那曾经是罗马柯里叙利亚行省的一部分，也是其附庸国。他们的母语是阿拉姆语，那些懂第二门语言的都只会讲希腊语，他们对拉丁语仅限于听得懂军事命令和下流话。他们的头盔、甲胄、盾牌和剑都是罗马军团配发的，但是所带的弓匣和箭袋却是东方的款式，极富地方色彩。士兵们的那些摇来晃去的东方的饰物，它们碰在马具上，发出叮当的响声，这和他们的皮带以及罗马盔甲下面穿的颜色鲜艳的、肥大的条纹裤子都显示出他们来自东方。

这将会怎样影响他在东方的使命呢？别人总是告诉他，叙利亚人缺少打仗的勇气，安条克和塞琉西亚这两处固若金汤的城市的沦陷似乎也证明了这一点。如果人们世世代代都被他人看作懦夫的话，想必对他们还是很有影响的。也许是这种陈词滥调造就了现实，而并非反映了现实。埃美萨和帕米拉这两个附庸国的国王又是怎么想的呢？他们会相信罗马帝国给巴利斯塔的部队足以助他完成使命吗？

面对要用这样的部队来完成迫在眉睫的艰难使命，巴利斯塔的老想法又冒了出来。为什么当初不让他从罗马带兵到东方来呢？任谁都能看得出来，这两支队伍想要在阿瑞忒城完成眼前的任务，都近乎是不可能的。为什么选毫无东方作战经验的他来这么偏远的边陲要塞守城？

对于一个在日耳曼尼亚北部的森林沼泽中长大的人来说，刚才脑子里还是日常烦恼，转瞬间就又想到了怪力乱神的事儿，这种转变一点儿过渡都没有。为什么那个大块头的幽灵又再次入梦了呢？巴利斯塔已经有好几年没有梦到过他了。不要紧，他已经不知多少次打败过那人了，当然，其中有一次是在马克西米努斯在世的时候，其余都是在巴利斯塔把他杀了之后。乌鸦的凶兆有所不同，情况更坏。没有哪个凡人能胜过遮面的死神、独眼的神、诸神之父沃登。

为了将这些不吉利的想法从脑袋里赶出去，巴利斯塔向一边拉了一下缰绳，示意他胯下的那匹灰马跳过路左侧的壕沟，马儿轻轻松松地跳了过去。随着他的随从们大声地喊出不同于他本族的“巴利图斯”，巴利斯塔策马向田野深处驰骋而去。

“埃美萨是我喜欢的那种市镇，”马克西姆斯想着，“等退伍后过了宗教这一关，接下来就是开荒耕地。”他并不想要那种已经开垦出来的田地，而是想要一片全新的异国他乡的土地。如果运气好的话，再娶上一个当地贵族的女儿，一个处女，一个彻彻底底的陌生人。

当地有个习俗，每个少女在结婚之前都得去山顶的神庙。在那里，大多数少女头上会围着一束编在一起的细绳，坐在神庙中一个神圣的位置静静等候，直到有男人沿着有标记的路前来，将一枚银币抛到她的腿上，她要站起身，跟那个抛银币的男人到外面去。而且，不论那男人是富是穷、是俊是丑，都要将处女之身献给他。

当然，这对于有些少女来说肯定是件非常残酷的事情（那些长得丑陋难看的男人肯定一年四季都守候在神庙门外）。不过，总的来说，这对于马克西姆斯是件好事儿。“到外面去”这个步骤让他有些迷惑，他们难道不是早已离家在外了吗？那意思是不是要在附近租个屋子？难不成要在小巷子里对着墙做那种事儿？自从马西利亚发生的不幸之后，他就再也没有为那类事儿心花怒放过。

总之，他并非满脑子想的都是这些，尽管她们无法逃脱按照神祇的指示嫁人的命运，贵族人家的女儿也不可能和穷人家的女儿混为一谈。虽然她们不得不和陌生人交合，但是有些社会阶层之间的屏障还是会保留的。富贵人家的小姐们会坐着带车篷的马车，被仆从们簇拥着去神庙里，而且，她们会在轿子里耐心等待。马克西姆斯的意淫一发不可收拾。

他此时甚至十分盼着赶快举行宗教仪式。据说这些叙利亚人——管他们是什么人呢——腓尼基人、亚述人的仪式很是精彩好看。如果说真的，埃美萨城中住着的究竟是什么人很难讲得清。总之，不管是什么人，他们敬拜他们的太阳神埃拉加巴卢斯的仪式十分讲究，并且以此闻名。

仪式在黎明前举行。观众们按照身份等级在圣坛周围站成半圆形，每个人都举着一个燃烧的火把。大家开始吟唱，然后萨普西格拉姆斯——埃美萨的国王和太阳神祭司现身。一个吹奏乐器班开始演奏曲子，萨普西格拉姆斯围着祭坛跳起舞来。他穿着一件拖地的长袍、一件长裤和一双拖鞋，一身紫色，装饰着各式珠宝；头戴三重冕，脖子上挂着数不清的项链，手腕上则戴着数不清的镯子。其他人也会加入到跳舞的行列中来，和他一起扭动、旋转，时而蹲下，时而跃起。乐声逐渐增强，然后大家都停下来，每个人都开始装腔作势。观众们鼓起掌来，巴利斯塔的随从们表现得比较克制，不过大多数人都相当热情高涨。

牛叫声代表着下一阶段的开始，一大群公牛和绵羊被赶进半圆场地中。体格看上去不甚强壮的祭司王（即同时担任国王和祭司的萨普西格拉姆斯）负责杀死头两只动物，然后亲自查看内脏，将冒着热气的肠子举起来。这是一种吉兆，预示着太阳神心情不错。

当清晨的第一缕阳光射向神庙的时候，仪式就结束了。仪式令人眼花缭乱，虽然没有耍猴儿的，没有耍蛇的，也没有切下生殖器的桥段，但是却足够精彩。现在仪式已经结束了……这时，巴利斯塔示意随从跟他进入神庙，马克西姆斯的思绪就此打断。神庙内有一尊金色的巨鹰雕像，鹰喙上盘绕着一条蛇。不过，占据大部分视野的还是黑暗而庞大的圆锥形石头，那象征着太阳神埃拉加巴卢斯。在烛光中，石头光滑而乌黑的表面所雕刻的神秘图符仿佛动了起来。

身材矮小的祭司王萨普西格拉姆斯跟巴利斯塔说了几句话，随即巴利斯塔转身面向他的随从说："神要单独召见我。"他的声音不带一丝波澜，"德米特里厄斯和卡尔加库斯，你们俩最好在这儿等着。马穆拉、图皮奥和马克西姆斯，你们三人可以在神庙里自由活动了。"刚一说完，庙门便在他身后关上了。

马克西姆斯琢磨着应该从哪里开始参观。据他猜测，整个神庙建筑都可以看作是神圣的区域，那么，那些待嫁女子们都在哪儿呢？

马克西姆斯决定先看看神庙大门外的街景，马穆拉跟在他身后。街上有几辆马车，但是男男女女都上车走了。显然，他们无意在此等待什么处女。他又在神庙周边的街道转悠了一会儿，还是没发现什么。马穆拉仍然在后头跟着他。他穿过了松柏林，最后，他开始搜寻神庙后面的庭院。

接着，他走回神庙里，对希腊小伙子说："德米特里厄斯，你这个小浑蛋，你是故意骗我的吧！连他妈的一辆马车都没有，还他妈的有什么头上围着细绳的女人？可能整个都城都没有一个他妈的处女，更别提在这儿了。"希腊的年轻人脸上浮现出一种忧虑的表情。"是你告诉我这儿有处女的。你还说过，要是我们去帕福斯以及安条克城外的话，那儿的神庙里也会有处女等着。"

"不，不，根本不是这样。"德米特里厄斯结结巴巴地说，"我告诉你的是从希罗多德的一篇关于古巴比伦王国的庙妓的著名文章中看到的，里面说原先的帕福斯、靠近安条克的达佛涅的小树林和这里都有这种习俗是谣传。”这位书记官的脸上写满了无辜，“但又有人说可能还有习俗。”

马克西姆斯气鼓鼓地瞪了德米特里厄斯一眼。“要是我发现……”他含混不清地说着，一边还回头看看希腊小伙子，“哼，我猜你到了这儿就可以停止抱怨了，没能参观塞浦路斯的阿佛洛狄忒的神庙也没啥，这儿不是也有块一模一样的大黑石头吗？”他又转向马穆拉说：“即便如此，咱们也没必要在这儿耗上一整天，一个好猎手应当知道在哪儿布网捕鹿。走吧，哥们儿，咱们去树林里逛逛——我要凭鼻子把它们闻出来。可惜我们还是得付全价购买。”

于是他离开神庙，心中为自己挖苦德米特里厄斯的那几句而扬扬自得。他宝贝得不得了的那些希腊神庙和这一座座的叙利亚神庙或者埃美萨城的神庙不也差不多嘛。

又是一个清晨，又是一次开拔。巴利斯塔站在他那匹灰马旁边，这是一匹四岁的灰色公马，腿上有些斑纹，除此之外，四蹄洁白。灰马的血统可比巴利斯塔曾经的要纯粹高贵得多，但又没有娇滴滴的样子。它既有性格，又不乏温驯；虽然在速度上没有多么超群，但毅力是一流的，而且步伐很是稳健。巴利斯塔对这匹马很满意，他叫它“灰驹”。

大门突然敞开，橘黄色的灯光瞬间淹没了整座大殿的院子，门后的人马都退缩了一下。队伍后面传来了低低的咒骂声和马蹄刮擦石板的声音。

萨普西格拉姆斯迈着碎步走到他们面前，在阶梯最顶端停了下来。巴利斯塔将自己的缰绳递给马克西姆斯，然后也走上去与他道别。

“再见了，罗马帝国骑士，河岸指挥官，马库斯·克洛迪乌斯·巴利斯塔。您的大驾光临是我的荣幸，我再次向您致以真挚的谢意。”

你这个可恶的小兔崽子，我敢打赌，你的屁股一定和水塘一样宽，巴利斯塔心想。但他大声回答道："再见了，太阳神祭司，埃美萨的国王，马库斯·朱利叶斯·萨普西格拉姆斯。能见到您是我天大的荣幸。"巴利斯塔向前倾了倾，故意睁大眼睛，显出一副很真诚的样子。"我不会忘记神祇赐我的神谕，也不会将它告诉任何人的。"

"埃拉加巴卢斯，无法被征服的太阳神，永远是真理的象征。"

巴利斯塔夸张地一挥斗篷，转身一步跨下两级石阶，然后纵身上马。他拉了拉缰绳，在马背上啪的一声行了个礼，随后就骑着马出了院子。

不给部队，埃美萨国王不会为抵御波斯人提供部队。国王先是含含糊糊地说出了拒绝的意思，然后又似乎透露出有可能将部队派作他用。就在巴利斯塔和他的手下嗒嗒地往东城门走的时候，他头脑中思考着一个问题：为什么埃美萨成了反叛的温床？几个世纪以来（如果它真的存在了这么久的话），这地方都没有过动乱不安的历史。现在，仅仅几十年的时间，这里就造就了这么多觊觎罗马皇位的人。领头的就是那个荒淫堕落的年轻人，他的名字和他所信奉的神祇一样——埃拉加巴卢斯。他最后被人推入了罗马的一条阴沟，不得善终，巴利斯塔正是他被暗杀的那一年出生的。后来，就在几年前，又出现了篡位的伊奥塔皮亚努斯，结果被砍了头。去年的时候，冒出了另一个篡位者——乌拉尼欧斯·安东尼纳斯，他被铁链束缚着带上了罗马王廷。

罪魁祸首可能是金钱。罗马对奢侈商品的需求达到了空前的程度，这大大地促进了与东方的贸易。埃美萨城就位于最便捷的贸易路线上：即从印度到波斯湾，向北沿幼发拉底河到阿瑞忒，穿过沙漠，一路上经由帕米拉和埃美萨，再继续向西。这可能是个巧合，一个来自祭司王家族的女人嫁给了一个叫塞普蒂米乌斯·塞维鲁的元老院议员，没想到的是，这个议员后来成了罗马皇帝。于是，她的儿子顺理成章地继承了王位。一旦哪个地方出了几个皇帝，就好像理应再多出几个一样。这一切也可能是因为罗马一直在节节败退。既然罗马无法保护埃美萨不受波斯人的侵犯，因此，这个富裕、充满自信、受神祇眷顾的埃美萨不得不独立寻找救赎之道。

垂涎皇帝之位的人都来自祭司王大家族的不同分支，这也就是为什么罗马皇帝会选择提拔这个萨普西格拉姆斯家族的人管理埃美萨。因为这个小个子看起来根本没啥手腕，又喜欢装腔作势。如果说这个习惯性出叛臣贼子的大家族里有什么人肯定不会惹是生非的话，那一定就是这个人了。可是现在看来，他似乎和他的族人如出一辙：在不太平的日子里，埃美萨都不肯派出一个人去保卫阿瑞忒，这座遥远的城邦可能劫数难逃了；可是，只要为了太阳神的正义事业，埃美萨的人就能一呼百应，而且心存必胜的信念。在神祇给巴利斯塔的神谕中，有着模糊但并非全然不能理解的一层意思，那就是将会发生起义——“有序人间终将陷入无序……黝黑的爬虫……罗马人将面对狂怒……在路侧踯躅的山羊。”这些话也许都能算得上是叛国罪了，但是这种预言式的语言如此晦涩，恐怕很难作为确凿的罪证。

假设爬虫指的是波斯国王，那么山羊是否就是指巴利斯塔自己？他们真应该用一种更强大的动物来代表他，比如说狮子或者野猪什么的。这都是不值一提的小事。他会在给皇帝的信中写下他的怀疑。尽管萨普西格拉姆斯话中有话，巴利斯塔还是觉得他们不会认为他已经有所察觉了。

神祇早就知道他们会在帕米拉城门外看到什么样的乱子。昨天，巴利斯塔刚刚接纳了一个阿瑞忒商人的商队跟他们一起上路，这事儿是图皮奥极力促成的。那个商人叫伊阿海，是阿瑞忒城的领袖之一，得罪他可不是件明智的事儿。这回虽说是没有得罪他（那个浑蛋图皮奥难不成收受了贿赂），可现在骆驼、马匹和老百姓统统在路上乱走，场面混乱，而且抵达日期延迟已是板上钉钉的事儿了。

天空呈现出一种柔和的粉色，几朵云就好像被冉冉升起的太阳点着了一样。马穆拉就站在路的中央，等待着。

“看起来怎么样，工程官？”

“很好，大人。我们做好行军准备了。”马穆拉似乎还想说点什么。巴利斯塔等候着，但他没有再说什么。

“你想说什么，工程官？”

“我想说那个商队，大人。”马穆拉似乎有些焦躁，“他们不是商人，是当兵的。”

“哪支部队的？”

“不是哪支部队的，而是雇佣兵，是伊阿海的一部分私人部队。”马穆拉那张近似方形的脸看起来很是迷惑，“图皮奥……他说他会解释的。”

图皮奥一副惊讶的表情，没有平时那么警惕了，他的脸上甚至还挂着一丝微笑。“这都是相当合法的，”他说，“所有叙利亚总督都允许的。阿瑞忒城的大人物们都有资格雇人保护他们的商队穿越沙漠，他们都喜欢请雇佣兵。”他不可能撒这种容易戳穿的谎的。

“我从来没听说过有这种事，甚至类似的情况都没听说过。”巴利斯塔说。

“帕米拉也一样，这两座城市和其他地方最大的不同就是这点。”图皮奥坦然地微笑道，“我敢打包票，伊阿海可以把这是怎么回事解释得更加详细，他正在队首等着见您呢。我建议马穆拉让伊阿海的人带路，他们更熟悉沙漠里的路。”

图皮奥和马穆拉骑上马，一边一个贴着巴利斯塔前进，而巴利斯塔的贴身护卫和书记官不得不跟在他身后。他让胯下的马小跑起来，那面白龙旗帜在他们头上迎风招展。巴利斯塔大发雷霆。

他们经过的时候，第二十步兵大队的战士们大声喊着口号，那是一些起程时预祝一路顺风的吉利话。可巴利斯塔实在太愤怒了，都没顾得上挤出个笑脸挥手致意。

这群雇佣兵少言寡语，巴利斯塔斜眼打量着他们。他们人数众多，都骑着马，排成两纵队，约莫百十来号人。他们并没有整齐划一的外观，连身上的衣服都颜色各异，在阳光下，这些颜色显得很是暗淡。有的人戴着头盔，头盔显然是仿着东方或罗马样式做的，有的人则没有头盔。但出于实用的目的，他们在某些方面还是很统一的。他们都穿着东方的服装，很适合在沙漠深处行走：短靴、宽松的裤子、束腰外衣、宽大的斗篷。他们的佩带上都插着一把长剑，弓匣、箭袋和长矛则绑在鞍座上。他们看起来纪律严明，身经百战。“不可思议，简直他妈的不可思议，我们的人数比这个商队少不说，我们竟然对这个商队一无所知。而且这帮杂种的装备和组织纪律性都不比我们差。”巴利斯塔自言自语道。

一个男人在队首等待着，他和他的坐骑都没有招摇的架势，但显然他是管事儿的。

“你就是伊阿海？”

“是的。”他轻声说，但那声音整个驼队都听得见。

“我听说你是个商人。”

“您听到的消息有误，其实我是护商使者，商队的保护者。”这男人的面容说明他讲的话是真的。他脸上的纹路极深，皮肤粗糙，应该是常年在风沙中跑营生的结果。他的右颧骨和鼻子都有断裂过的痕迹，额头左侧还有一道白色的疤痕。

“那你们这一百来号人保护的商队在哪里？”巴利斯塔四下里望了望，这个举动一是为了配合自己说的话，二是为了观察这些雇佣兵有没有什么越轨的举动。

“我们这趟出行不是为了保护商贩，而是为了履行我们对太阳神立下的誓言。”

“你见过萨普西格拉姆斯了？”

“我是来参拜神祇的。”伊阿海还是一副面无表情的样子，“萨普西格拉姆斯的存在正是我需要这一百多人的原因。”

伊阿海说的话巴利斯塔一个字都不相信。但是他的举止神情中有什么东西十分吸引人，而且他对那趾高气扬的祭司王的不信任也让巴利斯塔觉得是件好事儿。

伊阿海微微一笑，但这微笑也不能让人完全对他放心。“你们西方人中很多都难以相信皇帝允许阿瑞忒和帕米拉的贵族拥有自己的部队。但请您一定得听我解释。”

他打了个手势，于是一个骑马的人凑上前来，手中捧着一个皮面的公文袋。巴利斯塔过了一会儿才认出来人是个女子，一个穿着打扮和男人一样的美丽女子，骑马的姿势也是两腿分开的。她有一双乌溜溜的眼睛，帽子底下露出几缕黑发。她迟疑地捧着那个袋子。

巴利斯塔想，他们肯定是不确定我这个北方蛮子会不会识字。他将刚才的愤怒暂时搁在一边（他有多努力地控制自己的情绪，这一点苍天可鉴），要是他们坚信他不识字，那正好。“我的书记官可以告诉我们上面写了些什么。”

那女子倾身将袋子递给德米特里厄斯，束腰外衣紧紧裹着她的胸部，巴利斯塔看得出，她的胸部比朱莉娅丰满得多。总体看上去，她长得稍微有点矮，身材是珠圆玉润型，一定是得益于她长时间的马上生涯。

“这些是叙利亚的各位总督对伊阿海保护商队表示感谢的信件，有些还是罗马皇帝写来的——有菲利普、德西乌斯等皇帝——有的信中称伊阿海为将军。”

“那么我得向您致以歉意了，将军。如您所说，我们西方来的人没想到会遇到这种情况。”巴利斯塔伸出右手，伊阿海和他握了握手。

“无须介怀，大人。”

巴利斯塔决定和伊阿海同行，这不仅仅是因为刚才那个美丽的女子，也是因为他发现此图皮奥表现出来的不自在。

巴利斯塔的白龙旗帜和伊阿海的旗帜在队首飘扬着，后者精致考究，呈半圆形，白色的背景上绘有水流纹和红蝎子。绿色的骑兵中队旗帜插了进来，八十个雇佣兵的后面是六十个第二十步兵大队士兵的队伍。因为伊阿海派了十个人到队伍前方充当先头部队，还派了另外十个人去侧翼保护队伍。

“跟我讲讲阿瑞忒的气候吧。”巴利斯塔说。

“哦，气候挺不错的。春天里和风徐徐，沙漠之外的每一寸土地都开满了鲜花。你们西方来的一位将军曾说过，这里没有痢疾、疟疾、伤寒、霍乱和瘟疫，气候很利于人的健康。”伊阿海回答道。

那位名叫芭思希芭的美丽女子微笑着说：“我父亲跟您说笑呢，大人。他知道您想知道的是会在什么时候打仗。”她的一双眸子漆黑发亮，充满了自信，又带着一丝淘气。

“请原谅我女儿贸然插话。自从她母亲去世后，我就对她疏于管教。她连怎么织布都忘了个干干净净，现在骑马的架势跟个希腊阿玛宗女战士一样。”

巴利斯塔瞧见她不仅穿得像他父亲的属下，连身上带的武器装备都和他们一模一样。

“您想知道的是波斯人会何时进犯。”这是一句语气平平的陈述，伊阿海接着刚才的话茬儿继续说，而巴利斯塔还在盯着那女子看。

“十一月中旬就是雨季了。如果幸运的话，我们应该能在下雨前赶到阿瑞忒。到时候，雨水会把沙漠变成泥海。如果费点劲，像咱们这样的小股部队可以通过，但对于大型军队来说就困难得多了。如果军队在城镇前驻扎，那时候他们是不可能得到后方供给的。”

“阿瑞忒还能平安无事地过多久？”巴利斯塔觉得否认自己显然已经知道的情况没什么意义。

“一月份的时候雨季就结束了。如果二月份的时候再次下雨，那就意味着当年会有个好收成。”伊阿海在马上转过身子对巴利斯塔说，“萨珊王朝的人会在四月份打过来，因为那时候他们的马才能吃得上草，弓弦也不会被淫雨毁掉。”

那就是说我们肯定至少能活到十一月喽，巴利斯塔心想。

马穆拉没想到，第一个让他吃了一惊的竟然是帕米拉的地理位置。那地方明明绝对不适合建设城市的，这就好像有人决定在一片汪洋的潟湖和沼泽中建筑城镇一样不可能。

他们从埃美萨出发到达目的地的这一路艰苦跋涉，共花费了六天的时间，单调乏味的六天。虽然走的是罗马修的大路，道路修葺得也不错，但行军的过程还是很辛苦。路上是接连不断的一串无名山峦，他们花了两天才爬到了分水岭上，接着又花了四天下山。头五天，他们穿过了一座小村庄和一小片绿洲，接下来他们就没什么发现了，一路上就是无边无际的一堆堆暗褐色岩石，耳畔充斥着他们的队伍在旷野中行进的声音。现在，在第六天的下午，帕米拉就这样忽然出现在他们面前。

他们现在所处的地方为陵寝谷。山谷陡峭的一侧矗立着一排排高大的矩形陵寝，在它们面前，人、马和骆驼都显得极为渺小。马穆拉心中一阵不安。每个城镇外都有一片墓地，但他从没见过眼前像森林般高耸的坟墓。

作为军队里的工程官，他一直忙着调度搬运行李的车马，以免它们陷在前往城中的源源不断的车流中无法脱身。路上的大多数车马都是当地的，来自西北方向的小村庄，那些驴子和骆驼驮着的都是些装在山羊皮容器中的橄榄油、动物脂肪和松果。还有，到处都是来自更西边一点儿的地方的商贩，他们带的商品有意大利羊毛、青铜像和咸鱼。马穆拉过了好一阵儿才把目光从路上的林林总总收回来，投向帕米拉。

东北方向上，城中的房屋住宅至少占据了两英里的路程，都是一排排秩序井然的建筑。东南方向上，郁郁葱葱的花园蔓延了同样两英里的距离，直到城墙最远的那个角落。这座城市十分宏伟，而且显然也十分富庶。

低矮的城墙是由泥砖砌成的，仅有六英尺宽。外围并没有高耸的城楼，城门仅仅是简单的木头门。朝西的城墙并未形成一段整体的屏障，而是由一段一段的泥墙组成，旨在加强天然屏障的御敌能力。城中有一条干涸的河道穿过。循着花园找过去，可见城墙之内有一处水源，可是来自城外墓地的另一处水源则很容易被切断。马穆拉以谨慎的态度逐渐得出一个结论：这座城的防守情况不妙。他以前在军队里是做侦察工作的，而一个人以前做过的任何工作都会在他身上留下痕迹。马穆拉很为自己的洞察力自豪，而越是自豪，他越是无法向他人透露自己观察到的东西。

城门处起了一阵骚乱，但最后大家还是都顺利地进了城。然后，军队便在城中驻扎下来，马匹和骆驼也都被安置妥当，这时马穆拉决定去找巴利斯塔汇报。河岸指挥官巴利斯塔现在正站在一边，等待着马克西姆斯和德米特里厄斯。

“他名叫奥登纳图斯，”希腊小伙子照例帮巴利斯塔“复习功课”，“会讲希腊语或拉丁语，是帕米拉的国王。在他们的方言阿拉姆语中，他是塔德莫的领主。他的希腊语讲得非常好。在三年前的战乱中，据说他至少为抗击波斯侵略者投入了三万骑兵。”

伊阿海和他那古灵精怪的女儿骑着马过来了，马穆拉和其余人等也起身上马。巴利斯塔让伊阿海领大家去奥登纳图斯的宫殿，于是他们出发了。街道两侧立着石柱，还有一家家商铺，他们从熙熙攘攘的人群中穿过，走得十分慢。他们这一行人身上穿的衣服颜色各异。他们闻到一股扑鼻的气味，但并不是很难闻，那是一种异国香料与他们更熟悉的马和人的体味混合在一起的味道。他们穿过一个广场、一个集市和一座剧院，最后终于到达了宫殿，恭候在外的宫廷大臣庄重地将他们迎进了殿内。

除了在被介绍到的时候向前一步和介绍完时再退后一步之外，在帕米拉国王奥登纳图斯接见新任河岸指挥官的过程中，马穆拉几乎完全是个隐形人，因此他有机会留心所有人的言谈举止。奥登纳图斯简短地讲了几句，算是对他们的到来表示正式的欢迎：纵使千里之遥，巴利斯塔的威武英明也不曾减损半分……他在此对未来满怀信心，等等，诸如此类。巴利斯塔也以一个傻气十足的开场白作为对国王的回应，然后明明白白地提出了借兵的请求。然后奥登纳图斯开始啰啰唆唆地吐苦水，说自从波斯人入侵之后，东方的局势就很是动荡，到处都是土匪强盗，那些住帐篷的阿拉伯人也贪婪成性；还说他如何心力交瘁，他手中的雇佣兵只是为了保护这茫茫大漠中一方水土的平安。

塔德莫领主奥登纳图斯和他的大臣们有许多让马穆拉讨厌的地方，比如说国王精心打理过的香气扑鼻的卷发和络腮胡子，还有他用大拇指和另外两根手指举起葡萄酒杯的那种矫揉造作的姿态，他衣袍所用的绣花条纹布和上面垂缀的小零碎，他屁股底下坐的蓬松柔软的椅垫上所绣的繁复的图案，香气浓郁得近乎臭了。说起来，那些大臣比他有过之而无不及。首席大臣维罗德斯和两个将军的衣着打扮与他们的领主如出一辙，而且这两个将军还有同样滑稽可笑的蛮人名字：扎达和扎拜。殿中还有一个一脸傻笑的男孩儿，看起来就像街角的男妓一样；更令人生厌的是，前面还大大咧咧地坐着一个宦官（如果不是宫中马戏班子的一员，那可能是个书记官）和一个女人（这个看起来生性狡诈的婊子叫芝诺比阿，是奥登纳图斯的新王后）。

“一定是因为这地方前不着村，后不着店。”马穆拉在巴利斯塔身边耳语道。国王的接见已经完毕，他们现在站在大殿门口，等着仆人给他们牵马来。

“什么？”

“这个地方，”马穆拉伸出手比画了一下，“帕米拉这地方富得流油。防御工事弄得跟狗屁一样，又归一帮比宦官或娘们儿还没种的娘娘腔治理，这地方竟然安然无恙，一定是因为太他妈偏僻了。要我说的话，他们吓得不敢给咱们军队用反倒是件好事。”

巴利斯塔听罢略一沉吟，然后说：“如果不是和伊阿海聊了那么多的话，我想此时的我也会这么想的。不过，现在我对此有些怀疑。”

马穆拉没有应声。

巴利斯塔微笑着继续说道：“第二十步兵大队最初就是在这里发展起来的，而且现在的大部分兵员也都是从这里征募的，他们看起来强壮得很。还有就是，伊阿海的雇佣兵中有一些是从沙漠游牧民中招募的，但绝大多数还是来自这里和阿瑞忒。这两个城邦都有为罗马和其他势力招募雇佣兵的传统。”

马儿被牵过来了。他们翻身上马，巴利斯塔继续说道：“你我都希望战士们有个战士的样子，比如说头发斑白的罗马人或毛发重的北方野蛮人。但是，具体到现在这种情况，也许外表是具有欺骗性的，也许并非所有的东方人都是懦夫。”

“我想您说得对。”马穆拉其实并非完全支持这个想法，但他不会随便否定哪一个想法，因为他总是会在得出结论前再三考虑。

实际上，巴利斯塔刚才思绪万千，是马穆拉的话将他拉了回来。他虽然想了很多，但最后还是又回到帕米拉国王和之前埃美萨国王拒绝借兵的事上来。并非是这些叙利亚人害怕打仗，他们三年前就打过仗，而是他们不愿意打仗，这是为什么呢？帕米拉和埃美萨仰仗着他们的财富生存，而这些财富正是在罗马及其东方邻居之间做贸易获得的，这两个城邦就这样静静地矗立在罗马和波斯之间。拒绝巴利斯塔的请求就相当于拒绝了罗马皇帝，难道他们已经决定站在波斯那边了？他们拒绝他的时候表现出来的那种自信也是个疑点，就好像他们丝毫不担心罗马皇帝报复或者记恨在心一样。难道是皇帝已经秘密告诉他们可以拒绝巴利斯塔的请求了？他们都希望巴利斯塔此行任务失败吗？

那三个弗鲁曼塔里伊的探子正待在他们喜欢的环境里消遣，那是一家位于后街小巷的小酒馆。酒馆里黑咕隆咚的，虽然不干净，但是够安全。他们的行头也蛮适合在酒馆里混的。在旁人看来，他们就像是来这儿喝上几杯的两个簿记官和一个信使。不过，他们也只能喝上几杯而已，因为他们的大人已经下了令，明天一早就得动身离开这里。明天他们就要出发去阿瑞忒了，那将是这段漫长旅途的最后一段行程。

来自苏布拉的探子往桌子上放了三枚银币，说："你们是怎么看的？"

三枚银币上分别是三个戴着王冠的侧脸轮廓相近的男子，他们定定地盯着银币外的世界。

"我觉得物价涨得太厉害。但是，要是花一个士兵一天的军饷去睡姑娘的话，你还能挑个长得漂亮的。"西班牙人说。

三个弗鲁曼塔里伊一齐笑了起来。

"我不是这个意思，塞多留，你个傻蛋，我是想让你看看这些银币上的脑袋，想想咱们都去过哪儿了。”罗马人从桌上拿起一枚银币说，“玛利亚德斯——安条克的叛徒。”然后又拿起一枚，“伊奥塔皮亚努斯和乌拉尼欧斯·安东尼纳斯，另外两个叛徒，这俩都是埃美萨的。而我们都到过哪儿了呢？先是到了安条克，然后是埃美萨。咱们那位蛮人指挥官带着咱们走的城邦都是近些年有过叛乱的，他是想看看这些地方还有没有余孽存在。”

他们默默无声地喝了一会儿酒。

“我们可能应该会沿着另外一个方向走。从阿瑞忒到帕米拉，再到埃美萨，最后到丝绸之路的西方终点站。”来自北非的探子说。

“那又能怎么样呢，汉尼拔？罗马帝国从来都很强大。”

“靠着丝绸之路上收的税，发动随便什么规模的起义都不是问题。”

“可我还是不大相信丝绸之路的存在。”西班牙人说。

“哦，拜托可别又说那些车轱辘话，塞多留，你总冒出一些荒唐的想法来。接下来你是不是又要说这个蛮人并没有暗地里谋划什么呀？大家可都知道，他一定在打什么主意，图谋不轨，不然皇帝怎么会派咱们仨暗中监视他呢？”

他们不知道，此时还有第四名弗鲁曼塔里伊的探子藏在帘子后面偷听。他听到这些内容感到很满意，他这三位同僚给他上了一堂生动的课，教会了他弗鲁曼塔里伊以团队形式执行任务的时候会遇到什么样的危险：团队中的竞争氛围和处于相对安全的小环境中会让阴谋越来越大，越来越荒唐。他们可能没这么简单，也许都是双面间谍。如果其中一个想到了可以让皇帝信服采纳的好点子，他才不会傻到和其他人分享这个点子呢，更不会和他人分享随之而来的加官晋爵和滚滚财富。不管怎么说，从另一个角度来看，他们的存在仍然是件好事儿：河岸指挥官肯定疑心自己身边有弗鲁曼塔里伊的卧底，如果他下令查找的话，这三个蠢货肯定会比他先暴露。

第二部

准　备

（公元255—256年冬）

第二辑

[illegible]

第六章

人们为帕米拉与阿瑞忒之间的直线距离究竟是多少产生了争执。图皮奥认为只有一百二十英里左右，而伊阿海则认为更接近一百五十英里。这实际上没什么分别，因为两人达成了一个共识，那就是走陆路会是相当远的一段距离，也相当难走。和他们即将要踏上的这段旅途相比，之前从埃美萨到帕米拉的旅途，就像是在有“人间天堂”之称的波斯猎苑中骑着马巡游一样。头三天情况还不算太坏，他们走的是一条东北方向的罗马大路，每晚都能在小村子里过夜。到了第四天，他们开始转向东方走下坡路。然后，他们进入了沙漠地带。

尽管巴利斯塔曾经在北非生活过几年，他还是和很多北方人一样，以为沙漠就是绵延数英里的金黄色的沙丘，就像他童年时期看到的海滩一样，只不过更辽阔，而且没有海。可这儿的沙漠和他所想的完全不同。这里的确有沙子，但更多的是藏在沙子下面的尖锐、坚硬的石头，坐骑踩到很容易割伤蹄子；而不可胜数的石头下面又藏着伺机伤人的蝎子和毒蛇。

商队循着水源缓缓地在大漠中行进，平均每天差不多要赶十多英里的路。每一天都与前一天没什么两样。日出前就得上马开拔，然后人、马与骆驼就得在白昼的高温中汗流浃背地前进。每走过一两英里，队伍就得停下来，或是因为马或骆驼的蹄子被划伤而跛了，或是因为它们不堪重负倒下了。队伍悄无声息地在沙漠中穿行，人们只能听到牲畜们的蹄子落在沙子上的声音、皮子摩擦的吱嘎吱嘎声以及人们口中间或冒出来的咒骂声。

一天又一天过去了，这漫无边际的旅途使德米特里厄斯想到了西西弗斯，那个被罚在冥界日日将巨石推到一座非常陡的山上却又再眼看着它滚回山下的希腊神话人物。巴利斯塔想到的则是斯库尔——古斯堪的纳维亚神话中追逐太阳的狼。至于马克西姆斯，他最担心的就是被蛇咬。

第六天，他们前方远处出现了几座陡峭的小山。他们快到了，从小山上已经可以清楚地看到阿瑞忒城了。巴利斯塔策马小跑起来，跑到了队列的前端。马克西姆斯、德米特里厄斯和新任命的旗手骑马跟在他身后。那个新任命的旗手是一个帕米拉人，他加入罗马军团时给自己起了个可笑的罗马名字，叫罗慕路斯，他举着的龙旗在风中猎猎作响。

巴利斯塔来到山巅，骑在他那匹灰马背上俯瞰整个阿瑞忒城。该城邦距离此处有一英里左右，就在他脚下三百英尺的地方。从这个有利位置，他可以观察到这座城市的主要特点。初见之下，他给出了相当高的评价。

在稍远一些的东边，一座峭壁脚下，是静静流淌的幼发拉底河。它确实可以称得上是大河之一，是罗马帝国边界的标志。幼发拉底河的确辽阔，与莱茵河或者多瑙河一样辽阔。这条河并非只有一条河道，而是被中央的几个小岛分割成数条河流，其中稍大一些的岛屿接近一座城市的面积。因为幼发拉底河十分宽广，所以敌军要想过河，就必须得指挥众多船只一起过或者干脆搭座桥，否则就是痴人说梦。不管采取哪种方式，都得花时间，因此到时候敌军的行动是瞒不过他们的，从而给他们及时打击敌军制造了机会。

城邦的北侧和南侧都以峡谷为界。巴利斯塔认为，该地形一定是因数千年来冬季雨水在地面上汇聚成河流、日积月累地冲刷岩石演变而成的。南边的峡谷长度更短，与城墙贴近，海拔高度与城邦外三百码左右开外的平原相仿。城邦的北城墙和北侧峡谷的边缘之间的空隙较大，虽然仅有几码。这座峡谷一分为二,一片山坡盘绕着城邦西侧的城墙，另一片山坡则逐渐隐没在西北方向的群山中。绝大部分峡谷都至少在城邦外围两百码以内，也就是在炮火的有效射程内。

敌军最明显的进攻路线位于城邦西侧。那是山脚下一片平坦的暗褐色平原，与同侧城墙相连。那里除了零零散散的岩石，就没有其他什么自然物了。

巴利斯塔以专业军人的眼光打量着眼前的情景。从这么远的距离上看，这些城墙都高大坚固，修葺得当。他看见，南城墙和东城墙有五座长方形的城楼，北城墙有三座，而西城墙则至少有十四座。面对着平原和幼发拉底河的几座城门都筑有防御工事，每座城门的侧翼都有各自的城楼。一队骑着驴子的人正往主城门方向走去，或许是从西北的村子里收了农产品想进城卖个好价钱的村夫。巴利斯塔以他们为参照物，估算出面对平原的城墙大约有一千码长，这意味着两座突出的城楼之间的平均距离约为六十六码。尽管北端的城楼分布得较为密集，因此城楼之间的距离并非都贴近平均距离，但通过仔细观察，不难看出，没有哪两座城楼之间的距离会超过一百码。一切情况都还不错。突出的城楼既可以让守城的人瞄准贴近城墙的目标，也可以让他们瞄准距离城墙稍远的目标。不但城楼之间的大多数空隙都在有效的投掷标枪范围内，而且所有空隙都在弓箭的有效射程内，靠近城墙的攻城者将不得不面对来自三个方向的袭击。阿瑞忒城墙的建造者似乎将时间和金钱成本都集中用在了正确的地方。

唯一明显的问题就是那片墓地。墓地中坟茔相连，他大概估算了一下，约莫至少有五百座，可能实际数量更多。墓地从西城墙墙根一直绵延到半山腰，有半英里左右。这些坟冢与帕米拉的相似，都是高高的方形石塔，每一座都可以作为防御来自城墙内投射物的屏障，而且每一座还都能用作攻城者的弩炮炮台。换言之，这片墓地就是敌人打造攻城设施的现成基础，这将会是巴利斯塔的一块心病，需要他格外操心。

巴利斯塔将注意力转移到城墙内。沙漠中的城门那头，是阿瑞忒笔直的主干道，其他与之相交的街道与它之间均成九十度角。整个城市都被布置成一个又一个规整的长方形街区，只有东南角略有不同，那里是歪七扭八地交会在一起的几条小巷子。西北角上，巴利斯塔看见有一块开阔的空地，想必是战神广场——图皮奥提过的练兵场。

巴利斯塔再次扫视了一遍阿瑞忒城，这次他着重寻找这座城邦缺少的东西：没有剧院，没有圆形广场，没有明显的集市，最重要的是，没有堡垒。

他此时喜忧参半，那片开阔地和棋盘式的规整城市布局便于集结部队和指挥调度守军，但是，一旦敌军攻破城墙，城内没有第二道防线，也没有任何合适的建筑物供他临时构筑防线。此外，城市对称的布局反倒是有利于攻城者的进犯。等到明年春天，不知有多少人会死在阿瑞忒城里。

“基利耶正在思考，不要打扰！”德米特里厄斯怒气冲冲的画外音打断了巴利斯塔的思绪。他坐在马背上转身回望，马克西姆斯和罗慕路斯都面无表情地望着远方，并没有把目光投在他们的指挥官身上。德米特里厄斯驾马转身穿过小路。

“让她过来吧，德米特里厄斯。”

芭思希芭向这个希腊小伙子微微一笑，他也只好努力忍住向她怒瞪一眼的冲动。她牵着马走到巴利斯塔身边。

“您在思考是否值得，是吗？”她问。

“从某种意义上来说，是这样的。但我猜并不像你想的那样。”

“像您这样赫赫有名的罗马军官和北方战士，不远千里来戍守这样一个鸟不拉屎的地方，到底值不值得？我猜您就是在思考这个。而且这个鸟不拉屎的地方满是奢靡放浪的叙利亚娘娘腔。”

“我们那里流传着一个故事，当然，是在我的族人们没有忙着把自己涂成蓝色[①]、灌个烂醉或者自相残杀的时候讲的。故事是这样的，一天晚上，一个陌生男子来到了诸神所住的仙宫，提出了一个要求：如果天神能赐给他美丽的女神弗雷娅，他就可以为仙宫筑起宫墙。”

“听见你这么别有用心地恭维我，我想，不论是我的父亲还是您的妻子，都不会给你好果子吃的。”

巴利斯塔哈哈大笑道：“嗯，你说得没错。不过，我想你应该不是特意跑来陪我聊天的吧？”

“当然不是。我父亲希望能得到您的允许，派信使先行入城通报，好让城里做好接待准备。他的信使还可以告诉城里的议员，让他们在城门外迎接您。”

巴利斯塔想了一下，说：“当然可以，让你父亲派人去给你们的人送信吧。至于通知其他议员，我还是单独派我的人去吧。谢谢你父亲的好意。”这样安排就避免了官场上的麻烦，巴利斯塔想。

芭思希芭掉转马头问：“最后那个陌生男子如愿以偿了吗？”

“没有，天神戏弄了他。我们北方的故事通常都没有皆大欢喜的结局。”

---

① 蛮族人有在作战前将身体涂成蓝色以震慑对方的传统，此处为巴利斯塔自嘲身世。——译者注

阿纳穆此时正在阿瑞忒的城门口静候新任河岸指挥官。

远山之上扬起一卷沙尘柱，眼看着向城门这边来了。这个新上任的蛮人领主还挺懂礼仪的，至少派了信使，不过也许是他身边人提的建议，他采纳了而已。事实上，这些天城里已经准备好一切了。那天清晨，阿纳穆派到山顶上的侦察兵报告称，新河岸指挥官就快到了。奥格洛斯的人也来迎接了。

阿纳穆瞅了瞅路对面的奥格洛斯。同往常一样，阿纳穆很是不满他那身朴素简单的穿着：身穿一袭遮到小腿肚子的素色长袍，腰上系了一截白绳，头戴一顶无甚特色的白尖帽，打着赤脚。作为祭司，本该打扮得超凡脱俗，可奥格洛斯的络腮胡修剪得颇为滑稽，末梢扭结成两个尖（而且胡子有花白的趋势，阿纳穆注意到这点感到很得意），结果显得特别有失身份。奥格洛斯一手执一片象征胜利的连茎棕榈叶，另一只手拿着一个壶和两把刀。他身边是一个盛着圣水的高颈花瓶和一个活动祭台，瓶口蒸腾的水汽让后面的景物都摇曳起来。火早早地就点起来了，此时已经没有烟了。奥格洛斯做事从来都是有条有理，因此阿纳穆对他从来都不敢小觑。

奥格洛斯身后站着一名侍祭，他慎重地穿了一身华服，猩红色与白色相配，分外醒目。他手执香炉和摇鼓，身后是两个穿着和奥格洛斯类似的魁梧祭司，他们负责看管献祭用的牛。

其他祭司都背向城门站着。阿瑞忒所有的宗教团体代表都参加了这次的迎接活动，其中有：宙斯麦吉斯特、宙斯凯里斯、宙斯神、阿塔伽提斯女神、阿赞纳斯科纳女神和亚拿特女神、天地之神贝尔和阿多尼斯等各种神祇的祭司。甚至连那些拒绝承认其他神存在的宗教团体都派出了代表——犹太会堂的主事和基督教的领袖。

驻扎在阿瑞忒的第四西徐亚军团临时旗队的士兵们站在通向城门的

路上，这支迎宾队伍大概有一百码长，他们的出席既是为了对新上任的河岸指挥官表示尊敬，又是为了隔开下层老百姓，省得他们生出什么事端。他们的指挥官——阿奇利乌斯·格拉布里奥，也是队伍里唯一一个骑在马上的人，他胯下是一匹十分精壮的栗色马，静静地伫立在路中央，挡在城门口，浑身散发着优越感。

大多数议会成员都站在阿纳穆这一侧的路上，身上穿着有刺绣图案的宽外袍，戴着手镯以及紫水晶和祖母绿首饰；他们手中握着价值连城的手杖，手杖有着银色的把手和雕工精美的金色包头。阿瑞忒基本上是个政教不分家的城邦，城中祭司大多数也是议员，他们每一个人都是各自家族中的宗教领袖。真正“分家”的是城中的三位领导人物。

在我们父辈那年月，阿瑞忒城应该是有三十位护商使者，阿纳穆这样想着。即便是在两年前，城里还有十二位呢。但是，当这座城的城门首次为波斯人大开后，城内发生叛变，卫戍部队遭到大肆屠杀，那个时候，要想保住性命或者避免被流放，那得需要一些手腕才行。现在，只剩下三个护商使者，奥格洛斯活下来了，还活得很滋润。在他那虔诚的阿耳忒弥斯祭司的假面具下，是赤裸裸的背叛。至于伊阿海，他逃到了罗马，再回来的时候策划了一场屠杀。他曾经总是像栅门前的牛一样鲁莽，他当时突然一闪念，觉得自己的猜想是对的，这个念头像火苗一样烧灼着他的内心。不管是波斯人的攻城，还是他们暴虐的残杀，阿纳穆都未曾有过强烈的预感。他把自己看作是一棵随风折腰的红柳，也许就是在幼发拉底河此岸的红柳林中生长的一株红柳，枝丫下隐藏着一头野猪。阿纳穆在脑海中反复勾勒着这个画面，诗意对他的灵魂而言是如此珍贵。

现在，那沙尘柱已经离他们相当近了，已经跨过了半个平原。万事俱备，只欠东风。作为本年度的执政官、主事地方官，确保接待事宜安排妥当是阿纳穆的职责所在。大麦、饲草、乳猪、成猪、枣子、绵羊、油、鱼露、咸鱼等已经统统送到了河岸指挥官的殿中。他在脑子里将这些东西挨个儿清点了一遍，这些物资都已经由指挥官付过费用了。在阿纳穆的灵魂中，现实的利益和理想中的诗意是轻松地结合在一起的。

在更深入平原地带的路上，乐队开始演奏了。急促的鼓点和弹拨得飞快的弦乐，这波涛汹涌的旋律配合着空中呼啸而过的哨音。此时，孩子们组成的合唱队也与乐队唱和了起来，这昭示着新任河岸指挥官的到来，意味着欢迎仪式的开始。

先到达城门口的是个旗手，手持一面龙形旗帜，它在呼啸而过的风中猎猎作响，翻腾舒卷，仿佛活过来了一般。不远处就是新任河岸指挥官了，作为一个野蛮人出身的战士，他的身材魁梧健壮，十分引人注意。

“伊阿海，你个浑蛋！”阿纳穆也不知道自己是不是大声骂出来了，不过没关系，反正鼓乐声会盖过他的声音。你个阴险的杂种！阿纳穆早就预想到会见到伊阿海了。伊阿海是与指挥官一路同行的，这事儿他已经知道了有一段时间了，他猜奥格洛斯也是知道的。但他没有料到的是，队伍前面领头的竟然是伊阿海的人。这情况看起来不像是伊阿海随新任指挥官同行，而更像是前者在保护后者。“你这个不知天高地厚的卑鄙小人，你这个……”乐队停下了演奏，合唱团停止了歌唱，于是阿纳穆也只好住口。

河岸指挥官拉了拉缰绳，他的马听话地停下了脚步。他抬起右手，手掌朝前，做出亲切致意和代表权威的礼仪手势。阿瑞忒城的人们也纷纷抬起右手，作为回礼，开始欢呼。

“愿神祇保佑您！愿神祇保佑您！愿神祇保佑您！”

你个骆驼操的杂种！阿纳穆表面上挥着棕榈叶，和其他人一样念叨着保佑的话，内心却怒不可遏。你个拉皮条的！肯定是把你唯一的女儿献出去了！

芭思希芭和伊阿海骑在马上往前走，他们在河岸指挥官身后停了下来。伊阿海迎向阿纳穆的目光，在风沙中备受摧残的脸上挤出一丝微笑。

阿纳穆之所以能熬过艰难的岁月，活到现在，靠的就是隐藏自己真实的感受。等大家齐声保佑的声音逐渐平息下来的时候，他已经完全调整好自己的情绪。他看着奥格洛斯将棕榈叶浸到了高颈花瓶中，轻弹圣水，然后将一把香撒到了祭台上，再把酒浇在地上，用刀子划过那头牛的脖子。牛静静地赴死，并没有表现出什么不祥的征兆。

来自佩特拉古城的学者卡利尼库斯上前几步，开始致正式的欢迎词。奥格洛斯有言在先，要求简单说说即可，反正这对伊阿海来说也没什么新鲜的，滔滔不绝的演讲词只能让他感到厌烦，但是阿纳穆却很期待这个环节。能欣赏华丽的辞藻是一个有教养的人所必备的能力之一。

"辞别王都，前来我城，祥瑞现，吉兆出。您的睿智宛若太阳的万丈金光，照耀在我们身上……"热情洋溢的开场白是传统，现在已经说得够多了，不知道他接下来的欢迎词会说些什么，是说指挥官的战绩、故乡、民族，还是说他的家庭？"面对危险，您像个技术精湛的舵手一样，不惧大风大浪，带领战船勇往直前……"直接开始赞美他的品德了，真会说。献词人聪明地避而不提指挥官的出身，而且直到现在，他们对他的军旅生涯依然一无所知。于是，献词人沿着这个套路继续说下去，赞美完勇气，接着赞美他的公正、自制和智慧，最后是收场白。"我们心怀欢喜，前来迎接您的到来……将您视为我们的救星和堡垒，我们明亮的星辰……黑暗退去，黎明来临，欢乐的一天即将开始。"卡利尼库斯以学者的姿态结束了这段献词，他喘着粗气，擦了擦头上的汗，表示这是自己即兴创作的演讲。

不错啊，阿纳穆想，不过话说回来，卡利尼库斯那些话是经过细心琢磨的。现在还是听听这位蛮人指挥官会怎么回答吧，这倒是挺有趣的。通常情况下，客人会说早就想见见这座城市的运动场、剧院、神庙和港口。但即便指挥官不是蛮人出身，要想说出来这样一番话也很不容易，因为这毕竟是他领受军令以前几乎从未听说过的一个地方，而且这里也没什么运动场和剧院，而且又地处沙漠腹地，自然也没什么港口。

指挥官开始回应道：

“在过去的日子里，我苦恼烦忧，因为我无法得见这座阳光下最可爱的城市。现在，我终于得以一睹庐山真面目，于是不再苦恼，不再烦忧。我见到了我一直以来渴望见到的城市，而且并非梦中的朦胧场景，而是真实的城墙、庙宇和柱廊，整座城市宛若沙漠中的良港。”

他竟然直接说了通常第二部分才会说的话，这给阿纳穆留下了很深的印象。将整座城市比作一个港口，这样的说辞很妙。现在，他开始接着啰啰唆唆地赞美伟大的幼发拉底河及其神祇，赞美它是不眠不休的守护神，时时供旅人往来的河道，为城市带去食物和财富的福音。夸完了大自然，接着又夸起了人：阿瑞忒城中的人热情好客、遵纪守法、和谐相处，对陌生人也视若自己人。他讲的一切都很好，只不过最后一点略带些许讽刺的意味，尽管他一定不是故意的。

指挥官发表了一通关于成就与功绩的演讲，然后又回到了“整座城市宛若沙漠中的良港”，将其作为回答的结语。

阿纳穆心中浮起一种不安的感觉。这个野蛮人可真是个人物，他的希腊语讲得非常好，还懂得如何演讲，口才了得。阿纳穆算是棋逢对手了。

该城市的接风仪式已经成功结束了。现在，巴利斯塔下达了一连串的命令，他感觉自己应该从一开始就掌控住局面。首先，他吩咐人们为这座城市的命运女神堤喀以及其他保佑他的队伍平安抵达目的地的神祇献上祭礼；然后，他去了为他准备的官邸——宫殿；接下来的两个小时，他组织了一场市议会。

在城门口的时候，城内的事务都可以顺顺当当地解决好，但说到军事方面，恐怕就没那么简单了。

在巴利斯塔进城的路上，有个军官横马挡在他们面前。

“在下马库斯·阿奇利乌斯·格拉布里奥，任副军团长，负责指挥驻阿瑞忒城的第四西徐亚军团的临时旗队。”他的口音和举止态度都表明他来自一个古老的罗马元老院议员家庭，他副军团长的头衔也正说明了这点。

他并没有下马参见新指挥官。巴利斯塔看着骑在装备精良的骏马上的年轻人，看着他一副趾高气扬的样子，立刻心生反感。

“时刻准备，听命行事。”巴利斯塔从未听过有谁用如此毫无敬意的口气说这句部队口号。

“我明天上午九点要在战神广场检阅你的部队。”巴利斯塔说。

“是。”格拉布里奥没有称呼他“大人”，这就从某种程度上暴露出了东部省份军官的习惯。

“十一点我要在指挥部检查你们部队的账目。”

“我会让征税官和簿记官按时到场。”格拉布里奥这么说意味着他将这事儿都交给了征税官和书记官打理。

他那态度显然是在找麻烦，不过和第二十步兵大队的指挥官不一样，至少到现在为止，他还没做出直接抗命的事儿。和在塞琉西亚一样，这儿也没有盖乌斯·斯克里波尼乌斯·穆基亚努斯的踪迹。现在巴利斯塔是决计不会忘记这指挥官的名字了，这个狗杂种斯克里波尼乌斯到底跑哪儿去了？第二次故意怠慢比第一次还要严重。斯克里波尼乌斯抗令不遵，没有去安条克迎接他的新河岸指挥官，这是一回事；而斯克里波尼乌斯竟然没有出现在阿瑞忒城的城门口，这又是另一回事了。巴利斯塔只能将其视为有意为之，目的是表示对巴利斯塔这个新指挥官的权威性的蔑视，在他这个北方蛮人执行任务的伊始就给个下马威。

巴利斯塔环视身边，发现图皮奥站在一边，而且他显然是巴不得自己没在那儿。

巴利斯塔瞪着他说："首列百夫长，我要求第二十步兵大队明日十点在战神广场上集合。下午两点的时候我要检查部队的账日。"

图皮奥简单地表示了接受命令。不管这两位职业军人在漫漫旅途中建立起了怎样的密切关系，此时都已经算是烟消云散了，就好像从未存在过一样。图皮奥拉长了脸，看起来颇有些不满。

"去告诉你们的指挥官，要是还想有未来前途的话，到时候就该到场。"

关于斯克里波尼乌斯为何缺席，巴利斯塔肯定图皮奥知道更多的消息，只是他不愿开口而已。他知道，当着大部队和半城百姓的面儿他是什么也查不出来的，所以就转身离开了。

完成献祭仪式后，巴利斯塔在他新官邸里洗了个澡，然后动身前往坐落在城内东南角的阿耳忒弥斯神庙。迈过门槛，他先是来到了市政大殿的议事厅，站在那里驻足等待。他丝毫不为自己现在将要进行的演说而感到紧张，这和他之前说的那一套可不一样，这回可是更带劲儿的。

目之所及都是阿瑞忒城的管辖区。议会为巴利斯塔安排的官邸稍有些小，坐落在城中的东南一隅。这座城市的布局可以充分体现出贫富两个群体间的政治平衡，因为议事厅本来是可以从集市市场搬出去的，那样议员们就可以远离普通百姓，感觉更加自在一些。

"大人，请这边走。"执政官说。

德米特里厄斯轻声地在巴利斯塔耳边提醒对方的名字。阿纳穆是个看起来有些怪模怪样的男人，但他并非有意如此。他穿了一件普普通通的宽外袍，系着一条狭窄的紫色带子，脸上蓄着络腮胡子，而发际线却格外靠后，剪成了传统的发型。令人感到奇怪的主要还是他的脑袋，脸太长，两眼之间的距离则太宽，眼角下垂不说，嘴角也往下耷拉着。

阿纳穆带着他们来到了一个马蹄铁形的房间，里面坐着四十多人，他们就是阿瑞忒城的议员。“罗马帝国骑士，河岸指挥官，马库斯·克洛迪乌斯·巴利斯塔，欢迎您。”阿纳穆找到最前排刻着他名字的座位坐了下来。只有伊阿海和阿耳忒弥斯的祭司是早就在座的。其他前排座位上的名字很多都已经模糊不清了。显然，这座城市的政治气氛可以说是死水一潭。这三位“幸存者”才是城里真正掌事儿的，但是轻慢其他议员也是给自己找麻烦的不智行为。巴利斯塔看见在城门口和他照过面的大多数祭司都是列席的议员，其中包括体毛茂盛的基督教牧师。

房间里安静得很，尘埃在阳光下浮动着。巴利斯塔开始讲话了。

“各位议员，大家一定都做好了做出巨大牺牲的准备。萨珊王朝的波斯人就要来了。明年春天，他们就会沿着幼发拉底河向上游进发，到时候领军的将是诸王之王——沙普尔。就像去年阿瑞忒城的人对他的卫戍部队大开杀戒一样，他会不惜一切代价拿下这座城市。要是他得逞了，那城里人将会生不如死。”说到这里，巴利斯塔略停了停，“我得到了瓦勒良和加里恩努斯两位皇帝的首肯，将全权保卫阿瑞忒城。咱们得坚持到伟大的瓦勒良派出野战军施以援手的时候才行，但是这将会很艰难，我需要你们无条件的支持和帮助。如果我们没能合作团结、一致对外，到时候结果可想而知，咱们一个个都会被钉在十字架上受刑。”

这真是漫长的一天。巴利斯塔觉得自己很难相信那天早晨是他第一次见到阿瑞忒城。他侧身坐在阳台的矮墙上，幼发拉底河就在他脚下二百五十英尺的地方。河的这一侧是红柳丛，间或还有几棵枣椰树；河的另一侧是绵延至天边的万顷良田，一对千鸟彼此追逐着飞过河去。朱莉娅要是来了肯定会爱死这儿的，芭思希芭也会的。

“给我来杯酒，谢谢。”

马克西姆斯为他倒了一些兑过水的葡萄酒，然后小心翼翼地将酒罐放好。他坐在墙上，一条腿弯着，一条腿伸直，面朝巴利斯塔。他们二人独处的时候从不拘礼。

“情况不妙啊，你的宫殿。”马克西姆斯微笑着说，他话中强调的语气很奇怪，“这简直就是个死地。”他端起一杯酒，“一进来那个院子还行，还有扇巨大的门。第二个院子就压根儿没有安全保证可言。北面墙上倒是开了个门，可那是马厩的门；南边是厨房的门，还有几扇可以穿过这里通往前院的门。”他一边点着头，一边打量着河岸指挥官的这座私宅，“这些门还算不上什么了不起的问题，可墙太低了，太容易攀爬。宅子南边是片空旷的地，可咱们北边都是鳞次栉比的建筑，你一步可以跳过去的别家屋顶至少有三处。”他又倒了杯酒，拈起一颗橄榄。

“德米特里厄斯。”巴利斯塔招了招手，叫恭恭敬敬侍立在阳台另一边的年轻希腊小伙子过来，“你也来坐下喝一杯吧。”

于是，小伙子盘腿坐在了地上。

“咱们得搬出去一部分家具才行。”巴利斯塔一边说，德米特里厄斯一边用铁笔在折页式的蜡板上记录，“你说说送来的物资怎么样？”

德米特里厄斯拿出一张纸莎草纸，他仔细看了看自己整齐的小字。“大体还不错，基利耶。事实上，咱们的物资太多了，单葡萄酒就够多的了。我们的纸莎草纸不太够，但是除此之外，其他东西都数量充足，质量上乘，无须担心。问题主要集中在费用上，我会在集市上先问问价格然后再把钱付给执政官阿纳穆。”

马克西姆斯插嘴说道：“那些东方佬们，他们认为北方的野蛮人都不识字，就会狼吞虎咽地吃肉、大口大口地喝酒，认为你好骗。”

希腊书记官看上去有点面露难色。于是这三位就在一片沉默中继续吃吃喝喝。

巴利斯塔看见远处对岸有艘船正在渡河。因为水流湍急，那艘船不得不向着上游行驶了好远才向对岸靠近了一些。船上的两个桨手用力地划着，小船驶入河中小岛的避风塘的时候，他们才抓紧机会喘了口气。休息片刻后，他们又继续划。从他们前进的角度来看，小船最终会抵达主防波堤，防波堤上面是一截陡峭的台阶，直通水闸门。

此时，门口传来了一阵咳嗽声，好像有人被掐住了脖子一样，这是卡尔加库斯在暗示有人来登门拜谒的“信号”。马穆拉从柱廊那边走了过来。

巴利斯塔从墙上下来，说道：“是工程官啊。”

“大人。”他们握了握手。

“开始汇报吧。”

“时刻准备，听命行事。”马穆拉站得笔直，“我从第二十步兵大队中挑了二十个战士做您的骑兵卫队，十个做夜班岗哨，还有十个做白班岗哨。我安排了两个战士把守大门，马厩门和厨房门各一个，还有一个负责把守通往您寝宫的门。剩下五个卫兵安排在冲着前院开的守卫室里。不值班的时候，这些战士还是住在他们以前住的军营里，马则还待在它们原来的马厩中。”

“安排得不错，工程官。”

马穆拉站着的姿势放松了许多。“您的随从都已经安排到南边仆从生活区了，他们也都吃过饭了。旅途漫长，大家都辛苦了，所以我让他们安顿住下了，只派了一个信使今夜离城送信。希望我这样做没什么不妥的地方。”

巴利斯塔示意他喝杯酒，马穆拉拒绝了。他走后巴利斯塔吩咐卡尔加库斯去传巴戈阿斯觐见，他会唱一些他家乡的歌，巴利斯塔准备伴着歌声度过这个夜晚。

> 这一秒灵肉湮灭，残骸中伫立。
> 下一秒生命之井泉涌，品尝其中滋味……
> 星辰坠落，商队起程，
> 向着虚无之破晓进发——噢，要赶快啊！

波斯男孩的歌声在幼发拉底河的薄暮中弥漫开来，即便是一个词都听不懂的德米特里厄斯和卡尔加库斯也陶醉其中。每个人都被命运紧紧地束缚着，就像是拉车的狗一样。此时的他们，与家乡相隔千里。

月光照耀下的城中，一个男人坐在一间百叶窗拉得严严实实的房间里，他不时抬起头来望望周围，看看身边是不是有其他人。

如果说阅读是个稀有的能力，几乎只有上层社会和极小的一部分得到过特别教育的奴隶有此能力，那么默读就是更加难得的能力了。随着手指在字里行间移动，他嘴唇轻启，间或咕哝出几个词，但他似乎对自己阅读的技艺很骄傲。总之，他偶尔的呢喃几不可闻，不过鉴于他正在读的东西，这也无妨。

他知道，自己不应该对能拥有这个能力而感到太过骄傲，但是至少他从来没在人前炫耀过。受环境所限，自尊会让他有任务失败之忧。

他将蜡屑倒在一个小小的金属碗中，再将这个碗放在火盆上。他展开折页的书写木板，上面的蜡已经用完了。那些字词是直接写在木头上的。他又读了一遍，这是他第三次阅读这些东西了。

皇帝派来的北方蛮子已经到了。他没有带来部队，他说明年瓦勒良会亲率大军赶来援助，但他并没有说具体什么时候。人们对他的话并不十分相信，他认为明年春天以前，波斯人都不会发动侵略。今年的雨季来得有些迟，等雨季过去了，如果波斯能早些集结部队攻过来，那么完全有望在防御工事建好之前到达。要不是诸王之王二月份的时候在梅希克挫败了罗马入侵者，也许这座城市现在已经改旗易帜叫佩罗斯－沙普尔了，战争狂人戈尔迪安三世也会被处死。不管怎样，我都要窃取他们的战术情报，搅得他们心神不宁，暴露他们城墙防御的薄弱之处。

他用一根旧铁笔搅了搅碗中融化的蜡，然后用一把钳子夹起碗，把里面的蜡油倒进了每片写字板的凹处。接着，他把碗放到一边，将蜡抹平。

他知道，很多人，他亲近的人、热爱的人，都会将他视为叛徒，只有为数不多的几个人能理解他。但是他现在正做的并不是为了赢得同辈人的一时赞誉，而是为长久之计，为了将来成为永世的丰碑。

蜡已凝固。他取了一根新的铁笔，开始在光滑的空白木头表面上写字，字体是最常见的、最没有特征的那一种。

我亲爱的兄弟，我希望这封信能飞速到达你的案头。今年秋天的雨来得有些迟……

第七章

德米特里厄斯醒来就伸手去拿他的纸笔。他很着急，生怕忘掉什么重要的东西，这也是为了不把事情搞错了，这点很重要。他看了看水钟，钟表停止鸣叫的时候，人们都还在睡梦中。他写道："四更天，"随后又补充得更具体了一些，"入夜后第十一个钟头。"对于这些事物而言，时间是非常重要的，然后他写道："秃鹰……集市……雕塑。"这些东西有助于加深记忆，他放松了一些，向后一仰，靠在了床上。

他开始从头梳理梦中发生过的事情。他曾经走进了一座集市，但是哪一个集市呢？那里人山人海，人们的穿着也是各式各样——有穿希腊束腰外衣和披风的，也有穿罗马长袍的，还有的带着塞西亚人高高的尖顶帽子，有的穿着波斯人的阔腿长裤，有的头上包着印度人的头巾——单看这些服饰对判断此处是何处并没有什么帮助，这年头儿，有大批的异国人涌入罗马皇帝统治下的很多伟大的城邦。

让他感到印象最为深刻的是，这些人没有一个注意到集市上空盘旋的秃鹰。德米特里厄斯差点儿又睡着了，好险，他顺着回忆继续往下想：波斯人将他们的尸体抛在荒郊野外，任食腐的乌鸦、秃鹰啄食。这是否意味着他们对秃鹰充满敬意呢（把秃鹰当成是他们的神祇的意志代表），还是对秃鹰满怀着恐惧？

秃鹰们一直在集市广场中央的雕塑上空盘旋。那尊雕塑是金色的，在阳光下熠熠生辉。雕塑十分巨大，可能比真人还要大，不过也可能所雕的人本来就高大威猛。雕像全身赤裸，右手执长矛，左手执盾向前探出，因此左臂肌肉紧绷，而与身体更为贴近的执矛右臂肌肉则放松许多。雕像的重心更偏向他的右腿，左腿稍稍向前，膝盖微弯。髂骨下方是连接他上腹部与两条大腿的突起，而且对于一个受人景仰的、以文明和自控能力强著称的希腊人来讲，他的生殖器官被塑造得小而优雅。但这尊雕像从好几个方面来讲都与伟大的雕塑家波留克列特斯设定的标准不大一样，不仅肌肉雕刻得更加明显突出，而且更牢靠地固定在地面上。

德米特里厄斯写道："集市广场中央有巴利斯塔的金身塑像，人像摆出执矛姿态，并非是对波留克列特斯的全然模仿。"

德米特里厄斯静静地躺了几分钟，刚才的梦境在脑海中翻腾了良久，他仔细琢磨着这梦中是否有什么凶兆和吉兆。但最好还是不要轻易下结论，因为专门的卜梦人的阐释往往与自己的期待不相符合。尽管不会是今天，但他决定要尽快去阿瑞忒城的集市上找一个卜梦人解梦。

"早上好，河岸指挥官。"阿奇利乌斯·格拉布里奥说。这位年轻贵族的发音让人觉得这个头衔像是来自极北的某个偏远部落一样。

"早上好，副军团长。抱歉我们到得早了点。"巴利斯塔一行人很早就出发了，他们慢悠悠地穿过城市，但是有意比预定时间早一些到达了战神广场，"要是你的战士们还没准备好……"

这位年轻的副军团长却并没有怯场，而是微笑着说："时刻准备，听命行事。"他挥手邀请巴利斯塔一行人到阅兵台来，举手投足间一副掌控了一切的样子。

他们一言不发地走了一百五十码左右。巴利斯塔站到了中间突起的执政官席前方正中央的位置，阿奇利乌斯·格拉布里奥和马穆拉分别站在他左右。马克西姆斯则站在巴利斯塔左后方，德米特里厄斯立于其右后方。

跟巴利斯塔一起来到战神广场的还有高级占卜师、两个传令官、三个簿记官和四个信使，以及他的骑兵卫队里的五个战士。当然，随行的还有罗慕路斯，像往常一样扛着白龙旗帜，那旗子在微风中微微飘荡。

阿奇利乌斯·格拉布里奥带了四个士兵，他派其中一个去下令，让队伍开始演练。巴利斯塔用余光仔细打量了一下副军团长。这个年轻的贵族男子蓄着一头长发，披在后面，露出光洁的额头；耳朵两侧和后颈上巧妙地点缀着几绺卷发。他的络腮胡子修剪得很短，但最下面明显长出一小截。尽管巴利斯塔对加里恩努斯皇帝十分崇敬，但对于那些像跟屁虫一样刻意模仿皇帝发型和胡子的人，他可并不喜欢。

小号声响起，组成第四西徐亚军团阿瑞忒分遣队的两个大队迈着整齐的步伐来到了战神广场地上。每个大队均排成四人为排头的一百二十人的长纵队，从右侧入场。队伍略微停顿了一下，然后讨巧地转向执政官席，敬军礼，然后呐喊道："时刻准备，听命行事。"

巴利斯塔的第一个印象就是：这支队伍充满了自信，不仅训练有素，而且低调不惹眼。他快速地算了一下，部队全员共九百六十人。就目前他亲眼所见，整个军团的装备都颇为齐全。战士们都头戴钢盔等头盔，身着盔甲，手执椭圆形的护盾、沉甸甸的练习用的木制标枪和剑。所有盾牌上都套着兽皮，这可以起到保护作用；头盔顶上并没有美丽的羽毛顶饰。也并没有人要求整个部队都统一着装，因此战士们戴在头上的头盔款式有略微的不同，有的是头巾式的头盔。他们的穿戴都是以作战为目的，而不是为了成为皇宫中靓丽的风景线。

新上任的河岸指挥官回了一个军礼，然后两个大队马上变换成了更加疏散的队形。在离阅兵台稍近一些的地方队伍转过身去，随着下达的命令，两支队伍向着对方的方向穿插过去。然后，每个大队都以百夫长为轴心转动，面向执政官席自动排成两列。整个队形转变的过程完成得非常漂亮。

阿奇利乌斯·格拉布里奥身子前倾，双手撑在木栏杆上，大声喊道：“准备好迎接战争了吗？”基本上还没等他说完，他面前那近一千名士兵就山呼海啸般地做出了回应：“准备好了！”如此问答重复了三次，然后几乎没等指挥者发出信号，左手边大队的百人队就重新组成了龟甲形；每八十人组成一个排列紧密的龟甲队形，共六队；战士们的盾牌面向前方、侧翼和后方，且盾牌间排列得十分紧密，就好像房顶上层层搭叠的瓦片一样。很快，这些盾牌碰撞在一起，紧紧闭合，进入防御状态。右手边大队的最前面那排战士向前跑去，齐齐地掷出一排没有镶刃的标枪。这排标枪还在空中的时候，第二排战士就接着跑了过来，超过他们，将手中的武器也齐刷刷地向“敌方”掷去。他们就这样重复了一次又一次。一排排标枪重重地撞击在兽皮覆盖的盾牌上，发出一阵阵震耳欲聋的滚动的声音。这时，号角声震天响，攻防两方互换角色。又是一场完美的演练。

队伍停顿了一下，两队士兵面对面站着。然后，他们开始发出“巴利图斯”的声音。开始时声音还比较低，后来他们将盾牌举到嘴边，声音被扩得很大，他们的咆哮汇聚成一种超凡的声音。“巴利图斯”本是日耳曼人作战时的呐喊，后被罗马人效仿了去。巴利斯塔每次听到这声音手心都会出汗，心跳也会加快，因为这令他想起了和他最初的家一起失去的那些东西。

呐喊声在空气中回荡，两支队伍向彼此冲了过去。虽说他们拿的武器是沉重的木头做成的，没有金属尖或利刃，但如果有技巧、有目的地使用，还是能够致伤致残，甚至致死的。

又是一声令下，两支队伍分了开来。医务兵上场将十几个肋骨骨折、四肢骨折或者头部受伤的士兵带了下去。然后两个大队快速地形成了一个横排纵列各十六人的密集方阵，面对执政官席站好。巴利斯塔的一个传令官走到栏杆旁，对着本就静悄悄的队伍大声喊道："肃静！罗马帝国骑士、河岸指挥官马库斯·克洛迪乌斯·巴利斯塔的队伍，保持肃静！"下面的战士们沉默依旧。

巴利斯塔和战士们对望了一会儿。战士们一个个昂首挺胸，雄赳赳气昂昂的。他们刚才的表现不错，他们自己深知这一点。但是巴利斯塔感觉得到，他们十分好奇。他现在已经看过他们操练了，但是除了流言之外，他们对他还一无所知。很可能，他们和阿奇利乌斯·格拉布里奥一样，同样对北方的野蛮人抱有偏见。

"战士们，"巴利斯塔想过称呼他们为"战友们"，但是他讨厌那些厚着脸皮和下属套近乎的军官，"战友"必须是双方认可的一种关系，"战士们，你们遇到过不少困难。如果缺乏训练，那么理由可以有很多。一个临时旗队想要脱离原军团总是困难重重的。既离开了以往的榜样标杆，又要面对其余部队的竞争压力，而且还要在军团指挥官的严密监督下行事。"

整个队伍似乎比刚才更安静了。平心而论，阿奇利乌斯·格拉布里奥贵族式的淡定丝毫没有被刚才那番话扰乱。

"具体到你们，用不着找任何一条理由，因为你们所有任务都完成得很到位。尤其是'巴利图斯'，非常棒。很多人都不知道打仗的时候喊杀声有多么重要，面对欠缺作战经验的敌军时，这方面的表现尤为重要。到时候，面对你们的'巴利图斯'的不知道有多少是在主人的鞭打下不得不参军作战的农民，要知道，他们可从未受过军事训练。你们做得很好！我对大家很满意。

“第四西徐亚军团是由罗马勇士马克·安东尼一手建立起来的，基本上参加过所有罗马帝国的战斗。从天寒地冻的北方到烈日炎炎的东方，也就是在这里，第四西徐亚军团曾经击退过罗马的各色敌人。帕提亚人、亚美尼亚人、色雷斯人、达契亚人、萨尔马提亚人和数不清的塞西亚部落，他们都曾臣服在第四西徐亚军团的剑下。那些萨珊王朝的波斯人，也一样会被我们打败。”

巴利斯塔最后说道：“你们的指挥官决定，除了机要人员，其余人可以放假一天。好好放松享受吧，这是你们应得的！”

队伍中立即欢呼起来，马上换成了四个人为排头的队列，行了军礼，从执政官席前面走过，走出了战神广场。

现在已经是差不多到十点了。按照巴利斯塔的命令，现在军团指挥官盖乌斯·斯克里波尼乌斯·穆基亚努斯应该带着他的第二十步兵大队出现在战神广场上。巴利斯塔挺害怕这个时刻到来的，因为他不知道如果盖乌斯抗命的话他要怎么处理。为了让周围的人感觉他对此并无所谓，他开始仔细打量战神广场。那是一片与其后方的平民区分割开来的空地，二者之间竖着一道六英尺高的墙，这座墙更像是为了防止无关人员擅自闯入，而不是为了抵御外敌入侵。广场左侧与城市西墙内的房舍相接。这两条边界都清晰整齐得很，相比之下，其他两处边界线就乱得多。广场右边的边界是一片面积较大的兵营、指挥部和神庙，里面供奉着一位当地叫作阿赞纳斯科纳的神祇，这座神庙目前是第二十步兵大队的指挥部。但在远远的右边角落处，是阿奇利乌斯·格拉布里奥的宅邸，那是一座被部队征用的私人大宅，就位于战神广场的场地内。这宅子的位置如此扎眼并不怪这位年轻的贵族军官，但不知为何，这又为巴利斯塔增添了一条不喜欢他的理由。剩下的那条边界上是渐渐分布稀疏、最终并未绵延到阿瑞忒城北墙墙根的兵营。从这里，巴利斯塔可以看到供奉当地神祇贝尔的神庙，神庙院落中的永恒之火上升起了一股烟。神庙北边即是北墙的第一座城楼，即那座带边门的城楼。那处城墙附近有柱廊，而其他城墙却没有，这点很奇怪。

现在已经十点了。第二十步兵大队的大队长兼指挥官盖乌斯·斯克里波尼乌斯·穆基亚努斯还是没有现身，这是第三次了。他是在用这种明目张胆的不敬行为故意给巴利斯塔找麻烦吗?

不论这位指挥官发生了什么事，图皮奥事先都已经接到了直接命令。要是再过一会儿协防部队还没有出现在战神广场上，那么首列百夫长稍后就得被押到广场中央，绑在木桩上接受鞭刑。

正当巴利斯塔的火气越来越盛的时候，从廊柱后面过来一个骑马的战士，他带来了第二十步兵大队的首列百夫长带领部队演习的请求。

第二十步兵大队的步兵以五人为排头的纵队走上战神广场。按说他们一共应该有九百六十人，但在阅兵台上诸多沙场老手的眼中，来的队伍显然不够这个人数。这个纵队进行了一系列简单的操练，而且表现得实在不怎么样，百人队之间相互碰撞不说，人与人之间也常常撞到一起。

第一排接到了放箭的命令。巴利斯塔数了数，发现第一发箭和最后一发箭之间的时间隔了好几秒。到了第五排的时候，那情形和一齐放箭的阵仗简直是天差地别。命令结束几秒钟之后，竟然还有箭飞在空中。这说明该部队的纪律性非常差，甚至有一个弓箭手本应该先将箭从箭袋中取出继而将其搭在弦上张弓射出，而他却不惜违抗命令将箭放回去。这时，通过一系列调遣命令，队伍重新站成了一排，一直站到战神广场的另一端。若是非要评价一下这个变换队形的过程的话，那么可以说这比他们之前的表现还要糟糕。

“剩下的人都去哪儿了？场上的这些人怎么才只有一半带全了装备，这又是怎么回事？”马克西姆斯在巴利斯塔耳边低语道。

巴利斯塔也在想这两个问题。通过刚才的观察，这支部队唯一的可取之处就是：单个战士的射箭水平都还不错，大多数箭的落点都与西城墙中镶嵌的人形标靶的位置相当近。

冲锋号响起！隔了一会儿，两队骑兵——可以将其假定为第二十步兵大队的两支骑兵中队——疾驰进了战神广场，每支中队约有六十名骑兵。距离阅兵台较近的那支队伍似乎是科齐乌斯的，也就是从塞琉西亚一路跟随巴利斯塔的队伍，不过两支队伍里的战士们都比较混乱，所以很难下判断。他们骑着马接近了既定的目标，然后一旦判断目标在射程内，他们就开始引弓射箭。到了距离目标五十码远的地方，两支部队分别策马向右，开始表演射回马箭，也就是策马奔跑时反身向相反的方向射箭。因为骑兵中队并没有排成有序的纵列，而是乱作两团，毫无队形可言，因此骑兵们行动时很容易会射到其他战友，军马撞到一起的危险也比比皆是。这场操练最后以狼狈得不能再狼狈的结果告终。一匹马挣脱了缰绳，怎么也不肯回头，就那么直直地向前方疾驰而去。而原本骑在它背上的骑兵，还没到达目标区域就已经被甩了下来，而他周围是密集的箭雨。还有一匹马，转身后发现它的同伴径直向它奔了过来，它脚下又绊住了，说什么也不肯跳过去。它背上坐的骑兵开始射箭，箭擦着它的脖子过去了，于是它将他甩在了沙地上。

就在这个时候，另外三支中队悄悄地加入进来，他们组成了四个人为排头的纵队，出现在战神广场的右方，但看上去也不过是一半兵力，每支中队有三十多人。巴利斯塔明白了图皮奥想干什么，他就是想掩饰该部队普遍兵力不足且缺乏训练的真相。一共五支骑兵中队，百夫长一定是将其中三支的骑兵安排到了另外两支队伍中，让后者保持满员的状态，寄希望于让他们刚才滑稽的表现吸引他的注意力，以便让他忽略其他三支中队兵员不足的情况。

最后，那两匹脱缰的军马被赶了回来，他们的主人也重新骑了上去。最初上场的两支中队站在面向阅兵台的最前面。指挥者发出命令，让他们组成环形奔射阵形，其实就是让骑兵队伍以环形编队的方式策马奔跑，让马儿一直保持向右前进，这样战士们举着盾牌的一侧就可以始终面对敌人。每当哪个骑兵跑到距离敌人最近的位置时，他就可以拿起武器向目标刺去。罗马帝国的每一支骑兵队伍都要练习这个科目，但是巴利斯塔从未听说过有哪支罗马部队在战斗中真正使用过这一战术。

一开始进行得还算顺利。两个由奔跑旋转的骑兵组成的漩涡呈现在战神广场上，他们旋转的方向与太阳相同。一匹匹军马小跑着行进，耳畔尽是马蹄踏地的“嘚嘚”声、弓弦弹动声、离弦之箭破空而出的“嗞嗞”声、击中目标和被城墙弹回来的声音。尘土在空中飞扬，越来越多的箭在空中划过。接下来就发生了糟糕的事儿。保持环形奔射阵形最难的地方就是，骑兵可能会跑着跑着就跑到了圈子外面——速度过快的话就有可能发生，或者骑兵没能继续沿着既定的路线前进。这时候发生的是后面一种情况。一个骑兵偏离了离阅兵台较近的那个圈子，于是较远圈子的一名骑兵赶紧策马狂奔，想为前者让路，但他慌乱的指挥却让胯下的马儿愈发迷茫了。他们撞得格外严重，两匹马和两个人摔在地上，彼此的肢体如乱麻一样纠缠在一起。过了半晌，其中一匹马挣扎着站了起来，然后跑开了。又过了几秒钟，那匹马的骑手也坐起来了，可是另一位却始终一动不动地躺在地上，他的马则摔断了一条腿，一边试图站起来，一边发出一声声惨烈的嘶鸣。

过了好长时间，医务兵才赶过来，将那个人事不省的骑兵抬了下去。巴利斯塔注意到，他们抬人用的不是担架，而是门板。从这里也可以看出他们是如此缺乏作战准备，但从某种程度来说，这也体现出了他们的心灵手巧。同样也是等了好一会儿，兽医才赶来将受伤的军马放平。有三个人坐在这匹倒霉的马上，兽医则将马的头扳回原位。兽医几乎无法抑制住自己激动的感情，他用颤抖的手拿着一把闪光的匕首，从马的喉咙上划过。瞬间，一股血喷到了几码远的地上，接着就是汩汩流出的动脉血。血很快漫延开来，无情地盖过沙地。这匹将死的马儿还用它那被切开的气管艰难地呼吸着，于是鲜红色的血泊中又多了一串粉红色的泡沫。

最后，整个部队笨拙地集结成一队，站在指挥官面前，其中很多战士脸上都挂着一副羞愧的样子。他们并不直视他们的新河岸指挥官，而是紧盯着地上看，或者干脆把目光放在前排人的后脊梁上。然而，可气的是，还有那么一小撮人抬着下巴、带着傲慢的态度沉默地看着巴利斯塔，他们一副副结实的肩膀映在他眼前，就好像在挑衅这位来自北方的野蛮人。

我要对他们说些什么呢？巴利斯塔心想。全能的神啊，我到底该怎样处理眼前的情况呢？

“肃静！罗马帝国骑士、河岸指挥官马库斯·克洛迪乌斯·巴利斯塔的队伍，保持肃静！”

底下还是嗡嗡声一片。

“队伍保持肃静！”图皮奥怒吼道，这一次终于有了点效果。

“战士们，”巴利斯塔说道，“在我看来，军事演习有着自己的一套规则。演习内容太多，就会变成一场过于复杂的哑剧；而同样地，如果内容过少，可能就无法留下什么能展示部队作战技术水平的东西了。”巴利斯塔停顿了一下，底下人们的嗡嗡声也静了下来。

“你们的所谓演习基本上没什么内容可言。步兵没有进行突袭战和反向行军的演习。骑兵也没有什么复杂的操练，既没有矩阵队形，也没有龟甲阵列。”嗡嗡的议论声又响了起来，“不过我不会苛责你们。你们人手不足，而且缺乏装备，这表明你们的长官对你们根本不重视，有限的演习科目和失败的尝试也证实了这一点。但是你们射箭的技艺倒是从中展露了一二。”

人们沉默着，越来越多的战士抬起头看向巴利斯塔。现在直视巴利斯塔的不只是那些眼神中带着“去你妈的”的人了。

“今晚，你们就会有个新指挥官了。两天后，你们要重新开始训练。到了春天，帕米拉王国第二十步兵大队要调整到战斗力的巅峰状态，成为一支值得骄傲的部队。你们是在马可·奥勒留领导下建立起来的部队，是在路奇乌斯·维鲁斯皇帝、塞普蒂米乌斯·塞维鲁皇帝、卡拉卡拉皇帝、瓦勒良和加里恩努斯皇帝御辖下战斗过的部队。”巴利斯塔最后总结道：“听首列百夫长提图斯·弗拉维乌斯·图皮奥的命令，除了机要人员，其余人可以放假一天。”

部队再次欢呼起来，然后以和先前差不多的混乱秩序退出了战神广场。

信使站立在他的骆驼旁边等候着。一个边关办事员走进了帕米拉门南城楼底层的登记处。信使抬头望着两扇高大的木门之间的庭院的北墙，墙上比他高的位置上画着献祭仪式的场景。随后他向下扫了一眼，注意到一个商人从登记处走了出来，骑上一头驴子，带着另外一头驴子离开了。于是，信使继续打量那堵墙。与他平齐的高度以下的墙是普通的砖块砌成的，但大部分墙面同样被乱涂乱画了一些希腊文或阿拉姆文，有的则是拉丁文。有的文字中只包括了一个男人和他父亲的名字，在大多数情况下，这两个名字前面还有一句“我感谢您，阿瑞忒城的命运女神堤喀”。不用看，信使就知道，南墙肯定也是这么个鬼样子。

“啊，又是你，”边关办事员说，“生意不错啊。”

“没有的事儿，生意惨淡。”信使回答道。

“你这是要去哪儿？”

“下游。去沙拉克斯，去波斯。”

“不管政局如何，生意人总是要把他们的信件送到目的地。你有什么要报税的吗？”边关办事员开始动手掀开离他最近的骆驼背上的一个驮篮。

“没什么，里面只有我换洗的衣服和被褥。”

“不久前有个哲学家从这儿路过，”边关办事员一边随意翻找着，一边说，“他只穿了一件粗布披风，所以看上去和全裸着没啥区别。他留着浓密的络腮胡子，一头长发直盖到屁股上。脏兮兮的，可以说是他妈的脏透了。但他并不是个穷酸的犬儒主义者，他身边还跟着个年轻的男侍者、一个速记员和一名誊写员，这后面两位的职责是记下他智慧的只言片语。”

信使望向路那侧的一个牧人，牧人正在数着羊，显然是想赶着它们进城卖掉。信使觉得该下雨了，但他不知道何时会下雨。

“于是，我跟那个哲学家说：‘你要带什么出城？’他说：‘节欲、正义、戒律’……还说了好些别的，但我不记得了。”边关办事员转到了骆驼的另一边，开始打开另一侧的驮篮。

“那里面只有我要送的三个密封好的写字板，其他什么也没有。”

“后来我说：‘无论你管你要带出去的东西叫什么好听的名字，你都得为这些玩意儿交出口关税！’然后他说什么‘你不能对美德收税’！”边关办事员说到这里大笑起来，信使也礼貌地微微一笑。

边关办事员将驮篮重新放好，写字板静静地待在里面，丝毫未乱。

信使往他手里放了一些硬币。“我可不是开玩笑，那个白痴浑蛋当时就站在你站的位置，在路中央，旁边是他那个长得俊俏的男侍者、速记员和誊写员。连个女人都没带！白痴浑蛋！”

信使爬上驼鞍，挥了下鞭子，骆驼便迈开脚步出发了。

“一路平安。”

就这样，叛徒的密信离开了阿瑞忒城。

西北边涌起了大团大团的乌云，时不时传来滚滚雷声。巴利斯塔的头疼一直挥之不去，可能暴雨降临阿瑞忒城的时候会好些吧。

战神广场上的演习结束后已经过了好几个小时了。本就想到这会是漫长的一天，结果实际情况更加难熬。十一点了，按照命令要求，阿奇利乌斯·格拉布里奥、他的征税官和簿记官出现在指挥部。征税官和簿记官已经事无巨细地向新任河岸指挥官、他的工程官和书记官解释了相关的文件材料，巴利斯塔、马穆拉和德米特里厄斯费了好大劲才集中精神听他们的报告。在此期间，阿奇利乌斯·格拉布里奥一直坐在椅子上欣赏自己那条过分华丽的佩剑腰带。第四西徐亚军团临时旗队在几乎各个方面都井井有条。这支部队事实上差不多是满员的状态，缺勤的没几个人，少了的那几个不是在医院养伤就是进了牢房。关于军饷和物资的发放也有近期的记录，不仅仅是人人都装备齐全，而且库存中还有相当富余的武器、盾牌和盔甲。大概过了两个小时，巴利斯塔才转身去找阿奇利乌斯·格拉布里奥，而后者正在读一本诗集——奥维德的《爱的艺术》。巴利斯塔向他表示对他部队的状况表示赞扬。这个年轻的贵族认为这都是他的职责所在，如果说还有什么其他反应的话，那就是他看上去似乎正努力让自己适应被像巴利斯塔这样出身的人命令驱使的角色。

下午两点，已经到了吃午餐的时候，但是巴利斯塔下令让图皮奥传第二十步兵大队的征税官到场。饥饿从未能让巴利斯塔的脾气缓和下来。接着，首列百夫长带着部队的征税官和簿记官到了，但还是没带他们的指挥官。巴利斯塔不得不努力地抑制住自己的怒火，他连问都没问盖乌斯·斯克里波尼乌斯·穆基亚努斯的事儿，直接命令他们把所有文件材料都呈上来。然后，他宣布大家一起跟他去隔壁的军团总部。巴利斯塔一行人鱼贯进入经过改造的阿赞纳斯科纳神庙时，此时的军队办事员像一群小鸡一样聚在一起。在档案室里，巴利斯塔要求审查前面的两册常规登记簿和以部队银行标准记录战士存款的账簿。巴利斯塔这时也感到有些饿了，他决定先填饱肚子再说，遂命令图皮奥、征税官和簿记官下午六点晚餐的时候到他的宅邸见他（如果这个时间之前能发生点奇迹的话，也就是找到了你们的指挥官，到时候也一并押送过来）。他凝重地表示，这么安排是为了确保他和他的同僚有足够的时间仔细审查这些文件，他们要十分认真地研究这些资料。

回到宅邸，卡尔加库斯为他们端上了迟到的午餐：凉了的烤松鸡、黑橄榄、当地的未发酵的面包、无花果、坚果和西洋李子干。这些菜肴集中摆放在餐厅长桌的一端，长桌另一端坐着的是第二十步兵大队的几位征税官。

他们吃完后就得埋头工作了。马穆拉已经过目了当前的常规登记簿，挨个儿读出士兵们的名字和表明他过账的注释。直线表示该士兵目前在部队中可随时出勤，标着小麦的指该士兵负责小麦补给事宜，标着大麦的则指该士兵负责为马匹准备大麦饲料，而标着狮子的是表示他负责猎狮子，诸如此类的标志还有很多。最后，还有些不幸的士兵，他们的名字旁边注着希腊字母 θ，这表示他们已经死亡。其他注释点明了军团分遣队驻扎的地点——阿帕达纳、贝舒弗雷恩、巴巴利萨斯、伯沙、卡斯特利姆-阿拉伯姆、查菲尔-阿维拉和马格达拉。

最后他们终于整理完了。但是从一开始情况就已经明了了：从纸上资料来看，这支部队是满员的，但是后面画横线的士兵人数太少了，更多的是负责猎狮子的或者驻守在名字很奇怪的地方。后面注有字母 θ 的死亡士兵只有两个。

下一阶段就是交叉检验常规登记簿和按标准记录的存款名单上的信息，以找到那些在任何一种类型的过账中都有或都没有存款的人。

现在已经接近下午五点了，他们大概完成了三分之二的工作。又一个事实浮现出来：几乎所有名字后面带条直线的士兵名下都有存款。而那些执行临时任务的士兵，几乎所有人名下都没有分文。

雷声更近了。闪电照亮了乌黑的云层，未有闪电经过的苍穹中有一丝淡淡的黄色。巴利斯塔的头疼还是没有好转。他已经传了膳，还吩咐下去，等征税官和簿记官到了，让他们去连着前院的房间中用餐。卡尔加库斯还要确保图皮奥知道他的部下得到了吃喝款待。图皮奥自己则在连着中院的主接待厅等候，上面连个座都没赐给他坐，马克西姆斯负责看着他，所以他逗留在厅中，借机留心他的一举一动。图皮奥也知道，他这是在盯着他。

卡尔加库斯咳嗽了一声。“他们到了。”

“好，让他先干会儿活儿吧。”

巴利斯塔在阳台上来来回回地溜达了一会儿。就在幼发拉底河的对岸，一个骑着驴的男人正朝着河流的方向进发。巴利斯塔不知道那人是否能在下雨前赶到那里，他转身对马穆拉和德米特里厄斯说：“把他带进来吧。咱们最好把活儿赶快干完。”

“首列百夫长。”

“大人。”图皮奥望向他视野的尽头。他的肩膀往后张着，头向前伸着，双眼下面带着两个乌青的眼袋。

巴利斯塔用手指尖撑在桌子上，他低头看了一会儿桌上的文件，然后突然抬起头来说：“你和盖乌斯·斯克里波尼乌斯·穆基亚努斯通过欺诈手段从军事财库中捞取好处有多久了？”

图皮奥并没有慌乱，而是平静地说：“我不明白您的意思，大人！”

“这是老掉牙的骗人伎俩。”巴利斯塔试图将胸中涌起的怒火压下去，“首列百夫长竟然和军队指挥官串通作案。”图皮奥将视线转向一边，巴利斯塔继续冷酷地说道，“有人死了或者调动到其他地方的时候，那人的名字仍旧保留在账册上。等到上面要求再次招募新兵的时候，你们就在名单中加入你们编造的名字，虚假的新兵和死亡士兵就会被派去执行‘临时任务’。而这些人的军饷依旧会下拨，可领这些钱的就是指挥官和首列百夫长。”巴利斯塔略作停顿，然后接着说道：“你难道指望我会相信这支部队里有八十五个战士都被派去猎狮子了吗？你还想让我相信这支部队的大批分遣队驻守在卡斯特利姆-阿拉伯姆、查菲尔-阿维拉和马格达拉这些本地区官方路线上压根儿不存在的地方吗？”起初图皮奥还抬头看了看他，接着又把头低下去了。“一开始我还真信了，现在这一切都过去了。你和盖乌斯·斯克里波尼乌斯·穆基亚努斯的计划很周密，但是还不够周密，你们忘了给虚假的士兵建立存款账户。”巴利斯塔俯身逼近图皮奥。

“结束了。斯克里波尼乌斯已经逃跑了，他把你留下承担责任。如果你继续保持沉默，那么你所能指望的最好的结果就是让部队上上下下都知道你的行径。如果你和盘托出，你的下场还能好点。是不是斯克里波尼乌斯的主意？”

图皮奥挺了挺胸脯，说道：“他是我的指挥官，我不会告发他的。”

“你的忠心是个好品质，但他不值得你这样忠心耿耿。他就像个懦夫一样，已经逃跑了。”巴利斯塔再次顿了顿，头疼得让他恶心想吐，“事情的来龙去脉你都得向我交代，这是你唯一的选择。”最后半句话无须强调，“如果你告诉我所有事情，你还有救赎的机会，可以重新获得自尊以及你的下属对你的尊重。我给你点时间，你好好想想吧。”

巴利斯塔转身经过阳台往回走去，除了图皮奥和马克西姆斯，其他人也跟着退出了大厅。他倚在栏杆上，头疼欲裂。对岸骑驴子的人已经消失不见了。

第一滴硕大的雨点落了下来。与此同时，他们也回到了柱廊下，空气中满是潮湿的味道。图皮奥并不需要思考太长时间。

“去年，我们刚刚将波斯人从阿瑞忒城驱逐出去，盖乌斯·斯克里波尼乌斯·穆基亚努斯就是那时候告诉我要这么做的。”巴利斯塔再次进来的时候图皮奥马上说道，“当时军团有一些伤亡，他说这时候开始计划最好了。”百夫长打住话头想了一下，“正如您所说的，登记在册的执行临时任务的大多数士兵都是不存在的，马格达拉和查菲尔-阿维拉也是不存在的。或者说，曾经存在过。贝舒弗雷恩在幼发拉底河下游几英里的地方，目前归萨珊王朝控制，而且那里已经很多年都没有罗马战士驻守了。卡斯特利姆-阿拉伯姆是真的，也许是因为这个地方是新设的，官方线路图上还没来得及标记。”他说到这儿就不再说了。

“你拿走的钱财的比例是多少？”

“十分之一，”图皮奥马上回答，“我把所有钱都以一个城里人的名义存了起来。我一分都没有花，而且可以全部归还。”

头顶上一声炸雷响起，屋子里格外安静。

最后巴利斯塔开口问道：“他手里有你什么把柄吗，让你不得不加入他？”

图皮奥没吭声。

“是欠了赌债？还是和哪个姑娘有关？还是你玩了个男孩？”

“这重要吗？”一道闪电照亮了房间，图皮奥的脸看上去比任何时候都要苍白。

“是的，因为这种事儿可能会再次发生。”

“不会再次发生的。”图皮奥说。

“我真应该把你押到战神广场上斩首示众。”巴利斯塔这句话在空气中停留了好久，才继续说，“但我不但不会这么做，还要让你代理军团指挥官一职。”图皮奥看起来大吃一惊，“现在你必须证明自己有能力当好军官。现在招募新战士太晚了，到明年春天，我希望你能给我带出一支能打仗的部队，我希望你尽量严格地训练他们。哦，对了，你把要还的钱交给德米特里厄斯吧。我们可以用这些钱更换设备。”

图皮奥开始对巴利斯塔连声道谢，但巴利斯塔打断了他。“咱们今天说的话不得外传，别辜负了我对你的信任。”

人们听到了雨水打在屋顶平台上的声音。巴利斯塔的头疼已经好得差不多了。

第八章

雨下了一夜，天亮之后又下了一整天。德米特里厄斯开始觉得这雨下得没完没了。巴利斯塔宅邸阳台上的排水槽原先并不惹眼，现在却顺着悬崖的一侧吐出几条粗粗的水柱。到了下午晚些时候，雨水在北边的峡谷底部形成了一条湍急的水流，冲刷下许多小石子。在峡谷的隘口，幼发拉底河的河水变成了混浊的暗褐色。

远古时代的洪水想必就是像这样开始的。宙斯因为对人类的罪恶感到厌恶，便安排了一场洪水，想要借此停止人间的杀戮、活人献祭和同类相食的惨剧。有一个叫丢卡利翁的人，得到了他不朽的父亲普罗米修斯的警告，建造了一艘方舟。九天后，在一只鸽子的指引下，丢卡利翁和妻子皮拉乘坐方舟来到了帕纳索斯山，还有的说是到了埃特纳山、阿托斯山或俄特律斯山。其他人听到了鹤的尖叫和狼的嗥叫，也得到了警告，逃到了高地上。有时候，德米特里厄斯不确定宙斯的心慈手软是不是正确的选择。

伊阿海邀请他们共进晚餐的消息传来后，德米特里厄斯立刻就知道麻烦来了。尽管巴利斯塔也知道他接受邀请是不明智的，因为这会进一步疏远他和奥格洛斯、阿纳穆之间的关系，但他还是马上答应了。德米特里厄斯敢肯定，巴利斯塔一定是想着芭思希芭才做出了如此欠考虑的选择。

他们一行十人动身的时候，天色已经暗下来了。客人包括巴利斯塔、马穆拉、德米特里厄斯、巴戈阿斯和骑兵卫队里的五名骑兵。他们一走进瓢泼大雨里，火炬立刻就熄灭了，没一会儿，德米特里厄斯就意识到他迷路了。而巴利斯塔和马克西姆斯总能找到路，对于这点他很是妒忌。

听到敲门声，守门人赶忙将他们迎了进去，巴利斯塔和马穆拉被请到了宅子深处，德米特里厄斯和巴戈阿斯也随他们一起大踏步地走进屋子。

餐厅的装修结合了东西方两种风格。脚下的地板是典型的希腊或罗马式镶嵌画，上面画着残羹剩饭——鱼刺和肉骨头，还有坚果壳、橄榄核、被丢在一旁的浆果。墙上挂着波斯挂毯。精致的青铜灯投射出柔和的灯光。火盆中燃烧着肉桂、香脂和没药，将室内熏得暖暖和和的，还散发出阵阵香气。

厅里有一张半圆形的长沙发，可供七人坐，中间摆着一张桌子。有四个人正站着喝酒，那是让人感到浑身温暖的加香料的葡萄酒。其中一位是主人，一个是阿奇利乌斯·格拉布里奥，另外两个人德米特里厄斯不认识。

“欢迎巴利斯塔和马穆拉两位光临寒舍。”伊阿海伸出手来。

“感谢您邀请我们赴宴。”他们彼此微微一笑，握了握手。

巴利斯塔转向阿奇利乌斯·格拉布里奥。“副军团长。”

“指挥官。”两人脸上都没有一丝笑意。

伊阿海为新来的两位客人每人奉上一杯酒，两人都接过来喝了，然后向他们介绍了那另外两个人。德米特里厄斯以图像的方式将他们，也就是主人的客人们，记载下来。“我女儿说不用等她，她一会儿就来。”

显然，巴利斯塔和阿奇利乌斯·格拉布里奥都比刚才情绪缓和了些，德米特里厄斯的心情则跌到了谷底。

“告诉我，指挥官，你觉得我们这儿的气候怎么样？”伊阿海笑着问道。

“挺不错的。我很惊讶，罗马的世袭贵族议员竟然没有将那不勒斯湾完全弃之不顾，而是恬不知耻地开始在这儿建造豪华的度假别墅。”巴利斯塔刚说完就后悔了，看到一个蛮人这样嘲笑贵族阶级，阿奇利乌斯·格拉布里奥肯定不乐意。他脸上挂着大大的微笑转过去望向副军团长，心中期盼这样的表现不算冒犯。可他看见的却是如一堵白墙一样毫无表情的脸，碰了一鼻子灰。似乎他们每次见面，彼此对对方的厌恶就更深一层。阿奇利乌斯·格拉布里奥这种态度会不会发展到抗命不遵的程度呢？他肯定不会像斯克里波尼乌斯·穆基亚努斯那样逃跑或者成为叛徒吗？

“盐焗杏仁？”伊阿海走过来，挡在二人中间，“以前有个愚人跟我说，要是在喝酒前吃的杏仁够多，就可以千杯不醉。”

马穆拉也加入了聊天：“我曾听说，如果戴上某种特殊的宝石，也能千杯不醉，可能是紫水晶？”令人尴尬的一幕终于得到了化解。

“我们上桌吧。”伊阿海坐到了最左边最高的座位上，示意大家也都落座。巴利斯塔挨着他坐下，旁边的空位子是留给芭思希芭的，接着坐的是阿奇利乌斯·格拉布里奥，然后是马穆拉。另外两位客人坐在地位较低的位子上。

第一道菜已经端上来了。按照富贵的皇族的标准，无疑这顿晚宴的主人也是其中的一员，菜肴显得朴实无华。一盘煮硬了的鸡蛋，接着是腌凤尾鱼，用白葡萄酒、蒜和欧芹煮过之后，汤面上形成了一圈圈涡纹。还有一份莴苣拌芝麻菜，二者的结合显得和谐平衡，芝麻菜给人以光滑细腻的诱人感觉，而莴苣则没有那么“性感”。

晚宴结束了。德米特里厄斯注意到，其他人都吃得很有节制，巴利斯塔和伊阿海则喝酒喝得最凶。

姗姗来迟，华灯已上；
门庭光影曼妙——
迟来之意为之锦上添花。

阿奇利乌斯·格拉布里奥一边吟诵着拉丁诗歌中的句子，一边优雅地站起身来。

芭思希芭站在那里，背对着门口的灯光。就连德米特里厄斯都不得不承认，她简直美极了。她穿了一件白绸做的纤薄长袍，恰到好处地勾勒出她丰满的胸部和浑圆的臀部。德米特里厄斯知道，巴利斯塔对她的魅力几乎无法抗拒。其他人都踉踉跄跄地从桌旁站起来，全都没有阿奇利乌斯·格拉布里奥的那份优雅尊贵。

芭思希芭向年轻的贵族小伙子露出摄人心魄的笑容，她深橄榄色的肌肤衬得她的牙很白。她向坐榻走过去的时候，胸部晃动着，显得紧实而丰满，显然她在那一袭长袍下没穿任何其他衣物。她坐下时大方地扶住阿奇利乌斯·格拉布里奥伸过来的手，对巴利斯塔也露出一丝微笑，只不过比对前者的笑要收敛一些。

和之前一样，这回的主菜又简单朴素得令人发指：野猪肉、羊肉丸、油拌甘蓝、辣酱骨髓和当地的扁面包。餐厅里有两位乐师轻轻演奏，为大家助兴，一位弹七弦竖琴，一位吹笛子。德米特里厄斯对他们两个都有些印象。

芭思希芭上席之后，桌上的谈话一度变得语无伦次起来。显然，她大胆暴露于人前的深邃乳沟和深褐色的肌肤强烈地吸引着巴利斯塔和阿奇利乌斯·格拉布里奥，而且这个北方人看起来都不知道该说些什么好了。只过了一小会儿，他就又回到了与伊阿海的对话中，他们继续探讨比较骆驼和马的耐力。而阿奇利乌斯·格拉布里奥则完完全全沉浸在自己的小世界里，他善于察言观色，谈吐轻松而幽默，因此觉得不管和他一起就餐的是什么样的女孩，他都会成为她理想的聊天对象。尽管席间的谈话都是用希腊语进行的，他还是忍不住间或蹦出几句拉丁诗：

美酒燃心，激情澎湃，
开怀豪饮，将谨慎抛诸脑后；
在欢笑的海洋中，为卑微之人带来自信，
抚平皱纹，了结一切伤痛与悲忧。
我们的年龄，是最珍贵的禀赋，
简单单纯，敞开心扉，
就像上帝驱散了狡诈与欺瞒。
男人的心常常会像着了魔，
被此时此刻的女人迷了心窍。
啊！美酒中的维纳斯，
就是那火中之火！

最后一道菜也一样，将前两道菜对简单的推崇几乎发挥到了极致：西洋李子、本地无花果、枣子、开心果与杏仁组成的干果拼盘，还有一块烟熏芝士、几个炖梨和新鲜苹果。葡萄酒换成了香甜的深色莱斯博斯酒。

德米特里厄斯丝毫不喜欢现在桌上的情况。如果说和之前有什么区别的话，那就是巴利斯塔和伊阿海喝酒的速度更快了。他的基利耶的眼神中透着一丝笨拙，肩膀执拗而僵硬地支着。显然，他被阿奇利乌斯·格拉布里奥与芭思希芭交谈甚欢的情形惹恼了。这位贵族青年的一举一动随时都显得巴利斯塔这个北方佬特别上不了台面。说实话，副军团长频频吟诵拉丁诗句的行为也开始让德米特里厄斯感到厌恶了。贵族青年每每在众人面前表现之后都会微笑着坐回原处，表示自己很享受自己刚才开的只有少数人才能懂的玩笑。他小心地没有提到诗人的名字。他的听众们要么是太有礼貌了，所以才没有问，要么就是压根儿不想问。和大部分受过教育的希腊人一样，德米特里厄斯在公共场合往往表示自己不懂拉丁文学，但其实知道得不少。他知道那首诗，但一时也记不起诗人的名字。

这时炫技般的七弦琴旋律弹到了最后一个音，戛然而止，这让德米特里厄斯将注意力放到了那两位乐师身上。他突然认出了他们：他们不是什么奴隶乐师，而是伊阿海的两名雇佣兵，他曾经听他们在营火旁演奏过。这个希腊小伙子心中升起一丝恐惧，他往四下里看了看，服侍伊阿海的四个奴隶都比较年长，看起来精明强干。他们根本不是什么奴隶，而是雇佣兵。尽管他不能完全确定，但就连在桌边休息放松的那两个不知名的客人也很有可能是雇佣军中的两名军官。天哪，他可以在片刻之内把我们全杀光。这时，普鲁塔克写的书中的一个场景浮现在他脑海中：马克·安东尼和屋大维在塞克斯图斯·庞培的船上吃晚餐，海盗米纳斯在舰队司令的耳畔低语道："我要不要切断缆绳，让您成为世界主宰？"

"德米特里厄斯！"巴利斯塔不耐烦地晃了晃他的空酒杯，希腊小伙子的思绪一下又回到了眼前的宴席上。伊阿海和巴利斯塔都在开怀畅饮。一个护商使者有什么理由想要这个北方人的命呢？就算是塞克斯图斯·庞培最终也拒绝了他手下的提议，他说："米纳斯，若是你真想做成此事，就不该在行动之前透露这个计划。"

惜光阴，勿荒废，
人生苦短，须及时行乐，且少年时节最珍贵；
年华似水，岁月倏忽，
流水不可追，
过往永不复。

阿奇利乌斯·格拉布里奥往后一靠，嘴角流露出一抹似有似无的笑容，他的手飞快地掠过芭思希芭的胳膊。

奥维德，德米特里厄斯想起了作者，这首诗的名字叫《爱的艺术》。这头自命不凡的猪。阿奇利乌斯·格拉布里奥其实是昨天才读过的，他的学识也不过如此，和他脸上那副自鸣得意的表情很相配。德米特里厄斯记起了之后的诗节：

你，将你的爱人挡在门外的你，
终将衰老、冰冷、孤独地躺在床上；
午夜，你的大门不会在喧嚣中敞开，
黎明，你的门槛上不会有零落的玫瑰！
太快了——啊，多么恐怖！
肌肤会逐渐松弛，爬满皱纹，
清朗的面容日渐逝去，
那些你青春时代诅咒的斑白痕迹一夜间出现，
你已白头。

阿奇利乌斯·格拉布里奥刚才吟诵的这几句诗也是他对在座的其他客人开的一系列暗藏讽刺的玩笑，无疑，他觉得那些人都很无知，不会察觉到他诗句中的深意。

那条迟到的道路后来怎样了？
你可能是个平凡人，
但今晚的你看起来神采飞扬、醉意醺醺，
柔美的光与影模糊了你的瑕疵。

此时此刻，德米特里厄斯没法跟任何人说任何话。事实也是如此，要是他现在告诉了醉酒的巴利斯塔，那后果可能不堪设想。但是至少他要揭穿那个自以为是的罗马贵族狡猾的小秘密。

伊阿海打了个手势，几个玫瑰花环和几碗香水就呈了上来，这象征着吃饭这个环节结束了，现在要开始正式祝酒和豪饮了。德米特里厄斯往巴利斯塔头上戴了一顶花环，然后将一碗香水放在他的右手边。在擦抹自己之后，巴利斯塔示意希腊小伙子站得离他近些。这北方人将伊阿海为此准备的额外一顶花环为德米特里厄斯戴上，然后他还为这小伙子擦上了香水。

“长命百岁，德米特里厄斯。”

“长命百岁，基利耶。”

“我要举杯敬酒，”阿奇利乌斯·格拉布里奥并没有想着为自己的奴隶涂香水或戴花环，“敬主人，也就是我们的护商使者和将军，敬他永不眠的宝剑，敬从及踝深的波斯人之血中蹚过、解放这座城市的真男人。敬伊阿海！”

就在大家喝酒前，伊阿海转过身死死地盯着这个年轻的罗马人。护商使者那张饱经风沙洗礼的脸因几乎难以抑制的愤怒而扭曲着，他坍塌的右颧骨上的肌肉抽搐着。

“停！在我家，不许有人因为这个原因喝酒。”伊阿海望向巴利斯塔，“没错，我是对结束萨珊王朝对这座城市的占领有贡献。”他的嘴唇厌恶地噘了起来。“你可能还是太年轻了，还不懂，”他对北方人说，“人们可能永远都不会懂。”他猛地扭头看着阿奇利乌斯·格拉布里奥，停顿了一下。他的目光虽然落在巴利斯塔身上，但却显然沉浸在自己的思绪中。“波斯驻军中很多人都带着他们的家人。是的，我是从齐踝深的血中蹚过来的，那是女人、孩子、父母怀抱中的婴儿的血。我们那些勇敢的市民们奋起屠杀他们，奸污、折磨他们，然后把他们——他们所有人杀掉。他们炫耀说他们‘清理’了城中的‘爬虫’。”

伊阿海的目光重新聚焦到眼前的人身上。他先是看了看芭思希芭，然后又看了看巴利斯塔。“我这一辈子都在杀人，护商使者过的就是这样的日子。我要保护行商，要和住帐篷的游牧民交谈，生活中充斥着谎言、欺骗、贿赂、妥协。当这些手段都不起作用的时候，就得开杀戒。”

“我常做梦，做噩梦。”他的脸部肌肉一阵痉挛，“我甚至不希望奥格洛斯和阿纳穆做这样的梦……你们相信有来世吗？相信来世人们会因今世的罪孽而受到惩罚吗？”他的目光又变得涣散起来，“有时候，我梦见我死了。我站在海边的一丛黑杨林中。我付钱给摆渡者，渡过那可恨的河流。冥府判官拉达曼提斯对我进行审判，然后我被押往塔耳塔洛斯那暗无天日的深渊，接受刑罚。他们都在那儿等着我呢，先是那些‘仁慈的’罪罚恶魔，后面是其他人——那些我杀死的人，他们的伤口还是最初的模样。着急也没用，在那儿没有时间一说，有的只是无尽的永恒。”伊阿海大声地叹了口气，然后自嘲似的微微一笑，“不过也许我内心没有完全被恶魔占据……”

阿奇利乌斯·格拉布里奥用他那懒洋洋的贵族腔调打破了沉寂，说：“讨论灵魂不朽，这可是场真正的宴席，一席苏格拉底式的对话。我毫不怀疑这栋受人尊敬的房子里的餐后谈话会像佩特洛尼乌斯的《萨蒂利孔》中特里马尔奇奥的晚宴一样。”他的言行态度表明了他心中所想，“你是知道的，所有糟糕透顶的暴发户、缺少教育的自由人都只会说些狼人之类的无聊话题。”

巴利斯塔突然转过身子，他的脸红了，一双眼睛亮得不自然。“我父亲的名字叫伊桑格瑞姆，意为‘灰色面具’。沃登神祇召唤的时候，伊桑格瑞姆就会放下矛，将手中的剑也交给至高无上的诸神之父。他会在盾墙前穿着狼皮大衣舞蹈和咆哮。”

此时大家都陷入了不知所措的沉默中，德米特里厄斯都能听到灯笼中油的“嗞嗞”声。

“诸神在上，您是说您的父亲是狼人？”阿奇利乌斯·格拉布里奥惊叹道。

北方人还没来得及回答，芭思希芭就抢先开口了，她背诵了一段希腊文：

饥饿如狼，生食血肉，撕扯复吞下，
心中对战争的热情永不灭——
在悬崖之上，
它们将壮硕的牡鹿撕碎，狼吞虎咽，无情杀戮，
直至狼爪滴红、利齿染血……
但它们从不颤抖退缩，
力量源于心中。

整个罗马帝国没有谁不知道这首荷马的诗。芭思希芭微笑道:“看吧，河岸指挥官的父亲可以像狼一样战斗，没有谁的战友比他的更好了。他背后有阿喀琉斯和他忠实的追随者。”

她瞥了一眼她的父亲。而他接到了这个暗示，于是礼貌地向他的客人们表示是时候散场了。

这次的雨完全出乎当地人的意料。冬天的第一场雨总是会持续三天，所有人都这么说。而今年的雨竟然一连下了五天，到了第六天上午，呼啸而过的东北风才将大朵的乌云吹走。碧蓝的晴空下，阿瑞忒城街道泥泞，于是相当一部分人赶往宫殿大门。见到河岸指挥官后，他们纷纷表示自己家门口的街道是主干道。他们有的打报告，有的投诉，有的则是请求，总之是希望得到公正的对待或帮助。距离边门较远的一端的北方峡谷中有处悬崖坍塌了，靠近集市的一排三间房子也倒塌了。两个蠢到试图划船渡过被水淹了的美索不达米亚平原的人失踪了，据推测应该是溺水而亡。第二十步兵大队的一名士兵被控强奸了其房东的女儿。一个女人生了只猴子。

巴利斯塔接待了潮水般涌来的请愿者，至少他下令将犯罪的士兵逮了起来，然后派了个信使送信，告诉阿奇利乌斯·格拉布里奥中午的时候与他在西北贝尔神庙附近的城楼上会面，开始检阅弩炮部队并检查阿瑞忒的城墙。跟他一起去的有马穆拉、德米特里厄斯、马克西姆斯、旗手罗慕路斯和两名簿记官、两个信使、两位当地的建筑师。巴利斯塔先派了他的骑兵卫队里的五名骑兵，让他们骑马清走城墙外的闲杂人等。

巴利斯塔并不期待这场会面。要是他在伊阿海的晚宴上缄口不言多好，但他承认了他的父亲伊桑格瑞姆是献身于沃登神的武士，是有时会在战场上像狼一般疯狂爆发的武士。他为什么这样做呢？当然，他当时是醉了。不过，也许是被伊阿海的一番话感染了。自然，他也被阿奇利乌斯·格拉布里奥目空一切的态度惹恼了。但这些都是借口。

情况可能会更糟糕。这和马克西米努斯·色雷克斯的鬼魂纠缠他的事可不一样，对那件事必须得保密。如果他把此事脱口而出，人们要么会认为他有恶鬼缠身，从而对他避而远之，要么就会以为他完完全全是个精神病。往深里说，要是承认自己杀过一个皇帝，就算杀的是那种人人得以诛之而后快的皇帝，也免不了会引起当朝皇帝的反感。尽管瓦勒良和加里恩努斯皇帝宽容豁达，治国有方，但这事儿仍可能会触怒他们。

巴利斯塔拾级而上，来到了塔顶的战斗平台上。

“河岸指挥官。”阿奇利乌斯·格拉布里奥脸上带着一副明显的假笑，但巴利斯塔注意到的却是别的东西。在被大风刮得干干净净的平台中央，是一台巨大的弩炮。这个北方人就是凭着这样的武器赢得了他这辈子最大的荣耀。

巴利斯塔知道，阿瑞忒共有三十五台弩炮。二十七座城楼上各有一台。帕米拉门和水闸门各设了四台，两台在楼顶，两台通过二楼的炮门发射。其中二十五台用的是两英尺半长的弩箭。这些都是有杀伤力的武器。其余十台是用石头的。操作弩炮的军人均来自第四西徐亚军团。这些弩炮的主要目的是摧毁敌军的工程车，但也可以作为杀伤有生力量的武器。

北方人之所以将这里选为巡视的起点，是因为这座城楼中有全城最大的弩炮之一。弩炮主要由硬木打造而成，外缘以一个长方形的铁框加固，整体大概有十英尺宽，靠近两端的地方各有一段扭结的皮绳等所做的扭力弹簧。弩臂约有二十英尺长，从边框那边弯折过来。滑块用鸠尾榫接合在弩臂上，末端是扣住弓弦的扣钩的。石弹位于滑块中。棘轮将滑块固定在原位，还有一个万向节使得滑块可以轻松地来回、上下滑动。士兵可以先瞄准目标，松开触发装置，就可以释放那弹簧强悍的扭力。

巴利斯塔愉快地审视着面前弩炮所用的抛过光的深色木料，还有金属反射出的暗淡光芒。所有弩炮的工作原理都一样，但这一台堪称典范。这是一个美丽而致命的装置，这个巨大的武器可以将重量不少于二十磅的、仔细磨圆的石头抛出去。阿瑞忒城还有其他三台这么庞大的机械，两台在帕米拉门的顶上，另外一台在此处北侧的第四个城楼上。阿瑞忒城其余的六架投石机都可以抛出六磅重的石头。不过，除了一架之外，其余的全都布置在西城楼上，因为那段城墙外面是一片平原，不管面对什么样的敌人，他们的工程车都会从那边攻过来。

阿奇利乌斯·格拉布里奥向巴利斯塔介绍了他的部下——一名经过训练的弩炮手、一名负责这台装置的重弩手，还有几个技术不太娴熟的助手：四个操作绞盘的和两个装弹的。巴利斯塔要求他们做个示范，他们看上去还挺乐意做。他指了指大概四百码远的一处岩石，那里已经接近这台机器的射程边缘了。他们开始忙活着估量距离，设置武器，此时巴利斯塔唯一能做的就是不去插手管他们。

拉弦声、滑动声、离弦声，射偏了。那石头在空中大约停留了八九秒，画出一道白线，它落下的地方溅起一朵大大的泥花；落点距离目标还有三十码远，且向右偏出去了至少二十码。

“你们能保持怎样的发射速度？”

弩炮手并没有回答巴利斯塔的问题，而是相当无助地看着阿奇利乌斯·格拉布里奥，后者看起来也有些茫然和尴尬。

“我也说不准。前一任河岸指挥官不鼓励——事实上，他特别下了命令，禁止我们练习射击。他说这是浪费宝贵的军火，而且对路人有危险，还可能会砸毁平原上的坟墓。我们之前从来就没得到过开炮的允许。”

“这儿有多少名接受过训练的重弩手？”

“每一个百人队里有两名，一共才二十四名。”阿奇利乌斯·格拉布里奥回答道，这个坦白的回答相当需要勇气。

巴利斯塔咧嘴一笑道:“这一切都得改变了。”

这一行人和新加入的阿奇利乌斯·格拉布里奥向南出发继续巡视。他们中途停了一下，检查城墙，于是两位建筑师领头去查看。城墙直接建在岩床上，大概有三十五英尺高，顶上还有垛口。他们走上城墙，上面大概有五步宽。城楼大概高出城墙顶十英尺，且前后都有。城楼两侧都开着垛口，因此可以轻易地阻断城墙处任何敌人的任何翻墙行动。

本地的建筑师一致向其他人保证说，城墙得到了非常好的修葺。也许整个罗马帝国都找不到比这儿更坚固的城墙了，这堵城墙后面的人们简直不能更具有安全感了。

巴利斯塔向他们道了谢。第二十步兵大队的一个百人队正呈队列向战神广场行进，他们是去练兵，这一幕吸引了巴利斯塔的注意力。图皮奥严格地执行了他的命令。然后，巴利斯塔又回过神来，继续把注意力放在城墙上。

“城墙不错，”巴利斯塔继续说道，“但光靠它们还不够。咱们还得在西城墙前面挖个壕沟，用来对付撞槌或攻城塔。”他瞥了一眼德米特里厄斯，后者早就将这些话记下来了，“挖壕沟挖出来的废土可以堆成缓斜坡，也就是路堤，这是为了在城墙遭到撞槌或弩炮的攻击时起缓冲作用。”他略作沉吟，想了想接下来该怎么措辞，“如果墙外有了缓斜坡，墙内还得堆一个相应的缓斜坡。要不然，外侧缓斜坡的压力就会让城墙坍塌。”说到这里，他看向那两个建筑师，两人都纷纷点头表示赞同。

其中一个建筑师凝视着城墙另一侧，在头脑中想象着壕沟和缓斜坡的样子。“壕沟一定要挖一人多深，这样可以为堆起外侧的缓斜坡提供足够的材料，暂时就别指望能为两边都提供了，”他大胆地提出，“还能从哪里找材料呢？”

“这事儿不用担心。”巴利斯塔神秘地一笑，“我有计划。”

第二天下午三点左右，巴利斯塔已经对炮兵弹药库巡视完毕。那座弹药库建在宫殿南侧的开阔地上，十分庞大。那里不仅是打造新武器的地方，还是维修旧武器、存放零部件、制作炮弹（也就是将石头切成重量合适、几乎为正圆形的投射物）的地方。人们还在那里锻造铁钉并将它们钉在木轴上。

就是在那个时候，德米特里厄斯才终于找到空闲，开始了他的秘密行动——通过卜梦预测未来。他悄悄地溜出了仆从们住的地方，来到了大街上。这座城市的布局方方正正的，况且现在又是大白天，按说应该好认路，可是这个希腊小伙子还是在距离集市四个街区的地方迷了路。

这座城市小得出奇，因此德米特里厄斯很容易就找到了他想找的：一个卜梦人。那个人坐在一个较远的角落里，在总有妓女站街的小巷入口附近。尽管冷风刮着，他还是只披了一件破破烂烂的斗篷，裹了一块缠腰布。他的一对白眼珠什么也看不见，但依旧往上瞟着什么，细细的脖子上看得见突出的静脉血管，在几乎算得上半透明的皮肤下跳动着。他一定就是卜梦人了。

听到德米特里厄斯的脚步声，那双白眼珠转了转，向他那边“看”了过去。

“你做了一个梦，而这个梦可以揭示你的未来。”老人用希腊语说，他的声音低沉而沙哑。卜梦人开口向德米特里厄斯要三枚银币，作为帮他释梦的报酬，最后被他还价到了以一枚银币成交。“首先，你得介绍一下自己，比如说你叫什么、你父亲叫什么、你的家乡是哪里。”

“我叫狄奥，普鲁萨的帕西克拉底之子。”德米特里厄斯撒了个谎。

他能流利作答，这多亏了他平日里用同样的假名字。

上了年纪的卜梦人将身子歪向一边，就好像在考虑对此该说些什么。他决定什么也不说，而是急匆匆地抛出了又一系列问题：你是奴隶还是自由人？是干什么的？经济状况如何？健康吗？多大年纪？

“我是奴隶，担任主人的书记官。我有些积蓄，健康状况也不错。我十九岁。”德米特里厄斯诚实地回答道。

“你是什么时候做的梦？”

“六天前的夜里。”德米特里厄斯回答道，和所有人一样他又马上算了算。

“什么时辰？”

“夜里第十一个钟头，前一天晚上的醉意已经没了。已经过了午夜时分，神祇已经关闭了给众生托送反梦的象牙大门，打开了托送正梦的角门。”

盲眼老人点了点头说：“现在给我讲讲你的梦吧。你必须告诉我真实的情况，不能添油加醋，也不能缺斤短两，不然到时候我预测的结果出了问题，责任可都是你的，和我没关系。”

德米特里厄斯点头答应了。他讲述完整个梦境后，卜梦人抬起一只手，示意他安静。那只手微微颤抖，上面点缀着几块黄褐色的老人斑。时间一分一秒地过去了，集市很快变得冷清起来。

突然，老人开口说道：“没有雄鹰，都是雌鹰，它们在东风中盘旋。因为秃鹰没有疯狂的性欲，它们代表着平静和坚定。在梦中，它们象征着真相、预言的确定性。这是神祇所托之梦。”

他停顿了一下，然后接着问道：“你的基利耶住在市场附近吗？”老人得到了一个否定的答案，他叹了口气，“正是如此。可惜了。繁华的集市本是祥瑞征兆，但既然……”他耸了耸肩，“情况不妙啊。你梦中的集市象征着混乱和骚动，因为集市的人群中有希腊人、罗马人和野蛮人，这些人都会导致和经历混乱与骚动。”

“中央有一座雕塑。”他轻轻地挤挤眼睛，仿佛不太舒服，“雕塑移动了吗？”德米特里厄斯咕哝着说他觉得没有，老人突然伸出一只骨瘦如柴的手，紧紧地抓住小伙子的胳膊，“好好想想！仔细想想！这很重要。”

“没有——没有，我确定它没动。”

“这样回答才像回事。”一串口水从卜梦人的嘴角淌了下来，“雕塑是金色的。如果你的基利耶是个穷人，那么这就预示着他将来会得到一笔财富。可你的基利耶不穷，他是个富裕而且大权在握的人。那么，金色雕塑就表示他周围都是背叛和阴谋，因为金子会引得人们图谋不轨。”

老人毫无预兆地站起身来，德米特里厄斯发现他竟然十分高大。他蛮横地用低沉沙哑的声音宣布卜梦到此结束，他说他只能预测到这些了，很抱歉。然后，他缓缓地走向巷子里。

“等等，”德米特里厄斯喊道，“等一下。难道没别的东西了吗？你是不是还有什么话瞒着我没说？”

老人在巷子口转过身，说：“那雕塑是不是比真人还大？”

“我不确定。我……我觉得没有。”

老人发出骇人的大笑。“你最好敢百分百肯定，小伙子。如果雕塑的确比真人大的话，那就意味着你敬爱的基利耶巴利斯塔会死。”

尽管马克西姆斯是个天生的斗士，但他再一次深刻认识到，自己不是当军官的料。他就是受不了这种工作的无聊，那无聊简直他妈的难以忍受。过去两天过得简直糟糕透顶。盯着士兵们练习操作弩炮还行，但是监督他们制作石弹，那过程真是难熬。至于城墙，如果你见过巨大的墙，那么其实一次就够了，它们全长一个样子。尽管如此，他今天早上还是不得不仔仔细细地检查城墙，就好像以前从来没见过墙一样。

就像每个想做一番事业的雄心勃勃的罗马指挥官一样，巴利斯塔召集了他的议会。议会成员只有马穆拉、阿奇利乌斯·格拉布里奥和图皮奥，德米特里厄斯和马克西姆斯也要出席。为了秉承罗马的传统美德，他们必须得在清早的时候举行会议，也就是早晨八点。后来，他们详细地探讨了阿瑞忒城的人口问题。最后一次统计显示，城内登记在册的共有四万个男人、女人和儿童，其中一万人是奴隶。但是这个数字可信吗？那次统计是在萨珊王朝的军队拿下这座城之前进行的，之后一定有很多人死了或者逃出城去了。当然，战事平息后有的人会回城，而且若明年春天外敌来犯的话，肯定会有很多附近村庄的老百姓来城中避难。也许这样一来，之前损失的人就补上了。

正当马克西姆斯觉得自己要忍不住大喊起来的时候，巴利斯塔说他们应该先假定这个数字是正确的，并拿它作为后续行动的指导。“现在的问题是：敌人围城的时候，我们该怎样才能让每个人从三月到十一月期间都吃饱肚子？咱们先看看现有的粮食储备吧。”他望了望阿奇利乌斯·格拉布里奥。

“第四西徐亚军团储藏的粮油够一千人吃上一年的。”这个贵族年轻人尽量不让自己看起来很得意。这并没什么必要。

“第二十步兵大队近千名士兵的口粮情况可没这么好。”图皮奥歪着嘴笑了笑，说道，“干粮够吃三个月，湿粮（喝的）只够两个月的。”

巴利斯塔看了看德米特里厄斯，小伙子的双眼迷离，显然正走神呢。“德米特里厄斯，告诉我都城的和三位护商使者的粮食库存情况。”

“对不起，基利耶。”小伙子迷迷糊糊地不小心说了句希腊语，然后马上就换成了拉丁语，“对不起，大人。”他查了查他的记录，“护商使者说的都一样，他们为自己家准备了足够的存粮，包括他们的雇佣兵，可以支撑一年。而且，他们三位都声称大约有三百名雇佣兵。都城的粮仓里有足够让城中所有人生活两个月的谷物、油和酒。”

“显然，我们得确保我们所有的部队供给充足。老百姓则要对自己负责，我觉得我们可以在敌人围城期间向他们提供定额一半的口粮。”巴利斯塔说。为了让阿奇利乌斯·格拉布里奥没机会开口表示反对，巴利斯塔继续说道：“没有哪条律法说我们必须负责他们的饮食，但我们的确需要志愿者打仗。我们必须强迫其他人结成团队，为我所用。饥饿和绝望的人们很容易叛变，从而为敌人打开城门。当然，我们要有基本的仁慈。”

“我们可不可以指望上游城市为我们运送物资？”马穆拉问。

“好主意。可以，我们可以试试。但是这就需要仰仗别人，而且还得是在波斯人既没有得到船只也没有围困那些可以为我们送物资的上游城镇的前提下才可行。我宁愿咱们将命运掌握在自己手中。”大家都表示同意，“不管怎么说，咱们都得在检查粮仓的时候好好思考一下。”

至少粮仓离他们很近，就在城市东北角的宫殿旁边。见过一座罗马的军队粮仓就等于看过所有的了，它们都长一个样，马克西姆斯心想。这个希伯尼安人从小在农场长大，对于那些又大又长的建筑的实用性总是很佩服。罗马人设计的这些粮仓很容易被大火毁掉，但他们更想让粮仓的墙壁不受雨水潮湿的影响，还需要有良好的通风。但马克西姆斯怎么也搞不明白，这些人为啥要成对儿地盖粮仓。

附近的卸货区内，一个军团的十人小队正在百夫长的监督下卸车。巴利斯塔和他的议会成员拾级而上，来到了第一座粮仓。与此同时，其中两个军团士兵小声但清晰可闻地像狼一样嗥叫起来。

“队列中要保持肃静。”阿奇利乌斯·格拉布里奥大喝道，“百夫长，给他们记过。”这位贵族青年看了巴利斯塔一眼，眼神怪怪的。北方人也毫不示弱地回以怒视。

他们巡视了一座接一座凉爽通风但幽暗的粮仓，马克西姆斯的思绪不禁飘到了女人生猴子那件事儿上。即便他们已经离开了军队的粮仓，到了帕米拉门附近储藏着城市物资的商队驿站，他还在想那事儿。那应该不大可能是神祇给的什么预兆或是警告吧，他想。要不就是那女人怀孕期间看见了猴子，或者可能看到了猴子的画，要不就是她真跟猴子交合了。这个希伯尼安人压根儿就没想过，可能是女人生了一个毛发特别多的孩子，看起来有点像猴子而已。

“好，”巴利斯塔说，“我们接下来就着手干这个。我们要征用这家商队驿站以及里面的所有物资。我们还要在这儿和军队粮仓设看守，颁布法令，限定食品类商品的最高价格。德米特里厄斯，你能在这座城里找到一个商品常规价格的清单吗？对于任何以高价出售商品的人，我们都要进行罚款，还要充公他们的货物。我们还要发布通告，说河岸指挥官将以比市价高百分之十的价格收购食物。如果有必要，我们可以一直用承兑本票买进，直至我们的配给量足够支撑整个部队九个月，此外还要够我们训练出来的民兵吃的。至于其他居民，这九个月的配给量只能是前者的一半。”

巴利斯塔已经勃然大怒了，盛怒之下，他很难集中精神处理工作。阿奇利乌斯·格拉布里奥这个浑蛋真是抓紧每一分每一秒到处丑化他，到处跟人说他是野蛮人出身，说他有个狼人父亲。他抓住了这个机会，想让部队战士们都瞧不起巴利斯塔。

他强迫自己集中注意力想供水的事儿。阿瑞忒城中的几乎每一座房子都有一个蓄水池，里面是人们借助水槽精心收集的雨水。这是非常不错的储备，但是，单靠这个，只够存几个星期的用水。这座城市位于高原，因此距离地下水位相当远，什么井都打不了。这座城市的主要供水以前一直是而且以后也将一直是由人或者驴子运进城的，他们或是从幼发拉底河岸边运到水闸门，或者是走过一系列曲曲折折的道路和原生岩石间的隧道。还有就是，有的人会在东城墙外从悬崖峭壁底下的幼发拉底河中取水，这种供水方式也得算进来。这几段城墙都很矮，内外都有一百步的空地。通往它们的道路都位于峡谷谷底，每条路都很难走，而且完全在城市主城墙上弩炮的射程内。这应该够安全了，但他的任务是要视察全部情况，于是这个怒不可遏的北方人终究还是冷静了下来。

巴利斯塔从水闸门的台阶上爬了下来。他四下看了看，注意到悬崖与河水间狭窄的平原地带。他曾经研究过隧道的入口：两条隧道装有大门，还有三条隧道已经被人们用木板封起来了，因为不安全。他先是考量了一下这些矮墙，然后看到每段矮墙附近都在一座高耸的城楼的控制下，才安了心。最后他看了看码头和那里停泊的船只。他回到高处，带着夸张的语气颁布了一个新命令：

没有官方允许，任何人不准私自从蓄水池中取水。所有用水均须取自幼发拉底河。部队住处的主要蓄水池和商队驿站、神庙的蓄水池均设卫兵把守。水闸门处由第四西徐亚军团的一个百人队驻守，除了后续交给他们做的任务之外，这些士兵的职责就是监督运水事宜和保卫隧道安全。至于那些不安全的隧道，将组织人手修葺或将其更妥善地封闭起来。

现在轮到巡视巴利斯塔极其担心的隧道了。人们点上灯笼，拔出门闩，通往那条据说安全的隧道的大门打开了。巴利斯塔希望大家看不出他极为勉强，最终还是一脚踏进那黑暗的方洞里。他在里面呆立了片刻，等待眼睛适应昏暗的光线。他往前走了很短的一段，现在他们每个人都位于隧道的中央位置了，因为世世代代取水的人都从这里经过，这里的台阶已经被磨平了。大约走了十几步之后，前方的路突然向右拐了个弯。巴利斯塔在心中反复地重复着一句话：只行动，别多想。这句话曾伴随他渡过很多难关。

巴利斯塔小心翼翼地迈步走下台阶。转了个弯，经过一段较短的台阶，又是一个右转弯。转过这个拐角，脚下的路就不太一样了。一级级的台阶消失不见了，取而代之的是滑溜溜的斜坡。他伸出一只手，以便保持平衡。巴利斯塔发现隧道的墙壁十分粗糙，而且上面湿漉漉的。入口处透进来的光线无法到达这么深的地方。巴利斯塔举起灯笼看了看前方，但道路似乎一眼看不到头，没看清有什么东西“吱吱”地叫着往远处跑走了。

巴利斯塔迫切地想赶紧走出隧道。但他知道，如果他转身往回走，天黑以前，他部队里的每一个人都会知道，他们新上任的大个子蛮人指挥官害怕封闭狭小的空间。突然，北方人的脑袋周围出现了许许多多盘旋飞舞的黑影。这群蝙蝠来得突然，消失得也快。巴利斯塔将手在长袍上蹭了蹭，擦掉手心的汗。只有一个通道能走出这条恐怖的隧道，他咬紧牙关，强迫自己继续向阴冷、湿黏的黑暗中推进，这感觉就像自己正走向地狱。

巴利斯塔累了，筋疲力尽。他坐在一座神庙的石阶上，神庙位于城市西南角城墙街的尽头。跟在他身边的只有马克西姆斯和德米特里厄斯，但两人都没说话。现在已是暮色沉沉，这真是漫长的一天。

到了这儿之后，每一天都是那么漫长，巴利斯塔想。才来了八天，工作基本上还没展开，我就已经没有精神了。他第一次见到这个地方时，芭思希芭说了句什么来着？“到底值不值得”，反正是这类的话。现在，他有了答案，那就是“不值得”，而且这个答案一直在巴利斯塔的脑子里转悠。但皇帝已经把他派过来了，如果抗命不遵就会被判处死刑或者锒铛入狱。

巴利斯塔思念他的妻子。他感觉十分孤单，这城里只有三个人算是他的朋友，而且他们还都是他的财产，这让彼此间形成了隔阂。他很喜欢德米特里厄斯；多年的同患难、共享乐让他和马克西姆斯之间的关系越来越近；至于卡尔加库斯，是看着他从小长大的。但就算是这三个人也受到了奴隶身份的制约，他无法像与朱莉娅交谈那样和他们说话。

他想念他的儿子。那小家伙有着金色的卷发（朱莉娅有一头黑发，所以儿子头发的颜色对他来说是个意外之喜）、棕绿色的眼睛、可爱精致的颧骨曲线和完美的小嘴。只要一想到他，巴利斯塔就感觉到无法承受的痛，这种痛苦甚至让他感觉自己丢掉了阳刚之气。

诸神之父啊，巴利斯塔真希望自己是在家里。这个想法刚从脑子里冒出来，他就恼恨自己，觉得自己不应该这样想。白天结束，夜晚降临，又一个讨厌的想法悄悄占据了他的心：家在哪里？是西西里那间坐落在陶洛米尼乌姆崖顶上镶大理石的砖房子吗？从阳台或花园可以看到纳克索斯湾和青烟袅袅的埃特纳山的典雅的城市别墅，那是他和朱莉娅过去四年来一起经营的小家。抑或是极北之地的那个家？篱笆墙上覆着厚厚灰泥的巨大草棚长屋。他父亲的房子建在山丘上，就位于沙丘腹地，那里有一片沼泽，其中有涉水寻食的灰色鸻鸟和躲在芦苇丛中歌唱的蛎鹬。

一个只穿着一件长袍、手执一块写字板的中年男子拐进了城墙街，他看见巴利斯塔在等待的时候，立刻由走变成了跑。

“基利耶，非常抱歉，我迟到了。”

巴利斯塔一边掸着衣服上的灰尘，一边说：“你没迟到，是我们来早了，别那么拘束。”

“谢谢您，基利耶，您真是宽宏大量。议员们说您想在城墙街上看看城市的财富？”

巴利斯塔表示没错，这个奴隶朝一座神庙指了指，北方人刚才一直坐的正是那神庙的台阶。“亚拿特女神的神庙，她是当地负责看管骆驼训练的神祇。里面最近重新刷了刷，是伊阿海老爷出的钱。”男子重新退回到街道上，“宙斯神庙，基利耶。这个新门面是慷慨虔诚的阿纳穆解囊相助的。”他们到了下一个街区，这个奴隶并没有让巴利斯塔产生讨厌，“这些是私人住宅，议员狄奥多图斯的宅邸也在其中。”

你可真是个蠢货，巴利斯塔想。你是阿瑞忒城议会的一个奴隶，这些人拥有你，也许他们都不知道你叫什么名字，而你却为他们、他们的房子以及他们慷慨撒钱的神庙而骄傲。只有这种骄傲才能带给你一些自尊。北方人用有些哀伤的眼神从城墙街往下看。我将要把这些自尊全部掳走。几个月后，罗马历二月一日的时候，我就会把这一切都毁掉。所有一切都要为巨大的路堤做出牺牲，这样才能为阿瑞忒城的守城战提供强有力的支持。

一个士兵从角落里猛冲出来，看到巴利斯塔，他连忙停住脚步。他草草地行了个军礼，想开口说话。他喘得上气不接下气，一个字都说不出来，只能大口大口地喘息。

“火，炮兵弹药库，着火了。”他指了指左肩后面，有一股黑色的浓烟笼罩在阿瑞忒城千家万户的房顶上，在东北风的推动下，那浓烟直接向巴利斯塔盖了过来。

第九章

巴利斯塔迈着大步从街道上激动的人群中穿过，马克西姆斯和德米特里厄斯也跟着这个北方人在人群中穿梭，推搡着往前奔。早就跑得喘不过气的那个士兵不一会儿就被落在后面了。

等到了炮兵弹药库，巴利斯塔已经跑得肺都开始疼了，因为他一边跑一边拿着长剑的剑鞘，免得那玩意儿碍事儿，所以左胳膊也酸疼酸疼的。尽管如此，仓库却已经被大火吞没了。马穆拉和图皮奥已经到了。强劲的东北风已经将那被雨水浸润的大地风干了，如今又在为大火推波助澜，冷酷地吹着火苗前进。火舌舔舐着装着铁条的窗户和屋檐周围，火星飞得很高，然后被危险地吹向了城里。图皮奥正在组织人手清出一条防火隔离带，并为西南方向上的房子灭火。马穆拉则率领一众士兵将这座在劫难逃的弹药库中的物资尽量往外搬，为了给士兵们做表率，他和他们冒着同样的风险，从南门几进几出。

巴利斯塔知道，如果有些事情他自己都不愿意做，想让他手下的军官士兵去做是不现实的。他跟在马穆拉后面进入了弹药库。里面热得要命，墙上的灰泥都开始剥落了，至于他们头顶上的房梁，上面的漆看起来正在冒泡，似乎是沸腾起来了。滚烫的液体滴下来，掉在下面的人们身上。室内并没有多少烟，但这可能是个错觉。大火渐渐地从他们两边包围上来，火苗越蹿越高，沿着墙上的每条缝隙向上攀着，随时都有房梁撑不住导致房顶塌下来砸到他们身上的危险，而且他们很有可能因窒息而死或者被活活烧死。

巴利斯塔在烈焰熊熊、惨不忍睹的火场中声嘶力竭地呼喊，命令大家都出去。等到最后一个士兵踏出门槛后，他和马穆拉才逃出火场。

外面所有人都在忙着将抢救出来的弹药库存转移到安全的上风口位置，然后，他们就只能呆呆地看着大火肆虐。弹药库并没有立即坍塌。火势不时出现转弱的迹象，但随后还是变得破坏力更强了。最后，随着奇怪的吱嘎声和可怕的轰隆声，房顶塌了下来。

巴利斯塔在一个美丽的清晨醒了过来，头脑清醒，身体轻盈。他身上裹了一块羊皮，看着美索不达米亚平原上的太阳缓缓升起。天空像一个倒扣着的巨碗，逐渐变成了美妙的粉色，几缕云丝镶上了银边。神话里说，太阳是因为被狼斯库尔追逐才出现在地平线上的，亘古不变。第一缕金色的阳光，洒在了河岸指挥官宅邸的阳台和阿瑞忒城的城垛上。悬崖下面的码头和芦苇地还沉浸在一片幽蓝的阴影中。

巴利斯塔其实只睡了很少的几个小时，但是，他感觉自己睡得出奇地沉，此时醒来神清气爽，充满了活力。在这样一个早晨，即便是经历了前一晚的火灾，也没有理由不感觉到浑身是力量。

巴利斯塔听到身后有动静，是卡尔加库斯穿过阳台，正向他走过来。他不只听到了他无法控制的喘气声和咳嗽声，还清清楚楚地听见了他在嘟囔着些什么。这位上了年纪的喀里多尼亚仆人不仅忠诚可靠，而且在公共场合对自己的主人从来没说过半个“不”字。不过，当他们二人单独相处时，因为彼此认识了半辈子，他说话总是随心所欲，就好像想到什么就马上大声说出来一样，通常那会是一串讽刺和抱怨：“裹着羊皮……看日出……接下来你他妈的是不是要吟诗了？”接着，他又以同样的音量换了个语气说：“早上好，大人。我把您的剑带来了。”

“谢谢。你刚才说什么？”

“您的剑。”

“不是这句，之前那句话。”

“我没说什么。”

“多么美丽的清晨啊，这让我想起了巴戈阿斯的诗。我用拉丁文念出来试试看：

> 醒来！清晨在夜晚的碗中投石，于是夜空中的星辰四散飞开：
> 看哪！东方猎人借助夜的陷阱夺下了伟大的国王的炮塔。

你觉得怎么样？”巴利斯塔咧嘴一笑。

“非常不错。”卡尔加库斯的嘴噘了起来，比以往看起来更暴躁，“把那张羊皮给我。他们都在大门口等您呢。”他嘴里还念念有词道：“时间和地点……也没见你爸像个害相思病的小姑娘一样一边看日出一边作诗……”退回宅邸时，他的声音便低了下去。

在马克西姆斯和德米特里厄斯的陪伴下，巴利斯塔来到了弹药库被烧后的残垣断壁。马穆拉已经到了，也许他在那儿待了一夜。

“时刻准备，听命行事。”工程官潇洒地行了个军礼，他的脸和小臂上都是烟灰。

“情况怎么样？”

“不太好，但是情况本来会更糟的。这座仓库恐怕得拆掉。几乎所有的弩箭都被烧毁了，弩炮用的所有配件——垫圈、棘轮等东西——都被埋在了废墟下面。”他用手拂了下脸，显出疲惫万分的样子，“但是弩炮用的所有形状规整的石头都存放在外面，所以这些都没有损失。我会安排人用绳子试着从外侧把仓库的墙拉倒，这样我们没准儿还能抢救出点金属配件和部分金属箭头来，这取决于当时火场的温度。”马穆拉停了一下，咕嘟咕嘟地喝了好几口水，又往自己头上倒了一些水。烟灰被冲下去了，只留下奇怪的黑色痕迹。“不管怎么说，损失还到不了蓄意干坏事儿的人想达到的程度。”

“你确定这是有人纵火？”

“跟我来。”马穆拉带着他们来到仓库的东北角，“别离墙太近，它们随时都可能塌下来。你们闻一闻。”

巴利斯塔闻了闻，胃里立刻一阵翻江倒海。他仿佛又看见了长杆慢慢转动、头顶上的罐子开始倾斜的情形，记起了战士们的惨叫和其他味道——皮肉被烧焦的味道。

“轻油。”

“是的，闻过一次，这辈子都忘不了。你要是亲眼看见这玩意儿能用来干什么，那就更忘不了了。”马穆拉指着墙上一处小小的、黑黢黢的通风口说，“我认为他们就是把轻油泼在那儿了，然后扔进去一盏油灯。”

巴利斯塔看看四周，想象着纵火的过程：入夜前的最后一个时辰，四下无人。一个男人，或者几个男人？干完这事儿他是不是马上就逃跑了，还是混在救火的人群里？

“我们找到了两个目击证人。”马穆拉指着坐在地上的两个哭丧着脸的人，那两人身旁还有两个士兵负责看守，“他们都看见镰刀铺子那条街上有个男人急匆匆地朝东南方向跑了。”

“能讲清楚那人长什么样吗？”

马穆拉笑道：“能，他们讲得倒是挺清楚。一个看见的是穿着粗布斗篷的矮个子黑发男人，另一个看见的是没穿斗篷的高个子秃顶男人。”

“谢谢，马穆拉，你做得非常好。继续忙你的吧，我和目击证人谈完了再回来找你。”

这两人看起来吓坏了，而且满怀愤怒，有一个被打了个乌眼青。巴利斯塔自然清楚罗马战士和平民百姓相互之间十分嫌恶，但当他发现士兵们居然这么愚蠢还是吃了一惊。他们二人是主动来提供情报的，可士兵们却将纵火的罪跟他们联系了起来，把他们羞辱了一番，很可能臭揍了他们一顿。这样一来，以后他们才不会帮什么忙呢。

巴利斯塔让马克西姆斯去给他拿点水来，他自己和善地对这两个平民问起话来。他们所讲的和马穆拉刚才说的一模一样，可能他们看到的根本是两个不同的人。

关于时间方面还有些不确定之处，但是也可能是他们记的事情是截然不同的。他们谁都不认识那个人，问话无法进行下去了。巴利斯塔对他们表示了感谢，然后让德米特里厄斯给了他们每人几个银币。

巴利斯塔回去找马穆拉。“听着，我告诉你该干点什么。”他说话的速度很快，语气坚定，“马穆拉，你负责把这栋烧毁了的库房拆了，然后重新建一座大小是原来两倍的库房，周围要有围墙，还要安排足够多的卫兵看守。马儿脱缰之后，没什么比关上门更有效的了。”马穆拉露出一个忠心耿耿的微笑，“你还要组建并统领一支独立的重弩手队伍。第四西徐亚军团已经有的那二十四个专业的重弩手我会拨到你的队伍里，和他们一起归你管的还有另外九十六个普通士兵。每个重弩手都要负责训练四个士兵，到明年春天，我希望能看到一支有一百二十名专业重弩手的队伍。”马穆拉张口想说些什么，但是巴利斯塔打断了他。

“而且，到时候我希望你的人也已经造出、调试并安置好另外二十一架弩炮了。每座城楼上都可以放两架弩炮，但现在每座城楼上只有一架。只要你需要，你可以向我要任何平民劳工、木匠、铁匠。你要亲自选士兵，别让阿奇利乌斯·格拉布里奥扔给你那些他不想要的人。”

马穆拉的方脸上缓缓地露出笑容。

巴利斯塔离开了，马克西姆斯用凯尔特语对着他的背影轻轻地说：“如果说那个贵族青年之前不恨你的话，那他现在肯定恨透你了。”

边关办事员看见他们沿着主路走过来了，他知道现在可不是讲哲学家或者其他段子的时候。当然，现在也不是多管闲事的时候，雁过拔毛的事儿就更得放放了。路上的牧民立即开始驱赶他那一家子人和驴子，粗暴地把人和动物都推到了路的一侧，用肮脏的字眼儿咒骂他们不该在路上闲逛碍事。受到了一个为他们跑腿办事的邋遢小孩儿的提醒，一个十人小队连忙不再玩骰子，慌慌张张地从警卫室中跑出来，把身上的装备都整理了一下，立正站好。

河岸指挥官轻轻地拉住了马。他抬起手，四个随从也在身后停住。

边关办事员从帕米拉门往下俯瞰，打量了一下这个北方人。天啊，他长得可真是又高又壮。不仅如此，还看起来很凶，和他们野蛮人一族一样。

“你好啊，边关办事员。”这个野蛮人说着流利的希腊语，脸上一副亲切的表情。他又对牧民和士兵们亲切地问了好，然后跟他手下的人说还得继续走，到阿瑞忒城外去。

“面相真可怕，真是的。”边关办事员摇了摇头，“太可怕了，我可不想惹他。野蛮人的脾气太可怕，他们都是这样的人。”

离开城门大约有一英里的地方，已经是墓地的边缘了。这时，巴利斯塔放慢了他胯下那匹灰色骏马的脚步，仔细端详着那些塔式坟墓。这片地方至少有五百座坟墓。除了在帕米拉，他还从未见过任何相似的情景。每座坟墓都立在一个带台阶的方形基座上，基座都有一人多高。基座上是有两三人高的第一层，以刻有浮雕的圆柱作为装饰。再上面还有第二层和第三层，每一层都仿照平顶房子的造型，大小由下至上逐层递减。

逝去的人就被安放在墙内的壁龛中，和他们一起安葬的还有他们将带去另一个世界的宝贵财富。悲恸的亲属会从那扇唯一的门进入，通过内部楼梯走上天台，吃一顿丧饭。至于封壁龛、固坟茔的事儿都交给办丧事的人。

要达到今日这样的规模，一定是经历了好几代人的努力，巴利斯塔想，而我们要在三个月内把它们平掉。如果任由庞大的坟墓群矗立在这里，波斯人就可以利用它们做攻城的掩体，躲过城墙上投来的石头或射来的箭，或者在此设观察哨，将坟墓改造为炮台，再或者把它们拆掉改建成攻城器械。阿瑞忒城的市民会极度憎恶他这个举措，但他们的祖先永远安息的处所必须被夷为平地。

“德米特里厄斯，”巴利斯塔开口说话，却发现他的书记官手中的铁笔并没有随着动起来，“我们需要带清障球的起重机，还需要拖运工具。牛车可以用来拉体积大的废料，多多益善，驴车拉小一些的。”巴利斯塔停顿了一下，以确保那个希腊小伙子跟得上记录，“我们还得用很多劳工。据说城里共有一万名奴隶，我们得征用每一个身强力壮的男性奴隶，那就是说，我们至少能得到两千五百个奴隶。然后我们就要努力完成一个会给市民和军队留下深刻印象的任务，不过，战士们肯定会喜欢撞塌建筑的感觉。没有人拆的时候，相应区域的坟墓可以当作弩炮靶子供弩兵练习瞄准。”北方人察觉到他的书记官有一丝疑虑，“哦，当然了，我们得先让这些死人还在世的亲属把他们的尸骸挪挪地儿。”

巴利斯塔抚弄着灰马的耳朵，说：“你也记一下关于城门安全防护的安排吧。北侧和南侧的边门都要关闭，没有我的命令不许开。帕米拉门和水闸门设双倍守卫。人们进城或出城都要经过搜身检查，不只要搜武器，还要搜情报。我希望搜查能彻底一点儿，鞋子、长袍和斗篷的缝合处，绷带，马具——情报可以很轻松地缝在缰绳或鞋底里面。告诉阿奇利乌斯·格拉布里奥，我刚才说的这几项工作他要全权负责。”

德米特里厄斯偷偷地看了一眼他的基利耶，他似乎是从暴力行为和肉体冒险中汲取了能量。在爱琴海上和博拉尼部落的人作战，昨天又冲进熊熊燃烧的弹药库中，做了这两件事之后，这个北方人似乎愈发有活力了，从某种程度上说，好像是他所有的精神头儿都被调动起来了。但愿他这样的状态能长长久久地保持下去，诸神请一定用双手守护他。

德米特里厄斯无法不把念头又转到那个卜梦人身上。那次会面把他吓到了，那个老头儿是不是个骗子？他很可能是通过推测判断出他是巴利斯塔的书记官的。德米特里厄斯曾谈起过神祇分别通过象牙门和角门托送反梦和正梦的事儿，这说明他过去经常会找卜梦人解梦。鉴于那个老头儿从未见过德米特里厄斯，他可以推断出他是新近进城的。而最近进城并且还带了个希腊语讲得好的年轻书记官的，除了巴利斯塔还有谁呢？

那老头儿预言说他们会碰到骚动和混乱、背叛与阴谋，甚至会遭遇死亡。那梦是天上的神祇授意的吗？还是说这些解梦之语只是给他们一个警告，意在让他们心神不宁、自乱阵脚？这事儿和弹药库的被毁有关联吗？他该不该告诉巴利斯塔呢？但是德米特里厄斯隐隐约约地为这个小插曲感到内疚，而且，他更害怕巴利斯塔因此笑话他。

不过，此时此刻，巴利斯塔想的也是“背叛”，他也在预测未来之事。如果他是波斯人那边的将军，那么会计划攻击哪里呢？

他应该会在这附近扎营，也就是城墙五百步开外的地方，恰好位于弩炮射程之外。按照他的设想，巴利斯塔已经将这里所有的坟墓清走了，他可不想让这些成为来年四月份敌军的防御工事。他会直截了当地发起攻击，到时候先穿过地势平坦的平原，这片区域没有任何遮挡。距离城池还有四百步的时候，弩箭和石弹就会袭来，他的战士们就开始有伤亡了。最后两百步的时候，弓箭和弹弓会射死更多战士。脚下还会有陷阱，比如说底下钉了木桩的深坑。接下来等着他们的是更多的坑、更多的尖木桩以及更多的陷阱。战士们得爬过陡峭的斜堤，城垛上会扔下来、浇下来可怕的东西，他们会被砸成碎肉，被射成瞎子，被烧得血肉模糊。等到把梯子架起来靠上城墙，幸存的士兵就开始往上爬了，到时候只能寄希望于梯子别被折断，也别被推翻，还得自求多福，别被什么砸中，以免跌下去摔个粉身碎骨。接下来，极少数的士兵可以翻上城墙和没有退路的守城兵展开肉搏。他们的攻城可能会胜利，但更可能以失败告终。不管结局如何，成千上万的攻城战士都会死。

面对尸横遍野、攻城失败的可能，沙普尔会怎么做呢？巴利斯塔脑子里过了一遍巴戈阿斯告诉过他的关于萨珊王室的一切。知己知彼，百战不殆，像敌人一样思考，这才是重中之重。沙普尔攻城的念头是无法打消的。他是代表善神马兹达意志的国王，让巴赫拉姆圣火受到世界各地人们的崇拜是他的使命。这座城曾经欺骗了他，先是向他敞开大门，然后又让他的戍守部队遭到了屠戮。在他眼里，最后发生的这次残酷行动正是城中居民邪恶本性的又一次体现。他是沙普尔，诸王之王，不是比手下战士好不到哪儿去的北方蛮人领袖，也不是什么皇帝一皱眉头就噤若寒蝉的罗马将军。人员伤亡根本不是个问题，牺牲的战士都会得到神的祝福，他们一定会升入极乐世界。沙普尔才不会因考虑到这点而收手，不杀到这个城中所有人都死绝或者沦为奴隶，他是不会罢休的，可能只有等阿瑞忒城破败的街道上有野兽出没时，他才算了了一桩心事。

他们一行人行至南方峡谷的隘口。于是，他们下了马，牵着坐骑从遍布散碎石子的山坡往下走。巴利斯塔打头阵，他穿的靴子在松散的石头上滑着，靴筒中渐渐地进了泥巴。下面稍微宽敞一些，于是他们又重新上马，继续往下走。最后，向左看是隐隐约约高耸在远处的阿瑞忒城墙，这时他们已经在靠近峡谷底部的位置了。

看一眼就知道，没有哪个心智正常的人会尝试进攻阿瑞忒城的南墙。否则，不仅要花相当长的时间走陡峭的下坡路，时不时被带刺儿的小灌木丛刮擦，还不得不暴露在峡谷一侧光秃秃的山坡上。这样的话，面对城墙上射来的箭雨，他们将毫无躲避的机会，整个山坡就是一个绝佳的屠宰场。

并不是说峡谷的一侧压根儿没法攀爬，那侧城墙的顶上有一扇边门，有几条羊肠小径从边门穿过。因此，还是应该留个看守在那儿。很多城池被攻陷都是因为攻城者选择了守城者疏于防守的险路。但是，只有奇袭或出了叛贼，敌人才有可能攻下这座城市。

他们继续骑马前行，谷底在他们面前展开。从这个距离回望，这城市显得固若金汤，断然不会受到弩炮攻击的影响。巴利斯塔注意到，就在城墙下面、陡坡上很高的位置，有许许多多洞穴，还有几条令人头晕目眩的小道通往那些洞穴。

“那些都是坟墓，大人。”一个骑兵说，“是基督徒的陵寝。”他啐了一口，“他们不想死后和我们大家一起埋在我们的大坟场里，我们也不愿意让他们的尸体玷污了我们的地盘。”他又啐了一口，“要让我说，他们就是我们问题的根源。神祇一直都是庇佑我们的，几个世纪以来都呵护着帝国的成长。结果后来来了这些基督徒，他们否认我们的神祇存在，也不愿献祭。所以神祇就动了怒，不再庇佑我们，于是我们就经历了动荡的岁月。绝对是这么回事儿。”他说着将大拇指插进食指和中指之间，以免被“恶魔之眼”盯上。

“我对此一无所知。”巴利斯塔说。

“愿神祇永远如此，大人。”那骑兵一边驾马大步流星地往前走，一边回应道，“至于他们‘不可杀人’的那种不可理喻的信条，我真想知道身强力壮的野蛮人硬要同他们寻欢的时候他们是啥感觉——请原谅我这么说，大人。”

巴利斯塔做了个“不介意”的手势，仿佛在说“没什么，对这种少数宗教派别的成员，我也经常想，要是把他们侮辱了才好呢”。

峡谷多少有点窄，到了幼发拉底河的泛滥平原，又变得宽敞起来了。右边长着浓密的红柳树丛，间或还有几棵杨树和野生枣椰树。往左一转，他们进了城门，城门就嵌在城墙中，其角度需要他们向左转才能通过，而这样一来，进门的人的右侧就处于没有遮挡的状态。这处大门不难攻破，周围的城墙也可以说是比较危险，高不过二十英尺。但是，巴利斯塔一点儿都不担心这里防御工事的匮乏。想要靠近这扇城门或者这段城墙，波斯人要不就得从河那边过来（这种方法不大可能，因为守城者到时会征用或者弄沉幼发拉底河中段的所有船只），要不就得沿着巴利斯塔一行人的路线走（那相当于蛮干，因为那意味着敌人要走过几百码的艰险之地，还得继续暴露在城中射来的箭雨中）。

“德米特里厄斯，快记下来：我们要在南部峡谷的边缘布上大石块，要是有波斯人蠢到了家，竟然从这个方向攻城的话，就往下砸。”

城门打开了，一个八人小队向他行了军礼。巴利斯塔和他的手下都下了马，和他们聊了几句。城内的悬崖脚下，好多士兵正在拆除一段被封起来的隧道的入口。巴利斯塔仰头看看悬崖峭壁，发现岩壁是由紧密分布的岩层堆叠形成的，一段段岩条犹如脚手架上的横木。他想到了两天前沿着湿漉漉的黑暗隧道向下缓缓前行的经历，也就是这岩壁后面的情形，不寒而栗。

他们沿着河岸继续向北，到处都是一派喧嚣繁忙的景象。人们用皮囊取水，将其放在用绳子固定住的破木架子里，让驴子拉着从河面升上来。然后，人和驴子驮着一皮囊又一皮囊的水走过陡峭的石阶，来到水闸门口。河对岸富饶的地区驶来的船进了港，甲板上满是无花果、枣子和被捆住脚“咯咯”地叫个不停的鸡。农夫们或是扛着农产品，或是把货物放在马车上，纷纷沿着台阶往城里赶。集市飘过来一阵阵烤鱼的香味。

现在已经过了正午，早已错过了午餐的时间。巴利斯塔一行人飞快地赶路，其中一名骑兵打前站为大家订餐。

他们的马儿吃了粮草，饮了水，拴在背阴的地方。这五个人也坐下来一边喝酒，一边吃起了开心果。这里的冬日阳光和巴利斯塔童年家乡的六月天里的太阳一样暖和。男人们忙碌着准备饭食。去了内脏的鱼放在金属笼里，吊在用树枝生起的火堆上烤，汁水被烤得飞溅，鱼肉嗞嗞作响，炊烟袅袅上升。

台阶底下，一头羊从主人身边跑走了，接着响起了一声惊呼，那人是用阿拉姆语喊的，巴利斯塔一个字儿都听不懂。城中流传着对他的讽刺，说他只会讲两种语言：一种是阿瑞忒的征服者罗马帝国的语言，另一种是即将来侵略阿瑞忒的国家波斯的语言，但就是不会讲那些把自由交付在他手上的阿瑞忒城人的语言。

阳光照在幼发拉底河上，河面反射出粼粼波光，他们在这美好的画卷中继续前行。巴利斯塔想知道最近的岛屿的墩基有多结实。如果波斯人没能得到船只，城市又沦陷了，那他们就得找个庇护所，尽管是个临时的。想一个撤退的策略是很重要的，他会尽全力捍卫这座城市，但可不想混到“背水一战”的地步。

这一行人先是停下脚步，和守卫说了几句，然后就骑着马通过城门，向与南边对称的北边继续前进。北部峡谷的山坡也很陡，但光秃秃的两侧并没有小路。远处的人和边门高处墙垛上的人都显得极小。

雨水将城墙下的一段石崖冲了下来，掉下来的岩石和土块也被带进了峡谷，就好像一段修得不甚规整的攻城坡道。那斜坡看起来不太结实，走在上面很容易出危险。可能有的攻城者还是会选择从这儿往上爬，但爬的人一多，恐怕它很快就会塌掉，攻城者短暂停留后就会一路坠到谷底。巴利斯塔的兴致依然很高，他知道，要是他在上面，一定会忍不住骑着自己的灰马试试，看他和马能不能平安无事地完成这场历险。

"野驴。"一个骑兵轻声说。

那畜生正在前方峡谷上坡一百步左右的地方找吃的。它垂着头，用白色的口鼻仔细地搜寻着地上的骆驼刺。

一个骑兵递给巴利斯塔一支矛，巴利斯塔以前从未猎过野驴，他感觉手中的花楸木矛杆光滑而结实。他大腿轻轻一夹，灰马就听话地慢慢向前走去。野驴抬起头，用后蹄挠了挠它的一只长耳朵。它盯着正在靠近它的骑马人，然后掉转身子，跳起来想逃走。巴利斯塔让他的马儿小跑着跟上。野驴此时还没有全速狂奔起来，但也已经跑得相当快了，它似乎相当自信能沿着部分已经干涸的难走的河床逃走。野驴背上呈棕黄色，上面有一条条黑色边的白花纹，它在前头越跑越快。于是，巴利斯塔也让他的灰马跑得更快了些。尽管胯下的公马步子很稳，巴利斯塔可不想冒险让他的坐骑在有滑坡危险的地方全力冲锋。他有的是时间。这将是一场很长的追逐战，反正他们除了沿着峡谷往上爬也不准备去别的地方。

巴利斯塔逐渐跑到了峡谷腹地，发现马克西姆斯和其他人都被他远远地甩在了后面。野驴逃到了一个岔口，它毫不犹豫地冲向了右手边的路。巴利斯塔让灰马放慢了速度，他环绕四周，看到此地的悬崖相当陡峭。他此时一定和城西的防御工事位于同一高度，但他看不见城墙和平原，从刚才的路上拐过来就看不到那些了。现在他只能自己拿主意了，他决定让灰马跟在驴子后头走上右手边的路。

在此处的下面，夏日的高温似乎仍然在岩石间弥漫着。云团般的蠓虫被大雨从上面赶到了谷底，叮了巴利斯塔的脸，还直往他的眼里和嘴里扑。他们沿着那条路继续往上走，越爬越高。野驴不知疲倦地往上奔，蹄子扬起一块块泥巴。灰马累了，巴利斯塔把速度放慢。

突然，灰马开始拼命地往后退。它的四蹄快速地挪动着想站稳，然后突然停住了，又猛地往左跳去，猝不及防的巴利斯塔差点儿被马从前面甩了出去。多亏他的肚子撞到了右鞍头，他才没有从马儿的右前方翻下去。马儿眼神中满是惊惧，疯狂地在原地兜圈，它的举动让巴利斯塔愈发无法待在马背上了，似乎他这回除了摔下去再也没别的选择了。他凭着直觉右手始终紧握着那支矛，矛尖划过地上的石子儿，发出叮叮当当的声音。他用全力夹紧胯下的畜生，伸出左手，抓住了离他最近的鞍头。他拼了命在如此绝境中挣扎着，一点点让自己在马背上重新坐正。他感觉马鞍正在往下滑，系马鞍的肚带也松了。

没别的办法了，巴利斯塔将矛扔了出去，松开了抓着马鞍的手，双腿用力一蹬。他在空中翻了个身，胃里一阵翻腾，左脚的靴子被鞍头挂住了。马儿转弯的时候，巴利斯塔几乎水平着在空中转了个圈。他踢蹬着想要摆脱被挂在马身上的状态，头颅离尖锐的石子儿只有几英寸的距离。他在离心力的作用下挣扎着接着蹬腿，终于从靴子中拔出脚来，然后滚到了坚实的地面上。

他的右臂蹭破了皮，肩膀也被狠狠地撞了一下。他没有停下来检查自己的伤势，而是看见那支长矛便慌忙爬过去拿。他双手拿着这个武器，蹲下身警惕地扫视了一周，想看看到底是什么让他的马受了惊吓。

二十来步远的地方，一双黄色的大眼正盯着他看，眼神冷酷而狡猾。那是一头狮子，一头雄狮。这头成年的雄狮身长大概有八英尺。巴利斯塔都能听得到它的呼吸声，闻得到它毛皮的味道和嘴里的恶臭。狮子甩着尾巴，龇着牙。它低吼了一声，像是隆隆的雷声，十分恐怖；又吼了一声，然后又是一声。

巴利斯塔以前见过很多次狮子，只不过是在角斗场，那里的狮子都被安全地关在笼子里。曾经有那么一只是在阿莱拉特清晨狩猎的时候见到的，那是他第一次见到马克西姆斯战斗。现在正是那个希伯尼安人来还人情救驾的好机会，巴利斯塔想。

他曾经在竞技场见过狮子杀死囚犯和几个斗兽者。狮子通常会猛地将人扑倒，用自身的重量压得人不能动弹，平躺在地上，然后用尖利的爪子和长长的牙优雅地撕开对方的喉咙。

巴利斯塔知道，他只有一次机会。他采取了侧对着狮子蹲伏的姿势，双手紧握矛杆，将粗的一头压在他还穿着靴子的右脚下面。

狮子行动了，它的动作比巴利斯塔预想的还要快。只见它一次、两次、三次跳跃，一对前爪落地又腾空，接着发动了袭击。狮子的头向前探着向巴利斯塔扑过来。

狮子的胸膛被矛戳中了，它张开血盆大口，巨大的冲劲儿让北方人的矛脱了手，脚下也站立不稳了。巴利斯塔后退了几步，他的上臂被狮子的爪子蹭了一下，不得不扭身后撤。

狮子四脚落地，前爪聚拢，前胸贴地，矛在它体内刺得更深了，矛杆断了。狮子翻倒在地，四脚朝天。

巴利斯塔站稳了脚，支起身子来，将长剑拔出鞘。这时狮子已经无力地瘫倒在地上。

马克西姆斯和那个恨透了基督徒的骑兵这才赶了上来。“您真是个勇士！”希伯尼安人喜不自禁，“您是真勇士！”

二十多个农夫不知从哪儿冒了出来，他们围着狮子的尸体交头接耳。

“他们肯定都想把你供起来了。”马克西姆斯凑了过来，他看上去神采奕奕的，“你拿下的这头狮子肯定一直在骚扰他们的村庄。”他举起大拇指说：“我们一路走来，要去城市西北方向山中的小村庄。”

按照安排，马克西姆斯去负责监督给狮子剥皮，还要把那身毛皮送回城里去。巴利斯塔走向站在灰马旁边的德米特里厄斯。

巴利斯塔检查了一下他坐骑的蹄子，然后抬起头问：“你怎么了？”

“也许太把杀狮子当回事儿是不明智的。”小伙子看起来不太开心，“在康茂德统治的时代，一个来自埃美萨统治家族的名叫尤利乌斯·亚历山大的人骑在马背上用标枪杀了头狮子。后来，皇帝派出了弗鲁曼塔里伊追杀他。”

“康茂德是个疯子，而瓦勒良和加里恩努斯不是。”他拍了拍小伙子的肩膀，“你心事太重了，我没事的。如果我不宣扬这件事儿，但消息不胫而走，我就会让大家觉得很可疑。”巴利斯塔转过身，然后停顿了一下，“后来那个被追杀的人怎么样了？”

“他往幼发拉底河方向逃亡，投了敌。”

德米特里厄斯还有件事没说，尤利乌斯·亚历山大逃亡时带着他特别喜欢的一个小伙子。那个年轻人跟不上逃亡的步伐，亚历山大就下了马，亲手割了他的脖子，然后用长剑插进了自己的肚子里。

他杀了狮子之后已经过了四天。这四天来，巴利斯塔觉得自己醒着的每分每秒都在开会。每次参与会议的人都不太一样，有时候只是一小撮人，只有他的亲信；有时候人多一些，有他的所有议会成员；还有一次，他传召伊阿海、阿纳穆和奥格洛斯三位护商使者参加会议。会场的陈设始终保持一个样子：河岸指挥官宅邸的餐厅桌子上铺着一张阿瑞忒城的平面图；第四西徐亚军团和第二十步兵大队目前的常规登记簿翻开摆在一旁，现在里面的数字都是精确的；写字板、铁笔和纸莎草纸随处可见。从没完没了的交流与计算中，巴利斯塔逐渐形成了一套阿瑞忒的守城防御计划。现在是时候告诉阿瑞忒城的议会议员们了，至少可以告诉他们需要知道的那部分。

这天是十二月一日，这个月份的第一天。巴利斯塔在阿耳忒弥斯神庙安静的院子里等待着，这座城市的力量所在再一次给他留下了深刻的印象。在其他城市，民主并不仅仅是面对集市而建的会议室中的一个词，而是人民可以真正监督议员的事实。而在阿瑞忒，议会总是在位于一座四周高墙林立的建筑群中封闭的房子里召开。这里的民主是有武装人员保护却不允许其市民参与的“民主”。

看着阿纳穆走进阳光里，巴利斯塔心中形成了一个奇怪但十分肯定的想法，那就是他曾经这样干过。他仿佛是地狱里服刑的罪人，因为他不得不一次次重复那令人不快的工作，直到永远。他要在院子里等着参会的人员，然后阿纳穆会来招呼他，随后他则要告诉议员们一些让人难以接受的事实——他们不想听的且听完会恨他的事实。也许，对于一个曾杀了他发誓要保护的皇帝——马克西米努斯 · 色雷克斯的人，这是个恰如其分的惩罚。

“马库斯 · 克洛迪乌斯 · 巴利斯塔，欢迎你。”阿纳穆下垂的嘴角动了动，可能是想微笑一下。

会议室里面的陈设依旧，大约四十位议员坐在马蹄形的多排议席上。只有阿纳穆、伊阿海和奥格洛斯坐在第一排，他们的座位之间隔得相当远。这个小小的房间里十分安静，大家像是在盼着有什么事情发生。

巴利斯塔开始讲话说：“诸位议员们，如果阿瑞忒城想逃过一劫，那么必须举行祭祀仪式。你们中间的祭司可以告诉你们应该怎么侍奉神祇。”奥格洛斯首先点了点头，其他祭司也跟着点头表示同意，那位毛发重的基督徒则露出一个灿烂的笑容，“我来这里，是想告诉各位，我们该怎么‘侍奉’人。”巴利斯塔说到这里顿了顿，瞟了一眼他写在纸莎草纸上的笔记。他觉得阿纳穆失望地看了他一眼，没准儿眼神中的失望继而又变成了蔑视。见鬼去吧——北方人需要的是清楚明白地表达自己的意思，而不是什么修辞效果。

“大家都知道，我正在囤积粮食，价格都是固定好的，只有河岸指挥官的代理人才能以更高的价格买进粮食。大家还知道，城中的供水也由军队控制了：所有消耗的水都得从幼发拉底河取过来，蓄水池的水不能动。”巴利斯塔选择先讲他们已经知道的、没有严重异议的事情，这是为了缓和他们的情绪。

“我们还要征用很多东西，包括河上的所有船只、所有库存的建筑木材和大批的柴火。同时陶土做的大储物罐和金属坩埚、城中所有的牛皮和谷壳也是我们需要征用的。”北方人注意到，有两个议员彼此交换了一下眼神，咧嘴笑了一下。如果到时候他们还活着，那他们会看到，最后几样要征用的东西并不是这个野蛮人一时兴起的古怪想法。

“还有，你们知道，现在每个进城和出城的人都要受到搜查。”后排座位传来了低低的议论声，“这就会多少耽误点时间，不太方便。这虽然侵犯了个人的隐私，但很有必要，我们确实必须要做得更深入。从现在开始，全城夜间执行宵禁。夜里在街上游荡的人都会被逮捕，甚至处死。十人及以上的集会必须事先获得河岸指挥官的许可。任何藐视此令者，不论什么理由，都将被逮捕，甚至处死。”议论声稍微大了一些，但是截止到此时，他还没提到什么会招致议员们真正反对的事情。如果只是会有些平民百姓夜里被当街杀死，那也没什么。

“我要安排一些战士住到私人住宅里。”议论声消失了，现在他的话引起了他们的注意。鉴于士兵们总是在城中肆意妄为，偷东西、打架和强奸屡见不鲜，驻扎部队一直不受欢迎。“为使部队能够迅速地赶到各自的岗位，所以兵营范围必须扩大。从西城墙起第二个街区到其他城墙的第一个街区之间的建筑都必须改为兵营。对于这些房子的主人，我们会给出合理的补偿。”会议室里一片寂静。议员们都拥有不少房产，只要他们能避免士兵住到自己的家里去，他们还是能从这条规定里捞到不少好处。“还有，帕米拉门附近的商队驿站也将归军队管辖，这个城市会得到报偿的。”

阳光从巴利斯塔身后的门外照射进来，洒满了房间，尘埃在金色的光线中旋转舞动着。马克西姆斯和罗慕路斯进来了，坐在巴利斯塔后面的位置上。

“三位护商使者的九百名雇佣兵要分成三支罗马非常规部队，他们将和同样数量的应征入伍的士兵们一起训练。这些部队的军饷由军费支付。其指挥官将在军队中获得相应的军阶，且按同级别军官的标准领军饷。”伊阿海咧嘴笑了，另外两个则努力做出让大家以为他们把这当作是一种高尚的自我奉献的表情，奥格洛斯比阿纳穆表演得更像。这完全是一笔意外之财，他们的私人部队不仅人员得到了双倍扩充，还能从国库里拿军饷。

“我们现在对劳动力的需求非常大。所有身强体壮的男性奴隶都将加入我们的劳工队伍，据估算，他们应该至少有两千五百人。但这还远远不够，我们还得再补充五千个市民做劳工。但有些做特殊行当的可免于徭役，铁匠、木匠、造箭匠、制弓匠就不用参加劳工队伍，但是必须只为军队服务。你们议会要负责起草所需的名单。”三位护商使者没有流露出什么表情，但他们身后的其他议员却抑制不住怒气，大呼小叫起来。他们不得不组织大批市民，让他们去当像奴隶似的劳工。

“这些劳工队伍将协助部队在西城墙外挖壕沟，堆缓斜坡。他们还得参与堆砌城墙内的缓斜坡。”这帮人快要发怒了，巴利斯塔想，于是他的手下意识地去碰触他那把长剑的剑柄。

“为了给堆砌城内的缓斜坡留出空间，劳工们还得协助拆除西城墙内第一个街区的所有建筑。”会议室里安静了好长一会儿，大家似乎因这个提议惊呆了。然后，后面的议员开始大声抗议。嘈杂的声音再次响起来，巴利斯塔把这些声音压了下去。

“劳工队伍还得协助我们把城外墓地的所有坟墓都拆了，拆下来的废料将用来堆造缓斜坡。”

议员们乱成了一锅粥，他们几乎所有人都站了起来，嚷嚷道:“要是我们把神庙拆了，神祇会抛弃我们的……你竟然想让我们把我们的市民变成奴隶，毁了我们自己的家，还要亵渎我们祖先的坟墓？”有悖天理伦常的呼声回荡在会议室里，绵绵不绝。

但喧嚣的人群中有几座“安静的孤岛”。伊阿海还坐在自己的位置上，脸上的表情不可捉摸。阿纳穆和奥格洛斯是站着的，但跟着惊叫了几声后就陷入了沉默和思索。“毛茸茸”的基督徒也老老实实地坐着，脸上带着快乐的微笑。但是所有其他议员都在站着嚷嚷，有的甚至挥着拳头，愤怒地发出嘲弄的声音。

巴利斯塔在这一片吵闹声中喊了几句，表示从今天起，为了便于沟通，他的行程活动都会贴在集市的公示墙上。但似乎根本没人听他说话。

于是，他转身走了，马克西姆斯和罗慕路斯跟在他的身后。他们一起出了大门，来到了阳光下。

第十章

巴利斯塔觉得，和议员们开完了这个会，最好等尘埃落定了再有所行动。叙利亚人就爱因为一时冲动做出不得体的事儿，或者说点难听的话，这是众人皆知的；况且，他没必要去听那些欠考虑的刻薄话，自讨没趣。接下来的两天里，他一直待在军营里，和他的军官们共同商议防御计划。

阿奇利乌斯·格拉布里奥因为他手下最棒的一百二十个战士被安排到了新组建的炮兵队伍里，心里很不是滋味。伊阿海、阿纳穆和奥格洛斯目前没有出席，他也没心情去考虑他们三人，而是更多地琢磨着那个野蛮人，所以他摆出一副漫不经心的贵族样子。不过，其他人都在努力工作着，图皮奥在努力讨好上级，马穆拉一如既往地在考虑自己的事儿，而作为亲信的德米特里厄斯做事看起来比之前专注多了。通过他们的商议，巴利斯塔的头脑中逐渐形成了一个计划——哪支部队守卫哪段城墙，士兵们该住在哪里，他们的供给该如何运送到位，少得可怜的后备部队应该驻扎在何方。

他还要处理一件不太重要的军务。第二十步兵大队协防部队的一名士兵被控告强奸了他房东家的女儿，为此部队专门开设了军事法庭对其进行审判。他为自己的辩护并不十分有说服力。“当时她爸爸在家，我们去外面欢爱了，她当时可是满口答应我的。”不过，他的百夫长倒是对他的品格大加赞扬了一番。更管用的是，这士兵的两个战友发誓说那女孩之前就曾自愿和他欢爱过一次。

陪审员分成了两派。阿奇利乌斯·格拉布里奥是罗马共和国道德的坚定支持者，他倾向于判处那个士兵死刑；马穆拉则投票赞同宽大处理。最后，由巴利斯塔来做决定。从法律的角度看，那个士兵是有罪的。他的两个战友的证词很可能是谎话。巴利斯塔满怀内疚地宣判那个士兵无罪释放了。他知道，哪怕再失去一个受过训练的士兵他都承受不起，更不用说要为此付出和他的同僚生出嫌隙的代价了。

还有件案子需要由他来判定。第四西徐亚军团临时旗队由亚历山大所率领的百人队中的一名士兵——朱利叶斯·安提奥卡斯和阿瑞忒城市民阿布维斯的女儿——奥丽莉娅·阿米玛要离婚。他们闹离婚并不是因为不相爱了，而是因为钱。关于此案的书面材料语焉不详，不同证人间的证词截然相反，没有什么明显的办法可以找出真相。巴利斯塔倾向于做出有利于士兵的判决，他知道自己这是权宜之计，而不是出于公正。他已经被罗马帝国这个大熔炉腐蚀了，正义被他再次抛到了脑后。

开完会的第三天，巴利斯塔觉得时候差不多了，那些议员的愤怒应该都平息下来了。所有叙利亚人都情绪变化快，他们有可能最后能想通，和巴利斯塔的想法一致了。是的，他的计划是会拆掉他们的家园，亵渎他们的坟墓和神庙，毁了他们的自由，但那都是为了更长远的自由，归属于罗马帝国而不必臣服于波斯国王的长远自由。巴利斯塔想着这其中的讽刺意味，不由得笑了笑。小普林尼对于罗马式的自由有句经典的描述：您命令我们自由，所以我们才自由。

巴利斯塔派信使分别去邀请伊阿海、奥格洛斯和阿纳穆来他的宅邸和他的三位军官共进晚餐。当然，芭思希芭也在被邀之列。巴利斯塔记起罗马人有个小迷信，同桌吃饭的人若是单数就不吉利，因此又派了信使去邀请学者卡利尼库斯。他吩咐卡尔加库斯告诉厨师做点特别的菜，最好是特色熏鳗鱼。可这位上了年纪的希伯尼安人听了这话，看上去就好像他这漫长的一生中从未听过如此离谱儿的要求一样，他咕哝出一连串的抱怨说：“哦，好的。您可真是个了不起的罗马人啊……接下来是啥……是他妈的孔雀脑子和蜂蜜裹睡鼠吗？”

巴利斯塔召唤了马克西姆斯和德米特里厄斯来，让他们陪他一起去集市走走。表面上，他们是去巡视，看看关于粮食价格的法令大家有没有遵守；但实际上，他只是想出宫走走，离他那都不能令自己信服的判案工作远一点儿。他佩服罗马人的地方有很多，比如说他们的攻城器械和防御工事、他们的军事训练和后勤补给、他们的热炕和浴室、他们的赛马活动和美丽的女人。但是，他发现罗马人的所谓自由只是一场虚妄的幻梦。他就是在获得皇帝的恩准后才住进了他家乡的宅邸，娶了他现在的妻子。事实上，自从他成了罗马帝国的人，他的一生似乎都充斥着阿谀奉承和卑鄙肮脏，这算是对现实的妥协，而并非闪着自由的光辉。

他们走近集市的东北角，他心中愤世嫉俗的烦闷情绪也逐渐消散了。他一直都喜欢集市这种地方，有各种各样的声音、各种各样的味道——掩饰不住的贪婪。人群缓缓地移动着，似乎世界上一半的人种都在这儿了，其中大多数是典型的东方人打扮，但是也能看得见戴头巾的印度人、戴尖顶高帽的叙利亚人、戴折叠式帽子的亚美尼亚人、穿短袍的希腊人、穿松垮长袍的游牧民，还能零星地看到几个穿长袍的罗马人或者来自高加索地区的穿皮草的人。

市场上的生活必需品琳琅满目，似乎已经超过了城里人的需要。尤其是粮食多得很，主要是小麦，也有一些大麦；数不胜数的皮囊和双耳细颈瓶，里面装的不是葡萄酒就是橄榄油；还有好些黑得发亮的橄榄。

至少在检查的这一路上，巴利斯塔没有发现不遵守价格法令的情况，集市上没有各种商品纷纷退出市场的迹象。北方人和他的两个随从沿着集市北侧前行，出现在他们面前的条纹遮阳棚的颜色越来越鲜艳，棚子下面的货摊也越来越精致。最初看到的是地中海地区的常见食材，然后商品逐渐过渡到生活中稍有些奢侈的东西——水果和蔬菜、松子和鱼露，最珍贵的则是香料——胡椒和藏红花。

还没走到集市西边的柱廊，街边的“奢侈品”就已经不再是吃的了。有些香气扑鼻的小摊儿上卖的是檀香木和雪松木，这两种木材都太贵重，不是盖房子或当柴火用的木材。因此，它们并不属于巴利斯塔颁布的法令中所征用的木材。还有的商贩在卖象牙、猴子、鹦鹉。马克西姆斯停下脚步，看了看铺子里用羽毛做成的美妙的艺术品。巴利斯塔觉得自己好像看到了商店后面藏着一张骆驼皮。他正要吩咐德米特里厄斯记下来，却发现那小伙子正盯着集市的另一头发呆，他又走神了。世间男女想拥有的大部分东西都能在这集市上见到：香水、金子、银子、猫眼石、玉髓等，其中最值得一提的，是富有光泽且柔软得不可思议的、从世界遥远的另一端——赛里斯（指中国）贩运来的丝绸。

集市南边的柱廊是奴隶市场。那里有各种各样的“会说话的工具”供人挑选，有会种田的、会管账的、会给女主人梳洗打扮的、会唱曲儿逗闷子的、会端茶倒水的，还有会暖床陪睡的。虽说巴利斯塔极为厌恶这种地方，但他还是仔仔细细地端详着这些“商品”，他一直想买一种奴隶。这个北方人把市面上的奴隶都看了个遍之后，转头回到奴隶围栏的中间，用母语问了个简单的问题。

“谁是盎格鲁人？”

听到他喊出了这句难以理解的外国话，围栏里所有奴隶都向这个身材高大的野蛮人军官看了过来。不过没有一个人回应他的问题，这让巴利斯塔大大地松了口气。

他们一行人经过牲畜市场往东边的柱廊走去，那儿是集市中便宜货扎堆的地方，聚集着捡破烂儿的、小额放贷的、变魔术的和练杂耍的，还有装病扮残疾靠博取同情心混饭吃的。巴利斯塔带的两个随从都正回头往一条小巷子里瞅，那儿是风尘女子招揽客人的地方。马克西姆斯有如此表现并不意外，但德米特里厄斯竟然也这样，这倒是奇怪了——巴利斯塔一直以为这个希腊小伙子不好女色。

神啊，他自己其实也可以找个女人玩玩的。他觉得这个主意不错，也没什么难办的，但转念一想，不行。他家有娇妻朱莉娅，而且他向她发过誓，不能违背誓言，他从小到大都是个守信的人。

古罗马元老院议员塔西佗总是以日耳曼尼亚的标准看问题，他坚守着日耳曼人对待婚姻须忠贞的原则，以此为鉴，批判如今的罗马人缺少美德。像他一样，巴利斯塔也对有些罗马人的行为很是瞧不起。但在小村庄里，夫妻之间传统质朴的忠贞观念就保持得很好；这种原则不适用于那些离家千里、出行时间久、与妻子分隔两地的人。不过，巴利斯塔知道，他对于不忠的厌恶并不仅仅是因为他对朱莉娅的爱，也不只是他从小守信那么简单，就像有的人会戴个护身符上战场一样，他也要带着对朱莉娅的那份忠贞去打仗。他心里或多或少有个迷信的想法，那就是，如果他搞上了其他女人，那么他的好运气就会离他而去，接下来敌人刺过来的剑或射过来的箭就会伤到他，甚至杀死他，到时候兵器就不会只是掠过他的肋骨，而是穿心而过了。

巴利斯塔现在想到了他的随从，他说："为了查得彻底点，或许你们应该去探探那巷子里是做什么生意的。你们要不要去？"

德米特里厄斯马上拒绝了这个提议，他看起来挺生气的，但目光却有些游移不定。为什么这小伙子表现得这么奇怪呢？

“我觉得这事儿我一个人就能办好。”马克西姆斯说。

“哦，是呀，我相信你行的。不过别忘了，我们只是看看商品，可不是买来试试啊。”巴利斯塔咧嘴一笑，“我们在集市中间等你，向阿瑞忒城好市民的雕像学习一下美德。”

巴利斯塔和德米特里厄斯看到的第一座雕像有个高高的底座。“阿格果斯，阿纳穆家族之子。”巴利斯塔念了一遍，“这一定是阿纳穆的父亲了，比他长得好看些。”雕像的穿着打扮是东方人的样式，而且和阿纳穆不同，雕像的头发很是浓密，发丝形成了一个个小卷，一层叠一层。他和他儿子一样，都蓄着短络腮胡子，不仅如此，前者鼻子下面还有一撮浓密的小胡子，修理得很整齐，而且经热蜡处理过，变成了一个个小点。他的脸圆圆的，稍微有点肉。“是啊，比他儿子俊俏多了，虽然是个人都比他帅。”

“致他对这座城市的虔诚与爱，”巴利斯塔念出了其余的铭文，“致他无瑕的美德与勇气，始终为商人和驼队提供保护，致他为此慷慨大度的付出。因为他从游牧民手中救下了近日进城的商队，还帮助他们度过了许多危险。这支商队为他竖起了三座雕像：一座安放在阿瑞忒的集市，因为他是阿瑞忒城的将军；一座矗立在斯帕西努 - 卡拉克斯大城；还有一座位于提鲁阿纳岛，他是该地的总督。你的地理比我好，”巴利斯塔看着他的书记官问，“斯帕西努 - 卡拉克斯大城在哪儿？”

“在波斯湾的源头那端。”德米特里厄斯回答说。

“那提鲁阿纳岛呢？”

“也在波斯湾，靠近阿拉伯的海岸。在希腊，我们管那地方叫提罗斯。”

“归谁管？”

“沙普尔。阿纳穆的父亲统治着波斯帝国的一部分，他既是阿瑞忒城的将军，又是萨珊王朝的一个总督。”

巴利斯塔看了德米特里厄斯一眼。"那护商使者到底是站在哪队的？"

下午，正是人们午睡的时候，天上开始落雨。一个男人站在他房子的一楼窗口前，一边看雨，一边等着墨水干。尽管这次不像今年的第一场雨那样滂沱，但也算是一场大雨。窗外的街道此时空无一人。雨水沿着城墙的内壁流下来，通往最近的城楼的台阶被雨水弄得湿漉漉的，愈发光滑危险。一只白嘴鸦从左至右地飞过他的视野。

男人觉得墨水差不多干了，便借火盆燃起一盏灯。他将身子探出窗口，将百叶窗拉回来关上。他检查了一下窗子是否关严了，然后点上了另一盏灯。尽管他进房间后已经反锁上了门，但现在还是环顾了一下，确保屋里只有他一个人。再次确认后，他取出了藏起来的充气的猪膀胱，开始阅读上面的内容。

> 弹药库被烧了，库中所有弩箭都毁于一旦。那个北方野蛮人正在为守城收集粮食，等他收来的粮食达到一定数量时，大火又会烧起来。纵火用的轻油备得很足，绝对能搞出更大的动静。他已经宣布了要铲平墓地的消息，还要拆掉很多座神庙和房屋，他的部队会住在剩下的民宅中。他放了一部分奴隶，却让自由民变成了受他驱使的"奴隶"。他手下的士兵不顾廉耻，放肆地强奸妇女。城中的百姓对他都颇有怨言。他还征召百姓，把他们编进护商使者的私人部队。看来这蠢蛋真是丧失理智了。他这是在作茧自缚，到时候就任凭诸王之王收拾了。

他挪动的手指停住了，嘴唇也不再一开一合地默读那些字句了。这样就行了。虽说他有些夸大其词，但那是因为他不想让波斯人临战退缩。

他拿出两个油瓶，一个是满的，另一个是空的。他把它们放在桌子上，解开猪膀胱有开口的一端，将里面的空气挤了出来。放气之后，他写的字迹就难以辨认了。他将空油瓶的塞子拔出来，把猪膀胱塞了进去，留了一截在外面。然后，他将嘴凑了过去，然后重新将膀胱吹了起来。接着，他把露出来的那截猪膀胱翻了过来，套在瓶嘴上，然后用绳子将其固定好。然后他用一把锋利的刀子将多余的部分割掉，于是，现在的猪膀胱已经完全藏在油瓶内了，也就是他把一个容器放在了另一个容器中。他小心翼翼地把那个满的油瓶中的油倒进了另一个空油瓶内的猪膀胱里。最后，他用塞子把两个瓶子都封好，之后又向周围张望了一下，看是否还是自己一个人。

他看了看手中的油瓶。城门的搜查越来越严格，有时候，他们会沿着缝隙撕开人们的长袍和鞋子，有时候甚至会扯开希腊良家妇女的面纱。有那么一段时间，他想到自己要承担的风险就紧张得头晕目眩。但随后他又稳住了自己，他接受了自己无法活着完成任务的可能性。个人安危何足挂齿，只要他的同胞可以获得利益就好。他来世会得到回报的。

在城门前等待搜身的队伍中，送信人毫不知情。油瓶应该不会引起守卫的怀疑。

那男人取出铁笔，开始写一封内容最为平常的信。

我亲爱的兄弟，这里下了第二场雨……

阿纳穆站在他宅邸前面的柱廊中，看着如注的大雨，心中有一丝不快。街道上再次积起了及踝深的泥浆，为此他不得不雇了一台轿子和四个轿夫，让他们抬着他去河岸指挥官的宅邸赴晚宴。阿纳穆不介意那笔没甚必要的开销，可现在他雇的轿夫已经迟到了。他努力回忆着一句斯多葛派哲学家的箴言："被这四堵墙围住并不意味着你身处牢狱。"他想借助这句话的力量来平息自己心中的恼怒。阿纳穆不确定自己记得对不对，"被这四堵墙围住并不意味着你身处牢狱"这话是谁说的来着？罗马的大哲学家穆索尼乌斯·鲁弗斯？不，更像是以前当过奴隶的爱比克泰德。也许说这话的压根儿不是什么斯多葛派哲学家，没准儿是他自己写的。

他内心暗暗幻想着有人会诵读他说过的话，他完全不认识的陌生人在遇到困难的时候，能从他的智慧中获取安慰和力量。阿纳穆看着外面的大雨，这城市的石墙被雨水浸泡得颜色越来越深了。城墙上的城垛无人看守，守卫们想必是在附近的城楼里躲雨。选这个时候攻城倒是能出人意料，很理想，只不过这雨也会让城外的大地变成一片沼泽。

四个轿夫终于到了，阿纳穆上了轿，他们出发了。阿纳穆知道今晚赴宴的其他宾客还有谁。这城里只要有事发生，阿纳穆几乎都能很快得到消息。他为此花了很多钱，相当多的钱。这一定是个有趣的夜晚。指挥官邀请了所有三个护商使者，他们三人都对这野蛮人在城中采取的行动颇有微词。伊阿海的女儿也在受邀之列。如果说有哪个女人是神祇的宠儿的话，那就是她了。阿纳穆不止一次听到他的线人报告说，野蛮人指挥官和高傲自大的贵族青年阿奇利乌斯·格拉布里奥都很喜欢她。来自佩特拉古城的学者卡利尼库斯也受到了邀请，他是在为自己造声名，他的名头会为这场酝酿着紧张和性的晚宴添上些"文化"的意味。想到这里，阿纳穆掏出了一张纸莎草纸"小抄"，这是他私下里从阿特纳奥斯的《欢宴的智者》中摘抄下来的。大家都知道，阿纳穆喜吃菌类，河岸指挥官很可能会基于这点原因，为了表示尊重，让厨子在今晚的菜肴中添上一道蘑菇。于是，阿纳穆从相关的经典著作中借用了一些显得很有学问的句子，作为回应。

"啊，你来了。"巴利斯塔说，"俗话说得好：'七人成席，九人成宴。'”自从他在城门口来了一出令人刮目相看的演讲之后，巴利斯塔在阿纳穆心中的形象一路下滑，越来越糟。这个北方人浮夸的欢迎词并没有为他自己赚取多少好感。“我们入席吧。”

餐厅布置得很传统，设三个卧榻，分别是给他们三个人准备的，呈马蹄形围绕着中央的餐桌。走近一看，他才发现，河岸指挥官聪明地摒弃了传统的座位安排。这北方人将席间最尊贵的主位设在了最左边，把芭思希芭安排在自己的右侧，挨着坐的是她的父亲；接下来那张卧榻是属于学者卡利尼库斯、阿纳穆和阿奇利乌斯·格拉布里奥的；剩下一边的卧榻上坐的是奥格洛斯、马穆拉，最次要的位子上是图皮奥。按照传统习俗来说，巴利斯塔应该坐在奥格洛斯现在坐的位置上。如果是那样，问题就出现了，该安排谁坐在他的左侧呢？要知道，那可是最尊贵的客人该坐的位置。现在的情况是，三位护商使者各坐一边，没有谁挨着主人坐，也没有谁坐在贵宾位上。虽然极不情愿，但阿纳穆还是得承认巴利斯塔这招很是高明。

头盘菜上来了：两道热菜——松脂酱配煮鸡蛋与熏鳗鱼，白汁沙司配韭菜；两道凉菜——黑橄榄和甜菜根片。与之搭配的是低度的提尔葡萄酒，最好以二比三的比例兑水饮用。

“鳗鱼，古人对鳗鱼颇有研究。”学者总是在剧院中、公共集会时、人头攒动的节日庆典上讲话，所以卡利尼库斯一说话立刻就引起了在座所有人的注意，“阿切斯特亚图在他的诗中曾说过，意大利的利基翁、希腊维奥蒂亚的科派斯湖和马其顿的斯特律蒙河中的鳗鱼都很妙。”阿纳穆胸中涌起一阵愉悦，他很高兴自己是如此有文化品位的晚宴上的一分子，如此布置安排对于他这样受过良好教育的人来说尤为合适。与此同时，他还受到了内心妒忌的煎熬：他无法参与到这场对话中来，因为截止到现在桌上还没有蘑菇。

“亚里士多德也曾提到过斯特律蒙河。最佳的钓鱼季节就是晚上刚刚能看到昴宿星团的时候，那时候河水又汹涌又浑浊。”

神啊，请这个爱卖弄学问的杂种来吃饭真是个可怕的错误，巴利斯塔想，他可能会说这些东西说上几个小时。

“鳗鱼确实是个好东西。”一位护商使者开口了，他虽然没有学者的嗓音那么洪亮，但也是习惯了在公众场合讲话的，声音也不小。就这样，卡利尼库斯滔滔不绝的文学掌故被打断了。伊阿海点头表示欣赏桌上的绿菜，然后他问巴利斯塔喜欢竞技场里的哪支战车队伍。

“白队。”

“我的天啊，你一定是个乐观主义者。”伊阿海那张沧桑的脸上露出了笑容。

“并非如此，我发现，从哲学角度来讲，在赛马场上频繁感到失望对我的灵魂有好处，会让它变得更加坚忍不拔，可以习惯生活中的失望。”

芭思希芭发现巴利斯塔和她父亲谈完了赛马之后露出了一丝浅浅的狡黠的微笑。神啊，她太美了。虽然今天她比在她父亲家穿得庄重了许多，但那身裙子仍然难掩她玲珑有致的身材。巴利斯塔知道，她可能不会对赛马这个话题感兴趣。他想逗她笑，想给她留下好印象，但是他也知道，自己并不善于这类聊天。神啊，他想要她。这就让事情变得更难办了，他越是那么想，越是难以找到轻松有趣的话题聊。他妒忌那个自以为是的狗杂种阿奇利乌斯·格拉布里奥，就算是现在，他与她之间隔着张桌子，还是在试着眉目传情。

主菜来了：特洛伊烤乳猪，里面的馅儿料有香肠、腊肠和血肠；两条梭子鱼，鱼肉剁碎调味后依旧放在了鱼皮下面；还有两只简单的烤鸡。素菜也不缺：煮甜菜叶蘸黄芥末酱，莴苣、薄荷和芝麻菜做的沙拉，橄榄油拌罗勒叶，还有鱼露。

厨师挥舞着他那把锋利的刀，走近特洛伊乳猪，划开它的肚子，肠子便滑了出来，但大家并没有因此感到吃惊。

“真有意思，”阿奇利乌斯·格拉布里奥说，“这猪肉看起来真是可口，我一定得尝一尝这猪肉。”他重复了两遍“猪肉”，又是比画，又是挤眉弄眼，无疑在他的话里，这个词指的是女性的私处。他看了一眼芭思希芭，然后说：“给喜欢吃这菜的人多分一些吧。”

伊阿海从他的卧榻上站起来，开始讲话。巴利斯塔马上把他拦住了。

“副军团长，你说话可得注意点，这儿有女士在场。”

“哦，我很抱歉，真不好意思，让大家尴尬了。”他脸上的表情和他口中说的可毫不一致，“我没想把气氛搞僵，不想冒犯各位。”他指指桌上的烤乳猪，“都怪这道菜，让我犯了错。看见它总是让我想起《萨蒂利孔》中特立马乔的盛宴——你们知道吧，那些极其淫秽下流的笑话。”他又用手指向梭子鱼，“就像烤乳猪老是让分神一样，这道菜又总会令我思乡。”他对着三张卧榻张开双臂，说：“咱们大家一定都想念罗马梭子鱼的美味了，话说这种鱼通常是在台伯岛之上和大下水道的汇流处之下，即‘两座桥梁之间’捉到的。”他看了看桌上的其他人，“哦，我又说了不得体的话——做个罗马人意味着这年头儿有很多方面都与众不同。”

奥格洛斯假装没听见他最后一句话，插了一句道：“现在幼发拉底河里可是很难抓住梭子鱼或是其他鱼了。”他语速很快，讲得很认真，转而对巴利斯塔说：“我的人告诉我我的渔船已经全都被军队拿走了。士兵们管这叫‘征用’，我管这个叫‘偷’。”他细心修剪的叉形胡子因为愤怒而微微抖动着。

巴利斯塔还没回答，阿纳穆开口说道：“因为城门滑稽可笑的搜查，我的信使要等上好几个小时，我的货物都被拆得七零八落，全弄坏了。还有，我的私人文件被所有人都看到了。罗马公民竟然要忍受这种公然污辱……出于对你身份的尊重，我们没在议会上讲出来，但是现在就我们几个人，我得说说这事儿，除非我们连说话的自由都没了。”

奥格洛斯接着说:“要是十个人、十个公民不能聚在一起，我们捍卫的是哪门子自由？是不是人们连婚都结不成了？我们也不能举行宗教仪式祭神了吗？”

“没有什么比私人财产更神圣不可侵犯的了。”阿纳穆插嘴道，“怎会有人敢来抢我们的奴隶？接下来是不是该抢我们的老婆孩子了？”

怨言一句接着一句，两位护商使者的声调越来越高，争相抱怨着，每个人都得出同样的结论：要是让萨珊王朝统治，情况能坏到哪儿去呢？沙普尔还能对我们干出什么更糟糕的事儿呢？

过了片刻，这两人都住了嘴，就好像同时收到了什么信号。他们转头看向伊阿海。“你怎么什么都不说？你和我们一样，受到的影响都不小啊。咱们的人民也指望你能给他们做主呢，你怎么能啥话都不说呢？”

伊阿海耸耸肩膀说道:“一切皆有天意。”然后便不再说话了。

伊阿海刚才用希腊语说的话里，“天意”二字的语调十分奇怪。巴利斯塔和另外两位护商使者一样，也为他宿命论的消极言论吃了一惊。他注意到芭思希芭用凌厉的眼神瞟了一眼她的父亲。

“诸位，我听到了你们的抱怨，我十分理解大家。”巴利斯塔和每个人都交流了一下眼神，“我也不愿做这些事，但必须这么办，没有其他选择。你们都还记得萨珊王朝的卫戍部队在这儿都遭遇了什么吧？还记得你和你们的同胞都对那些波斯士兵以及他们的老婆孩子做了些什么吧？”他停顿了一下，继续说道:“如果波斯人攻破了阿瑞忒城，你们做过的那些事儿将形同儿戏，不值一提。你们大家谁也不用怀疑，要是波斯人拿下了这座城，这儿就会变成一片荒漠。你们的集市上到时候只有野驴吃草，你们的神庙里也将是狼的栖身地。”

屋子里的每个人都沉默不语地盯着巴利斯塔看，他勉强微笑了一下。“得了，咱们还是想点好事吧。外面有个演员等着给咱们演节目呢，干吗不把他叫进来，听他读一段呢？”

演员读得很好，他的声音准确而清晰。他读的是希罗多德写的一篇美文，关于很久以前希腊人的自由的故事，比罗马人的时代早多了。那是一个关于“勇气”的故事，发生在塞莫皮莱之战前夜，狡猾的波斯探子向诸王之王薛西斯汇报了他在希腊军营中看到的情况，三百个斯巴达战士卸下铠甲练习了一会儿搏斗，还互相帮忙梳头，丝毫没有注意到那个坛子。这是一篇美妙的文章，但是鉴于目前的气氛，显然挑这个故事讲并不合适。这些斯巴达人都做好了必死的准备。

图皮奥探出身子去够一块鸡肉，然后第一次在这场饭局上开口说：“希腊人是不是管鸡叫作‘波斯人的唤醒者’？”他并没有专门问某个人，“我们将像我对付这只鸡一样对付萨珊王朝的波斯人。”说着他将一块鸡肉撕了下来。

屋里响起了零零散散的鼓掌声，还有几句表示赞同的议论。

卡利尼库斯再也听不下去了，更不用提那个举止粗鲁的前任百夫长了，他竟然也配得到众人默默的赞同。卡利尼库斯清了清喉咙，说道：“当然了，我不是古罗马文学的专家，”他假笑了两声，“不过，不是有些写农业生活的作家将好斗的公鸡称为米提亚（与波斯人同源）吗？也就是说，被叫作‘米提亚’的这种鸟也象征着波斯人。我们还是寄希望于不要碰上这种凶巴巴的东西吧。”这番不合时宜的话遭到了冷遇，大家都没有回应。学者自得的笑声也渐渐收了回去。

甜点上来了，都是些比较常见的——新鲜的苹果和梨子、干枣和无花果、熏乳酪和蜂蜜、核桃和杏仁。只有摆在中间的芝士蛋糕非同寻常，所有人都说他们从未见过比这还大、还精致的芝士蛋糕。葡萄酒换成了比较烈的查理伯尼亚酒，据说波斯国王都爱喝这酒。

阿奇利乌斯·格拉布里奥看着波斯小伙子巴戈阿斯为马穆拉抹上香膏和肉桂，又为他戴上了一顶花环，眼神中流露出一种深深的恶意。这位贵族青年扭身面对着巴利斯塔，脸上一副皮笑肉不笑的表情。

“恭喜您啦，河岸指挥官大人，您和伟大的大西庇阿越来越像了。”

“我还不知道自己跟击败汉尼拔的伟大人物学习过呢。”巴利斯塔轻描淡写地回应道，但似乎是在努力控制着情绪，“可惜我不喜欢海神晚上造访，但至少我没因为贪污受贿被送上法庭。”听到他这番话中反映出的历史学问，人们发出了善意的笑声。大家有时候会容易忘掉这个北方人曾经在罗马宫廷中受过教育。

“现在，我正在想你的这个波斯小伙子。”阿奇利乌斯·格拉布里奥看也没看就向他那个方向挥了挥手。

大家都愣住了，这回甚至连学者卡利尼库斯都没接话。过了好一会儿，巴利斯塔才疑惑不解地请贵族青年解释他刚才的话。

“好吧……您手下的波斯小伙子……”贵族青年故意慢悠悠地讲，他很享受现在的状态，“无疑，肯定会有人不惮以最坏的恶意揣测他出现在您府上的原因，”他现在说话的速度快了起来，“但我可不是其中之一，这一点我可以向您保证。在征服迦太基城的扎马战役之前，西庇阿抓住了一个汉尼拔派来的探子，那探子当时正埋伏在罗马军营的附近，伺机而动。他没有杀那个探子，而是命令手下带那人在营中逛了逛，让他看他们训练的情况、作战时用的器械以及弹药库。”阿奇利乌斯·格拉布里奥说最后一句话之前顿了顿，“然后西庇阿就把他给放了，让他回去汇报给汉尼拔听，好像为了让他快点回去报信还给了那家伙一匹马。”

“阿庇安。”卡利尼库斯忍不住又说话了，“在历史学家阿庇安讲的故事中，曾经有三个探子。”没人搭理学者插的这句话。

“没人会把他的这种自信错误地当成是过分自信，他此举也不是因为骄傲自大或愚蠢不堪。”阿奇利乌斯·格拉布里奥往后靠了靠，微微一笑。

“我可不想无端怀疑我的手下。”巴利斯塔满面怒气，“我没有理由怀疑巴戈阿斯。”

“哦，不，我相信您是对的。”年轻的军官低头对着他面前的盘子，优雅地拿起一块核桃。

河岸指挥官举办的那倒霉的晚宴结束后，第二天早上，波斯小伙子爬上了阿瑞忒的城墙垛子，他头脑中满是复仇的狂想。至于他要如何重获自由或者怎样找到那些把他变成奴隶的游牧民并获得摆布他们的权力的这些具体事情，他完全抛在了脑后。在他的想象中，他们已经手无寸铁地站在他面前了——或者不如说，他们双膝跪地匍匐在他脚下，伸着双手请求他的怜悯。他们衣衫褴褛，满面尘灰，哭泣着乞求慈悲。但这都没有用，因为刀在他手上，剑别在他腰上，他往前走了两步。他们向他献出了他们的妻儿，恳请他做他们的主人，但他无动于衷。他一次又一次地伸出左手，拉扯着对方纷乱的胡子，将那些人拉到自己面前，告诉对方他要干的事和为什么要这么干。对于那些人的啜泣和最后的恳求，他统统不管不顾。他多次拉起别人的胡子只是为了露出他们的喉咙，刀子寒光一闪，红艳艳的鲜血涌出来，洒在沙地上。但有三个人“待遇”不同，对那三个人，光以其人之道还治其人之身是不够的，远远不够。他要猛地拉起他们的长袍，抓着他们的下身，手起刀落，让那三个人的污血喷在沙地上。

他来到了城墙东北角的城楼上。他刚才从靠近阿赞纳斯科纳神庙的地方溜达到北边的城墙垛子，现在又到了帕米拉王国第二十步兵大队的大本营，这支部队有骑兵，也有半步兵，目前的有生力量是一百八十个骑兵和六百四十二个步兵。重复有助于记住细节，约三百步长的这段城墙没有一个城楼，他在心中反复默念着“约三百步，没有城楼”。趁着城楼上的百夫长没来得及盘问他，他赶紧从城墙上顺着阶梯走了下来。

昨天那场晚宴真是凶险。可恶的副军团长阿奇利乌斯·格拉布里奥说对了，没错，他就是个探子。没错，他会尽可能地给他们造成所有可能的伤害。他要掌握河岸指挥官亲信班子核心的一切情报，把他们的秘密都揭穿出来，找到他们的弱点。然后，他就可以逃到势不可挡的萨珊大军队伍里。沙普尔，诸王之王，雅利安人和非雅利安人之王，善神马兹达的宠儿，将会把他从地上扶起来，亲吻他的眼眸，欢迎他回家。过去的一切都将抹去，他又可以自由地像个人一样开始生活了。

巴利斯塔或他的亲信都不曾恶劣地对待他，他要这样做的原因并非因此。但有一个人例外，那就是希腊小伙子德米特里厄斯，其余人几乎都对他抱着欢迎加入的态度。他这样做只是单纯地因为他们是他的敌人。在阿瑞忒城，河岸指挥官是不义之师的领袖，他们的不义是对马兹达的否认。他们也不供奉巴赫拉姆圣火，他们为恶魔吟唱祭拜，口中呼唤的是恶魔的名字，这就是对正义的亵渎。言辞不义，行为不义，所以他们受到诅咒是理所当然的。

他现在正往军队的粮仓走。一共八个粮仓，盖的都一样。装卸粮食的平台在一侧，仓门在另一侧，两个口上都有守卫严格把守。仓库两侧设有百叶窗，但是窗子开得很高，就在屋檐下，所以很难从那里爬进去。不过，齐腰高的地方有通风口，身材瘦小的人可以勉强通过，随便什么人都可以把易燃品泼进去。粮仓外侧是砖墙石顶，但里面的地板、墙壁和房梁都是木头做的，再加上里面存放的都是粮食，甚至还有油和谷物，所以火着起来会非常旺。一个纵火的小装置最多只能烧两座粮仓，这种情况只有在风向对的时候才可能发生，到时候只要火势够强，火苗会沿着目标仓库和相邻仓库之间狭窄的檐溜蹿起来。但到时候同时发动攻城则会让局势变得更加乱套，一定会造成更大损失。

巴戈阿斯无法探知粮仓中目前的存粮有多少，他盼着现在能透过门瞧一瞧，也许能了解点情况。

他从第一组相邻而建的两个粮仓间走过，瞧见他左边的门都关着，但他右边的头两扇门是开着的。于是，他经过的时候试着往里看，门口有两个士兵守着，还有四个没执勤的在台阶下面歇着。他们正盯着他看，于是他赶忙把目光移向了别处。

“嘿，傻小子，你给我过来。我们来给你上一课。”波斯小伙子尽量迈着平常的步伐经过他们，就好像压根儿不在意似的。然后，那些士兵不再朝他嚷嚷了。他用余光一扫，看见一个士兵正低声且焦急地与他的同伴说话，还朝他指指点点。现在，他们开始更专注地打量他了，然后他们跟了上来。

他不想跑，但也不想慢吞吞地走，他想像平常一样走路。他感觉自己正在逐渐加快步伐，还能感觉到身后的几个士兵也跟着加快了步伐。

也许他们是碰巧往同一个方向走，也许他们压根儿没在跟踪他。如果他拐到一对粮仓之间的小巷子里，也许他们就会继续朝前走，不再跟过去。这样想着，他拐进了左边的小道。结果过了一会儿，他们也拐了进来。于是，他只好跑了起来。

巴戈阿斯尽全力奔跑，一双便鞋在地上蹬着土，时不时还会踢到零零碎碎的垃圾。他身后传来了急匆匆的脚步声。如果他在巷子末尾向右转，经过装卸货区，就只能在最后一个拐角转弯了，然后他就能看到河岸指挥官宅邸的北门了。

他在第一个路口处脚下打了个滑，差点儿直接撞上一辆牛车。他忙横跨一步，躲过那辆慢吞吞的车子，低着头又是一阵快跑。他听到身后传来一阵骚乱，夹杂着高喊声、咒骂声。这下他总算和后面拉开了距离，还有几步路就到那个路口了。

就在他转过粮仓拐角的时候，他发现自己这回没法逃了，两个士兵迈着大步向他走过来。这条巷子很窄，不超过十步宽，他不可能扭身躲开他们两人逃走。于是他停下脚步，向四周张望了一下。前方三四十步远的地方就是宅邸的北门，但要到那儿去必须经过那两个士兵。他左边是宅邸的一堵白墙，右边是无法攀爬的粮仓一侧。尽管他跑得很快，尽管还有辆牛车帮他挡下了追兵，但另外两个士兵过不了一会儿还是能抓到他。

不知是什么东西从后面狠狠地打了他一下，让他向前扑倒在地。他感觉自己的双腿被人抓住往后拖，他脸朝下，胳膊蹭着小巷的地面。

他踢了踢右腿，后面传来一声痛楚的咕哝。他往回拉着自己的脚，还一边大声呼救。他看到宅邸门口站岗的两名骑兵向他投来了漠不关心的目光。他还想接着喊救命，但右边太阳穴挨了重重的一击，他感觉一阵晕眩，最后头垂了下来，脸再次贴到了地上。

“叛徒！你这个卑鄙无耻的叛徒。”他被人粗暴地拉进最近的两座粮仓之间狭窄的檐溜那里，他的双脚被人拎着，整个人被推进了从仓库探出来的扶壁形成的隔间里。最后，他被猛地扔到了墙根。

“你以为可以随心所欲地瞎溜达，是吧？暗中监视我们，还跟没事儿人似的从我们身边经过？”一个士兵将脸凑到波斯小伙子跟前，两人之间仅有几英寸的距离，他还狠狠地掐着后者的脖子，“我们大人告诉过我们你是个什么东西——你就是个该死的探子，欠揍的土包子。现在你的野蛮人主人可救不了你。”他狠狠地给了巴戈阿斯的肚子一拳。

两个士兵将小伙子拎起来架着，另外两个则不停地用拳头打他的脸，打他的肚子。

“我们来跟你玩玩啊，小屁孩儿。玩完了你就再也别想耍你的小花招儿了。”暴风雨般的拳头落了下来，然后他们放开了他。他瘫倒在地，现在他们开始轮流踢他。

巴戈阿斯的身子蜷缩成了一个球，他们还在继续踢。他能闻得到他们军靴的皮子味儿，嘴里都是他自己的血腥味儿。不，马兹达，不要啊……别让这次又像遇上那些游牧民一样，不要。不知为什么，他脑子里突然冒出一句诗来：

有时我想，什么玫瑰盛开也艳不过，

那些栽种在恺撒喋血被埋的处所的。

士兵们停住了脚。

“你他妈的在看什么？”

透过他那双青肿的半睁着的双眼，波斯小伙子看见檐溜尽头出现了卡尔加库斯的身影。

“好啊，你们可真是英雄好汉啊——四个打一个，他还是个孩子。你们要不要来试试连我这个糟老头子也一起打啊？”

在波斯小伙子的眼里，卡尔加库斯看起来比以前更年轻、更挺拔了。可这事儿的结局只有一个。小伙子想大喊，让这个上了年纪的喀里多尼亚人赶紧跑，告诉他这样平白被打一顿不值当，没准儿会有性命之忧，但是他什么也说不出来。

“别说我们没警告过你，你个老杂种。”那几个士兵现在都抬起身子面对着卡尔加库斯。

突然传来一声惊呼和哀号。一个士兵踉跄着往前走了几步，被波斯小伙子伸开的腿绊倒了。其他三个士兵都傻傻地低头看着他们的伙伴。他们正要转身的时候，小伙子瞧见马克西姆斯的拳头已经招呼到了左边那个士兵的脸上。那人摔到墙根里的时候，脸上还挂着震惊的表情，十分可笑，他的鼻子似乎被打得掉了个个儿，横在脸上，血流如注。

之前被马克西姆斯打倒在地的那个士兵已经从地上爬起来了，双手双膝着地撑着身体，卡尔加库斯上前狠狠地朝他的脸踢过去。他的脑袋迅速摆回来，然后一动不动地瘫倒在地上，发出一阵阵呻吟。

剩下两个士兵还站在原地，大眼瞪小眼，不知做何反应。

“带着地上那俩废物滚吧。”马克西姆斯说。

两个士兵愣了一下，然后乖乖照做了，他们俩架着战友走出了檐溜。等他们走到大路上，其中那个鼻子被打折了的不服气地喊这事儿没完，说他们三个一个也跑不了。

“好啊，好啊，”马克西姆斯一边嘟囔着，一边弯腰去扶巴戈阿斯，“帮把手，卡尔加库斯，咱们把这小屁孩儿弄回去。”

有时我想，什么玫瑰盛开也艳不过，

那些栽种在恺撒喋血被埋的处所的。

那句诗又在他脑海里打转转，然后他就不省人事了。

巴利斯塔示意了一下，一个士兵又敲了敲门。到现在为止，这一天过得相当糟糕。巴利斯塔九点就在德米特里厄斯、两名簿记官、三个信使、两个骑兵和罗慕路斯的陪伴下出发了。罗慕路斯今天倒是不用扛着那面不轻的大旗。这十个人走到城墙街南端的时候，听见远处有几个士兵正在学狼嚎，距离虽远，但足以看清都是些什么人。

巴利斯塔和他的随从正在检查靠着沙漠的西侧城墙附近的所有房子，它们不久后就要被拆毁了，到时候就会化为一堆瓦砾和泥土。前天晚宴上的护商使者们的怨怼之言已经在所有居民中传开了。今天早上，这些怨言似乎又多了一重意义。那些神庙即将被拆毁、所信奉的神祇将会被驱逐的祭司诉说着他们的悲凉，那些房子将被夷为平地、家人将无家可归的人也抱怨起来。他们中有的满怀愤怒，话中带刺；有的则强忍泪水，他们的妻子、儿女从厕所门往外窥视。他们要不就是把他当作不负责任的帝国死忠，要么就把他看成是醉心于权谋的军棍或者典型的愚蠢的野蛮人，可没有一个人认为巴利斯塔的行为是残酷而欠考虑的一时兴起。

因为有些恼火，巴利斯塔再次示意士兵敲门。他们可没时间在这儿耗一天，他们要拜访八个街区，而这才到了第三个的尽头。这次士兵刚刚敲完门，门就开了。

在门口的阴影中站着一个矮个子男人，看穿着打扮像是个哲学家：身穿粗布斗篷和长袍，打赤脚，留了一头长发，蓄了一下巴胡子，而且没怎么好好修剪。他一手拿着一个横杆，另一只手捞起腰带上挂的一个钱包来。

“我是河岸指挥官马库斯·克洛迪乌斯·巴利斯塔……”

“我知道。”那男人粗暴地打断了他。巴利斯塔从明亮的太阳底下往暗一些的地方看，什么都看不清，但看起来这男人脾气挺暴躁的。他左手放开钱包，开始不耐烦地摸索他那个形状像鱼一样的皮带扣。

神啊，又开始了，巴利斯塔想。趁他还没嚷嚷赶紧把事儿解决了吧。

“你是哪个哲学派别的？”

“什么？”那男人茫然地看着巴利斯塔，就好像他说的话对他来说毫无意义。

“你穿得像个犬儒学派的，要么就是强硬的斯多葛学派。”

“不……不是，我不是哲学家……当然不是，完全不搭边。”他似乎受到了冒犯和惊吓。

“你是这栋房子的主人吗？”巴利斯塔追问。他不能再浪费时间了。

“不是。”

“那你能把房子主人请出来说话吗？”

“我不知道……他在忙。”那男人大大咧咧地瞪着巴利斯塔和他的士兵们，“我带你们去找他。”他突然转身，然后带他们穿过前厅，走进了铺着石块的小小的中庭。“随便看看吧。”他说道，然后没打声招呼就消失在通往二楼的楼梯上了。

巴利斯塔和德米特里厄斯面面相觑。

“唉，谁说哲学能带给人内心的平静？”希腊小伙子说。

“只有智者才能得到欢乐。”巴利斯塔引用了一句名言，但其实说实话，他也不确定这句名言的出处，“咱们四处看看吧。”

他们左边是一段开放式的柱廊。他们进入了正前方的长屋，那屋子几乎和整座房子一样长。房间里面漆成白色，家具只有长椅，看起来像个教室。里面弥漫着一股刺鼻的香味。再重新回到中庭，他们往正对着柱廊的另外一间屋里看，里面空空荡荡的，只在较远的角落里放着几个储物罐。这间屋子也漆成了白色，也同样弥漫着盖过所有一切气味的熏香味儿。

一楼还有最后一间屋子，与前厅隔着一段楼梯，也就是那男人上去的楼梯。巴利斯塔走进去吃了一惊。尽管这间和其他房间很像，也是空空荡荡的，没什么家具，但墙上却涂得五颜六色。屋子尽头是一个圆柱拱门，上面涂着仿大理石的图案。天花板则是蓝色的，还点缀着银色的星星。拱门下面是一个单人浴缸，后面还挂了一幅画，画着一个男人抱着一头羊。

巴利斯塔凝视了画上的男人一会儿。不管他往哪儿看，都能看到画。他现在看的是一幅有三个男人的粗糙画作：左边的男人正在搬一张床，面对着右边的男人，后者躺在另外一张床上。他们上面是第三个男人，他斜倚着身子站着，伸出一只手。

“真他妈古怪啊。”一个战士说。

那幅画右边画着一个穿着打扮像农夫的男人，他盘旋在大海上空；一艘风帆飘扬的船上，有些水手惊讶地盯着他看。

“欢迎你，罗马帝国骑士、河岸指挥官马库斯·克洛迪乌斯·巴利斯塔。”说话人静悄悄地从他们身后走了过来。巴利斯塔转过身来，看到一个高个男人，他穿着朴素的蓝色长袍和白色裤子，脚踩一双简单的便鞋，秃顶，剪短的卷发在头上围了一圈。他蓄着络腮胡子，脸上绽出一个大大的笑容，他看起来非常眼熟。

“我是狄奥多图斯，阿瑞忒城的议员，也是这座城中基督社区的牧师。”他亲切友好地微笑着说。

巴利斯塔对于自己竟然没能认出基督牧师很是恼火，连忙带着歉意报以微笑，伸出手。

“如果我哥哥约瑟夫斯有什么接待不周的地方，还希望您能原谅他。您应该了解，自从几年前德西乌斯皇帝对基督徒发起迫害以来，我们基督徒看见是罗马战士敲门就紧张。”他握了握巴利斯塔的手，放声大笑，“当然了，现在在瓦勒良和加里恩努斯皇帝的治理下情况好多了，我们祈祷他们二位万寿无疆，但毕竟江山易改，本性难移。我们还是谨慎些为妙。”

“不，如有冒犯，请多多包涵。我刚刚误以为您兄长是个异教徒哲学家。”尽管狄奥多图斯看起来十分亲切友善，但巴利斯塔想最好还是应该先把可能招致麻烦的事情说清楚，“我非常抱歉，抱歉因情势所迫，不得不拆掉您供奉神祇的地方。我向您保证，如果不是绝对有必要，这种事情不会再发生了。我将尽最大可能给您补偿——当然了，如果这座城没有沦陷的话。”

巴利斯塔以为迎接他的是暴风骤雨般的抗议和控诉，但他错了，狄奥多图斯张开双臂，脸上露出天使般的微笑。

“最后我们会发现，这全是上帝的旨意，”牧师说，“他的行事总是那么神秘莫测。”

巴利斯塔还想说点别的，但是一阵浓香袭来，他喉咙发痒，忍不住咳嗽起来。

“我们为了主的荣耀烧了很多香，”狄奥多图斯一边说一边拍着这个北方人的后背，“我进来的时候发现您正在看那些画。您想要我给您解释一下这些画作背后的故事吗？”

巴利斯塔一时还说不了话，他只能点点头表示想听。万幸，他今天没带那些憎恶基督徒的骑兵来。

狄奥多图斯正要开始讲，一个士兵冲进门来。“大人。”那个士兵飞快地行了个军礼，“大人，我们找到盖乌斯·斯克里波尼乌斯·穆基亚努斯了。”

第十一章

盖乌斯·斯克里波尼乌斯·穆基亚努斯死了。

和平时期血淋淋的意外死亡总是能引得一大群人围观。在一个旧运水隧道入口旁的东墙下，围着里三层外三层的人，有老有少，有士兵有平民。

罗慕路斯先后用拉丁语、希腊语和阿拉姆语喊了几句，人群不情愿地慢吞吞地挪到两边，留出一条小路，供巴利斯塔和他的随从们通过。马穆拉、阿奇利乌斯·格拉布里奥和第四西徐亚军团的一名百夫长站在尸体旁，他们转过身行了军礼。

巴利斯塔询问地望向德米特里厄斯，后者凑过去在他耳边小声说：“卢修斯·费比乌斯。”

“卢修斯·费比乌斯，你能让人群往后退退，至少退到三十步开外吗？”

那位百夫长厉声地向人群传达了命令，他的手下像牧羊人用曲柄牧羊棍赶羊一样，用沉甸甸的标枪将围观群众往外轰了轰。

斯克里波尼乌斯·穆基亚努斯仰面躺在地上，四肢摊开，脑袋以不正常的角度扭到一边。他的衣服上有干涸已久的血渍和发绿的霉迹，面部呈斑驳的黄绿色，而且已经在慢慢变黑了。巴利斯塔看过的尸体不计其数。五年前，诺瓦埃攻城战让他见识到了尸体是如何腐烂的。在他和他的将军加卢斯守卫的城墙前面，有着成千上万具没能掩埋的哥特人的尸体，这些尸体在夏日艳阳下晒了接近两个月。巴利斯塔猜，这位指挥官应该已经死了至少两个月了。他悄声吩咐德米特里厄斯去找个当地的医生来，再叫个验尸的来单独检查一下。

“你怎么能断定这是他？”巴利斯塔将这个问题直接抛给了依然杵在尸体旁的三个人。

“当然是他，准没错，”阿奇利乌斯·格拉布里奥回答道，“他的长相又没变。”

巴利斯塔没有说话。

“有个士兵认出来了他的印章戒指。”工程官马穆拉说，“他还带着骑兵的金戒指，身上的佩剑腰带很精美，穿着价值不菲……尸体旁边有三十枚银币。”

“旁边？”

“是的，他的钱包被人从腰带上割了下来，银币都掉出来落在地上了。”马穆拉将那钱包递了过去。

“这么说不是抢劫杀人？”

“不是，除非是抢钱过程中出了什么乱子。”马穆拉缓缓摇了摇头，“他被搜过身。他长袍的接缝处和他的鞋都被撕开了。他是被搜身了，但没有被抢。”

这时，传来了几声洪亮的大喊，还有响亮的军中口号。外面越聚越多的人又不得不被推到了两边。马克西姆斯和图皮奥通过人群中狭窄的小道，大步流星地走了过来。

“烧我们弹药库的不是他。”马克西姆斯直接说。除了巴利斯塔和图皮奥，所有人都将目光放到了这个希伯尼安人身上。“行了，你们大家肯定都这么想过。现在我们知道不是他干的了。他老早就死了，看起来我们还没到塞琉西亚的时候他就已经死了。”

他的贴身护卫说话的时候，巴利斯塔始终在观察图皮奥。后者平时总是表情生动，现在却没有表情。他一直在盯着斯克里波尼乌斯·穆基亚努斯看，目光就没移开过。最后，他终于慢吞吞地说：“你这个可怜的浑蛋，真蠢啊。”

巴利斯塔蹲下身来，单膝跪地，开始仔细查看尸体，从头到脚地端详。他的鼻尖离尸体只有那么几英寸。德米特里厄斯胃里翻腾起来，他不知道他的基利耶是怎么做到这样的。

“他的钱没有被抢走，但他一定有什么其他东西被抢了。”巴利斯塔指着尸体身上华美的佩剑腰带说，“看这儿，还有这儿，两条皮带都被割断了。这两条带子是固定这个钱包用的。”他比对了两个断裂处，发现彼此吻合。他又拿起另一条皮带，“这条曾经挂着个……”

“写字板。”图皮奥说，“他总是随身带着个写字板，就挂在腰带上。他没事儿就摆弄那玩意儿。”这位以前的百夫长苦笑着，“他以前老是打开那个写字板写写算算的。”

“有找到写字板吗？”巴利斯塔问。百夫长卢修斯·费比乌斯摇了摇头。

“来人啊，给我端些水，再取条毛巾来。”巴利斯塔没抬头看，但他知道有人听命转身去办了。他心想，神啊，权力正在腐蚀我。我只管发号施令，让他们服从，却甚至不关心是谁执行了我的命令。权力对我的腐蚀就与这具尸体所经历的自然腐蚀一样。

巴利斯塔让自己强硬起来，努力克制住自己的本能反应，双手抓住腐烂的尸体把它背朝上翻了过去。他抑制住了想擦拭双手的冲动，在罗马的生活教会了他，不要在人前示弱。

“至少很容易看出他是如何死的。”巴利斯塔指着斯克里波尼乌斯·穆基亚努斯左大腿上从侧面划到背面的骇人伤口，“是这个伤口让他丧命的。他是背冲着凶手的。也许他当时正在逃跑。是一个人用右手握的剑割的，从伤口大小来看，可能是一把标准的军用长剑。”

有人将一壶水和一条毛巾放在了地上。巴利斯塔接着去查看斯克里波尼乌斯·穆基亚努斯的后脑勺儿上留下了什么。乱糟糟的血肉和脑浆已经完全变黑了，有液体渗了出来，那伤口此时看上去像涂着煤焦油，而且似乎还有其他好几种颜色。巴利斯塔有些想吐，他强迫自己将水倒在伤口上，就用双手将上面的污渍洗掉。

“五、六、七……至少有七刀砍在脑后。造成伤口的非常可能是同一把剑。像咱们这样擅用兵器的人都会这么做，先往目标腿上来一剑，让他扑倒在地，然后就尽可能多地狠狠砍他的头部，只要时间充裕，能砍几次就砍几次。”巴利斯塔让他的一个簿记官，那个带古迦太基口音的簿记官往他的手上倒水。他道了声谢，拿起毛巾。“是谁找到他的？”

百夫长招呼过来一名士兵。

“大人，在下盖乌斯·奥里利乌斯·卡斯特里西乌斯，第四西徐亚军团临时旗队的战士，百夫长是卢修斯·费比乌斯。时刻准备，听命行事，大人。”

“你是在哪儿找到他的？”

“大人，是在这个废弃的隧道旁边的过道。大人，就在这下面。”他指了指通往一个黑洞的几节阶梯下面。

“当时你在这儿干吗呢？”

“我在奉命搜索所有的岔道和地道，大人。”士兵似乎有些难为情。

“卡斯特里西乌斯是我队伍里最擅长完成这种任务的，”他的百夫长插话进来，“从军之前他就有过许多探索隧道的经验。”

那个士兵看起来更窘迫了。没有谁是心甘情愿去挖矿的。作为一个平民，卡斯特里西乌斯一定是犯了什么罪才被派去干这种活儿的。

“那么，卡斯特里西乌斯，你最好带我去看看你发现尸体的地方。”巴利斯塔命令马克西姆斯跟他一起去，其他人等在原地就好。他跟着那个士兵往下面走去。在隧道内，他们停下脚步，点亮灯，让眼睛适应了一会儿里面的光线。士兵开始说些废话，巴利斯塔压根儿没听，他在祈祷。

这条隧道比他走过的那条更差劲，差劲得要命。脚下的路坑坑洼洼，而且很滑，所以人们才没有把它用栅栏围起来。他们好几次都得爬过隧道顶或者墙壁上掉下来的石子儿堆成的堆。他们还有一次得爬过一处特别窄的缝隙，那儿只比北方人的肩膀宽一点儿。从这种地方把一具尸体弄出来，相信感觉一定糟透了。向下，再向下，下面漆黑无比，也十分潮湿，他们的脚下有水，水顺着墙壁往下流。这种感觉就像活人踏入了冥府，雾气弥漫的地狱，永远是冬天的苦寒之境，来到了灭绝巨龙尼德霍格在世界树下嘶吼的地方，而且似乎要在这儿漫无止境地永远待下去了。

“这儿，我就是在这儿发现他的。”他们现在正位于隧道深处一条被遗弃的隧道边路，一个死胡同。因为隧道太低，他们无法直立着站在那里。

“具体是哪儿？”巴利斯塔问。

“就在这儿。”

“他当时是什么姿势？”

“仰面躺着，双臂张开，身子挨着墙，双脚并拢。”

“马克西姆斯，你介意模仿尸体的姿势躺下吗？”此时他们三个人都已经弄得浑身脏兮兮的了，巴利斯塔的贴身护卫瞪了他主人一眼，眼神仿佛在说，他非常介意。但尽管如此，这个希伯尼安人还是躺在了地上，让卡斯特里西乌斯把他摆成尸体的姿势。

“斯克里波尼乌斯·穆基亚努斯肯定不是在这儿被杀的。马克西姆斯，你能爬起来趴在地上吗？”

他的贴身护卫的表情就好像他正要开一个玩笑，但最后决定不开了。巴利斯塔拔出长剑，他比画了一下，摆出砍马克西姆斯脑袋的姿势。隧道的石顶实在是太低了。

“把尸体弄到这儿来肯定很困难。”巴利斯塔说，“干这事儿的肯定不会是一个人。”

“那几乎是一定的，可是也许非常强壮的人能自己干。”卡斯特里西乌斯回答说。

从洞里出来，回到阳光下，迎接他们的是一群人。最前面是诸位军官，马穆拉、阿奇利乌斯·格拉布里奥和图皮奥。三位护商使者也来了，因为他们是罗马非常规部队的指挥官，也算是军官。这群人后面是士兵们，围观人群越来越壮大了。靠前的位置上站着其他议员，毛发浓重的狄奥多图斯也在其中。平民百姓在更靠外的位置围着，最外圈则是奴隶。在任何人群聚集的地方，罗马帝国的子民都会按照社会地位自动排队，就像在剧院或角斗场一样。

“可怜的浑蛋，真蠢啊。”图皮奥说，“一听到您的任命，他的行为就越来越古怪。就在他失踪前，我出发去港口迎接您的前两天，我还听见他自言自语。我曾经听到过他自己念叨过好几次，说什么现在一切都会变好，说他已经找到让一切都好起来的方法。”

“他这话什么意思？”巴利斯塔问。

“我也不知道。”

巴利斯塔抑制住了想要离开办公桌的冲动。他心中有种隐隐的不安，那是一种强烈的躁动与焦虑。在过去的一个时辰里，他有好几次都差点儿失去控制。来回踱步对他没什么帮助，情况很可能会变得更坏，这感觉和他晚上梦到那个大个子男人是不一样的。想到这里，他得谢天谢地，自从在叙利亚海岸边的“协和女神号”上度过的那个夜晚之后，已逝的皇帝马克西米努斯·色雷克斯就再也没有在他的梦中出现过。这种情况若发生的朱莉娅身上，她是否还会坚持伊壁鸠鲁学派那种理性至上的论调呢？她一直认为，邪灵恶魔不过是因为人身体疲惫或者精神紧张的时候才会出现在噩梦中的东西罢了，没什么大不了。自从到了阿瑞忒城，巴利斯塔就累得筋疲力尽，谁都不能否认，他始终处在极大的压力下。他手下的首要军官失踪了，结果竟然是被谋杀了；其他军官不太听命令，而且很招他讨厌；当地有头有脸的人物对罗马帝国是否忠诚还值得怀疑；弹药库被烧了。至少有一个杀过人的叛徒还留藏在这座城中。

现在让他恼火的是为这座城池的防御做出的军事部署。作为一个罗马将军，他做了他应该做的事情，即召开了自己的议会，听取了议员们的意见和建议。但是最后拿主意的还是他，他已经有了最后的计划，要充分利用他能调动的所有人力，尽管少得可怜，还远远不够。他还准备将这个计划告诉他的部下并付诸实施。但是，他担心自己忽略了什么显而易见的问题，在他的计划中有某种可怕的逻辑错误。虽然很荒谬，但他并不怎么担心他的疏忽会导致阿瑞忒城陷落敌手，化为废墟，而是担心他手下的某位军官会立即看穿，到时候就会惨遭阿奇利乌斯·格拉布里奥的嘲笑。在他的内心世界里，很大一部分还是十六岁时被拉进罗马城的那个蛮人少年，所以他最怕的还是被嘲笑。

巴利斯塔从桌子后面站起身来，走到阳台上，天空是美索不达米亚平原上典型的完美蓝色。此时已经是冬天了，今天是十二月六日，还有七天就到这个月的第十三日了。这个时辰，阳光已经驱散了清晨的雾气，如同巴利斯塔北方故乡的阳光和煦的春日天气一样。他背靠在阳台的墙上，运水者和贩鱼的市场现在都在军队的监督管理之下，二者的喧嚣声从下方的河流传到了俯瞰这一切的巴利斯塔耳畔。在手边，左侧将阳台和城垛隔开的横墙那一头传来了孩童嬉戏的声音。他转身去看，发现有四个小孩儿在玩扔球游戏。其中一个小孩儿往上爬了一段，站在不牢靠的土坡上。巴利斯塔不假思索地向他凑过去，他还没走几步，一个穿着游牧民袍子的女人已经将男孩拎到了安全的地方，她的训斥声在澄澈的天空下响了起来。

巴利斯塔想起了自己的儿子，他给他起名叫马库斯·克洛迪乌斯·伊桑格瑞姆。前两个名字没人会拒绝，因为第一个儿子取一个不错的罗马首名和他父亲的中名，这无可厚非。然而朱莉娅又吵又闹，只为了不让她一个意大利女人的儿子取一个野蛮人的姓。

巴利斯塔知道，朱莉娅的亲戚们没能在孩子的命名仪式上窃笑完全是出于他们的优雅举止和良好教养，这样的礼貌是他们参议院家庭几代以来言传身教的结果。但这对巴利斯塔很重要，尽管他害怕遭人耻笑，但让他的孩子从小知道自己有北方的血统是相当重要的。正如他跟朱莉娅解释的那样，他并非只是因为情感纽带的原因做出了这个决定。罗马皇廷的外交手腕之一就是将外交人质作为工具使用。任何时候，只要两位皇帝对巴利斯塔的父亲有所不满，他们一刻都不会犹豫，马上就会将巴利斯塔送回北方，给他罗马部队和金钱作为支持，将他立为新的盎格鲁人首领。要是巴利斯塔死了，他们就会把他的孩子送回去。这种事情很少会有什么好结果，但巴利斯塔和他的儿子在这件事上都没有选择。所以，这孩子要随他祖父的姓——伊桑格瑞姆，还要学习他父亲的母语。

大家都管他叫伊桑格瑞姆。他长得非常漂亮，金色的卷发，蓝绿色的双眸。他已经三岁了，此时此刻，正在几百英里、几周的路途以外嬉戏玩耍。

他的亲信班子又怎样了呢？巴戈阿斯刚刚挨了一顿揍，想必会卧床不起一段时间。卡尔加库斯是对的，应该派人跟着这男孩。看起来，这孩子是在扮演探子的角色，只不过行事幼稚了些。幸运的是，马克西姆斯及时赶到了。虽然卡尔加库斯够强壮，但似乎这位年迈的喀里多尼亚人不大可能孤身一人对付四个士兵。这件事儿有两点尤其令人担心。首先，这两个士兵肯定是收到了阿奇利乌斯·格拉布里奥的授意，至少是暗地里的教唆。其次，这男孩被拖走的时候有两个骑兵看到了，但他们没有插手。还有，等巴戈阿斯恢复好之后，他该拿他怎么办呢？这又是一个让人无法安心的原因。

咳嗽声、气喘吁吁声和咕哝声传来，是卡尔加库斯来了。

"热辣的叙利亚女孩登门拜访了，我跟她说你在忙，但是她说很想见你。"他强调了"很想"两个字，同时眼神中还露出狎昵的神态，"我希望你能给她'很想'要的。"

"谢谢你的关心，我会尽力的。把她带进来吧。"

"她打扮得跟个男孩似的，穿着裤子一类的东西。"卡尔加库斯没有离开的意思，"把她转过去，两种滋味儿你就都能尝着了。"

"谢谢你的建议。你赶快把她叫进来吧，这样你就可以回你自己的地方干你那点儿烂事儿了。"

那个喀里多尼亚人不急不慌地移步退下，一边还以他惯常的声调咕哝着："我能干什么烂事儿……就是他妈的从早到晚照顾你的起居呗，就这点烂事儿。"

巴利斯塔挺起胸膛，抬起头，双肩微微后收，他希望自己能在她面前显得潇洒迷人。

芭思希芭跟着卡尔加库斯走过来，一直走到了阳光下，她还带了她父亲的一个雇佣兵。

“河岸指挥官现在可以见您。”卡尔加库斯客气地说，然后就退下了。

芭思希芭走向巴利斯塔，那个雇佣兵则站在原地没动。

“您好，罗马帝国骑士、河岸指挥官马库斯·克洛迪乌斯·巴利斯塔。”她正式地打了个招呼。

“您好，伊阿海之女芭思希芭。”巴利斯塔回应道。

“鉴于您的军官斯克里波尼乌斯·穆基亚努斯的身故，我父亲希望能由我代为传达他的慰问，希望能助您一臂之力，捉拿凶手归案。”

“代我谢谢您的父亲。他派您来送这个口信？”

“不，他派的是哈杜达，我告诉哈杜达我要跟他一同前来。”她笑起来，露出洁白的牙齿，一双眸子乌黑而深邃，“在家门口遇到野蛮人，人们都很紧张，不知如何是好。谁能告诉我他们该怎么做呢？”

巴利斯塔非常希望自己能说点轻松幽默的话出来，但什么也没想出来，心中只有一片欲望的深渊。他幻想着自己拉着她的胳膊，带她回到他的宫殿卧房，回到他的床榻前，将她扔在床上，解开她的腰带，脱下……这幻想真实得仿佛白日梦境。

她挪动了一下脚步，将他带回到现实中来。

“您想喝一杯吗？”

“不了，我不能久留。就算是哈杜达在这儿，这也有损我的名誉。”芭思希芭的微笑中透着一丝顽皮和放纵，这让巴利斯塔更加心神恍惚了。

“您走之前……我还有些事儿想问您。”她等着他发问，“那天我在集市上看到了一尊雕像。”

“那儿有很多座雕像，大多数是心存感激的城中百姓为了颂扬像我父亲一样的护商使者的美德而立的。”

“我看到的那座是阿纳穆的父亲，他叫阿格果斯。”她没说话，“铭文说阿格果斯是提鲁阿纳岛的总督。提鲁阿纳岛位于波斯湾，那是波斯帝国的一部分，由沙普尔统治。”

有那么一会儿，芭思希芭看起来有些迷惑不解，然后她大声笑起来，似乎真心觉得很有趣。“哦，我知道您在想什么了。您在想，父亲是波斯人的总督，儿子怎么可能效忠罗马呢？”她又笑起来，“我父亲要是知道我错失了在新任河岸指挥官面前诋毁他的竞争对手的机会，一定会大发脾气的……虽然他最近一段时间都很平和，甚至对他的对手也很平和。”她稍稍想了一会儿，继续说道：“这种情况对于护商使者来说很平常。罗马帝国的其他有钱人的财富最终还是取决于陆地，护商使者拥有西北方向上以及河对岸许多村庄周围的地，他们会从他们的佃户手里收租子，也会朝他们城中房子的租户收租金。尽管这事儿人们很少提起，但其实他们还会将手中的钱借出去，以收取利息。但他们真正的财富来自护送罗马与波斯两地之间的商队。为了保护商队穿过两国边境，他们需要和两边都建立联系，他们甚至和沙漠腹地既不认识波斯也不知道罗马的游牧民有千丝万缕的联系。”

“谢谢您，”巴利斯塔说，“但我还有一事不解。这种保护怎么能为他们创造财富呢？雕像的铭文上说阿纳穆的父亲用自己的资财保护了商队。”

“您不知道的太多了。”她以之前从未有过的眼神看了眼前这个大个子蛮人一眼，那眼神中可能蕴含着简单的喜欢，“也许从北方之境来的野蛮人单纯简单的形象也不全是假的。我父亲他们那样的人天性慷慨，没有哪个商人会为此付出钱财，而且对护商使者来说，给他钱是一种冒犯。但是，一件合适的礼物或者完全自愿的捐助又是另外一回事了。商人受到保护是非常感恩的。”他们此时站得非常近。她抬头看他，他也开始向前倾身。她却后退几步，眼中流露出调皮的神情。

“别忘了您是有家室的人，还有哈杜达身上的利剑。”

寒冬降临阿瑞忒城。

这里的冬天可不比盎格鲁人大地上的冬天那般残酷。在北方，雪花会厚厚地积在田野上，积在农民房舍的草棚顶上，积在战士们的兵营那高耸的房顶上，直到冬季结束。围着栅栏的院落之外，酷寒的冻雾会包裹住那些没有未雨绸缪的粗心人。无论是人还是牲畜，他们都会在这片严寒中被冻死。

阿瑞忒城的冬天则像一头截然不同的猛兽，比北方的更温柔，但反复无常。十二月和一月的大多数晚上都有霜冻。白天下雨的那段时间里，和往常一样会死很多人，但是冬至日之后，死的人就少了。大雨倾盆，大地变成了一片泥沼。天气冷得刺骨。然后，强劲的东北风会将乌云扫除，太阳洒下灿烂的光辉，和北方海边的春日一般温暖，地也干了，但紧接着会再下起雨来。

从很多方面来说，阿瑞忒城的日子还和平常一样。祭司和善男信女们会举行一些节日庆祝仪式，以供奉各自的神祇——太阳神埃拉加巴卢斯、朱庇特、两面神杰那斯、亚拿特女神、阿塔伽提斯女神以及阿赞纳斯科纳女神。街上庆祝游行的队伍前列的人大声疾呼着，警告那些不太虔诚的信众、异教徒或完全没有信仰的人放下手中的劳动工具，以免祭司和他们的神祇看到有人在这神圣的日子里工作，他们认为那将招致不祥。巴利斯塔也向这大众的压力屈服了，他只得收回了自己禁止十人及以上集会的法令。他希望这种让步能让大家更好地遵守他颁布的其他法令。当然，这种妥协在冬季的两大节日，即农神节和户神节的时候受到了百姓们的欢迎：前者在十二月底，是持续七天的狂欢，人们互赠礼物、赌博、喝酒，奴隶们也可以像主人们一样聚会；后者在一月初，持续三天时间，到时候奴隶们会得到包括葡萄酒在内的额外配给。

和往常一样，在罗马古历的朔日，卫戍部队和地方部队都急切地想重新宣誓效忠罗马皇帝和他们的家族，以博得上司的欢心。同一天，新地方执政官上任了，奥格洛斯取代阿纳穆，成了阿瑞忒城的新执政官。和往常一样，战士们都盼望着赶快到一月七日发饷日，到时候会有祭祀仪式：向至高天神朱庇特献上阉割过的公牛，向天后朱诺、智慧女神密涅瓦和繁荣之神萨卢斯献上母牛，向战神马尔斯献上未阉割过的公牛。祭祀仪式之后还有一场烧烤晚宴。和往常一样，租金要在一月一日付清，欠债的都为每个月一、五和十三号（或罗马历中三、五、七、十月的十五号）的临近而感到焦躁不安，因为这些日子要交上所欠钱款的利息；迷信的人则恐惧接下来不吉利的“凶日”。

然而，从很多方面来说，阿瑞忒城的这个冬天又是不平常的。一天天地，这座城市变得越来越像剑拔弩张的军营。在马穆拉渐进而小心的“看护”下，城市的防御工事已经初具规模。一帮帮劳工将偌大一个墓地里的坟塔都拆平了，牛车和驴车一辆接一辆地将废墟运进城。还有更多的劳工队伍在西城墙内外将碎石堆起来，慢慢形成了庞大的正反斜坡的基础。后来，他们又用芦苇填了进去，外面砌上泥砖。人们希望无论萨珊人往城墙上扔什么，这两道斜坡都能保护好城墙，让它稳稳当当地立在那里。随着墓场的每一寸土地都被清平了，一队队劳工又开始挖宽壕沟，这是为了阻碍敌军接近城墙。

城内的人们也同样忙得热火朝天。铁匠们将犁头打造成了一把又一把长剑、箭头和标枪头，木匠们用柳条和木材编织成一件又一件盾牌，造箭者竭尽全力制造出了数不胜数的弓箭和弩炮用箭，这些都是军队需要的。

在每个住家的屋檐下、青楼酒肆里，只要周围没有罗马士兵听着，人们就开始讨论这个冬天的种种反常之处。一方面，大家会用刻薄的言论一个劲地抨击那个身材高大的蛮人浑蛋：房舍、坟墓和神庙都被拆毁了，奴隶恢复了自由身，自由民则一个个活得跟奴隶一样，市民的自由被剥夺了，男人们的妻子和女儿的端庄羞怯也因此大打折扣。另一方面，只有河岸指挥官带来了一丝希望：也许最后所有的牺牲都是值得的。从偏僻的后街到泥泞的小道，从帕米拉门后面阿瑞忒城的命运女神堤喀的神庙到河岸边散发着恶臭的棚屋，到处都能听到人们的议论。阿瑞忒的百姓们又是愤怒，又是恐惧。同时，他们还感到疲惫不堪，这是因为河岸指挥官一直没让他们闲着。

士兵们也都训练得很刻苦。新年那天，巴利斯塔公布了他为这座城市设计的防御部署。包括阿奇利乌斯·格拉布里奥在内，没有一个人笑话这个计划。这个北方人将他的兵力主要集中在面向开阔沙漠的西墙内。那儿的城垛足够第四西徐亚军团十二个百人队中至少八队士兵和帕米拉王国第二十步兵大队的全部六个百人队使用。具体的安排是这样的，每两个城楼之间的那段城墙由一个百人队和一支协防步兵队守卫，第四西徐亚军团的另一个百人队负责驻守在主城门。城墙的最北端只派一支第二十步兵大队的百人队看守，他们应该足以守好剩下的四座城楼，因为有北边的峡谷盘绕在城外，这又是额外的防御优势，不管怎么说，这里的几座城楼彼此间的距离都更近一些。

其他几面城墙的防御远不及前面提到的。北城墙面对峡谷，驻守在那里的只有第四西徐亚军团的一个百人队和第二十步兵大队的两支没有骑马的骑兵中队。东城墙外是幼发拉底河，驻守在那里的是阿纳穆的非常规部队，外加第四西徐亚军团的一个百人队负责看守水闸门、隧道和河边的两道门。最后，峡谷之上南城墙的卫戍部队为伊阿海和奥格洛斯的部队，驻守边门的只有第二十步兵大队的一支没有骑马的骑兵中队。

这个计划的真正薄弱之处在于后备部队的人数太少——只有第四西徐亚军团的两个百人队，一个安排在战神广场附近，另一个则安排在商队驿站里；还有第二十步兵大队的两支骑兵中队，一支守卫粮仓，一支守卫新的炮兵弹药库。以目前的人员配备级别来看，这些后备部队中只有一百四十名军团士兵和七十二名协防部队士兵。

这个计划得到了大家小心谨慎的认可。当然，主要危险来自西城墙，该段城墙将由五百六十名第四西徐亚军团士兵和六百四十二名第二十步兵大队士兵负责防御。协防部队由弓箭手和善于进行白刃战的战士们组成，他们的装备有二十五座弩炮、九架投石机和十六件弩箭。

巴利斯塔又简要介绍了正反斜坡和壕沟工事完工后将采取的额外措施，几位高级军官这才放了心。西城墙下附近两百码内会全都布置上陷阱，到时候会有成千上万个蒺藜金属球等着敌人。不管蒺藜球落在哪儿，它那危险的尖刺都会保持向上。这块地上还会挖坑，有的坑里面还会放上钉子，先前征集来的大储物罐里面放满了轻油。向敌军投出去的石头会堆在城墙上。到时候会有带锁链的起重机，可以用来往下砸大块的石头，还能钩住靠近城墙的撞槌。士兵们还要往大金属碗中装沙子，放在火上烤。诺瓦埃被围的时候，他们发现灼热的沙子和在阿奎莱亚用的轻油同样有效。

一月六日，他的计划已经完全在掌控之中了，巴利斯塔决定喝一杯。不是那种希腊或罗马式的没意思的宴饮，而是真真正正地喝一杯。他问马克西姆斯知不知道什么像样的酒馆——明摆着的，他肯定知道——还告诉马穆拉欢迎他也跟他们一起去喝酒。今天可是刚过了一月五日，也就是刚度过一个“凶日”，但是巴利斯塔可从小就没有被灌输的罗马人的迷信思想。

“这儿看起来还不错。”巴利斯塔环顾了酒馆一周，无论是房子还是房子里的女孩，都看起来挺干净的。他正对面的墙上画着在两根拉紧的绳索上做爱的一对男女。男人一边爱抚着女人，一边喝着一杯酒，他的目光望向画外的赏画者，一副心满意得的样子。

“我选这家是因为，我听说阿奇利乌斯·格拉布里奥不让他的手下士兵来这里。”马克西姆斯说。

“为什么呢？”马穆拉问。

“哦，因为他喜欢来这儿躲个清静，让酒馆的男酒保把他玩爽了。”马克西姆斯回答。

马穆拉先是严肃地盯着这个希伯尼安人，然后爆发出一阵大笑，巴利斯塔也跟着大笑起来。

一个穿着暴露、上围丰满的漂亮金发妞带着一脸职业的微笑端着他们的酒和小吃走过来了，马克西姆斯问了她的名字。她俯下身，希伯尼安人将手伸进她的长袍中，玩弄着她的一边乳房。他搓了搓她的乳头，直到它立了起来。“我没准儿一会儿会要你哦。”她转身离开时他说道。

“可怜的女孩，在这儿工作肯定就像把袍子撩起来到处走一样，没完没了地被你这样的咸猪手骚扰。”巴利斯塔说。

“你这完全是吃不到葡萄说葡萄酸，”马克西姆斯回敬道，“你就连芭思希芭那颗葡萄都吃不着。”

“你想谈谈马西利亚的事儿吗？”巴利斯塔的话头一转，把谈话打断了，三个男人在沉默中喝了一会儿酒。

“好吧，我们先说说这两件不得不谈的事情，然后咱们就可放松聊点别的了。”巴利斯塔停了一下，另外两个人用期待的眼神看着他，“你们觉得是谁杀了斯克里波尼乌斯·穆基亚努斯？”

“图皮奥。”马克西姆斯毫不犹豫地回答。巴利斯塔凌厉地扫了马穆拉一眼，后者马上发誓说不会和其他人提起这次谈话。“他有动机：斯克里波尼乌斯一直在敲诈他。他也有机会：他是斯克里波尼乌斯的二把手。时间对得上：按图皮奥的说法，斯克里波尼乌斯是在他动身去迎接我们之前两天失踪的。没有斯克里波尼乌斯在旁边捣乱，他的故事可以想怎么编就怎么编。图皮奥也确实做得很好，他不但没有遭到惩罚，还被提到了斯克里波尼乌斯的位置上。我们没有追踪到斯克里波尼乌斯盗用的公款，拿着那笔公款的可能是图皮奥。所以凶手十有八九是他。”

“如果是他干的，他一定有个同谋，”马穆拉说，“至少要两个人才能把尸体拖到那种地方。”看到巴利斯塔的表情，马穆拉继续说道：“您离开之后，我让卡斯特里西乌斯拖过我。”

“但是在斯克里波尼乌斯被杀之前，他说过找到了让一切重回正轨的好法子。”巴利斯塔说，“也许是什么办法能让我无法识破他贪污的罪行，也看不穿他把这支队伍搞垮了的情况。那一定是什么很重要的事情，重要到有人不得不把他杀了，瞒下这个秘密。他们杀了他，还搜身看他身上有没有会牵连到他们的东西。他们把写字板拿走了，也就是说，上面写着的就是证据。”

“关于斯克里波尼乌斯死前说的话，我们只有图皮奥的一面之词。”马克西姆斯说。巴利斯塔知道是这么回事，于是让这个希伯尼安人查查看，第二十步兵大队是不是还有别人可以证实图皮奥的话，执行这任务得非常谨慎才行。

“就这样，现在说说第二件事情。是谁烧了弹药库？”

“巴戈阿斯。”马克西姆斯又毫不犹豫地说，“全体士兵和其他人都说是巴戈阿斯。”

“那你觉得是他干的吗？”

“不是，他那时候一直和卡尔加库斯在一起。当然，那波斯小伙子恨透了罗马，就像他恨透了游牧民一样，但是他并不将自己视为一个阴险的破坏者，而是一个侦察兵，是那种只身犯险的大勇之人，他认为自己要在敌营搜集情报，挖掘敌方秘密，然后在万丈荣光中公开地回归他的族人，告诉他们应该在哪里布置攻城槌、在哪里挖隧道，又如何推翻城墙。”

“那孩子身体应该快恢复好了。”马穆拉说，“等他可以走动了，您打算怎么处置他？”

“要么就确保他不会逃跑，要么就让他‘得逞’，把我们想让他带给波斯人的情报带出去。”巴利斯塔喝了一大口，然后继续说道：“如果不是他烧了弹药库，到底是谁干的呢？”

这次，马克西姆斯没有立即回答。他一言不发，眼睛飞快地瞟过与他同桌而饮的两个同伴。马穆拉的嘴紧闭着，他那个硕大的、几乎像方块一样的脑袋稍稍偏向右侧，眼睛盯着天花板。相当长一段时间里，没有人说话。最后，巴利斯塔不得不自己回答自己提出的问题。

“不管是谁干的，这人都希望我们守城失败，他们希望波斯人攻下这座城。那么，阿瑞忒城里的人中，无论士兵还是平民，谁最可能希望波斯人得逞呢？”

“图皮奥。”马克西姆斯又说道。看见其他两个人脸上浮现出怀疑的神情，他赶忙继续说道：“有些证据他无法销毁，也就是他杀了斯克里波尼乌斯的证据。他知道这件事终有纸包不住火的时候，所以与其在罗马的统治下受尽屈辱地死去，不如在萨珊王朝的庇佑下获得新生。”

“好吧……的确有这个可能，”巴利斯塔说，“但是你没有证据支持这个说法。”马穆拉点点头。

“好吧，如果你不喜欢图皮奥这个答案，那我就说是阿奇利乌斯·格拉布里奥这个贵族里的叛徒干的。”这回，巴利斯塔和马穆拉听完都立刻笑了。

“你只是不喜欢他而已。”巴利斯塔说。

“是的……我承认我不喜欢他，我受不了这个可恶的小兔崽，但这不是关键。”这个希伯尼安人进一步解释道，“不是这样的，听我说……”他转向巴利斯塔，“关键是他不喜欢您。这个难以收拢的贵族年轻人受不了听一个浑身都是毛的傻大个儿指挥，更何况还是个不讨人喜欢的野蛮人出身的暴发户。萨珊人看准了他的虚荣，开出价码，许诺事成之后可以让他当巴比伦或美索布达米亚地区什么地方的总督，于是他就把咱们出卖了。毕竟，和罗马贵族的尊严相比，一群可怖的野蛮人、叙利亚人和普通士兵有什么重要的呢？”

“不，你错了。”马穆拉第一次中间没有停下来思考就开了口，他那张大方脸转向巴利斯塔，“阿奇利乌斯·格拉布里奥确实不喜欢您，他恨您。他每次遵守您下达的命令就好像身上被抽出了一条血痕，他巴不得您死了，但他想先看到您被羞辱。我同意马克西姆斯说的，他可能是那场火灾的幕后主使，但是他绝对不会向波斯人投诚。如果不能在罗马继续当贵族，那么阿奇利乌斯·格拉布里奥的身份又有何意义呢？他可能是想破坏您在城中的防御工事，然后等您露出野蛮人暴躁愚蠢的一面的时候——抱歉，大人——他就可以挺身而出，挽救局面。”

“可能会是这样，”巴利斯塔说，“但是我还能想出四万多个其他的叛徒人选，也就是说全城的人都有可能是叛徒。咱们不如别再自欺欺人了，他们可没理由爱戴咱们。”

“如果说叛徒是城里的老百姓，那咱们只需要调查富人就行了。”马穆拉说，“火灾是因轻油而起，那玩意儿很贵，只有阿瑞忒的有钱人才能买得起。如果那叛徒是个平民，那他一定是议会的成员。”

巴利斯塔缓缓地点了点头，他此前并没有这么想过，但情况确实是这样。

“议会里有谁还能比护商使者的地位更高呢？”马克西姆斯插话道，

“而且他们三个都和萨珊帝国有关系。现在这三位护商使者都身负守卫城墙的重任。咱们全完了，被人摆了一道。”

金发女孩端过来更多的酒。自从马克西姆斯把她拉坐到他的膝盖之后，她脸上的笑容就更加职业了。

“这么说，”巴利斯塔注视着马穆拉说，“是顽劣难驯的军官，还是里通外邦的议员——我们还是无法确定。”

“但是我们可以确定，这只是个开始。”马穆拉补了一句。

“如果要是你，你下一步干什么？”巴利斯塔的问题抛出来之后，马穆拉思考了好久。金发女孩用一种显然是经过练习的放松的声音咯咯地笑了起来，就好像她真心觉得好笑一样，还任由马克西姆斯撩起她的裙子，接受他的爱抚。

“我会往蓄水池里下毒。”马穆拉最后回答道。他又停顿了好长时间，在那女孩咯咯的笑声中，他又开口说道：“我会把储备的食物弄脏……弄坏弩炮。”马穆拉的语速加快了，“我会确保能有办法及时联系上萨珊军队，然后找个月黑风高的晚上，打开一扇城门，或者将绳子从无人值守的一段城墙上抛下去。”那女孩叹了口气，“哦，对了，我还会做一件事。”

“什么事？”巴利斯塔问。

“我会杀了你。”

第三部

攻　城

（公元256年春—秋）

第十二章

“谨防三月十五日。[1]”看着骑兵队伍走过，边关办事员悲哀地摇了摇头，“克尔坡尼亚在睡梦中辗转反侧，絮絮而语……谨防三月十五日。”

最后一个骑兵叮叮当当地从西城门高高的拱顶下通过，身后只留下一片不寻常的寂静，就好像世间万物都屏住了呼吸一样。

“你念叨的都他妈的是什么玩意儿？”每当牧民碰到超出他有限的学识之外的东西时，说话的口气都显得特别暴躁。

“这是一首诗。那个经常醉醺醺的老百夫长总是念叨说他……你知道那个人吧，波斯人在下游的什么地方逮住了他，把他的生殖器都割了下来，塞到他嘴里让他吞下去了。”边关办事员又摇了摇头，“可怜人。总之，今天是三月十五日，尤利乌斯·恺撒被他的朋友谋害的日子。这日子诸事不宜，不吉利。”

出了帕米拉门，为了更好地跋涉，巴利斯塔稍事停留，重新整顿了一下他的小股骑兵部队。队伍前方安排了两名骑兵放哨，队伍两侧和后部各一名骑兵。如果可以的话，北方人可不想路上受到什么意外袭击。巴利斯塔和马克西姆斯、罗慕路斯、德米特里厄斯一起带领队伍主力前

---

① “谨防三月十五日”是占卜者对恺撒的预言，警示着他的驾崩日期。——译者注

进。他们后面是两个簿记官和两个信使，接着是五个骑着驮马的仆从。其余五个骑兵排在队列末尾。这就像一支小型的军队，侦察兵走在外面，行李在中间，如果遇到什么麻烦，战士们随时准备作战——但这并不是说他们已经预见到会有什么麻烦。

这是一场简单直接的侦察之旅。卡斯特利姆 - 阿拉伯姆的小城堡位于东南方向，直线距离三十英里左右，沿大路走大概四十五英里，那里驻扎着第二十步兵大队的二十个骆驼骑兵。目前，卡斯特利姆 - 阿拉伯姆是罗马帝国在幼发拉底河流域最靠南的领地了，那里将是在萨珊部队前来攻城时报信的前哨，现在还没有发现敌人。当地的专家让巴利斯塔放心，说春天萨珊部队集结尚需一定时间，四月份之前是不会攻过来的，只有等这片地方长出了军马吃的草、不会有雨水腐蚀他们的弓弦的时候，他们才会出动。这次出巡应该不会碰上任何遭遇战，两天就能轻松地骑到目的地，花上一天查看防御工事，再做个战前演讲，鼓舞骆驼骑兵队伍的士气，然后花两天的时间骑回阿瑞忒城。

被派去放哨的骑兵离开到各自的位置上去了，巴利斯塔回头看了看阿瑞忒城，砖瓦匠们还在有条不紊地忙活着他们的事情，他们在碎石和一层层芦苇编织好的基础构架上涂抹泥巴，西城墙前面的大斜坡已经初具规模了。此时巴利斯塔和城墙间五百步的范围内都是荒地，地上零零星星会有小堆的破烂砖块和碎石头，这些都是曾经让城中百姓引以为傲的坟墓高塔的废墟。

看着眼前他打造的荒地，巴利斯塔不知道自己该做何感想。一个优秀的罗马人可能会思考命运的永恒性之类的东西。然而，令自己惊讶的是，巴利斯塔此时的主要感受并非觉得可惜或者愧疚，而是感到骄傲：是我，巴利斯塔，伊桑格瑞姆之子，打造了这一切，在我的成就面前颤抖吧！他对自己微微一笑。人人都知道，我们野蛮人最喜欢摧毁东西，也许不只是我们。他模模糊糊想起了一句塔西佗的《阿格里科拉》中的话:“罗马建起了一片荒漠，却管这叫和平。”塔西佗曾借一个叫作卡尔加库斯的喀里多尼亚首领之口说出了这句话。后来，在给一个将负责照顾他的儿子的喀里多尼亚奴隶起名字的时候，伊桑格瑞姆就用了这个名字，可见这么多年过去了，他的幽默感还没丢。

指定充当哨兵的骑兵都已到位，巴利斯塔命令队伍前进。这支小型部队开始向着南方行进。清晨的太阳就要升上天空，夜晚的寒气逐渐散去，只有峡谷底部和河面上还飘着雾气。马上，天气就会热起来，或者按照北方人的标准说，天气将变得非常热。

这条路虽然没有人工铺平，但却是由千年以来经过的驼队踩出来的，大部分路段都很宽敞，非常容易找到。大部分路都在远离河流的高地上。有时候，这条路会朝内陆方向绕上相当长一段距离，只为了绕过向下延伸到幼发拉底河河畔的峡谷；有些路段则下行绵延至干河床，有的则直接跨过河床，跑到了对岸；有时候，这条路沿着泛滥平原延伸，直到坡度适合行走，才又重新攀上了高地。

他们在河边停下来，坐在野枣椰树林的阴凉下吃午餐。斑驳的阳光中，这一行人听着河水流过的哗哗声，感到心情十分平静。巴利斯塔命令侦察兵在午饭期间也要在他们头顶的高地上警戒。他吃完了卡尔加库斯为他装的凉透了的野鸡、面包和奶酪之后，就在地上躺下来，闭上了眼睛。

能出城来到乡下的感觉很好，在城中忙活公事一上午的时间，身子都觉得有些僵硬和疲乏了。能离开组织防御阿瑞忒城带来的没完没了的麻烦和苦恼，感觉也相当好。阳光透过枣椰树的枝叶射下来，照在他的眼帘上，光影不时地变换。这时，吹起了南风，他可以听得到风儿穿过柽柳林的呼啸声。但就是在这样一幅田园牧歌式的画卷中，他的思绪也在不停地翻涌。卡斯特利姆-阿拉伯姆的卫戍部队只有二十人，想组成一支具有防御力量的骑兵队伍，人数未免太少；想作为警戒哨卡，这些人又嫌太多。他沿用了前一任河岸指挥官的部署。截止到现在，他还没抽出空闲去视察卡斯特利姆-阿拉伯姆，现在要想做些变动也许太晚了。

巴利斯塔站起身来，看了看他身边的手下们，他们应该动身了。一个人是如此容易沾染上他人的行事习惯，他再一次为此感慨起来。这支队伍有二十三个人、二十八匹马，而他们只是为了护送他去不到五十英里远的一座小堡垒。和卡斯特利姆-阿拉伯姆的卫戍部队一样，他这支小部队的人数也很尴尬：要说去和波斯的远征兵作战，那力量太薄弱了；而要是想快点到达目的地，这支队伍的人员也太多了些。巴利斯塔的随从班子也为了符合罗马的惯例人数而逐渐多起来，但这并非巴利斯塔的本意。一个到处走的指挥官需要簿记官、信使和护卫。他感到幸运的是，自己身边还没有按摩师、糕点师和毛发浓重的希腊哲学家这些累赘。巴利斯塔觉得自己应该只带着马克西姆斯和德米特里厄斯去卡斯特利姆-阿拉伯姆，那样他们可以走得更快些，也可以免去一些麻烦。要是哪个游牧民想抢马克西姆斯，那他可真是蠢透了。

马儿们已经用绳子拴好，吃了干草，有的在睡觉，有的懒散地在地上寻找还有什么能吃的。虽说太阳是炙热的，但在树荫底下还是很凉快。部队里的人们有的在小憩，有的躺着悄声说话，时间仿佛永远停留在了这一刻。巴利斯塔仰面躺下，合上双眼，一个孩子气的想法突然冒了出来：我为什么不骑上我的灰马，只身一人向西而行，逃得远远的，再也不回到那个熙熙攘攘的烦恼诸多的阿瑞忒城去了呢？但他马上就意识到这不可能。那马克西姆斯和德米特里厄斯，还有卡尔加库斯，他们怎么办呢？还有一个大问题：他能去哪儿呢？回到他在陶洛米尼乌姆崖顶上的家，坐在花园里晒太阳？还是回到北方他父亲那有着高高的穹顶的宫殿中一边烤火一边喝酒？

最后是罗慕路斯把大家叫起来继续走的，他带着责备的口气指出，现在要是还不动身的话，晚上就到不了标志着中点的那座破败的商队驿站了。巴利斯塔说没关系。马克西姆斯反复大声地说，塞翁失马，焉知非福：那种地方肯定爬满了蛇虫，还是露天扎营更可靠。

下午走的路和早晨的差不多，左侧是河流，眼前是大片晴朗的天空和空旷的原野，高地上宽阔的道路一直向南延伸。和早上一样，他们有时候沿着道路走进峡谷，马蹄起落，扬起沙石；有时候脚下的路又将他们笔直地送出峡谷，重回高地；有时候则需要花上好长一段时间蜿蜒而下，往河流方向进发，再沿着泛滥平原前行，穿过柽柳和枣椰树林，直到遇上合适的地势，再次返回高地。

冬日的太阳低低地挂在地平线上，在他们左边的地上投下长长的影子，呈现出一个个奇怪的狭长的马匹和骑兵的形象。这时，在一片寂静中，有事发生了。马克西姆斯俯身凑近巴利斯塔，碰了碰他的膝盖，让他回头看他们来时的方向。巴利斯塔骑在马上转了个身，想看得更清楚些。队伍尾端的骑兵映入眼帘，他被落下得有点远，正急匆匆地往前追。虽然没有全速追赶，但也算是疾驰了。南风让他身下马儿扬起的尘土飘散在队伍背后。队伍停了下来。那骑兵意识到他们发现他落后了，他用右手抓住身后的斗篷，在空中挥动了几下，这是发现敌人的通用信号。

他距离队伍还有一定距离。于是，他们在原地默默等候，大家没有盯着那名骑兵看，而是集体盯着他身后，心想不知会出现什么。五个骑兵呈扇形散开，排成一线，他们后面的仆从冷静地骑在驮马身上等待着。簿记官和信使彼此快速地交谈着，他们似乎都很害怕，只有那个带西班牙口音的簿记官例外，他和所有其他士兵一样，冷静地等在原地。

直到那个骑兵跑到巴利斯塔跟前停住，什么事也没发生。

“大人，发现萨珊轻骑兵和弓箭手，有五六十人，大概在三英里之外。”

“他们往哪个方向走？”

“他们从西边来，正下山往河边走。”

“他们看见你了吗？”

“看见了。”

“那他们追你了吗？”

“没有立即追赶。他们等领头队伍到了河边之后才开始跟着我，但速度挺慢的。”

“领头的队伍？”

“是的，大人。他们分成五支队伍，在山与河之间绵延三四英里的样子。”

“他们看见我们其他人了吗？”

“我觉得没有，大人。”

神啊，要是这样还好，可情况看起来不妙，巴利斯塔想。每个人都望着他，等着他发话。他努力不去注意他们，想要仔细想清楚。他看看四周，依然什么都没看到。

他们这支队伍的左翼，也就是东边的侦察兵离他们只有几百步的距离；他旁边就是悬崖，崖下是河。西边的侦察兵在约四百步开外。放眼向南看，一个侦察兵都看不到，但是一阵清风裹挟着一线沙尘从几英里之外吹了过来。

“罗慕路斯，我们现在的具体位置在哪儿？”巴利斯塔努力让自己的声音听起来很冷静，可能甚至有点乏味。

“距离阿瑞忒城不到二十英里，大人，距离卡斯特利姆－阿拉伯姆超过二十五英里。废弃的商队驿站在前头约三英里处。”

“西边山中有没有什么落脚的地方，一座堡垒或是小村子什么的，不管有没有主？”

“只有西北方向的米哈村。那里是有主的，外面有围墙，但是波斯人挡在我们和那村子之间。”罗纂路斯眼睛一亮，“但是我们可以去废弃的商队驿站，那儿的围墙还在，我们可以在波斯人赶上我们之前早早地到达那儿。”

“是，听上去不错。但是我觉得这可能是我们目前最不应该选的去处了。”巴利斯塔抡起双臂，在空中画了一个圈，召集左右人马向他聚拢，“罗纂路斯，咱们队伍里哪个骑兵的马最快？”

这个旗手还没回答，另一个厚脸皮的声音插嘴说：“毫无疑问，当然是我了，大人。”说话的人咧嘴笑着。德米特里厄斯在巴利斯塔耳边低声提醒道：“他叫安提柯。”

“好的，安提柯，我需要你去把前边两个侦察兵都叫回来。和我们在刚刚穿过的河畔上最后一丛枣椰树林中碰头，我们在那儿等你们。如果我们没在那儿，你们仨可以自由选择回阿瑞忒城还是去卡斯特利姆 - 阿拉伯姆，尽可能地保全自己，现在一刻也不能浪费了。你们回来的时候我会解释。保重。”

于是，安提柯向南疾驰而去，剩下的队伍则向北走上了回头路，当然也是飞奔赶路。他们一到了那片树丛，巴利斯塔就连忙下达了命令，让大家组成新队形。他的声音轻而急切。他们组成了楔子形队伍，像个箭头一样。巴利斯塔位于箭头尖的位置，马克西姆斯紧贴在他的右后方，距离他半个身长。三个骑兵位于马克西姆斯身后，罗纂路斯和另外四个骑兵位于队伍左侧，德米特里厄斯和西班牙簿记官紧挨在巴利斯塔背后，再往后就是其他成员和带着驮马的仆从了。

巴利斯塔低声向大家解释他们要怎么做，他希望自己的声音听起来还算冷静。他们的目标简单得不能再简单了，那就是要突破离河边最近的萨珊队伍。幸运的话，他们从枣椰树林的掩护下冲出去时，波斯人会被打个措手不及。而且，还幸运的话，目前在高地上的那些波斯人看不到他们河边的那队同伴，这就给罗马人留下了一些时间。不管怎么样，一旦突破了最近的这支队伍，罗马人就可以全速安全地撤回阿瑞忒城。如果更幸运一些，在迷茫的夜色中，后面的追兵将无法找到他们的踪迹。

枣椰树林中的光线越来越暗，悬崖的影子投在幼发拉底河上，气温急剧下降，风撕扯着枣椰树丛和柽柳丛，河水拍打着岸边。在浓得化不开的暗夜中，很难清楚地听到什么声音，也很难看见什么东西。河对岸的什么地方，一只豺狼叫了起来。

“我们怎么能知道这不是个陷阱呢？”马克西姆斯轻声说，他的嘴唇离巴利斯塔的耳朵非常近。北方人沉吟片刻，想着该如何将他的疑虑清楚地表达出来。

“萨珊王朝的队伍在我们和阿瑞忒城之间，这不像是在执行搜集情报任务的普通侦察小队。如果是的话，他们刚才就会追赶我们的侦察兵，全速追捕他，然后抓住他回去交差，避过其他危险。他们却没有这么干，而是慢慢地往南走，队伍零散地分布在河流与群山之间的平原上，他们是被派去侧翼拦捕从主力伏兵那儿逃出来的人的。空中往南吹的那一线尘土在你们看来可能只是风的作用，而在我看来，那像极了快速前进的大批骑兵扬起的灰尘。”

石头子儿被马蹄踏过的哗啦声传来，第一个波斯骑兵出现了。他们从干河床那边过来，正走在泛滥平原上，于一片浓重的黑暗中前进。正如那个侦察兵所说，他们是轻骑兵和弓骑兵，穿着束腰外衣和裤子，没有穿盔甲。其中有一两个戴了金属头盔，但是大多数都没有戴，有的只是戴了一顶布帽子或者裹了头巾。每个骑兵左腰上都挂了一把长长的马刀，有的左臂上戴着一个小圆盾。他们大概至少有十五个人，如果说他们之前是按照某种队形骑的，那么现在这队形因为往峡谷中走的下坡的原因已经不成形了。现在他们是一群松散的骑兵，横排就三匹马，纵列有四五匹。他们慢吞吞地走着，胯下的马儿步子都很优美。

波斯骑兵越来越近了。即便在夜幕下，巴利斯塔依然能看清他们长长的头发，还有他们那一双双黑眼睛里闪的光。他们离得太近了，现在，他们随时都有可能发现枣椰树林的影子里这支按兵不动的队伍。巴利斯塔能感觉到自己的心脏怦怦直跳，他深吸了一口气。

“现在，冲锋！冲啊！”他大喊，脚后跟踢了踢灰马的两侧。这头公马接到命令只顿了一下，立刻调整好姿势，和大家一起冲过树林边缘的芦苇丛，向波斯人的队伍疾驰而去。惊呼声、警告声响成一片。敌人用力地从刀鞘中抽出马刀，而他们的马却止步不前，有的在原地漫无目标地兜圈子。巴利斯塔朝着两个领头的波斯骑兵中间的空当骑了过去，他跑到他们之间的位置时，挥剑朝他右边的波斯骑兵脑袋砍去，但那人挡住了他的攻击，这一挡震得巴利斯塔胳膊发麻。

现在北方人和他面前的两个波斯人快撞上了。他猛地踢了踢身下的灰马，让它向他们冲过去。灰马的左肩撞上了它左边波斯人坐骑的马肩，后者往后趔趄了几步。于是，一个缺口打开了，但是这一撞让灰马没有了全力冲刺的劲头。巴利斯塔发狠地踢着马肚子，他的马也做出了回应，猛地向前一跃。他看见右边的马克西姆斯挥动匕首，将一个波斯骑兵捅下马，接着又让另一个跌下了马。

他们就要闯过去了，前面只有一排波斯人了。马克西姆斯此时没有紧跟在他斜后方。巴利斯塔将长剑举到他的左肩上，瞄着他右前方的波斯骑兵，准备冲他大力地砍下去，结果那人用盾牌挡住了。巴利斯塔扭转剑锋，让剑离开木头盾牌，然后举过灰马的耳朵，沿水平方向朝左边的人砍去。这回他感觉剑锋砍对了地方，前面再也没有敌人了。

挥剑的力道让巴利斯塔头冲前栽倒在灰马背上，鼻子撞在马脖子上，顿时流出鼻血来。鼻梁断了，他能感觉到后脖梗子流了更多鲜血。他本能地转身向右，举起长剑想格挡住下一击，他知道会有刀砍过来，砍这一刀的人是想要了他的命。

果然，一个波斯人举起了执刀的右臂。接下来的一幕是，那狗杂种捂着自己的一边身子，脸上还挂着微笑，低头傻乎乎地盯着自己的剑伤看。

巴利斯塔挥手致意，向西班牙人表示感谢，然后提马向前。簿记官也冲巴利斯塔笑笑，挥了挥手中的剑，然后他脸上的表情就变成了震惊。他胯下的马消失不见了。他似乎坚持了一下，然后就和他的马一起翻倒在地上，任由后面的罗马人与波斯人的马蹄踏了过来。

什么遗憾和内疚，还是留到以后再说吧。无论如何，巴利斯塔都不能让灰马停下脚步。他们继续向前猛冲，来到了干河床那陡峭的河岸上。当他们到了高地，光线稍微亮了一些，太阳还没有完全落到地平线下面。巴利斯塔来不及看都有谁跟着他闯出来了，而是接着打马飞奔。他离开了那条西北向的大路，朝着下一道峡谷的腹地前进，穿过那片地区将是生死攸关的。

北方人回头向左后方看了看，又一队波斯骑兵跟在后面，他们大约有二十人，改变了原来的方向，转而飞快地来拦截巴利斯塔和他的人马。他们长长的影子在平原上起伏摇曳着。另一队波斯人也转而扑向巴利斯塔一行人，但他们不可能及时地赶到峡谷，所以无关紧要。

巴利斯塔听见马克西姆斯喊了些什么，他没管这茬儿，因为他此时需要思考。虽然他脑袋越来越疼，但思维清楚得很，他在心里盘算着距离和角度。他是从俯瞰的角度来分析形势的，他仿佛看到了峡谷头端那个固定的位置，看到了两个骑兵在那里会合。于是，他伏在马鞍上，催促灰马再快一些，再快个一两步。

巴利斯塔和他的手下算是险胜了一局。他们绕过峡谷隘口的时候，把波斯人落下了仅五十步远。他们抓紧时间向前奔，其中有些跑得更快的似乎已经逃离了被追上的可能。不久，他们就把敌人落下几百步了，巴利斯塔放慢了速度。现在已经是黄昏了。有件事儿他们不得不现在就做，虽然他一点儿也不想做，但这事儿不能拖，那就是检查队伍里都有谁被落下了。

马克西姆斯在，德米特里厄斯在，罗慕路斯在，四名骑兵、一个簿记官、两个信使和三个仆从都在，值得表扬的是，仆从们负责照看的驮马都没有丢。牺牲的人原本会更多，现在只损失了三个战士、一个西班牙簿记官和两个仆从。这阵亡的人名单本来会更长，比现在长得多。

月亮升上了天空，南风刮得紧，将丝丝缕缕的云彩吹得遮掩住了月光。

“你没事儿吧？你看起来很糟糕啊。”马克西姆斯喊了他一声。

“我好得不得了，”巴利斯塔酸溜溜地回了一句，“好得就像农神节上的奴隶。”

“你觉得他们会放弃追赶我们吗？”德米特里厄斯问，他努力掩饰着自己声音中透出的对这种痴心妄想的极度渴望，但没有成功。

“不会。”马克西姆斯斩钉截铁地粉碎了他的希望，“他们是打算一直追，想到了晚上把咱们截住。”

希伯尼安人说话的这会儿，河流与群山间亮起了一系列闪烁的灯火。

“我们还有灯笼吗？”一个仆从回答说还有两盏，巴利斯塔吩咐他点上一盏。仆从没说话，看得出他很害怕，但他还是遵命将灯点上了。明亮的金色光芒顿时笼罩了他们。

“我不想表现得很蠢，但我必须得说，你点上灯笼不会让波斯人更容易追踪我们吗？”马克西姆斯问道。

“没错，这正是我想要的。”巴利斯塔让一个仆从将灯笼牢牢地绑在一头驮马的马鞍上。他们在沉默中走了一会儿，速度不比懒散的流浪汉快。云层越积越厚，月光更加暗淡了，现在灯笼照不到的地方已是伸手不见五指了。

“罗慕路斯，你知道米哈村在哪儿吧？”

“知道，大人。在山中的西北方向上，现在离那儿不远了，也许只有四英里。”

“我需要你带着这匹带灯的驮马往那个方向走。当你觉得自己走得足够远，或者感觉波斯人追得太紧的时候，就放了这匹驮马，往阿瑞忒城骑。”

旗手露出一个神秘莫测的微笑，说道：“时刻准备，听命行事。”他的声音里透着悲伤。他牵起了那驮马的缰绳出发了，沿着斜对角的方向穿过黑魆魆的平原。

“现在我们全速前进。”

这支小部队在沉默中拼命赶路。在他们的左边，罗慕路斯的灯光正一跳一跳地穿过平原，向着一团模糊的山峦的黑影前进。宽广的平原上还有一盏盏波斯人的灯，他们很快就改变了方向，朝着罗马人的那盏孤灯追去。巴利斯塔和其余的十二名手下则继续向北方推进，没入安全的黑暗中。

那盏孤灯徒劳地向群山的方向前进，波斯部队的一排灯光逐渐向它包围过去，没有一个人回头去看。

黎明时分，巡逻队发现了他们。图皮奥这些日子正辛苦地操练他的第二十步兵大队，第一班巡逻队总是天还没亮就早早出发了。他们碰到巴利斯塔一行人的时候，后者距离阿瑞忒城仅有几英里了，已是人困马乏。马身两侧覆盖着一层白色的汗碱，鼻孔张得大大的，嘴巴也是张开的。骑在马上的人个个脸色苍白，几乎要累晕过去了。一个仆从斜趴在驮马背上，看上去更像个死人，除了他，其他人都骑在马背上跌跌撞撞地走着。河岸指挥官的面色看起来糟透了，脸上的血已经干涸，趴在马鞍上离他最近的鞍桥上。

进阿瑞忒城前，指挥官命令队伍停下来。他尽可能地洗掉脸上的血污，然后穿上一件从骑兵那儿借来的连帽斗篷。他重新爬上马背，拉起斗篷，戴上兜帽，遮住伤势，挺直了身子往城里骑去。

这支疲惫不堪的骑兵队伍进入帕米拉门之后，边关办事员得意扬扬地看着牧民，好像在说“你看我说了吧”。

“克尔坡尼亚絮絮而语……诗中自有真相，小子——看起来那个老百夫长还真知道点儿东西：三月十五日对咱们的这位蛮人指挥官可真是不吉利。”

“随便什么预言诗都对你说的他妈的什么百夫长没啥好处，他不还是被人阉割了？”牧民回了一句，“要我说这才叫凶兆：第一次咱们这位指挥官撞上了波斯人，他们就差点儿把他给杀了。这就是他妈的相当坏的凶兆。”

从这段一进城门的对话开始，卡斯特利姆 - 阿拉伯姆途中遭遇战的事儿就传遍了整座阿瑞忒城。

回城后一个小时左右，巴利斯塔、马克西姆斯和德米特里厄斯就躺在了河岸指挥官宅邸附带的私人浴室中的温浴间里了。医生已经来过了，他给马克西姆斯大腿的伤口缝了几针，给巴利斯塔后脑勺儿上的伤口缝了五六针。德米特里厄斯则毫发无伤。

他们安安静静地躺在那里，精疲力竭，浑身酸疼。巴利斯塔的脑袋里一跳一跳地疼。

“要怪只能怪你自己……都他妈的是你的错。”卡尔加库斯端来了一些吃的喝的，嘴里咕哝着。巴利斯塔注意到，现在这个喀里多尼亚人开始在马克西姆斯和德米特里厄斯面前畅所欲言了。

“非要在集市上贴什么通知：‘河岸指挥官要亲自去个鸟不拉屎的地方视察。叛徒们，你们知道了这个消息，不如给萨珊王朝送个信儿让他们派兵伏击他吧？’从来都不听劝……和你那个倔强的父亲一样。”

“你说得对。”巴利斯塔有气无力地说，“我再也不贴通知了，不会提前告诉大家我的行踪了。”

“当然，这可能只是个巧合，只是单纯倒霉而已。他们的侦察队恰好出现在那里，我们又正好撞上了他们。不必非得假设出了叛徒吧？”无疑，德米特里厄斯的口气充满了期待，期待他们中哪怕只有一个能赞同他的观点，这回基本上是没可能了。

“不是，恐怕不是你想的那样。”巴利斯塔说，“他们知道我们要去那儿，南边的尘雾就是主力部队，他们是想等我们在废弃的商队驿站住下的时候将我们抓住。我们当时走得慢了，所以才撞见了我们本不该撞见的队伍。那队骑兵的任务只是对付那些从杀戮中逃出来的溃兵而已。”

“所以说，”马克西姆斯总结道，“懒惰是一种美德——多亏我们花了一段时间美美地休息才逃过一劫。”

河岸指挥官进了帕米拉门四个小时之后，两个弗鲁曼塔里伊探子在城市东南角他们最喜欢的酒馆里聚到了一起。

“竟然让他像狗一样暴尸荒野。”话中饱含的情绪十分真实，北非探子满腔怒火。

“是啊。”来自苏布拉的探子说。他为那个西班牙人感到十分遗憾，他一直称他为勇敢的塞多留，但是河岸指挥官还能怎么做呢？难道要停下来带着整个队伍等死吗？

“像狗一样……希望那家伙在他们赶上他之前就自己了断了。”

“是啊。”苏布拉的探子附和道。北非兵的迦太基口音愈发重了，声调也越来越高。尽管这酒馆里没什么人，罗马人还是想低调些，不想让任何人注意到他们。

“我要修理修理那个浑蛋野蛮人……写封报告给他点苦头吃，对，就这么干，这个浑蛋。真希望雇佣军指挥官将报告交给皇帝的时候我能在场——我想看看瓦勒良知道他的野蛮人手下搞砸了的时候脸上啥表情，这个浑蛋。”

“你真觉得这是个好主意？”

“当然是了……这多合适，能一劳永逸地除掉他。”

这个雅间的波斯毯子门帘被拉开了。马穆拉走了进来，直接走到弗鲁曼塔里伊的桌边。他俯下身子，一张大脸凑近他们。

“对于你们同伴的死，我表示哀悼。”他轻声说，然后还没等他们回答，就转身头也不回地走开了。两个弗鲁曼塔里伊惊慌失措地面面相觑。工程官在这儿有多久了？他都听见了什么？他话里说的“同伴”意思只是说那西班牙人和他们同是河岸指挥官的手下吗？

卡斯特利姆-阿拉伯姆的遭遇战过去七天后，安提柯在一个农夫的带领下骑着驴子进了城。他让边关办事员和牧民滚远点，向负责守卫帕米拉门的第四西徐亚军团百夫长亮明了身份，于是不到半个小时，他就进了巴利斯塔的宫殿。他坐在河岸指挥官的私人套房里，手边摆着各种吃食和美酒，开始讲述他那天和队伍分开后的经历。

是的，那天安提柯找到了负责侦察任务的两个骑兵。他骑马经过的时候，波斯人正在盘问那两个可怜虫。奇怪的是，没人追他。南边来了一支波斯骑兵部队，他们人数众多。安提柯松开马的缰绳，那是一匹好马。他将装备藏到一处山涧里，然后下水游到了幼发拉底河中央的一座岛上。他骄傲地告诉他们，他是来自莱茵河畔的巴达维亚人。众所周知，巴达维亚人是天生的游泳好手。指挥官的队伍里，每个人都带了三天的口粮，而他单在岛上就待了两天。第一天之后他就再也没见过一个波斯兵。于是，他游上了岸，尽可能多地带上他藏起来的装备，一路向南直奔卡斯特利姆 - 阿拉伯姆。那儿的景色可不美，十八颗人头挂在大门和围墙上。看来有两个骑兵逃掉了，不过更可能是被带走拷问了。

“不管怎样，”安提柯继续讲道，“我遇见一个好心的农夫，他给了我一头驴子，把我带回了阿瑞忒城。”他看见巴利斯塔犀利的眼神，赶紧解释道：“不，不，他可不是坏人。事实上，他正在前院等着赏赐呢，我跟他说河岸指挥官大人会赐给他丰厚的奖赏。”巴利斯塔向德米特里厄斯点点头，后者也点头回应，说他会处理好的。

“还有，在我往回走的路上，看见了罗慕路斯，不如说是经过了他残破的尸首。场面惨烈——他被大卸八块，希望他们是在他死后动的手。”

之后，这故事演变成不同版本传遍了阿瑞忒城内外。原版故事发生在幼发拉底河河畔一片黑暗和恐怖的氛围里，十天后，一个信使就来到了波斯王城泰西封华丽恢宏的皇宫中，匍匐在王座下，向萨珊王朝的诸王之王沙普尔讲述了某个版本的这个故事。二十六天后，一个信使来到了高高的帕拉蒂尼山上的宫殿，向罗马的最高统治者瓦勒良讲述了几种版本故事中最先传出来的那个。又过了三天，一个信使在多瑙河清冷的河畔找到了瓦勒良的儿子兼共同统治者——加里恩努斯奥古斯都[1]。这段时间里，阿瑞忒城发生了许多事情，于是对于大多数人而言，卡斯特利姆-阿拉伯姆已经是一段褪色的记忆了。

很长时间以来，从阿瑞忒城的城墙上望下去，萨珊大军逼近的唯一标志就是南边地平线上隐隐升起的犹如厚重乌云般的沙尘。四月十四日的清晨，刚过了这个月通常被人视为“凶日”的十三日，巴利斯塔在他的高级军官、跟班和亲信的陪同下，来到了帕米拉城门上方的城墙垛子上。下游出现了滚滚烟尘，从沙普尔的王国的方向涌了过来。烟尘黑暗而厚重，距离城池还有一定距离，如果说没有卡斯特利姆-阿拉伯姆那么远，那至少也没有那座废弃的商队驿站近。没人问是什么掀起了这些烟尘。人们都免不了在心中想象数以万计的人马向前推进的画面，随着令人恐惧的铁蹄起落，尘土飞扬，东方大军所过之处，浓烟四起，火光冲天，吞噬着一切。

黄昏时分，一线营火出现在离城不过几英里远的原野上，萨珊骑兵准备在那里过夜。过了一会儿，夜色更加浓重了，越来越多的火光亮了起来，它们呈弧形盘绕在山间，一直绵延向西。过了午夜，西北方向一团可怕的橘色火光照亮了天际，是波斯人的先锋部队冲进了附近的村庄。在一片鸡鸣狗吠声中，东边的河对岸也着了火，升起浓烟阵阵。阿瑞忒城内的每个人都知道了，他们被包围了，陆路被切断了，援兵来不了，城里的人也逃不出去。然而到现在为止，他们连沙普尔麾下的一个战士的影子都没见着。

---

① “奥古斯都”不仅是屋大维的称号，还是罗马所有当政皇帝拥有的称号（维泰里乌斯除外）。——译者注

黎明时分，河岸指挥官和他的手下仍然在岗位上忙碌着。大多数人都暂时离开了，他们是下去休息一两个小时，但对于巴利斯塔来说，在这么重要的夜晚怎么可能睡着呢？城门楼顶上有两架弩炮，他身上裹着一块羊皮，趴在其中一架上，那是一架重达二十磅的大型弩炮。他的双眼累得发酸，因为他一直在盯着西边的平原看。他觉得自己看到了那边有动作，但是因为眼睛很累，他也不确定自己会不会在灰暗的光线下看错了。于是，他等了等，直到有人指着那边喊了起来。他们来了。在原来大墓场的尽头处，一群黑影穿过清晨的薄雾，迅速地向这边靠过来。这是一小股侦察骑兵，他们没有组成固定的队形，而是一会儿分开，一会儿聚拢，彼此交错着前进，这让巴利斯塔想起了逃离森林大火的动物。但他马上又意识到，这个比喻并不合适，眼前这群“动物”并非在逃命，而是在狩猎，目的是要对北方人自己和所有他负责保护的事物发动攻击。他们是一群寻找杀入羊圈的缺口的恶狼。

太阳高挂在天边，现在已经快十点了，萨珊大军的先锋部队终于出现在视野里了。巴利斯塔辨认出那是两列长长的深色队伍，活像两条巨蟒，正极其缓慢地穿过大地向着他爬过来。每条“蛇”上面都腾起一道烟尘，目前还没看到第三道烟尘。北方人可以看得出，离得近点的队伍是骑兵，远点的是步兵。他回忆了一下自己曾经接受过的作战技术方面的训练，这意味着这支队伍已经在一千三百步之内了。但是，鉴于他还看不出单个的士兵，他们一定仍然在一千步开外。即便他不知道他们是冲着他来的，阳光照在长矛矛尖和锃亮的盔甲上反射出的一道道光线也会提醒他。

队伍继续向着这座城市缓缓推进，时间也过得很慢。离城大概有七百米（在此距离上可以分辨出圆点似的一颗颗人头）的时候，他们开始向北行进了。巴利斯塔来到矮护墙后面，把巴戈阿斯叫到他旁边。当这两列队伍移动到那片荒地边缘——也就是离城最远的墓碑曾经矗立的地方的时候，他们开始以与西城墙平行的方向推进。现在第三支队伍出现了，他们带着辎重和攻城装备。距离巴利斯塔最近的队伍，也就是骑兵队伍，其中一张张人脸、盔甲和武器，还有他们坐骑上明亮的马饰、头上飘扬的旗帜已经以一个个浅色的小点的形式呈现在他面前了。还有约五百步的距离，就快进入弩炮射击范围了。

巴利斯塔用希腊语问巴戈阿斯是否能辨认出下面是萨珊王朝的哪支部队以及相应的首领。

“真是太妙了，围攻咱们的部队可是够讲究的，看看咱们自己这段城墙下边的情况就知道了。”尽管阿奇利乌斯·格拉布里奥用拉丁语插了一句话，但其中“城墙下边的情况”一词他用的是希腊语中的“teichoskopia”。听到这个词儿，罗马军队中任何受过教育的人都会联想到荷马的《伊利亚特》中的情形：海伦从特洛伊的城墙上往下看，下面是一个个穿着青铜铠甲的希腊人，他们都是来将她从特洛伊王子帕里斯的怀抱中强拉出来、把她送回到家中她丈夫——宽容大度的斯巴达王墨涅拉俄斯那里的。“还有谁能比这个可人的波斯男孩更适合扮演‘斯巴达女王’的角色呢？”阿奇利乌斯·格拉布里奥朝巴利斯塔微笑道，“我真希望我们的海伦不会对她的帕里斯王子的男子汉气概感到失望。”

巴戈阿斯掌握的拉丁语可能还很不够多，巴利斯塔拿不准这男孩知不知道《伊利亚特》讲了些什么，但是他显然意识到了人家是在嘲笑他，是在质疑他的男子汉气概。小伙子的双眼中迸发出愤怒的火焰，趁他还没做出什么事儿来，马穆拉赶紧对阿奇利乌斯·格拉布里奥说：

“够了，副军团长，没时间在这儿搞什么窝里斗了。谁不知道特洛伊城最后是什么下场，祈祷神祇让这话里的厄运只降临到说话人的身上。”

这位贵族青年被戗得很难堪，脸上的表情很可怕。他把他那张收拾得整洁干净的脸凑到离工程官的脸几英寸的地方，然后控制住了自己的情绪。显然，以阿奇利乌斯·格拉布里奥的教养还没法和像马穆拉这样言语直白粗俗的市井之人打嘴仗。“我们家族的人总是大肚能容。”这位贵族为了表示自己瞧不起他，使劲弹了下他那无瑕的袖子，就好像上面沾了块泥巴一样。

巴利斯塔指着敌军，示意巴戈阿斯开口说话。

“在前面骑的几个人是归顺于我的主人沙普尔的非雅利安人。穿皮斗篷和长悬垂袖衣服的是格鲁吉亚人，然后是半裸着的阿拉伯人、包头巾的印度人和狂野的游牧民族萨卡人。他们来自世界各地，只要诸王之王一声令下，他们就会奉命征战。”小伙子容光焕发，显得十分骄傲，“那儿……那儿是尊贵的雅利安战士——善神马兹达的战士，身披盔甲的骑士。”

注视着下方密集的萨珊重骑兵队伍——沙普尔大军的精锐，城楼上的所有人都陷入了沉默之中。五人一排的纵队似乎在平原上绵延了数英里之长，目之所及，全是坐在铁骑上的身披铠甲的战士。有些看起来就像会活动的雕像一样，人和马都裹着一身铁鳞，戴着铁面罩，遮住了人性。还有一些战士的坐骑穿着红色的皮铠或戴着蓝绿色的尖角。很多战士都穿着艳丽的外衣，还以同样的风格打扮他们的马——绿色、黄色、猩红色和蓝色。人与马的服饰上多绘有各种各样的抽象符号——月牙、圆圈和条条道道——表示着他们所属的部落。他们头上的旗帜在风中翻滚卷曲着，猎猎作响，上面画着狼、蛇等各种猛兽或和善神马兹达有关的抽象图案。

“你能根据他们的旗帜告诉我都是谁带领哪支分遣队吗？”

“当然能了。”巴戈阿斯回答，“在重骑兵队伍前列的是苏伦和克伦家族的大人。”

“我还以为这两大家族都是前朝的显赫贵族，所以推想他们会随着帕提亚帝国的衰亡一起陨落。”

“他们得到了神圣的马兹达的垂爱，”巴戈阿斯说，“诸王之王沙普尔以他无限的仁慈恢复了他们的领地和头衔。人人都可以选择走上这条正义之路。”

“他们身后的骑兵呢？”

“他们是真正受到神祇祝福的。他们是萨珊家族的孩子们——‘沙普尔的欢乐之源’瓦拉什王子、猎手萨珊王子、梅塞纳皇后狄娜科、阿迪亚波纳之王阿尔达希尔。”小伙子脸上洋溢着骄傲，“看啊……队列里接下来的是禁卫军。先是‘不死军’，他们的首领是‘长剑’卑路斯。然后是‘占-阿瓦斯波’，他们以自己献祭。再看那儿……看见是谁带领他们了吗？不是别人，正是正直的罗马君主玛利亚德斯。”小伙子大笑道，也不管他的话会带来什么后果、招致什么惩罚，“人人都可以选择走上这条正义之路，包括罗马人。”

在成千上万匹军马铁蹄扬起的尘土中，浮现出一片片庞大的灰色影子。一、二、三……巴利斯塔数了数，有十头。巴戈阿斯高兴地跳了起来，一边跳还一边直拍手。“沙普尔撼天动地的巨象军团，谁敢和这样的巨兽抗衡？”

巴利斯塔曾经在角斗场上见过大象战斗，但他从未亲自在战争中遇到过它们。当然，他们看起来十分吓人。它们至少有十英尺高，再加上背上的攻城仰冲车，就更高了。每台仰冲车上都挤满了全副武装的战士。每头大象的双耳之间都跨坐着一名印度驭象人，在驭象人的命令下，它们左右摇摆着硕大的头颅。它们长长的象牙上套着金属制成的护具，也随着头颅的摆动而左右摇晃着。

“够吓人，但是行动不利索。”图皮奥凭着经验之谈确定地说，“割断它们的腿筋，或者投石头惹得它们发狂。杀死它们背上的驭象人，它们就该没头没脑地横冲直撞了，没准儿会踩踏它们自己人。”

萨珊大军停了下来，转过来面向着阿瑞忒城。一声号角响彻平原。

左边出现了一个没携带任何兵器的五人骑兵小组，他们小跑着出了列，中央是一面矩形大旗，以黄、红、紫三色丝线绣成，挂在高高的木杆上，旗面上点缀着琳琅满目的珠宝，阳光一照，闪闪发亮。旗帜顶端是一个金球，球后散下数根色彩明艳的飘带。

“萨珊王室的战旗——卡维之旗。”巴戈阿斯用几不可闻的声音念叨了一句，“它是在开天辟地以前制成的，掌旗的是五个最神圣的祭司，诸王之王征战之前都要先将旗帜请出来。”

左侧走出来一个骑马的人，他的胯下是一匹十分英俊的白马。他全身紫衣，头戴一顶金色半球形王冠，身后飘扬着紫色和白色的飘带。

“沙普尔，敬善神马兹达的神圣王者，雅利安人和非雅利安人的诸王之王，诸神的诸王之王。”说着，巴戈阿斯拜倒在城垛上。

沙普尔走到卡维之旗所在的大军前排中央位置，勒马停住。然后他下了马，似乎是有个跪着的人当了他的下马石。有战士搬来了金王座，沙普尔坐了上去。大批其他战士开始跑动起来。

“敌军数量？”巴利斯塔将问题抛给了聚在城门楼楼顶上的各位议员。

“我估计有两万步兵，”阿奇利乌斯·格拉布里奥立即回答，“约一万重骑兵，其中有八千波斯人，格鲁吉亚人和萨卡人各一千。粗略估计阵前有六千名野蛮人轻骑兵，也许其中阿拉伯人和印度人各两千，格鲁吉亚人和萨卡人各一千。”不管大家怎么看这位贵族年轻人，都不可否认他是个极其优秀的军官，他刚才估计的人数与巴利斯塔估算的几乎分毫不差。

“萨珊王朝自己拥有多少轻骑兵？”北方人问的问题都很简短，显得十分务实。

“不好说，”马穆拉回答道，“他们分散在乡间各处，正在烧杀抢掠，我们没办法估计他们的数量。不管他们有多少人，我们河这边的才是大多数，渡过河的敌军不会有多少——最近的浅滩大约在下游一百英里处，我们已经征用了好几英里之内的所有船只，所以能渡河的人应该不多。”

“工程官说得没错，”图皮奥说，“我们没法知道他们的人数。在巴巴利索的时候，每支萨珊铁甲重骑兵队伍都有五到十个轻骑兵，但据说平时二者的数量是均等的。”

“谢谢你。”巴利斯塔说，“那么这就意味着敌军有四万到十三万兵力，而我们只有四千。我们顶多是以一敌十。”他咧嘴一笑，“咱们真是幸运，和咱们叫板的是一帮子娘们儿似的东方人，他们连稍微热闹点的晚宴都害怕，更不用说打仗了。要不然谁会愿意打人数这么悬殊的一场仗呢？”军官们都放声大笑起来，德米特里厄斯也努力和他们一起大笑，但没成功。

巴利斯塔注意到，辎重营与其他队伍会合了，该营的首要任务就是要在部队的中央后方立起一个宽敞的紫帐篷。那顶帐篷正是沙普尔的，它直接立在阿瑞忒城外西边的路旁，距离帕米拉门约六百步远。

人们继续围着沙普尔跑动。

“发生什么事儿了？”巴利斯塔问巴戈阿斯，后者还保持着那个拜倒的姿势。

“诸王之王要将一个孩子作为祭品献给善神马兹达，这是为了神祇能保佑他此战旗开得胜，让这一城的异教徒都匍匐在正义之师的脚下。”

“你给我从地上站起来，说话给我小心点儿。你最好不要测试我的耐性。”巴利斯塔厉声说。

尽管他这么说，北方人实际上对这个波斯奴隶还挺满意的。正如他所希望的那样，他从这小伙子嘴里知道了很多关于敌人的情况。巴戈阿斯有着对宗教的狂热和对国王的敬畏，而且他甚至不觉得萨珊大军中的步兵值得一提。那么，一群狂热分子组成的仅有骑兵的部队绝不可能赢得一场战争，巴利斯塔此时只希望这个波斯小伙子多少也能代表他的同胞们。

小伙子从地上爬起来，他有那么一会儿将双臂背在身后，就好像他被反绑住了一样。巴利斯塔知道，这是波斯人祈祷的姿势，也许这小伙子正在祈求沙普尔不要怪罪他成了其敌人的奴隶。

祭祀仪式完成了，现在他们看到沙普尔正在向苏伦家族的贵族下达命令。在巴利斯塔的问询下，巴戈阿斯只好解释说，诸王之王现在要派苏伦家族的人过来给巴利斯塔传话。如果巴利斯塔和他的手下投降，转而信奉善神马兹达，走上正义之路，那么沙普尔就可以饶他们不死。

眼看苏伦家族的人骑着马一步步沿着大路走向他，巴利斯塔的脑子里飞速地转着。骑马的人还有大概两百步远的时候，巴利斯塔飞快地向他的两个信使下达了命令。西城墙上的所有弩炮都瞄准敌军，准备发射。弩炮手们要将弩炮调整至最大仰角，就好像要让它达到最大射击范围一样，但其实弩炮手们还要转两圈垫圈，松开扭力弹簧，以便让射出去的炮弹达不到其最大射程。希望这一招能骗过敌军，让他们无法得知弩炮的真实射程。两个信使沿着步道跑去传令了：一个向南；另一个是那个苏布拉口音很重的信使，他向北跑。这时，苏伦家族的人已经到了一百步开外，巴利斯塔吩咐马穆拉下去到城楼的二层，让弓箭手瞄着城门下越走越近的信使射击。按照巴利斯塔的命令，一支箭从苏伦家族的人的头顶上擦了过去。

他骑的是一匹漂亮的尼西公马。它全身乌黑如墨，胸膛宽阔，不低于十六个手掌那么高。巴利斯塔想，幸亏前一阵子遭到的是敌人轻骑兵的伏击，我的灰马可永远都比不过那种黑马。

苏伦家族的人勒马停下，就停在城门门前三十步左右的位置，巴利斯塔松了一口气。敌军中的这位贵族应该已经发现了巴利斯塔设下的两重陷阱，他绕过了路上的两个坑，一个在城门一百步外，另一个在五十步外。那些陷阱都掩饰得很好，一般看不大出来，它们上面盖着木板，木板上面还盖着厚厚的一层沙子，但听见马蹄踩在上面的空洞声音，这个波斯人应该已经明白是怎么回事了。但到目前为止，他应该对关键的最后一个陷阱尚一无所知，这个陷阱就在二十步之外。

苏伦家族的人慢慢摘下一顶高高的头盔，头盔的形状与一种猛禽类似，也许是鹰。他的真面目露了出来，但看起来和城里人的面相没有很大差别。他的家族世世代代都拥有数不胜数的广阔牧场，雄厚的家资带给了他淡定的气质，带着这样的自信，他抬头看着城垛上的人们。

“你们这里谁管事儿？”苏伦家族的人说的希腊语几乎不带一丝口音，声音洪亮而清晰。

“我管事儿。我是马库斯·克洛迪乌斯·巴利斯塔，伊桑格瑞姆之子，河岸指挥官。”

苏伦家族的人微微将头偏向一边，就好像这样能更好地了解这位起了罗马名字、被授了罗马官职的野蛮人一样。“我奉诸王之王沙普尔之命，特来告诉你烧好洗澡水，并为他准备好美食佳肴。今天晚上，他要在阿瑞忒城里沐浴、吃饭。”

巴利斯塔歪着头笑了起来。

“我敢说，为他的基利耶传递情报的那个蠢小子一定愿意和基利耶一起沐浴，还会心甘情愿地被任何兴趣盎然的人插屁眼儿。但是恐怕对于他那么精致的屁眼儿来说，水太烫了，我们的战士也太粗鲁了。”

苏伦家族的人似乎丝毫不为这种猥亵言辞的所动，他开始有条不紊地解开右边大腿上挂着的箭袋的口儿。

“他在干吗啊？”巴利斯塔小声地问巴戈阿斯。

“他准备正式宣战了，他要把代表战争的芦苇杆射出去。”

“他他妈的别想真射出去。悄悄告诉马穆拉准备射箭。”人们小声地一个接一个地将这个命令从城门楼的楼顶传到了下面的楼梯上。

苏伦家族的人从箭袋中抽出那支他认为是代表战争的箭，又从弓匣里取出了他的弓。他正要搭弓射箭，“砰”的一声吓人的弦响，一支弩箭射了过来。箭从他头上几英尺的地方飞了过去，但是苏伦家族的人真是名不虚传，竟然几乎一点儿也没有畏缩。为了平复自己的情绪，他拉开弓，将箭射到了高高的城墙的另一边。然后他让马扬起前脚，直立起来，坐骑身上光滑的铠甲在阳光下闪烁出刺眼的光芒。苏伦家族的人在马背上喊道：

“熏鳗鱼可要省着点吃，北方佬，我家大人最喜欢吃熏鳗鱼了。”

巴利斯塔命令剩下的弩箭齐射。随着苏伦家族的人和他那匹不可思议的坐骑消失在道路尽头，数支箭从他头顶上呼啸而过，落在稍远处观望的萨珊大军阵前。

“聪明。”阿奇利乌斯·格拉布里奥说，“先发制人地宣战真是聪明的举动，咱们罗马人的宣战仪式是在敌人的领地插上一支矛，而这回则是临时起意插上了几支箭，抢先了他们未开化的宣战。”副军团长话音中常常透露出的嘲讽不见了，他继续说道：“可是如果你想骗他们咱们弩炮的最大射程只有三百来步，那就有点聪明过头了。”

巴利斯塔点点头，确实，他想的是另外一件事情，即诸神之父沃登在天下第一战中将一支矛投过去，插在了瓦尼尔诸神的阵营上。从这第一战说开去，很容易就联想到了诸神的黄昏，也就是世界末日，仙宫阿斯加德陷落，人与神共赴死亡。

巴利斯塔靠在河岸指挥官宅邸阳台的墙上，他俯瞰河对岸，注视着一件可怕的事。

那女人是从哪儿冒出来的？他早就让骑兵逐步清理了河对岸，让他们将每个碰到的人都送上船渡过河来。他愠怒地想，让两支骑兵中队在幼发拉底河上渡来渡去可不是件容易事儿。当然了，有的蠢货总是幻想待在自己家是安全的，不管你多么肯定地告诉他们人或神“拜访”他们将会是件多可怕的事情。也许是萨珊大军把她带来的。

时不时就有弓骑兵佯装让她逃走，她则一直向着河流跑。还没等她到河边，骑马的人就会撵上她。他们会把她推倒在地，然后两三个人上去轮流奸污她。这队骑兵有二十个人左右。

卡尔加库斯和往常一样嘟嘟囔囔地凑过来，靠在巴利斯塔身边的墙上。“他们都在里面了。阿奇利乌斯·格拉布里奥头一回这么准时，图皮奥、安提柯和你要见的四个百夫长也到了，这回马穆拉却迟到了。”

他们二人都望向河对岸。

“这帮狗杂种。”巴利斯塔说。

“别去救她，连想都别想，”卡尔加库斯说，“他们巴不得咱们这样做。还没等你派兵上船，她就会被玩死，到时候你的人到了河对岸只有中埋伏的份儿。”

“狗杂种。”巴利斯塔说。

两人继续望着河对岸。

“这不是你的错。”卡尔加库斯说。

“你说什么？”喀里多尼亚人悄无声息的出现本应该让巴利斯塔意识到，有什么事儿要发生了。

“不管那边那个可怜的姑娘正在经受什么……事实上，整座城市都被围住了，而且无论如何都会有大批的百姓遭受不幸，甚至死去……不管罗慕路斯和那些侦察兵都遭遇了什么……都不是你的错。”

有那么一会儿，巴利斯塔脸上浮现出不甘心的表情，但他的双眼仍紧盯着河对岸。

“从你小时候起就这样，总是思虑过多。我不是说这本身是个坏事儿，但对于身居如此要职的你来说，这可没什么好处。”巴利斯塔没回应，“我想说的是，如果你败给了自己内心的情感，那你就无法理智地思考问题，然后事情会变得更糟。”

巴利斯塔点点头，挺了挺胸。他松开攥着墙边的双拳，看见自己手心里都是砖末。于是他搓搓手，将它们弄掉。

在河对岸，男人们围住了那个女人，其中一个正骑在她身上。巴利斯塔扭过脸去，看向别处。

“我想你是对的。”他仰头看着天空，“还有一个多小时就到晚上了，我们进去和其他人商量事情吧。关于今晚奇袭诸王之王，咱们有好多事儿要筹划。”

第十三章

帕米拉门高高的拱顶下十分黑暗。外门仍然紧闭着，所以尽管内门开着，光线还是很弱。在图皮奥眼中，北墙上画的高大而富有传奇色彩的堤喀女神一片模糊，下面歪歪扭扭的感恩堤喀女神保佑旅程一路平安的话此时也什么都看不见了。

图皮奥的嗅觉一直都很灵敏，这算是他的一个优点。如今他闻到这里弥漫着一股阴凉甚至潮湿的尘土味道，那些尘土躺在阳光永远也晒不到的城门楼的阴影中。还有一股他眼前大门所用的加工过的木材的味道。令人吃惊的是，他还闻到了一股非常强烈的香水味——没药树油的味道，这和周围的环境可大不相符。其实城门的合页上浸满了这种油，这是为了防止这些门开合的时候发出“咯吱咯吱”的动静。

图皮奥十分紧张，但他同时也很高兴能在这片黑暗中等待带领部队发动突袭，他在议会上为了自己这次的行动进行了据理力争。阿奇利乌斯·格拉布里奥指出，他的军团里两个百人队共计有一百四十人，而图皮奥的协防部队里的两支骑兵中队仅有七十二个战士，所以，公平地说，应该是阿奇利乌斯·格拉布里奥亲自率兵上阵。图皮奥只能劝巴利斯塔说，拿一个议会中的贵族军团指挥官冒险太不值当了，用协防部队的前百夫长比较合适。最后河岸指挥官终于同意了他的请求。

图皮奥知道，议会中的所有人都清楚他为什么如此渴望成为这次突袭的指挥官。自从斯克里波尼乌斯·穆基亚努斯给他留下污点之后，他必须得证明自己的价值。这个冬天，他将第二十步兵大队训练得非常出色。现在当然不存在什么贪污腐败了，这是一支战斗力很强的部队，一支值得让人为之骄傲的部队。但是假如图皮奥要想在阿瑞忒城里过得舒坦，要想赢得巴利斯塔的信任，做他想做的所有事儿，那么他需要做的还有很多，他得用实际行动来证明自己。还有什么比对敌军阵营心脏发动直截了当、孤注一掷的夜袭更好的机会呢？当然，这样做的风险是巨大的，可一旦成功所得到的荣耀也是巨大的。"对波斯大军实施斩首行动，目标直取萨珊大军营地中央那顶巨大的紫色军帐，抓住熟睡中脱了肥大裤子的诸王之王，将他的首级给我带回来。若此战功成，大家都不会忘记你的英名。"图皮奥不是唯一一个被巴利斯塔的话语打动的人。

图皮奥又闻到了新的味道——丁香，或许是康乃馨，总之是一种清爽宜人的味道，这一定是阿奇利乌斯·格拉布里奥身上的味道。这位贵族青年沿着通道小心翼翼地、慢吞吞地踱着步子，图皮奥轻轻地叫了一声他的名字，然后伸出了手。两人握了握手，阿奇利乌斯·格拉布里奥递过去一些化装用的软木炭并祝福图皮奥好运，然后就转身走了。图皮奥一边把脸和前臂涂黑，一边想自己是不是看错这个贵族青年了。

他在黑暗中对自己微笑着。不，他并没有完全看错他，这位贵族青年仍然是个浑蛋玩意儿。图皮奥能感觉得到，当时在议会上他是拼命忍住才没大笑起来的。巴利斯塔进屋的时候，阿奇利乌斯·格拉布里奥摆出一副贵族派头，十分自负地冲他走过去说："河岸指挥官，如果您不介意的话，我想说几句。"北方人慢悠悠地转过身，一双令人不安的野蛮人的蓝色双眸盯着他身上看，看上去就好像他从未见过这个发言者一样。他回应的语调透着冷冰冰的礼貌："我很愿意，副军团长，但请稍等一下。”巴利斯塔吩咐他的新旗手——安提柯到跟前来，然后带着这个巴达维亚人走到屋里较远的角落处。他站在那里，用慢条斯理的强调口气开始讲话。最后，安提柯敬了个礼，退下了。巴利斯塔重新走过来，坦诚地问道：“副军团长，你想要说什么？”原本得意扬扬的贵族青年此时却有点泄了气，咕哝了一句，表示他想说的并没什么要紧的。

图皮奥身后通道里的人群起了一阵沉默的骚动，是河岸指挥官来了。在一片昏暗中，北方人高大的身材挡住的地方更加黑暗了，而他头盔上奇怪的鸟儿装饰的轮廓却更清晰了。北方人的到来似乎没有带来任何新气味儿。在他战前兴奋的状态下，有那么一会儿，图皮奥想是不是这儿压根儿不会有影子投下来。

“都准备好了。该行动了。”巴利斯塔轻声说。

“时刻准备，听命行事。”

他们握了握手。巴利斯塔侧过脸，扬声说：“尽量别让手下战士伤亡太多。”身边的战士咯咯地笑出声来，巴利斯塔又回过头去压低声音说，“记住，图皮奥，直线杀进去，直线杀出来。如果你冲到了沙普尔的军帐中，那很好，但如果你没能杀进去，也没关系。别恋战。你有百十人，他们却大概有五万人。如果可以的话，你杀他们一个猝不及防，杀几个人，烧几顶帐篷，扰乱他们的军心，然后就赶快杀出去，别被围上了。只要一看见他们组织起来进行反击，就赶紧往回跑。”他们又握了握手。巴利斯塔退回到通道那一头，就在堤喀女神灰扑扑的画像下面。他轻轻招呼了一声待命的战士们。

“该出发了，战士们，让我们开始‘打猎’吧。”

尽管抹上了没药树的油，沉重的大门被推开时还是发出了令人担心的嘎吱声。图皮奥出发了。

他们的运气很好，这正好是新月前的夜晚。尽管星光暗淡，夜色茫茫，在门洞的黑暗中待过一段时间之后，西部平原看起来异常清晰，前方的如箭般笔直的道路泛着白光。波斯人的营火闪闪烁烁，似乎距离无限远。

有一段时间，图皮奥只把精力集中在快速行进上。很快，他的呼吸变得深沉缓慢起来。他感觉脚下的路很是平整，但硬得反常。他后面是第四西徐亚军团的一百四十名战士，他们像罗马士兵一样安静地前进。他们一语不发，小心地不让兵刃与铠甲磕碰在一起。有的甚至在他们的军靴上绑了破布，以减弱他们的鞋钉踏在地上发出的声响。但即便如此，队伍还是发出了规律而轻微的叮当声，任谁也没办法劝说罗马士兵将皮带上挂着的幸运符全部摘掉。

图皮奥这时记起来一件事，他数了两百步，然后走到队伍一侧开始查看整体状况。这支小部队横排十人、纵列十四人，在广阔无垠的平原上显得十分微小。图皮奥回头看了看城池。巴利斯塔信守了他的承诺，在贝尔神庙中让祭司们举行了一场宗教仪式。一支庞大的队伍举着火把，高声唱诵，正沿着城墙的极北端缓缓前行，这是为了吸引那些没睡着的萨珊战士的耳目。为了给夜袭小队指明方向，帕米拉城门上插着一支熊熊燃烧的火把，南边紧挨着城门的塔楼上立着另一支火把。其余城墙都是黑漆漆的一片。

图皮奥不得不快跑几步，重新回到自己在队伍排头的位置。和他一样，其他战士也穿着深色的服装，武器装备和裸露的肌肤也统统涂黑了。在图皮奥看来，他们在蒙着一层白光的路上已经暴露得十分明显了。

前方稀疏的一丛丛火堆标志着萨珊大军的哨兵线，那些火堆后面闪烁的则是更加密集的营火，一直绵延到视野尽头。哨兵线突然近了好多。波斯哨兵肯定不会没注意到他们这支队伍吧？图皮奥感觉自己的呼吸声已经大到可以随风传遍平原、唤醒死人的程度了。

他们距离路上的岗哨越来越近了，图皮奥甚至可以看清拴着最近的一匹马的绳子、火光中一朵朵舞动的火焰、地毯上躺倒的一个个黑魆魆的身影。他一言不发，突然跑起来，越跑越快，一边跑一边拔出他的剑。他后面紧跟着沉重的脚步声和粗重的喘气声。

图皮奥跳过第一个睡着的哨兵，绕过火堆窜到岗哨的另一端。离萨珊大军的军营距离最近的哨兵从地上坐了起来，他的嘴张成一个“O”形，正要大喊，图皮奥使出全力挥剑砍下了他的脑袋，然后他在那人肩上踹了一脚才把剑拔出来。身后传来一阵短暂而慌乱的咕哝声，还有被硬生生打断的呼喊以及一系列总是让图皮奥想起刀切开卷心菜的声音。接着是一片寂静，只能听得见一百四十个战士的喘息。

他查看了一下当前的情况。没有人高呼，没有号角声吹响，也没有快速掠过黑魆魆的平原发警报的人影。两侧最近的两处岗哨都至少在一百步以外，他们周围什么动静都没有，一切都十分安静。巴利斯塔是对的，那个大块头蛮人浑蛋竟然说对了。萨珊大军涣散松懈，不如传统的罗马军团军纪严明。经过长途跋涉，人困马乏，而且敌军数量与其相差悬殊，让波斯战士们有了轻敌之心，所以哨兵们都躺在地上睡着了。围城的第一夜，没有哪个萨珊贵族亲自站岗执勤。

图皮奥控制住自己的呼吸节奏，轻声地招呼手下说：“第一百人队，组成龟甲阵形！”等后面杂乱的脚步声渐渐平息下来，队伍形成了一个有层层叠叠的盾牌掩护的阵形，“第二百人队向我靠拢。”脚步声更加纷乱了，然后就是一片寂静，“安东尼纳斯首列百夫长，给指挥官发信号！”百夫长的命令近乎咕哝，三名士兵从龟甲阵中走了出来。队伍中出现了短暂的骚动，出现了三盏灯笼，它们排成一排，闪烁的蓝色灯光将信息传到了平原另一头。

图皮奥转身面向紧跟在他身后的第二百人队，说道：“战士们，手里的剑和火把都拿好了。”图皮奥看了看萨珊军营，又看了看中央位置若隐若现的巨大王帐，他对身边的百夫长说：“安东尼纳斯第二百夫长，准备好了吗？咱们开始实施斩首行动吧！”

巴利斯塔一直在等着这个信号，他等得是多么心焦啊。那两支百人队沿大路进发的时候，他们看起来暴露无遗了，走出去几英里还都看得清清楚楚。但是没过多久，他们就变成了远方一个移动着的朦胧斑块，然后就消失在黑暗中了。时光之箭似乎不仅放慢了速度，更有返回的嫌疑。巴利斯塔希望自己的命令不会让他们统统去送死。城门楼顶上传来两支待命的骑兵中队的声音，有抖动缰绳的叮当声，还有马蹄踩地的声音，一匹马突然大声咳起来。

三盏蓝色灯光出现了。巴利斯塔的心猛地跳了一下，到现在为止一切顺利。德米特里厄斯在他耳边轻声提醒了一下高级骑兵队队长的名字，巴利斯塔倾身探出城墙外。“保利努斯，该行动了。祝你好运。”

七十二个骑兵排成两列，这两支中队分别由保利努斯和阿波罗尼奥斯率领，伴随着马蹄的嘚嘚声，他们一队接一队地向着茫茫夜色出发了，迅速加快了速度，然后消失在了没有月光的夜幕里。

时间过得真慢。

巴利斯塔默默祈祷着，诸神之父啊，遮面的神，力大无比的掷矛神，独眼的死神，英明神武的不死神祇啊，千万保佑他们平安归来。莫让他们步罗慕路斯的后尘，丧生于暗夜原野上。不过，到现在为止，计划进行得还算顺利。为了免遭恶魔之眼的诅咒，巴利斯塔攥紧了拳头，将大拇指放在食指和中指之间。要是这种情况继续下去，那他就该和德米特里厄斯一样迷信了。不管怎样，他最后还是将这个手势规规矩矩地做到了位。

计划很简单：一支百人队先拿下路上的岗哨，然后原地等待，为撤退的队伍打掩护；另一支百人队直取敌人咽喉，冲进敌军营地，切入诸王之王的营帐。为了帮助他们制造最大的混乱，两支骑兵中队将从左至右呈扇形散开，在哨兵防线和萨珊大军的营地之间来回穿梭侵袭，适时地向其目之所及的目标射出火箭。正在向南前进的那支骑兵中队是保利努斯率领的，他们要冲下山坡，进入南部峡谷，然后一路奔驰到幼发拉底河河畔的边门上。要是有哪个波斯士兵犯了傻，胆敢跟着他们进峡谷，就会遭到残酷的打击。敌人的队伍将在长达好几百步的范围内暴露在来自阿瑞忒城墙上的箭雨之中。另一支是阿波罗尼奥斯的骑兵中队，他们有个更艰巨的任务。他们要向北骑上短短的一段距离，然后转身列队往回城的路上赶，去帮助负责掩护撤退的那支百人队。

在议会上讨论的时候，这计划听上去非常简单。巴利斯塔却一直在心中默默祈祷，希望这计划别在夜幕下残酷的现实中乱作一团，直至最后土崩瓦解。

时间继续慢吞吞地爬着。正当巴利斯塔开始想到底还要等多久的时候，有人多事地喊了一嗓子——那儿，看那儿——然后突然收了声。

萨珊大军的营地中心位置出现了游动的火光，远方飘来了断断续续的惊呼声。图皮奥和他手下的战士们正在做今晚的大事儿，以仅有七十人的队伍深入虎穴，向“恶兽”发起挑战。

现在事情的进展快多了，时间的流逝似乎又恢复了正常的速度，接下来的事情一件接一件地让他们应接不暇。巴利斯塔看见他的骑兵们借敌军前方岗哨的火堆点起了火把，一束又一束黄色的火焰窜动起来。他还能看到两队执火把的队伍快速地从波斯军营的中心位置撤离出来，一队向北，一队向南。第一批火箭划过天际。萨珊大军的营中传来了咆哮声，就好像一头沉睡中被打扰的巨兽，怒不可遏。这声音穿过原野，越过高墙和塔楼，传到了阿瑞忒城中。

随着一场场箭雨、一根根被抛出的火把，还有被踢翻的被营火烧着的帐篷、地铺、草料堆、物资堆、油罐子，原野上出现了越来越多的火光——红的、黄的、白的，一起摇曳窜动。一个个人影在火光中掠过，速度太快，也看不清是谁的人。那动静就像森林大火一样，在空旷的平原上来回飘荡。在这片混乱中，有尖叫声、人的惊呼、马的嘶鸣，还有刺耳的小号声，那想必是在努力让波斯人的队伍恢复一些秩序。

巴利斯塔看到向南的那支队伍的火把一支接一支地熄灭了。这应该是个好迹象——那代表着保利努斯的队伍扔下了他们最后一支火把，策马疾驰，穿过重重夜幕，正奔向安全地。但是，当然了，这也许是件坏事——意味着波斯人追上并包围了他们，切断了他们的后路。就算是前一种情况，这支骑兵中队离安全的城内还远得很。他们全速在没有月亮的夜晚奔驰，最后能找到进谷的路吗？对于巴利斯塔和他带的四个随从来说，在那样一个晴朗的白天，轻轻松松就能下坡进入峡谷，但当时他们是下马步行的。这同样的路，在伸手不见五指的夜里，对于骑在气喘吁吁、疲于奔命的马上高度紧张的战士们来说，又是另一回事了。

巴利斯塔再向北边一看，阿波罗尼奥斯骑兵中队的那串火光也消失不见了。到底是被手执兵刃的敌军拉下了马，还是无忧无虑地骑在回城的路上，此时尚不可知。

诸神之父啊，永不眠的神，四处漫游的神，诸神的传信人啊，快告诉我发生什么事了，图皮奥怎么样了。

兴奋的吼叫声。远在原野那边，人们吼叫着，欢笑着。图皮奥很少像现在这样开心，让他开心的不是方才的杀戮，不是说他对杀戮心存反感，而是整个杀戮过程中的畅快淋漓的感觉。他们闯入敌军营地后看到的首先是一支部队的军马，他们几乎没费什么工夫就把拴马的绳子割开了，然后用匕首扁平的刀腹狠狠地打在马身上，让它们在营地里横冲直撞。这些畜生们在密集地扎着帐篷的军营中踩来踏去，不仅踢翻了煮饭的锅，还拖倒了一顶顶小帐篷，于是慌乱的情绪迅速在波斯人军中蔓延开来。一座帐篷中冒出了一个波斯人的脑袋，图皮奥手中长剑一挥，对方便人头落地，溅起一朵血花。

图皮奥一边大喊着命令手下保持队形，一边在波斯人的军营中杀出了一条血路。一度有根绳子将他绊了个嘴啃泥，他身后自己人那镶着铁钉的军靴随后踩在了他背上，接着一双强壮有力的臂膀将他拉了起来，又离开了他。他们向军营腹地奋力推进，同时始终让那顶王族大帐的影子保持在视野中。不管是单个还是几个战士，那些被冲得七零八落的波斯人不断地出现在他们眼前。这些波斯人不是抱头鼠窜，就是被他们斩杀在地，根本无法组织有效的反击。

似乎只用了一会儿工夫，他们就到达了目标帐篷。帐篷旁边立着几根高高的旗杆，旗杆上挂着几张大旗。六七个护卫站在这座巨大的紫色帐篷前，他们镀金的盔甲在火光下闪闪发亮。图皮奥让他手下几个战士对付这些护卫，自己朝一侧跑了几码，然后用匕首将帐篷侧面划开。于是，他便发现自己站在了一间空空荡荡的餐厅中，晚餐剩下的一些饭菜还没清理干净。图皮奥抄起一件酒壶，安安稳稳地将它别在了自己的腰带上。

“没时间抢东西了！”他一边大吼，一边挥舞着长剑，划开了下一面布墙。这次他发现自己置身于一片混乱之中——到处是尖叫声，女人的尖叫声。他半弯着膝盖，握着剑扭身警惕着任何可能出现的威胁，想搞清楚这间灯光柔和、气味香甜的房间到底是怎么回事。

“他妈的，这是波斯王的后宫。”一个战士说。

四下看看，他们发现面前不是女人，就是女孩。这里有几十个年轻漂亮的女孩，有的黑发，有的金发。她们都穿着丝绸做的衣服，眼皮上涂着眼影，在各个角落里瑟瑟发抖，有的还躲在软家具后边，用波斯语大声叫着。图皮奥也不知道她们这是在求助还是在祈求怜悯和赦免。

“我一定是已经死了，这儿简直是极乐世界啊。”一个战士说。

图皮奥环顾一周，发现了一段装饰华美的门廊，还有一个肥头大耳的宦官颤颤巍巍、犹豫不决地站在前边。图皮奥把他踢到一边，大声命令战士们都跟上，然后就一阵风似的冲了进去。

那房间里面相当暗，而且什么东西也没有，只有一股香脂的味道，是男女欢爱过的味道。图皮奥跑到一张凌乱的大床跟前，用手摸了摸床铺，发现还是热的。众神之王朱庇特啊，我们就他妈的差了一点点。

图皮奥突然发觉角落里有什么动了一下，寒光一闪，他即刻举剑劈了过去。是个小女孩，她躲在房间的一角，想藏在一张床单下面。她的眼睛睁得大大的，身上一丝不挂。图皮奥露出一丝微笑，然后意识到可能现在的情况整体来说还不能算令人安心。

堤喀女神啊！要是早那么一会儿，一切就都不同了。图皮奥注意到床上有个金手镯，他想都没想就将手镯捡了起来，套到了自己手腕上。堤喀女神啊！

他的思绪此时被一个战士打断了，后者急匆匆地冲进门来，报告说：“大人，那帮狗杂种杀过来了。”

帐外一群没骑马的萨珊骑兵集结在了一起，他们正从右侧慢慢包抄过来。一个高大的贵族男人正大声地呵斥着他们。

“密集队形。”他一声令下，手下都向他靠拢过来，图皮奥深吸了一口气，开始喊话，“你们准备好作战了吗？”

“准备好了！”

“你们准备好作战了吗？”

第三次喊话和回答结束后，战士们毫不犹豫地冲了出去。图皮奥看到敌人的队伍似乎涟漪般地闪过一阵战栗。他们有的缓缓向一边挪动脚步，想躲到他们右边战友拿的护盾后面更往里的位置，有的则往后退了一两步。

不错，图皮奥想。看是一方冲劲足还是另一方凝聚力强，这是由来已久的对抗方式。我们可有的是冲劲儿，而对方的凝聚力从刚才来看已经输了几分。感谢诸神！

图皮奥用盾牌遮住一边肩膀，冲着一个敌人猛地撞了过去。波斯士兵踉跄着直往后退，他后面的人也被撞得失去了平衡。图皮奥举起长剑砍在第一个人的头盔上，头盔并没有裂开，而是被砍变了形，那人像块石头一样重重地摔在地上。第二个人让到了一边。图皮奥继续向他逼近，那人接着后退。

“原地调整队形，重组突围战线。现在保持面向敌军，然后后退。一步步来，别着急，别慌张。”

那群波斯士兵仍待在原地。两伙人之间的空隙越来越大。很快，图皮奥和手下人就退到了他们刚才进入王帐的地方。图皮奥命令最近的乐师吹归队的撤退号。

“好，战士们，听我的命令，我们要掉头赶快离开这里。”

闯出萨珊军营比偷偷摸进来要难多了。虽然敌人没有组织人马追赶，没有进行系统的抵抗，整个营地都乱成了一锅粥，但这时波斯人可都是醒着的。有三次，一小伙自发组织起来的波斯战士，也就二三十人，他们挡住了图皮奥队伍的去路，让后者不得不暂时停下逃离的脚步。每次罗马人的队伍要重新往外冲的时候，他们都要先查看情况，重新组阵，奋勇拼杀上一会儿。有一次，图皮奥叫停大家，因为他怕搞错了方向。他踩在盾牌上看了看，直到望见阿瑞忒城的城墙在哪儿才又继续拼杀。他们在打斗中不断前进，沿着成千上万顶布局紧凑的帐篷之中的小路奋力奔跑。一会儿向左，一会儿又向右，不过通常还是笔直向前。从战士与随军流动的平民射出的箭雨中向外冲，这过程中不时有人中箭倒地。为了保持前进的速度，对于那些受伤太重的罗马战士，他们不得不手起刀落，给对方来个痛快的，图皮奥有意不去理会这些。第四西徐亚军团是不会留给敌人拷打折磨的对象的。

最后，前方一顶帐篷也没有了。左边就是回阿瑞忒的路了，前方大概一百步远的地方是敌军原来岗哨的火堆，在那后面就是等着他们的同胞，由阿波罗尼奥斯的骑兵中队支援的安东尼纳斯首列百夫长率领的百人队。图皮奥他们飞一般地赶了过去。

图皮奥急速地说出一串命令，他的声音因为之前的喊话而变得沙哑。这支突击小队——安东尼纳斯第二百夫长的百人队将直线前进，互相支持，但会全速赶往帕米拉大门。这个晚上的任务已经让他们够累了。图皮奥带领部下与另一支百人队会合。片刻时间，他就让安东尼纳斯首列百夫长将队伍从龟甲阵形重新部署成了方队，横排十人、纵列七人。然后他们就加速朝着安全地出发了。阿波罗尼奥斯的骑兵中队在前方五十步的地方小跑着，随时准备向任何追兵射箭。

四百步，再有四百步就安全了。图皮奥开始数人数，但中途忘了自己数到哪儿了，于是又重新数，最后还是没数清，只好放弃。他来到了队伍的末尾，若是敌人撵上来，这儿就相当于队首。他回头张望了一下，看见有一队骑兵的黑影正从敌军营地向他们疾驰过来，看来他们不可能顺顺当当地到达城门口了。他能透过朦胧的夜色看到，在前方一段距离之外，路的一侧有一小段墙，那是巴利斯塔特意留着没拆的，还被漆成了白色。那堵墙标志着离城池还有两百步的距离，这是从城墙上发射炮弩的精确有效范围。对图皮奥来说，现在更重要的是最后两百步的路两侧布满了陷阱。如果他们能到达那堵白墙，处境就能相对安全一些。从那之后，萨珊骑兵就只能沿着直线追赶他们了。现在这里只有几个坑和少量三角钉，所以敌人若是赶上来还可以从侧翼包围住他们。

回头望望，图皮奥看见萨珊骑兵已经分成了两组人马，一队在路上，另一队离开主路向北，好似拉出一张大网，意在紧咬逃跑的罗马队伍。看上去他们每支队伍都至少有两三百人。与此同时，还有更多的骑兵正在从敌营方向追过来。

图皮奥下令，让队伍停下。路上的追兵正笔直地冲过来，他们等不到侧翼包抄的那支队伍到位就能撵上来了。战士们只好转身迎战追兵。一时间，号角震天，波斯人策马逼近，这些都是萨珊大军中的精锐铁骑。在背后波斯军营中的熊熊火光的映衬下，他们看起来格外势不可挡。大多数人都有时间穿上甲胄，这都是可以眨眼间就完成的，但让他们的马穿上铠甲就没那么容易了。他们追上来了，开始时是慢跑，后来就是撒开了飞奔。图皮奥能够感觉到高大的尼西马奔驰在原野上震动大地的轰隆声，他还感觉到身边的战士们也开始踌躇了。即便有神祇保佑，想要扛得住骑兵的冲击也是件难事。一会儿要是有几个战士畏缩了，就会打开缺口，然后一切就都完了。萨珊重骑兵就会在他们的队伍中横冲直撞，马儿会撞飞他的手下，还会有长长的马刀砍下来。

“保持阵形，别让敌人冲破我们的防线。”图皮奥自己都不觉得这话能有什么帮助。分秒之间，高大的尼西马越逼越近。

罗马战士们的头顶上响起了箭矢飞过的“嗖嗖”声，是阿波罗尼奥斯的骑兵射的。至少他们没有抛下我们跑掉，图皮奥想，我们就算要死也不会是孤魂野鬼了。

很幸运，一支箭射中了一匹萨珊军马的要害部位。那匹马翻倒在地，向前翻滚了一段距离，最后躺在了路边上。骑在马上的人也被抛下了马背，他在空中飞了相当长一段时间，才重重地摔到了地上。他身上的甲胄哗啦一响散了架，零零碎碎地落在他身边。这匹马的四肢伸了出去，绊倒了旁边的马，后者也倒下了。另一侧的军马突然转弯，和邻近的马撞了个满怀，导致后者失了蹄。冲在第二排的军马没能及时刹住，只能同前一排一同栽倒了。很快，刚才威风凛凛的追兵就人仰马翻乱了套，不管是人是马，都在地上又惊又痛地打起滚来。

“向后转，全速前进，把他们落在后面，越远越好。”敌军得费劲地从混乱的状况中脱出身来，这就给了图皮奥和他的手下战士一些时间，让他们离安全又近了几码。

图皮奥一边在路上跑着，一边紧张地向左边观望，想看看那一队意图从北边进行侧翼包抄的萨珊骑兵是什么情况。可他连个影子都没看着，心中不由得升起一股恐惧。他妈的，他们怎么能这么快就赶到了我们和城门之间？然后他心情又轻松起来。因为敌军并没有出现在图皮奥的队伍和城门之间，他们正在朝着自己的营地撤退。他注意到有一群举着火把的人正低头看一匹摔倒的马，这才明白是怎么回事。在离城墙还有两百到四百步的范围内布有零零散散的陷阱，有匹马正是掉进了这样一个陷阱里。只一匹马失了足，他们就全都放弃追击了。

眼下就只有一队敌人了，但也许这一队对他们来说都很难应付。图皮奥觉得下回萨珊铁骑若是追上来的话，他的队伍就会崩溃掉。这是一个漫长而恐怖的夜晚，他们的神经始终都绷得紧紧的，恐怕无法再承受更多的压力。

“停下，向后转，准备迎战骑兵。”

这次，波斯重骑兵放慢了速度。他们组成了一个排头为七人的队列，图皮奥看不见纵队有多少人。前排的七个骑兵的马都和他们的主人一样穿着盔甲，也不知它们是怎么有时间穿上那些装备的。他们并排而行，大块头的士兵骑在大块头的马上，组成了一道铜墙铁壁，马身上套着坚实的皮甲，还戴着兽角。马背上的士兵手执长矛，他们头顶的星光洒在一个个铁矛尖上，反射出隐隐的寒光。

图皮奥感觉自己周围战士们的士气似乎都受到了影响。他能听到队伍的脚步声拖拖拉拉的，显得格外紧张，还能听到战士鞋底铁钉与路面的刮擦声。他右边的人正回头望着身后代表安全的城池。图皮奥能闻得到，他的队伍中弥漫着恐惧的味道。这味道是他们的还是他自己的，他也不清楚。

“保持队形，稳住，站直了，马队无法穿过阵形规整的步兵队伍。”图皮奥声嘶力竭地喊道，他明天就该说不出话来了。虽然对另一个可能发生的不幸结果的恐惧攫住了他的心脏，但他还是咧嘴笑了笑。他转身开始为他身后的战士们加油鼓劲。

“只要你们不让步，他们就拿我们没办法。保持阵形，我们就没问题。”此时没人听得进去这些，城门看起来离他们近极了。任谁恐怕都幻想着转身紧跑几步，冲入安全的城门。只有大约一百五十步远，那么近，你甚至感觉自己瞬间就能到那儿。“别想跑，你们再快也跑不过马，这时候撒腿跑就死定了。保持阵形，你们就都能活下去。”战士们没人迎着他的目光，这回真不行了。

敌军吹起了刺耳的冲锋号，号角声像把锋利的刀子划过这纷乱夜晚的嘈杂。重骑兵将可怕的长矛横向身前，开始沿着大路一步步逼近他们。只听见铠甲碰撞的铿锵声、马蹄起落的隆隆声，就是没有人声。敌军就像一条长长的毒蛇，披鳞带甲，蓄势待发。

砰然一响，接着是石弹破空与落地的声音。这是发射弩炮的响声。拉弦声——滑动声——离弦声，接着又是一组这样的声音，一组再接着一组。这动静在夜里比什么都来得响，阿瑞忒城西城墙上的所有弩炮都一齐发射了——毫无目的地向着黑暗的夜空发射。

第一批石弹空降后是一阵可怕的寂静，重骑兵停下了步伐，罗马的战士们也僵在原地。人人都知道，此时城墙上的士兵正在给弩炮重新装弹，扭转上过油的绞盘，棘轮在嘎达嘎达转动，扭力弹簧也在越上越紧。人人都知道，用不了一分钟，弩炮就会再次发射，再次以非人的速度和力量发射，石弹与箭矢将像雨一样倾盆而下，笼罩整个平原，砸在人们脑袋上，而且这玩意儿不分敌友。

拉弦声——滑动声——离弦声，这是第二轮发射的第一发。“站住了，站住了，站稳当了。”图皮奥的手下有些畏缩，他们纷纷将盾牌举到头顶上，但其实这样的举动什么用也没有，根本无法挡住空降的箭矢或石弹。

图皮奥转身看了一下大路那头的敌军，爆发出一阵大笑。

“好了，战士们，现在起来给我跑！”

听见这命令，大家都愣了一下，然后就意识到，那支重骑兵正拼命往回跑呢，他们是想逃到阿瑞忒城城墙上弩炮的射程之外去。于是，罗马战士们都转身朝城墙那边跑去。

图皮奥看见巴利斯塔正在门洞那里等着呢。在火把的照耀下，那北方人的一头长发泛着金光。他满面微笑，图皮奥一边朝他跑去，一边也大笑起来。他们握了握手，然后拥抱在一起。图皮奥还拍了拍他的指挥官的背。

“高明，太他妈高明了。”图皮奥气喘吁吁地说。

巴利斯塔得意地扬了扬头，笑道：“谢谢你，我喜欢你这么说。那我现在不是人们眼中粗笨的北方佬野蛮人了吧？”

“高明……听我说，我刚才立刻就意识到了，弩炮根本就没装弹，那声音只是想把追兵吓走。”

年轻的副官一直都准备着为指挥官效力。事实证明第四西徐亚军团的表现不错，年轻的副官表现得也不错，这对于一个有上进心的军旅新秀来说将会是晋升的重要考虑因素。

“盖乌斯·利西尼·普罗斯珀，隶属于第四西徐亚军团临时旗队，是马里努斯第二百夫长的百人队副官。时刻准备，听命行事。”说话人潇洒地敬了一个军礼。

“刚才情况怎么样？一五一十地讲给我听。”巴利斯塔回了军礼。“一五一十”这词儿显然是多余了。普罗斯珀明摆着有意要在此刻彰显自己的价值，准备先绘声绘色地将整个事情讲给指挥官听，然后再带他们去看尸体。巴利斯塔吸了一口气，他能闻到死人的味道，或者说至少能从这儿闻到是什么杀了他。

“昨天夜里，为了参与执行奇袭萨珊大军兵营的任务，负责看守部队粮仓的阿波罗尼奥斯的骑兵中队换下守卫岗来，同时还收到了很多祝他们奇袭成功的祝福语，大人，您的胆大心细可以与恺撒大帝媲美，或者说……”

“谢谢，”趁还没跑题跑到长篇大论地拿他与这位副官能想起来的罗马历任的著名将军做比较，巴利斯塔赶紧接过话茬儿来，“非常感谢。请继续讲吧。”

“当然了，大人。如我所言……阿波罗尼奥斯的骑兵中队没有看守粮仓的时候，您命令阿奇利乌斯·格拉布里奥从纳索百人队、马里努斯第一与第二百人队以及普登斯百人队中挑选了三十二名战士，接替骑兵中队执行守卫任务。”巴利斯塔忍住了一个哈欠。现在已经是上午十一点了。他前晚一晚上没睡，现在奇袭的兴奋感让他彻底没了精神，他疲惫至极。“您选了我作为负责管理守卫情况的副官是我的荣幸。”

巴利斯塔小心地没有露出一丝微笑。他昨晚只是吩咐阿奇利乌斯·格拉布里奥安排少量但足够的守卫看守粮仓，就在刚才他还不知道这名年轻副官的存在。一个人很容易将高于自己级别的众多阶层都当作几乎没什么分别的上级，从而误以为上级军官知道他们每一个手下，就连军队统帅也知道自己。“你已经用你的勤奋加倍偿还了这份荣幸，”他说，“现在请告诉我都发生了什么吧。”

年轻人脸上绽放出一个大大的笑容。“好的，我当时想最好在粮仓的每一端的大门口都安排两名战士。因为我觉得如果始终是两名战士一起执勤的话，那么两人均被敌人制服或其中一个在看守过程中睡着的概率就会小很多。”他看起来突然有点尴尬，“我并不是说第四西徐亚军团的战士可能会在执勤的时候睡着。”

是啊，可你要是不赶快汇报完的话，我就要睡着了。巴利斯塔微微一笑。“很好。”他鼓励他继续说下去。

“自然，这样安排后就只剩下我一个人巡逻了。”

巴利斯塔想，这个副官——普罗斯珀，可别把他名字忘了——虽说讲了太多不重要的东西，但总好过那些舌头跟打了结似的目击者，后者总得需要他提示着、追问着才往下说，尤其是像他现在这样疲惫的情况下，更不愿意遇到那样的人。

“我第一次看见他是在四更天，也就是入夜后第十个钟头快过去的时候，就在您命令发射弩炮之前。我当时正向南走在通往河岸指挥官的宅邸——也就是去您宫殿的路上。”巴利斯塔重重地点了点头，就好像是刚发现自己就是河岸指挥官，而且话中所说的宫殿就是他的宅邸一样。至少现在这场对话终于有点进展了。“他在城墙和东边的四个粮仓之间，正往北走呢。当然了，现在是有宵禁的，所以不管怎么说那人当时都不该出现在那里的。不过，晚上也经常会有战士或他们的奴隶在街上溜达。看打扮，那人像个战士——身上穿着束腰外衣，配有一条佩剑腰带，脚蹬一双军靴——但是我起了疑心，为什么一个战士偏偏会在昨晚没有事儿干呢？总之，他看起来很可疑。现在我发现是他的胡须和头发不对劲，那人的头发和胡须都太长了，没有哪个百夫长会允许手下战士这副样子的，就算在协防部队也不行。不过，您现在是看不出来的，以他现在的状况是看不出来的。”年轻人轻轻地耸了耸肩。

“他的一举一动都相当可疑。他一手端着一个大罐子，让罐子离自己前胸远远的，就好像那东西十分珍贵一样，或者说生怕洒出来一滴一样。他另一只手拿着一盏合上的灯笼，也是极不自然地拿得离自己身体远远的。”

“副官，你的观察力很不错。”

“谢谢夸奖，大人。”副官现在讲起来滔滔不绝了，“我朝他走过去的时候，他看见我了，然后他就拐进了第一和第二座粮仓之间的空隙中。我喊他站住，他却压根儿不理睬我。于是我便一边大喊着发出警报，一边追赶他，我还大声地告诉另一端执勤的战士，有个敌人正沿着檐溜逃跑，让他们堵住他。”年轻的副官说到这儿停住了，好像在等着巴利斯塔问问题，但对方并没有发问，他只得继续，“我也拐进那个小窄道的时候，一开始看不见他，只看见皮索和冯特乌斯远远地在那边挡着，但那人却不见了。我知道他肯定是躲在两座粮仓的大拱壁之间的空当里。”

巴戈阿斯就曾经在那么一个空当里被打过，巴利斯塔想。

“他当时已经无路可逃了，我想他可能是个危险分子，所以我喊了我这边的战士斯考卢斯和我一起往里走。我们拔出剑，十分谨慎地进入了这条窄道。”巴利斯塔点头表示这种行动方式既大胆又细心，“那里很暗，所以我们前进得非常慢，同时还掩护着两侧，以防出其不意的攻击。突然，前方头顶上传来了木头裂开的声音，然后我几乎被两个空当后发出的强烈光线照得什么也看不见了。这时传来了一阵嗞嗞声，我还闻到了一股可怕的气味。我们再次能看清东西的时候赶紧往前跑过去，皮索和冯特乌斯也从另一端向我们跑过来，我们立刻就赶到事发地了。我永远也忘不了那一幕，永远忘不了。”他停住了话头。

“副官？”

“抱歉，大人。那太可怕了。我真希望自己永远不会再看到那场面了。”

“请继续说。”

“那浑蛋正顺着墙根里的一条窄窄的通风道往里爬，我不知道他是不是被卡住了，还是剧痛让他没法再继续前进，总之，我们赶到的时候他正痛苦地扭动着，一边翻滚一边惨叫。我从来没听见过那种惨叫。他肯定是用剑将通风口的木板撬开了，然后将一整罐轻油倒在了自己身上，故意用灯笼把自己点着了。然后他试图爬进那个通风道里，他这是把自己变成了一个人肉弹。那味儿闻起来……跟烤猪肉似的。”

“你们然后是怎么做的？”

“当时到处都着着火，那人身上的轻油把通风道剩下的部分都点着了。火苗舔舐着砖墙，甚至连他身边的泥巴都好像着了火。诸神啊，当时那个热啊。那火看起来有通过通风口和木地板下面蔓延到粮仓的趋势，整个那片地方都要完蛋了。是斯考卢斯想了个办法，他掏出了一件用来挖土的工具，将那玩意儿一头插进那人的大腿里，把他拖到了过道中间，我们就把他放在那儿了。然后我们就往火上盖土，直到火苗被彻底扑灭。”

年轻的副官将巴利斯塔带到了那条窄道里，向他介绍了刚才提到的那三名战士：斯考卢斯、皮索和冯特乌斯。北方人对他们几个表示了赞赏，尤其是那个满面焦黑的斯考卢斯，还说会给他们一些奖赏。他吩咐德米特里厄斯记下这件事儿来，希腊小伙子看起来脸色特别不好。

眼前的情形与巴利斯塔料想的一样。尸体是扭曲的，蜷缩成一团，头发和衣服都烧没了，脸也烧化了。除了能看出这是个小个子男人外，其他一律无从辨认。副官说得没错，那味道闻起来很恶心，有点像烤猪肉，闻着还有股阿奎莱亚城的味道。那死人一条腿上插着一把挖土用的工具，上面的木把手已经被烧没了。

“你们在这具尸体上找到什么东西没有？”

“什么也没找到，大人。”

巴利斯塔在尸体旁边蹲下来，强力克制着胃中的翻腾。这人佩带的剑是军中所发的长剑，这也说明不了什么问题，集市上卖这东西的数不胜数。他穿的靴子上没有鞋钉，不过这些日子以来很多战士的靴子上都不带鞋钉。

“你说得对，他不是个战士。”巴利斯塔咧嘴一笑，“一名战士怎么也不会把佩剑腰带上的饰物、英勇作战的勋章，也就是幸运符摘下来的。而这个人腰带上所剩留下来的只有这个金属的腰带扣，”北方人指了指一个很常见的小鱼形状的腰带扣，“所以他绝对不是一个战士。”

不远处传来了干呕声，德米特里厄斯正弯着腰呕吐呢。

“是什么让一个人做出这种事儿来？”年轻的副官问道。

巴利斯塔摇了摇头说：“我也无法想象。”

大家都在等待着日出。东方的天空已经泛起了浅金色，南方徐徐地吹来凉爽的轻风。幼发拉底河上空有三三两两的野鸭飞过，阿瑞忒城附近飘荡着一种烤面包的味道。如果有人从极远处看过来，或者盯着城市的上空看，那么他一定会认为阿瑞忒此时一片祥和。

不过，只消瞥上一眼城墙垛子，任何关于和平时期的猜想就会烟消云散了。随着自然光线越来越强，西部的沙漠头一回显出了一丝绿意。每片小小的洼地上都生长着青草与野花，还有鸟儿在歌唱，但是在这美好的春日景象之外，有一条绵延了千余步的黑线。萨珊大军的战士们肩并肩地站在一起，大军纵列由三四十支队伍组成，具体数量不好说。他们头顶上是随着南风飘扬的旗帜，这些旗帜在风中猎猎作响，上面画着各种图案，有毒蛇、野狼、巨熊，还有代表着火焰、正义、马兹达的抽象符号。

队伍后面隐约可见各种攻城器械。先是一排攻城盾牌，它们都安在轮子上，是十分高大的活动掩体，可以与队伍横排的长度一致。间或有弩炮的木结构从队列中探出来，眼神好的人数了数，发现至少有二十架。这一排后面，还有相隔甚远但很扎眼的三座极高的攻城塔楼，它们被称为“夺城者”。

巴利斯塔被震惊了。萨珊大军抵达阿瑞忒城下仅仅七天。他们没有找到任何用得上的东西，方圆几英里内连根可用的木头都没有，巴利斯塔的人早就提前将村子里的东西全都儿清理走了。但这没什么帮助，萨珊大军把他们需要的一切都随军带来了。他们不知用了什么方法，已经将所有攻城器械以预先装配好的形式运到了上游，几乎可以直接使用。他们忙活了整整六天，今天是第七天，一切终于准备就绪了。尽管巴利斯塔不会在其他人面前说起，自己也不愿承认，但他确实忧虑万分。这支萨珊大军与他以前打仗碰到的蛮夷兵团不一样，哥特人、萨尔马提亚人、希伯尼安人或摩尔人——没有谁能做出这样的事来，没有谁能如此声势浩大地打攻城战。

夜袭之后的七天里，巴利斯塔和其他保卫阿瑞忒城的人也没有闲着。图皮奥的突袭虽然失败了，没能杀掉沙普尔，但是依然能算作是某种意义上的成功。罗马战士的伤亡非常少。保利努斯的骑兵中队有五名骑兵失踪了，阿波罗尼奥斯的骑兵中队则全身而退了。至于步兵，实际进入敌方营地的安东尼纳斯第二百夫长的百人队中折损了二十名战士，而安东尼纳斯首列百夫长的百人队则只损失了一名——奇怪的是，后者根本就没有与敌军交战。尽管没有人大肆宣扬，但大家都认为这名战士其实是逃跑了。总体而言，那次突袭让罗马人的士气高涨，由此也可以推测出萨珊大军的士气必定因此而大跌。但是，他们没有再次进行如此大规模的突袭。巴利斯塔知道，萨珊大军现在肯定戒备森严。他在等待攻城战的下一阶段，这场死亡之舞的下一个可预见的转折点。他在等的是波斯人发起全力攻击的时候。

尽管罗马人没有再发动一次大突袭，萨珊大军也没法再在军帐中睡上一个安稳觉了。就在突袭的那天夜里，安提柯于早些时候从河对岸返回了城中。他去找到了那个被轮奸的女子，她已经死了，尸首残缺不全。安提柯就让尸体留在了那里，但他带回了一颗波斯人的人头。而后他又乘船向南，两天后的夜里，他带着用波斯斗篷包裹着的另一颗波斯人的首级回了城。隔天晚上，他从北侧河畔的边门溜了出去，这次归来他带回了两颗人头。最后，昨天晚上，他又一次渡过河，又带回了一个可怕的包袱。从一方面来讲，萨珊大军大概有五万战士，折损了区区五个人根本不值得一提。但是一个又一个清晨，某处发现无头尸体的新闻势必会让萨珊大军从心底里生出无限惧意：我们中间出了叛徒，他开始对战友下手了，或者更糟，简直糟透了，军营中有一个趁大家睡觉时随意杀人的恶魔。

巴利斯塔对他的新旗手非常满意。这些恐怖的战利品并没有给他带来什么乐趣，但他庄重地一一解开外面的包袱，同样庄重地感谢带来它们的人。这每一颗人头都标志着为罗慕路斯和那个不知名的女子的复仇。安提柯对于执行这种任务有一种天赋，巴利斯塔很庆幸他们俩是同一阵营的。

除了安提柯夜间的偷袭，除了被围的阿瑞忒城内将士的一般行动，这七天来的主要任务还是组装那三架巨型移动起重机。城里的每个木匠都投身于此，同样，每个铁匠都忙着锻造部队要部署使用的巨大铁链子和工具。这些都完成之后，巴利斯塔还做了最后一件要紧事，这是为萨珊大军对城池发起猛攻时所做的准备。上上下下打量一下城墙，就会发现空气中尽是蒸腾的热气，那是因为城墙上生起了一堆堆篝火，火上架的是一口口大锅。巴利斯塔觉得他已经尽全力了，但他丝毫不确定做成这样够不够好，但他已经尽量做到最好了。

太阳升上了天空，照耀着美索不达米亚平原。一抹金色的阳光投在色彩明艳的萨珊旗帜上，使他们本就华丽的服装和头巾上的珠宝显得更加夺目。所有人都齐刷刷地双膝跪地，匍匐在大漠的沙尘中。号角声声，军鼓隆隆，他们向着升起的太阳参拜致敬，与此同时，只听见“马兹达、马兹达”的齐声唱诵在原野上久久回荡。

现在太阳已经完全升上了地平线。众人的唱诵也结束了，波斯人纷纷从地上站了起来，他们都安静地等待着。

在帕米拉城门高高的城垛上，巴利斯塔也一边观望一边等待着。此时已是四月的第二十一天了，还有十天就到五月了。今天是柏勒里亚节——不朽的罗马帝国的诞生日。一面绣着萨珊王族族徽的巨大战旗——卡维之旗从萨珊大军的右侧冒了出来，后面是大家熟悉的身披紫袍、身骑白马的身影。

“我们的王，我们的王。”平原上又响起了新的唱诵。

沙普尔在队伍前列的中央站定，装饰有大量珠宝的旗帜在他头顶上空飘扬着，迎着阳光，闪烁出黄色、紫色、红色的光芒。他的马踩了踩脚，晃了晃脑袋，然后发出了一声高亢清亮的嘶鸣，响彻原野。

城垛上的巴戈阿斯因为喜悦轻轻地呜咽了一声。“这是个确信的预兆，当诸王之王的军马在城墙前有如此举动的时候，就意味着这座城市肯定会沦陷。”

“安静点，小子。”巴利斯塔才不会让他的奴隶传播负面情绪，“想制造这种所谓的预兆容易得很。”

“他们现在要干什么呢？”马克西姆斯问。七个被捆起来的男人排成一队，被押着向卡维之旗附近的波斯祭司走去。“看起来情况不妙啊。”

巴戈阿斯什么也没说，他垂下了眼帘，这是他第一次表现出羞愧。

这些人都穿着罗马士兵的服装。他们挣扎着，但后面有人抽打着他们往前走。一个人摔倒了，他立即被踢了几脚，直到他从地上爬起来才算完。他们被驱赶到一小堆篝火旁，篝火上的三脚架上热着一口锅。波斯人强迫罗马士兵跪在地上，死死地摁住，还让他们昂起头。其中一个波斯祭司从三脚架上取下锅，然后提着锅离开了篝火。

“神啊，这帮野蛮的浑蛋。”马克西姆斯把头扭到了一边。

祭司走到第一个俘虏面前，另外两个祭司摁着那人的脑袋。祭司将手中的锅一倾，那人立马发出一声惨叫。

“那是什么？”巴利斯塔努力保持声音平稳，“他们要对他们干什么？”

“橄榄油。”巴戈阿斯平静地说，“他们正在用煮沸的橄榄油浇俘虏。”

一声号角传来，继而无数号角声响起，庞大的萨珊军队开始慢慢向前推进。

几队人开始推动安装在低矮的手推车上或放在往前滚动的圆木上的弩车，以便将其移动到有效射程内，也就是距离城墙约两百步的地方。在那个位置上，他们用弩箭压制住城墙甬道上的罗马士兵的时候，投石机就可以瞄准并摧毁守城人的弩炮并轰倒城垛。

活动掩体也被推到了前方，躲在这些家伙后面就可以在敌军有效射程（大约在城外五十步之内）中移动。这排掩体形成了一道固若金汤的木墙，坚不可摧，可以为集结中的波斯弓箭手和强击队提供保护。

其中最为笨重的当属被称为“夺城者”的三座攻城塔楼，它们每一座都需要上百个人拖拽，才能一寸寸地前进。这些装着轮子的巨大塔楼由木材制成，但是全身都覆盖着金属片和潮湿的兽皮。人们经常会从顶端向塔楼两侧泼水，这是为了防止这庞然大物被敌人射过来的火箭点燃。塔楼上层也设有弩炮，但这只是其次要功能。攻城塔楼的设计目的是为了让攻城一方能到达甚至超过城墙的高度，放下吊桥，让杀气腾腾的战士们冲上城垛。等吊桥放下来，大批强击队就会在活动掩体的帮助下携带着云梯猛冲向前。

巴利斯塔看了看这些东西，因为它们是攻城战中的关键，所有的一切都将围绕着它们来展开。这三座攻城塔楼相距甚远。一座在大路上，正对着巴利斯塔所在的城门。其他两座意在攻击较远一些的城墙，三座塔楼从北至南一字排开。它们向前推进的速度大约为每小时一英里，理论上讲，将会在大概半个小时后开始对城墙发动攻击。巴利斯塔知道，半个小时绝对不够。攻城塔楼中途会多次停下，这是为了换一组人继续拖拽，而且还要考查前方道路是否平整通畅，如果有问题则要派人扫除障碍、加固地面或者填平巴利斯塔的陷阱——当然了，如果他们能发现后者的话。

巴利斯塔断定攻城可能要到中午才开始。不幸的是，那个时间段对攻城者有挺多好处的。清晨的阳光不会像现在这样直射他们的眼睛。他们有足够的时间将攻城塔楼拖到城墙下，对其他段的城墙发动助攻。

昨天守城士兵已经在北部和南部峡谷那端发现了成群的骑兵。巴利斯塔调整了一下战斗部署，命令三百名战士（从每个护商使者的非常规部队中各抽调一百名雇佣兵）加入人员严重不足的北侧城墙防御队伍中。奇怪的是，守城的这个弱点竟然是他的勤杂差役——完全不懂军务的德米特里厄斯提出的，巴利斯塔本人和他的所有手下军官都没有发现。有时候一个人就是因为身临其境，反而看不出事情的关键，正如巴利斯塔的家乡人所说：“见林不见木。”

中午，北方人开始仔仔细细地考虑时机问题。中午，罗马人开始吃他们一天中第一顿丰盛的午饭的时候。巴戈阿斯告诉过他，波斯人吃午饭的时间要更晚一些，得到下午晚些时候了。波斯人中午的时候不饿，但罗马人会饿。巴利斯塔这时发现了一件可能极为重要的事儿，于是他准备下令战士们的午饭时间提前。

有个身披紫袍、身骑白马的独特身影开始移动了。尽管目前那人身边围着一圈衣着光鲜的贵族与藩王，但还是能清清楚楚地看到他头上那顶高高的半球形金王冠以及紫色和白色的长飘带，那人就是诸王之王。

巴利斯塔等的就是这一刻，他一直在祈祷让这一幕赶快出现。在罗马军团中，在攻城开始的时候，指挥官策马走进守城方大炮的攻击范围是个惯例。这个传统的目的有二：完全从实际的层面上来说，指挥官这就有机会近距离观察守城情况了；它能起到的另一个不那么实际却可能重要得多的作用就是，指挥官可以通过故意展现对敌人武器的蔑视，让部队燃起熊熊斗志。这是一个很好的传统，可以说是一举两得。唯一的问题就是，这种举动有时候也会让围城战的指挥官死于非命。

在这之前，巴利斯塔还不知道萨珊王朝会不会有类似的安排。问了巴戈阿斯也没能得到有用的答案，他只是回答说：“当然了，沙普尔可是善神马兹达的宠儿，他当然不怕敌人的武器了。”北方人不禁越来越想知道，这个波斯男孩究竟对战争了解有多深，或者不如说对战争了解有多少呢。巴戈阿斯显然出身于波斯精英阶层，但比起当兵打仗的战士之家，他更可能来自一个簿记官或祭司之家。

沙普尔和他的人在马上要进入武器射程的地方放慢了脚步，他和身边的人正进行着热烈的交谈，当然主要是诸王之王在讲话。他大幅度地挥舞着双臂，身后飘带飞舞，无疑是在告诉他面前这些地位不低的听众他认为该沿着什么方向发动攻击。

巴利斯塔故意不去看沙普尔，而是盯着大路两侧那两座非常显眼的石头堆，石堆面对着城墙的一侧都漆成了白色，标志着距离城墙还有四百步的距离，也就是城中弩炮的射击极限范围。来啊，你这个懦弱的东方狗杂种。来啊，有种你就跨进我们的射击范围啊。

巴利斯塔强迫自己去想点别的，于是他下令让战士们至少比平常提前两个小时吃午餐。就在传令官离开的时候，北方人心中一紧，突然意识到自己本来应该下达一个更紧迫的命令，让战士将每台弩炮都瞄准波斯国王，但他没有，只告诉他们等河岸指挥官的命令。下一批传令官离开的时候，巴利斯塔想他们传过去的命令或许都是多余的，这时候还没有将武器瞄准骑白马的那个人的重弩手那得多差劲啊！带着这个想法，他稍稍放松了一点儿心情。

扭转垫圈、放松扭力弹簧以便减少武器表现出的有效射击距离，这已经不是什么新花招了，明眼人一看就知道。但是敌人中招了吗？如果这招不管用怎么办？是不是已经有叛徒走漏了消息？萨珊王朝会不会因此而嘲笑他？

沙普尔轻踢了一下身下的白马，马儿沿着帕米拉门前的路继续前进。沙普尔经过了刷成白色的石堆，身后留下了一长串腾起的灰尘。诸神之父啊，遮面的神，死神的使者啊，请把这个人的命交给我吧。

巴利斯塔心烦意乱地意识到大家都在等待他的命令。城垛上的死寂只是间或会被战士为了瞄准目标而对润滑状况良好的弩炮进行精细调整时发出的些许声音打破。等到他停下马再说，不能草率出手，一定要等待对的时刻。

沙普尔越来越近了，离标志着两百步远的那段刷成白色的墙越来越近了。

他停住了。

巴利斯塔开始下令。

安提柯举起了大家都关注着的信号旗。

拉弦声——滑动声——离弦声，弩炮将重达二十磅的精心磨制的石弹抛了出去。过了一会儿，城门楼顶上飞出了第二个石弹。然后又是拉弦声——滑动声——离弦声、拉弦声——滑动声——离弦声，所有西侧城垛上的弩炮都一齐发射了。有那么几秒钟的时间，北方人对于攻击中的点、线、面赞叹不已，比如说城墙形成的固定直线、无数投掷物与白马上的目标人物交织成一个个移动的三角。

沙普尔身边穿着皮草的骑马人被击中，从马上翻了下去。那人四肢摊开，大衣空荡荡的袖子来回摆动，一支箭穿透了他的胸膛，从背部露出来一截，看起来活像一个六条腿的巨大昆虫。靠后的两个或许是三个随从和他们骑的马都被石头砸成了血肉模糊的一摊。

这轮袭击过后，周围几乎一片寂静，人们似乎都惊呆了。唯一能听见的是一些微弱的声音：棘轮的咔嗒声、木头和皮绳受力的吱嘎声，还有人们用力扳动装置发出的哼哼声。这种近乎平静的氛围被惊恐的萨珊大军中发出的越来越强的怒吼声打破了。

沙普尔接下来的行动让两军都吃了一惊。他用上了马刺，狠踢了坐骑一脚，只见那畜生笔直地向前奔了过去。他朝着帕米拉门发出了一声咆哮，从弓匣里取出弓箭，又从箭袋中抽出一支箭，用尾槽抵住弓弦。距离城门约一百五十步的时候，他突然减速停住，拉开了弓，将箭射了出去。

巴利斯塔看着箭飞了出来，他心中生出一些惧意，觉得这箭是直接向他射来的。事情总是这样，箭离你越近，你觉得它越快。也就是那么短短的一瞬间，那支箭射到了北方人的右边，城墙上的石头因此哗啦啦地掉了下去。

沙普尔正张嘴喊着什么，在呐喊中表达着他的愤怒之情，但他喊的话城墙上的人听不到。两个骑马的人上前来护在国王两侧。他们也呐喊起来，其中一个人竟然想抓住国王坐骑的缰绳，沙普尔则以弓代鞭抽打了那人的手，那人只好将手收了回去。白马转过身去，诸王之王挥了挥拳头，然后向安全的地点跑了回去。

拉弦声——滑动声——离弦声，弩炮发射的声音再次响了起来。在这样的距离下，再加上瞄准的又是一个迅速移动的目标，巴利斯塔知道想要命中简直是件不可能的事。

沙普尔退回到安全范围内，开始骑着马在其队伍面前走动，一边走一边对他的将士们发表滔滔不绝的演说。于是将士们开始高呼他的名字："沙—普—尔，沙—普—尔。"而阿瑞忒的城墙上，将士们也开始相反地高呼另一个名字："巴—利—斯—塔，巴—利—斯—塔。"

河岸指挥官将他的头盔摘掉，在南风的吹拂下，长发在他身后飞扬，他向他的将士们挥了挥手。"巴—利—斯—塔，巴—利—斯—塔。"

"那么我们刚才弄死的是什么人？"他问道。

"哈玛扎斯普王子，他是格鲁吉亚王哈玛扎斯普的儿子。"巴戈阿斯脸上流露出强烈而难以捉摸的感情，"如果不为王子复仇的话，诸王之王的荣誉上将会留下一个永久的污点。现在你们连一丝得到宽恕的机会都没了。"

巴利斯塔突然像个孩子一样将头盔抛起，然后又接住。"这样小伙子们就能专注地打这场仗了。"他大笑着转向城门楼处的战士们，"我不知道你们是怎么想的，反正我是不会让那些波斯祭司碰我的。"战士们也作为回应大笑起来。到了夜幕降临的时候，这场"对决"就会经过改编和美化传到城中的各个角落。

“他们的部队需要多久才能进入弩炮极限射击范围？”

“至少要一刻钟，也许还需要更长时间。”作为工程官的马穆拉对于攻城战中的器械很是熟悉，他回答了指挥官的疑问。

“接下来，卡尔加库斯，你能帮我们弄点吃的来吗？努力干掉疆土有一半世界大的暴君还真让我饿得不行了。”

德米特里厄斯看着他的基利耶一边吃着面包和凉掉的野鸡肉，一边和其他人，也就是马穆拉、图皮奥、安提柯和管理弩炮的战士们谈笑风生。他们将手中的水壶传来传去。这个希腊小伙子从未像现在这样崇拜过巴利斯塔，这些本就在基利耶的计划之中呢，还是他如有神助瞬间产生的想法呢？他总是知道自己要怎么做吗？无论如何，这都是天才之举。祭司那可怕的酷刑、哈玛扎斯普王子的死亡、从巴戈阿斯口中得到情报，这些都将被大家传播开来。到了晚上，阿瑞忒城的每个士兵都将清清楚楚地知道，落到波斯人手中会有怎样的下场：投降就意味着折磨和死亡；比起这个结局，挺胸抬头、战死沙场要好得多。

很快，萨珊大军就靠近了标志着距离城墙四百步的一排标志，也就是说靠近了弩炮的最大射程范围。河岸指挥官早就多次重复强调了以不引人注意的形式打造这些距离标记以及距离城墙两百步的标志的重要性。这些标志在弩炮手的眼中清晰可辨，而对于攻城者来说，并不显眼，吸引不了他们的注意力。绝大多数弩炮手都会选择悉心布置，希望打造出看起来十分自然的暗褐色矮石堆。城里的弩炮手没有一个没笑过帕米拉城门对面指挥官亲自挑选的标志，不过他们只能偷偷地笑，在身材高大的北方人和他那长相凶神恶煞般的侍从护卫面前可从来不敢笑。“看啊，伙计，那就是北方蛮人所谓的‘不起眼儿’的标志：两堆他妈的大石头堆，后面还有一堵他妈的高墙，还都涂成了白色。”

波斯人有秩序地向前推进，队伍主力的推进速度与弩车移动的速度相一致。前面的活动掩体本可以前进得稍快一些，但还是与弩车同速前进，只为了给后者提供掩护。三座巨大的攻城塔楼都被远远地落在了后头。

巴利斯塔的双眼盯着四百步远的两座白色石堆看，他一手举起一片面包和奶酪，一手拿着水壶，但心思完全没放在吃饭上。波斯人经过那些石堆的时候，他们得再往前两百步才能进入城墙上弩炮的攻击范围。萨珊大军正拉着他们的弩炮向前走，所以在那两百步的范围内，他们没有还击的能力。北方人已经下令，让他的弩炮手集中火力专门对着敌军的弩炮打。一开始，什么都不好说——他们之间的距离还很大，想要得出什么精确的结论是不可能的——但是随着缓慢移动的目标越来越近，这种情况应该会有所改善，要在他们能还击之前尽可能多地消灭掉他们。要是幸运的话，投石器能摧毁一些敌军的攻城机械。而弩炮不仅可以毁了敌方的弩炮，还能砸死或威胁那些负责运送弩炮的人，这样就可以拖慢他们的脚步，延长他们无法还击的时间，让他们暴露在城墙上投石机的射程内的时间更长。

巴利斯塔向安提柯点了点头，旗手举起了红色的旗帜。拉弦声——滑动声——离弦声、拉弦声——滑动声——离弦声，城墙上所有的弩炮都开始了发射。

第一轮攻击没有取得什么成果，而且之后的几分钟里，再也没听见像样的万箭齐发的声音。弩炮手们的行动速度并不统一。巴利斯塔一点儿都不觉得动作最快的就一定是最棒的，反倒认为应该多花些时间好好瞄准。他着实做了一番心理挣扎，才没去帮着旁边的人瞄准那重达二十磅的石弹。北方人想挠挠自己的鼻子，但他发现自己一手拿水壶一手捧着吃的，于是便一边吃一边喝了起来。

欢呼声，响亮的欢呼声，从右边的城墙段传了过来。巴利斯塔抬眼一看，恰巧看到一个轮子像被人抛出的硬币一样在空中翻着跟斗。原野上腾起一股烟尘，从那团烟尘中摇摇晃晃地走出来一个又一个小人，他们身上的盔甲在阳光下闪闪发光。城墙北端的一架投石机直接命中目标了，萨珊大军的一辆弩车报废了，还有十九辆。

这回左边又传来了更为响亮的欢呼声，巴利斯塔看不到他们是在为什么欢呼。马克西姆斯一边指一边喊道："那儿，看那儿！老天保佑，这回可够他们受的了。"巴利斯塔顺着希伯尼安人伸直的胳膊所指的方向望去。离城墙很远很远的位置，就在波斯大军主力之后，三座攻城塔楼最靠南的那一座出了事。这座庞大的萨珊"夺城者"像个醉汉一样往前倾着，前轮深深地陷入地下。

"堤喀女神啊，"马穆拉说，"我觉得我们没有在那么远的地方挖什么陷阱啊，一定是它本身的重量压塌了最远处的古老的地下墓穴。不管怎么说，今天他们都别想把那个恐怖的'巨人'从坑里弄出来了。"

任何一场战役，就像大自然中的万事万物一样，是分阶段的。现在守城方略占上风，好消息随之而来。巴利斯塔吃完了手中的面包和奶酪，这时，两个传令官前后脚沿着通往城门楼顶的台阶跑了上来。

第一个传令官开口说话时，巴利斯塔将手中的水壶递给了另一个等着的传令官。

萨珊大军对北侧城墙的进攻失败了。有一大批人——据估计应有约五千人——原计划爬上峡谷北边的高地，他们还有相当长的一段距离才能进入弩炮的最大射程之内，普登斯百夫长下令让边门塔楼上的弩炮进行射击，试试能不能射到他们。重弩手瞄准了一个领头的骑兵，那人穿着厚重的盔甲，坐骑身上的马衣也同样华丽。其实瞄准他纯属碰运气，并非志在必得。结果弩箭真的将那波斯人射下马来，钉在了地上。他们的头头儿死了，剩下的虾兵蟹将就作鸟兽散了。

巴利斯塔对传令官表示了感谢，然后赏了他一些硬币。另一个传令官将水壶递给了他的同伴，然后也开始汇报他的新战况。

波斯人不知从哪儿弄来了五艘船，船上一共挤着两百个战士。他们犯了傻，竟然沿着贴近阿瑞忒城的河流西岸行驶。这些船刚刚进入两座东北城楼上弩炮的射击范围，被迫给他们划船的船夫就立刻从船舷处跳下了河，弃船而逃，迅速地游向岸边。从那时起，那五艘船就陷入了混乱的状态。他们几乎等于是一边顺流而下，一边被高高的城墙上的弩手和弓箭手瞄准射击。当他们最终尝试着停靠在鱼市附近的时候，又成了阿纳穆非常规部队的至少十架弓弩和不少于五百名弓箭手的活靶子。其中三艘船翻了，一艘在幼发拉底河中离城墙最近的一座小岛附近沉没了，还有一艘漂向了下游。大多数士兵并非是因为被箭矢射中而亡，而是被活活淹死的。最后只有大约二十人向下游方向逃走了，还有大约二十人被困在了河中央的小岛上。

汇报以波斯战士被困孤岛结尾，安提柯狐疑地望着巴利斯塔，后者令人捉摸不透地说了声好的，然后又加了一句，到时候注意他们晚上是否还在岛上。北方人对传令官表示了感谢，然后又赏了他一些硬币。

但是运气不可能始终偏向一方。走运的时候总是过得太快，在又搭进去一辆弩车之后，萨珊大军的弩车终于走出了无用武之地的区域。各辆弩车都到达了预定射击位置，也就是在有效射程内。波斯人一窝蜂地上前将弩车从运送的圆木上卸下来，装上保护遮板，将弹药搬到附近，用绞盘将滑块拉回，放上石弹，瞄准，然后发射。

当一个石弹落下来的时候，巴利斯塔感觉到整个门楼都轻轻一颤。不用太费心的观察阶段已经结束了，现在空气中弥漫着紧张肃杀的气氛，到处都是箭矢撕裂人体的声音。右边的一个战士被城墙甬道那边射来的一支箭射中了，他连声惨叫；左边的一小段城垛在石弹的轰击下像爆炸一样四分五裂了；有一个人仰卧在废墟中发出阵阵呻吟，还有一个只是安安静静地躺在那里。巴利斯塔命人给木匠们传话，让他们搭建一个临时的城垛。巴利斯塔思考着，在其他条件相等的情况下，守城者应该在这轮相互炮击中取得胜利。因为他们现在有二十五架弩炮，而敌军只有十八架，再加上他们又有居高临下的优势，保护他们的是石墙，而不是木质屏障。

还有其他不平等的方面。两座还在推进的“夺城者”已经慢慢进入了其炮火射程。就在敌人准备还击的时候，北方人正要下令让重弩手转换攻击目标。随着进入射程，巨大的攻城塔将成为他们唯一的打击目标。现在轮到守城炮兵被动挨打而无法反击的时候了，对于任何一个战士来说，这都是最坏的情形。巴利斯塔派人跑去传令，临了还补充了一句：要是哪个重弩手敢瞄准射程范围内除了攻城塔楼之外的任何东西射击，那么就用鞭子把他抽死。神啊，大权在握已经腐蚀了我的灵魂。

波斯人的主力部队将他们的弩车留在距离城墙两百步的地方，他们则挤在尽可能地离移动护盾近的后面。有的人掉进了脚下的陷阱里，有的则被城墙上射下来的飞矢射穿。而对于守城者来说，看起来没多大会儿，城墙外约五十步开外的地方就竖起了一排移动掩体，后面就是弯弓待射的波斯弓箭手。一万、两万、三万支箭，数量无从猜测。它们就好像一片遮住阳光的阴影，让这天变得越来越暗。

沿着城墙和墙后面的地方迎来了像仲冬期的雨点一样密集的箭。城墙上，还有城墙后面的街道与巷子里，人们纷纷被射中倒地。城墙上的弓弩手也组织了还击，守城者还是有一定优势的：他们所处的位置更高，还有石墙与步兵的圆盾保护；他们几乎所有的箭都能射中点什么——因为萨珊大军中战士数量众多，形成了一个密集的目标，而移动掩体无法将他们全部护住。但这毕竟不是什么公平竞赛，城墙上只有不到六百五十名弓箭手，而城下则数不胜数，成千上万。

萨珊大军的箭直取守城者的要害，后者则纷纷被射中倒地，死伤不计其数。巴利斯塔不知道自己的精心部署和策划是不是到头来毫无用处。敌人会不会单靠人数庞大就取得胜利呢？他们光靠石弹的重量就能让城墙上的人都死于非命，让城门大开吗？

坚持着，他们只能坚持着。巴利斯塔知道只有纪律，传统的罗马军团的纪律能让他们度过此劫。九天九夜，诸神之父都紧握着生命之树。他身侧被一根长矛划伤了，他仿佛听到了坚持不离开生命之树的诸神之父倾下身来，向他吐露死亡的秘密。北方人微笑了，作为罗马人的河岸指挥官，他已经尽力了。

白色的龙纹旗帜在风中猎猎作响，让萨珊大军变得尤为凶残、狂暴，帕米拉门上方的空中满是飞矢。巴利斯塔蹲在临时的盾墙中央的胸墙后面，很难看清情况或听到什么动静。然后，在矛林弹雨的一片可怕的混乱中，升起了一片欢呼声。虽然这声音被打仗的声音稀释了，显得没那么突出，但还是能听得出其中充满了喜悦，人们呼喊的是："罗—马！罗—马！"

巴利斯塔从垛口后面往外看下去，一支箭冷不丁地射了过来，他赶紧又将头缩了回去。然后他又探头去看，北半边平原都笼罩在一团蘑菇形的烟尘中。巴利斯塔可不想冒险，他又在低矮的护墙后面躲了一会儿。当他再次冒头看的时候，烟尘已经散去了一些。他知道他的人为什么欢呼了，最北边的"夺城者"已经不复存在了。它原本的位置上现在是一片残骸，横竖木材搭建的巨大架子扭曲得不像样了。就在这时，巴利斯塔抬眼的空当，有个人从攻城塔楼顶层跳了下来，空中坠落的人竟然不合时宜地看起来像哑剧中优雅的舞者。接着塔楼上又跳下了两个、三个、四个人，他们都投向了死亡的怀抱。然后塔楼残余的部分不可避免地向内垮塌了。

战场上顿时出现一片奇怪的肃静，交战双方都开始关注刚刚发生的这件大事儿，一时间战斗竟然停滞了。那座“攻城者”原本几乎是直接向着一座装配有城中最大的弩炮的塔楼去的，因为被二十磅重的石弹以极快的速度反复轰击着，“夺城者”遭到了实质性的破坏，终于散了架。

德米特里厄斯向周围望望。帕米拉门的楼顶平台遍地狼藉，几乎被射来的箭矢盖满了。双方的战斗渐渐止歇，守城者纷纷靠着墙或那两台巨大的弩炮重重地坐下。这个希腊小伙子尽管不想这么做，但总忍不住去瞟被扔到角落里的那两具尸体。他们身下的血混在一起，汇成了一片如镜的血泊。德米特里厄斯想知道他们的身份，又害怕知道他们是他认识的人。

这场仗结束了吗？宙斯、阿波罗、雅典娜和阿耳忒弥斯啊，求求你们让它结束吧，至少今天别再打了。德米特里厄斯注意到，有几个奴隶抬着一些包裹和坛子从地上的活板门里冒了出来。有那么一会儿，这个希腊小伙子都没搞清他们在干什么。然后他看看天空，突然意识到现在肯定是快到十二点了，也就是基利耶命令部队早点吃饭的时间。从一方面来看，时间过得可真快；可从另一方面来看，惨叫声和恐怖气氛似乎已经盘桓了数日之久。德米特里厄斯想，在神圣的《荷马史诗》的诗歌中，宙斯是如何让时间停滞，好让奥德修斯和珀涅罗珀享受做爱与安眠的美好时光的呢？今天发生的一切与书中毫不相同，阿瑞忒和伊萨卡也毫不相同。

早些时候，当巴利斯塔突然想吃点早午餐点心的时候，德米特里厄斯已经没法吃东西了。他口中发干，一点儿唾液都分泌不出来。现在，双方交战似乎渐渐止歇，他才感到分外饥饿，于是连忙狼吞虎咽地吃起了面包、奶酪，还吃了一个洋葱。

基利耶则漫不经心地嚼着嘴里的食物，他背靠着南侧城墙，坐在地上，马克西姆斯和安提柯分别坐在他左右两侧。他们断断续续地低声讨论着技术问题，比如弩炮群的俯角极限为多少。德米特里厄斯不禁想，今天上午这番恐怖的交战、这番杀戮与死亡怎么能让一个人的感觉如此迟钝，这些反复的噩梦怎么变成了像在田里收割玉米一样平淡呢？他开始咯咯地笑了起来。也许因为他们是野蛮人吧，一个盎格鲁人、一个希伯尼安人，还有一个巴达维亚人。德米特里厄斯想让自己赶快停下来，别再咯咯笑了，于是他咬了满满一大口洋葱。

此时的阿瑞忒正处在暴风眼里，这座与世隔绝、之前毫不重要的小城在诸神的意志下成了东西方之间永恒的战争中最新近的焦点。根据最早的记载，东西方的冲突始终都存在。首先，东方的腓尼基人绑架了希腊神话中宙斯的情人伊娥，希腊人为了还击拐走了腓尼基王阿革诺耳之女欧罗巴，接着又掳走了科尔喀斯国王之女美狄亚。特洛伊王子抢走了海伦之后，事情从争夺美女发展到了发动战争。于是，希腊联军亚加亚人烧了特洛伊城，波斯人又毁了雅典，亚历山大则夷平了波斯波利斯。随着罗马将军克拉苏率领的军团在卡莱陷落，沙漠中的沙子都被鲜血染成了红色。马克·安东尼从米底撤退的时候，罗马战士暴尸荒野。尤利乌斯·恺撒又在另一场复仇战争的前夜被杀害。图拉真、路奇乌斯·维鲁斯和塞普蒂米乌斯·塞维鲁这三位皇帝曾经发起了一次又一次的复仇战争。接着就迎来了萨珊王朝，东方开始还击，成千上万的罗马人死在了梅希克和巴巴利索。与此同时，叙利亚的重要城市安条克和众多其他城市都在战争中煎熬着。东方与西方的战争冲突永远不会结束。

阿瑞忒是一片无边无际的冲突版图的震中，这是一场永无止境的文明碰撞，是东西方神祇永恒的斗争。东方将以其全部的意志与力量冲击西方，而现在正吃着面包和奶酪的三个野蛮人正捍卫着不朽的罗马——

有的人会说是为了捍卫罗马的人文主义，当然还有帝国的全部艺术与哲学成果。德米特里厄斯连绵的思绪被一个士兵的突然到来打断了。

这个传令官也破坏了马克西姆斯的遐想。这个希伯尼安人刚才已经对研究弩炮俯角的微妙之处没了兴趣，而是在想克雷特酒馆新认识的那个姑娘。克雷特酒馆的姑娘乳房上有着大如餐盘的褐色乳晕，但她说她宁愿要一对玲珑小巧的奶头。城南酒馆的姑娘有一对小巧可爱的粉红色奶头，可她说自己想要更大点的奶头。马克西姆斯不在乎这些，这俩姑娘都是活力四射、体态健美的金发美女。当然，要是能站一块儿让他看着就更好了。

传令官深深地鞠了一个躬，行了个礼。巴利斯塔和安提柯只是略略地还了个礼，连站都没站起来。马克西姆斯不是战士，而是奴隶，所以他乐得不用加入还礼的行列。

“好消息，大人。”巴利斯塔示意让他坐下，那战士松了口气，坐了下来，“攻打南墙的那帮野蛮人已经被我们打退了，他们约有五千人。这帮狗杂种在超出我们射程的高地上组织好了进攻队形，不过等他们往峡谷里走的时候，我们有十架弩炮等着他们呢。杂种们开始往我们这侧的峡谷上爬的时候看起来战战兢兢的。后来伊阿海和奥戈洛斯的弓箭手开始朝他们放箭，我们还按您之前的安排将大石头推下去砸他们，这些波斯人可真是胆小如鼠的东方人，根本不敢面对，撒腿就跑。”

马克西姆斯跟个孩子似的，向来都只顾眼前，他早把南城墙遇到的威胁抛到脑后了。他们所在的面对沙漠的城墙情况已经够糟糕了，与其相比，这消息的确不错。

巴利斯塔对传令官表示了感谢，然后派他接着传令给伊阿海，让他带着三百名弓箭手来临近沙漠的城墙上。

平原上传来了号角声和隆隆的鼓声。萨珊大军的指挥官们声嘶力竭地呐喊着，想让他们的战士再次充满激情与狂热，提高进攻速度。一阵箭雨袭来，德米特里厄斯的身子都快贴到地上了。巴利斯塔、马克西姆斯和安提柯艰难地从地上爬起来，挤在护墙后头，时不时地往外瞅瞅。

北边城楼传来了一声可怕的撞击，一团不祥的深色烟尘袅袅升起。接着是人们起伏不断的喊疼声，就好像负伤野兽的低嚎。萨珊大军的一架投石机直接命中了城门塔楼上两架罗马弩炮中的一架，炸开的木头碎片四处乱飞，速度极快，让城楼平台瞬间变成了停尸场。

巴利斯塔还没来得及下令，马穆拉就出现在了被击中的城楼上。这位工程官组织起一队人，让他们将弩炮的碎片捡起来扔到城下去，还派人去军火库拖来了一架备用弩炮。死去的士兵的尸体与地上的武器残骸堆在一起，其余活下来的人则不得不试着让剩下的弩炮派上用场。

当下，守城者的主要问题就是，敌军还有一座可用的“夺城者”。它又继续朝着帕米拉门缓缓前进了，只要它还矗立在平原上，只要它还能挪动，守城者的所有弩炮就必须都瞄准它，没有其他选择，只有最北侧面对着沙漠的那段城墙的塔楼能冲那些折磨他们的萨珊弩炮车进行还击。

最后这座“夺城者”正经受着可怕的进攻，撞击声不绝于耳。一块块光滑的圆形石弹，六磅的、二十磅的纷纷以骇人的速度砸到它的塔楼上。弩炮射出的利箭和弓箭手发出的箭矢让负责拉动这个庞然大物的无数人都遭了殃。“夺城者”开始摇晃了，看起来好像有栽倒的趋势，但紧接着又有新的人手补充了上来，他们拉住纤绳，在强大的压力下，上千个木头接合处发出了恐怖的吱嘎声，这巨人又前进了。

而且，工兵加速跑到攻城塔前面，去对付巴利斯塔的陷阱。距离城门一百步和五十步处所有小心隐蔽的陷阱都已经被他们发现并且填平了，但他们付出的代价是惊人的。在大多数情况下，工兵在前面开路的时候会掉进里面，而坑底是一片墙一样密实的尖头铁钉，最后填坑的其实有一部分都是他们的尸体。

“夺城者”无情地滚滚前进。如果它到了城门口，若是它的吊桥轰然搭在城门楼顶上，这场攻城战就等于结束了，那就意味着这座城市的陷落。巴利斯塔清楚，现在要想阻止这座攻城塔抵达城门仅有一个希望了。也不知道波斯人是否清楚，就在差不多离城门二十步的地方，还有一个暗藏的陷阱。苏伦家族的人从未到过离城门那么近的位置，就巴利斯塔知道的，没有哪个波斯人曾到过那么近的位置。可是，叛徒会不会早就透露给他们了呢?

披挂着兽皮的攻城塔楼越逼越近。没有加工过的兽皮的气味、木头的气味和前面拉着它往城门走的人身上的汗酸味儿混杂在一起。三十步、二十五步，没有工兵走在前面。二十步，什么也没发生。难道是巴利斯塔计算错了？难道是陷阱上面的横梁太结实了？“夺城者”是否能畅通无阻地通过陷阱呢?

突然，一阵十分低沉的吱嘎声传来。路面晃动起来，陷阱上盖的隐蔽的木板在攻城塔的碾压下翘了起来，一种特别的气味随风飘散过来。木板“啪啪啪”地一个接一个断开来，攻城塔开始向前倾斜，人们纷纷尖叫起来。

巴利斯塔抓起弓和箭，深坑中的味道强烈地刺激着他的鼻子。他将绑着可燃物的箭头放到火盆里，箭头顿时烧了起来。他深吸一口气，跨出藏身的护墙，从垛口冒出头来。然后他闪身一躲，波斯人的一支箭贴着他的脸飞了过去。他喘着粗气，强迫自己从城墙上探出身子去，也不顾危险，将精力集中在眼前要干的事儿上。他隐约地感觉到一支支箭矢擦过他周围的石墙，蹭下来一撮撮石屑，下面就是陷阱黑黝黝的开口。他深吸了一口气，拉弓射了出去。那支箭似乎加速飞了出去，后面拖着绕圈的烟尾巴。

其他火箭也随之射入陷阱坑中，射进早就藏在里面的硕大陶罐子里。“轰”的一声，轻油点着了。火苗蹿了起来，火舌舔舐着攻城塔，吞没了入口和里面的扶梯。人们惨叫起来，巴利斯塔闻见了一种像烤猪肉一样的味道。

“巴—利—斯—塔，巴—利—斯—塔！”城墙上满是战士的呼声，“巴—利—斯—塔，巴—利—斯—塔！”

但是阿瑞忒城这天要遭受的严酷考验还没有到头。萨珊大军看到他们的人和攻城塔被大火包围，受了刺激，顿时战场上鼓号齐鸣，杀声震天。领军的贵族骑士大吼着军令。

“卑—路—斯，卑—路—斯，必胜，必胜！”沙漠上响起自豪的唱诵，“卑—路—斯，卑—路—斯！”①

这支东方大军就像狂怒的大海卷起巨浪拍打海岸一般从那一排活动掩体后面冲了出来，冲着城墙发起了进攻。强击队中大概有几千人，每个人都穿着铠甲。萨珊骑兵都下了马，那些贵族甚至自己扛着攻城的云梯。

这排人浪大概离城墙有五十步的距离，这五十步可够他们走一阵的了。从迈出的第一步开始，人们就开始跌落陷阱，他们被一架弩炮射出的箭矢压制着往后退，有的抱着射中他们的箭的箭杆缩成一团，有的捂着被铁蒺藜划破的脚，有的摔在坑中，被里面插着的木桩刺穿身躯，透骨而过，发出可怜的哀号。他们通过那片空旷地区的时候纷纷倒下，跌进了壕沟，然后再重新往外爬。萨珊大军将死掉的和将死的人留在身后，终于抵达了靠着阿瑞忒城墙的土堤。他们抬起攻城云梯，将梯子一头搭在城垛上，第一个人开始带头往上爬。

① 此段中的“卑路斯”，意思都是“胜利者”。文中凡是与“必胜”一起出现的地方，皆是指“胜利者”。——译者注

这个时候，守城者开始用历代阴险冷酷的工匠造出来的简单、精巧而恶毒的装置对付萨珊大军。随着梯子一头“砰”的一声靠在墙上，守城者一个个手执铁叉奋勇上前。他们用铁叉的尖头将梯子推到一边。尽管利箭在他们耳畔呼啸而过，还是有更多的守城者加入了这个行列，他们推啊推，拼命地推。一个战士倒下了，另一个补上来。那些根基不稳的云梯都向两侧歪倒，情况愈演愈烈，不仅歪倒的梯子上的战士摔了下来，有的还撞到了旁边的梯子上。萨珊战士纷纷头朝下地栽了下去，砸向无情的地面。

守城者将三四个人才能抬起的巨大石块推上护墙。这些大石块先是微微晃动，然后开始倾斜，滚下城墙，将梯子上的人撞飞了不说，还把梯子的横档都砸烂了，梯子两侧的立柱也无可修复地毁了，最后石块重重地落到了地上。

城垛上高高扬起的是巴利斯塔三架新型巨大起重机的摆臂。守城者拉动杠杆，巨大的铁链将大块的岩石放下来。等这些石头开始滚动起来发起攻击的时候，眨眼间梯子就毁于一旦，上面的人也都成了一团肉泥。

城墙的整个甬道上的人都在积极地忙碌着，四人一组的小队用包裹好的金属杆穿过火上烤着的大铁锅的把手。他们快速且小心地将灼热的“大碗”从火上抬起，很有技巧地不让里面噼噼啪啪地不断发出爆裂声的东西溅出来。他们发出费力的哼哼声，将金属杆扛在自己肩膀上，最危险的是，他们必须全神贯注，非常小心翼翼地将锅里的东西往护墙外倒下去。

下方顿时传来了人的惨叫声。灼热的白沙顺着城墙的外表面流到了土堤上，凡是沾到这些沙子的头发和衣裳都烧了起来。这些微小的颗粒钻进了战士甲胄的缝隙，钻进了他们头盔的眼窝，滚烫滚烫地，将战士们都烫瞎了。士兵们一边尖叫着乱窜，一边疯狂地撕扯身上的甲胄，因为此时的甲胄非但保护不了他们，反倒让滚烫的沙土紧贴着他们的身体。他们在地上滚来滚去，捶打着自己，甚至都顾不得守城者继续射出的箭雨。

城墙下战士们遭遇的这场杀戮是灭绝人寰的。但并非所有的云梯都被推得歪倒在一边或是被砸碎了，还是有身着丝绸外衣、森然铁甲、头盔后面丝带飘扬的战士沿着完好无损的梯子往上爬。此时此刻，再也没有“胜利”的呐喊了。他们得省着每一口气往上爬，省着每一口气迎接将在城墙顶上等着他们的东西。

一个人很难一边爬梯子，一边打斗。对于大多数萨珊战士来讲，只要爬到梯子顶，就意味着会遭到罗马长剑的一系列攻击，然后只得被迫退下来。但战士们终究还是从几个地方翻过了护墙，踩上了城垛。在大多数情况下，他们刚站稳脚就会被立即打倒，因为登上城墙的只有寥寥数人，从人数上来看，守城者还是有压倒性的优势。

“看啊，基利耶，看那儿！”德米特里厄斯指了指城门楼南边的城墙甬道。一个萨珊重骑兵组成的四人小队翻过了城墙垛口，他们肩并肩地站定，背对着梯子，脚下躺着五六具尸体，既有波斯人，也有罗马人。守城者形成一个半包围圈，缓缓地向他们围过去。希腊男孩眼看着的当儿，又有一个东方战士翻过了护墙，接着又是一个。

“跟我一起来。马克西姆斯、安提柯、骑兵卫队，都跟我来！”巴利斯塔没等确认大家是否遵守了他的命令，就抄起长剑，穿过地板门，沿着楼梯冲了下去。

楼顶上的人手越来越少，在如此压力下，德米特里厄斯犹豫着。他拿起剑，要不要追随他的基利耶呢？他感觉拿着马克西姆斯给他的短剑显得很蠢。要是他跟下去，那纯属找死，或者只会碍手碍脚，最后牺牲了别人。

德米特里厄斯看见他的基利耶从塔楼下去，出现在了下面的城墙甬道上。北方人一阵小跑，左手解开黑披风，将它扔到一边。那披风飘落到城内的斜坡上。马克西姆斯和安提柯跟在他身旁，后面还有六名骑兵。河岸指挥官用母语喊起了杀敌口号。

这时他们面对的是八名萨珊战士。巴利斯塔逼近两步，只见离他最近的那个波斯人挥剑向他的脑袋砍过来，巴利斯塔将剑横在身前，略一翻腕，挡住了敌人向他挥过来的利刃。接着他又反手一挥，长剑重重地砍到了那个波斯人的脸上，巴利斯塔的动作似乎是一气呵成，毫无停滞。于是，第一个波斯人被撂倒在一边。巴利斯塔冲着下一个敌人发出了一连串重击，后者缩在他的盾牌后面，将自己护住。

德米特里厄斯看见此情此景，心都提到了嗓子眼儿，短短几秒内发生了这么多事。马克西姆斯杀了一个波斯人，安提柯也杀死了一个，但他们的一个骑兵也被敌人砍翻了。倒下的波斯人比罗马人要多。虽然城墙上翻过来的波斯人越来越多，但他们被杀死的人数更多。巴利斯塔的连环暴击让那个东方人不由得跪在了地上，盾牌也被掀到了一边。紧接着，巴利斯塔就用手中的长剑插进了他的脸里，那情形血腥极了。正当基利耶脚踩在一个男人的胸膛上往外拔剑的时候，他差点儿滑了一跤，因为此时甬道上满是黏滑的血泊。一个萨珊战士趁机跳过来，冲着巴利斯塔的头盔来了一招侧击。北方人用左手脱下了被砍坏的头盔，右手执剑挡开了下一招攻击。这时，伊阿海手下的一个雇佣兵举起剑插进了那个波斯人的后背。

完事儿了。站着的剩下三个萨珊战士就好像集体收到了一个信号一样，纷纷转身，抢着跑向那其实并不能带给他们安全的梯子。最后，这三位也都是后背上各挨了一剑，死了。

巴利斯塔擦掉眼皮上的汗珠儿，上下打量了一下城墙。此时甬道上已经没有东方人了。他跟之前一样小心地蹲在残破的墙垛后头，警惕地盯着城墙。完事儿了，恐慌的情绪在萨珊大军中蔓延开来。受伤的人，不管他们是真受了伤还是假装的，都开始往大本营撤退，一开始往后撤的还是单个的士兵，后来就是一小群一小群的士兵了。巴利斯塔看见整个大军都转身往回逃了，渐渐地，涓涓细流变成了无可挽回的退潮。沙普尔的进攻失败了。

“巴—利—斯—塔，巴—利—斯—塔！”呐喊声响彻原野，嘲弄着正在败退的萨珊大军，“巴—利—斯—塔，巴—利—斯—塔！”有的战士像狼一样嗥叫着，河岸指挥官的父亲伊桑格瑞姆的那个故事原本是个笑柄，现在却莫名其妙地变成了他们这支部队引以为豪的地方。

巴利斯塔向他的战士们挥了挥手，和他周围的人握手拥抱。从马克西姆斯的熊抱中挣扎出来后，这个北方人认出了伊阿海那队雇佣兵的首领。

“你他妈的怎么到这儿来了？”他的声音很是严厉。关心则乱，所以他才对她发了火。

“我父亲……身体不适，所以我才带着你要的这队人来了。”芭思希芭迎着他的注视，没有退缩。她的一个袖子被扯烂了，胳膊上有一片血迹。

“神啊，这可不是女孩该来的地方。”

“刚才你可没拒绝我的帮助。”她挑战似的抬头望着他。

“刚才是你？”

“没错。”

巴利斯塔控制住自己的怒火。“那我必须得谢谢你了。”

第十四章

阿瑞忒西城墙外的平原满目疮痍，触目惊心。

从城楼的楼顶可以看到这种恐怖景象的全景。就像暴风雨肆虐后遇难船的残骸被海浪推上了岸边一样，萨珊士兵的尸体到处都是，而且在原野上形成了清清楚楚的“浪痕”。最远的“浪痕”大概距离城墙四百到两百步。地上躺着一具具尸体，有的是被石弹砸死的，有的则是被箭矢射死的，有的则死状奇特，半个身子没在地上要了他们命的陷阱里。第二道“浪痕”则几乎触到了城墙。死在这个范围的至少还有伴儿，伴儿还不少。这些尸体身上往往插着尾部带彩色羽毛的箭，鲜艳的羽毛在南风中微微颤动。这明快艳丽的色彩让它们像极了节日庆祝所用的彩带、彩旗，为这片荒凉残破的景色添加了一种不合时宜、令人毛骨悚然的气氛。最后，紧挨着城墙根的地方更是满眼惨状。战士的尸体一个压一个，三个人、四个人甚至五个人摞成一坨，地面都被它们遮盖住了。有的被砸得稀烂，有的身体扭曲、骨头折断，但不管是什么样的，这些尸体都几乎被烧成了焦炭。

十八年来，巴利斯塔活到现在有一多半的时间都对被活活烧死有一种特殊的恐惧。自从攻打阿奎莱亚城之后，不管他随着军团走到哪儿，总能看见烧死人的情形。无论是在高高的阿特拉斯山巅、希伯尼亚的绿草地，还是在多瑙河畔的诺瓦埃平原上，他都见过有人被烧死，如今，在阿瑞忒的城墙根下，他又看见了人们烧焦的躯体；几百名或是上千名萨珊战士都被轻油和白热的沙土烧死了，他们浓密的头发和呈小卷的胡子都变成了一缕缕焦黑的东西，他们的皮肤呈现出橙黄色，脱落下来，看起来像被烤焦了的纸莎草纸一样，露出下面恶心的粉红色皮肉。

攻城战发生后过了十三天，尽管有数不清的苍蝇发出持续不断的嗡嗡声，但很奇怪，这些尸体看上去都没有腐烂的迹象。巴利斯塔回忆起了与当前情况类似的几个西方的血腥战场，他知道在那些地方，过了四天这些尸体就会开始腐烂、散架，变得面目全非。而在这里，这些萨珊士兵的尸体似乎正在逐渐干枯，变成像枯死的树干那样，丝毫没有腐烂。图皮奥总是自夸当地的情况他什么都了解，但其实他知道的不过是些饮食、气候之类的事儿；这些东方人在吃上更为节俭，而且因为他们的故乡天气燥热，这些人一个个都无精打采的。

萨珊人并没有收殓他们死去同胞。也许他们认为要求停战收敛尸体会被看成是软弱的象征。鉴于他们将尸体抬走也还是让他们暴尸于荒野，任其被鸟儿啄食、昆虫分食，也许这对他们来说并不重要。巴利斯塔注意到，宗教信仰并不妨碍他们打死人的主意。阿瑞忒城可没人能出城去，所有本地人现如今都沦为了难民，要么就是在城里，要么就是在别处——若是神祇垂怜的话——也许成了波斯人的俘虏，但每天早晨，大家都能看到那些尸体越来越多地变成了裸尸，他们身上的盔甲、衣服和靴子统统不见了。这帮“拾荒者”只能是萨珊军营来的人。

上千名波斯人战死沙场，损失的人数难以计量。德米特里厄斯曾经说过波斯国王如何计算伤亡人数。按希罗多德所说，开战前，会让一万人尽可能紧密地站在一起，在他们外围画上一条线，然后再让圈起来的这些人解散。接着，这条线上会筑起一道肚脐高的篱笆。战士们一批批地站进这个“围场”中来，每次一万人，直到把人数清点完毕。等到打完了仗，这个过程会再重复一遍，到时候诸王之王就能知道损失了多少人了。

巴戈阿斯苦笑了几声，他声称自己压根儿不知道这个希罗多德是谁，但显然那人是个骗子，要不就是个蠢蛋。知道折损近万人有什么好处呢？事实上，在马兹达恩宠的沙普尔出发去匡扶正义之前，他会让每个经过他面前的战士都丢下一支箭。当崇拜马兹达的诸王之王带着从非雅利安人的地盘夺来的战利品载誉而归时，他会让每个战士拾起一支箭。那么剩下没人捡的箭就相当于那些上了天堂的战士的数量。

德米特里厄斯嫌恶地瞅了那波斯男孩一眼。

巴利斯塔并未在这件事上施压。他知道，其实死了多少波斯人并不重要。再死一百人，再死一千人，这真没多大区别。基于他们在人数上占有无可比拟的优势，萨珊大军折损多少其实都不是关键，关键是战士们的士气和沙普尔指挥他们继续作战的决心。巴利斯塔知道，要想保住阿瑞忒城，就得要么让波斯战士的士气消沉，要么让沙普尔的决心动摇。他怀疑这些波斯人可能会比他们的诸王之王更早地扛不住。

比较来看，罗马军团这边的伤亡人数几乎可以忽略不计，但确实比巴利斯塔料想的要多，多得超出了他们能承受的限度。萨珊大军如暴雨般密集的箭比他这个北方人见识过的任何一场箭雨都厉害。他一度甚至以为这会让无助的守城士兵完全守不住城垛。要是那些东方人一连气儿地像这样射上三四天的箭，他估计守城的士兵肯定连候补的都没了。但巴利斯塔也知道，没有哪支部队能在阿瑞忒城墙下日复一日地承受萨珊大军刚刚遭到的人员伤亡。

罗马军团这边，弓箭手的损失最为惨重。帕米拉王国第二十步兵大队的六个百人队都伤亡过半。基本每个百人队目前的兵员都仅有五十人左右。第四西徐亚军团的战士相比较而言损失稍轻。平均来看，西城墙的八个百人队中每个都损失了十人，也就是说目前他们每队的人数都降到了六十人左右。马穆拉手下的旗杆附近的弩炮兵缺失了十名。幸运的是，因为他们一行人正巧在“风眼”的位置，巴利斯塔的骑兵卫队里只折损了两人。

罗马军团的伤亡人数总共超过四百人，其中约一半人牺牲了。这些逝去战士的尸体均埋葬在弹药库东边的一片空旷地下面，那片地本就规划成了临时的坟地。巴利斯塔非常清楚，如果没有以体面的方式埋葬这些守城者的尸身，不仅会有闹瘟疫的危险，还会招致其他战士的不满。正是出于卫生健康和宗教的考虑，巴利斯塔在丧葬上多下了点功夫，这是相当划算的。其他的受伤人员因为伤得太重，已经无法战斗了。而且其中大多数人最后都只能死去，很多人都会在败血症中痛苦地挣扎着。在情况变得如此糟糕以前，部队的医护人员会相当忙碌。每个能归队的受过训的战士都是弥足珍贵的。

萨珊大军的攻城失败后就完全退出了战场，他们拖着活动掩体、弩炮和简直称得上是最幸运的伤兵们撤到了罗马军团的射程以外。第二天，他们始终待在军营里，沉浸在悲戚的氛围中；营帐中奏起了高亢悲凉的乐曲，伴随着恸哭，在西方人听来显得格外肆无忌惮。然后他们的哀痛不知怎么的平复了下来，开始上手摆弄起了攻城塔。

存留下来的攻城塔就是最南端的那座“夺城者”，它本来歪进了一座地下墓穴的坟顶儿，后来又被人们拉回了萨珊大军的营地，大家很快便将这庞然大物拆成了零碎。拆下的大部分木料都被用来打造带轮的棚屋，也就是罗马战士们叫作“乌龟”的东西。巴戈阿斯曾经得意扬扬地告诉每个人，那棚屋了不起的保护功能与著名的“科斯洛 - 沙普尔”的——“沙普尔之名”的——撞击功能一样强大，“科斯洛 - 沙普尔”

威力巨大的攻城槌曾经撞烂了哈特拉城的两重城墙。那次的辉煌过后的十五年里，这座“科斯洛 - 沙普尔”一直在神前坐享清闲。现在因为受到了马兹达的启示，诸王之王将让这伟大的攻城槌再次展示它的神力。波斯人已经将它分成小块运了过来，现在正在组装成用坚固的锁链挂在“棚屋”下的一个整体。没有什么，巴戈阿斯信誓旦旦地跟他周围的人讲，城门也好，城墙也罢，没有什么能禁受得住它的撞击。

第一次攻城过去十三天了，现在他们又要卷土重来了。巴利斯塔向外看着那个外形矮胖的“乌龟”，它保护着下面的“科斯洛 - 沙普尔”。他不知道自己是不是做了足够多的努力去否认这一切，让自己暂时不想这一切。当然了，他已经尽可能地找人来补充上了损失的人手。他的骑兵卫队从安条克率领的第二十步兵大队的骑兵中队中抽调了两名骑兵。同样，第四西徐亚军团的十个战士也调给了马穆拉当弩炮兵，这些人原来在卢修斯 · 费比乌斯百夫长的手下当差，属于守卫东城墙水闸门的那个百人队。巴利斯塔发现其中一个新补入的战士出现在帕米拉门的城墙垛子边，是卡斯特里西乌斯，就是那个找到斯克里波尼乌斯 · 穆基亚努斯尸体的士兵。伊阿海的非常规部队奉命将四百名战士调到了面对沙漠的那段城墙上执勤。巴利斯塔对此做了特别要求：其中三百人必须都是受过训的雇佣兵，只有一百人可以是最近才征召的兵员；护商使者必须亲自带领这些人；而且芭思希芭不许再出现在城墙上。(每当一种新产生的奇怪感觉，也就是不愿意站在伊阿海那边考虑问题的想法袭来的时候，巴利斯塔都想把这种想法搁到一边，等有空的时候再仔细琢磨。)这一系列的新部署可以让西城墙的守备力量达到近似波斯人攻城前的水平。这也意味着其余的每面城墙都仅有两百个雇佣兵守卫和少部分的罗马正规军支援了，至于东边和南边，守城的则是一群新兵蛋子。巴利斯塔清楚，随着攻城战继续，伤亡人数增加，他就不得不越来越多地仰仗这些本地找来的新兵。可越是清楚这点，他就愈发放不下心了。

平原那头，红、黄、紫相间的萨珊王族战旗——卡维之旗在朝阳下飘扬着，逐渐向巨大的攻城槌移动过去。旗子后面是那个骑在白马上的熟悉的身影。看到沙普尔到来，祭司开始主持祭祀仪式。巴利斯塔看到眼前的情形松了口气，尽管他们名声一向不好，尽搞些歪门邪道，但这回的祭祀并没有用活人，起码目之所及还没有发现罗马俘虏。

在前一次攻城中，守城者的两架弩炮被毁掉了。其中一架修好了，另一架换成了军火库中的新弩炮，马穆拉干得很好。敌人的三架弩炮都被击中了，两架是在往阿瑞忒城前进的途中，一架是在撤退的时候，能看出来它们也被替换成了新的，但并没有多造几架。巴利斯塔严苛的“焦土政策”算是取得了一些成果，方圆几英里的范围内都没有木材可用。要是他们想建造更多的攻城器械，波斯人必须跑上好远才能找得到木料。巴利斯塔觉得在弩炮这方面，他大可以保持乐观。他在西城墙上仍设有二十五架弩炮，而对面的波斯大军总共只有二十架。

卡维之旗在风中猎猎作响，沙普尔跟着旗子骑行到指挥官的位置上，他在镶有稀有金属和贵重珠宝且闪闪发光的王座上坐了下来。王座后面隐隐出现了皮肤布满褶皱的、巨大而吓人的十头大象的身影。最前方是“长剑”卑路斯统领的“不死军”和玛利亚德斯率领的“以自己献祭”的“占 - 阿瓦斯波”。

沙普尔到现在为止还没有拿他手下那顺从的罗马帝国的叛徒当作羞辱阿瑞忒城的守城者的武器，巴利斯塔对此一点儿也不惊讶。谁会跟随一个像玛利亚德斯一样落草为寇而后又投敌的前城市议员呢？像巴利斯塔这样的野蛮人战士爬到这种显赫地位简直是不可能的。

攻城槌就要亮相攻城战了，随军流动的平民、祭司带着他们的随身零碎事物闪开了一条路。人们开始齐声呐喊：“科—斯—洛—沙—普—

尔，科—斯—洛—沙—普—尔。”此时的关键就是那个巨大的攻城槌——“沙普尔之名”和给予它保护的“乌龟”。从它重新组装上的地点来看，巴利斯塔断定它会直接沿着通往帕米拉门的路走，他也是基于这个推测进行部署的。他希望自己猜对了。他能用来阻挡攻城槌的一切都安排在城门处了，征用的牛皮和谷壳都堆在附近。那些议会成员是否在他们的野蛮人指挥官宣布征用什么物资的时候曾纷纷窃笑呢？巴利斯塔的三架移动起重机也布置在城门后。这些起重机上都装了铁爪，旁边还有数不清的石头可供铁爪抓取。此外，他还新建了一堵墙，战士们花了四天时间在外城门后面筑起了这堵墙。只可惜，堤喀女神的画因为这堵墙的存在更看不清了。迷信的人可能会由此得出点什么结论，但巴利斯塔可不迷信。

诸王之王会让“科斯洛-沙普尔”笔直地沿着那条路走进他们精心准备好的“铁嘴钢牙”般的陷阱中吗？还是说他已经得到了叛徒的情报？自从有人火烧粮仓未遂之后，阿瑞忒城中就又少了一个叛徒。但是巴利斯塔确信，城中至少还剩下一个给敌人通风报信的，因为要想烧军火库、杀害斯克里波尼乌斯·穆基亚努斯并抛尸，至少得两个人才能干成。诚然，没有人告诉过萨珊大军关于城门前埋着盛有轻油的罐子这事儿，所以上次才会让中间的“夺城者”中了招。但是北方人觉得这只能证明他们之间沟通不畅，并不代表城中没有内奸。

沙普尔挥动双臂，身后紫色和白色的飘带飞扬起来。号角声和战鼓声都响了起来，那个遮蔽着“科斯洛-沙普尔”的大乌龟开始向前移动了，活动掩体、弩炮和数不胜数的弓箭手也跟着一起前进。

“你觉得他是不是练习过？”马克西姆斯问道。

“什么？”巴利斯塔回应道。

“转他那几缕飘带啊。想象一下吧，他练习转飘带的时候该多白痴啊。不管怎么说，那两下子屁事儿不顶，压根儿就没什么实际价值嘛。”

“那你为什么在没跟女人上床的时候总是用那仅有的一点点时间拿着长剑练习那些花哨动作？”

马克西姆斯大笑起来。“那能吓到我的敌人，我可真见过有人被我的招式吓得大叫。”

巴利斯塔看了一眼他的贴身护卫，不发一言。

“哦，那么，我知道你什么意思了，但那肯定完全是两码事儿。”马克西姆斯夸口说。

“总之，一个人肯定忍不住会想，我欠你的是好事儿，但反过来就不好了。”

巨大的攻城槌正笔直地沿着大路前进，两侧的弩炮和弓箭手都藏在活动掩体后面。

神啊，又要开始了。巴利斯塔没有意识到，自己又开始做起了他开战前的习惯性动作：将匕首拔出来，再插回去，又将剑抽出来，再插回去，还抚摸着剑鞘上的健康之石。

当萨珊大军经过了涂着白漆的石堆时，巴利斯塔冲安提柯点了点头，后者发出了信号，于是守城者的弩炮开始发射石弹。这回北方人命令重弩手只瞄着敌军的弩炮打。那些负责推攻城槌的波斯人一定没想到他们可以如此幸运，巴利斯塔觉得这份意外的“幸运”肯定会让沙普尔和他身边的人犯嘀咕的。

因为多次练习的缘故，阿瑞忒的弩炮兵技巧越来越高超了。等到萨珊大军的队伍前排到达白石墙地段的时候，队伍中有三架弩炮都被飞速袭来的石弹砸碎了。攻城槌、活动掩体和弓箭手都撑过了城墙前最后的两百步之后，萨珊人也开始准备用弩炮反击了。这一回旗鼓相当，守城方和攻城方各有两架弩炮报废。河岸指挥官很是高兴，因为这是他在这场围城战役中唯一能赢上一场消耗战的地方。但他同时又产生了另一个念头：简直可耻。一条条人命就这样没了，我的人、敌军的人都在死去，可我却只顾着计算被毁掉的和受损的军械及其对射击速度的影响，真是可耻。感谢诸神，这场战争永远不会变成没人味儿的军械之间的比拼。如果真变成了那样，那该是种什么样的惨无人道的情形啊。

萨珊大军的军官们指挥部队的水平令人赞叹。弓箭手们等到移动掩体在离城墙仅有五十步的地方停下的时候才开弓，没有一支箭在命令下达前射出。而当这些弓箭手放箭的时候，空中就黑压压的一片。伴着可怕的呼啸声，箭雨从天而降，巴利斯塔再一次为这难以置信的铺天盖地的场面震惊了。守城者赶紧在城垛后面蹲了下来，举起他们的盾牌，抵挡这“暴风骤雨”。一阵阵呐喊和尖叫声传来，说明并非所有人都安然无恙地躲过了这一劫。趁着敌军的下一批箭还没射出来，阿瑞忒的弓箭手们都一跃而起，开始还击。

巴利斯塔蹲在护墙后头，四周都是护着他的盾牌，巴利斯塔知道，他得尽量不把这场箭雨当回事儿，要把它当成无关紧要的东西。斯多葛学派的哲学家认为，不管是什么，只要没能影响到一个人的道德追求，那就是无关紧要的。对于他们来说，死亡就是一件无关紧要的事情。真他妈的是一群蠢货。巴利斯塔的唯一追求就是摧毁那个巨大的攻城槌——“科斯洛-沙普尔”。

根据那只“乌龟”的大小，可以判断出里面的攻城槌大概有六十英尺长。槌头上裹了一层金属质地的护套，与里面被保护的攻城槌头贴合得非常好。它以钉牢的金属片和一根转轴相连接，那根木头做的轴看上去有两英尺粗。和“乌龟”一样，外面盖着淋过水的生牛皮。

那些东方战士像自杀一样不顾一切地冲在前头，将攻城塔烧剩下的残骸扫到一边，把石头子儿倒进陷阱里。这些工兵距离城门仅仅二十码，罗马弓箭手都不用瞄准就能射到他们。萨珊大军中人人都奋勇向前，倒下一个，立刻又扑上来一个，争先恐后地赴死，这种疯狂的状态令人极为不安。难道他们喝多了，还是吃了迷魂药?

那只“乌龟”缓缓地向前移动。陷阱中的石子儿虽然被压得挪了地方，但还能承受那东西的重量。

“大家都准备好。他们来了，现在行动！”随着巴利斯塔的号令，战士们纷纷迎着箭雨站了起来。北方人身边的两个战士被箭射中，往后倒了下去。幸存的人发出用力的咕哝声，合力将一个个用没处理过的兽皮缝起来的、里面装着谷糠的湿袋子推下城垛，这些袋子就像巨大的湿透了的毯子一样坠了下去。一头系在上面、一头绑在矮护墙上的绳索顿时“啪”的一声绷得紧紧的。这些袋子闷声拍在大门上，全都就位了。巴利斯塔往外看了一眼，他知道自己早先估算过的绳子长度正合适。这样，帕米拉木门后面就有了缓冲的“垫子”，可以一定程度上消减攻城槌的力量。而且这些袋子都浸了水，烧不着。于是，巴利斯塔多争取到了一点儿时间。这些防御者的头顶上悬着的是三架起重机的摆臂。

萨珊战士们仅短暂地停歇了一下，就从“乌龟”后头涌了出来，他们手中拿的是前面绑有镰刀的长杆。巴利斯塔失望之余对沙普尔和他的部下也产生了由衷的佩服。他们竟然带上了破解此局的工具，怪不得安条克、塞琉西亚和好多其他城池都在动荡的年代被他们攻破了呢。这些东方人比巴利斯塔见过的任何野蛮人都会打攻城战。

在城墙根儿的空地上，波斯人大批大批地倒下了。可一批人倒了，另一批人马上冲上来接住跌落的长杆镰刀。简直他妈的是群疯子，巴利斯塔想着。绳索被一根根割断了，那些袋子开始摇晃、坠落。他开始埋怨自己竟然没想到应该用铁链，现在想这些已经太晚了。

塞满谷糠、湿透了的袋子一个个沉重地摔在地上。阿瑞忒城木制的外城门就这样没遮没挡地暴露在敌军面前。攻城槌撞了过来，槌头上的尖角离城门越来越近。

北方人站起身来，迎面呼啸而来的是一批箭矢。他抬起右臂，举过头顶，开始指挥一架起重机的铁爪向目标移动过去；向右一点儿，再挪一点儿，停，往后退一些，向下，再向下，收紧铁爪。箭矢擦着他的身体飞了过去，一支箭就插在了他的盾牌上，让他踉跄了一下。又一支箭射到了护墙上，然后弹了起来，蹭过了他的脸颊。起重机的铁爪抓在了攻城槌金属头后面的位置上。巴利斯塔示意起重机抬起摆臂，锁链发出铿锵的响声，摆臂也吱吱嘎嘎地响了起来。铁爪滑了一下，最后还是握住了。攻城槌的头开始缓缓地向上抬起，虚弱无力地指向天空。

有那么一会儿，看上去这招起了作用。结果攻城槌又突然脱离了铁爪，铁爪滑脱，晃到一边。攻城槌的撞头恢复了自由，重新落到了指着大门的位置。“乌龟”再次前进，一直挪到了马上就要碰到城门楼的地方。它和城门楼之间再也没有下铁爪的空间了，良机已经错过。这一招失败了。巴利斯塔蹲下去，撤到了城垛后面。

“乌龟”下方攻城槌的金属头往后缩了缩，然后撞了出来，整个城门楼都颤抖了一下。撞击声沿着城墙散荡开去，城门依然屹立未倒。攻城槌接着往回缩，然后再次出击，又是一声震耳欲聋的撞击声，城门楼又是一阵颤抖。城门依然挺立，但是一个奇怪而磨人的咯吱声预示着大门将撑不了太久。

巴利斯塔一边背靠着护墙，一边看安提柯与另外一个战士引导另外两架起重机瞄准目标。铁链末端的两块大石头不祥地来回晃悠着，还想随时能穿透那只“乌龟”。两人交换了个眼色，然后同时发出了放开石头的命令。铁爪松开石头，瞬间传来了可怕的撞击声。

巴利斯塔从掩护自己的盾牌后面探出头来，向那边瞟了一眼，发现

“乌龟”还好端端地站在那里，大石头被弹了出去。两架起重机的摆臂已经荡回了城墙内侧，准备抓取下一块石头。萨珊大军的弩车弹射出的一块石弹将安提柯的脑袋敲了下来。紧接着，另一个战士顶了上来。

那个巨大的攻城槌再次开始撞击。巴利斯塔甚至能感觉到脚底的震动，耳畔尽是木头开裂的可怕声响。“科斯洛-沙普尔”再次占了上风，帕米拉城门的外门现在看上去就像几段柴火一样。努力操纵着“沙普尔之名”重创城门的波斯人中爆发出一阵欢呼，但欢呼声马上就变弱了，最后他们都闭上了嘴。他们本来以为突破外门之后看到的是门洞那头另一扇不太结实的木门，一直以来他们的长官也是这么说的，可现如今压根儿不是那么回事，他们面前是一堵坚固结实的水泥石墙。

于是，悬着石块的三架起重机的摆臂全都转到了城门后的位置。巴利斯塔再次踏入了这一团混乱里，开始指挥——往右，往右，再进一步——马克西姆斯和两名骑兵卫队的战士都努力用盾牌为他挡箭。突然有一支箭射中了一个护卫的喉咙，他仰面躺倒，血溅到了周围人的身上，还飞进了巴利斯塔的眼睛里。三个铁爪松开了石块，伴随着轰隆隆的响声，其中两块石头直接砸穿了“乌龟”棚屋的屋顶，让里面血肉之躯的波斯战士暴露在外。巴利斯塔又躲回到屏障后面，因为他完全没有必要扮英雄好汉。马克西姆斯和其他护卫都几乎趴在了他身上。

没必要接着下命令了，巴利斯塔都能闻得见树脂和柏油的味道了。现在大家肯定准备好了所有能烧着的东西，统统瞄准了“乌龟”顶上被砸开的洞。巴利斯塔真希望他们还有剩余的轻油，如果那样可就好办多了。他闭着双眼，努力调整自己的呼吸，尽量不让双手发抖。

“对，对，就这样！”巴利斯塔睁开眼睛，看见马克西姆斯正从石头砸出来的开口往里瞧呢。这个希伯尼安人手舞足蹈着喊道：“它烧起来了，烧得就像尼禄花园里的基督徒。”

巴利斯塔抬头看了看城门楼上飘扬的他的龙旗，南风呼啸着穿过它的龙爪，白色风向袋的龙身翻腾着发出“啪啪”的声音，好似一条蟒蛇。射来的箭矢已经不像刚才那样密集而凶猛了。马穆拉也和马克西姆斯一样，开始望向城垛外头。德米特里厄斯和巴戈阿斯紧贴在地面上，这希腊小伙子脸色煞白，巴利斯塔轻轻地拍了拍他，就好像在抚慰一条小狗。

“他们要崩溃了，他们在跑呢。”马克西姆斯和马穆拉齐刷刷地站了起来，巴利斯塔待在原地没动。

这时候，一件莫名其妙的事情发生了，一群女子出现在城门楼顶上。她们都穿着短袍子，戴着廉价的珠宝。此时也不再有箭射过来了。巴利斯塔眼看着这些女子走上了城垛。她们站成一排，咯咯地笑着。她们所有人都将短袍撩到腰部的位置，巴利斯塔看着眼前一排十五个裸女的臀部愣住了。

“这他妈的是什么情况？”

马穆拉细长的脸上绽出一个大大的笑容。“今天是五月三日。”看见巴利斯塔仍然是一副大惑不解的样子，工程官继续说道：“是花卉节的最后一天，按照传统习俗，城里的妓女们都要表演脱衣舞。”他用大拇指指了指那些女子，“这些女孩儿所做的让神祇都为之骄傲，同时也让那些波斯人看看，这种享受他们永远也得不到。”

城门楼上的所有人都笑了起来，只有巴戈阿斯没笑。

“得了吧，”马克西姆斯说，“别假正经了。就算是和你一样的波斯人，也一定时不时地会想女人吧，当然是在他们没有男孩可要的情况下。”

巴戈阿斯没搭理他，而是转向了巴利斯塔。“让这些小妞们露面可不合适，这是凶兆，随便哪个拜火教教徒都知道这点，这昭示着这座不义之城终将陷落。就像这些小妞们把自己身体的私密处露给萨珊大军看一样，阿瑞忒城也会落得同样下场。”

一道黑色的油烟升了起来，飘向北方，“科斯洛 - 沙普尔”——“沙普尔之名”——烧了整整一天一夜。这个巨大的攻城槌和外面的“乌龟”照亮了漆黑的夜。

之后的七天里，萨珊大军都沉浸在悲哀的情绪中。这些人不分昼夜地摆宴席、喝大酒、唱挽歌，还跳起了悲伤的舞步。人们排成一行一行的，手挽着手缓缓地转着圈。女人们恸哭起来，撕扯自己的衣服，还敲打自己的胸膛。那声音清清楚楚地回荡在平原上。

然后，接下来的两个月里，波斯人没有任何行动，至少没有任何积极攻城的行动。他们在自己营地四周挖了一个壕沟，堆起一道矮矮的土堤，因为他们找不到木材做栅栏。他们在北侧与南侧的峡谷以及河流的远端立起了一些拴马的尖桩，其间还有几队骑兵外出，可能是在执行侦察任务，要不然就是去找粮草。在几个没有月光的夜晚，有几个人数不多的小队悄悄地步行靠近城池，突然放上几箭，估计是想射死一两个城墙上当班的疏忽的守卫，或者城墙里头路上经过的行人。在这两个月中，萨珊大军从未冒险发动过攻击，也没有开展什么新的攻城工事。在五月剩下的日子里，还有整个六月，甚至进入七月的时候，都没什么大动静，似乎这些东方人在等待什么。

我在这儿究竟是干吗的？卡斯特里西乌斯有点不满。今天是五月二十四日，是早已去世的日耳曼尼库斯·恺撒的诞辰纪念日。今天是我的生日，我竟然大半夜的藏在潮湿的灌木丛里。

东北方向刮起一阵凉风，拂过幼发拉底河，河畔的芦苇丛发出了沙沙的声音。潺潺的河水冲击着两岸，除此之外，周围一片寂静。空气中弥漫着一股强烈的气味，是潮湿的泥土和腐烂的植物的气味。苍穹中是零零落落的云朵，像乞丐身上无法蔽体的破衣烂衫一般，无法遮住天上的月亮。卡斯特里西乌斯面前是一张在月光下闪着银光的蜘蛛网。

今天可是我的生日，我却冻得哆哆嗦嗦的，又累又怕，这全怪我自己。卡斯特里西乌斯微微挪了挪身子，从地上抬起半边浸湿了的屁股，他身后的人连忙示意他少弄出点动静来。省省吧，哥们儿，他想，然后又俯下身子。为什么？为什么我老是干这种傻事儿？一个热心过头的小小副官普罗斯珀说有任务需要志愿者——弟兄们，可能会有点儿危险哦——我就像妓女撩起衣裙一样立刻举起手来。我怎么老也学不乖呢？为什么我老要证明自己有多强大，对任何任务都手到擒来、无所畏惧呢？卡斯特里西乌斯回想起他多年以前远在千里之外的尼姆苏斯的学校老师。你最后会被钉死在十字架上，那个男老师经常这么告诉他。现在看来，他说错了。但是，卡斯特里西乌斯曾经被送到了矿场做工。想到那段经历，他不仅想打个寒战。既然我熬过了矿场那段岁月，之后什么事儿我都能扛得住。不管有没有月光，和矿场比起来，今晚的行动都像是去波斯人的天堂走一趟。

前面的士兵转过身，做了个手势，意思是该出发了。卡斯特里西乌斯双腿有些僵硬，他们半蹲着身子向南穿过河床的芦苇地。他们想悄悄地行进，可他们一行人有三十个，靴子下面的泥巴被踩得咯吱咯吱响，腰带上的金属挂件儿也叮当作响。一只野鸭受到了他们的惊扰，突然拍打着翅膀飞了起来。卡斯特里西乌斯想，风在往我们身后吹，顺着地势就把这点动静都带到波斯人那边去了。皎洁的月光、行进发出的声音和经验不足的领队——这一切足够造成一场灾难了。

最终，他们到了一面石壁下。年轻的副官盖乌斯·利西尼·普罗斯珀示意大家开始攀爬。卡斯特里西乌斯心想：我要是为了你的勃勃野心就此牺牲，我变成鬼也不会放过你的。他将盾牌往后背上一扔，开始向上爬。因为这位年轻的副官刚刚识破了探子烧粮仓的阴谋，他立功晋升的野心已经不是什么秘密了。河流下游处，远方面朝南侧的悬崖很是陡峭，正是这一点引起了普罗斯珀的注意。“萨珊大军肯定想不到我们从那边夜袭他们。”好吧，我们很快就知道你说得对不对了，年轻人。

卡斯特里西乌斯是第一批爬上崖顶的战士，他一点儿都不恐高，相反倒是很善于爬高。他从峡谷边缘向另一侧望过去。大约五十步远的地方，闪烁着波斯人营地最靠外的营火，营火周围可以看到裹着斗篷挤作一团睡觉的人们，看起来没有任何哨兵站岗。稍远的地方传来了人们交谈欢笑的声音，还有一阵歌声。近前没有任何人醒来的迹象。

当大多数人赶上来后，普罗斯珀只说了一句“行动”，全体士兵就开始翻过峡谷边缘，站起身来，纷纷一手将盾牌从背后拿到前面去，另一只手抽出剑来，一时间这场面显得有些有失体面。神奇的是，萨珊大军竟然还在酣睡。

领队的普罗斯珀没有再下达其他命令，参差不齐的一排志愿者开始向敌军的营火方向推进。卡斯特里西乌斯心想，也许，仅仅是也许，这回能成功。他和大家一起加速跑了起来。他选定了第一个目标——一个身披红斗篷、兜帽盖住脸、睡得死死的人，他挥起了长剑。

剑锋碰到目标的瞬间，卡斯特里西乌斯就知道大事不妙了：他们中了敌人的圈套，他很可能要葬身在此了。他的剑锋划过的是一捆扎成人形的稻草。卡斯特里西乌斯不假思索地蹲在地上，刚举起盾牌，第一场箭雨立马就袭向了罗马人的队伍。一个个箭头重重地嵌到了木盾上，还有的叮叮当当地射到了甲胄和头盔上，有的则射中了血肉，顿时哀号声一片。

有什么东西冲着卡斯特里西乌斯的太阳穴飞了过来，他不得已地在地上爬了几步。过了一小会儿他才重新找到自己的剑，然后站起身来，意识到那是一支箭，他们现在是被困在两方交火的地带了。

“龟甲队形，组成龟甲队形！”普罗斯珀喊道。卡斯特里西乌斯把腰弯得低低的，艰难地向副官凑了过去。又一支箭擦着他的鼻子飞过去。他旁边有个人正一边抽泣一边用拉丁语哭天喊娘。

号角声响起，在这个乱成一团的夜晚听起来分外嘹亮与坚定。箭雨停歇，这些罗马战士环顾四周，他们这支队伍还剩下二十来人，此时的队形丝毫不像战神广场上的龟甲队形，而是更像一个松松的绳结。

号角声再次响起，与之相伴的是越来越大的齐声呐喊：“卑—路—斯，卑—路—斯，必胜，必胜！”从浓重的夜色中涌出了一大群萨珊战士。这些东方战士的盔甲和长剑的利刃在火光的映照下闪闪发光，他们眼中射出一道道凶光。

“他妈的，他们有成百上千人。”一个声音喊道。

波斯人就好像惊涛拍岸一样向他们扑过来。卡斯特里西乌斯用盾牌挡开了第一击，他手心向上，朝右侧低挥了一下手中的长剑。长剑刚好避过了他对手的防御，砍到了那人的脚踝。这一砍震得卡斯特里西乌斯的胳膊往后一撤。那个波斯人倒下了，另一个波斯人马上就上来补了他的缺。

这个新对手将剑举过头顶，就在卡斯特里西乌斯用巨盾抵挡这一击的同时，他听到了盾牌裂开的声音。这时，一把罗马长剑从他左侧刺了过来，直取那个波斯人的腋窝。

剑锋掠过那东方人的盔甲，擦出了火星。普罗斯珀还没收回长剑，另一个波斯人就举剑劈砍过来，切断了他的右手。卡斯特里西乌斯只能眼睁睁地看着这恐怖的一幕：年轻的副官在原地打着转，然后一下子跪在了地上，左手托着他右臂仅剩的那部分，大张着嘴，似乎在尖叫，但什么声音都没发出来。到处都是血，两个波斯人上前去结果了这个领队。卡斯特里西乌斯转身撒腿就跑。

卡斯特里西乌斯的军靴重重地踏过岩石地，他飞也似的奔向悬崖边。他把盾牌丢到一边，剑也掉在了地上。当他靠近峡谷边缘的时候，他向一边歪倒，躺在地上，滑过了悬崖边最后几码，踢腾着的双腿首先悬空耷拉在崖边，他扭动着身躯，双手还舞动着想抓到什么。有那么一瞬间，他还以为自己计算错了，以为自己会滑过了头，直接翻过崖边去。那悬崖有一百英尺高，要是他掉下去就死定了。他手上的指甲现在都被磨烂了，此时一种钻心的疼痛袭来，但他终究还是抓住了周围的岩壁。他沿着峡谷的一侧打着滑往下爬，双手努力地抓稳可抓的岩块，脚下时不时地就踩个空，双腿也常常处在悬空状态。

在阿瑞忒西南方向的城楼上，尽管巴利斯塔离着至少有四百步远，他还是比有些中了诡计的士兵更早一些发现了那个圈套。一时间，尽是弓弦的弹射声、战士的惨叫声和那两次嘹亮震天的号角声。

“该死。”他简短地说了一句。

“咱们得去援助他们？”德米特里厄斯脱口而出。

巴利斯塔没答话。

“我们总得做点什么吧。”希腊男孩继续说。

“那敢情好，”马克西姆斯说，“但是咱们什么都没法做。等我们派部队赶到那儿的时候，一切都已经太迟了。而且，不管怎么说，咱们都不能再损失兵力了。”

巴利斯塔一声不吭地看了一会儿，然后说他们应该去南边的侧门等着，没准儿还能救下幸存者。于是他们沿着水闸门的台阶往下走，北方人仔细思索着。

教他作战策略的导师曾经反复强调过一点：被动的防守相当于没有防守。防守不积极不仅仅是将所有的主动权都拱手让人，还会让攻城者士气大振，这会破坏守城者的军纪，让他们失去抵抗的意愿。所以，自从攻城槌被烧了之后，巴利斯塔就频繁地派出一支支小股夜袭部队。但是其实他的心思没怎么放在那上面。

安提柯的死让事情起了变化。因为安提柯的死，使他失去了一个偷袭行动的好指挥。北方人很是想念他。巴利斯塔回想起了波斯人第一次攻城失败后，安提柯以巧妙的方法将被困在幼发拉底河小岛的波斯人一举歼灭，而在那行动中罗马战士无一人折损。那天夜里，在高高的芦苇丛中，死神以令人不知所措的速度和效率扑向了那些恐慌的东方人。在那之后，尽管巴利斯塔一次次派出的突袭队伍都尽了最大的努力，但最后结果并不总是那么理想。有时候他们的行踪会被对方发现，所以还未展开袭击就被迫放弃了任务。执行任务的伤亡人数往往不会太多，而今晚，此时此刻，眼前是一场绝对的惨败。不管课本上怎么说，不管他的导师有什么信条教义，巴利斯塔都不会派出更多人马了。

巴利斯塔站在打开的侧门旁，心里惦记着安提柯。在相当短的时间里，他就对他产生了依赖，这事儿可真是奇怪。不过战争来时，总会带来挺多奇怪的事儿，这就是其中之一——两个基本没有什么交集的人之间会迅速生出强大的情感纽带，然后突如其来的死亡会更快地将这纽带切断。巴利斯塔还记得那颗石弹是如何砸掉了安提柯的脑袋，那具无头尸体还保持了几秒钟的站姿，颈上血如泉涌。

卡斯特里西乌斯觉得自己的肺火烧火燎，双腿生疼，大颗大颗的汗珠儿流进眼里。他窜进芦苇滩中，头盔早就扔掉了，身上的甲胄也在他到达悬崖底下时扯掉了。他不停地跑啊跑啊，头顶上的枣椰树在风中摇摆着，弯弯曲曲的树根让他脚下总是磕磕绊绊。他突然整个人摔在了泥地上，一口气差点儿没喘过来。疲惫和绝望让他不由得想就这样趴在地上算了，但最后他还是挣扎着站起身来，继续往前冲。

在毫无预兆的情况下，卡斯特里西乌斯突然发现自己跑到了芦苇滩的尽头，月光下，他面前是峡谷裸露的石床；峡谷另一端，沿着低矮的城墙和侧门附近有一群火把。他身后并没有追赶的脚步声，但他还是继续跑了起来。要是逃出这么远了，在离安全地带如此近的地方还被截住，那就太丢人了。

他们先是听到了他的动静，然后才看见他。他喘着粗气，步履沉重，就这样，一个手无寸铁、浑身是泥的男人跌倒在手执火把的一圈人中央。他的双手鲜血淋漓。

“哎呀，这不是‘钻洞鼠’卡斯特里西乌斯吗？”马克西姆斯说。

春去夏来，逃兵们翻过峡谷，穿过平原，既有向波斯人营地去的，也有朝阿瑞忒城来的，这就是围攻战永远不会让巴利斯塔无聊的一个特点。不管攻城一方多么徒劳无功，总有守城者悄悄地逃到围城军队那一边；也不管守城的这边情况有多凶险，总有攻城的战士不顾一切地过来投诚。德米特里厄斯说他记得在约瑟夫斯的《犹太战争》中曾看到过这样的故事，就在耶路撒冷这座城市被攻陷并焚毁的几天前，还有罗马军团的士兵逃到城里去。当然了，对于这种情况有个很浅显的理由。军队是由数量庞大的、十分暴力的男人组成的，其中老是有人犯下各种各样的死罪。为免一死，或是只求再多活几天，这些人肯定会有这种奇怪的举动。不过，巴利斯塔总是禁不住想，这些人，尤其是围城大军中的人，干吗不溜走，然后找个藏身之地，走得远远的，甚至可以重新换个身份生活呢？

有那么一小股波斯逃兵进了阿瑞忒城，超不过二十人，不过有可能有其他逃兵被首先遇到他们的守卫悄悄打发了。他们这群人可是个大麻烦，巴利斯塔和马克西姆斯花了好多时间审问他们。最要注意的是不能让巴戈阿斯跟他们交谈。要想把真正寻求庇护的人和被安插进来的探子与搞破坏的人分清楚，简直是不可能的。最后，巴利斯塔组织他们排成一队在城墙上游行，想以此来扰乱围城者的军心，然后将他们全都关在了战神广场旁边的一处营房里，这都是些没人想要的包袱累赘。安东尼纳斯第二百夫长的百人队里有十个战士在那里驻扎，作为储备力量，他们将严格看守这些敌方逃兵，还得给他们提供餐食和清水。

起初，从阿瑞忒城里往外逃的人更多，但这种情况很快就打住了。波斯人对这些人的处理很简单，他们在平原上竖起了一排木桩，弃城而逃的人都被钉在上面，屁眼用长钉塞住，这就是为了起到威慑目的。他们成功了。被他们残害的这些人，有些还会再活上好几个小时。波斯人将这些木桩放置在城中弩炮的射程之内，嘲笑罗马人，刺激后者赶快采取措施结束他们以前的同伴所受的折磨，巴利斯塔下令不得浪费任何炮弹。那些人的尸体挂在木桩上几天后，波斯人就将他们取下来，砍掉脑袋，然后将脑袋当炮弹打到阿瑞忒城里去，身体则被抛给野狗吃。

如果说在纯粹享受这种酷刑背后还有什么动机的话，巴利斯塔相信波斯人一定是希望以此打消阿瑞忒城里的人弃城外逃的念头，尽可能地让城中对口粮始终保持较高的需求。如果波斯人希望通过这种方式引发供给问题，他们会失望的。巴利斯塔在敌军围城前几个月就开始屯粮了，所以配给情况一直良好。再加上细心管理，城中的口粮至少足以维持到全城人度过秋天。

一艘运粮的船来了，本就相对宽裕的供给如今算是锦上添花了。这艘船是从上游最近的罗马属城——色西昔姆发来的。五十英里左右的航程并非一路顺风，要知道，河两岸都有执勤的波斯骑兵。不过船上的人很走运，尽管幼发拉底河蜿蜒曲折，但却足够宽，在大部分河段上，只要船保持在河中央行驶，就不会被两岸的箭射中。六月九日，这条船就停放在水闸门对面的地方，讽刺的是，这一天是面包师的节日。

船员们一个个多少都有些晕头转向的。他们此行冒了相当大的风险，因此一直希望能得到城里人更热情的欢迎。可是，从很多方面来讲，他们的到来却让被围困在城中的阿瑞忒卫戍部队感到失望。他们欢迎有人能多运来些粮食，但这并不重要。守城部队看到这艘船的时候，普遍盼望船上满载着增援部队，结果船上只有从第四西徐亚军团调过来的十名战士，这给大家带来的心理落差非常大。

巴利斯塔从未期望能有援军，他心里盼着的是能有人送信来。确实有一封信，是柯里叙利亚的总督的来信，总督是河岸指挥官名义上的上级。信是近一个月前在去安条克的途中写的，按德米特里厄斯的刻薄说法，他是在“离那些下流的波斯种很远很远的地方”写的这封信。

信中是写信人所谓的绝好消息。加里恩努斯皇帝刚刚大胜了多瑙河畔的野蛮人，接着任命其长子——普布里乌斯·科尼利厄斯·利奇尼乌斯·瓦勒良努斯受封为“恺撒”。新恺撒将留在多瑙河流域，而最神圣的奥古斯都加里恩努斯则沿着莱茵河参观视察了一番。在小亚细亚大陆上，诸神让林达库斯河的河水泛滥，以此从哥特海盗手中拯救了基齐库斯城，这表明了他们对罗马帝国的爱，而这种爱是对皇帝虔诚敬神的回馈。

总督的信中再无其他，只有千篇一律的劝诫与鼓励之言：保持警惕，再接再厉，严明军纪。巴利斯塔本希望能收到两位皇帝的来信，用紫墨水写就的、有皇印封缄的来信，到时候就可以挥舞着这封信给大家看，以鼓舞士气；他还希望信中会说皇家野战军正在集结，大批援军正开赴阿瑞忒城——甚至希望信中能告诉他这围城何时会结束。结果信里却是讲罗马人传统美德永流传的老一套，这类话简直狗屁不如。

巴利斯塔和带来“绝好消息”的上岸战士们喝了几杯酒，进行了一场密谈，了解到了更多不怎么样的情况。加里恩努斯根本就没能打退多瑙河流域的野蛮人，而是用财富从在那里与他作战的卡普里部落手中换取了和平，这样他才得以转移到了莱茵河畔，而法兰克人和阿勒曼尼人正在那儿大肆烧杀抢掠。新受封的恺撒只是个嘴上没毛的小子，是个被丢在多瑙河河畔的、有名无实的领袖，实权在握的是英格努乌斯将军。林达库斯河的洪水或许是救了基齐库斯城，但是却不能阻止哥特人劫掠加尔西顿、尼科米底亚、尼西亚、普鲁萨和阿帕梅亚这些城市。整个小亚细亚地区都受到了威胁。费利克斯将军和伟大的攻城专家塞尔苏斯被派往拜占庭守城。瓦勒良皇帝自己则带着野战军主力部队推进至卡帕多西亚，意在将哥特人从小亚细亚地区驱逐出去。

尽管国事如此不堪，但更让巴利斯塔失望的是没有收到朱莉娅的信，他十分思念他的妻子。远在罗马或西西里岛的她要想寄封信到帝国版图最东边的地方，到色西昔姆或者将信送上船，并不是件比登天还难的事。朱莉娅以前写给他的每封信里都附有一张他们的儿子画的画，那画往往潦草而抽象，只有他儿子自己才能讲得出画上是什么。巴利斯塔离开儿子已经有十个月之久了，伊桑格瑞姆肯定长得很快，尽管儿子肯定变化挺大的，但希望还不至于让他认不出来。

巴利斯塔压抑着内心的失望，开始回过神来梳理他所掌握的寥寥资源，准备继续戍卫这座城。新来的这十名战士被分到了卢修斯·费比乌斯率领的负责驻守水闸门的百人队中，因为他们做船员的经验可能在那儿更用得上。巨大的攻城槌被烧的那天，他们的伤亡竟然少得惊人，只有几个战士被波斯人发出的零星箭矢射中，或者在不幸的袭击中折损，直到年轻的副官普罗斯珀牺牲的那次灾难性行动，他们的伤亡才多了起来。驻守在面对沙漠的那段城墙上的第四西徐亚军团的几个百人队仍然每队仅有不到五十人，第二十步兵大队的骑兵中队则只有四十人。巴利斯塔为他们又增加了一百人，这一百名战士都是从伊阿海手下新征士兵中调过来的，负责担任弓箭手。北方人希望，和正规军一起作战能让这些从普通百姓中招募上来的新兵逐渐树立信心，还能促进他们更快地掌握作战技巧。他也十分清楚，实际情况可能正相反，这些新兵的军纪松弛，也许会影响正规军。不过到目前为止，事情的走向都和巴利斯塔希望的一致，可要是伊阿海能多来城墙上露露脸就更好了。那位头发斑白的护商使者似乎从未像现在这样对攻守城池的战事不闻不问，他好像不想和战争扯上任何关系。

到了盛夏时节，气温高得不能再高了。站在阿瑞忒城墙顶上，战士们常常能看到沙漠远方粼粼波动的海市蜃楼，这让他们很难判断距离，还遮挡住了波斯大军的动向。对于北方人来说，这样的高温几乎让他不能忍受。衣服一穿上就会被汗浸湿，佩剑和盔甲的皮带磨得皮肤生疼，但这还不算是最糟的。最要命的是哪儿都是尘土，眼睛里、耳朵里、嘴里甚至肺里都是。每一个外来的人都没完没了地咳嗽。不知怎么的，这些尘土甚至能钻进人皮肤上细小的毛孔里。再有就是苍蝇和蠓虫，它们不停地发出嗡嗡的声音，叮咬更是常事儿，不仅落在任何一小块食物上，还成群地停在每杯水的杯口。

一天当中只有那么两段时间，室外能比传说中的地狱好一些。一是傍晚，那时气温就会降下来，凉爽的微风吹过幼发拉底河，天空暂时变成青金石一般的蓝色；二是黎明，那时成群的野鸟飞起，苍穹映出微妙的粉红色，太阳还未完全升上地平线开始它对人类施以热辣酷刑的任务。

七月六日，这天是敬阿波罗神节的第一天。中午，巴利斯塔正躺在冷水浴室的水池中避暑。他所在的浴室是河岸指挥官宅邸的附属私人浴室，这里只有他一个人。他的新旗手卡斯特里西乌斯走了进来，潇洒地行了个军礼。

“哨兵发现南方出现了一大片云尘，就在我们这边的河畔，正朝着这边来了。”

等巴利斯塔到达帕米拉门的城门楼上他经常待的岗位的时候，那片云尘已经清晰可辨了。那是一支长长的、密集的、独立的部队，踏尘而来的不是别的，正是大批人马组成的浩浩荡荡的长队，他们正沿河往上游推进。先锋部队很可能会在第二天下午早些时候到达萨珊大军的营地。

波斯人的队列前进速度非常快，还没到中午，就已经可以看到他们的先头部队快到营地了。放眼望去，尽是一列又一列的驼队。骆驼轻轻摇晃着身子走着，它们背上全都载满了物资，有的还拖着地面上的东西。巴利斯塔看见驼队旁边并没有别的护卫队，萨珊人简直是胆大包天。

“怎么回事？看起来拿兵刃的战士不多啊，这太好了。”听见德米特里厄斯的话，几个士兵露出了微笑。

“很不幸，不是这么回事。”巴利斯塔说，“他们已经有了他们需要的所有战士。”

“可能都超出了他们想要的数量。”马穆拉说，“他们的人数比我们不知多了多少倍，结果他们的口粮根本供给不上那么多人。而且对于一支庞大的军队来说，发生瘟疫的危险总是更大的。”

“这么说，那些骆驼驮的是粮食喽？”德米特里厄斯问道。

“我可不认为咱们能有那么幸运。”巴利斯塔将眉毛上的汗水抹去，“恐怕它们驮的是木材。”近旁听见他说话的那些战士纷纷神情严峻地点了点头，可看到希腊男孩还是一副迷惑不解的样子，巴利斯塔又接着说道：“过去几个月里，我们之所以能平安无事，波斯人之所以没发难，一个很重要的原因就是附近缺少木材。在他们到来之前的几个月，我们就把木头全烧光了。基本上所有攻城器械的建造都需要木材，比如说弩炮、攻城塔、梯子、活动掩体、‘乌龟’和各种围板、栅栏。若要挖坑开矿，也需要木材做支撑。想打下一座城来，需要的木材不计其数，当然了，除非给守城一方献上大袋的金子，让他们放弃城池。”

“要是这样就好了，大人。”卡斯特里西乌斯说。

“是啊，确实是，龙旗手，只可惜这帮萨珊孙子都是嗜血的杂种，他们宁愿把我们钉死，才不会贿赂我们呢。”

整整两天过去了，最后一支驼队才抵达目的地，波斯人的军营现在已经漫山遍野了，占据着视野所及的整个平原，耳畔尽是骆驼的叫声、人们的吵嚷声和军号声。尽管一切看起来都乱糟糟的，但有几项活动一定在有条不紊地进行着。这一天里，他们看见敌军的木匠们一个个忙得跟陀螺一样，便携的锻铁炉中的火烧得旺旺的，一队队等着卸货的骆驼往西北方向走去。

一天后，这些骆驼回来了，大批人涌上去往下卸砖块。这一次，是工程官马穆拉向希腊男孩讲解攻城器械的详情。

“他们想建造一个能高过城墙的斜坡。当今攻城用的斜坡主要是用土和石子儿建成的。但是这儿的‘土’都是沙子，很容易就散了，因此他们需要一堵挡土墙，那些砖头就是干这个用的。那些杂种并不像咱们之前想的那样懒惰，他们一直在我们看不见的地方晒砖，这有可能是在西北方群山中的村子里干的。他们可以用木材搭建顶棚，也就是为修斜坡的人盖移动掩体，还能用木材造弩炮，把咱们的弩炮打烂，咱们就没法把他们全歼了。”

“修昔底德曾说过，斯巴达人花了七十天的时间才在普拉提亚城外造好了攻城用的斜坡。”德米特里厄斯依然充满了希望。

“如果我们能把时间拖那么长，那敢情好。”马穆拉答道。

“我们该怎么做才能阻止他们？”

巴利斯塔拍死胳膊上的一只苍蝇，说：“没必要慌张。”他凑近看了看那只被拍死的苍蝇，然后将它弹开，“我能想点法子，也许管用。”

七月二十日的夜里，萨珊大军将他们的大炮——三十架弩炮推到了最南端面对沙漠的城墙的对面。早晨太阳出来的时候，这些弩炮前方约两百步远处已经放上了结实的矮围板。“弩炮大战”又要开始了。到了午餐的时候，一长列当掩体的顶棚也都就位了，它们搭成了三条隧道，隧道前面将会是斜坡的一端，这个工事已经初具规模了。敌军长时间的“休眠状态”结束了，阿瑞忒的攻城战进入了一个新的非常阶段。

“你这样子看上去就像在喂大象吃小面包似的。行了，递过来吧。”尽管巴利斯塔说话的时候脸上带着微笑，那医生还是被吓得不轻。他是个普通百姓，从身上破旧的衣服可以看出，他肯定不是什么技术超群的医生。他双手呈上一支箭，他双臂向前抬起，手掌向上，掌心中托着的就是那支箭。他似乎全身上下都在说一句话：“这事儿可和我一点儿关系都没有。”

巴利斯塔看那医生是不打算动了，他只好慢慢挪步上前。他动作十分轻缓地拿过箭，就好像医生是一匹紧张不安的马。北方人仔仔细细地看了看那支箭，不管怎么看，它都是一支普普通通的箭，大概有两英尺半长，箭头有三个棱，还带有两英寸左右长的倒刺。那上面依然带着人的血肉。

和大多数东方的箭一样，箭杆由两部分组成，一段是锥形的木座，后面连着一段稍长的芦苇秆。为了固定，两段的连接处绑着动物的筋。箭杆上涂了几道漆，作为装饰，一道是黑色的，还有两道是红色的。箭羽还剩下三根羽毛，但它们看起来并没有上色，而是原本的白色。巴利斯塔想，这可能是鹅毛。

箭杆上有很多割痕和裂纹，无疑是这医生在取剑过程中用的可恶工具造成的。但是让这支箭与众不同且还可能具有重大意义的是从上面解下来的纸莎草纸小条。这张纸莎草纸绑在箭杆的最末端，箭羽的羽毛被粘在小条上面。这张纸条大概有三英寸长、半英寸宽，纸条内侧写满了整齐的希腊小字，句子之间没有标点，当然对于这种密信而言，这很平常。巴利斯塔想看看，却发现连一个词儿都认不出来，眼前是一片看上去随意排列的希腊字母。他把这张写着加密信息的字条取下来递给了德米特里厄斯。

“你是从谁身上取出来的箭？”

医生咽下一大口口水。“从奥格洛斯部队的一名战士身上取的，基利耶，是招募来的平民士兵。”他说完了，浑身是汗。

“他为什么来找你取箭？”

“是他的两个战友送他来的，基利耶。他们曾经把他送到部队的医生那里，但那位医生喝醉了。”医生挺了挺胸，“我就从来都不会过量饮酒，基利耶。”他冲巴利斯塔笑了笑，身上依旧在冒汗。

“你知道他是在哪儿中箭的吗？又是什么时候中的箭呢？”

“我知道，他的战友告诉我的，他们说他总是特倒霉。他当时并没有在城墙上，甚至都不是在当班。他们整晚都在克雷特酒馆喝酒来着，后来回家的时候，也就是返回边门东边的塔楼的时候，经过那一小片开阔地，结果黑暗中‘唰’的一声就从南城墙那边射过来一支箭，射到了他的肩膀上。”

“那他还活着吗？”

“是的，我的医术非常好。”他自己其实对这次的治疗结果都感到惊讶，但他却说得像理所当然的一样。

“我看出来了。”巴利斯塔再次朝他走过去，这一次他直接站到了他面前，用自己高大的身材施以威胁，“这事儿你跟谁都不能说。要是我听到你……”他没把话说完，让他自己领会。

“是，我不会的，基利耶，我跟谁都不说。”

“很好。把那个战士的名字告诉我的书记官，还有他战友的名字，然后你就可以走了。你做得很好，是个认真尽责的市民。”

“谢谢您，基利耶，太谢谢您了。”他几乎可以算得上是跑到德米特里厄斯面前，后者正拿着铁笔等着做记录。

他们突然听到了什么大家伙破空而出、撕裂空气的巨响，然后传来了巨大的撞击声。那医生吓得跳了起来。天花板上掉下来一些细细的石膏粉末。到现在为止，“弩炮大战”已经进行了六天了。显然，这位医生根本不想靠近这场战斗，也不想靠近这座被征用的房子，因为房子就坐落在西城墙后头。他忙不迭地把那几个战士的名字说了出来，然后赶紧转身飞也似的逃走了。

德米特里厄斯将书写板折叠起来挂回腰带上，他又拿起纸莎草纸仔细地看了看。为了给他时间思考，巴利斯塔走到屋子的另一头，倒了些酒喝。他给马穆拉、卡斯特里西乌斯和马克西姆斯分别斟了一杯，又将一杯放在了书记官旁边，然后坐在桌前，开始品尝自己那杯。

又有一颗打进来的石弹砸中了房子，发出可怕的轰鸣，然后上面又掉下来一撮石膏粉末。马穆拉说肯定是波斯人的一架投石机没瞄准，射过了头。巴利斯塔点头表示同意。

最后，德米特里厄斯终于抬起头，他脸上带着歉意的微笑，说：“抱歉，基利耶，我也没法破解这封密信，至少无法直接解开。大多数密码其实非常简单——你只要将字母表中相邻的字母替换进去或者用类似的方法就能解开了；有时候甚至比这还简单，你在你打算解读的字母旁边标个小记号，或者把它们放在与周围字母不一样的高度上看就可以了——但是恐怕这回没这么简单。如果可以的话，我想把它留在我身边，等我没有其他事的时候再仔细研究，没准儿最后我能把它解开呢。”

“谢谢你。”巴利斯塔说。他坐了下来，一边喝酒，一边思考。他们都沉默地坐在屋子里。大概过了有一分钟的时间，又一个撞击声传来，更多的石膏粉末被震了下来，落在了之前盖在屋里所有东西表面的那层细粉末上。

巴利斯塔再一次感觉身边缺了安提柯，他本来是执行接下来巴利斯塔想要交代的任务的最佳人选。马穆拉现在忙的事儿已经够多了；至于马克西姆斯，巴利斯塔想让他陪在自己身边……

“卡斯特里西乌斯，我想让你和那三名战士聊聊，搞清楚那人到底是何时在哪儿被射中的。让他们发誓保密。可以对他们稍加恐吓，这样他们就不敢多嘴了。你最好赶快先和那个受了剑伤的战士谈，省得他因为感染死了。”

“是，大人。”

“然后挑三个骑兵护卫带上，让他们严密监视那片地方。要是指望他们有人也会被绑着密信的箭射中，那就是妄想了，不过我倒是想知道他们在城里那一带都看见谁了。”

旗手再次简短地回答了一句：“是，大人。”

“任何在那儿晃悠的人都有可能是叛徒，正在寻找那封久觅而不得的密信。至少我们现在有了证明城内还有叛徒的铁证。”

一弯新月低低地挂在空中，天上的星座缓缓地移动了——猎户星座、大熊星座、昴宿星团。今天是八月十五日，巴利斯塔知道，如果他们能活着在十一月份看到昴宿星团，那就安全了。

阿瑞忒城破破烂烂的西南侧塔楼一片死寂，大家都在侧耳倾听。白天的“弩炮大战”结束后，晚上这样的安静似乎有些不自然，但是现在，他们都紧张地在听一个特殊的声音，塔楼外面的夜可并不宁静。城里传来几声狗吠，更近的地方又传来了孩子的哭声。萨珊军营中的微弱声响也飘过平原传了过来：马嘶声、一阵呐喊尖叫，还有什么弦乐器发出的悲凉曲调。

“有动静了，听见没？”哈杜达急促地轻声说。

巴利斯塔没听到，他扭头看马克西姆斯和德米特里厄斯。在昏暗中，他们看上去都是一副不太确定的样子。他们所有人又都竖起耳朵认真听。夜愈发沉寂了。

“听，又出现了。”伊阿海的雇佣兵队长的声音更低了。

现在巴利斯塔觉得自己好像听到了那个声音，他屏住呼吸。是的，有动静，是叮当声，哈杜达说的那个叮当声，北方人刚听见，那声音就消失了。他从护墙后探出身去，一只手拢在右耳朵上。如果这声音真的存在，那么也已经被沿着南边峡谷传来的波斯人巡逻队的声音盖过去了。附近的黑暗中，在四周明显的皮子的嘎吱声、金属碰撞的当啷声中，还有几颗石子掉落的声音。他们肯定已经抵达了一处岗哨，塔楼上侧耳倾听的人们听到了低低的口令声“卑路斯-沙普尔”和回令声“马兹达”。

巴利斯塔和其他人等巡逻队走上平原，到了听不见他们说话的地方，这才挪了挪位置，深深地吸了几口气。

夜晚的声音又回到了平日里难以分辨的混沌状态。一声夜枭的啼叫，一声回应。在接下来的一片寂静中，朝着平原的峡谷里某处浮起了叮当、叮当、叮当的镐头敲石头的声音。

“你说得没错，哈杜达，他们确实在挖隧道。”巴利斯塔又听了一会儿，直到他身后的城中传来了某户人家开门的声音、突然一阵大笑声以及大嗓门儿的说话声，把其他一切声音都盖了过去。

“咱们应该派出一个侦察小队，搞清楚这条隧道到底是从哪儿开始挖的。然后我们估计一下隧道的路径。”哈杜达依然压低着嗓子说，“我很乐意执行这个任务，我早晨就能挑好人手，然后明晚出发。”

“谢谢，不过还是不用了。”巴利斯塔本打算着叫安提柯去做，随后才记起来他已经牺牲了。他考虑了一会儿，说道：“我们不能等到明天夜里。如果我们准备组织一个侦察小队，那么城里的叛徒很可能会想方设法通知敌军，咱们的人就有可能中了圈套。不行，必须今晚行动，就现在，我和马克西姆斯一起去。”

大家不约而同地吸了口气，然后几个人齐声开始劝阻。德米特里厄斯虽然声音不大，但态度很坚决，哈杜达和他的两个哨兵也都用不同的方式表达了他们的意思，说这提议简直是疯了。马克西姆斯一言未发。

“我已经做了决定了，任你们谁劝都不会改主意。哈杜达，你和你的人留在这儿。德米特里厄斯，去给我找点灰或者烧过的木炭，然后跟我和马克西姆斯在南侧的边门会合。”

哈杜达和他的手下行了个军礼。德米特里厄斯犹豫了一会儿，最后也走下了台阶。

德米特里厄斯从被当作军事指挥所的被征用的民房中取了化装的物事，等他赶到边门之后，巴利斯塔已经将他的计划告诉了戍守该门的科齐乌斯——第二十步兵大队骑兵中队的骑兵队队长。巴利斯塔和马克西姆斯将从那座城门出城，守门战士将为他们把门留到黎明，然后就会关上。除非河岸指挥官和他的侍从护卫白天出现在门前，否则不会再次打开。万一他们没有回来，阿奇利乌斯·格拉布里奥将承担起指挥阿瑞忒防守战的任务，巴利斯塔为此还写了一封简短的任命书。

“真是，这不相当于雇了头狼当牧羊犬，你就不想想他可能就是那个叛徒？”马克西姆斯用凯尔特语说。

“要是我们回不来，我想那这个问题咱们也不用操心了。”巴利斯塔用同样的语言回答说。

巴利斯塔拾掇了一下自己。他摘掉头盔，脱下盔甲，取下佩剑带上的两个用来装饰的小玩意儿——金冠和金色的小鸟，它们都是临别时母亲送给他的礼物。他用一块布绑住金色长发，因为他总是穿黑色衣服，所以只是用黑炭蹭了蹭自己的脸和前臂。马克西姆斯化装的时间更长些，他将腰带上的很多装饰品都交给了德米特里厄斯，还比画了一下，吓唬希腊男孩说，要是他把哪件东西弄丢了可饶不了他。因为他的袍子是白色的，所以他将它脱了下来，然后用炭涂黑了自己肌肉结实、伤痕累累的身体。就这样，他们轻装上阵出了城门。

他们二人站在城门外待了一会儿，让眼睛适应城外的星光和银色的月光。巴利斯塔轻轻地在马克西姆斯肩膀上捶了一拳，这个希伯尼安人也轻轻地还了一拳，他的牙齿在黑暗中闪着白光。他们前方有一条路，颜色比路边的石头显得更加灰白，蜿蜒着伸向峡谷深处。

他们谁都没说话，就这样出发了。巴利斯塔领头，马克西姆斯在他身后几步远的地方跟着。他们认识多年了，行动起来用不着多商量。马克西姆斯知道，巴利斯塔在青春期的时候就从他舅父那儿学到了如何成为一个武士，这也是日耳曼人部落的传统。他在阿累夷部落中是著名的战争领袖。从塔西佗写《日耳曼尼亚志》开始，阿累夷部落善于夜战的名气就已经传到了北方莽林的另一边。最厉害的地方是，他们可以在伸手不见五指的黑夜里战斗，他们举着漆成黑色的盾牌，身上也涂着黑染料，他们暗影般令人毛骨悚然的形象会让敌人感到彻骨的恐惧。所以塔西佗才这样描述他们，“没有那个敌人能承受得住眼前凶神恶煞般的怪异面目”。马克西姆斯知道，在夜晚的黑暗中，基本上没有比他的主人兼朋友更令人胆寒的敌手了。

走了一会儿，前路朝平原的方向拐向右边，还是下坡，基本是沿着峡谷边缘走的。现在巴利斯塔和马克西姆斯正走在基督教墓地的一个个坟头之间。这条路的地上地下皆是黑黝黝的入口，通往埋葬着被钉在十字架上的上帝的信徒们尸体的洞穴，它们或是自然形成的，或是人工修建的。巴利斯塔停下脚步，比画了一个手势。他们一起从峡谷的一侧往上爬，一直爬到了最近的洞穴的入口。进去三英尺左右，就碰到了墓穴中的一堵泥砖墙。两人还是不发一语，蹲下身来，后背紧靠着墙。他们留心观察着，仔细聆听着。峡谷较远的一边高处能看到摇曳的岗哨火光，风儿时不时地将人们的说话声带了过来，可是那声音很低，几不可闻。在谷底，什么都看不见，也听不见。凿隧道的声音消失了。

马克西姆斯觉得过了好长时间，巴利斯塔才站起身来，于是马克西姆斯跟着站起来。巴利斯塔转身面向墙壁，笨手笨脚地撩开衣服，开始往墙上撒尿。

“往人家坟上撒尿，你就不怕带来厄运？”希伯尼安人的声音很轻。

巴利斯塔小心地不让自己尿在鞋上，没有及时回答。“也许吧，要是我相信他们那个唯一的神的话。但是我宁愿在这黑漆漆的地方撒尿，也不想到外边的空地上撒。”他重新整理了一下衣服。

“我要是害怕了，就不干这个了。”马克西姆斯说，“我可能会去种地，或者当个卖乳酪的小贩。”

“你要是不知道恐惧，就不懂什么叫勇气。”巴利斯塔回了一句，“勇气就是，你虽然害怕，但还是会去做该做的事——你可以管这叫重压下的风度优雅。”

“扯淡。”马克西姆斯说。

他们再次回到小路上，继续向前走去。

在微弱的光线中，他们发现前方还有几条狭窄的小路通往另一侧。巴利斯塔经过前两条左拐的下坡路，停在了第三条岔路的路口。他环顾四周，想看看他们走了多远，然后踏上了左边的小路。他们还在继续往下，但沿着这个方向不会再回到河那边去。他们快要抵达峡谷底部时，巴利斯塔停下脚步的次数更多了。最后，他示意马克西姆斯一起离开小路，直接攀下峡谷岩壁。

马克西姆斯的一只脚打滑了，被他踩下来的几块石头扑啦啦地掉了下去，两人的身子都僵住了。没有人发出警告。远处倒是有一只胡狼吠叫起来，它的同类也加入了吠叫的行列。巴利斯塔曾经做过一番判断，将剑背在身上直接攀爬比他们沿着路直接走下峡谷时弄出动静的风险要小。要是他们控制住一个波斯哨兵，那么就得在道路与谷底交会的地方留下个看守。

他们顺利地到达了谷底。巴利斯塔没有停留，穿过谷底，继续往峡谷南边的岩壁走去。现在可没时间浪费了。他们已经得知波斯人有时候会摸黑在这片地区巡逻，因此都握着剑，不让它碰到身上发出响动，小跑着行进。

他们到达谷底对面之后开始向上攀爬，岩壁比刚才的更加陡峭，他们慢慢移动着，探寻着能抓住的突出岩石。没爬多久，地势渐缓，巴利斯塔示意他们停下来。他们背过身，看看四周，又认真聆听了一阵。那声音又出现了，就在他们左边，在峡谷更上边一点儿靠近平原的地方。“叮当、叮当、叮当”，铁镐敲在石头上的声音。

他们小心翼翼地贴着悬崖峭壁横向挪动，手脚往哪里放都格外注意。虽然马克西姆斯没说，但是他很欣赏巴利斯塔的判断和决策。坑道的入口就在峡谷北面，而且是向城墙方向延伸的。即便敌人设了哨兵，他们也一定是在那条线上站岗。穿过峡谷，巴利斯塔实际上就把敌人的防线甩到了身后。要是走运的话，没人会注意到他们是沿这个意想不到的方向靠近目标的。

马克西姆斯聚精会神地攀爬着，不想弄出一丝声响，因此没看到巴利斯塔发出的信号，猛地撞到了他身上。巴利斯塔的小腿被马克西姆斯踢了一脚，前者轻哼一声，后者则猛地吸了口气。他们停下来等待着，没有再发出一声响动。

巴利斯塔倍加小心地半转过身，做了个朝下的手势。马克西姆斯同样小心地转过身。波斯人攻城的坑道入口在峡谷北侧岩壁大概中间的位置，那里从内到外都有火把或者灯笼照明。在它们的照耀下，挖隧道的人的影子在岩壁上轻快地前后动着，奇特而狭长。铁镐凿石头的声音清脆响亮。他们看到，这些人在洞口用滑车和绞盘运送挖出来的废土。巴利斯塔一下子就想到了遥远的北方，那里有关于小矮人的传说，他们住在深邃的岩洞中，总喜欢搞恶作剧。他想：马克西姆斯此时在想什么呢？可能就是他平常想的那些吧——无非是女人和美酒。辛苦地摆弄着滑车的几个人停下了工作，突然，一个挡板样式的东西被拉着穿过了隧道口。

巴利斯塔望向河水方向那片浓重的黑暗，直到他的眼睛又重新习惯黑暗。然后他利用从挡板后面透出来的微弱光线和阿瑞忒城墙上那几个点燃的火把映照出来的、朦胧的防御工事轮廓，想判断出这个隧道的确切位置。这事儿很费劲，晚上判断距离是最难不过的了。他们没有第二次机会。最终，他轻轻地拍了拍希伯尼安人的胳膊，表示可以回城了。

他们继续沿着岩壁上来时的路线横着往回爬，每次只挪动寸许。巴利斯塔真是万分小心，他担心往回走的时候会因为放松犯下什么错误。当他觉得他们已经差不多到了刚才往上爬的地方时，他给了马克西姆斯一个信号，两人才开始往下爬。这一次，他们在到达谷底的时候等了一会儿，感知着周围的黑暗。在这片虚无的黑暗中，阿瑞忒高大的南城墙突出地耸立在地平线上。附近和远处零星有那么几根火把，火把的光明和温暖充满了诱惑，让巴利斯塔此时极度渴望能再次回到巨大而坚固的城墙内，回到结实安全的塔楼里。他赶紧摆脱掉这种情绪。在城里面，他的战争就是没完没了的记账簿、一册又一册的人名单和物资清单。而在这团黑暗里，他才真正地回归了一名武士的身份。在城外，他的所有感官都充满了活力，挑战着各种感知的极限。

谷底看不到任何威胁，他什么也听不见，也什么都闻不到。巴利斯塔打了个手势，和以前一样，他们开始小跑起来。

两人跑了一半路就听到波斯人的巡逻队走近了。他们一动不动地站在原地，峡谷两边都离他们太远了，此时跑过去已经来不及了，而这里又无处可藏。巡逻队的脚步声越来越响，一队人的靴子踏在石头地上，发出咯吱咯吱的声音，还有兵器撞在盾牌与甲胄上的咣啷声。

巴利斯塔贴到他的贴身护卫耳朵边低声说："他们人太多了，咱们打不过，还是和他们搭话骗过去吧。你最好还没忘了波斯语怎么说。"希伯尼安人没有回话，但巴利斯塔知道他肯定咧着嘴笑呢。波斯巡逻队从黑暗中冒了出来，朝着河畔的方向前进，那边也是一团混沌，比周围更黑更暗。

突然，马克西姆斯毫无预兆地往前走了几步，并低声说道："卑路斯-沙普尔。"前半个音低，后半个音却高了上去。波斯人队伍前进的脚步声不见了，取而代之的是一阵惊讶的沉默。巡逻队一定是停下了，他们没想到会在这节骨眼儿上有人打招呼。过了一会儿，一个很轻的声音犹疑地回答道："马兹达。"马克西姆斯毫不犹豫地用波斯语说："上前验明身份。"这群战士走动的声音又响了起来。

现在，他们可以从这团朦胧的暗影中辨认出队伍里的一个个战士了。巴利斯塔注意到，这支队伍从中间向两侧分开，站成了一个扇形，中间是主力。他很佩服马克西姆斯大胆的先发制人，但并不打算把性命全托付给这个希伯尼安人的攀谈。巡逻队离他们还有十五步远的时候，巴利斯塔站出来说："停，验明身份。"

波斯人的队伍停了下来，两侧的四个战士手中执弓搭箭，半开着弓。看起来队伍主力约有十人。

"瓦尔丹，纳什巴德之子，这是苏伦家族的巡逻队。"这声音听上去像是个习惯发号施令的人，"你是哪位？口音听着有点怪啊。"

"我们是提图斯·佩特罗尼乌斯·阿尔比特和提比略·克劳狄乌斯·尼禄。"听见两个罗马人的名字报出来，波斯人拔出了剑，剑锋上反射着星光，剑两边的饰片都嘎吱嘎吱地响了起来，这说明长剑马上就要全部从剑鞘中抽出来了。"我们是玛利亚德斯——正义的罗马皇帝的人。诸王之王沙普尔亲自命令他的仆人玛利亚德斯派人秘密侦察邪恶之城的边门。"

双方都沉默了一会儿。巴利斯塔都能感觉到自己的心跳，他的掌心全是汗。最后，瓦尔丹终于开口说："那我怎么才能知道你不是从伟大的玛利亚德斯皇帝的队伍里跑出来的逃兵呢？"那句"伟大的皇帝"中满含着讽刺，"没准儿你们是想回归本族的罗马渣滓呢？"

"要是我们蠢到逃进这么一座注定陷落的城里，那我们简直该死。"

"这个世界上有很多蠢蛋，而蠢蛋里又有很多是罗马人。也许我应该把你们都带回营地去，仔细审查你们讲的是不是真话。"

"你要是这么做，明天一早就等着被处死吧，到时候我一定去旁观。我觉得马兹达恩宠的沙普尔，雅利安人和非雅利安人的王，要是知道苏伦家族的一个军官违逆他的命令，肯定不会对你和颜悦色的吧。"

瓦尔丹走上前来。他的手下显然都为他的举动感到有些吃惊，于是那些手下也都快步跟在他们的指挥官身后。瓦尔丹手握长剑，将剑锋按在巴利斯塔的喉咙上。其他人聚拢过来。指挥官又把剑搁到一边，然后仔细地打量巴利斯塔的面孔。北方人也迎着他的目光看过去。

“掀开灯笼，我想看看这个人的脸。”瓦尔丹身后的一个波斯战士应声而动。

“不行，你们不能这么干。”巴利斯塔在声音中融入了他所有的指挥官的威势，“你要是露出一点儿光，伟大皇帝的目标就会落空，城墙上的罗马人一定会看到的。沙普尔就得不到情报了，你我也会死在城墙脚下。”

瓦尔丹犹豫了那么几秒钟，这是极为可怕的几秒，然后他便吩咐拿灯笼的人不用动了。

瓦尔丹将脸凑过去，仔仔细细地审视巴利斯塔，后者甚至能闻到他呼出的气息——一股异国的香料味儿。“就算在黑暗中，就算你像个逃跑的奴隶一样脸上涂了黑炭，我下次看见你还是能认出你来。”瓦尔丹自言自语地点了点头，巴利斯塔没动，“要是你在耍花招，要是城被我们攻破时发现你在城里，我一定会把你找出来好好算账的。我会亲眼看着你在木桩上痛苦地扭动。”

“马兹达是不会让这种事发生的。”巴利斯塔退后一步，双手离身体两侧远远的，“夜深了，我们要是想黎明前回去就得赶快走了。”

巴利斯塔望了望马克西姆斯，转头面向城墙，朝着波斯战士包围圈的边缘走去，可那两个挡道的战士并没有让路的意思。他转身回到瓦尔丹面前，说：“要是我们没回去，请告诉我们的大人玛利亚德斯我们尽责了。记住我们的名字：佩特罗尼乌斯和尼禄。”

如果知道有人在身后看着你，那么你是很难正常走路的，尤其是想到有人可能会把你给杀了，想正常走路就更难了。巴利斯塔拼命压抑住自己想撒腿就跑的欲望。马克西姆斯，请诸神之父保佑他，他就跟在他的主人后面。要是出事，希伯尼安人会挨第一箭。但巴利斯塔还是觉得自己的后背暴露在浓重的杀机中。

五十步差不多是弓箭手准确射击的极限实际距离了，但在昏暗的光线下，这个距离会更短。他们已经走了多远了？巴利斯塔开始计算自己的步子，虽然有点跌跌撞撞，但他很快就集中精神让自己尽可能正常地迈步了。路似乎总也走不到尽头，他感觉大腿上的肌肉有些抽搐。

最后，峡谷的岩壁突然出现在他们面前，这几乎算得上是个惊喜。两人都转过身，弯下腰，尽可能让自己的目标小一些。巴利斯塔这时才意识到自己气喘吁吁的，衣服都被汗浸透了。

"真他妈能瞎扯，佩特罗尼乌斯和尼禄？"马克西姆斯低声说。

"都是你的错。你要是除了《萨蒂利孔》还给我讲过别的故事，那我还能想起别的名字来。不管怎么说，现在我们还是赶快离开这儿吧。咱们可还没到家呢，那些狗杂种还有可能会改变主意跟着我们。"

德米特里厄斯就站在边门外，他很吃惊自己竟然站在了城门外，不过骑兵队队长科齐乌斯和他的手下也都在。但即使是这样，德米特里厄斯还是为自己的勇气感到惊讶。他心中有个声音一直在告诉自己，要是站在塔楼上也一样能听见看见，甚至听得更清楚，也看得更清楚。但他随即就把这样的想法打消了。时隔好几个月再次站在城墙外，这让他产生了一种奇怪的愉悦感。

德米特里厄斯和他的三个战士并肩站着，倾听着，张望着。暗夜里，哪怕一些小动静也格外的响，如匆匆跑过的夜行动物、野鸟突然拍打翅膀的声音。微风转向了南方。说话声、大笑声、马儿的咳嗽声，都会从峡谷另一侧的波斯人的岗哨那边飘过来。一条胡狼再次吠叫起来，它的同类也加入了吠叫的行列。铁镐的敲击声来了又去。但是没有任何动静能让他们知道巴利斯塔和马克西姆斯的进展。

希腊男孩的思绪飘到了特洛伊城前的黑暗平原，脑海中浮现出这样一幅画面：特洛伊勇士多隆把弓箭搭在肩上，将身上披的灰色狼皮往上拉了拉，继续在暗中监视希腊军营。多隆的下场很糟。在黑魆魆的平原上，他就像一只被捕猎的野兔一样，被狡猾的奥德修斯和喊着战吼的狄俄墨得斯追赶。多隆哭着恳求对方给他留一条生路，他还透露了特洛伊城岗哨的位置，但这并没有给他带来什么好处。狄俄墨得斯挥剑切开了他的脖子，他的头颅跌落在尘土中，随身带的弓箭和灰狼皮都被敌人拿走了。

德米特里厄斯虔诚地祈祷巴利斯塔和马克西姆斯不要重蹈多隆的覆辙。如果这个希腊小伙子身旁有《荷马史诗》的话，他一定会翻开书，看看他们发生了什么。民间有个众所周知的占卜法子：从《伊利亚特》中随意挑一行，看看神圣的荷马对未来做了怎样的预言。

波斯巡逻队沿着河流上方峡谷走动的声音传来，德米特里厄斯的思绪又回到了现实中。他听到了口令声“卑路斯 - 沙普尔”，还有一声回答“马兹达”，再然后是几句波斯语的低声交谈。德米特里厄斯发现自己和其他几个人一样，都站在峡谷口，身子前倾，紧张地听他们在说什么。但这全然没有意义，因为他根本就听不懂波斯语。

德米特里厄斯看到边门那儿出现一片光亮，他不由得跳了起来。他定睛一看，门前的身影竟然是阿奇利乌斯 · 格拉布里奥。他镀金的胸甲上映出火把的光辉，胸甲的轮廓仿照了运动健将或是英雄人物肌肉的样子。阿奇利乌斯 · 格拉布里奥没戴头盔，他一头精致的卷发闪耀着光泽，脸却隐在阴影中。

“神啊，你们到底是怎么回事？”他的贵族腔里透着一丝愤怒的情绪，“骑兵队队长，这门为什么开着？”

“我是奉命行事，大人，河岸指挥官命令我这么做的。”

“胡说，他的命令明明是这门什么时候都得关着。”

“不，大人，他告诉我们把门留到早上。”这个低级军官被他上司那显然难以压抑的怒火吓到了。

“那他为什么要这么干呢？为了方便波斯人进来吗？”

“不……不是的，大人，他和他的侍从护卫都在城外呢。”

“你疯了吗，还是站岗的时候喝酒了？要是你喝酒了，我就按老规矩把你给办了。你知道我是什么意思。”

德米特里厄斯不知道他是什么意思，但是想必科齐乌斯是清楚的。骑兵队队长开始微微发抖。德米特里厄斯心想，也不知道阿奇利乌斯·格拉布里奥的发这个火是不是真的。

“就算是我们敬爱的河岸指挥官不是野蛮人出身，他也不能丢下自己的职责，大半夜地跑到城外去吧？”

阿奇利乌斯·格拉布里奥半转过身，指着城门说：“给你点时间进来，回到你的岗位上去，不然我就把这门关上。”

科齐乌斯字斟句酌地和上级军官争辩道：“大人，指挥官还在城外呢。要是您关了城门，他就会陷入困境的。”

“再多说一句话就算你造反。进来，现在。”

两个跟班的胆怯地回了城，科齐乌斯也开始挪动步子往回走。

“不。”德米特里厄斯几乎是高声叫了起来，“河岸指挥官听见有挖隧道的声音，他是外出去侦察波斯人挖地道的情况。”

阿奇利乌斯·格拉布里奥生气地责骂他道：“听听刚才是谁说话呢？野蛮人身边的小兔崽子。”他走近德米特里厄斯，身上散发着康乃馨的味道，火炬的火光让他一直连到脖子上的卷胡须愈发显眼，“你在这儿干吗呢？让骑兵队队长和他的手下把你睡了，然后好开门放你逃跑？”

“大人，这男孩说的是真的。”科齐乌斯说。

这句插嘴立刻吸引了阿奇利乌斯·格拉布里奥的全部火力。现在，这位贵族青年显然真的发火了。他转身背对着德米特里厄斯，逼近骑兵队队长。“我没警告过你吗？给我进去，现在！”

科齐乌斯冒险做了最后的争取。“但是大人，指挥官他……我们不能把他抛下啊。”

德米特里厄斯忘了自己还带了剑，他弯腰捡起一块石头。

“你是在抗命不遵吗，骑兵队队长？”

德米特里厄斯感觉他手中的石块尖锐而粗糙。阿奇利乌斯·格拉布里奥后脑勺儿上的卷发在火光中映出光泽。

“你好啊，副军团长。”一个声音从火把上方传来。

阿奇利乌斯·格拉布里奥猛地一转身，他将剑“噌啷”一声从剑鞘中拔出，然后蹲在地上，身体绷得紧紧的。

两个身上涂着黑炭、脚下蹚着灰尘的影子幽灵般地出现在火炬的光圈里。高一点儿的那个人将头上的一块布拉下来，他的长发立刻垂到了肩膀上。

“我真得表扬你啊，副军团长，这么勤勉。大晚上的还来城墙边上巡逻，真令人敬佩。”巴利斯塔说，“但是现在我想咱们还是先进去再说吧，咱们要谈论的事还不少呢，因为又有新危险要面对了。”

第十五章

巴利斯塔决定去最后看一眼波斯大军的攻城斜坡，他从临时搭建的护墙后面往外凝望。事实上，波斯的弩炮兵每天白天都会把护墙砸个稀巴烂。到了晚上，守城士兵又会把护墙重新建起来。

那个斜坡的轮廓在迷雾般的烟尘中逐渐清晰起来。波斯人在八月一日之前十三天就开始赶工了，现在还有九天就到九月一日了。从开头到现在都算上的话，他们为建造这个斜坡已经花了三十六天的时间。在这三十六天里，斜坡一寸寸地向前推进，大概有四十来步长了，而且还缓缓地升高到了几乎能与城墙的护墙平齐的程度。城墙前的沟是守城士兵花了好大精力才挖出来的，如今也已经被碎石填平了。斜坡和城墙之间还有一个像山谷一样的空隙，但是这个“山谷”只有二十步宽，而且其中一部分已经被守城者为了巩固城墙而准备的土堤占据了。等到这“山谷”被填满时，波斯的强击队就会通过大概二十五步宽的陆桥发动总攻。

攻城斜坡的进度是成千上万名劳工累得半死才换来的。每天早晨，在黎明前暗淡的光线下，波斯人都会把他们的顶棚、移动掩体推到前边，让它们连在一起，形成三条长长的有顶棚的通道。这些通道下面，在结实的挡板的保护下，几条流水线忙碌着将泥土、碎石和木材送往前面，将它们按部就班地放到斜坡前侧的空当中。在斜坡的两侧，有更多也有挡板保护的劳工利用撬棍和灰泥将泥砖砌成挡土墙。

打造这段斜坡让波斯大军折损了很多的人手。波斯人一开工，巴利斯塔就立即在城墙后面架设了四架可发射二十磅炮弹的弩炮，与斜坡成一条直线。为了给新弩炮的到来腾地方，还拆除了好几栋房子。巴利斯塔承诺，如果这座城没有沦陷，会给这些房子的主人以补偿。每天清晨，顶棚就会和前一天一样搭在同一条通道上，然后就会在原地立上漫长的一整天。同样，每天清晨，负责操作这些弩炮的重弩手都会检查他们的军械设置是否无误，他们可能会以极高的射角将炮弹打出城墙，而且在城墙上的观察手的帮助下，非常有信心迟早能以骇人的速度让光滑浑圆的石弹砸中一片顶棚，不仅砸穿木材和皮子，还会将在顶棚下干活的、自以为安全的劳工砸成一摊恶心的肉酱。

城墙上负责观察的战士一喊“发、发”，守城弓箭手就会从城内斜堤被掏空的底部藏身处冒出来，冲上城垛，然后向暴露在外、正忙不迭地修复或替换棚顶的波斯战士送上一阵箭雨，每支箭的箭头可都是用铁或铜铸的。

受威胁的那段城墙的城楼上有两架可发射六磅重炮弹的弩炮，巴利斯塔下令，让这两架弩炮专门瞄准为斜坡建造挡土墙的砖瓦匠射击。操作这两架弩炮的重弩手看得十分清楚，那些挡板禁不住一而再再而三的撞击。于是，大屠杀又会再一次出现。

波斯人已经尽可能地用他们的弩炮轰击罗马人的弩炮，但到现在为止，他们还无法有效地减轻守城者给他们造成的破坏。巴利斯塔不得不将那两架能发射六磅炮弹的弩炮和操作它们的大部分战士换了两次，有一架发射二十磅炮弹的弩炮已经被砸毁了，修都没法修。仓库里已经没有更多的投石器了，可空中的石弹并没有减少分毫。

在巴利斯塔观望的当口儿，一颗六磅重的石弹瞬间砸中了目标，谁都没看清它是怎么砸中一片保护砖瓦匠的挡板的。瞬间，碎片四溅，一股厚重的烟尘升腾起来，挡板似乎被砸弯了，但还待在原位。再来上一两下，它肯定就报废了，然后就会有更多的波斯杂种死掉，守城方也会为自己争取更多的时间。

巴利斯塔躲到了护墙后边。他坐了下来，背靠着墙壁稍事放松，然后开始思考。波斯人总是到了晚上就撤回去，一早再开工，为什么？为什么他们不昼夜不停地施工呢？他们明明有这个人力。如果巴利斯塔当他们的指挥官，那他早就这样干了。巴利斯塔曾经在哪儿看到过，说以前的东方帝国，也就是帕提亚人，他们的战士不愿打夜战，也许后来继他们之后统治的波斯人也有这个特点。可是他们却始终在夜里的峡谷中凿隧道，也许他们是凭借什么特别的力量才得以执行这样的任务。这是个谜题，但是战争就是一串长长的无解的事件。

“我想看的全都看见了。咱们下去吧。”巴利斯塔蹲着挪向城楼顶的楼梯井，然后下了楼。他迈步往两条坑道的北边走了几步，卡斯特里西乌斯则在里面等着。巴利斯塔然后挥了挥手招呼他的随从们进去，也就是马克西姆斯、德米特里厄斯、北非簿记官、两个信使和几名骑兵护卫。

“咱们可以在这儿讨论下。”巴利斯塔坐到地上，卡斯特里西乌斯在他旁边蹲了下去，德米特里厄斯也靠了过来。巴利斯塔注意到过梁看起来很是结实，支撑坑道的柱子也很粗。这儿还不错，离入口很近。封闭空间的压迫感并未让他感到分外不适，因为毕竟这里离外界只有三四步的距离。

坑道的另一头，一排人正在徒手将一篮篮的土往坑道外面送。

卡斯特里西乌斯拿出来几张零碎的纸莎草纸，上面满满地覆盖着他的笔迹。他以令人钦佩的简洁讲解了这条隧道的走向。隧道在城墙下面，也在外侧的斜堤下面，像个鼹鼠一样正朝着波斯人攻城的斜坡延伸过去。他参看着一张又一张的纸莎草纸，简单说明了他需要的各种东西，包括支撑坑道两侧和坑顶用的柱子、照明用的灯笼和火把，还有为了实现坑道的最终目的所需的各种可燃物和它们的容器。巴利斯塔对他报上来的数字表示同意，德米特里厄斯则一一记下。

卡斯特里西乌斯回去查看建设进度，巴利斯塔则沉默地坐在原地。一颗波斯人的投掷物落在他上方的城墙上，发出如雷般的轰鸣，坑顶的泥土像下雨一样落了下来。巴利斯塔本来在想对面的支柱是不是有点歪，后来转念又想到了卡斯特里西乌斯的命运轨迹。他被发配到矿场做工一定是犯下了滔天大罪吧，他竟然能从那个鬼地方熬出来，想必有着非同一般的意志力；他又加入了军队（是不是有规定不让这种人参军来着？）；然后发现了斯克里波尼乌斯·穆基亚努斯的尸体，以此为契机让指挥官注意到了他有丰富的地下坑道知识；然后在年轻的副官普罗斯珀的带领下执行那次倒霉的任务时，有幸成了三个幸存者中的一个，这让他成了巴利斯塔的新旗手。如今，他再次因为曾经在矿场做工的经验得到了晋升，成了领导挖掘这条隧道的负责人，相当于百夫长。

又一颗石弹击中了城墙，更多尘土飘了下来。从这条隧道想到一个人多变的命运，巴利斯塔的思绪再次落到了城中的叛徒身上。德米特里厄斯一直没能解开密信，不过单单那封密信的存在就能证明阿瑞忒城内至少还有一名叛徒，或者说，至少波斯人以为这儿还有一个他们用得上的探子。巴利斯塔确定他们是对的。

那么关于这个叛徒他都了解些什么呢？几乎可以确定的是，他杀害了斯克里波尼乌斯·穆基亚努斯，烧了弹药库，还企图组织烧毁粮仓，他与波斯人那边保持着联系，虽然这联系偶尔会被打断。显然，这叛徒想让城市陷落。谁会这么想呢？这么残忍的念头。会是城中的百姓吗？某个因为巴利斯塔采取的防御措施而失去了房子、家族墓地、神庙、奴隶及其最珍视的自由的人？难道他就没有在其中起到作用吗？当一个人不顾一切去破坏另一个人竭尽全力保护的东西的时候，这种情况会持续多久呢？

如果叛徒是城里的老百姓，那一定是个有钱人。轻油的价格贵得很，而且还会有恶臭：只有足够富有才能买得起，也只有住的地方够宽敞才能藏得住那恼人的气味儿。如果叛徒是老百姓，那一定是属于精英阶层的，是个护商使者——阿纳穆、奥格洛斯甚至有可能是伊阿海——或者是其他城市议员中的谁，比如说总是面带微笑的基督徒狄奥多图斯。

但可能是老百姓吗？会不会是部队里的呢？巴利斯塔非常清楚，马克西姆斯仍然不信任图皮奥。这不是没有理由的，表面上看着幽默亲和的图皮奥以前可是有过欺骗行为。他现在已经成功地和他的上级斯克里波尼乌斯·穆基亚努斯脱了干系，尽管马克西姆斯很坚持他的观点，但巴利斯塔从未认为斯克里波尼乌斯曾经胁迫过图皮奥。也许终有一天他会说出真相，但是巴利斯塔不认为强迫图皮奥就能让他开口。但从另一方面看，图皮奥在守城战的整个过程中都表现良好。他率领队伍深入波斯军营袭扰，此举需要非常大的勇气，甚至可以说他这个举动为他赢得了重获信任的机会。但是正如马克西姆斯提醒过他的一样，叛徒也必须得具备勇气，还必须得得到信任。

然后就是阿奇利乌斯·格拉布里奥了。巴利斯塔知道，自己对他有偏见，尤其是对他副军团长的身份有偏见。他那头卷发和下巴上的卷胡子、目空一切的傲慢劲儿，几乎他的一切北方人都很讨厌。他知道，这个贵族年轻人也讨厌在一个野蛮人手下做事。他与图皮奥不同。若图皮奥是叛徒，他要么是为了钱，要么是怕最后他杀害斯克里波尼乌斯的事大白于天下，其实说到底还是因为钱。但若阿奇利乌斯·格拉布里奥最终被证明是叛徒，那应该是因为尊严，这种无法清楚解释的特质让这位罗马贵族有了相信自己比别人优越的理由，给了他存在的理由。巴利斯塔想要搞明白，对一名罗马贵族的尊严的来说，是否听命于一个东方政权真比屈辱地服从一个北方野蛮人的命令要好些。从某种角度看，东方人可能确实比像巴利斯塔这样来自北方莽林的野蛮人更文明些。

尽管卡斯特里西乌斯目前负责着这条隧道，他还负责严密监视带着密信的箭射中那个不幸战士（结果，医生将箭取出后没几天他就死了）的地方。巴利斯塔好不容易从自己的骑兵卫队中抽调了四个人，让他们也多少留心观察情况。到现在为止，这些部署都还一无所获。与预期一样，他们巡视过程中不仅撞见了阿奇利乌斯·格拉布里奥，还看见了图皮奥。全部三位护商使者在该片地区都有产业，狄奥多图斯后来重新盖起的基督教堂也位于该地。

卡斯特里西乌斯回来了。他又蹲了下来，他们又讨论起了木材、橄榄油和猪油，还说到了距离、密度及冲力问题。

“谢谢你，百夫长，非常感谢。”听见巴利斯塔这么说，卡斯特里西乌斯满脸都是骄傲。他猛地站起来，但是他年纪太大了，一只手将身子撑起来，脑袋却撞到坑道的柱子上。他漂亮地行了个军礼。

出了坑道就好像走进了火炉，热浪让巴利斯塔几乎喘不过气来，到处都是一团团的灰尘。北方人甚至感觉到自己嘴里都进了沙子，而且顺着气管进了肺里。于是，他和大家一样，没完没了地咳起来。

就在他们往南侧的坑道走的时候，城墙那头传来一声呼喊。大多数人都赶快伏在地上，但巴利斯塔和马克西姆斯依然站着。其他人可能以为这是因为他们是临危不惧，但是其实这两人自己清楚，根本不是这么回事儿。两人都抬头凝视，心想是不是炮弹冲他们砸过来了，要真是那样，他们瞥上一眼，然后就快速地闪到一边去。

随着可怕的呼啸声，一块石头破空飞过他们头顶，砸到了一栋早就被砸毁的房子里。有一阵烟尘腾起。

马穆拉正在另一条坑道的入口处等着，入口就贴着面对沙漠的那段城墙最南边的城楼。

“大人。”他脸上绽出一丝微笑。

“工程官。”巴利斯塔微笑着回应。他们握了握手，互相亲吻了一下脸颊，又拍了拍对方的后背。他们已经开始慢慢喜欢上彼此了。马穆拉知道，就河岸指挥官的决策而言，可以说他绝对是个有良心的人。这个高大的野蛮人是个好人，可以指望他做该做的事。

巴利斯塔带着厌恶的神情看了看坑道的入口——粗大但粗糙的横梁、凹凸不平的地面、参差不齐的岩壁、岌岌可危的洞顶。他走了进去，黑暗立即将他吞没了。洞中光线不太充足，只是隔三岔五会看到壁龛中有那么一盏油灯。体验过另一条隧道的喧闹之后，这条隧道让他感觉安静得奇怪。

“进度怎么样？”

“很好，到现在为止。”马穆拉倚在一根柱子上说，“就像我之前所说的，我们挖得很深，城墙、墙外的斜堤下面都挖通了。还有壕沟，我们已经将这条隧道挖到了壕沟另一侧大概五步远的地方。我们在那儿横着挖了一个听动静的廊道。我在一座神庙里发现了几个旧的圆形铜盾，我把它们抵在墙壁上，派人在那儿监听情况。”

“祭司有没有反对？”

“他们相当不高兴了。但是那又怎么样，谁让现在是战时呢。”

尽管一个奴隶永远不该和自由民主动说话，德米特里厄斯还是忍不住插嘴说：“你的意思是那还真管用？我还一直以为那只是古代作家们在文学创作中瞎说的呢。”

马穆拉嘴咧得更大了。“是啊，这是个老把戏了，但是挺管用。它们能很好地把声音放大。”

“那你们听见什么没有？”巴利斯塔问道。

“奇怪的是，没有，我们什么都没听见。我有理由相信，要是他们在附近挖隧道，我们肯定能听得到铁镐凿石头的声音。”

“这一定是个好消息了。”德米特里厄斯说道，“要不就是那隧道塌了，所以他们不得不放弃；要不就是挖得远远地偏离了目标，所以他们的隧道根本就没在咱们的城墙附近。”

“是的，确实有这两种可能性，”马穆拉心事重重地说，“但不幸的是，还有第三种可能。”他扭头看着巴利斯塔说：“你和马克西姆斯告诉我他们是从峡谷开始挖隧道的时候，我就以为，我觉得大家都以为他们的目的是破坏最南边的城楼的地基，让城楼塌掉，这样那儿就不会有弩炮妨碍他们建设斜坡了。现在我不确定了，他们的真实目的可能比那还要凶险。也许他们是想绕过我们的地上防御工事，让他们的部队直接从我们的城墙内冒出来。如果是这样，他们就会等待斜坡趋近完工的时候再挖通隧道最后的部分，那么他们就可以同时两面夹击了。”

所有人都安静下来，脑子里勾勒着萨珊战士没完没了地沿着斜坡涌入城，另一边也是敌人源源不断地从地下冒出来，想象着同时挡住两头的攻击是件多么不可能的事情。

巴利斯塔拍了拍马穆拉的胳膊。“你会听见他们挖洞的动静的，到时候你就可以拿下他们。”

“然后呢？”德米特里厄斯接着这句安慰之词滔滔不绝地说道，“你会不会用烟熏的法子把他们赶出去，或者往他们的隧道里放蜜蜂、放蝎子，要不然放进去一头发了疯的熊？”

马穆拉大笑道：“可能不会吧。不会的，我们到时候还是会用狠辣的老办法——短剑——对付敌人。”

一支箭直直地冲着他的脸飞了过来，巴利斯塔惊得扭了一下，慌忙躲回到掩体后头。他的一侧头盔撞到了城垛上，那半边脸也擦过了粗糙的石墙。他感觉自己背部的肌肉绷得紧紧的。他不知道那支箭射到哪儿去了，但是刚才离他特别近。他大声喘着气，想重新恢复平稳正常的呼吸。这时，身后传来一个低低的啜泣声。

巴利斯塔双手着地，趴在地上，低伏着身子跌跌撞撞地靠近那个被射中的战士。原来是他的一个信使，那个来自苏布拉的信使。箭挨着锁骨射进了他体内，只剩箭尾的羽毛还留在外面。那战士双手环握着箭柄，他的眼神令人难以捉摸。

“你会没事儿的。”巴利斯塔说，他命令他的两个骑兵护卫将信使抬到急救站去。护卫接到这个徒劳无功的差事时显得有点犹豫，但还是服从了。

巴利斯塔在护墙后面稳定了一下情绪。他默数到二十，然后向外张望了一下。他看见了波斯人的斜坡，还看见了斜坡与城墙之间的缝隙，但是现在那缝隙已经不到五步宽了。从前头的挡板下面看，似乎近到守城士兵伸手就能碰到了，碰到那些间或落到空隙中的土石与树干。

就是今天了。就算他没看到盖着顶棚的通道那头集结的萨珊大军，他也知道，总攻就在今天了。显然，波斯人已经决定不等斜坡与城墙合龙了，他们选择采用某种搭板似的步桥。生死竞赛开始了，鹿死谁手，今日见分晓。

巴利斯塔四下看了看，发现那信使的血已经浸入了砖地，在上面形成了一汪蒙着灰尘的鲜红色血泊。巴利斯塔向身边的战士们点了点头，然后继续俯着身子，爬向活板门。马克西姆斯、德米特里厄斯和三个幸存的骑兵护卫跟在他身后“哗啦哗啦”地走下了石阶。

卡斯特里西乌斯正在他的坑道入口等着呢。他没有多礼，而是直接告诉他们一切都准备就绪了。

巴利斯塔曾经一直害怕这一刻的到来。但这一刻终于来了，躲也躲不过去。他必须得这么做，但是他实在不愿意。只行动，别多想。“咱们进去吧。”他说。

他们走下北边的隧道，越下越深，入口的阳光很快就消失了。他们在沉默中前进着，黑暗中只有他们。壁龛中的一盏盏油灯没有哪个是亮着的。他们进洞前，卡斯特里西乌斯已经检查过了，没人穿的靴子底有鞋钉。他们还将佩剑的腰带、盔甲、头盔和其他所有金属制的零碎都留在了地面上。无心弄出的小小火花都会引起他们极大的恐惧，因为那意味着有可能会着火。

在伸手不见五指的黑暗中，他们成一列纵队前进。带路的是卡斯特里西乌斯，他伸出右手摸索着坑壁认路。巴利斯塔跟在后头，攥着卡斯特里西乌斯后背的衣服。再往后是马克西姆斯，然后是德米特里厄斯。

地上并不平整。巴利斯塔的一只靴子因为一颗松动的石子往一边歪了一百八十度。他想象了一下扭了脚、摔断腿之后被捆在这地方的情形，于是压抑住涌上来的痛楚，继续前进。只行动，别多想。

这场徒步似乎无休无止，令人无法想象，无法思考。他们好像已经走了有好几个小时了，有可能已经穿过平原到达波斯人的军营底下了。

有什么东西不一样了。巴利斯塔可以感觉到他周围的空间逐渐宽敞起来，也许是因为声音的问题，他们脚步的回声传回来的时间更长了。气味闻起来也有点怪，这味道让人想起了不同的东西：马厩、屠夫的肉铺、战船。但是空气确实没有之前那么闷了。

卡斯特里西乌斯停下了脚步，他后面的其他人也跟着停了下来。卡斯特里西乌斯非常小心地将他遮挡住的油灯打开了一个缝，一束细细的光透了出来，但基本不能照到隧道的另一头。他举起油灯，洞顶依旧在一片暗影中。接着他又放低油灯，去照支撑着洞顶的那些木材。在巴利斯塔看起来，木材少得可怜，而且每一根都细得不可思议。

“刚好够撑起洞顶的。”卡斯特里西乌斯说，就好像知道他的指挥官在想什么一样，“这些木材都不错，风干得比较彻底，因此足够干燥。我在它们上面涂了一层树脂。”

“很好。”巴利斯塔说，他觉得自己得说点什么才行。

卡斯特里西乌斯又往下放了放灯。洞中的大部分地面都覆盖着到脚腕的干稻草，柱子底下还围着塞满猪油脂的猪皮。“厨子们可能觉得有问题，但这些玩意儿确实很好烧着。”他说。

“很好。”巴利斯塔觉得自己的声音很不自然。

“现在就是问题的关键了。”卡斯特里西乌斯举灯照向他们身后。他们进来的隧道口左边有三口青铜大锅，都加在柴火堆上，周围还堆着干稻草，干稻草一直从下面铺到了洞中。“我在第一口大锅中放了些树脂，其他两口锅装的是油。”

“知道了。”巴利斯塔说。

“怎么样？”

“非常好。”

“隧道外的导火线的长度是隧道中部分的三分之二。等你们都退出去，就叫我，您允许了，我就点火。”

“我允许你点火。”

“那就开干吧。”

回到地面上，刺眼的阳光让他们什么都看不见了，他们的眼睛都开始流眼泪。巴利斯塔此时调整好了呼吸，于是叫卡斯特里西乌斯点火。他们离开洞口。

一开始，什么都没发生。然后他们听见卡斯特里西乌斯跑过来时靴子踩在石子上的声音。他飞一样地从隧道中退了出来，腰弯得低低的，拼命地跑着。接着，他停了下来，看看周围，然后眨着眼睛走向其他人。

“好了。现在看诸神的意旨了。”

他们穿上盔甲，搭上佩剑的腰带，然后向城楼跑去。巴利斯塔一次迈两个台阶，就这样冲上了城垛。他伏在护墙后头往外看。

几乎万事万物都一如从前。巴利斯塔知道应该是出了什么差错。他看见了那个缝隙，波斯人建造的盖着挡板的斜坡。再往后，是与斜坡基底平齐的一排掩体。接着往后，是波斯人的弩炮。巴利斯塔努力张望，却看不到斜坡上冒出来一丝烟。本应该发生的事情此时却连丝毫迹象都没有。他们没看到下面人工开凿的坑道冒出熊熊大火，那骇人的火焰应该会烧毁支撑坑道的木柱子，然后隧道的顶就会塌下去，上面的整个斜坡也会毁于一旦。但地面上的一切都完好无缺。

就这样，一切都完全处于静止状态——没有大炮攻击，没有箭雨，没有碎石倒进缝隙中。应该就是现在了，现在敌人随时可能开始攻城。

“哈杜达，让战士们都上城墙，狗杂种们要攻过来了。”就在他冲雇佣兵的队长吼命令的时候，巴利斯塔看见波斯斜坡前侧的挡板开始翘了起来。诸神之父啊，我们要输掉这场战争了。就差一点儿，我们要是再有几分钟时间就好了。

挡板被横着拉到了一边。巴利斯塔躲到了城垛后头。一阵箭雨袭来，就好像一群大黄蜂一样飞过城墙，呼啸着朝着石头撞过来。一个战士哀号起来，有支箭射进了他的肩膀里，他兜着圈子，失足栽倒，沿着城内的斜堤滚了下去，挡住了从挖空的堤底涌出来开始往上爬的战士的路。

箭雨停歇下来。巴利斯塔飞快地往外瞥了一眼，登城桥已经被波斯战士推到了空隙处，他们还在桥板前缘钉了一颗可恶的长钉。巴利斯塔回头看看城内，守城战士们正沿着斜堤往上爬。罗马正规军、雇佣兵和当地征募的平民士兵都集结了起来，但他们无法及时赶到了。

登城桥砸了下来，上面那颗长钉远远地超过了护墙所在的位置，巴利斯塔没有多想就抓住了这头，他右手中的木头被他握得温暖而光滑。他翻身跳上了桥，双脚落到桥板上发出空洞的“咚咚”声。他一手拿着盾牌挡在身前，一手抽出长剑。他听见马克西姆斯也跳了上来，就在他左边，除了希伯尼安人以外，还有其他守城战士也上来了。登城桥不宽，要是没人掉下去，三个人也许能守得住，至少能守得住一小段时间。

他们面前是一列皮肤黝黑的、胡子拉碴的萨珊战士，他们张着嘴喊着仇恨的口号冲了过来。萨珊战士颜色鲜艳的外衣和闪亮的盔甲上蒙了一层灰。他们登上登城桥的脚步声此起彼伏。

一个东方人激动地冲巴利斯塔大声叫骂着，甚至都没打算用手中的长剑。他想用自己的盾牌砸到北方人的盾牌上，让守城者后退，离开这座桥。

巴利斯塔随着那人的攻势往后退。他后一只脚往右跨了一步——桥上没有栏杆，他的脚离桥边太近——于是左脚又退到了右脚后头。波斯人因为自己的冲劲又往前冲了几步。巴利斯塔身体一转，手掌向下，执剑前刺，插进了那东方人的锁骨处。剑锋开始被甲胄挡了一下，然后就继续推进，刺进了柔软的身体中，擦着骨头继续深入。

随着头一个萨珊战士栽倒在巴利斯塔后头，下一个紧接着冲了上来。巴利斯塔单膝着地，冲着敌人的脚腕大力地将剑挥出一个弧形。那波斯人慌忙放低盾牌想挡住这一击，他向前倾着身子，身体失去了平衡，他基本上没有可能逃过此劫。巴利斯塔向前一跃，站起身来，用盾牌撞了一下那人的胸膛，把他顶得连连后退，最后闪到了一边。那波斯人意识到脚下踩空、自己已经被推到了桥边的时候一脸惊恐之色，然后就挥舞着胳膊往后摔了下去，掉进了缝隙中。

有那么一秒钟，巴利斯塔也在桥边打了下晃，但他很快就重新掌握了平衡。他瞥了一眼左边。地上，马克西姆斯被两个萨珊战士围住了。还有一个骑兵护卫倒下了，但是又来了一个取代了他的位置。于是，巴利斯塔命令另外两个守城战士和他待在一起，他小心翼翼地往回退，跨过了他刚刚杀死的第一个波斯人的尸体。

那一列气势汹汹、面容扭曲的萨珊战士停止了前进。要想和守城者过招，他们就得蹚过四具尸首或将死未死之人，就得冒着脚下难免不稳当的风险。萨珊战士不是懦夫，但非要卷进对自己如此明显不利的情况，那就是个蠢蛋。

巴利斯塔胸中涌起一股自信：他能行，他做这事儿很拿手。他先是施展了一次色萨利人式的佯攻，然后去攻击靠近边缘的那个敌人。北方人心中的欢乐被他右大腿上的钻心刺疼打断了。他大腿上先是有一道极细的白道，然后那白线处突然绽开，就变成了一道极深的伤口，他挪动脚步，鲜血顺着他的腿流了下来。疼。疼得要命。但这反倒让他更了不起了，曾经的箭伤只是一点儿皮外伤。

他低低地蹲立在盾牌后面，前后两个方向都有箭在飞。巴利斯塔望了望攻城斜坡的边缘，他觉得自己似乎看到有一道烟袅袅地从斜坡一侧的泥砖缝中升了起来。还没等他看真切，烟就消散不见了。他汗流浃背，一只苍蝇总是想落到他的眼睛上，烦得他要抓狂。他的双腿在颤抖，要不了多久就会僵住，难以迈步。

一个萨珊王族的贵族正对着斜坡上的强击队喊话，他们随时有可能重新鼓起冲锋的勇气。巴利斯塔再次望了望那边缘。

就在那儿！一缕青烟，这回他觉得千真万确。又是一缕，还有一缕。

登城桥上的波斯人意识到出了什么岔子，他们不再对守城士兵大喊大叫了，而是面面相觑，不知发生了什么情况。有种声音，盖过了人们打仗的声音，那声音仿佛来自远方，低沉而有力，就好像浪花拍打在海岸岩石上一样。

就在巴利斯塔注视的时候，整个斜坡都开始冒烟，那声音发展成了地震般的隆隆声。斜坡似乎颤抖起来，登城桥也开始大幅震动。萨珊战士的表情转而变得惊恐。一开始事情发展得很慢，到后来，斜坡中央突然塌陷下去，三面墙只是撑了一会儿就不行了。登城桥摇摇晃晃，下面就是深渊。

“跳！”

巴利斯塔一边喊一边转身就跑。他脚下的木板翘了起来。他手脚并用地拼命往上爬，长剑危险地在他手中划着圈。登城桥最后向那条缝隙滑了下去，上面的长钉只在护墙上钩了一小会儿。

巴利斯塔像鲤鱼跃龙门般奋力一跳，右手的手指刚好够到桥边。他发出了震耳欲聋的怒吼声，然后被一大团呛人的烟尘吞没了。护墙倒塌了，登城桥开始跌落进深渊中。

一只手抓住了他的手腕，那手一开始滑脱了，后来又赶紧握住了他。接着，另一只手也过来抓他，又一只手伸了出来。哈杜达和马克西姆斯一起将巴利斯塔拉上了城墙。

他仰面躺在灰尘中待了一会儿，两只手都捂在大腿的伤口上。黑暗中，他能听到成千上万吨土木、岩石的翻腾声，还有成百上千、成千上万人的尖叫声。

烟熏火燎的香炉中飘出厚重芬芳的烟圈，让大群飞虫陷入了困境。尽管有成群的蚊虫，夜晚还是巴利斯塔在阿瑞忒的一天中最喜爱的时刻之一。炮声已歇，从幼发拉底河的河面上徐徐吹来凉爽的风，河岸指挥官宅邸的阳台是享受这阵阵凉风的最佳地点。在这儿，门边有骑兵护卫站岗，室内则有卡尔加库斯照应，巴利斯塔终于得享片刻私人空间。

北方人端起酒杯走出阳台门，坐在墙沿上，一条腿悬空悠荡着。在暗淡的光线下，几只蝙蝠轻快地掠过岩壁。他下面流淌着宽广的河流，总是不断变换，又总是一成不变。柽柳丛的绿意让他的双眼感到格外舒适轻松。河对面传来一只狐狸的叫声。

巴利斯塔将酒杯放在墙沿上，又端详起了两名护卫交给他的项链。苏布拉的那个信使最后自然是牺牲了，他们从他的尸体上发现了这条项链，他活着的时候是将它贴身戴着的，曾经挂在他脖子上的细皮绳因为蘸着干涸的血有点发硬。项坠呈圆碟状，直径不超过两英寸。这其实是一枚身份牌，一面空白，另一面印着一个词：迈尔斯阿卡努斯[①]。巴利斯塔在手中把玩着。

北方人的思绪被突然出现的卡尔加库斯打断了。“那个性感的叙利亚娘们儿和她那苦哈哈的老爹在外面候着呢。他说他有事儿要跟你谈——也许是想知道你为什么还没睡了他女儿。”

“那肯定将是一番有趣的对话。”

“什么？”

“没什么，那你把他们带进来吧。”

卡尔加库斯一边退下，一边说道：“要是你父亲，肯定早在几个月前就把她睡了。每个正常男人都会这么干的。”

巴利斯塔将项链放进他腰带上的钱袋里，然后从墙沿上跳了回来。他掸了掸袍子。他还没得着空儿沐浴或用膳呢。

“大人，护商使者伊阿海携女芭思希芭觐见。”卡尔加库斯的声音显

① 书中原文是“MILES ARCANUS”，在拉丁语中的含义是“秘密士兵”或“沉默的士兵”。——译者注

得无比庄重有礼。

巴利斯塔最近很少见到伊阿海。在过去的几个月里，这位护商使者很少在城墙上露脸，他越来越多地将军务交给了雇佣军的首领哈杜达处理。哈杜达是个优秀的军官，但是伊阿海的始终缺席不禁令人忧心。

伊阿海从柱廊的阴影中走了出来，巴利斯塔因他的变化吃了一惊。他看起来瘦了不少，也憔悴了许多，曾经断过的鼻梁和颧骨显得更突出了，前额与嘴角的皱纹更深了。

“你好，护商使者和指挥官伊阿海。”巴利斯塔正式地问候道，既提到了他护商使者的头衔，也没落下他作为罗马军官的身份。

“你好，河岸指挥官巴利斯塔。”他们握了握手。

巴利斯塔喉咙紧了紧，转头招呼那女子道：“你好，伊阿海之女芭思希芭。”她的一双眸子很黑很黑。她也回了一句问候，他们都露出了微笑。

“卡尔加库斯，再去取些酒来，拿点吃的，橄榄和坚果什么的。”

“是，大人。”老迈的喀里多尼亚人静悄悄地退下了。

“要是咱们坐在墙沿上，可以吹吹凉爽的河风呢。”巴利斯塔注视着芭思希芭坐下时优雅的动作。她将双腿蜷在身下。她穿着她父亲手下雇佣兵的装束。她将头盔取下来放在身后的墙沿上，长长的黑发披散在肩膀上。神啊，她的身体矫健得可以与男人拼杀。

巴利斯塔十分了解东方人，他们不会首先和做女儿的说话，也不会直接问当父亲的有什么要求。

“伊阿海，你的士兵表现得非常好，值得赞赏。”

“谢谢您。我想跟您谈的有一部分是关于他们。”看见巴利斯塔点了点头，护商使者继续说道，“他们伤亡惨重，原来有三百名雇佣兵，现在只剩下一半了，还有一百多名后征募的民兵牺牲了。我希望您能授权我再征一百名，他们经过训练后可以驻守南城墙，那儿战事不紧。”

“好的，我也一直想着把这事儿提上日程呢。我觉得您应该多征点儿，两百人吧。要是很难征到合适的自由民，那就给一些强壮的奴隶自由。”

“其他护商使者，阿纳穆和奥格洛斯，不会喜欢这个提议的。”

“他们当然不会，但是他们的部队都没在面对沙漠的那面城墙上驻守，伤亡人数也无法跟你的比。”

“我会好言相劝他们，我不想让他们因此事心烦。”

卡尔加库斯端来了食物和酒。巴利斯塔轻啜了一口自己杯子里的酒，思索着伊阿海刚才的话，而不去想他看起来改变了不少的面貌。

伊阿海还站在一边，向巴利斯塔举起酒杯。“祝贺您昨天一举摧毁了波斯人的攻城斜坡，干得漂亮。”北方人表示感谢，便低头喝酒，伊阿海继续说道：“防御工事情况良好，斜坡的摧毁是个转折点，现在破城的危险小多了。”

巴利斯塔在心中暗叹了口气。伊阿海肯定不会相信他们面临的危险比巴利斯塔曾经所经历过的还要多得多，凶险得多。护商使者完全知道波斯人在峡谷挖隧道的事儿，也清楚有可能会发生另一场奇袭，而且还有叛徒对局势造成的威胁。

“我觉得我们离真正脱离危险还有很长的路要走。”巴利斯塔微微一笑，他尽可能不违拗他的客人的意思。

于是，对话出现了短暂的停顿，他们都喝了口酒。

“东边的情况一切都好，您在河边的部署也不错。”因为之前波斯人曾试图从水路进攻，但没能成功，之后也没有类似情况发生，所以巴利斯塔让几艘渔船在严格的军事监督下下了河。每条船上至少会有一名驻守水闸门的战士，那些跟随运粮船从色西昔姆过来的十名战士最后都派上了用场。

“是啊，能吃到新鲜的胭脂鱼和鳗鱼真是太好了。”巴利斯塔说。他心想他到底要说什么呢？伊阿海已经通过谈论他的战士们建立起了他忠诚的基础，然后假装认为危险已经过去了，现在又提起河边的事儿。北方人又喝了一杯。第一次见到伊阿海的时候，他就觉得他真是个快人快语的东方人，直爽得很，可现在他起了很大变化。

伊阿海塌陷的右颧骨上的肌肉抽搐了一下。“我有几艘船，”他望向河对岸美索不达米亚平原逐渐降临的夜幕，“其中一艘叫‘伊希斯’号。”伊希斯是一位女神的名字，他说这个词的时候语气中充满了厌恶，“作为渔船它有点大，可以坐两排桨手。战争开始之前，我曾经是乘坐它出行找乐子的——钓鱼、打猎——有时候会行驶到色西昔姆那么远。”

“在西方，人人都知道乘船沿着幼发拉底河逆流而上是不可能的，因为河流太急，阻力太大。”巴利斯塔说，他瞟了一眼芭思希芭。她安安静静地坐着，不动声色。

“水流是太湍急了，通常划上一小会儿就得上岸。在有‘万河之母’之称的河中行船是件辛苦事儿，但并不是不可能的。要不是为了罗马皇廷在商队贸易中的利益，人们也不知道这样可行。”伊阿海微微一笑，有那么一瞬间，他看上去又恢复了以前的神采。

“除非有必要，否则我是不会跟他们说的。”巴利斯塔也微笑道，但伊阿海脸上的暖意很快就消失了。

“我想求您帮个忙。”伊阿海停住，没有再多说。

“能帮得上我肯定帮。”巴利斯塔说。

“我想请您将‘伊希斯’还给我，我想请您允许我派十个人驾船去色西昔姆，我想让他们把我的女儿带过去。”

巴利斯塔控制住自己没有看向芭思希芭，他能够感觉得到她一动没动。“抱歉我想我不能同意您的请求，这事儿可没法秘密进行。一旦有人知道你把家人送往城外安全之地，那大家都会以为城会被攻破，那就会造成恐慌。如果我允许你这么干，那其他人也提出请求我怎么办？阿纳穆、奥格洛斯、其他议员都想要找船带着亲人以及他们自己逃往安全的地方。”巴利斯塔突然意识到自己讲得太多了，于是住了嘴。

“我明白了。”伊阿海将嘴抿成一条细细的线，就好像鱼唇一般，“我不会再麻烦您了，我现在得去巡视一圈我的部队了。走吧，女儿。”

芭思希芭从墙沿上下来。他们互相之间庄重地道了别，巴利斯塔无法从她没有表情的脸上看出什么情绪。

卡尔加库斯上前来将他们送了出去。

巴利斯塔靠在墙上，凝望茫茫夜色。一只夜枭在河中央的岛屿上空无声无息地盘旋捕食。他又听到了狐狸的叫声，这次近多了。他身后传来了轻盈的脚步声，他快速转身，手向剑伸过去。芭思希芭站在他面前，但刚好让他够不到。

“那不是我的主意。”她说。

“我本来也没觉得是你的主意。”他们在惨白的月光下对视。

“我很担心我父亲。他不是以前的那个他了，这场战争似乎让他变了许多。他几乎从不上城墙督战，他把一切军务都交给哈杜达处理，自己却闭门不出。如果你问他对什么事情的看法，他就会说一切皆有天意。你一定已经看出来了。他甚至对阿纳穆和奥格洛斯友好起来了。”

巴利斯塔向她走近一步。

“不要。我父亲在门口等着呢，我是落了东西在这儿。”她绕过巴利斯塔，从墙沿上拿起她的头盔，然后重新戴在头上，将长长的黑发塞在下面。“我得走了。”她微微一笑，就离开了。

巴利斯塔转身坐回墙沿上，从钱袋里掏出那条项链来翻到背面捧着看。迈尔斯阿卡努斯——字面意思就是秘密士兵、沉默的士兵。这是弗鲁曼塔里伊的标志。

巴利斯塔此时就像竞技场上的基督徒一样，开始浑身冒汗。这里的通风不好，空气不仅沉闷，还带着一股恶臭，让人很难畅快地呼吸。在马穆拉的招呼下，北方人蹲伏着来到廊道的最右边。他的前胸后背都汗津津的。他跪在地上，把耳朵贴在抵住墙的第一个圆盾上。他的耳朵碰到青铜，感觉凉凉的。他倾听着，本想闭上双眼专注地倾听，但是他害怕再次睁开眼时会发生什么事情。曾经有一次就是这样，他可不想再体验一次闭上眼睛感觉自己仍在隧道中、全身上下都惶恐战栗的感觉了。

过了片刻，他看着马穆拉摇了摇头，他什么也没听到。马穆拉又示意他贴在另一个盾牌上听。恐惧让他变得笨手笨脚，巴利斯塔挪动到下一个盾牌前，又将耳朵凑了上去。他一只手捂着另一边的耳朵，努力让自己镇静下来，试图忽略自己“怦怦”的心跳声。随着盾牌挨着岩石几乎无法察觉地移动，那边传来了一阵极小的刮擦声。没错，现在他觉得自己听到了什么。他又听了一阵，不太确定，于是做了个不确定的手势，双手手掌向上。马穆拉指了指最后一个盾牌，通过这个盾牌就可以确定无疑了。确实有声音：稳定、规律的叮当声，是有人用铁镐在凿石头。

巴利斯塔点点头，马穆拉指了指，他的手先是向前直伸着，然后向左画了个大概有四十五度角的弧线。然后，他依然没有说话，而是伸出张开五指的右手，一、二、三，挥了三次。敌军的隧道正在靠近左侧，距离这里大约有十五步远。巴利斯塔点点头然后向着入口转过头去，马穆拉也点头表示回应。巴利斯塔依旧蹲着开始转身往外走，心中暗暗希望自己松了一口气的样子不要太明显。

回到地上，像是从死人的世界回到人间，巴利斯塔深吸了一口气。

笼罩着阿瑞忒城的热烘烘的空气还夹杂着沙子与灰尘，但此时这对于巴利斯塔而言，就仿佛是他童年时北方海洋吹来的最冰爽、最洁净的气流了。他一边用围巾抹去眼皮上蜇人的汗水和尘垢，一边大口地呼吸着。马克西姆斯递给他一皮囊清水，他往手里倒了点儿，然后扑在了脸上。他的头顶上，一阵风吹过隧道入口，吹进了半空中无力地悬垂下来的通风管。马穆拉手下的一个工兵正拿着一桶水往通风管上浇，想让更多的水渗进去。

“现在我可以从上面指给你看。”马穆拉说。

和之前相比，从西南城楼的城垛俯视下方简直有种君临天下的感觉。右边是波斯人攻城斜坡的残骸，那斜坡彻底坍塌了，像一条搁浅的鲸鱼。再往远处看是一片广阔的平原。在这片焦茶色的一直蔓延到萨珊大军营地的宽广平原上，零零星星地插着箭矢，还能看见衣服上扯下来的碎布以及森森白骨。

他们俯着身子躲在大部分已经修复了的护墙后头。自从斜坡被烧塌，敌军的箭就变得断断续续、不甚连贯了，但是若一个人影大大咧咧地从城墙上冒出来，那肯定是找射。马穆拉从他的哨兵那里借了一张弓，他挑了一支矢羽颜色鲜艳的箭，然后看了看周围的垛口，找到他做好的标记，藏在掩体后头，深吸一口气，探出身来引弓就射。巴利斯塔注意到，马穆拉并非以两根手指拉开弓弦的，而是用了大拇指，就像那些草原上的游牧民一样。

“嗯。”那支箭扎进地里，箭尾红色的羽毛微微颤动，与此同时，马穆拉咕哝了一声。他想了一两秒，然后说：“你看见那支箭了没？现在让你的视线往它右边移五步。现在，就在差不多十步远的地方，但还到不了那团黄色的玩意儿。你可以看见一个像大鼹鼠丘的东西吗？”巴利斯塔看见了。“现在再往远处看，二十五步、三十步的样子。你能看见另一个小丘吗？然后，隔了相同一段距离的那个地方又有一个，看到了吗？”

“我看见它们了。你这一箭射得可真不准啊。”巴利斯塔说。

“我以前射的比这好。”马穆拉咧嘴一笑，“起到作用就好。现在你可以看见那些杂种为他们的隧道挖的通风井了。波斯人的隧道比咱们挖的那条长得多，所以必须得有通风井。咱们的大概只有四十步长。要是隧道太长，里头的空气就会不新鲜，通风管算是帮了点小忙。要是还有时间，我本来可以在咱们的隧道旁边再并排挖一条的：如果你在平行隧道口点一堆火，那么火就能把其中腐败的空气驱走。”

神啊，他可真是个优秀的守城专家、杰出的工程官，我能有他当手下真是幸运极了。

“我想他们的隧道将通往我们那个交叉廊道的左侧，咱们得多挖一点儿把他们截住。”马穆拉继续解答巴利斯塔没问出的问题，“但是我们得冒着被他们听见的风险挖，万一真被发现了，他们就会准备好等着我们自投罗网。但是我们会轮流挖掘和监听。不管怎么说，这事儿只能这样了。”两人都沉默了。巴利斯塔想，马穆拉是不是也想到了那个叛徒可能已经给波斯大军报了信，说罗马人在对着他们挖隧道?

“你拦住他们之后打算怎么办？”

和往常一样，马穆拉慢吞吞地仔细考虑了一下对方抛来的问题。“我们可以试试从他们隧道的下边挖穿，然后点火用烟把他们熏走。或者咱们也可以从上边来，往下扔石头砸他们，再或者往里面浇开水，总之想办法让他们的隧道没法用。但这都没有真正地解决问题，正如希腊男孩说起熊、黄蜂、蝎子之类的东西时我说的一样，还是在黑暗中用短剑结果敌人的性命最干脆。”

“然后呢？”

“把他们的隧道弄塌。当然，最好在塌掉之前咱们先出去。”

“你需要多少人手？”

“不多，在地下人多了反倒是累赘。等我要人的时候，就把驻守在战神广场的百人队给我就行。我会带上其中二十人进入隧道，剩下的人就都守在入口处。到时候让卡斯特里西乌斯跟着您，以防万一好有个照应。”马穆拉说到这里嘴角往下撇了撇。

“我会告诉安东尼纳斯第二百夫长让他的人做好准备的。”

两天后，一个红色脸庞的信使找到了河岸指挥官。巴利斯塔将安东尼纳斯第二百夫长和他的手下集合在一起，等他们到达坑道时，马穆拉正在那儿等着呢。现在已经没时间没完没了地道别了，巴利斯塔和他的工程官握了握手，然后马穆拉就带着二十名战士进了隧道。

现在没人需要巴利斯塔解决问题了，他得无所事事地待上一会儿，因此他选择了所有战士都会做的事儿：他坐了下来。他没法坐在阴凉里，还能兼顾方便地看到隧道入口，所以他只能背顶着烈日坐，他就这样盯着坑道黑魆魆的入口。现在是九月二十九日，还有三天就到罗马历的十月一日了。时值秋季，北方一定已经凉下来了，可这儿还是十分炎热。他用大斗篷遮住肩膀，避免阳光直射他所穿甲胄上的那些金属环。

卡尔加库斯从宅邸带了些奴隶来，他们依次传递装着水的圆皮囊。巴利斯塔取下头盔和围巾。他往嘴里倒了些水，还冲了冲脸，旋即又将水吐出来，将皮囊举起，张嘴接着挤出来的晶晶亮的清凉液体。

巴利斯塔将水囊递给马克西姆斯，然后环视四周，正迎上他最近刚任命的旗手普登斯的视线，后者看着像个失业的流浪人。

“龙旗手，把我的旗带到帕米拉门去，让波斯人看见白龙旗飘扬如故。”巴利斯塔选中了一名骑兵护卫——一个发型漂亮的高卢人，“温德克斯，拿上我的斗篷，把它穿上然后站到旗子旁边，扮一会儿河岸指挥官，让波斯人以为这不过又是平常的一天。”

马穆拉将耳朵从青铜盾上挪开。现在是时候了。他一边用手拿住盾牌，免得磕碰到什么弄出动静，一边走到两个坑道工兵中间，再走到两位拿着弓的手下中间。他将盾牌挨着墙放到一边，然后蹲下来。在油灯闪烁的灯光中，所有人都注视着他。马穆拉非常轻地说了一声："开始。"

两个坑道工兵举起铁镐，对视了一眼，然后敲了下去。比之这个封闭的空间刚才的安静，现在的声音显得特别大。"吭吭"，石片飞迸。两个弓箭手蒙住自己的双眼。"吭吭、吭吭"，拿着镐头的二人以团队方式工作，都往一处凿。他们的衣衫褪到腰际，上半身汗津津地映着灯光发亮。

马穆拉右手抽出武器——一把旧式的罗马短剑，左手则拿着匕首。结果如何很大程度上取决于执斧者挥斧在薄薄的隧道壁上打开一个缺口的速度有多快。马穆拉热切地盼望着事实证明他做对了。凭借他的所有计算和全部直觉，波斯人的隧道应该已经超过了罗马人向对面挖的隧道了。罗马人应该能通过这个缺口到达波斯人隧道顶端的后面。

"吭吭、吭吭"，加油，加油。这堵墙能有多厚？马穆拉确信随时都有可能打通。他发现自己正低声哼唱着一支恺撒大帝那个时代的行军老歌：

> 这个光头娼妇贩子，让我们把他带回家，
> 罗马人，快把你们的老婆锁起来吧！
> 你给他的每袋金子，
> 都会被他那些高卢婊子拿去花。

有个人的镐头深深地凿进了墙壁，只留下个手柄露在外面。于是坑道工兵开始加倍努力地扩大洞口，"吭吭、吭吭"。

"好了。"马穆拉喊道。拿着镐头的人统统退后，弓箭手上前，他们

搭箭向洞口射了过去。可以听到箭都被对面的墙壁弹了回来。他们又拉开弓，再射，这次是一人瞄向左，一人瞄向右，两支箭呼啸着撞到了岩壁。于是，两个弓箭手也退到了两侧。

马穆拉和他身边的人冲进洞中，来到了波斯人的隧道里。到了远点的那堵墙之后，马穆拉往右拐，他身边的人往左拐。马穆拉走了几步，然后停下来等另一个人跟上来。

于是，他们一起前进。马穆拉弯着腰前行，因为没戴头盔，也没拿盾牌，他有一种可怕的无助感。前方有一束光从波斯人的通风井透了进来。再远一点儿，马穆拉可以看到有几个模模糊糊的波斯人的身影。他瞅了一眼手中的弧形弓，抑制住自己想要贴靠在墙上的冲动，因为那样箭也会贴着墙走的。他蹲下来，尽可能让自己的目标小一些。他感觉一阵风吹来，听到矢羽的"簌簌"声，就好像箭矢旋转着破空而出的声音。

他只是稍稍直了直腰——他才不想让脑袋撞在这隧道内锯齿样的洞顶上呢——他们向波斯人跑了过去。两个领头的东方战士先是抽出了剑，呆立了片刻，然后扭头就逃。其中一个绊倒了，马穆拉身边的那个战士立刻上前，一脚踩在摔倒的波斯兵背上，往他的头、脖子、肩膀上捅了好几下。

"停。"马穆拉喊道，"把盾牌拿出来。"柳条编的盾牌传了上来，四个战士临时组成了一道屏障，"坑道工兵呢？好，把那些矿坑木柱放倒，弄塌这帮狗杂种的隧道！"

于是，拿铁镐的人开工了，马穆拉则转身去探查另一个方向，也就是隧道那一头的情况。他没看到是什么砸了他，只感觉到一下可怕的闷击。他呆呆地在原地站了片刻，然后就什么都感觉不到了，只模模糊糊地知道有人偷袭了他。因为疼，他胃底翻涌上来一阵严重的恶心。他摔倒时，只见到隧道粗糙的地面，感觉脸直接拍在了石头上。还有神智的时候，他听到了波斯人反攻的动静，还感觉到有个人踩在他的脚腕上。

巴利斯塔首先意识到地下这场变故是因为有个战士从坑道入口跑了出来。那人两手空空，出来后停下脚步，傻乎乎地看了周围一圈。他后面又跑出来一个战士，差点儿撞上前面这个。

“他妈的。”马克西姆斯轻声说。他们都从地上站起身来，洞口守候的战士都举起了武器。安东尼纳斯第二百夫长开始阻止他们站成一排。这时候，一连串人从隧道中跑了出来。这下所有人都知道发生什么了，波斯人赢了这场地下战役，随时会有追杀逃散罗马人的波斯战士从这条隧道中涌出来。卡斯特里西乌斯站在巴利斯塔身边，等待着。

“把这条隧道弄塌。”巴利斯塔说。

卡斯特里西乌斯转身下达了一串命令。一队人带着撬棍和铁镐奋力地从那群吓破胆的士兵中挤进了洞，另外一些人捡起早就系在某些隧道支柱上的绳子。

“不要啊！”马克西姆斯抓着巴利斯塔的肩膀，抓得很紧，“不行，你不能这么做，我们的人还在下面的。”

巴利斯塔没有理会，而是说：“卡斯特里西乌斯，尽快！”

“你这个浑蛋，你不能这么做，你太他妈浑蛋了，马穆拉还在下面呢。”

巴利斯塔对他的贴身护卫责骂道：“你难道想让我们大家都去死吗？”

隧道口传来里面的人疯狂开工的动静。

“你浑蛋，他是你的朋友啊。”

是啊，没错，他是我的朋友。可是，神啊，我只能这么做。只行动，别多想。以后有的是时间和他对骂，有的是时间忏悔愧疚。只行动，别多想。

拿着撬棍和铁镐的人匆匆跑出隧道。还有好几个战士同他们一起出来了。卡斯特里西乌斯又下达了几个命令。拿着绳子的那几个战士拉紧绳子——一、二、三——开始拉。

巴利斯塔在一旁监督，马克西姆斯则扭过头去。

这群人先是一个，接着又一个都拉得往前蹭了几步，脚下跌跌撞撞的，还有几个随着绳子上的张力消失摔倒在地。坑道中的柱子一根接一根地被拉倒。这时，传来低低的吱嘎声，然后又是奇怪的呼啸声。隧道口腾起一团厚重的烟尘。

波斯人的隧道中光线充足，足以看清事物。尽管马穆拉一直闭着眼，但他知道这里足够亮。他仰面躺在地上，身上站的人很重，还能闻到强烈的皮革味道。他能听到波斯人说话的声音，其中一个显然是在大声地下达命令。奇怪的是，他的脚踝竟然比头还要疼。嘴里是一股血，带着铁的味道。

马穆拉小心翼翼地将眼睛睁开一条缝。面前是一只靴子，但靴子并没有动，显然穿靴子的人已经死了。远处传来一阵吱嘎声，然后渐而发展成一声呼啸。人们突然尖叫起来，再然后是他们跑动的声音，隧道里顿时满是灰尘。

马穆拉合上眼睛，想通过鼻子轻轻呼吸，他不敢咳嗽。过了一会儿，四周安静下来，他再次睁开双眼，想要移动，但是只有右臂能动，刚动了动胳膊肘就擦到了墙壁。他将那死人穿的靴子往旁边挪了挪，让自己呼吸得更顺畅些。

他此时是在死人堆里，那呼啸声和满洞的尘埃已经让他全明白了，凯旋的波斯人将他和其他死伤士兵扔到了通道边上。巴利斯塔下令摧毁罗马人挖的隧道时，他们正乘胜追击往回跑的罗马兵。浑蛋，他妈的都是浑蛋。这北方人简直是坏事做绝了，这个该死的浑蛋！

四下一片寂静。马穆拉咬住嘴唇忍着痛，慢慢地挪动右臂，原来手中的剑和匕首都不知哪儿去了。他休息了一会儿，周围还是寂静无声。于是，他右手努力地向上移，摸进自己锁子甲的脖领中，伸到衣服领口下边。他费力地发出咕哝声，终于抽出了那把藏好的匕首。他放下胳膊，匕首就在他右臀附近，然后他闭上双眼又开始休息。

他并不担心自己死去。如果伊壁鸠鲁的学说没错，那么死亡就等于一次长眠。如果他们说的是错的，那么他也不知道死后会发生什么。当然，极乐岛和极乐世界是肯定存在的。但他一直也不知道这两个说法指的是一个地方还是两个地方，更不用说怎么去了。他一直都有个天赋，那就是可以到他命中去不了的地方去，但是这回，他觉得自己不会那么幸运了，等待他的将是冥王哈得斯。在那永恒的黑暗与寒冷里，他会像只没有生命的蝙蝠一样在里面上下翻飞、吱吱哀叫。

对于波斯人来说肯定更轻松些。若是在战争中牺牲，成为得到神祇眷顾的英魂，可以直接升入天堂。马穆拉从未问过他们东方的天堂是啥样，也许会有阴凉下的小亭子、冰爽的美酒和源源不断送上门来的大屁股处女。

对于像浑蛋巴利斯塔那样的北方人来说，做这个决定可能更容易些，他肯定是因为实在别无选择了，但无论如何，做这样的事儿就是个浑蛋。那浑蛋还和他讨论过这个话题。若是在战斗中像英雄一样死去，北方人的那个名字古怪的至高神沃登可能会——只是可能会——派执盾仙女带你去英明神武的北方战神的大殿，在那里，你可以以典型的北方方式每天白天战斗、晚上饮酒，直到永恒，即使负伤，也能奇迹般地痊愈。不，不是永恒。马穆拉隐约记得，巴利斯塔说过，就算是神最后也会以死亡告终。

不，马穆拉担心的不是死，而是不能再活着。这个世界就好像一个不断开下去的、荒谬可憎的玩笑，而他再也无法知情。无法知情，他，一个总能打听到很多他原本不该知道的事的人，却落得个“无法知情”的下场。

他知道活着意味什么。走过一片麦地，手掌轻轻拂过风中摇摆的麦芒；骑在矫健的马背上走进山谷，穿过树林，踏入清亮的河流，奔向对面的群山与莽林——这些对于他来说，都算不得活着。算不得，只有在黑魆魆的巷子里默默等待，等待你收买或威胁过、即将来帮你打开边门的用人才算是活过；只有溜进门去揭开权贵们以及那些自以为凌驾于像他这样的人之上的浑蛋们肮脏的秘密才算是活过；只有在黑暗逼仄的假吊顶下躺着，不敢牵动一丝肌肉，支着耳朵听那些醉酒的议员从思乡怀旧谈到叛国通敌的话题，才叫活着，比其他任何时候都更像是活着。

他脑子里又转悠起了那个调子。

这个光头娼妇贩子，让我们把他带回家，

罗马人，快把你们的老婆锁起来吧！

马穆拉听见波斯人又回来了。他又将右手重新放插进衣服里面，他的拳头就在那坚硬的金属圆项坠附近，他的手指拂过上面刻着的字——迈尔斯阿卡努斯。很快他就会变成非常安静的战士了，那可是货真价实的“安静”。要不是身上疼得很，他可能都要大笑起来了。人声越来越近了，他伸手去拿后腰上的匕首。但其实他并没有下定决心：要不要放倒一个狗杂种，然后和对方同归于尽，来个痛快的？无论如何，他是其他人没能找出来的那第四个弗鲁曼塔里伊，他已经做好了赴死的准备。他感觉着手中匕首光滑的圆手柄。

几颗干豆子在手鼓的鼓皮上跳动着，虽然幅度不大，但十分明显。

马克西姆斯不喜欢此情此景，因为这就好像那些被留在地下的人正试图吸引他人的注意力，就好像那个长着大方脑袋的浑蛋马穆拉正努力往外挖，那可怜的浑蛋。

卡斯特里西乌斯将手鼓捡起来，将它从城楼的西城墙挪到了北城墙。他们等着上面的干豆子停歇下来。豆子静止了一小下，马上又跳起来了。

他们走到外面，往沿着面对城内的城墙放着的那三口大锅里看了看，锅中的水丝毫没动。

卡斯特里西乌斯带着他们来到了北侧。那儿，在城墙内侧以大约五步的间距也摆放着三口大锅，锅里盛着水。最近的两个城楼上的水泛起了涟漪，而最远的那口锅里什么动静也没有。

“他们在干什么显而易见。”卡斯特里西乌斯说，“如果可怜的老马穆拉没错的话，他们本打算打通隧道，从地底下穿过城墙，将部队带进城的，但现在他们改主意了。他们知道我们有所准备，所以他们决定去破坏东南角的城楼和往北十步左右长度的那段城墙。”

他真棒，巴利斯塔想。他不是马穆拉——愿他身上覆盖的泥土能轻一些——可他真是棒呆了。就在巴利斯塔指定常规的路线的时候，他心头突然袭来一阵深深的不适感。

“我们能拦住他们吗？”

卡斯特里西乌斯想都没想就回答道：“不能，没时间了，他们随时可以从隧道里涌出来。那些干豆子和锅里的水都静止不动的时候就差不多了，我到时候会传信的。”

结果，得着信儿的时候巴利斯塔和他的随从们刚刚抵达帕米拉门。于是他们又转身原路返回了。

看水的表面平滑如镜，干豆子也待在原地没动。波斯人停下来了。现在他们唯有等待，别无他法。城楼和毗邻的那段城墙上的人已经疏散了。有两名战士志愿留在城楼的城垛上，这是为了以防万一，应对敌人的强击队。要是他们活下来了，将会得到一大笔钱；要是没有，那他们的子嗣也将得到一大笔钱。巴利斯塔召集了全部两个备用的百人队，一支是安东尼纳斯首列百夫长领导的驻扎在商队驿站处的部队，另一支是安东尼纳斯第二百夫长领导的驻扎在战神广场处的部队。这些战士在城楼后的空地上已经列队完毕，全副武装，而且带着挖掘工具。成堆的木材和泥砖就摞在他们身边。任谁想办法，能做的也就只有这些了。

图皮奥现在除了负责指挥第二十步兵大队之外，还肩负着工程官的任务。图皮奥旁边的是卡斯特里西乌斯，他现在是这位新工程官的副手。巴利斯塔的另一侧照旧站的是马克西姆斯和德米特里厄斯。白龙旗帜无力地垂在他们身后，他们等待着。

过了一个小时，不知疲惫的卡尔加库斯出现了，他后面跟着一列端着水和酒的奴隶。河岸指挥官及其随从渴坏了，纷纷取过杯子来喝，但谁都没说话，因为没什么好说的。就算是马克西姆斯，自从发生地下那场灾难后生了两天的闷气，就连他也没什么要说的。

情况发生的时候压根儿没有任何预警。响亮的破裂声传来，靠近城楼的城墙摇晃起来。看上去好像就要塌了，但是因为两边都有土堤顶着，城墙无法往外倒在平原上，也没法向内倒在城里，它只是垂直着往地下陷了约莫有两步。城墙都摇动起来，墙体上出现了之字形的裂缝，但它依然屹立着。人们都吓得呆若木鸡，一片沉默。又一声破碎的动静，东南城楼开始像醉汉一样往前歪倒，最后砸在城外的土堤上，斜斜地搭在上面。随着城墙的摇晃，上面一些临时搭建的护墙也松散开来，砖块如雨般砸下去，但城楼还是保持直立的状态。

巴利斯塔以为两名志愿者会尖叫，但是他们没有，而是紧抓着城垛的残骸，像狼一样嗥叫起来。嗥叫声回荡在整座城墙上，其他战士也纷纷相和。然后口号声响了起来：“巴—利—斯—塔，巴—利—斯—塔！”

高大的北方人放声大笑，人们纷纷拍着他的背。阿瑞忒城的防御工事依然屹立未倒。

第十六章

巴利斯塔躺在冷水浴室里的浴池中，凉水中加了康乃馨或者丁香之类的香料，芬芳怡人。他独自一人在这里泡澡，马克西姆斯和德米特里厄斯都请了晚上的假。对于了解他们的人来说，经历了这么煎熬的一天，他们请假并不新鲜。他们肯定是通过不同的方式放松消遣去了，马克西姆斯会找个女人；德米特里厄斯则不会有什么费体力的活动，应该是会去找卜梦人、占星师或者这类江湖骗子说些安慰的话，平复一下心情。巴利斯塔很高兴地准了他们俩的假，对于身居要位的他来说，独处是颇为难得的体验。

他用大拇指堵住耳朵，食指捏住鼻孔，潜入水下。水下的一切都是静止的，他闭上双眼，倾听自己的心跳，还有水滴下来的“滴答、滴答”声。今天是个好日子，事情都很顺利，城楼和城墙算是安然无恙。但是福无双至、祸不单行，后面似乎酝酿着更大的危险。

巴利斯塔冒出水面，甩了甩头发上的水，抹了一把脸，身上也是康乃馨或丁香的味道了。他优哉地想，不知卡尔加库斯是从哪里弄来的这种不太可能弄到的新香料。他一动不动地躺了下来，澡池中的涟漪渐渐散去。巴利斯塔端详着自己的身体，小臂被太阳晒得黝黑，上半截胳膊却依然白花花的，左胸上的两道长疤呈现出淡淡的白色。他活动了一下左脚踝，感觉骨头咔嚓咔嚓的，然后伸了个大大的懒腰，下巴右侧因为曾经骨折过而嘎吱嘎吱地响了几声。他今年三十四岁，但有时候他觉得自己比实际年龄更大。在天上诸神与地下冥府之间的尘世走过的三十四载让他的身体承受了许许多多的伤痛。

巴利斯塔不由得开始想围城的事儿，但他马上又将这思绪推开，只想一直沉浸在沐浴带给他的暂时的平和状态中。他想到了他的儿子，自从他离开罗马，离开伊桑格瑞姆，已经一年有余——十三个月了，三月份的时候他刚好满四岁。他会长得飞快，样子也变得飞快。诸神之父，可别让他把我忘了啊。遮面的神，圆梦的神，求您满足我的愿望，让我再次见到他吧。巴利斯塔觉得自己快被这份渴望和悲伤压垮了，他不想让自己哭出来，所以再次钻到了水下。

他猛地从浴池中站起来，水从他强壮而伤痕累累的身上淌了下来。他走出浴池，甩了甩长发上的水。这时，卡尔加库斯不知从哪里冒了出来，递给他一条毛巾。北方人开始自己擦拭身体，也不知道为什么，他始终没能习惯罗马人让其他人擦拭身体的习惯。

“你喜欢那香味儿吗？”卡尔加库斯问道，从他的语调可以听出来他对此是怎么想的。

“还好。”

“这是你那个喜欢装腔作势的副军团长送你的礼物。我知道你和阿奇利乌斯·格拉布里奥是有多‘喜欢’对方，所以预先让一个奴隶试了试水。他没死，所以那香料应该是安全的。”两人都微微一笑，“这是你要的袍子，是用最上等的印度棉布料子做的，你可真是朵娇嫩的小花儿。”卡尔加库斯喘着粗气说。

“是啊，没错，大家都这么看我。”

“什么？”

“没什么。”

尽管他的说话音量一直没变，卡尔加库斯一直假装相信只有他们二人时他说悄悄话所用的那种不同的口气是听不出来的。

“我在阳台上为你准备了些吃的喝的，就放在柱廊的阴凉里。上面盖了个盖子，省得苍蝇停到上面。”

“谢谢。”

“今天晚上需要我服侍在侧吗？”

“不用了。你可以出去走走，随便你这个嗜酒的老色鬼想在外面怎么寻欢作乐都行。”

卡尔加库斯连句谢谢都没说就转身离开了。随着他那颗圆脑袋越来越远，几句抱怨之词也飘了过来：“老色鬼……寻欢作乐……我成天忙着照顾你的饮食起居，哪儿有时间干这些事儿啊？”

巴利斯塔将自己裹在柔软的浴袍中，来到了阳台上。在柱廊下的阴凉处，他看见靠着后墙的地方有一堆吃的。他握住把手，掀开沉重的银盖子，给自己倒了一杯酒，还抓了一把杏仁。然后，他重新盖上盖子，去坐到了他习惯待的老地方——阳台的墙沿上。

现在是一天中最好的时刻。向西望去，随着夜色渐浓，美索不达米亚平原上的农田笼上了一层紫色的薄雾。幼发拉底河方向吹来一阵阵凉风，几颗星星开始在天际闪烁，成群的蝙蝠在悬崖一侧飞翔捕猎，但是这些都没能再让巴利斯塔有浴室中那种转瞬即逝的平静。

今天的一切都十分顺利，但那不过是幸运而已。为防备弩炮和攻城槌的攻击，巴利斯塔早就建起了土堤保护城墙和城楼；而土堤却让防御工事从敌人掏空地下的阴谋中幸免于难，这完全是撞了大运。巴利斯塔在夜幕下露出一丝苦笑，要是其他人以为是他的远见才让城墙撑过此劫，那倒确实是有利于鼓舞士气。他已经下令，以便趁热打铁。战士们将通宵劳动，用泥土压实倾斜的城楼。到了早上，城楼的护墙和城墙都应该会被替换成新的，或者得到支撑和加固。

波斯人所有的攻城器械和工事都在阿瑞忒城下报废了：攻城塔、巨大的攻城槌——“沙普尔之名”、攻城斜坡和隧道全都失败了。防御工事顶住了敌人的进攻。现在是十月一日，十一月中旬的时候就会下雨，波斯人没有时间准备物资、打造新的常规攻城器械和工事了。但只有那些十分缺少常识的守城者才会以为危险已经过去了，诸王之王根本无意作为罗马人的手下败将撤军。这种种挫败、人员的折损、他辉煌形象的污点，都将让他更加坚定。沙普尔不会放过这座城市，要是他的攻城工程官没能将这座城交到他手上，那么他定会惩罚他们——也许会以十分野蛮残忍的方式施加惩罚——然后转而采用更简单的策略，那就是下令对这座城再发动一次进攻。

持续了五个半月的围城已经给守城者造成了相当大的损失，伤亡人数不断上升。萨珊大军若是再发起一次进攻，巴利斯塔不知道还能不能有足够的兵力将其打退。这样的进攻不会在明天降临，因为沙普尔不足以在这样短的时间内鼓动他的贵族率军发动疯狂的攻击。也许大战就在后天，这样巴利斯塔就只有一天的时间准备了。明天他要派更多的人手去戍卫面对沙漠的那面城墙。他会在队伍中一边穿行，一边讲话，努力鼓舞士气。明晚，他会为他的手下将官和城中的领头人物们举办最后的晚宴，希望能让他们充满信心。他突然不吉利地想起了安东尼和克里奥佩特拉在亚历山大最后晚餐的情景。他们管用餐者叫什么呢？“那些免不了死亡厄运的可怜人”——总之是类似于此的称呼。

巴利斯塔发现自己已经喝完了一杯酒，他想了一下，能不能将手中沉甸甸的陶杯扔过下面的鱼市，一直抛进幼发拉底河黑魆魆的河水中。但他并没有这么干，而是走回柱廊。柱子后面的光线很暗，只因为他早先知道那些吃的放在哪儿，这才顺利地找到了它们。

砖墙那头传来一阵刮擦声，他怔住了。那声音又出现了，是从阳台南边传来的。巴利斯塔蹲下身来，南墙那边翻过来一个人影。和巴利斯塔所在的廊柱下面相比，阳台上的光线相对较亮，因此，巴利斯塔可以看到那个翻南墙跳进来的黑衣人。更多刮擦声传来，又有两个黑衣人跳了进来。这三人拔出佩剑，于是传来了剑出鞘的铿锵声。他们的短剑在星光下闪闪发亮。

巴利斯塔也伸手去掏自己的佩剑，可剑并未在他后腰上别着。你个蠢货，你个蠢到家的该死的白痴。他把剑落在浴室里了。看来这就是他的结局了：因他自己的愚蠢而死。他曾经辜负了自己的护卫，现在报应来了。你个蠢到家的白痴，就连那个可怜的浑蛋马穆拉都曾经提醒过你的。

这三个黑衣刺客缓步向前逼近。巴利斯塔半提起浴袍，遮住自己的脸和长发。如果发生奇迹，他能幸免于难，他一定会好好感谢卡尔加库斯，谢谢他找了一件主人惯常穿的上等黑色印度棉浴袍。黑影沿着阳台向他越走越近。巴利斯塔左手手指以前所未有的敏捷找到了那个硕大的银质餐点盖子，他抓住把手，右手则摸到了他刚才喝酒用的陶杯。这两样算不上什么兵器，但总比两手空空的好。他屏住呼吸，静静地等待时机。

河对面有只狐狸突然开始吠叫。三个刺客停下脚步，他们距离巴利斯塔仅有几步之遥了。其中一个人挥了下手，示意那个离巴利斯塔最近的人往廊柱下走。于是，北方人站起身准备发动突袭。

阳台门突然开了，一片黄色的灯光照在对面墙上，让其他光亮没有照到的地方沉浸在更深的黑暗中。刺客们又停下了脚步。

“基利耶？基利耶，你在吗？”德米特里厄斯的声音传来。过了一会儿，希腊男孩因为没人答应，又回到了屋里。他的影子从投在墙上的那片长方形的亮光中消失了。

其中一个刺客用阿拉姆语轻声地讲了几句，所有三个刺客都蹑手蹑脚地向那扇开着的门靠过去。那个已经走到柱廊里的刺客因为已经望着屋内光亮的缘故，没能看见躲在黑暗中离他仅有四步的巴利斯塔，就从他身边走了过去。在昏黄的亮光边缘，他们停了下来，凑到一起。一个人又用阿拉姆语说起了悄悄话，他的声音低到了就算巴利斯塔懂阿拉姆语也无从分辨他讲了些什么的地步。

首先跑到阳台上的那个刺客闪身溜进了屋门。

安全了，巴利斯塔想。就让他们进去吧，穿过阳台，翻过北墙，跳到墙后的巷子里，走不了几步就会遇到北门的两个守卫，跑到前院里就会遇上守门的五个骑兵护卫，交起手来，这些人就会通过主门返回到生活区。只要能活捉一个，就可以知道谁是幕后主使了。

第二个刺客也进了门。

可是，德米特里厄斯怎么办？那希腊男孩肯定会被他们杀掉，也许卡尔加库斯也会牺牲。

巴利斯塔开始行动了。就在第三个刺客踏入门内的时候，巴利斯塔起身跟了上去。北方人将那个沉甸甸的杯子砸到了那人的后脑勺儿上，发出了令人生厌的“砰”的一声，陶杯碎了。那人疼得倒吸一口气，转过身来。巴利斯塔又将碎掉的杯子砸到了他的脸上，拧了几下已经插进他脸上的陶杯碎渣。那人当下就倒在地上，整张脸血肉模糊，被毁了。

就在门口的过道外面，巴利斯塔半蹲着拉开了战斗的架势，一手拿着临时被当作盾牌的餐点盖子在前，一手拿着杯子的碎片在后，准备开始下一次进攻。

一个刺客把那个受伤的人拖到一边。第三个人向前一跃，阴险地举剑刺来。巴利斯塔以餐点盖挡住了这一击，他感觉到这件质地柔软的“银盾”稍稍有些变弯，这一击的力量让他的胳膊和肩膀都为之一震。于是，他握着碎杯渣刺了出去。但碎渣太短了，黑衣人往回一缩就躲过了攻击。那人又回刺了过来，巴利斯塔以他的临时盾牌上前格挡，将对方的剑挡到了一边。而他的还击再次失败，没能刺中敌人。

另一个还没受伤的刺客正好被挡在攻击巴利斯塔的那人后头，他左右晃动着身子，迫切地想找到一个攻击的好位置。巴利斯塔知道，只要他守住门口，他们就只能一个一个地上。又是一剑将北方人手中这件临时抓来的盾削下一小块去。巴利斯塔大吼一声，声音浑厚低沉，充满了愤怒。他对手的剑一次又一次地砍进他愈发破烂的盾牌中。餐点盖子用起来很不合手，不仅起不到什么防护作用，还在敌人的每一次削砍下变得愈发沉重了。

那个无法接近巴利斯塔的刺客不再跳着脚寻求与其短兵相接的机会了，而是低头看着自己的身体，发现三英寸长的剑尖从他肚子里刺了出来。他张着嘴，鲜血涌了出来，他被猛地推到了一边。正在和巴利斯塔缠斗的那名刺客意识到有什么不对劲，赶忙低头一躲，然后转身向马克西姆斯的脑袋挥出一剑。希伯尼安人闪开了这一击，翻腕转开剑锋，然后往里后撤了一步，再将手中的利器向上刺进了刺客的喉咙。

"别杀那个，留个活口。"巴利斯塔喊道。

受伤的刺客爬到屋子的另一边，铺着方格瓷砖的地上留下了一道血迹。巴利斯塔或马克西姆斯还没反应过来，最后活着的这名刺客就已经跪在地上，用剑尖抵住自己的肚子，然后将剑柄支在瓷砖地上，整个身体往前一顶，自尽了，剑刺进他腹部的声音可怕极了。他歪倒在一边，身子围绕着自己的剑锋蜷成一团，因为痛苦而抽搐着。

从一开始，巴利斯塔要举行的这场晚宴就没能有个好兆头。

不是陈设的问题：河岸指挥官宅邸中宽敞的餐厅被布置得隆重而华

丽。幼发拉底河上习习的凉风从向阳台开的窗户吹了进来。高级布料做的帘子挂了起来，将蚊虫挡在了外面。一张张擦得锃亮的杉木桌子摆成了倒着的U字形。晚宴准备了十三个人的位置，这代表着他们不屑于遵从“赴宴者不得超过九位缪斯女神之数”的惯例。这次的晚宴和军事会议、社交聚会一样，参加者为清一色的男性。与巴利斯塔一同就餐的是他的高级指挥官阿奇利乌斯·格拉布里奥和图皮奥，还有目前身兼罗马军官的三位护商使者——伊阿海、阿纳穆和奥格洛斯。参加晚宴的还有几名身份没有那么尊贵的军官，即第四西徐亚军团两个大队的高级百夫长——安东尼纳斯首列百夫长和塞琉古，第二十步兵大队的费利克斯和工程官的副手卡斯特里西乌斯。同时，巴利斯塔还邀请了三名比较有影响力的城市议员——蓄着大胡子的基督徒狄奥多图斯、一个叫亚历山大的长相平平的小个子男人，最特殊的要算一个叫奥兹的阉人议员了。正如可怜的马穆拉以前常常说的一样，东方的万事万物都有很大不同。

也不是菜肴、酒水或服侍的问题。尽管围城持续了数月，但肉、鱼和面包依然充足。实际上缺少的是水果——饭桌上只有几个还算新鲜的苹果和几颗干梅子，蔬菜更是少得可怜（“买棵他妈的卷心菜要多少钱？”人们听见卡尔加库斯夸张地嚷嚷道）——但还不至于连酒都没有，让宾客只能以水代酒，无法尽欢，仆人们为这场晚宴默不作声地忙碌着。

从上白煮蛋开始直到端上了苹果，这场宴席上自始至终都盘桓着幽魂的阴影。桌上的宾客虽然从未提起，但他们免不了总是想到战神广场上被钉在十字架上的三具赤裸的叛徒尸体。黎明，巴利斯塔命人将那三名刺客扒光、示众，他们脚下的十字架上都钉着一个告示牌，上面写着知道他们身份的人可以得到一大笔赏金。其中一个的脸被毁了，但是另外两个的伤口都在躯干上。按理说他们应该很好辨认，但截止到现在，只有一个疯子和两个纯粹是浪费时间的人来领赏。士兵们给了这几个冒失鬼一顿好打。

晚宴接近尾声的时候，巴利斯塔将一根未发酵的面包棍一掰两截，给了图皮奥半截，他知道自己不是唯一一个认为叛徒就在宴席上的人。向同桌进餐的人敬酒祝福身体康健的人里面、拿面包在公用调料碗中蘸酱的人里面，就有那个策划昨晚对巴利斯塔实施刺杀的人，那个只要有机会就会将整座城拱手交予敌人的叛徒。

巴利斯塔仔细端详着桌上的人。他的右手边是阿奇利乌斯·格拉布里奥，正大口地喝着主人上的酒，一副宁愿在别处的样子。他的左边是图皮奥，好像私下里很享受人们尤其是围坐在桌旁的人们的罪恶。三位护商使者表现出对彼此的深恶痛绝，毫不掩饰自己的情绪。从几个城市议员脸上看不出什么：基督徒狄奥多图斯看着挺开心的，阉人奥兹是个大胖子，那个叫亚历山大的则毫无特点可言。四个百夫长的表现则都恭敬有加。总体看起来，这些人都远不像“免不了死亡厄运的可怜人”，最多可以被看作是被命运女神堤喀硬生生地凑到一起的不相干的人，只是其中一个是叛徒。

这天晚上毫无意外地过得非常慢，饭局上的谈话逐渐枯竭殆尽。这场合可不适合那些地位略低的人，比如百夫长和城市议员，提起话题。其他人，为了避免提及那些被钉在十字架上的人以及种种相关内容，只能反复详尽地探讨第二天敌军有可能采取的行动和他们的应对之策。

大家都认为波斯人会在早晨发动新一轮攻击，因为一整天，萨珊贵族都在骑着马在他们的营地中来回走动着，慷慨激昂地对手下兵将们发表讲话。敌人毫不掩饰地分派攻城长梯，还匆忙派工匠修复移动掩体。大家都同意，在经历了这样一场惨败之后，多少可以确定这些波斯人已经对战事有些心不在焉了，而且他们应该也无法再组织起卓有成效的进攻了：只要再站稳脚跟，坚持一天，最后阿瑞忒和城中依然活着的人们就算是安全了。

所有人都同意，人数匮乏的守城战士的最后部署才是值得好好考虑计划的关键。现在，驻守西城墙的第四西徐亚军团的九个百人队平均每队只有三十五个人了，第二十步兵大队的六个百人队平均每队也只剩下三十人。巴利斯塔下令，三位护商使者手下幸存的所有雇佣兵都将上西城墙作战。和他们同去的还有名义上由伊阿海指挥的一些从平民中征募的弓箭手；鉴于伊阿海已经不太参与军务了，他们实际上是由哈杜达在指挥。此外，巴利斯塔还临时从别处调了几架弩炮到西城墙上，补足了原本的二十五架。这些安排看上去给临近沙漠的城墙的防御工作打下了坚实的基础。大约共有一千三百名战士，包括五百名罗马正规军、五百名雇佣军和三百名平民士兵，再加上弩炮，将面对波斯人即将发起的进攻。当然，这一切是有代价的。其他城墙段目前只有被征召上来的平民士兵和极少的几个罗马正规兵看守，这些城墙上设置的弩炮数量也不足。

奶酪上来之后，那个阉人议员奥兹打破了沉默，他自己都可能为自己的大胆吃了一惊，他直接跟巴利斯塔说道:“这么说，您的意思是，只要我们再撑上一天，就安全了？”一两个军官忍不住露出了奚落的微笑，因为那阉人话里用的是“我们”，而他们从未在任何一段城垛上见过他的身影。巴利斯塔假装没看见他手下军官脸上的表情，他努力凭借着自己在北方度过的童年和在罗马受过的教育克服心中对阉人的偏见。总而言之，做到如此并不容易。奥兹胖得令人恶心，而且特别爱出汗，他那唱歌似的高尖嗓音中明显地带着胆怯。

“一般来说是这样的。”巴利斯塔清楚，除非非常笼统地来看这个问题，否则这答案算不上是真的，但是他有意想让阿瑞忒城里的重要人物都树立起信心。

“当然，除非我们这位神秘的叛徒横插一杠——我们自己队伍里的

‘厄菲阿尔特’向‘波斯王薛西斯’告密，引敌人沿着山脊来袭，从侧翼包围我们的‘塞莫皮莱’，那样的话，我们就不得不像斯巴达三百勇士一样，面对数不清的、成千上万的东方人勇敢地战斗下去，直到牺牲。”阿奇利乌斯·格拉布里奥提到了希腊历史上最臭名昭著的叛徒（在希罗多德的笔下，厄菲阿尔特的丑恶嘴脸已经成了叛徒永远的形象），顿时全场鸦雀无声，这位贵族年轻人一度假装没发现这尴尬的沉默。他拿起一杯酒，然后抬起头来，脸上一副无辜的表情。“哦，我很抱歉。我好像说出了‘汉尼拔’已经兵临城下，这显而易见的事实你们故意忽略掉了，而我却说漏了嘴。”

巴利斯塔发现，尽管阿奇利乌斯·格拉布里奥的发型、胡须都一如既往打理得十分讲究，但他双眼下面有两个看起来病恹恹的眼袋，还有些衣冠不整，也许他喝醉了。但是还没等巴利斯塔接话，他又继续说道：

“如果明天我们都要重蹈斯巴达人的覆辙，也许我们今晚就该学他们一样过，互相梳梳头，用橄榄油涂抹对方的身体，尽可能地彼此安慰。”阿奇利乌斯·格拉布里奥一边说一边朝德米特里厄斯翻了个白眼。希腊男孩就站在他基利耶的座位后面，垂着眼帘，端端正正地盯着地面。

“我是这么看的，副军团长。我知道，阿奇利乌斯·格拉布里奥家族的人一向声称自己家族的历史可以追溯到罗马共和国建立之初，如果这家族的后人能效仿罗马先贤——贺雷修斯、辛辛纳图斯或阿非利加努斯，整夜巡视、视察岗哨、保持清醒，那么情况会比你说的好些。”巴利斯塔不知道他刚才说的那几个罗马英雄是不是有为了执行军务不眠不休的事迹，有没有为了保持清醒往酒里兑上好多水。他也不在意这些，因为他已经感觉到自己的怒火快压抑不住了。

“声称自己家族的历史可以追溯到罗马共和国建立之初？声称！你怎么敢这么说话！你这个得志的小人！”阿奇利乌斯·格拉布里奥的脸上

通红，声调也高了起来。

“大人！”这是曾经在战神广场上响起的安东尼纳斯首列百夫长的声音，他打断了他部队的指挥官，“大人，时候不早了。我们应该听河岸指挥官的建议，去巡视一下各个岗哨。”安东尼纳斯继续说道，没留给他的上司接话的机会，“河岸指挥官，第四西徐亚军团军官感谢您的盛情款待。我们得告退了。”百夫长一边说一边起身迈步，走到了阿奇利乌斯·格拉布里奥身边，军团中的另一名百夫长来到了他的另一侧。就这样，安东尼纳斯和塞琉古温和而坚定地架起他们年轻的指挥官，推着他往门口走去。

阿奇利乌斯·格拉布里奥突然停下来，转身伸出一根手指头指着巴利斯塔。这位贵族青年浑身颤抖，脸上颜色全无，看起来气得连话都说不出来了。

两名百夫长一边一个，架着他的胳膊肘，一言不发，将他带出了门。

之后没过多长时间，宴席就散了。接着告退的是图皮奥及其手下的百夫长——费利克斯和卡斯特里西乌斯，再然后走的是护商使者与其他城市议员。

巴利斯塔向最后一名离开的客人——阉人奥兹道别，对方回答“这真是个美妙的夜晚，基利耶，晚宴很成功”，然后他就带着德米特里厄斯回到了寝宫。马克西姆斯和卡尔加库斯都在那儿等候着呢。

“我让你做的事儿你都办完了吗？”

“是的，大人。”马克西姆斯回答道。

“那些东西可真他妈的贵啊。”卡尔加库斯补充了一句。

床上摆着两套衣服。条纹布料的衣袍、长裤和帽子，还绣着花边，红、蓝、黄、紫四种颜色艳丽而对比鲜明，款式就是当地人所穿的样子。

“咱们穿上吧。”巴利斯塔和马克西姆斯开始脱掉他们平日里穿的普通衣服，换上了东方人的服装。

“基利耶，这简直是疯了，”德米特里厄斯说，“这么做能有什么好处？”

巴利斯塔从腰带上取下两件饰物——金城冠和镀金的猛禽铸件，然后低着头往腰带上小心翼翼地别上了新的装饰物，上面写着“费利克斯”[①]，意思是“幸运”。“有件危险的事儿，那就是基层军官喜欢告诉上级他们认为后者想听的话，比如说‘战士们士气不错，斗志满满’。想象一下，诸王之王的手下都将怎么跟他汇报情况吧。我可不是沙普尔，但捎去好消息总比坏消息受人欢迎。”巴利斯塔将长发盘了起来，用叙利亚式的帽子往脑袋上一扣。

“基利耶，拜托请想想你要冒的风险——就算不为你自己着想，也要想想万一你有个三长两短，我们其余的人该怎么办啊。”

巴利斯塔正寻思着要不要把他剑鞘上的琥珀色的健康之石也摘下来，最后他决定还是不摘了。“别瞎担心，孩子。要考验人们的士气没有更好的法子了。他们站岗时要是没人看着，肯定会聊到他们希望怎样，害怕什么。”北方人拍了拍德米特里厄斯的肩膀，“没事的，我以前做过这类事儿。”

“好像没人担心我啊。”马克西姆斯说。

“你啊，牺牲了就牺牲了呗，又不是无可替代。”卡尔加库斯说。

巴利斯塔往肩上挎了一个带箭袋的弓匣，身上又裹了一张狼皮，对着卡尔加库斯递过来的镜子照了照。然后，他又看了看自己的贴身护卫。“马克西姆斯，往鼻子上抹点炭灰吧，遮住你鼻子上的白色疤痕，就没人能认出我们来了。我们看起来就像护商使者队伍里的两个流里流气

---

① 书中原文是“FELIX”，在拉丁语中的含义是幸福的、幸运的。——译者注

的雇佣兵。”

两人和守门的护卫说了几句悄悄话，就溜出了宅邸北门。他们往右拐，穿过军营区，朝着临近沙漠的城墙的方向走了过去。在战神广场上，他们遇到了驻扎在那儿的安东尼纳斯第二百夫长手下百人队的警戒哨：利贝塔斯①。他们回了一句口令——普林西帕图斯②，然后继续向前走。

他们爬到了位于贝尔神庙旁的城市西北角的城墙上，然后又遇到了警戒哨，于是他们再一次用“普林西帕图斯”回应了对方的口令“利贝塔斯”。他们站在护墙边待了一会儿，望了望城北的峡谷另一侧和城西广袤的平原。远处，萨珊营地中数不清的篝火将那片天空都照得红彤彤的。从沙漠那头飘来嗡嗡的杂音。一匹波斯人的军马长嘶一声，近在咫尺，然后又传来了罗马军马的回应。

城墙上的火炬摇曳不定。城里某处传来了锤子敲击的叮当声，好似有个铁匠正在连夜赶工，正在铆合一把剑上的铆钉或锁子甲上带弹簧的圆环。在头顶的城楼上，一个名叫安条克的哨兵正滔滔不绝、单调乏味地讲述他最近离婚的事儿：他的老婆是个悍妇，言语之恶毒令众神失色，总之和她在一起就好像娶了自己的后妈一样。

巴利斯塔靠着他的贴身护卫，说：“我觉得你昨天晚上做的够多了，算是还清了你欠我的债，可以要求我还你自由了。”

“不，必须得情况一样才行。当然，昨天晚上，那三个刺客可能会很快伤及你的性命，但我无法确定。你救我的时候，形势紧迫，容不得你一丝迟疑，当时我后面有人让我的兵器脱了手，也许就差那么一两秒的

① 利贝塔斯是拉丁文“Libertas”的音译，意为“自由”，指罗马的自由女神利贝塔斯。——译者注

② 普林西帕图斯是拉丁文“Principatus”的音译，意为“第一公民或首席元老”，指元首统治。——译者注

时间我就是个死人了。所以当然了，情况必须一模一样才算扯平。”

“我想，在有些宗教中，自尊心太强是一项重罪呢。”

“净瞎扯。”

巴利斯塔和马克西姆斯沿着甬道慢悠悠地往南走。他们时不时地会经过火炬投下的一片片光亮，遇见站岗的哨兵（都是些两腮无肉、衣袍破旧的人），然后回答口令：利贝塔斯—普林西帕图斯，利贝塔斯—普林西帕图斯。

到了第四座城楼上，他们朝正在玩骰子的几个哨兵凑过去。他们是第四西徐亚军团的战士。他们红蓝相间还有金狮子图案的椭圆形盾牌都堆在一起，扔在旁边。巴利斯塔和马克西姆斯一边在暗处观察着火光中这些人的脸，一边倾听他们之间的对话。

“又是狗。”一个玩骰子的人在第四次掷到“狗”，也就是最坏的结果的时候抱怨起来。

“你总是这么倒霉。”

“胡说。我的运气都攒着明天用呢，该死的到时候我们肯定需要好运气。”

“你才胡说，明天的战役对咱们来说是小菜一碟。过去咱们怎么虐他们，明儿还怎么虐他们。”

“你竟然这么说。咱们就没剩下几个人，而且守着这段城墙的大多数人都是他妈的招募来充数的平民兵。我告诉你，要是明天那些波斯狗杂种来一次总攻，我们肯定完蛋。”

“扯淡。那大个子北方蛮人已经带着我们撑了这么久，明天他也一定行。要是他说我们能守住这段城墙，你还要反驳他怎么的？”

巴利斯塔在暗处冲马克西姆斯咧嘴一笑。

“我宁愿当面反驳他，也不想去惹他那个凶神恶煞的希伯尼安贴身护卫。”

马克西姆斯的牙在阴影中粲然闪过一道白光。

“你说得有理，没人想在黑魆魆的巷子里碰见他。那浑蛋真是个丑八怪，是吧？”

巴利斯塔抓着马克西姆斯的一边胳膊，带着他一起下了楼梯。

等他们已经来到帕米拉门时，夜色正浓，他们也已经听到够多的情况了。正规军中的战士们看起来自信心挺强的；虽然使劲抱怨这个、抱怨那个，但总体上他们一方面藐视的是敌人，另一方面藐视的是他们自己这边新征入伍的战士。那些大受讽刺的新兵蛋子，尤其是新上来面对沙漠这段城墙执勤的人，就像预料的一样，反应和那些不曾十分了解战争狰狞面貌的人如出一辙，要么沉默不语，要么高声吹嘘。

巴利斯塔决定回宫。他们都需要睡个好觉，明天将是新的一天。

德米特里厄斯整理好了着装。他还徒劳无功地将写字板和铁针从腰间解下来，重新系到了腰带上，仅仅是想把它们摆得更整齐一些。他对着镜子打量了一下自己，尽管那块锃亮光滑的金属板上，影子稍稍有些扭曲，但他依然能看得出自己的脸色很糟糕。在他的眼袋上，细细的蓝血丝织成了一张网。他感觉也很糟糕。上半夜他一直穿戴整齐，在房间里踱来踱去。他心里想，要是巴利斯塔和马克西姆斯没办完他们那个愚蠢而夸张的差事，他就无法入睡。午夜之后，他们回来了，情绪高涨，哈哈大笑，还互相调侃着，德米特里厄斯这才回房睡觉去了。可他还是睡不着，放下了对他人的担忧，却又要独自面对内心的恐惧。

波斯人明天一早又要卷土重来，这想法总是在他脑子里转悠。巴利斯塔在晚宴上的表现并没有完全打消德米特里厄斯的疑虑，他太了解他的基利耶了：这个喜欢虚张声势的大个子北方人不善于撒谎。他声称波斯人已经没心情打仗了，但其实这话后面虚得很。那个肥胖的阉人问他是不是熬过明天就真的安全了的时候，巴利斯塔是怎么回答的呢？像这样的事儿一般来说是真的，基利耶也不善于掩饰。但他又想到，基利耶从本质上来说是个战士。正是因为那方面的素质让他成了一个如此优秀的军人，对细节的留意和坚持又让他成了一位杰出的攻城战专家。但是这次他的的确确应当担心。这将是波斯人的最后一击，沙普尔和他旗下的贵族王侯会鞭策他们的战士陷入充满疯狂和仇恨的激动状态，他们到时候一定恨不能生吃守城者的心。

尽管不愿意，德米特里厄斯还是一直记着波斯人第一次攻城的情形。一个个留着黑色络腮胡的凶狠的男人爬上梯子，手中握着长剑，心中只想着杀戮。明天，这情形又要重现了：成千上万的东方人一拨又一拨地翻过护墙，举着可怕的长剑四处砍杀，谁挡着他们的路就砍倒谁。那将是一场鲜血与苦难的狂欢。

不用说，黎明时分，雄鸡开始报晓而和平时期的人们又会很快睡去，而现在还不到破晓，河岸指挥官的随从们就已经听命集结了。卡尔加库斯将德米特里厄斯从不踏实的睡眠中叫醒，后者在梦中穿过狭窄肮脏的后巷，无休无止地追逐着一个上了年纪的卜梦人，可怎么追也追不上那人，而且他身后又传来了波斯人追上来的脚步声、男人和女人的惨叫声、烈火中房屋被烧得噼啪作响的声音。

“别耽误时间，”年迈的喀里多尼亚人不近人情地说，“他们都在大餐厅里吃早饭呢。一切都没问题，他们状态不错。”

卡尔加库斯说得没错。因为时候尚早，餐厅里的灯火依然亮着。德米特里厄斯走进餐厅，迎接他的是一阵大笑声。巴利斯塔、马克西姆斯、百夫长卡斯特里西乌斯、仅剩的一个簿记官和十名骑兵卫队队员正在一起大口吃着煎蛋与培根。巴利斯塔把德米特里厄斯叫到身边，握了握他的手，然后让马克西姆斯往边上靠了靠，给他腾个位置。如果非要说有什么不同的话，那么巴利斯塔和马克西姆斯现在比昨晚从外面回来的时候情绪更亢奋。他们与其他人一起哈哈大笑，开着玩笑。而德米特里厄斯呢，面前摆着一盘食物，却没有心情吃。他夹在两个北方人中间，心中暗想他察觉到的一丝紧张，还有这幽默风趣的场面下潜在的脆弱。马克西姆斯正拿只喝水不喝酒的事儿打趣河岸指挥官。巴利斯塔说他想保持头脑清醒，而且他敢肯定这份清醒是包括他的贴身护卫在内的其他所有人都从未体验过的；今晚，他将开怀畅饮，然后给大家唱上几首令人感怀慨叹的歌，倾诉他对大家的兄弟之爱，直到喝得不省人事为止。

吃完了早餐，他们走进宅邸的大院里整装。这时候他们比刚才安静多了，只听到低声交谈和突然爆发的一阵阵短暂的大笑声。人们挨个儿走进厕所。卡尔加库斯和巴戈阿斯从生活区走过来，手捧河岸指挥官阅兵仪式上穿的铠甲，这副铠甲到现在还没穿破。

“你要是想打败萨珊王朝的诸王之王，先得穿得像个真正的罗马将军。”卡尔加库斯说。

巴利斯塔其实更想穿他作战时的那身旧锁子甲，但他并没坚持。卡尔加库斯总是想让他穿得体体面面地出现在人前，只不过巴利斯塔常常违拗他的想法。他站着，伸开双臂，卡尔加库斯和马克西姆斯帮他扣上铸成肌肉轮廓的胸铠和背甲，又给他穿上装饰华丽的肩甲、突显男子气概和保护大腿的沉甸甸的皮穗。巴利斯塔穿上剑带，然后让卡尔加库斯将一件新的黑披风别在他双肩上。在披风外面，卡尔加库斯还加上了巴利斯塔昨晚穿过的狼皮，以便清晨御寒；接着，他又递给巴利斯塔头盔。巴利斯塔注意到，那张狼皮被清理过，头盔也被擦得锃亮。

“万一你没能打败沙普尔，那么你就算到了瓦尔哈拉殿堂也能穿得整整齐齐的。”马克西姆斯用巴利斯塔的母语对他说道。

“我希望咱们以后的路还长，而今天不会是终点，我的好兄弟。”巴利斯塔同样用母语回道。

他们走出宫殿正门，出发了，一路无话。黑暗里，火炬在冷飕飕的南风中闪烁着，他们在军营区走着，穿过战神广场，向面对沙漠的城墙北端进发。他们登上贝尔神庙旁通往西北城楼的石阶，碰上一个岗哨，对方喊口令——伊桑格瑞姆，他们以那个奇怪的正确口令应答，成功地通过了哨卡，巴利斯塔是用拉丁语回答的——帕特里亚，意为“祖国”或“家园”。

巴利斯塔向城垛上执勤的战士们致意，还与他们一一握手，这些人中有第二十步兵大队的，也有在城中征募的新兵。然后，他爬到弩炮上，摘下头盔，头发随即披散下来。他护胸甲上的皮子在火炬的照耀下隐约地反射出微光。他开始对战士们训话。

“战友们，时候到了，今天就是我们的最终一战。”他顿了顿，将大家的注意力全都集中到自己身上，“敌众我寡，但他们人再多也只是累赘包袱，碰上我们挥舞着利剑的臂膀将一一倒下。”火光映在一张张带着苦笑的面庞上，“他们的人数并不重要，因为他们不过是东方暴君脚下一群没种的奴隶，而我们是自由民。他们为了他们的主人而战，我们则是为了我们的自由而战。我们以前是怎么给他们颜色看的，这次还会同样把他们打得屁滚尿流。”几个战士抽出剑来，开始轻敲他们手中的盾牌。

“如果我们赢得了今日的战役，高贵的瓦勒良和加里恩努斯皇帝将宣布今日为感恩日。只要罗马城还在，每年人们都将庆祝这神圣的一天。两位高贵的皇帝将打开神圣的帝国国库之门，让我们沐浴在金币雨中。”听到巴利斯塔这么说，战士们都开怀大笑起来。其实年长的皇帝并非以慷慨大方闻名。巴利斯塔等了片刻，然后换了个语气继续讲话：

“今天，是我们的痛苦与煎熬即将结束的日子。如果我们今日得胜，那么我们就是用自己手中的宝剑赢得了和平与安宁。如果我们今日得胜，那么我们将会为自己赢得声誉与荣光，今后的几百年将会被后辈们铭记于心。我们会和在扎马古城打败汉尼拔的战士、在意大利北部平原打败辛布里和条顿野蛮人大军的战士、打败米特拉达梯六世的亚细亚大部队并灭掉他嚣张的气焰让他四处流亡以致羞愤自杀的那些战士一样，英名永存。如果我们今日得胜，那么我们将永远活在世人心中，直至世界末日的那一天。”

所有人都欢呼起来。宝剑敲击盾牌的声音犹如排山倒海，震耳欲聋。人们齐声喊道:“巴—利—斯—塔，巴—利—斯—塔！”这口号声像巨大的海浪一般，汹涌地覆盖了这座被围之城的城墙甬道与城楼。

他们离开城楼时，已经到了早上，火炬的光芒先是变成了浅黄色，然后逐渐消失不见了。他们沿着城墙往南走，每到一座城楼，巴利斯塔就进行一番演讲。每次演讲，底下的听众都是一片山呼海啸，他们有时候会大声呼喊“巴—利—斯—塔、巴—利—斯—塔”，有时候则昂起头像狼一样对天嗥叫。等他们再次往北走直至最后抵达他们常常驻守的帕米拉门之上的时候，太阳已经暖洋洋地晒在他们背上了。

“大人。”第二十步兵大队的两名士兵以立正姿势站在他面前，他们二人中间站着一个身穿波斯服装的人，“大人，我们是安条克骑兵中队的马库斯·安东尼纳斯·达尼姆斯和马库斯·安东尼纳斯·瑟玛萨斯。我们抓到一个敌方的逃兵。他昨天晚上从北墙翻了过来，说他的名字叫库厄，还说能告诉您您想知道的波斯人的所有攻城计划。”

听见说起他的名字，那波斯人龇了龇牙，就好像一条唯恐被打的狗一样。这男人五颜六色的衣服上沾满了灰尘，他灰扑扑的脸上面无血色，宽大的长袖袍子并没有系腰带，腰带应该是在被搜身和解除兵器的时候被解下去了。

巴利斯塔示意他走上前来。波斯人凑过去匍匐在地上。他先是前额点地叩首，然后站起身来，双臂前伸做乞求状。

德米特里厄斯用厌恶的眼神打量着这人，巴利斯塔则开口用波斯语问他话。波斯人回答之前又伏在地上磕了一个头，还用长长的袖子将双手遮了起来。这个东方人卑躬屈膝的样子简直令人作呕。

那人再次起身，突然一个箭步向巴利斯塔窜过去。波斯人手中的匕首寒光一闪，向北方人的护胸甲下面刺了过去。德米特里厄斯还没反应过来，巴利斯塔就迅速迎着刺来的凶器向前迈了一步，双手抓住波斯人的胳膊，提膝上顶，只听“咔嚓”一声，对方的胳膊折了，那人惨叫一声。那个叫达尼姆斯的那个士兵一跃上前，把剑插进了波斯人的肩胛骨处。于是，那个东方人摔在了地上。几秒钟的工夫，他就窒息而死了。

“你这是多此一举，士兵。”巴利斯塔说。

“对不起，大人。我还以为……”达尼姆斯的声音逐渐变得几不可闻。

“你们应该已经对他搜过身了，不是吗？”

“是搜过了，大人。”

“谁搜的？”

“我不知道，大人。”

“不是你搜的？”

“不是的，大人。”达尼姆斯垂下眼帘，看着他剑锋上的血正往地上滴。他出了一身的冷汗，他垂头丧气的表现与他腰带上别着的种种彰显自信的饰物——太阳、花朵、鱼、抱着羊羔的人和卐字形成了鲜明的对比。德米特里厄斯被吓到了，波斯人派来的刺客是这一群人中唯一一个拔出利刃的。

“行了。把尸体带下去吧。”

达尼姆斯将他的兵器插回剑鞘中，另外两个士兵一人拎起一条腿，拖着波斯人的尸体往楼梯走去。那刺客的脸就蹭在地上，拖出一条血痕。

“把那该死的尸体抬起来走，地上的血把人滑倒可怎么办。”卡斯特里西乌斯吼了一嗓子。

巴利斯塔和马克西姆斯满心疑惑地面面相觑。如果那波斯人叛逃进城的时候已经被搜走了兵器，那一定是后来有人给了他那把匕首。现在已经没时间调查此事了，他们只能等明天再查找刺杀背后的元凶，如果他们到时候还活着的话。巴利斯塔动作幅度极小地耸了耸肩，转身上上下下地打量起城墙来。

在经历了刚才突如其来的极端暴行后，德米特里厄斯无法装得好像什么都没发生一样，他看见他的基利耶却淡定地摘下了头盔。巴利斯塔将头盔递给他的时候，德米特里厄斯才意识到自己的双手正抖个不停。

大个子北方人露出一个僵硬的微笑，说他这是要让其他士兵们看看，他还活着呢。德米特里厄斯这才意识到城垛上异常压抑的安静氛围，就像雷雨到来之前的安静一样。他看着巴利斯塔爬到最近的弩炮架子上，将双臂举过头顶，缓缓转过身，让大家都能看到他，然后向众人挥手致意。南风吹起他被汗水粘在一起的长发，锃亮的胸甲在阳光下闪闪发光。这时一个奇怪的声音响了起来，就好像有千人一起呼了口气一样。近前有一个人喊了起来：“弗拉维，弗拉维！”城墙甬道上的士兵们都欢笑着高呼起来，声势犹如排山倒海：“弗拉维，弗拉维，金发英雄，金发英雄！”

“原来他们是这么叫我的呀。”巴利斯塔一边说一边从弩炮上爬了下来。

“这只是你诸多外号中的一个。”马克西姆斯说。

德米特里厄斯想把头盔递还回去，但巴利斯塔让他把头盔跟别的东西先搁在一边，等他要的时候再给他。于是，这个希腊年轻人把头盔放在了基利耶盾牌旁那精心叠好的狼皮上，他刚才把这些东西都放在了城楼的一角，以免挡路。

巴利斯塔从最前方的护墙开始检查整个防御工事。士兵们静静地候在一旁，在他们头上，军旗在风中猎猎飘扬。南边的两座城楼是图皮奥的部队驻守的地方，那里飘扬着第二十步兵大队绿色的军旗，旗上以金线绣着这支部队的名号，上面还画着这支部队的守护神——一位骄傲的帕米拉战神的头像，也随风摆动着。最南边的城楼上是伊阿海的军旗，白底上有个红色的蝎子，想必哈杜达正在那儿执勤呢。巴利斯塔想，不知道伊阿海会不会亲自上城墙督战。北边稍远的地方有两座城楼，那里矗立着第四西徐亚军团分遣队的红色军旗，上面有代表胜利的蓝色图案，而旗上的鹰、狮子和字母都是金色的。贵族青年阿奇利乌斯·格拉布里奥应该就在旗子下面吧。再远处飘扬着一面蓝底黄色四瓣花的旗帜，是阿纳穆的军旗。更远处，靠近防御工事西北角的地方，是奥格洛斯的旗帜，紫色的底衬着金色的阿耳特弥斯女神的图像。最后，在正中央，主城门的上方，河岸指挥官的白龙旗帜在风中猎猎作响。城墙一线处处都是蒸腾的热气，阳光如火般灼烤着沙地，发出噼啪的声响，热浪扑人。

阿瑞忒城已经准备好迎接最后的考验了。这面城墙已经成了罗马帝国最后的边界，是西方与东方碰撞的地方，是罗马的文明人与未开化的野蛮人一较高下的地方。具有讽刺意味的是，阿瑞忒城墙上飘扬着的六面旗帜中，有四面旗子代表的部队从真正意义上来说还不能算是罗马人的，这一点是巴利斯塔无法忽略的。

他望向该死的平原那头的萨珊大军。现在已是上午十一点了，东方人为此役排兵布阵已经花了相当长的时间。是因为波斯战士们不愿出力吗？这是否证明了沙普尔、他的诸侯王和贵族在鼓动手下将士加入这场残酷可怕的战役时遇上了难题，还是他们想深思熟虑、想不出差池地一举拿下这座城？还是想等东方天际不再有晃眼的太阳，到时候就可以专注地盯着孑然独立、光秃秃的阿瑞忒城城墙呢？

萨珊大军准备进发了，平原上出现一道黑色的线。鼓号声平息之后，成千上万的战士都在沉默中等待着命令。大风卷起沙尘，刮过平原。鼓声再次响起，军号也再次鸣起。萨珊王族的旗帜卡维之旗来到了部队前方，阳光照射在旗顶的金球上。这面王族旗帜烁烁闪光，黄光、红光，还有紫光，好不耀眼。"马兹达、马兹达"的呼声一开始稀稀拉拉，后来逐渐有了气势，传到了平原这边。口号声减弱，随后便彻底听不到了，接着敌军又喊起了新口号，这次的声音比之刚才大了不少，喊的是："沙普尔，沙普尔。"诸王之王胯下的白马跺了几下蹄子，激起一股灰尘，他身后飞舞着紫色和白色的飘带。他骑马来到了他的大军面前，下了马，爬到奴隶高高抬起的台子上，在金王座上坐定，下达了开战的命令。

号角变了个调，军鼓的节奏起了变化。波斯大军踌躇了片刻，便开始向前推进。挡板被波斯士兵们拉到一边，后面是仅存的十架弩炮，正开始射击。巴利斯塔对普登斯点了点头，后者举起了红色旗帜。于是，守城方的二十五架弩炮开始一齐还击。这个阶段的战斗巴利斯塔并不太担心，弩炮大战中他获胜的概率要大得多。

在萨珊大军漫长的推进过程中，巴利斯塔叫德米特里厄斯拿来了他的头盔和盾牌。德米特里厄斯紧张地颤抖着系好了基利耶头盔下巴上的带子。巴利斯塔身子往前一倾，吻了吻德米特里厄斯的脸颊，然后拥抱着他，对他轻声耳语道："没事儿，大家谁不害怕啊。"

巴利斯塔全副武装，左右分别由马克西姆斯和卡斯特里西乌斯贴身护卫，他叫来了波斯男孩巴戈阿斯，让他帮着在敌军队伍中认人。

当萨珊大军推进到守城方弩炮的最大射程内时，巴利斯塔又对普登斯点头示意，后者连着两次举起又放下红旗。阿瑞忒城墙上的弩炮开始瞄准敌军东边的弩炮以及护送弩炮的步兵射击。包着铁头的箭矢和精心磨圆的石弹向远处抛射过去，或是伺机射穿或砸透波斯人的挡板，或是射死砸伤挤在后头的士兵。第一批箭矢和炮弹射过去后，波斯人的队伍立刻起了波澜，就像风吹麦浪一样开始起伏变化。

等到这些东方人经过标志着距离城墙还有两百步的白墙，也就是进入了守城者弩炮的有效射程之内的时候，他们的队伍便分散开来，小股部队之间的空隙越来越大。从旗帜来看，这些人有萨卡人、印度人、阿拉伯人、格鲁吉亚王哈玛扎斯普的人马，后头跟着的是克伦王的兵。他们依然在前进，但比沙普尔王族旗帜下的队伍前进的速度慢一些，沙普尔王族的队伍中有猎手萨珊王子、“沙普尔欢乐之源”瓦拉什王子、梅塞纳皇后狄娜科、阿迪亚波纳之王阿尔达希尔。苏伦王的旗帜依然相当靠前。通往帕米拉门的大道最前面是“长剑”卑路斯手下的“不死军”，以及罗马叛徒玛利亚德斯率领的“占 - 阿瓦斯波军”。

“羞耻，我真为那些脚下磨蹭的人感到羞耻。”巴戈阿斯嘟囔着，“他们真该遭到诅咒，最后一定会在地狱中忍受永远的煎熬。”

“安静点，小子。”马克西姆斯冲他嘘了一声。

巴利斯塔则正沉浸在自己的思绪里。第一波攻城的队伍里只出现了两支护卫队，这一策略是把双刃剑，一方面暴露出了沙普尔迫切想要一举拿下城市的决心，但是另一方面又表明敌军这次是毫无保留的打法。如果第一轮攻击失败了，那么后面可能根本不会有第二轮了。“放马过来吧。”巴利斯塔小声说。

领军的波斯部队距离城墙还有一百五十步的时候，城墙上的红旗起落了三次，守城的弓箭手立刻弯弓射箭。这次，萨珊大军没有继续坚持不还击，而是在罗马人的箭射过来的时候立即开始展开反击，直到离城墙还有五十步的时候才停下来。一时间，双方的箭雨遮天蔽日。但是，巴利斯塔满意地发现，每次波斯人射箭都是他们的情绪使然，并非是得到命令之后发动的反击，所以多数都是乱射一气。

波斯人的战线更加支离破碎了，一支支部队之间的空当也越来越大。现在，苏伦王和皇后狄娜科的部队落在了后头，同时在后面晃荡的还有玛利亚德斯的人马，这实在是辜负了该部队名号“以自己献祭”的含义。远处平原上，已经被大部队落得远远的那些兵将看起来几乎就没动地儿，巴利斯塔注意到，有个身穿闪光铠甲的骑士正在威吓格鲁吉亚人，经过巴戈阿斯辨认，那人竟是格鲁吉亚王——哈玛扎斯普。他在攻城战役之初就失去了自己的儿子，他复仇的动力可以说是最足的了。

然后，巴利斯塔又见识到了他在野战军中从未见过的一幕。有一排人跟在格鲁吉亚队伍后头，他们都挥舞着鞭子。一个战士转身往回跑，却被一鞭子抽回了原位。巴利斯塔看了看其他的一股股部队，每一个战士甚至那些冲在最前面的战士后面都有一排挥鞭的人督战。即便是“不死军”也不例外，后头同样有一个执鞭者。这是巴利斯塔第一次感到信心满满，他不由得微笑起来。

在毫无预兆的情况下，阿迪亚波纳之王阿尔达希尔的人马突然将他们的巨盾扔到了一边，猛地向城墙发动了冲锋。巴利斯塔高兴地大笑。这冲锋并非是出于勇气，甚至都不是鲁莽的冒险，而是纯粹因为害怕。他们背后有执鞭者驱赶，身体的疼痛已经让他们忍无可忍，所以阿尔达希尔的人马此举是只求速死。他们把命令抛到了脑后，连保护措施都不要，只知道一个劲地往前冲。这真是经典的一战。

守城者立刻集中火力朝他们射箭，他们缩着脖子、跌跌撞撞地往前跑，还扛着他们攻城用的长梯，最后都跑进了铜铁箭矢组成的暴雨之中。士兵们纷纷倒下，一架架梯子也陆续掉在地上。倒下的人越来越多了。

打头的三架梯子被敌军扛到了城墙根，他们向上一摆，梯子就搭在了护墙上。但城墙上的战士单靠一把简单的铁叉就将一架梯子推到了一边，梯子摔在地上，梯子上的人也纷纷跳了下去。另一架梯子顶上出现了一口铜锅，锅稍稍一倾，灼热的沙土被倒了下去，倒在了那些没来得及逃走的人身上。第三架梯子脚下的战士们先是面面相觑，然后转身落荒而逃。

恐慌就像盛夏时节地中海地区山坡上的燎原之火一样，迅速蔓延开来。那些小股部队还没来得及形成一支大军，平原上就只能看到大批大批逃跑的人了，每个人都只想着别丢了自己的小命，只顾着躲避从硬邦邦的石头城墙上朝他们飞过去的箭矢。守城者并没有饶过他们，无须下令，他们就知道要在逃命的敌人背后一轮接着一轮地射箭。

城垛上的人们大笑大叫着，不同的口号一浪高过一浪:“巴—利—斯—塔、巴—利—斯—塔”，“罗—马、罗—马”，“胜—利—女—神、胜—利—女—神”。还有人开始像狼一样嗥叫，杀戮继续进行。

巴利斯塔凝视着平原那头。沙普尔一动不动地坐在高台上的金色王座里。诸王之王身后是岿然不动的象群，看起来像一座座灰色的小丘。

当幸存的波斯人都跑出射击范围的时候，城墙上的战士们一下子就炸了锅，什么军容军纪全然不顾了。装着酒的皮囊和罐子魔法般地出现在大家面前，人们纷纷仰起脑袋，大口地喝着葡萄酒或本地的啤酒。

马克西姆斯递给巴利斯塔一杯啤酒。北方人发现他嘴里都是土，于是他用手中微酸的淡啤酒漱了漱口，然后吐到了城墙外面。漱口水直接落到一名萨珊战士的尸体上，他觉得有点恶心，赶快喝了口啤酒。

“我真想知道从开始算我们杀了多少狗杂种——上千了吧？没准儿有好几万呢。”卡斯特里西乌斯自己端着一罐葡萄酒，几滴酒顺着他的嘴角流到了下巴上。

巴利斯塔既不知道也不关心敌人死了多少，他感觉十分疲惫。“卡斯特里西乌斯，传我的命令，今晚哨兵人数加倍。”

百夫长似乎吃了一惊，但马上恢复了常态。“时刻准备，听命行事。”他行了个军礼，手里依然拿着酒罐，然后退下去传令了。

巴利斯塔沿着城墙走得格外缓慢。每个人都想和他握手，都想使劲拍拍他的后背，向他献上溢美之词。起初他往南走，到了插着第二十步兵大队的绿色旗帜的两个城楼，他对图皮奥表示了感谢和赞赏。这位前百夫长的脸上洋溢着愉快与欣慰，他摘下头盔，头发被汗水浸湿了，紧紧地贴在头皮上。他和巴利斯塔拥抱了一下，图皮奥长着胡碴儿的脸碰了碰巴利斯塔同样胡子拉碴的脸。最南边的城楼上，哈杜达站在伊阿海的红色蝎子旗下迎接他的到来。这名雇佣军的队长解释说伊阿海身体不适，所以没能来。巴利斯塔说没关系，有哈杜达这么能干的队长在，伊阿海不来也没关系。北方人环视四周，没看到芭思希芭的影子。真是奇怪了，她竟然听进去了不让她上城墙打打杀杀的命令。城楼一角聚着几个伊阿海的雇佣兵，巴利斯塔立刻想到，是不是他们故意挡着她呢。然后他就立刻打消了这个念头。

向北往回走的时候速度就更慢了。一杯又一杯的酒让守城者们陷入了像酒神节一样的狂欢状态里，而酒神节时的欢腾狂热往往是被小心遮掩、隐藏在夜幕中的。战士们醉醺醺地靠在护墙上，他们三五成群地躺在城内的土堤上，将手中盛着葡萄酒和啤酒的皮囊与罐子传来传去，大声地开着玩笑，说着猥亵的言语。妓女们也来到前沿阵地凑热闹。一个姑娘没羞没臊地跪着，双手撑地，她的短袍掀了起来，和一个士兵当众寻欢。另一个姑娘则仰卧在地上，全身赤裸着和一个士兵行猥亵之事。此外还有三四个战士站在一旁，边喝酒边排队等着。巴利斯塔看见那姑娘长了一头金发，胸前丰满得很，上面还有两个深棕色的大奶头。他顿时感到欲火焚身，神啊，此时他多么需要一个女人啊。

帕米拉门北边的两座城楼上飘扬着第四西徐亚军团分遣队的红色军旗。巴利斯塔爬到楼顶上的平台时，发现阿奇利乌斯·格拉布里奥正坐在一个板凳上喝酒。一个长相俊朗的年轻男奴正给他撑着遮阳伞，另一个奴隶则给他扇着扇子。他正给他的手下们训话呢，以贵族的姿态给他们几句表扬，既表现得和蔼可亲，又让他们有距离感。这位贵族年轻人并不急着起身向他的长官行礼。

“河岸指挥官，我要对您的胜利表示恭喜。”他一边说，一边终于从凳子上站了起来，“这真是个可喜可贺的结果，尤其是在您经历了这么多不顺之后。”

“谢谢你，副军团长。”巴利斯塔没有理会他话中有话，“此次胜利最大的功劳还得属于你和你的第四西徐亚军团。”北方人的一席话让在场的战士们都提起了精神。阿奇利乌斯·格拉布里奥看起来却没有因此高兴，他拿起了一大杯酒。

“一个白痴传令官来过了，那蠢货说是你派来的，我知道那肯定是假的。他说您下令让今晚的岗哨增加一倍。我告诉他说，我们的河岸指挥官怎么也不会下这样荒谬的命令，然后就把他打发走了。”阿奇利乌斯·格拉布里奥又拿起一大杯酒。他满面红彤彤的。

“恐怕是你误会了。”巴利斯塔尽量让自己的话里不带感情色彩，“那传令官是我派来的，我的确下达了让今晚的岗哨加倍的命令。”

“可为什么呀？”阿奇利乌斯·格拉布里奥大笑，“现在已成定局，我们赢了，他们失败了，战争结束了。都结束了。”他四下看了看，想寻求他手下的支持。有几个士兵点了点头表示赞同，大多数人都刻意回避着他的目光。他们的眼睛盯着地面，不愿掺和到这两个高级军官之间逐渐升温的紧张局势中去。

“是的，我们今天是胜利了，但是还有大批的萨珊战士没撤走。沙普尔现在肯定被逼急了。他一定知道我们会狂欢庆祝胜利。要是我们都以为安全了，任凭护卫喝得东倒西歪，那时将是个绝佳的突袭机会。”巴利斯塔能听出自己越说越恼火，他心里气得要命：你也许是个好军官，但可别做得太过分了，你这个抹着香水、满脸褶子的小杂种。

阿奇利乌斯·格拉布里奥不屑一顾地哼了一声，端着酒做了个手势，洒出一些酒来。“根本就没什么可担心的，沙普尔今晚肯定没法再次发起攻击。”阿奇利乌斯·格拉布里奥轻轻地挥了挥手，“我觉得没必要扰了我手下弟兄们的兴致。”他冲周围的人笑笑，那些人中也有几个向他还以微笑。这个贵族年轻人发觉自己并没有得到一致的支持，他皱起了眉头。

“副军团长，你必须要下令让你的人今晚上有双倍岗哨。”大家都听出来了，这个大个子北方人满怀怒气。

“我不会下令的。”阿奇利乌斯·格拉布里奥挑衅似的瞪着他。

“你正在违抗你上级军官的直接命令。”

“我没有。”阿奇利乌斯·格拉布里奥啐了一口说，“我是选择不理会自高自大还浑身是毛的野蛮人的无稽之谈，这种野蛮人就应该待在森林中他那肮脏的草棚子里。”

平台上顿时陷入一片沉默。城楼远处传来人们狂欢的喧闹声。

“阿奇利乌斯·格拉布里奥，我现在取消你指挥官的任命，你自己把兵器都交出来，然后回家在自己的家里接受软禁。明天上午十一点到河岸指挥官的宅邸报到，面对你的将是军事审判。”

巴利斯塔找了个百夫长。“塞琉古，你去通知安东尼纳斯首列百夫长暂代阿瑞忒城第四西徐亚军团分遣队指挥官一职。让他保证有足够的人保持清醒，以便今晚安排双倍岗哨。告诉他我要求每座城楼上都备好蓝灯，敌军有任何动静，第一时间点起来。”

“时刻准备，听命行事。”百夫长的回答中听不到一丝情绪。

阿奇利乌斯·格拉布里奥往周围张望了一下，没人看他。他意识到刚才说的话已经覆水难收了，于是抬起下巴，摆出一副无辜受难的贵族的架势。他放下酒杯，解开剑带，然后又将交叉皮带从头顶上拉了过来，让它直接掉在地上。他没有左顾右盼，而是直接向楼梯走去。片刻犹豫之后，服侍他的那两个奴隶也惊惶地跟了上去。

第十七章

“没人知道晚上会发生些什么，”芭思希芭说，她笑了起来，一双眸子黑得发亮。

你是怎么到这儿来的？巴利斯塔想。显然德米特里厄斯不在附近，那个希腊小伙子不喜欢芭思希芭。他要是在，肯定会想尽一切办法让芭思希芭离他的基利耶远远的。但是马克西姆斯和卡尔加库斯肯定都在起居间里，她要到他宅邸的阳台上来必须经过那儿。巴利斯塔不用多想就知道他们让她进来的时候脑子里都在转什么念头。

她穿过阳台走向他，穿得与她父亲的雇佣兵一样，不过是束腰外衣和长裤，脚下蹬着一双靴子，后腰别着长剑，但一点儿没遮掩自己是个女的。巴利斯塔发现自己正盯着她起伏的胸口和臀部的曲线看，她在他面前站定，刚好在一臂距离以外。巴利斯塔感觉自己胸中都是空的。

“你父亲知道你在这儿吗？”巴利斯塔一边说一边觉得自己的话听起来很可笑。

芭思希芭又笑了起来。“我在这儿有一部分都是因为他。但是，其实他不知道我在你府上。”

“你不是一个人在城里晃荡吧？”巴利斯塔想到他回宅邸的路上看到的情形。但是现在天已经晚了，整个城市都应该沉浸在酒神节一样的狂欢中。庆祝胜利的战士们肯定可以像巴利斯塔一样毫不费力就能看穿芭思希芭。他们中可没有几个会像巴利斯塔一样有良知，肯定会毫不犹豫地上前撕开芭思希芭的衣服。巴利斯塔知道她会拔出后腰的剑做一番反抗，但她面对的是一群疯狂的士兵，想必没有多少胜算。她越反抗，反而会越把自己推向危险边缘，越能给他们占有她的过程增添乐趣。

“当然不是，我又不是傻子。大院里有两个全副武装的战士等着我呢，不过他们现在应该正在大门守卫室里喝酒。”

“你父亲忠诚的雇佣兵队长哈杜达是不是也带着他那把锋利的宝剑护送你啊？”

她微微一笑，说：“他没来，我觉得这次最好还是带别人。我带的都是我信得过的人。”

巴利斯塔注视着她，一时不知道说什么才好。

芭思希芭摘下帽子，摇晃着她那一头乌黑的长发，她那沉甸甸的、饱满诱人的胸脯也跟着晃了起来。“一个姑娘不顾自己的名节到你府上来，你却连杯酒都不请她喝啊？”

“抱歉。当然要请你喝酒了，我这就让卡尔加库斯送酒上来。”

“这有必要吗？”她围着巴利斯塔走了两步，刚好还是在他够不到的位置上，然后从墙边拿起他的杯子。“介意我用你的杯子吗？”她将杯子放到唇边，喝了一口。

“你来这儿有何贵干？”他知道他此时的言语行为都显得格外笨拙，甚至有点不够友好。他不确定自己想要什么、会干什么。

“如我所说，我来这儿有一部分是为了我父亲。他今天没有去城墙上督战，而是待在家里，把自己反锁在房间里。我猜他是在祈祷，他这阵子都不像他自己了。从某种程度上来说，我是来这儿替他道歉的。”她又倒了一杯酒。

"这倒没必要。多一个人去城墙上，战事也不会有什么区别。他把他的人都交给了哈杜达，而他又挺能干的。"

她把酒壶里剩下的酒都倒进了杯子里，然后把酒杯递给巴利斯塔。巴利斯塔接过来喝了一口。她现在离他近了些，他能闻到她身上的香水味，还有她皮肤上的体香。她长长的头发绕过她有着橄榄色皮肤的美颈，顺着束腰外衣垂到她隆起的胸口上。"你的战士们都知道如何庆祝胜利，那你呢？"她抬头注视着他，乌黑的眸子似乎饱含着期待，一副与他心照不宣的样子。他什么也没说，就连动都没动。"告诉我，沙普尔和他的贵族诸侯若是拿下这座城，你觉得他们会约束自己吗？"

"对此我表示怀疑。"他的声音很厚重。

"那么，一座城池的拯救者是不是应该享受和侵略者同样的待遇呢？"

神啊，巴利斯塔想，极少有女人这么主动地送上门来。他的呼吸急促起来，她身上的香味直往他鼻孔里钻，他感觉自己要忍受不住了。他想要她，想撕开她的领口，露出她的胸口。他想扯下她的裤子，把她放在矮墙上，分开她的双腿，然后顶进去。他想就地把她给占有了，把她按在墙上，站在她面前，进入她的身体。

但是，他没动，有什么东西阻止了他。他在北方受到的教育让他有种深入骨髓甚至令人窒息的道德感，还有，他想到了自己的妻子，他迷信不忠会带来战场上的惨败——他不知道具体是什么，但那东西确实阻止了他，他没有动。

芭思希芭像被冒犯了一样退后一步，眼神犀利，怒气冲冲地说："你个傻瓜。你是知道如何守卫一座城池，但我怀疑根本不会攻下'一座城池'。"她迅速地戴上帽子，转身气鼓鼓地穿过阳台走了。

巴利斯塔就这样被芭思希芭孤零零地晾在墙边站了一会儿。他的欲望渐渐消散，只留下一种挫败感和隐约的不祥预感。杯子还在他手中，他仰头喝光了里面的酒。

最后，他终于进了屋。他叫来了马克西姆斯，那个希伯尼安人从楼顶的平台上“啪啦啪啦”地走下楼梯来。

“你在上面干什么呢？”

“我也不确定自己在看什么，但我肯定没有偷窥你。和这些天来一样，我只是在那儿看看周围情况。当然，我说不真切，但肯定有什么不对劲的地方。”

“我这是头一回知道你是什么意思，快拿上件斗篷，然后告诉卡尔加库斯我们要出去。咱们去巡视一圈防御工事。”

于是，河岸指挥官的命令不折不扣地得到了执行。他们沿着城墙甬道巡视了一周，每座城楼上都安排了是平时两倍的岗哨，蓝色的报信灯也已经挂在了每处城楼上。那些哨兵或是一个个像骡子一样慢慢地踱着步子，或是愤愤地靠在护墙上，为了不能喝酒而感到不平，而且还对他们沉浸在欢乐庆祝中的战友们妒忌得要命。城内传来各种庆祝的喧闹声：突然爆发的大笑、听不清字句的大叫、女孩儿们的尖叫声、人们跑来跑去和碰杯的声音——其中最突出的还是罗马战士们扯着嗓子要酒要女人的吆喝声。

巴利斯塔和马克西姆斯沿着面向沙漠的城墙往南走，一路上遇到的哨兵纷纷向他们行礼。“时刻准备，听命行事。”他们的声音透着一丝无奈的顺从，甚至有时候还能从中听出抗拒的意思。巴利斯塔和他们握了握手，还对他们的敬忠职守表示了赞赏，许诺了他们三天的假和一笔赏金，赏金多少他有意没提，但听上去并不是什么小恩小惠。

西方，广袤的黑暗平原向远方延伸，平原那边则是波斯人军营中星星点点的灯火。那边的战士们也有醒着的，那些人每次从火把或篝火前走过，火光都会闪烁。敌军安静得出奇，他们的军营中并没有传来巴利斯塔以为会有的伤心恸哭声、断肠的音乐声和尖声呼号。波斯人的这份安静令人很是不安，这让巴利斯塔的不祥预感愈发强烈了。

夜深了，巴利斯塔和马克西姆斯回到了宅邸。他们喝了杯热酒，巴利斯塔就回了寝宫。他褪去衣衫，躺在空荡荡的大床上，后悔了片刻后，他便睡着了。

时间刚刚过了午夜，也许是第三班岗接近尾声的时候，巴利斯塔听到了一些动静，他本能地去抓自己的剑柄。他知道这么做是多此一举，心底某处知道他会看见什么情形。巴利斯塔强迫自己去查看情况，门口站着一个十分魁梧的男人，他穿着一件深红色的破烂衣服，面孔掩在斗篷的兜帽下。这个大个子走上前来，站在床边，油灯的光映在厚重的金饰环和沉甸甸的金戒指上刻的那只鹰上。

“说话，”巴利斯塔说。

“到阿奎莱亚我们再会。”一双灰色的大眼睛中透着恶意和轻蔑。

“到时见。”

魁梧男子大笑起来，笑声恐怖而刺耳。然后，他便转身离开了房间。

他的斗篷上为防水而涂上的蜡的味道还久久地挥之不去。

巴利斯塔满身是汗。他把身上盖的东西掀到一边，下床打开窗户，让清爽的夜风吹进来。他赤身裸体地站在窗口，让他身上的汗逐渐被吹干。他看到外面苍穹之上低低地悬着昴宿星团。

一切终由神的意旨主宰。

巴利斯塔走到洗手台前，往脸上扑了些凉水，擦干后又回到了床上。过了好一阵子，他才又重新睡着。

“醒醒！醒醒！”

巴利斯塔挣扎着让自己醒来。

“快醒过来，你这个懒蛋！”

巴利斯塔睁开双眼，发现卡尔加库斯正站在床前摇晃着他的肩膀。

“怎么了？”巴利斯塔感觉自己睡得昏昏沉沉，脑子里一团糨糊。卡尔加库斯嘴里冒出酸臭的气息，薄薄的嘴唇抿得更紧了。

“萨珊人进城了。”

巴利斯塔一个翻身下了床。卡尔加库斯一边说话一边递给北方人衣服让他穿上。

“我放马克西姆斯去屋顶观望。我发现南城墙的一个城楼上亮起了蓝灯笼，那灯笼亮了一阵子，然后就熄灭了。普登斯已经发出了警报，卡斯特里西乌斯已经打发护卫去看了，马克西姆斯正在备马，德米特里厄斯和巴戈阿斯把你的盔甲送到马厩那边去了。”

“哪个城楼？”

“离面对沙漠的城墙最近的那座城楼。”

巴利斯塔穿好衣服，拿起他的剑带。“那我们就出发吧。”

他们赶到马厩的时候，发现乱作一团。侍从们捧着马鞍、缰绳和其他零碎跑来跑去。马儿们不耐烦地摇头晃脑，跺着地，因为在这个不寻常的时候被吵醒而不满地发泄着。在远处的一个马厩中，一匹马开始不老实了，它暴跳起来，拼命地想挣脱笼头。卡尔加库斯出门去找德米特里厄斯和巴戈阿斯，想知道这两人怎么样了。

巴利斯塔站在原地，他身处风暴之眼，正是最平静的地方。他深吸了一口马厩中熟悉的家乡味道，其中混合着马匹、皮革、洗马鞍的肥皂、擦剂和干草的气味。他感觉此情此景似乎凝固不动了。马厩将永远保持原样，马儿需要的也永远不变；或许有少数几件大理石马槽和材质细腻的木挡板有所不同，除此之外，罗马城里的马厩与其他地方的马厩没什么两样。他家乡的马厩和波斯帝国的马厩也是一样的，马儿们并没有怎么受到骑在它们身上的不同民族文化的人的影响。

在油灯发出的一束黄色光线中，巴利斯塔看见马克西姆斯正朝着一排马的尽头走去。此时空气中到处是因为人、马踏过干草而扬起的灰尘。

“我已经为您备好了灰马。”马克西姆斯说道。

“谢谢。”巴利斯塔思索了片刻，“谢谢你，但是暂时还是让它待在马厩里吧，把它的马鞍取下来，我要骑那匹大公马。”

马克西姆斯没有多问什么，而是转身去执行这个命令。

卡尔加库斯出现了，后面气喘吁吁地跟着的是德米特里厄斯和巴戈阿斯，他们捧着巴利斯塔打仗用的装备。巴利斯塔很高兴地发现他们拿来的不是之前穿的那套华美的罗马阅兵铠甲，而是他那件在一次次战争中磨损得很厉害的旧锁子甲。巴利斯塔只吩咐卡尔加库斯跟着他，然后进了一间空马厩。这位上了年纪的喀里多尼亚人开始帮他穿盔甲，巴利斯塔开口说话了，他把声音压得低低的，这是为了不让其他人听见。

“卡尔加库斯，我的老朋友，我对此感觉非常糟糕。等我走了，你快点把我们的生活必需品都打好包，给所有剩下的马都配好鞍子，让其中三个带上干粮包：装满水的皮囊、军用饼干和风干肉。和德米特里厄斯与波斯男孩一起在这儿待命。把你的剑拔出来，别让任何人碰这些马。我会留下五个骑兵护卫看守我的宅邸，我会告诉他们一切听你差遣。让三扇门各有一个护卫把守，阳台和楼顶上再各安排一名。”

外面，在宅邸与粮仓之间狭窄的巷子里，巴利斯塔厉声下达了命令。他集合起人数不多的骑兵队伍，对即将留下听命于卡尔加库斯的几个随从、奴隶和五名骑兵护卫进行了一番训话。卡尔加库斯显然不太情愿地接受了他的任务。

巴利斯塔用腿夹了一下胯下的大公马，出发了。他绕过朱庇特神庙，走上了通往战神广场的大路。这支小小的队伍呈单行纵队一路策马小跑。他们始终保持着紧凑的队形，巴利斯塔后面跟着的依次是马克西姆斯、卡斯特里西乌斯、普登斯和五名骑兵护卫。

号角声响彻全城。远处传来人们喊叫的声音，还有拼杀撞击的声音，可部队驻扎的这部分地区却安静得奇怪。有一些士兵奔跑着，有的则步履蹒跚，但是这远远不够应该起来作战的人数。有些房子门口躺着醉得不省人事的士兵们。正当他骑着马咔嗒咔嗒地经过军队浴场的时候，巴利斯塔瞧见台阶上有个睡得昏天暗地的战士，旁边还有个半裸的女孩，他们二人身边放着一个大酒坛子。

巴利斯塔来到战神广场上，看见安东尼纳斯第二百夫长就站在这片宽敞的空地中央，头盔并没有戴在头上，而是被他拎在手上，他正冲着手下的战士们喊话。战士只有十人，其中还有一两个有点站不稳。巴利斯塔骑马上前。

“时刻准备，听命行事。”尽管代表他这支人数零落的部队说这句口号很是讽刺，但这位百夫长并没有受影响。

“就这么多人吗，安东尼纳斯？”

“恐怕只有这些了，大人，我已经另派了五名战士去叫起来更多的弟兄。”

“这是诸神的意旨啊！等多来些战士，你就立刻带着他们到离面对沙漠的城墙最近的那段南城墙去。”

“时刻准备，听命行事。”

于是，巴利斯塔掉转马身继续向前走。

“指挥官，等等。”北边的黑暗中走出来一个人，原来是阿奇利乌斯·格拉布里奥。这位贵族年轻人骑着一头骏马，身穿一身镀金盔甲，后腰上别着一支剑。巴利斯塔顿时感到自己胸中有一股怒火直往上冒，他想质问这个毛头小杂种怎敢私自解除自己的软禁从家里出来，还竟敢违抗了他的另一条命令，拿起了兵器。可还没等他开口，阿奇利乌斯·格拉布里奥就下了马。那匹马被训练得很好，乖乖地站在原地一动不动。阿奇利乌斯·格拉布里奥走到巴利斯塔面前，然后跪在地上，双臂举过头顶，摆出恳求的姿态。

“河岸指挥官，我违抗了您的命令，但我不想让您认为我是个懦夫。如果波斯人已经突破了防御工事，进了城，那么我想您一定需要每一名能用到的战士。所以，我恳请您允许我以普通士兵的身份与您一道抗击敌军。”

巴利斯塔对这个匍匐在他脚下的满身香气的贵族既不喜欢也不信任，但他从未怀疑过这个可恶的年轻人是个优秀的战士。“那就骑上马和我们一起走吧。”

巴利斯塔骑马掉转方向，向南驰去。战神广场与城内平民生活区之间起分隔作用的那道城墙上并没有大门，所以他们得原路返回。跑过三个街区之后，他们来到了从帕米拉门到水闸门的贯穿整个城市的主路上。这儿的人稍稍多了些，有士兵，也有老百姓，但后者实在太多，前者却寥寥无几。巴利斯塔往右边一拐，在商队驿站前放慢了脚步。他翻身下马，跑进房子里面。在火把闪闪烁烁的光芒中，他见到了与战神广场上相似的场景。院落中央是恼火的安东尼纳斯首列百夫长，他也没戴头盔。自从阿奇利乌斯·格拉布里奥以下犯上之后，这位百夫长就当了阿瑞忒城内所有军团士兵的临时指挥官，他正恼怒地冲士兵们叫嚷着。这儿的人手也同样只有十来个，其中几个也穿得很不像话。巴利斯塔给他们下达了和之前同样的命令，然后跑回去再次上马。

做这些占用了一些时间，没有人知道到底正在发生着什么，毕竟尚未听到有什么打斗的声音，但要了解真实情况还需再花上一段时间。

他们先朝着帕米拉门方向走了一个街区，然后左转，沿着一条街道朝卡尔加库斯说看到有蓝色灯笼点亮的城楼赶去。周围的动静不小，但还是没有什么兵器相接的声音。也许那是个误会，但卡尔加库斯可不是个爱瞎想的人。都这么多年了，巴利斯塔对他了解得很，这个喀里多尼亚人可从来不会惊慌失措地出现幻觉。不过，那灯笼确实有可能是有人不小心点亮的。神啊，希望真是如此。可如果确实是，为什么没有信使从城楼上跑下来跟他解释和道歉呢？巴利斯塔打马向前，让它几乎是飞奔了起来。

除了一个喝醉的士兵不小心挡了他们的路，然后又退了回去，他们这一路上没有遇到其他情况。巴利斯塔举起右手，让队伍停下来。城楼就在距离他们五十码外的右手边了，与他们之间隔着一片空地。

城楼矗立在一片黑暗中，巴利斯塔觉得自己似乎看到有人在那平台上面。他坐在马背上，一边抚弄着马的耳朵，一边思考。因为城墙的曲折转弯，他无法看到左边挨着的另一座城楼，但是，在他右边，一直到面对沙漠的城墙最南侧的那个塔楼，情况看起来一切正常。那边熊熊燃烧的火把，一点儿也不像他面前黑魆魆的城楼。

他示意大家应该继续前进。于是，他们骑着马来到了前方的空地上。队伍散开形成横着的一列，马克西姆斯位于巴利斯塔的右侧，普登斯则在左侧。一片寂静，喧哗声离这里很远。巴利斯塔能听到的附近唯一的动静就是他们骑马走在压得紧实的平地上的嗒嗒声，还有微风吹过他头上的龙旗的呼呼声，再有就是他自己急促的呼吸声。

他们走了一半，巴利斯塔就让队伍停下了。军马整齐地站成一行，马蹄不时地挪动几下。寂静无声，城楼内墙大概距离他们还有二十步，门关着。巴利斯塔深吸了一口气，朝城楼上打了声招呼。

他听到一声弦响，然后是尾羽破空而来的“扑簌”声。他只来得及瞥了一眼射来的箭，急忙把头往左一偏，挨了一击，箭射到了他锁子甲的右肩上，弹了出去，一时间火花四溅。他胯下的公马暴跳起来，巴利斯塔失去了平衡，被马甩了下去。他的盾牌脱了手，整个人重重地摔在地上。他就地一滚，躲开了那公马的踩踏。旁边的马却也跳了起来，马蹄就落在离他几英寸远的坚实地面上。巴利斯塔将身体紧紧蜷成一团，举起双臂护住头部。

有人大力地将他搀了起来。“快跑。”马克西姆斯说。巴利斯塔狂奔起来。

他们向面对沙漠的城墙跑去，箭矢掠过他们脚边的土地。他们急急地往右拐了一下，差点儿被一匹即将摔倒、前蹄腾空的马撞到，那马儿就挡在城楼上的弓箭手和他们之间。巴利斯塔低着头继续狂奔。

他们终于跑到了城墙内的土堤处，他们手脚并用地爬到了顶上。巴利斯塔背靠着墙，蹲在南城墙和面向沙漠的城墙之间的夹角处。马克西姆斯用盾牌挡在他们俩前面，但这时并没有人朝他们射箭。巴利斯塔看看周围，发现阿奇利乌斯 · 格拉布里奥和两名骑兵护卫依然跟在他身边，但却不见了卡斯特里西乌斯、普登斯和其他骑兵护卫的踪影。他回头望望来时的路。一队萨珊战士鱼贯而出，纷纷跑到了那片空地上，他们似乎是从靠近城楼一侧的地底下冒出来的。

“妈的，竟然还有一条地道。”马克西姆斯说。

巴利斯塔站起来往城墙那边看。在星光下，外面排着一长队的波斯战士，呈之字形一直绵延到南边的峡谷。波斯人占领的城楼上有一丝光闪过，他们是在挥舞着火把发信号。一道光闪过，巴利斯塔突然在城楼上看见了一个熟悉的身影。“不，他们正通过穿过峡谷壁的基督徒的墓地往上爬呢。”他说。

在火光中，他们看到了一个光头、脸上留着浓密胡子的人，是狄奥多图斯——阿瑞忒城的议员，也是个基督教牧师，他面无表情地站在城楼上注视着这场灾难的发生。

“我从来就没信任过这个浑蛋。”一个护卫说。

波斯人的队伍如流水般向城北前进，走在片刻之前巴利斯塔和他的手下们策马赶来的街道上。

往北的城墙甬道上发生了一阵骚乱。巴利斯塔拔出宝剑，和其他人一道往左转，去面对新的威胁。“罗马，罗马。”新到来的战士们喊出夜晚的口令，图皮奥和第二十步兵大队的十二三个步兵进入了他们的眼帘。“萨卢斯，萨卢斯。”巴利斯塔和他的手下也赶紧回了口令。

“我又带来了些坏消息。”图皮奥说，“还有一队基督徒已经控制了帕米拉门的岗哨。他们正在给波斯人往下放绳子，让他们爬上来。城墙甬道上能清醒地战斗的士兵人数不足以把他们赶走。”图皮奥微笑了一下，补了一句：“谁想到他们中还真能有清醒的呢？”他的态度表示他只是对城中军人生活中的小癖好轻描淡写地、漫不经心地评论一下，谁能想到他们所有人都这么热衷于洗澡或看角斗呢？他这句话无疑相当于宣布阿瑞忒城的陷落已成既定事实，而且，听见他说话的大多数人几乎都会认为如此。

人人都望着巴利斯塔。他没管他们，只是沉浸在自己的思绪中，他眼神迷茫地凝视着城外黑魆魆的峡谷。他们被困在了城中的西南一隅，卡尔加库斯和那些马匹却都等在城里的东北角，他们脚下直接过去的道路上充斥着萨珊战士。若是他们沿着面向沙漠的城墙向北进发，那么他们肯定会遇上把守帕米拉门的波斯兵。而南城墙上的那条路现在又被狄奥多图斯所在的那座城楼上的敌军切断了，不管巴利斯塔选择哪条路，中途都必然遇到拦路的敌人。他想到了芭思希芭，她现在应该在她父亲的官邸中，而伊阿海的房子就坐落在城市东南角靠近水闸门的地方。巴利斯塔做了个决定。

“看那儿，”巴利斯塔指着他东边城楼上狄奥多图斯亮晶晶的光头说，“那就是叛徒。我们会报仇的。”在模糊的黑暗中传来了战士们的低吼，这是对他的应和，“悄悄整队，弟兄们。”

城墙甬道可供四人并排行走在上面。巴利斯塔自己在最右边的位置，就挨着护墙，他左边依次是马克西姆斯、阿奇利乌斯·格拉布里奥和图皮奥。巴利斯塔命令图皮奥去队尾，把所有高级军官都集中在前排实在不合理，一个巴利斯塔叫不出名字的第二十步兵大队的战士顶替了图皮奥原来的位置。巴利斯塔打量了一下这个密集的小部队——只有十二个人，四列三排，马克西姆斯让队尾的一个步兵把盾牌交给指挥官。那士兵很不情愿地服从了命令。

“都准备好了吗？”巴利斯塔问，“那我们出发吧。脚步放轻点，我们要给他们来个出其不意。”

他们沿着城墙甬道小跑过去，城楼在他们前方约五十来步。敞开的大门口站着十二三个波斯战士，那门连着城墙甬道和城楼内部。他们在往城里看，一边指指点点一边大笑，这支罗马小队都快到他们跟前了他们才发现。波斯人怎么也没想到会遭到反击，但他们站定准备迎接这个挑战。

最后几步的时候，巴利斯塔开始全力冲刺。巴利斯塔对面的波斯人举起长剑向他的脑袋劈了下去。巴利斯塔俯身闪避，然后一下子冲到了剑后头，用手中的盾牌朝那人撞了过去。波斯人被撞得飞起来，直撞到了他后面那个战士身上，两人都摔倒在城墙甬道上。前面那个波斯人还努力地想站起来，就有那么一瞬间，他的左腿从盾牌后面暴露了出来。巴利斯塔一剑下去，用蛮力把剑刺进了那人的膝盖里。波斯人一声鬼嚎，只顾着用全身的力气扛住这份痛苦，紧紧抓着他那破损的膝盖。于是，巴利斯塔挥动长剑，将剑锋刺进了那人的小腹中。他再也动不了了。

第二个波斯人从地上爬了起来。巴利斯塔一个箭步从那个伏在地上呻吟的敌人身上跨过去，来到他面前。那波斯人操起剑来凌厉地一挥，巴利斯塔用盾牌挡住，碎片飞散。从巴利斯塔左边突然伸出马克西姆斯的短剑，他以迅雷不及掩耳之势将它插进了波斯人的腋下，于是那人也蜷成一团歪倒在护墙边。

此时，这里的波斯人已折损半数，他们纷纷转身逃跑了。

“跟在他们后头，”巴利斯塔大吼道，“别让他们把门关了。”罗马战士们从门口蜂拥而入，紧跟着那些逃散的波斯人上了城楼。那些被追赶的波斯人赶忙沿着楼梯往下跑，汇入了那些从基督徒墓地往城内赶的众多同胞中。巴利斯塔顺着楼梯上了楼顶，他一次撞翻了两个挡道的敌军。

巴利斯塔刚上了平台，就看到两名手执火把的波斯士兵。他们都背对着他，巴利斯塔从身后往那个右边的士兵脑袋上砍了一剑，左边那个应声转过身来，左胳膊肘上就挨了一剑。他脸上一副迷惑不解的神情，被砍的那条胳膊上，血像喷泉一样汩汩地冒了出来。接着，巴利斯塔干净利索地把剑从他嘴里插了进去。有那么一秒，剑锋被卡住了，于是巴利斯塔不得不把它拔了出来，碎牙和着血沿着剑身流下。

“来啊！”城楼上回荡起一个雷鸣般的声音，“我曾经见到过一匹灰色的马，骑马的是‘死神’，身后就是冥府。而我现在又看到了。”

狄奥多图斯指着巴利斯塔，二人之间隔着的是正在拼杀的战士。巴利斯塔的视线穿过那些闪转腾挪的打斗身影，他能清楚地看到那个高大的基督牧师。狄奥多图斯显得容光焕发，他怒吼着，声音盖过一切兵器相接的铿锵声。

“第六位天使将他的碗倾向幼发拉底大河，河水转瞬枯竭，这是在为东方王者清除路上的障碍。”

在巴利斯塔听来，这些话没有丝毫的意义。

“为什么要这么做，狄奥多图斯？为什么要背叛你城中的子民？”

狄奥多图斯大笑起来，那一脸浓密的胡子也随之抖动着。“他们的骑兵数量是我们的千万倍，千万倍啊！我听说了他们的人数……骑兵胸甲是火焰、红宝石以及硫黄一样的颜色。”

“你这个蠢蛋。”巴利斯塔喊道，“他们会把我们全杀了的，他们才不会放过基督徒。他们一个人都不会放过的。”

“我看见一头野兽，”狄奥多图斯继续咆哮道，“它长着十只角、七颗头，每只角上都挂着一顶王冠，而这些头都有一个共同的名字，那渎神的名字……凡有聪明的，可以计算兽的数目，因为这是人的数目，它的数目是六百六十六。”

“为什么？”巴利斯塔怒吼道，“为什么要让波斯人屠戮城中的人？你还有良知吗？这到底是为什么？”

狄奥多图斯不再大吼那些古怪的话，他犀利地盯着巴利斯塔说：“这些波斯人禽兽不如。我这么做并不是为了他们，他们比你好不到哪儿去，他们只是上帝的工具。我这么做是出于怜悯，怜悯阿瑞忒城中之人的罪孽。波斯人的屠戮就是无限仁慈的上帝对阿瑞忒城内之人所犯罪孽的惩罚。无论是基督徒还是异教徒，我们都是罪人。”

因为寡不敌众，平台上的萨珊战士正节节败退。一个战士杀了出来，朝狄奥多图斯冲过去。

“如果有人崇拜野兽，那他就该在圣洁的天使和上帝的羔羊面前接受来自地狱之火的折磨。”

那战士挥起长剑，砍在狄奥多图斯的腿上，他踉跄了几步。

“那些信主的亡魂才是受到祝福和保佑的。”

战士再次挥剑。狄奥多图斯跪倒在地，双手撑着上身。“救赎……”

战士像订书一样给了他一、二、三——重重的三剑，都砍在他的后脑上。

平台上波斯人的抵抗已经瓦解。巴利斯塔数了一下他剩下的人：马克西姆斯、图皮奥、阿奇利乌斯·格拉布里奥、两名骑兵护卫，还有第二十步兵大队中的三个步兵，包括他自己在内一共九个人。

“有没有受了伤没法跑动的？”

大家都愣了一下。图皮奥上前报告说：“我们已经帮他们……料理了。”巴利斯塔点点头。

“我们现在这么干。波斯人正往城墙下面赶，他们会直接进城，城墙上不会有波斯人了。”巴利斯塔也不知道自己最后这句话是不是真的，他发现自己正在来回踱步，拳头攥得咯吱咯吱响，“我们沿着面向河畔的城墙往东走。等安全了，我们就从城墙上下去，然后往伊阿海的官邸走。”

“到了那儿，我们就可以……就可以有更多的人手。然后我们就穿过城东，去我的宅邸。”

巴利斯塔看到他的手下一个个都面无表情。“到了那儿会有马匹等着我们。”大家点点头。巴利斯塔知道，他们不清楚他让他们骑马去干吗，但是眼下什么计划在他们听来都是好的，至少是给了他们一个盼头、一丝希望。

于是，巴利斯塔带头下了城楼，出了东门。他们出门的时候传来一声大喊，应声射过来一批箭。巴利斯塔身后的人们尖叫起来。他赶忙往下压了压头盔，让它和盾牌抵在一起，然后狂奔起来。要是在这当口儿有支箭射中了腿，就全都玩儿完了。

片刻之后，没有箭射来了，波斯人的叫喊声在他们身后逐渐消散了。跑到下一个城楼处是一段相当长的距离，巴利斯塔的肺都要烧起来了，此时他只能听到自己沉重的呼吸。

紧挨着的这座城楼的门是开着的。巴利斯塔冲了进去，做好了打斗的准备。但里面空无一人，城楼已经被遗弃了。这次，巴利斯塔带着大家冲下了楼梯，来到了通往城内的城门的平地上。他让大家在门洞里面稍事休息，喘了口气。然后他看了看队伍，又少了两个人。

巴利斯塔探头望了望外面，挨着城墙的那条小巷子空空如也，于是他从门洞里出来，往右一拐，直奔河畔的方向。

等到他们跑过空地，也就是曾经有个士兵被本是射向狄奥多图斯——那个狗杂种——的箭射中的地方的时候，一些人，既有士兵也有平民，正跟巴利斯塔他们一行人往同一方向赶路，朝着水闸门和河流前进。

过了一段时间，巴利斯塔转身向北，走上了通往伊阿海官邸的街道。

那栋宅子的大门敞开着，门前有六个拔出兵刃的雇佣兵，他们看起来颇为紧张。巴利斯塔被他们拦了下来，他弯下腰，双手放在膝盖上，气喘如牛，过了一会儿才开始说话。

“伊阿海……去哪儿了？”

一名雇佣兵偏了偏头，说：“在里面。”他啐了一口，“正祷告呢。”

巴利斯塔刚迈进门去，芭思希芭就从里面跑出来冲进了他的怀抱。他抱住她，感觉到她的胸脯抵在他身前。我们都要死了，他想，而我满脑子想的却是上了她。男人终究是本性难移啊。

“你父亲呢？”

她拉着他的手，带他往护商使者的寝宫走去。

在一个装饰简单的白色房间里，伊阿海正跪在一块地毯上祈祷。

“你这个浑蛋。你早知道了，是不是？”巴利斯塔的声音里充满了暴虐，“回答我！”

伊阿海看了他一眼。

“回答我。”

“不是。”伊阿海塌陷的颧骨上的肌肉抽搐了一下，“是的，我皈依了基督教。我已经厌倦了生活，也厌倦了杀戮，狄奥多图斯许给了我救赎。可不是的，我完全不知道他会做出这种事。”

巴利斯塔努力控制住自己的怒火，他相信了伊阿海。“我会给你个救赎的机会，此生，而不是来世。”伊阿海漠然地看了看巴利斯塔，“如果我能决定的话，我是不想死在这个臭屎坑里。我宅邸中的人已经备好了马，如果我能回到那边，有个计划可能行得通，我会带上你的女儿一起逃出去。但是如果没人拖住波斯人，我们是没法到达目的地的。”

“一切都由上帝做主。”伊阿海平静地说。

“赶快起来，带上兵器，你这个浑蛋懦夫。”巴利斯塔对他大喊道。

“不可杀人。”伊阿海吟诵了一句经文，“我再也不会取人性命了。”

“如果说这世上还有哪样东西值得你爱的话，那就是你女儿。你难道就不想努力把她救出去吗？”

“一切都由上帝做主。”

巴利斯塔暴怒，他环视四周，看见芭思希芭就在近旁。他毫无预兆地揪着她的头发，把她推到他面前。她又惊又疼，尖叫起来。巴利斯塔在他面前抓住她，左手死死地掐着她的脖子。

伊阿海半站起身，手不由自主地伸向左后腰，想去拔剑，可那儿并没有剑。

“你愿意让她落到波斯人手中？”巴利斯塔低声说，“你知道他们会对她做出什么事。”伊阿海沉默不语，“他们会奸污她，一个接一个地轮奸，她身上会有十个、二十个、三十个甚至一百个男人，他们会对她百般凌辱。到时候她就算只求速死也没法马上如愿。”

伊阿海的脸上现出一副痛苦挣扎的表情。

“难道这就是你想要的吗？”巴利斯塔右手抓着芭思希芭的脖领子，

他野蛮地一撕，芭思希芭的双乳就露了出来。她尖叫着想用双手盖住她胸前深褐色的乳头。

“你这个浑蛋！”伊阿海站起身，脸上流露出难以形容的痛苦表情。

“穿上盔甲，拿起武器，你得和我们一起走！”巴利斯塔放开芭思希芭，她跑出了房间。伊阿海走到角落里的一个箱子前，他从箱子里取出剑带，将它扣在身上。巴利斯塔转身走出屋子。

门口和巴利斯塔一道来的只剩下六个人了。

“那些雇佣兵已经跑了。”马克西姆斯说。

几分钟之后，伊阿海从宅子深处走了出来，还带着芭思希芭。她换了件新袍子，她没有看巴利斯塔。

“出发吧。”

他们开始稳步向北边的宅邸跑去，这一路上看到的场景犹如噩梦。他们能听到不远处传来凄厉的尖叫，而且已经能够闻到什么东西烧焦的味道了。到了每个路口，他们都得费力穿过向水闸门与河流处奔逃的慌乱人群。巴利斯塔知道防波堤那边的河岸上会出现怎样让人无法想象的恐怖场景，被吓破胆的上千人会为了岸边仅有的几条小船拼个你死我活，那些被挤散了的小孩儿则会被人群踩踏致死。光是想一想就令人无法承受。于是，巴利斯塔低着头继续向北赶路。

他们刚刚经过了宙斯神的神庙，再跑过一片空地，就能到达目的地。这时，后面传来了追兵的脚步声。

“他在那儿呢。谁要是能把那个大个子野蛮人的头献给诸王之王，就能得到十磅的金子呢。”巴利斯塔马上就听出了这个声音，他以为就是那天夜里他在谷底戏弄过的那个波斯军官，但他马上又意识到，是自己累昏头了。

那群波斯人还在一百步开外，但是他们人多势众，而且看起来精力充沛。巴利斯塔和跟随他的手下们都已经精疲力竭了。

“你们先走。”伊阿海说，“这条路窄得很，我能拖住他们。”

巴利斯塔看了看芭思希芭，他以为她会尖叫着抓着自己的父亲不放，求他别走。但她没有，她只是凝视了她父亲一会儿，然后转身继续向目的地狂奔。

“我不会让您独自和他们周旋的，我会留下来。”阿奇利乌斯·格拉布里奥转身对巴利斯塔说，“你看不起我们贵族，但我偏要让你看看我们阿奇利乌斯·格拉布里奥家族的好男儿是怎么战死沙场的。我要像誓死守桥的贺雷修斯一样。”

巴利斯塔点点头，然后和马克西姆斯二人一前一后跑向宅邸。

不久，后面就传来了双方交战的声音。巴利斯塔经过弹药库的时候，停了一下，歇了口气。现在距离他的宅邸只有五十码了，他回头望望，街尽头堵满了波斯人。他看不到伊阿海，那位护商使者离家之前没时间穿上盔甲，所以不会抵挡太久。但他看到了阿奇利乌斯·格拉布里奥，远处那个小小的身影被敌军包围了。巴利斯塔继续跑起来。

“你总算回来啦。”卡尔加库斯喜不自禁。

巴利斯塔露出一丝虚弱的微笑，他已经没力气回答了。他靠在马厩的墙上。和早先相比，现在的马厩冷清多了。巴利斯塔直起身来问一个护卫其他人去哪儿了，那人看起来一脸尴尬。

“我们……他们……嗯，他们觉得你们不会回来了，现在只剩下门外的提图斯和我了。”

“刚才有几次差点儿就让他们说对了。”巴利斯塔双手盖在脸上说，“你叫什么名字？”

“费利克斯，大人。”

“好的，那么让我们期待你的名字会是个吉兆。”巴利斯塔问卡尔加库斯家里的奴隶都去哪儿了，结果后者告诉他那些人都跑掉了。他闭上双眼，呼吸着马厩中令人安心的气味。他感到胸口有些疼痛，双腿的肌肉因为疲惫而有些抽搐。他右边的肩膀被蹭掉了皮，是剑带和锁子甲在他奔跑时来回摩擦的缘故。被这种熟悉的家乡气息环绕着，他觉得自己已经安全了，可波斯人真不会找到这儿来吗？他真需要睡一觉。

北方人孩子似的幻想被马克西姆斯跑过来的脚步声打断了。

“我们准备好出发了，大家都已经上了马在外面等咱俩呢。”希伯尼安人扔过来一个装水的皮囊。巴利斯塔想用一只手去接，可没接稳。他不得不像玩杂耍一样两只手同时用上，来回倒腾了好几下才抓在手里。他把塞子拿掉，往手心里倒了些水，洗了洗脸，尤其是他疲惫的双眼。然后，他又喝了几口。

“该走啦。”

外面明月高悬，那月亮几乎算得上是满月，宅邸和粮仓之间狭窄的小巷就沐浴在月光中。巴利斯塔想，故乡有这样的月亮的时候，是不是丰收或打猎的时候呢？他太累了，记不起来了。他朝着上马石走了过去，德米特里厄斯给他牵过来灰马，巴利斯塔忍着疼痛骑了上去。

坐在马鞍上，他感觉好些了。他打量了一下面前的小巷和骑马的人们，除他自己以外，一共有十四个骑马的伙伴：马克西姆斯、卡尔加库斯、德米特里厄斯、巴戈阿斯、图皮奥、两个剩下的随从———一名簿记官和一名信使、提图斯和费利克斯这两名骑兵护卫，另外有陪他一起穿越整座城市的四个战士——其中三个是第二十步兵大队的步兵，还有一个是卫兵。最后，同行的还有芭思希芭。此外，还有三匹马是驮行李的。

“马厩里还剩下六匹上好马鞍的马，我们该拿它们怎么办？”卡尔加库斯问道。

巴利斯塔知道他应该下令杀死这些马，或者把它们弄残废，以免敌军骑着它们追上来。“把它们的肚带和缰绳割断。”卡尔加库斯下马冲进马厩中，一会儿工夫就回来了。等这个喀里多尼亚人再次上马，巴利斯塔才示意大家出发。

这个夜里，巴利斯塔第二次带着一队人马经过朱庇特神庙。他们走上了通往战神广场的大路，巴利斯塔催马疾驰。他怕万一自己被落下了，所以赶紧将计划一五一十地告诉了马克西姆斯、卡尔加库斯和图皮奥，他们听了计划似乎并没有被吓坏。他还没有告诉其他人，因为让那些人变得更害怕没什么好处。

他们匆匆疾驰而过的军营区空空荡荡的，罗马人都逃跑了，而波斯人还没杀过来。路的南边有烟升了起来。巴利斯塔从军队的浴场前一闪而过，他注意到先前在台阶上昏睡的士兵已经不见了踪影，那女孩也不见了。祝你好运，兄弟，他想，也祝你的女孩好运。

这支队伍纵马疾驰过街道，如雷鸣般的马蹄声久久回荡。

左边的一条街上传来了打斗的声音。巴利斯塔瞥见一名雇佣兵正背靠着圆形竞技场的墙壁，努力抵御高声号叫着不断进逼的萨珊暴徒，他的剑锋在火把的光亮中不断闪烁。没一会儿，巴利斯塔的视线和听到的声音就被接下来经过的角落里的一栋建筑挡住了。

“哈杜达！”芭思希芭大叫道，她奋力让马停了下来。那些跟在她后头的人不得不赶快转向或者拉缰绳让马停住脚步，以便避让她。

“别管他了，”巴利斯塔大喊道，“没时间了。”

“不行，我们必须得救他！”芭思希芭掉转马头，踢了踢马肚子，往来时方向上的那个角落奔去。

“该死。”巴利斯塔嘟囔了一声，他也掉转灰马的马头，还吩咐图皮奥他们继续前进，马克西姆斯则陪在他身边。她这是怎么回事？之前明明都不曾郑重其事地看上一眼，就任凭她的父亲踏入了必死无疑的境地，现在她却又冒着生命危险去救她父亲手下的一名雇佣兵。难道她是出于置父亲于不顾的内疚才做出如此举动的吗？还是跟哈杜达本人有关？巴利斯塔感到一股醋意翻涌上来。

快到那个角落的时候，灰马放慢了速度，比之马克西姆斯的坐骑落后了一个马脖子的距离。哈杜达尚未倒下，反倒是他脚下躺着几具东方人的尸体。随着芭思希芭的靠近，这名雇佣兵面对的防御压力开始减弱。巴利斯塔看着她砍翻了离她最近的一名波斯士兵，但接着那帮暴徒围拢过去。两个男的抓住了她的缰绳，还有一个擒住了她右脚上穿的靴子，将她从马鞍上拉了下去。那群人为此欢呼起来。

波斯人所有的注意力都集中在那女孩或雇佣兵身上，他们浑然不觉还有两个骑马的人正在靠近。巴利斯塔将手中利剑顺着他胯下马儿的脖子伸了出去，胳膊僵直。快要砍到敌人的时候，那个波斯人匆忙晃着脑袋想往一旁躲避，但已经太迟了，这把剑穿透了锁子甲，刺进了他的肩胛骨。这一重击的力量让马鞍上的巴利斯塔不由得往后挪了挪，他胳膊大力一挥，借着那东方人倒下时候自身的重量，直截了当地将刀锋横在他即将经过的位置，再顺手提起剑来，结果了他。

巴利斯塔在一小撮波斯战士的另一边，马克西姆斯就在他身旁。他们同时掉转马头，踢马向前。巴利斯塔用余光扫见哈杜达对两个依然与他酣战的波斯人发动了凌厉的攻击。

一个敌人瞄着灰马的头砍过来，巴利斯塔举起盾牌挡住，然后运剑向下劈砍，冲着那人脑袋上的圆顶铁盔砍过去，给了它足以敲骨震髓的一击。顿时火花四溅，碎裂声响起，剑刃嵌进了敌人的头骨中。

就这样，巴利斯塔又结果了一个暴徒，马克西姆斯则一如既往地守护在他身侧。其余的波斯人开始纷纷逃窜。地上还躺着几具尸体，芭思希芭也面无表情地躺在那儿。

哈杜达跑过去抚摸着那女孩的头。

“没事儿了。她只是被吓住了，一会儿就好。”他将她搀起来，可她的双腿似乎使不上劲儿。马克西姆斯牵着芭思希芭的马小步跑过去，哈杜达将她扶上马鞍。然后这雇佣兵轻轻一跃，熟稔地上马坐在她身后。

“出发。”巴利斯塔说，暂时压下了他的怒火。

几匹马嗒嗒地往来时的方向跑去。

巴利斯塔和他胯下的灰马从兵营和指挥部之间如墨般的阴影中疾驰而过，继而又穿过如洗的月光下空荡荡的战神广场。这次阿奇利乌斯·格拉布里奥的身影不可能再出现了。巴利斯塔驭马朝着贝尔神庙和北城墙的方向前进。

抵达北侧边门的时候，他停下马来，边门是开着的。只见图皮奥和其中一个护卫重新翻身上马，他们一定是提前下马将门打开了。之前守门的卫兵逃跑时，这门很可能还是关着的。巴利斯塔不知守门的士兵逃到哪里去了，他们可能会沿着门外突出的岩壁向东步行逃跑，也可能是试图顺着河边的峭壁爬下去，寄希望于能找到一条渡河的船——不过也许，仅仅是也许，他们和他想到了一起。可是没有马这个主意就行不通。没有马，他们就毫无成功出逃的机会。

巴利斯塔马上下令要手下从一匹驮马身上割下一袋干粮留在这儿。哈杜达应声从芭思希芭身后跳下马，前去取下一个装着食物的小袋子，扔在一边。巴利斯塔问芭思希芭怎么样了，她只是简单回答了一句还好。

“那我们继续赶路吧。”

巴利斯塔打马穿过边门，向右一转，其余的人都跟在他马后。这段突出的岩壁十分宽敞，足够两匹马并排而行，但是因为左边的峭壁非常险峻，依然有落崖的风险，所以他们还是选择以单列队形前进。他骑马走到了几个月前猎狮子的时候发现的一处滑坡的位置，示意大家停下来，然后扭身面向他后面的人。他往下指了指。

巴利斯塔以为自己会看到他们集体倒吸一口凉气，或者纷纷表示反对，但他假想的情形一个都没有发生。他低头看了看滑坡形成的大斜坡。这段坡道从岩壁脚下面三英尺处开始，向下延伸的角度甚是险峻可怕，大概有四十五度，甚至更糟。在明亮的月光下，坡上的土看上去十分松散，很不牢靠。隔三岔五就有一块突起的岩石，而且这条下坡似乎没有止境。

巴利斯塔回头望了望众人，他们都沉默着，没人动，他们头盔下那一双双战士的眼睛仿佛一汪汪深不见底的幽潭。巴利斯塔非常理解他们此时的踌躇。一个人驾马往边上挪了挪，是芭思希芭，她的马在陡坡边上停住了。她二话没说继续踢马，马儿向前一跃。巴利斯塔注视着马蹄落地的情况，那畜生四蹄挣扎着想掌握平衡，但一阵乱扒之下还是开始往下出溜了。

巴利斯塔强迫自己不去看。他轻推灰马，让它靠近德米特里厄斯的坐骑。他从那男孩手中拉过缰绳，引导着马来到崖边。他将缰绳绕成圈盘在那男孩的鞍头上，然后他凑近男孩耳边，轻声告诉他就当缰绳不存在，身子往后仰，贴着马鞍就行。男孩没戴头盔，看起来吓坏了。巴利斯塔拔出剑来，紧紧地握着剑柄。男孩畏缩了。利剑在空中划了一个弧线，巴利斯塔用剑背狠狠地砸在那男孩胯下坐骑的屁股上，它立刻往前跃入了虚空之中。

“你们难道怕一个女孩和一个希腊书记官都敢下的坡吗？”巴利斯塔叫人递过来其中一头驮马的缰绳。他把它引到崖边，低头打量着这个令人头晕目眩的陡坡。神啊，想想猎狮子的那天下午吧，我当时以为我可以像玩儿一样骑下这个坡呢。于是，他狠狠地踢了一下马肚子。

灰马往下落的时候，巴利斯塔的身体失重，差点儿就离开了马鞍。当这畜生的四蹄踏到坡上的时候，巴利斯塔重新落回了马鞍，这冲击力让他的脊椎嘎巴嘎巴地响了起来。他拉紧缰绳，右臂使劲地往后拽着，肩膀也向后扭着，皮绳从他的指间滑过，摩擦得让他觉得手指灼热。驮马跟了下来，压力陡增。

巴利斯塔让自己尽可能地往后靠着，后腰就抵在后鞍头上，大腿则牢牢夹在前面鞍头的两侧。陡坡在他面前不断延伸，参差不齐的尖锐岩石也不时冒了出来，谷底似乎离他有无限远。他不知是否应该把眼睛闭上，他想起自己在攻城隧道中睁开眼睛的时候，扑面而来的是多么糟糕的现实，于是他干脆紧紧地盯着灰马颈上的鬃毛看。

他们往下冲啊，冲啊，向下，再向下。终于结束了这场下落骑行，灰马终于可以站稳四蹄了，他们已经来到了平坦的谷底。

巴利斯塔带着两匹马绕到德米特里厄斯和芭思希芭等待的位置。马克西姆斯大喝着从他身边冲过去，像个疯子一样高声叫唤着。卡尔加库斯、巴戈阿斯、信使和簿记官他们一个接一个地到达了谷底，然后，糟糕的事情发生了。

在坡道半腰的地方，不知道是哪个士兵的马失了蹄，往前一倾，倒栽葱一样摔了下来，骑在它身上的那个人被半抛起来，结果那匹马落在了那人身上。于是，人与马裹着石子儿和土，一路滚了下来，后面的骑马人几乎要砸在他们身上。在最后的关键时刻，之前人仰马翻的那乱糟糟的一团翻过了坡道的尽头，尽管场面血腥残酷，但总归是把别人下坡的路让开了。

其他所有人都成功地到达了谷底。图皮奥是最后一个下来的，而且还带着一匹驮马。真是个勇敢的男人，巴利斯塔想。下坡的马越多，坡上的土石表面受到的冲击就越多，稳固性也就越差。

巴利斯塔组织大家排成一行。费利克斯不见了，他的名字并没有为他带来好运。另外有个战士的马脚崴了，巴利斯塔跳下马检查了一下那畜生的腿，是前蹄，因为跛得太厉害，肯定没法跑了。于是，巴利斯塔从一匹驮马背上取下来一件行李，然后让那个骑跛马的步兵换乘这一匹。他决定放那匹瘸马自由，可它孤零零地站着，一副犹豫的样子。

巴利斯塔挥手示意大家都跟上，他指示灰马往与河流相反的方向走去，也就是往峡谷上面爬。他在队伍最前方，带领大家稳步小跑着前进。

他们没跑多久就听到有人大喊。他们左边头顶的山坡上出现了若干熊熊燃烧的火把，军号声响起，一队骑马的萨珊战士正沿着岩壁前行，走的正是他们之前走过的路。巴利斯塔突然感到一阵沮丧，他心中多少曾希望他们一行人能像夜贼一样悄悄溜走，不引起一丝注意。诸神之父啊，他默默祈祷，遮面的神、高大的神、圆梦的神，求你千万要让他们的马裹足不前，不敢走下那段陡峭的山坡啊，求你们让那些马上的敌人都没胆下坡。但其实，他觉得这个祈祷灵验的可能不大。所以，他又寄希望于他们刚才的一番折腾已经让那陡坡愈发难行，最后让那些波斯人也遭受和费利克斯一样的悲惨命运。

追兵的动静越来越近，巴利斯塔努力控制住策马奔驰的冲动。他感觉得到，他后面所有人都希望他能加快速度，但他并不理会，他不会那么干的。他还记得当初追逐野驴时经历的困难，所以这回他尽量让胯下的灰马保持稳定的速度小跑，让它自己择路前进。

很快，峡谷的弧度挡住了追兵的视线。谷底依然残留着前一天的高温。巴利斯塔骑马穿过成群的蠓虫，这些小飞虫不时地飞进他的眼里和嘴里。

巴利斯塔走到了峡谷岔路口。还没等巴利斯塔掉转马头，灰马就踏上了那条右手边的羊肠小道。他回头望望，芭思希芭和卡尔加库斯紧跟在他身后，但他没看见马克西姆斯。他之前并没有听到有马落崖，队伍中也并没有出现过骚乱。他有些惊慌，但并没有特别担心，于是他继续驾马小跑着。前方的上坡路开始变得越来越陡峭了。

马克西姆斯很享受这样的上坡。他从一开始就知道巴利斯塔有什么计划，并为此感到很得意。从他们猎杀狮子那天看到那处滑坡起，马克西姆斯就知道终有一天他们会骑马从上面走下来的。但他承认，他并没想到会在夜深人静逃出陷落敌手的城池的情况下走这条路。不过，这倒是让冒险更刺激了。

听到有追兵的时候，马克西姆斯在马鞍上扭身回望队伍，似乎一切都还好。但是他注意到巴戈阿斯拉着马停到了队伍一侧，让其他人先走。于是，马克西姆斯也如法炮制。渐渐的，他就被落到了队伍后面。等到他们拐上右手边的峡谷岔路的时候，马克西姆斯后面就只有三个人了。等路又变得宽敞起来的时候，他把马拉到岩壁一侧，挥手示意护卫提图斯和图皮奥先过。

马克西姆斯静静地坐在马背上。那波斯男孩始终没出现，于是，马克西姆斯掉转马头，拔出长剑，顺着来时的路往回走。你在玩什么鬼把戏，你这个奸诈的小杂种，想守在岔路口给敌人指路？好吧，小杂种，你可没机会干这事儿了，因为我要送你下地狱。他踢马向前，马蹄下的石头子儿被踢得哗啦哗啦直响。

意料之中，巴戈阿斯正静静地坐在马背上，守在岔路口。马克西姆斯又加快了前进的速度，那波斯男孩也瞧见了他。男孩看见马克西姆斯手持利刃，越来越近。他立马举起双手，掌心向前。

“不要，求你不要，求你不要杀我。”

马克西姆斯不发一言继续前进。

“不要啊，求你了，你不明白。我不是要背叛你们，我是想救你们，我会给他们指一条错的路。”

马克西姆斯猛地拉住马，马儿差点儿腾起前蹄。他欺身向前，抓住男孩的一头长发，把他半拉下马。希伯尼安人的剑锋一转，横在那男孩的喉咙上。刃尖刚刚好刺破皮肤，一道细细的血流出来，淌过森然的利刃，在月光下显得黑漆漆的。

“我凭什么相信你？”巴戈阿斯盯着马克西姆斯浅蓝到近乎白色的一双可怕的眸子，他说不出话来。追兵的马蹄声回荡在山谷间，从岩壁反射回来的声音可以大概推断出追兵还有多远。“说啊，我可不想跟你在这儿磨蹭一晚上。”

巴戈阿斯费力地往下咽了口唾沫。“巴利斯塔和你不是唯一有荣誉感可言的人。你在那些士兵们打我的时候救了我的命，现在我要报答你的恩情。”

此后相当长的一段时间两人都没有说话，那把剑还横在巴戈阿斯的喉咙上，从那双圆睁着的蓝眼睛里什么都看不出来。追兵的声音越来越近了。

长剑收了回去。马克西姆斯小心地把剑往腰上系的一块布上抹了抹，然后收回鞘中。他微微一笑，说：“后会有期，孩子。”马克西姆斯掉转马头，疾驰而去，沿着右边的岔路去追前面的人了。

高高的山上，巴利斯塔跨坐在灰马背上，俯瞰下面火光冲天的城市。南风越刮越紧，夜空中的火焰似乎尤其夸张。时不时，房屋倒塌，就会有裹挟着火花的烟雾腾起来，就好像一座正在喷发的火山。这座将死之城已经在至少一点五英里之外了，没有敌人追上来，巴利斯塔很欣慰。

我们付出的所有心血就换来了这个结果，他想。是我的错吗？是我太过关心波斯人萨珊大军的攻城工事，而没有足够关注城内叛徒的事情？要是我早想到调查那些基督徒该多好啊，肯定会查出不少线索，若是那样的话，我能查出来是他们吗？

又一座大宅轰然倒下，旋涡似的火花腾起，急速上升的云烟底下有种淡淡的粉色。巴利斯塔冒出来一个意外的不祥的想法，犹如一把长着满口尖牙的矛撕扯着从他的心底钻了上来：这一切都是算计好的。这就是为什么不派博尼图斯或塞尔苏斯却只派我到这里来的原因，这就是为什么我得不到增援部队的原因，这就是埃美萨和帕米拉城的国王拒绝我借兵请求的原因，从来就没有什么获得援助的希望。两位皇帝早就知道，在这个战火四起的季节，会有别的地方需要那两支野战军：一支会跟随加里恩努斯去多瑙河流域迎战卡普里部落，一支则会跟随瓦勒良在小亚细亚抗击哥特人。他们都知道阿瑞忒城迟早会陷落，这座城市、城市中的卫戍部队和部队的指挥官，都是牺牲品。我们是用来拖延时间的牺牲品。

巴利斯塔哈哈大笑起来。从某种意义上来说，他成功了。城市被敌人攻占，但是他帮罗马皇帝拖延了敌人的时间。在受了这么多苦、牺牲了这么多人、这成千上万的人的代价下，他为罗马皇帝多赢得了一些时间。两位皇帝应该像迎接凯旋的英雄一样迎接他，当然，这种情况不会发生的。他们想要的是一名战死沙场的英雄，而不是见证他们无情背弃阿瑞忒城的大活人。他们希望他这个出身蛮人的河岸指挥官——一枚炮灰棋子——变成手握利剑、躺在被烧成灰的城中的一具尸体，而不是步履蹒跚地回到那个满是失败与背叛气息的肮脏皇廷。巴利斯塔会让他们尴尬、蒙羞，他会受到谴责，成为替罪羊，荣誉声望皆会成空。

总有一天，他发誓，这个帝国会为它犯下的所有罪孽而后悔。

城市还在燃烧。巴利斯塔已经看够了。

巴利斯塔翻身上马，看了看身后的队伍。他关心的所有人基本上都在了：卡尔加库斯、马克西姆斯、德米特里厄斯，还有芭思希芭。他又想起了别的——一个戴兜帽的高大身影，被深埋在城墙下的黑暗中的马穆拉。他将这些思绪抛到一边，望了望队伍后面，没有任何追兵的踪影。他示意大家继续赶路。

队尾的最后一名幸存的弗鲁曼塔里伊回头望了望火海中的阿瑞忒城，他心里盘算着该怎样向皇帝汇报此事。他向东方的大火看了最后一眼，然后踢了踢马肚子，跟上前面的人，继续上路。他打了个喷嚏，心中忐忑，不知这漫漫的新征程将如何结束。

附　录

历史后记

虽然《东方战火》是一部小说，但是我对于其历史背景有着十分认真的考查。以下注解旨在向大家展示该小说与实际历史的重合之处，以便为希望能以自己的方式对历史事实做进一步解读的读者提供深层阅读的材料。

我告诉我的同事伯特·史密斯（他是牛津大学林肯学院古典考古学与艺术系的教授）我正在写一部系列小说，小说的背景设定在公元 250—300 年间。他对我表示了祝贺，因为我挑的这段历史时期少有人知，几乎没人可以判断我讲的是否属实。

三世纪危机

传统上，亚历山大·塞维鲁遇刺（公元 235 年）和戴克里先登台（公元 284 年）之间的这段历史时期被称为罗马帝国的“三世纪危机”。关于这段时期，我们掌握的古代文献十分有限，甚至可以说十分稀少。无疑，这段时期的高层政治情况（短短几十年中皇帝更换得极为频繁）和军事行动（内战次数增加，且有野蛮人战胜罗马人的情况发生：有史以来第一次罗马皇帝在罗马人与蛮人的战斗中被俘并被杀）都比较不稳定。学术界关于这场危机的波及面有多广分歧很多。举个极端的例子：G. 阿尔菲特在其所著的《同时代人眼中的三世纪危机》（参见《希腊人、罗马人和拜占庭人研究》，1974）中认为，罗马帝国在生活的各个领域都遭受了一场“彻头彻尾的危机”，社会、经济和意识形态以及政治与军事层面都受到了影响。而另一位学者，H. 西德博特姆在《希律一世的历史研究方法和对历史的认知》（1998）中表示，在政治与军事之外，这场“危机”从很大程度上来说其实是由于缺乏史料的各种现代偏见所创造的臆想。

现代人对公元 235—284 年之间这段时期所做的标准的阐述要属《剑桥古代史》中 J. 德林克沃特的叙述（剑桥，2005）了。大家更容易读到的（平装本）还有 D. S. 波特所著的《公元 180—295 年间陷入困境的罗马帝国》(伦敦和纽约，2004)。

至于本小说背后的历史，M. H. 道金和 N. C. 里约合著的《公元 226—263 年的罗马东方国境和波斯战争：一段记录在案的历史》（伦敦，1991）可以作为一部有评注的且已译成英文的文献来阅读，极为实用。

此外，对于针对古代世界的所有研究来说，《牛津古典辞典》（第三版，牛津，1996）都是不可或缺的工具。

人　物

巴利斯塔

该时期在东部活跃着一个叫作巴利斯塔（或卡利斯图斯）的罗马军官。讽刺的是，这位古人十分短暂的人生经历大多存在于一部虚拟作品(《皇史六家》，现在该作品常被称为《奥古斯都史》或《罗马帝王纪》)中。本系列小说的第三部《烈日雄狮》中关于他的内容将起到重头戏的作用。至于我为什么给他冠以马库斯·克洛迪乌斯的罗马名字，原因我稍后也会给出。在历史上，巴利斯塔绝不可能是位盎格鲁-撒克逊贵族。总之，在公元4世纪的时候，很多日耳曼战士开始在罗马军团中担任要职。这几部小说中的巴利斯塔便可以看作是这一历史现象的先驱。

地　点

提洛岛

想了解提洛岛，有一个令人愉悦的方式（在古典文化中还有很多其他方式），那就是通过P. J. 哈达吉达克斯绘制的图卷——《提洛岛》（雅典，2003）来了解，该作品绘图恢宏壮丽，但极难寻到。在J. 戴维森的《唯一的米科诺斯岛》（伦敦，1999）中也可以看到关于此岛的一段非常简短的非正统的介绍。在本小说中，我描写这座岛屿正处于繁荣时期，而不是像考古学家所说的那样，该岛在公元前69年的时候被洗劫了，从此一蹶不振。

帕福斯

F. G. 迈尔和V. 卡拉吉奥吉斯所著的《帕福斯：历史与考古》（尼科西亚，1984）中有翔实的照片、平面图和容易理解的文字介绍，这是一本标准的学术著作。而在W. A. 达兹乌斯季和D. 米海利季斯的《帕福斯镶嵌画指南》（尼科西亚，1988）中，还以图例和文字的形式展现了“忒修斯家族”。

安条克

关于该城市的内容可参见《诸王之王》。

埃美萨

在霍姆斯这座现代城市中，古老的埃美萨城存在过的痕迹早已烟消云散了。我们几乎可以确信，盖乌斯·朱利叶斯·萨普西格拉姆斯是统治王朝的一员，他的墓碑立于公元1世纪。为修建火车站，该墓碑被推倒了。关于宏伟的神庙遗址，如今确定的地方似乎也是错的。和以往一样，要了解埃美萨的考古情况及其文献，那么最佳途径就是现在多少有些上了年头儿的《普林斯顿古代遗址百科全书》（普林斯顿，1976）中有关埃美萨“霍姆斯”的词条。

对于埃拉加巴卢斯神庙的描述，可参见硬币上的图案。这些硬币有的可在T. 图尔詹的《埃拉加巴卢斯和太阳祭典》（巴黎，1985）中找到非常好的复制照片，不过我的演绎与其相比略有不同。

至于宗教仪式，我主要参考（部分有改动）了《希律一世的历史》的第五卷（哈佛，1969—1970）。

费格斯·米利亚尔在其所著的《公元前31—公元337年时期近东地区的罗马》（伦敦，1993）中，对公元3世纪出了罗马皇帝卡拉卡拉、盖塔、埃拉加巴卢斯和亚历山大·塞维鲁的埃美萨精英家族提出了质疑，认为该家族并非来源于公元1世纪的埃美萨皇室。不过，大家应该注意，前者中的名字与后者中的人名虽略有不同，但十分相近，如“索艾米阿斯”和“索艾穆斯”、“阿列西亚诺斯”和“阿列西亚”，综上所述，两个家族的族名均为尤利乌斯。这就意味着，至少公元3世纪的这个家族希望自己在大家眼中看起来与古老的皇室同宗。乌拉尼欧斯·安东尼纳斯也在名字中加上了尤利乌斯，他同样是个冒牌货。他和埃拉加巴卢斯一样，是埃美萨神祇的祭司。米利亚尔也属于这一情况，人们很可能认为或者说他自己希望让大家认为他们是同一个家族的成员。本小说中的祭司王萨普西格拉姆斯是我虚构的该家族的成员。

帕米拉

R. 斯通曼的作品《帕米拉及其帝国：芝诺比阿对罗马帝国的反抗》（安阿伯，1994）中对这个伟大的沙漠城市的介绍比较流行（但不一定完全准确）。深入了解主要由保护商队的人们组成的这个不一般的世界，最好的方法还是阅读 J. F. 马修斯的《帕米拉税法：一个罗马帝国东部城市的经济历史证据》（参见《罗马研究杂志》，1984）。进一步阅读则请参见《烈日雄狮》。

阿瑞忒（杜拉-欧罗普斯）

阿瑞忒城的原型显然是幼发拉底河河畔的杜拉 - 欧罗普斯城，该城市大概在公元 256 年的时候被波斯萨珊大军围困了（事实上，杜拉是该城市的一个旧名，当地人都这么叫；而欧罗普斯是另一个名字，称其为此的是该城市的原住民，将二者结合起来是现代的叫法）。为了写好故事情节，我曾经仔细研究过杜拉的地势和攻城器械，主要是将它们进行了简化，还借鉴了附近的帕米拉城的政治和社会结构。一位遗址挖掘的领导者——C. 霍普金斯在《发现杜拉 - 欧罗普斯》（纽黑文和伦敦，1979）中对该地有着非常好的介绍。至于对该城市所有军事方面的重要研究，可参见 S. 詹姆斯的《1929—1937 年杜拉 - 欧罗普斯的挖掘工作之第七号最终报告：武器、甲胄以及其他军事装备》（伦敦，2004），该著作不仅涵盖面广，而且内容比其标题听起来有趣得多。关于该地的环境氛围，值得我们研究的有 F. 坎翁出版的《杜拉 - 欧罗普斯的考古挖掘地图集（1922—1923）》（巴黎，1926）中的盒装照片。也许，大家最容易接触到的关于罗马时期的杜拉 - 欧罗普斯的英文介绍可参见 N. 波拉德的《罗马统治下的叙利亚士兵、城市和平民》（安阿伯，2000）。

卡利尼库斯和巴利斯塔在新河岸指挥官来到阿瑞忒城时的讲话均来

自米南德·瑞特的修辞著作中，尤其参考了关于抵达某地时的讲话的那一章节（牛津，1981）。

战　争

海战

H. 西德博特姆所著的《古代战争：通识读本》（牛津，2004）中简单地介绍了古老的地中海海战。R. 加德纳和 J. 莫里森（编辑）所著的《单甲板大帆船的岁月：前古典时期的地中海带桨帆船》（伦敦，1995）是一本非常翔实的插图指南。关于驾驶三层桨座战船的内容全部是参考了改造的雅典式三层桨座战船“奥林匹亚号”，该船在 J. S. 莫里森、J. E. 科茨和 N. B. 兰科夫的《雅典三层桨座战船：一艘古希腊战船的历史与改造》（剑桥，2000）中有记载。不过，出于非常好理解的原因，“奥林匹亚号”从未在暴风雨的天气出过海（看着船上大概两百名船员淹死得有多快、有多惨可不是计划的一部分）！提姆·塞夫林对一艘单甲板大帆船进行了一次不太科学的改造，后来遇上了暴风，这一经历可参见提姆·塞夫林的《伊阿宋之旅：寻找金羊毛》（伦敦，1985）。

围城战

H. 西德博特姆所著的《古代战争：通识读本》（牛津，2004）中概述了古代的围城战。P. B. 克恩则在他的《古代攻城战》（伦敦，1999）中对此进行了更具学术风格的介绍，讲述的例证最早可追溯到公元 70 年；C. M. 格列佛的《罗马的战争艺术》（斯特劳德，1999）中一直讲到了公元 4 世纪的罗马围城战；而 P. 萨瑟恩和 K. R. 迪克逊合著的《晚期罗马军事》（伦敦，1996）则写了帝国晚期直至公元 6 世纪的例子。在 D. B. 坎贝尔的《被围：古代世界的围城战》（牛津，2006）中，大家可以读到比较通俗的相关介绍，还能看到赏心悦目的插图。

波斯萨珊王朝

关于萨珊王朝历史的介绍可以参见E. 押沙特编辑的《剑桥伊朗史·第三卷（1）：塞琉古帝国、帕提亚帝国和波斯萨珊帝国时期》（剑桥，1983）、R. N. 弗莱伊的《古代伊朗史》（慕尼黑，1984）以及P. 加恩西与A. 卡梅伦编辑的《剑桥古代史·第十二卷》(第二版，2005，R. N. 弗莱伊著)。

关于萨珊王朝军事行动的概览，请参见E. 达布罗瓦编辑的《东方的罗马与拜占庭军队》（克拉科夫，1994）中迈克尔·惠特比写的《战争中的波斯国王》一文。D. 尼科尔的《萨珊军队：伊朗帝国（公元3世纪早期—公元7世纪中期)》(斯托克波特，1996）是一部非常精彩的带例图的指南，内容难度适合非本专业的读者。尼科尔贡献的照片得到了J. 辛普森在《古迹遗址71》(1997）中评论意见的纠正。

宗　教

古代异教

想轻松愉快地了解罗马的异教信仰，可阅读R. 麦克穆伦的《罗马帝国的异教信仰》(纽黑文和伦敦，1981）和R. 莱恩·福克斯的《异教徒与基督徒》(哈蒙兹沃思，1986)，这两本书都写得相当精彩。

古斯堪的纳维亚的宗教信仰

我们无法从文献中得知公元3世纪中叶盎格鲁-撒克逊的贵族阶层的宗教信仰，因此笔者参考了较早的写于公元98年的塔西佗的《日耳曼尼亚志》、流传时间稍晚的《贝奥武甫》（大约在公元680—800年之间）和甚至更晚些的《萨迦》。关于后者，指引我方向的还有两部书：凯文·克罗斯利-霍兰德的《盎格鲁-撒克逊的世界》（伍德布里奇，1982）和《企鹅丛书之古斯堪的纳维亚神话：维京人的诸神》（伦敦，1993）。M. P. 施派德尔创作了极具煽动性的《古代日耳曼武士：从图拉真的纵队到冰岛萨迦看武士风格》（伦敦和纽约，2004），书中采用了“长远”的视角，从学术上来讲有一定的可信度。

基督教

正如异教一样，我知道的关于早期基督教研究的两部令人不忍释卷的著作的作者分别为：《罗马帝国的基督教化（公元100—400年）》（纽黑文，1984）的作者R. 麦克穆伦和《异教徒与基督徒》（哈蒙兹沃思，1986）的作者R. 莱恩·福克斯。

拜火教

在由P. 加恩西与A. 卡梅伦编辑、R. N. 弗莱伊著的《剑桥古代史·第十二卷》（第二版，剑桥，2005）中，对萨珊王朝背景下的拜火教有非常简短的介绍。若想阅读更详细的介绍，可参见J. 迪歇纳-吉耶曼所写的《拜火教信仰》一文，该文章收录在E. 押沙特编辑的《剑桥伊朗史·第三卷（2）：塞琉古帝国、帕提亚帝国和波斯萨珊帝国时期》（剑桥，1983）中。

比起本书中的年代，拜火教似乎在沙普尔一世执政时期的发展空间更大。细心的读者可能已经注意到了，书中主要人物对于拜火教的印象全部来自一个波斯人——巴戈阿斯的讲述，巴利斯塔认为巴戈阿斯是拜火教的狂热教众中的一员。

罗马帝国时期

J. P. V. D. 巴尔斯顿所著的《古罗马时期的生活与享乐》(伦敦，1969)，以众多古代文献记载的丰富内容为基础，是关于罗马人对于时间的思考以及日常如何生活消遣的极好的指南。关于罗马人的日常社会生活的介绍，没有哪本书比这本更好的了。

语言问题

和英文不同，希腊文与拉丁文都是屈折语言（即词汇结尾根据其格或时态的不同而有所变化)。经过思考和探讨，我自己决定了本小说中出现的语言，如“大人”一词，我用了多种文字中的拼法，具体情况取决于它在哪个角色说的话中出现，这种掉书袋的学究做法可能会让很多英语读者感觉恼火。唯一的例外就是出现复数形式的时候，如攻城器械——弩炮（ballista)，多个“弩炮”出现的时候，我就使用了弩炮组(ballistae)。

早期历史小说

任何一位宣称仅使用当代文献和现代学术著作的历史小说作家都在撒谎，所有的历史小说家都会阅读其他历史小说。本系列的每部小说中都包含着向几位这类小说家致敬的元素，因为他们的作品深深地影响了我，也给了我很多乐趣。

已逝的玛丽·雷诺我想大家都是知道的，“巴戈阿斯”一名就是取自于她的小说《波斯男孩》(伦敦，1972）中的男主人公。

令人困惑不解的是，大西洋此岸（美国）似乎不怎么读塞西莉亚·霍兰德的作品。马克西姆斯的本名——漫漫长路上的穆尔塔夫，就是将她小说中的两位主人公的名字结合在了一起——即《凛冬诸王》(伦敦，1967）中的“穆尔塔夫”和《火龙》(伦敦，1965）中的“漫漫长路上的莱格梅尔”。

引　用

巴利斯塔回忆童年时听过的盎格鲁-撒克逊诗歌当然是来自《贝奥武甫》。小说中使用的英文译本，请参见凯文·克罗斯利-霍兰德的《盎格鲁-撒克逊的世界》(伍德布里奇，1982)。

巴戈阿斯吟唱的“波斯诗歌”(年代错误巨大）是爱德华·菲茨杰拉德的《鲁拜集》中的四行诗。

至于阿奇利乌斯·格拉布里奥和德米特里厄斯引用的奥维德的《爱的艺术》中的段落，我采用的英文译本为彼得·格林所译的“企鹅经典丛书”中的《奥维德：艳情诗篇》(哈蒙兹沃思，1982)。

我使用的荷马史诗《伊利亚特》的英文版本则来自罗伯特·法格尔斯翻译的“企鹅经典丛书”中的《伊利亚特》(纽约，1990)。

人物列表

为了避免泄露情节，此处的人物描述与在《东方战火》中第一次出现时的身份相符。

阿奇利乌斯·格拉布里奥：全名马库斯·阿奇利乌斯·格拉布里奥，第四西徐亚军团副军团长，阿瑞忒军团分遣队的指挥官，贵族青年。

亚历山大：阿瑞忒城中没有什么特点的议员。

阿纳穆：护商使者，阿瑞忒城议员。

安提柯：第二十步兵大队的骑兵，后被选为巴利斯塔骑兵卫队的一员。

安东尼纳斯首列百夫长：首列百夫长，隶属于第四西徐亚军团第一步兵大队。

安东尼纳斯第二百夫长：第四西徐亚军团第二步兵大队的百夫长。

阿尔达希尔：阿迪亚波纳的国王，沙普尔的儿子和诸侯。

巴戈阿斯："波斯男孩"，巴利斯塔在提洛岛上买的奴隶，他声称自己做奴隶之前的名字是霍尔米兹德。

巴利斯塔：全名马库斯·克洛迪乌斯·巴利斯塔，原名德海姆，盎格鲁军事长官、战争指挥官伊桑格瑞姆之子；罗马帝国的外交人质，已经获得罗马公民身份和骑士地位，曾在非洲（多瑙河的最西端以及流域内）的罗马军团中服役。在小说开头，他刚刚被任命为河岸指挥官。

芭思希芭：伊阿海的女儿。

博尼图斯：一位著名的罗马围城战专家。

卡尔加库斯：原属于伊桑格瑞姆的喀里多尼亚裔奴隶，后被转赠给他的儿子巴利斯塔，作为后者的贴身侍从追随他来到罗马帝国。

佩特拉古城的卡利尼库斯：一位希腊哲学家。

卡斯特里西乌斯：第四西徐亚军团的一名士兵。

塞尔苏斯：一位著名的罗马围城战专家。

科齐乌斯：全名提图斯·科齐乌斯·马尔齐阿纳，第二十步兵大队第一骑兵中队的骑兵队队长。

德米特里厄斯："希腊男孩"，朱莉娅买来给她丈夫巴利斯塔当书记官的奴隶。

狄娜科：梅塞纳皇后，沙普尔的女儿。

费利克斯（1）：一位驻守拜占庭城的罗马将军。

费利克斯（2）：第二十步兵大队的一名百夫长。

费利克斯（3）：巴利斯塔骑兵卫队中的一名不幸的骑兵。

加里恩努斯：全名普布里乌斯·利奇尼乌斯·埃格纳提乌斯·加里恩努斯，罗马皇帝，公元253年与他的父亲瓦勒良共同执政。

哈杜达：伊阿海的雇佣兵队长。

哈玛扎斯普：格鲁吉亚王，沙普尔的诸侯。

汉尼拔：一个来自北非的弗鲁曼塔里伊探子的外号，巴利斯塔的一个簿记官。

伊阿海：护商使者，阿瑞忒城的议员。

英格努乌斯：一位驻守多瑙河流域的罗马将军。

伊奥塔皮亚努斯：来自埃美萨的罗马皇帝篡位者，在位时间为公元 248—249 年。

伊桑格瑞姆：盎格鲁军事长官、战争指挥官，巴利斯塔（德海姆）的父亲。

约瑟夫斯：一名被错认为是哲学家的基督徒。

朱莉娅：巴利斯塔的妻子。

克伦：帕提亚贵族，克伦家族的首领，沙普尔的诸侯。

卢修斯·费比乌斯：第四西徐亚军团第一步兵大队的百夫长，在水闸门附近驻守。

马穆拉：巴利斯塔的工程官。

玛利亚德斯：安条克的精英阶层中的一员，后落草为寇，最后投奔了萨珊王朝。

马克西米努斯·色雷克斯：全名盖乌斯·尤利乌斯·维鲁斯·马克西米努斯，公元 235—238 年在位的罗马皇帝，因为他出身卑贱，人们称其为“色雷克斯人”。

马克西姆斯：巴利斯塔的贴身护卫，原为希伯尼安战士，人称“漫漫长路上的穆尔塔夫”，后被卖给了奴隶贩子，成了拳击手、角斗士，最后被巴利斯塔买走。

奥登纳图斯：全名塞普蒂米乌斯·奥登纳图斯，帕米拉（塔德莫）之主，罗马帝国的附庸国的统治者。

奥格洛斯：护商使者，阿瑞忒城议员。

奥兹：阿瑞忒城的一名议员，阉人。

阿拉伯人菲利普：全名马库斯·尤利乌斯·菲利普，戈尔迪安三世的禁卫队队长，后成为罗马皇帝，在位时间为公元 244—249 年。

普里斯库斯：三层桨座战船“协和女神号”的大副，二把手。

普罗斯珀：全名盖乌斯 · 利西尼 · 普罗斯珀，第四西徐亚军团中年轻的百人队副官。

普登斯（1）：第四西徐亚军团第二步兵大队的百夫长。

普登斯（2）：流浪的马其顿士兵，后来做了巴利斯塔的旗手。

罗慕路斯：第二十步兵大队的骑兵，后被任命为巴利斯塔的旗手。

萨普西格拉姆斯：罗马帝国的附属国埃美萨的国王，太阳神的大祭司。

萨珊：“猎手”萨珊王子，沙普尔的儿子。

斯克里波尼乌斯 · 穆基亚努斯：全名盖乌斯 · 斯克里波尼乌斯 · 穆基亚努斯，第二十步兵大队的指挥官。

塞琉古：首列百夫长，隶属于第四西徐亚军团第二步兵大队的第一百人队。

塞多留：一个来自伊比利亚半岛的弗鲁曼塔里伊的外号，巴利斯塔的一个簿记官。

沙普尔一世：萨珊王朝的第二任诸王之王，阿尔达希尔一世的儿子。

苏伦：帕提亚贵族，苏伦家族的领袖，沙普尔的诸侯。

狄奥多图斯：阿瑞忒城的一位议员，基督教牧师。

图皮奥：全名提图斯 · 弗拉维乌斯 · 图皮奥，第二十步兵大队的首列百夫长。

乌拉尼欧斯 · 安东尼纳斯：全名路奇乌斯 · 尤利乌斯 · 奥里利乌斯 · 乌拉尼欧斯 · 安东尼纳斯，来自埃美萨的罗马皇帝篡位者，在位时间为公元 253—254 年。

瓦拉什：王子，“沙普尔的欢乐之源”，沙普尔的儿子。

瓦勒良（1）：全名普布里乌斯 · 利奇尼乌斯 · 瓦勒良努斯，一位年长的意大利议员，公元 253 年成为罗马皇帝。

瓦勒良（2）：全名普布里乌斯·科尼利厄斯·利奇尼乌斯·瓦勒良努斯，加里恩努斯的长子，瓦勒良的孙子，公元256年登基成为罗马皇帝。

瓦尔丹：苏伦手下的一名军官。

维罗德斯：奥登纳图斯的首席大臣。

温德克斯：巴利斯塔骑兵卫队中的一名骑兵，高卢人。

芝诺比阿：帕米拉王奥登纳图斯的妻子。

“协和女神号”船的航线和河岸指挥官的路线

1	Rome	罗马
2	Adriatic Sea	亚得里亚海
3	Tyrrhenian Sea	伊特鲁里亚海
4	Brundisium	布林迪西
5	Corcyra	克基拉岛
6	Cassiope	卡西俄珀
7	Mediterranean Sea	地中海
8	Cythera	基西拉岛
9	Aegean Sea	爱琴海
10	Delos	提洛岛
11	Cnidus	尼多斯
12	Kos	科斯岛
13	Syme	锡米岛
14	New Paphos	新帕福斯
15	Cyprus	塞浦路斯
16	Seleuceia in Pieria	皮埃里亚的塞琉西亚
17	Antioch	安条克
18	Emesa	埃美萨
19	Palmyra	帕米拉
20	Euphrates	幼发拉底河
21	Arete	阿瑞忒城

公元3世纪上半叶的罗马皇帝列表

公元193—211年	塞普蒂米乌斯·塞维鲁
公元211—217年	卡拉卡拉
公元211年	盖塔
公元217—218年	马克里努斯
公元218—222年	埃拉加巴卢斯
公元222—235年	亚历山大·塞维鲁
公元235—238年	马克西米努斯·色雷克斯
公元238年	戈尔迪安一世
公元238年	戈尔迪安二世
公元238年	普皮恩努斯
公元238年	巴尔比努斯
公元238—244年	戈尔迪安三世
公元244—249年	阿拉伯人菲利普
公元249—251年	德西乌斯
公元251-253年	加卢斯
公元253年	埃米利安努斯
公元253—260年	瓦勒良
公元253—268年	加里恩努斯

致 谢

正如所有作家在处女作中一样，我要感谢的人非常多。首先要感谢的是我的家人，我的妻子丽萨，在我沉浸于想象中的公元3世纪的世界中的时候，她不仅照料我们的儿子——汤姆和杰克，还让我们的生活同往常一样充满了乐趣。我还要感谢我的母亲弗朗西丝和我的伯母特里，因为她们对我创作的这部作品给予了十分巨大的支持，还给我的书当起了不知疲倦的宣传员，尽管我都没有付给她们工钱。

然后，我要感谢我的同事和朋友们：牛津大学林肯学院的玛利亚·斯达玛托普鲁、方济会学堂和圣博奈兹学堂的约翰·艾丁诺，他们帮助我从日常的教学中抽出时间来写小说。

我要感谢我在牛津的所有学生，尤其是维姬·巴克利、埃德·麦克伦南和莫汉·拉奥，他们出色地完成了学业，尽管我给他们上的课往往会变成关于历史小说的漫长讨论。

感谢华威大学的西蒙·斯万帮我检查出了“历史后记”中我犯下的种种严重的错误。

感谢牛津大学林肯学院的高级导师安妮·玛丽·德拉蒙德，还有伍德斯托克市场公司的迈克尔·法利，他们各自为我提供了一处相当理想的写作空间。

我还要感谢所有伍德斯托克的朋友对我的鼓励，尤其是杰里米·廷顿。

最后，但是最重要的是，我要感谢我来自联合代理人公司的代理人吉姆·吉尔以及来自企鹅出版社的我的编辑亚历克斯·克拉克——你们是我身边最好的团队。

哈里·西德博特姆

伍德斯托克